Diell
Melodie der Villa Winter

Anett Diell lebt mit ihrem Partner im Süden Deutschlands, umgeben von Natur und Kreativität. Bereits in der Grundschule entwickelte sie eine besondere Faszination für das geschriebene und gesprochene Wort, und drückte es in Geschichten und Darstellung aus. Später war für ihre Entwicklung als Mensch und Autorin besonders ihre vierjährige Schauspielausbildung von großer Bedeutung, die ihr gezeigt hat, dass sie ihre Träume mit Entschlossenheit leben möchte. Diesem Motto folgend, veröffentlicht sie ihre Werke seit 2021 unter Pseudonym. Alle ihre Projekte vereint die Idee von HeldInnen, die noch solche werden müssen.

Anett Diell

Die Melodie der Villa Winter

Roman

PIPER

Mehr über unsere Autoren und Bücher:
www.piper.de

Wenn Ihnen dieser Roman gefallen hat, schreiben Sie uns unter Nennung des Titels »Die Melodie der Villa Winter« an empfehlungen@piper.de, und wir empfehlen Ihnen gerne vergleichbare Bücher.

Wir produzieren nachhaltig
www.piper.de

ISBN 978-3-492-50596-3

Redaktion: Julia Feldbaum
Satz auf Grundlage eines CSS-Layouts
von digital publishing competence (München)
mit abavo vlow (Buchloe)
Umschlaggestaltung und Motiv:
www.bookcoverstore.com
Printed in Germany

Für meine große Liebe

Wir sind überall umgeben von Musik. Sie lebt in den Dielen unter unseren Füßen, in den Wänden der hohen Räume, im Lachen, das in den Fluren widerhallt. Wenn wir gut zuhören, wird sie uns führen.
Ich muss sehr genau hinhören, wenn ich ihr Geheimnis ergründen will, weil ich spüre, tief in mir drin, dass es nicht allein ihres ist. Sondern auch meins. Es versteckt sich in dieser Villa, irgendwo. Ich wusste es bereits, als ich sie zum ersten Mal betreten habe. Ich habe es immer gespürt. Sie ist erfüllt von diesem merkwürdigen, wunderbaren Etwas, das wir Liebe nennen. Ich fühle, dass in diesen Räumen, in diesen Hallen und Fluren jemand geliebt wurde. So sehr, wie ich liebe. Die Frage ist, was wurde aus dieser Liebe?
Die Welt mag sich weiterdrehen, sie mag sich verändern und verwandeln, aber sie bleibt, was sie ist. Solange Menschen auf ihr leben und einander verdammen, ist die Liebe ein fragiles Ding, um das wir kämpfen müssen. Ich wünsche mir so sehr, dass sie in diesem Haus nicht gebrochen wurde. Ich werde es herausfinden, das schwöre ich dir, Oma. Ich werde die ganze Wahrheit erfahren.
Nur für den Fall, es würde etwas Unvorhergesehenes geschehen, möchte ich, dass es jemand weiß: dass ich eine Liebende bin. Dass ich liebe, über die Grenzen der Vorstellung hinaus, mit all meinen Sinnen und all meiner Kraft. Ich liebe. So sehr.

Elodie Wagner, Oktober 2004

Villa Winter, Juli 1924

Das Sonnenlicht funkelte durch die Blätter der Birkenallee, ließ sie leise im Wind summen und trug die Melodie bis hinunter auf die Straße, über die ein dunkelblauer Rumpler Tropfenwagen holperte. Der Name schien Programm, die Fahrt war in etwa so komfortabel wie der Ritt auf einem bockigen Esel. Sie konnte sich nicht erinnern, jemals so vehement auf ihrem Hintern auf- und abgehüpft zu sein wie in diesem rumpelnden Gefährt. Es war gleichwohl ihre erste Fahrt in einem Automobil und sie daher nicht in der Lage, einen anständigen Vergleich anzustellen. Nichtsdestotrotz wäre ihr auf ihrem Fahrrad vermutlich weniger flau zumute gewesen. Wie hätte sie das aber anstellen sollen? So weit hinauszufahren, mit einem schweren Koffer und diesem Kleid, das ihr nicht recht am Körper sitzen wollte? Nein, sie durfte sich nicht beschweren, es war sehr nett von Annabelle gewesen, ihr für das Wochenende Kleid und Chauffeur auszuborgen.

Sie war nicht wirklich nervös, im Grunde ahnte sie bereits, den Erwartungen nicht zu entsprechen und noch vor Sonntagabend wieder zurückgeschickt zu werden. Es kümmerte sie kaum, war es doch ihre erste Anstellung. Aus Fehlern lernte man, nicht wahr? Ihre Fingernägel trommelten sachte auf das Sitzpolster. Sie durfte keine allzu hohen Erwartungen haben, gewiss gab es Musiklehrerinnen wie Sand am Meer und weitaus erfahrenere als sie.

Emilia Sommer blickte unter der Krempe ihres Glockenhuts hindurch und hinaus auf die vorbeiruckelnde Landschaft. Die Wiesen zeigten ihr saftig grünes Gras, und auf den Feldern blühten blaue Kornblumen. Das Bild war zum Verlieben und kitzelte in Emilias Kehle leise Summlaute hervor. Die Gegend, in der sie aufgewachsen war, konnte an Farbenpracht nicht mit diesem Bild einer Landschaft mithalten. Ein Braunton war dort in den anderen übergeflossen, und die Sonne hatte um das Friedrichs-Waisenhaus einen großen Bogen gemacht, hatte sich allenfalls am Rummelsburger See einmal gezeigt. Leider hatten sich dort vor allem die Jungen aufhalten dürfen, die waren nicht unter der Fuchtel von Fräulein Nicole gestanden. Emilia war damals froh gewesen, mit sechzehn Jahren endlich dem kalten Blick und dem strichdünnen Mund der gestrengen Frau zu entkommen. Ironischerweise hatte die barsche Heimleiterin zwei Jahre nach Emilias Fortgang ihren Dienst quittiert, als sei ihr ohne sie langweilig geworden.

Seltsam, dass sie gerade jetzt an diese Zeit zurückdachte.

Am Fenster zogen orangegelbe Mädchenaugen vorüber, Blumen die Emilia schon immer fasziniert hatten. Nicht allein wegen ihrer sommerlichen Farbe, sondern wegen des Namens. Sie kannte kein einziges Mädchen mit roten oder orangefarbenen Augen.

Sie lehnte sich zurück gegen das Polster, der Hut rutschte ihr wieder bis tief in die Stirn.

Das ist in Mode, meine Liebe, es betont die Augen und deine besonders. Mochte Annabelle nun mit dieser Einschätzung recht haben oder nicht, Emilia fand trotzdem, dass ihr der Hut zu groß war. Sie bog den vorderen Rand gedankenverloren hoch, fragte sich, wie lange sie noch in diesem Wagen durchgeschüttelt werden würde. Gleichzeitig wurde ihr ein bisschen bang bei der Vorstellung auszusteigen. Sie konnte nur hoffen, einen geraden Stand zu behalten. Wie würde es aussehen, wenn sie bereits bei der Begrüßung zur Seite wegkippte? Oder, noch schlimmer, den Inhalt ihres Magens vor den piekfeinen Füßen des Hausherrn entleerte? In diesem

Punkt konnte sie sich selbst beruhigen; es war ja nicht ernsthaft was drin in ihrem Magen.

»Wir erreichen die Villa Winter in etwa fünf Minuten, Fräulein Sommer«, erklärte ihr Chauffeur, als hätte er ihre Gedanken erraten.

Er war im Übrigen nicht wirklich ein Chauffeur, eigentlich bloß Annabelles Cousin und als Einziger in der Lage, den Rumpler Tropfenwagen zu fahren, den ihre Freundin von ihrem Glücksgriff eines Ehegatten geschenkt bekommen hatte ... ehe dieser auf eine Geschäftsreise verschwunden war, von der er wohl so bald nicht wiederkehren würde. So verhielt es sich immer in Annabelles Leben: Die Dinge entwickelten sich genau so, wie sie es sich vorstellte. Anders als Emilia unterrichtete sie nicht sonderlich gern, besaß lediglich ein *gewisses* Talent, anderen Wissen zu vermitteln. Aus Mangel an alternativen Ideen hatte sie sich dazu entschieden, genau wie Emilia die Musikschule für angehende Lehrkräfte zu besuchen, doch während Emilia die Schule erfolgreich beendet hatte, hatte Annabelle mit ihrer Stimme einen gut betuchten Unternehmer nach dem anderen angelockt und den schönsten von ihnen geheiratet. Nicht weil sie sich unsterblich in ihn verliebt hätte – sie beteuerte stets, in Männer könne sie sich nicht verlieben –, sondern weil es das Leben so ungemein erleichterte. Ihr sie vergötternder Gatte besaß alles, was sich ein ehemaliges Waisenmädchen wünschen konnte, und hielt sich so selten in Berlin auf, dass sie »all die schönen Sachen« für sich allein haben konnte. Den Wagen zu fahren, das beherrschte sie nicht, aber sie besaß ihn, was ihr ein unglaublich gutes Gefühl verlieh. Überdies konnte sie nach Lust und Laune über ihn verfügen. Ihn einer Freundin übers Wochenende auszuborgen, zum Beispiel, damit sich diese wie eine echte feine Dame fühlen konnte. Emilia bezweifelte, dass Annabelle jemals selbst in diesem Gefährt auf einer unebenen Straße herumkutschiert worden war. Vielleicht war es das Los feiner Damen, sich bei jeder Spazierfahrt blaue Flecken zu holen.

Ludwig, Annabelles Cousin und Emilias heutiger Chauffeur, fuhr mit dem Wagen von der Straße hinunter und in eine mit weißem Kies ausgelegte Einfahrt – ein breiter, langer Weg, der zu beiden Seiten von Buchsbaumhecken abgegrenzt wurde und an den eine fein säuberlich gepflegte Rasenfläche angrenzte. Emilia erkannte Kirsch- und Apfelbäume, Rosenbüsche und weiter hinten, mit dem bloßen Auge kaum mehr zu ermessen, eine wunderschöne, riesengroße Eiche. Emilia war so sehr damit beschäftigt, die Gartenlandschaft zu bewundern, dass ihre Aufmerksamkeit erst recht spät von dem beeindruckenden Bauwerk eingefangen wurde, in dem sie von nun an unterrichten sollte. Allem Anschein nach besaß die Villa Winter nicht nur einen klangvollen Namen, sie genoss obendrein ein überaus stolzes Aussehen.

»Sie wurde von Gustav Lilienthal entworfen. Ziemlich imposant, was?« Ludwig machte seine Sache gut, er sprach wie ein echter Chauffeur und verhielt sich wie ein Gentleman, öffnete ihr vornehm die Tür und lud sogar ihren Koffer aus.

»Ich dachte immer, er sei Flugpionier oder etwas in der Richtung gewesen«, murmelte Emilia und ließ die Augen staunend über die burgartigen Zinnen der Villa wandern.

»Das war sein Bruder, meine Hübsche«, klärte sie Ludwig lachend auf. »Aber ich meine, er hat ihm beim Bau bestimmter Flugapparaturen geholfen. Seine persönliche Errungenschaft bleiben architektonische Meisterleistungen wie diese hier. Wir stehen vor einer sogenannten Burgvilla.« Ludwig musste es wissen, er wollte selbst Architekt werden. »Er hat sich dabei des neugotischen Stils englischer Landhäuser bedient, sehen Sie? Ein bisschen schnörkeliger und mit kleinen Türmchen hie und da.« Er verlor sich lächelnd in der Beschreibung, als verliebte er sich gerade ein wenig.

Kein Wunder, die Villa sah umwerfend aus! Sie war aus hellem Stein gebaut worden, das Dach bedeckt mit grauen und dunkelroten sowie zuweilen gelben Ziegeln, was dem Ganzen eine gewisse Verspieltheit verlieh. Burgenähnliche Erker und Vorbauten machten den Anblick noch erhabener, die großen Fenster hingegen ließen annehmen, dass es drinnen erheblich heller als in einer Burg sein dürfte – und um einiges lichtdurchfluteter als ihr kleines Zimmer in der Berliner Innenstadt. Die große Terrasse im zweiten Stock war spielerisch umzäunt, ideal für feine Damen, wie Annabelle gewiss anmerken würde. Ohne jeden Zweifel übertraf das Vermögen ihres zukünftigen Arbeitgebers Paul Eliot Fairmann das von Annabelles Göttergatten um Längen.

»Fein, Fräulein Sommer, ich werde Sie nun verlassen müssen«, erkannte Ludwig mit einem Blick auf die Uhr. »Sonntagnachmittag hole ich Sie ab und bin schon gespannt auf Ihre Erzählungen.« Er zwinkerte ihr zu und schwang sich zurück auf den Fahrersitz.

Emilia schaffte es, tapfer zu nicken, sie wollte hoffen, seine Dienste nicht früher zu benötigen. Mit klopfendem Herzen näherte sie sich dem formvollendeten Eingangsbereich, einer breiten, halb runden Treppe, die zu einem riesigen Tor führte. Sie zögerte, wusste nicht recht, ob sie den alten Messingtürklopfer oder die Klingel betätigen sollte, und entschied sich schließlich für beides.

Weder dem einen noch dem anderen folgte eine sofortige Reaktion. Verständlich, das Gebäude war riesig und hielt man sich im obersten Stock auf, wie wollte man so schnell zur Tür gelangen? Emilia wagte einen neugierigen Blick durch die Rundbogensprossenfenster, wurde jedoch bereits von den sie verzierenden Ornamenten abgelenkt. Welch Kunstfertigkeit die Menschen beim Bau dieser Villa bewiesen hatten! Entweder Emilia war so versunken in ihre Entdeckung oder die Tür öffnete sich besonders lautlos, denn sie zuckte unwillkürlich zusammen, als sie so plötzlich angesprochen wurde.

»Großer Gott, Kind, mach den Mund zu, ehe du Fliegen fängst!« Die Urheberin dieser Worte stand in einer Mischung aus Belustigung und Strenge im Türrahmen und ließ Emilia kaum Zeit, sich vorzustellen. »Du bist etwas spät dran, Mädchen. Macht nichts, dann zeige ich dir eben alles ein bisschen schneller, hm?«

Sie sah im Grunde genau so aus, wie die Damen dieser Tage eben aussahen. In nahezu jeder Gesellschaftsschicht trug man gerade geschnittene, relativ kurze Kleider mit tief sitzender Taille. So auch sie, wenngleich Emilia sofort wusste, dass es sich bei ihr unmöglich um die Hausherrin handeln konnte. Der Stoff ihres Kleids war grau, keine sonderlich schillernde Farbe, wie sie die edleren Damen trugen, und es saß ihr zudem etwas enger, als für ihre freilich nicht unbedingt grazile Figur ansehnlich gewesen wäre. Ihr grau meliertes Haar versteckte sich unter einer Art Haube, so, wie Wirtschafterinnen es bis vor nicht allzu langer Zeit noch getragen hatten. Als solche stellte sie sich auch prompt vor: Frau Alma Keller. Alma reiche ihr vollkommen, sie sei zwar etwas streng im Tonfall, bevorzuge hier aber flache Hierarchien, dieser Schnickschnack und das Gerede um wichtige und unwichtige Positionen sei ihr wirklich zuwider und würde überschätzt. Sie wolle ihr nur eben alles zeigen, und danach sei es schon Zeit für den Sechzehn-Uhr-Tee.

Alma flitzte trotz ihres beachtlichen Körperumfangs erstaunlich schnell durch den Flur des Erdgeschosses, stieß mal hier eine Tür auf und erklärte, dahinter befinde sich die Küche, und riss mal da an einem Schrankknauf, um klarzustellen, welche Gerätschaften dahinter verborgen seien.

Emilia schwirrte der Kopf von all den viel zu schnell an sie herangetragenen Informationen, mit denen sie nichts anzufangen wusste, und bei denen sie ebenso wenig verstand, weshalb Alma sie überhaupt damit betraute. Als sie allerdings den ersten Stock erreichten, kannte sie bereits Almas halbe Lebensgeschichte, wusste von den drei Kindern, die sie zur Welt gebracht und zwei wieder verloren hatte, von ihrer zweijährigen Anstellung in Paris – »eine wundervolle Stadt, glaub mir, Kind« – von den dunklen Kriegsjahren und dem Verlust ihres geliebten Herberts (hatte sich Emilia nicht verhört, war dies eine stattliche Bulldogge gewesen) sowie den hellen letzten Jahren, die sie hier auf dem Sitz der Familie Fairmann verbracht hatte.

Und spätestens da dämmerte Emilia, dass Alma einfach eine ausgeprägte Erzählkultur lebte. Sie mochte sie, je mehr sie so zwanglos dahinschwatzte.

»Es erging mir nie besser als hier, weißt du? Nicht mal in Paris ... so formidable«, sie lachte mit sympathisch wabbelndem Kinn über das Wort, »diese Stadt auch sein mag, ich habe nirgendwo so gern gearbeitet wie bei den Fairmanns. Auch wenn der Herr praktisch nie da ist. Ich denke, es liegt an dem frischen Wind der Zwanziger, da nehmen es alle etwas lockerer. Ist ja keine Schande nach den rauen Jahren des letzten Jahrzehnts, hm?« Sie deutete auf eine verschlossene Doppeltür – weiß mit goldenen Aufschlägen. »Hier geht es hin und wieder fröhlich zu. Dahinter befindet sich das Flügelzimmer. Das brauchen wir jetzt noch nicht zu sehen.«

Sie eilte weiter, plapperte wie ein Wasserfall, sodass Emilia ihre Enttäuschung darüber, das Musikzimmer nicht von innen betrachten zu können, noch nicht einmal im Geiste formulieren konnte.

»Die Kleine wird sich freuen, dich kennenzulernen. Du bist ihr im Alter näher als wir anderen, das dürfte erfrischend sein.«

»Ich freue mich gleichfalls, das Fräulein Fairmann zu treffen, und bin sehr gespannt auf die gemeinsame Zeit«, stimmte Emilia ihr zu, ächzte ein wenig unter der Last ihres Koffers, den sie versuchte, so selten wie möglich irgendwo dagegenzuschrammen, während sie Alma im Laufschritt folgte.

»Ach die, ja, ja. Sie kommt gelegentlich zum Naschen in die Küche. Ist ein kleiner Wildfang, nie lange am selben Ort.« Almas Lachen hallte im Flur wider, als sie sich eine etwas schmalere Treppe zurück nach unten ins Erdgeschoss wuchtete. »Der alte Dienstbotengang. Entweder die Leute waren früher schmaler oder mir geht es hier tatsächlich zu gut!« Wieder lachte sie und blieb schließlich vor einer Tür aus dunklem Ebenholz stehen. »Das ist dein Zimmer.« Sie stieß die Tür auf.

Dahinter kam ein enges Räumchen zum Vorschein, in dem ein Bett mit hauchdünner Matratze stand, ein Tischchen mit nicht mehr frischen Blumen und einem Waschbecken in der hinteren Ecke. Darunter eine gedrungene Kommode, in der vielleicht ein Kleidungsstück nebst zwei Paar Strümpfen Platz fand. Das Fenster war so winzig, dass es Emilia von außen nicht aufgefallen war. Ohne Zweifel das schmuckloseste Zimmer des gesamten Palastes. Sie bemühte sich dennoch, ihrem Gesicht keinerlei Regung zu erlauben. Alma sah sie einen Wimpernschlag lang erwartungsvoll an. Plötzlich erzitterten ihre rosigen Wangen, die Mundwinkel zogen sich auseinander, und eine Strähne entglitt ihrer Frisur, als sie lauthals zu lachen anfing.

»Das sollte ein Scherz sein, Kind! Aus dem Zeitalter sind wir raus, dass die Leute hier in halben Kellernischen leben müssen. Nein, nein, ich zeige dir, wo du wirklich unterkommst. Wobei ich zugeben muss, dass es dort im Winter, trotz erheblich mehr Komfort, zugig werden könnte.« Sie eilte weiter.

Emilia winkte ab, ohne gesehen zu werden. »Ach, das muss mich nicht kümmern. Ich bleibe ja bloß übers Wochenende.«

Alma Keller blieb jäh stehen, drehte sich auf ihren Hacken um. »Wie meinst du das?«

Emilia schaute leicht verwirrt. »Nun, dass ich ja eigentlich in der Stadt lebe und unter der Woche immer herfahre.«

Alma machte tellergroße Augen. »Jeden Tag hin- und herfahren willst du? Na, das klingt mir aber anstrengend.«

Emilia lächelte sachte. »Ich besitze ein exzellentes Fahrrad. Außerdem sind es ja nur fünf Tage die Woche.«

Jetzt verengten sich die Augen der Wirtschafterin zu Schlitzen. »Ah ja? Ist mir neu. Und wer hilft mir am Wochenende aus?«

Für gut zehn Sekunden schwiegen sie beide, sahen sich an, von einer perplexen Frau zur anderen, während sich die Idee in beiden Köpfen aufmachte, es könne sich hier um ein seltsames Missverständnis handeln. Emilia ergriff als Erste das Wort, sprach langsam und vorsichtig, um Fehlschlüsse zu vermeiden. »Ich bin hier, um das Fräulein Fairmann in Musik zu unterrichten. Emilia Sommer.« Sie streckte verspätet ihre Hand aus, um sich vorzustellen. Wie aufs Stichwort schrillte die Türglocke.

Alma zog die Nase kraus, betrachtete Emilia ein zweites abschätzendes Mal. »Gute Güte, wirklich? Die Musiklehrerin? Ich dachte, die müsste mindestens an die fünfzig oder sechzig sein!« Ihr entfuhr ein erneutes Lachen, sie klatschte laut in die Hände, das Lachen schwoll an. »Herrje, Kind, und ich dachte, du wirst mein Fräulein in der Küche und zum Servieren. Hatte mich gefreut, dass du was hermachst im Vergleich zu uns anderen.« Ihrem darauffolgenden Blick nach zu urteilen revidierte sie diese Meinung, nun da sie um die wahre Position Emilias wusste. Für eine Musiklehrerin sah sie ihr vermutlich zu bescheiden aus. Sie schüttelte glucksend den Kopf. »Die Musiklehrerin. Ha! Dann steht meine Hilfskraft wahrscheinlich vor der Tür und wird hoffentlich nicht von unserem depressiven Wilhelm als Musiklehrerin begrüßt.« Sie senkte die Stimme. »Er glaubt, er zähle zu einer aussterbenden Art, weil sie seit dem Krieg so viele Butler entlassen haben. Ich habe ihm schon hundert Mal gesagt, die Fairmanns sind viel zu vermögend, um uns fleißiges Personal loswerden zu wollen.« Anschließend klopfte sie Emilia auf die Schultern. »In dem Fall sind wir hier wohl falsch, Kind. Komm, ich bring dich nach oben zu den Fräuleins.«

Emilia konnte nicht von sich behaupten, eine besonders gute Menschenkenntnis zu besitzen – dazu kannte sie entschieden zu wenige ihrer Art. Oder zumindest zu wenige, die außerhalb eines Waisenhauses aufgewachsen waren. Trotzdem spürte sie in den ersten Sekunden eines Kennenlernens die Aura, die ihre neue Bekanntschaft umgab, und damit gleichzeitig die Atmosphäre, die zwischen ihnen entstand. Sie klassifizierte sie in Klängen. Den Augenblick, in dem sie in den cremeweißen Raum geführt wurde, um dort Charlotte Fairmann, Marinas Mutter und ihrer Arbeitgeberin, vorgestellt zu werden, würde sie für immer als Zweiklang – oder harmonisches Intervall – in Erinnerung behalten.

Charlotte Fairmann stand am Fenster, ein Glas mit goldgelber Flüssigkeit, die sanfte Blasen warf, in der Hand. Das Sonnenlicht traf das durchscheinende Material auf malerische Weise, sodass ein Schimmern davon ausging, das die gesamte Gestalt der Hausherrin umgab. Ihr weißes Kleid war absolut in Mode, doch saß es enger und betonte ihre grazile Figur. Das Haar trug sie in künstlich geformten Wellen, hellbraun und knapp bis zum Kinn, ein Flapper-Haarband perfektionierte ihre Erscheinung.

Mit Emilias Eintreten drehte sie sich um, ihr Champagnerglas spielte einen hohen Ton, als sie es auf der Fensterbank absetzte, während sie beim Anblick ihrer Besucherin einen ebenso hohen Laut vernehmen ließ. Ihre Mundwinkel verzogen sich zu einem strahlenden Lächeln, sie machte eine elegante Handbewegung, die nichts zu bedeuten schien, aber hübsch aussah.

»Die Musiklehrerin.«

Diese Feststellung mutete zweifach schön an. Weil sie erstens klang, als freue sie sich darüber, Emilia kennenzulernen, und weil sie dieser Klang zweitens zu einer bemerkenswerten Schönheit machte. Das verriet freilich noch nichts über ihren Charakter. Es sagte Emilia lediglich, dass der erste Eindruck weder gut noch schlecht war, bloß aus ästhetischer und klanglicher Sicht schön. Neben ihr kam sich Emilia wie ein waschechter Bauerntrampel vor, obwohl *sie* aus der Stadt kam und die Villa Winter außerhalb davon lag.

»Charlotte Fairmann«, stellte sich die Hausherrin breit lächelnd vor. Ihre Augen waren dunkel geschminkt, die Wimpern sahen aus, als seien sie künstlich verlängert. Sie maß Emilia mit einem sehr raschen Blick, wollte vielleicht vermeiden, zu lange auf ihr etwas zu großes und zu grob gewebtes Kleid zu starren. »Ich freue mich, Sie kennenzulernen, Fräulein Sommer. Ich hoffe, wir können sehr bald zu einem bekömmlicheren Du wechseln, wenn wir das ganze Kennenlernen hinter uns haben.« Sie sah sich mit klimpernden Wimpern um. »Wo steckt denn jetzt unsere junge Musikschülerin?«

So, wie sie es sagte, hörte es sich ein wenig sarkastisch an.

»Marina?«, trällerte die Frau Mama in den Flur hinaus. »Sag doch bitte Hallo zu Fräulein Sommer.«

Der Kronleuchter an der Decke schwankte sachte hin und her, Sekunden darauf ertönte Fußgetrappel auf der Treppe, und keine halbe Minute später stolperte ein junges Mädchen in den Raum, hielt schlitternd an und nahm eine bemüht kultivierte Haltung ein.

»Freut mich, Fräulein Sommer, ich hoffe, Ihnen eine wissbegierige, artige und brave Schülerin zu werden.«

Es sah ulkig aus, wie dieses Mädchen im dunkelblauen Prinzesskleid mit zwei gelockten Zöpfen und einem Gesicht, aus dem der Schalk nahezu heraussprang, so allem inneren Empfinden zum Trotz steif dastand. Emilia entfuhr ein leises Lachen, das sie einfach nicht zurückhalten konnte. »Na, ich hoffe besser nicht. Andernfalls werden wir beide weder etwas Spannendes lernen noch Spaß miteinander haben.« Die Worte waren ihr über die Lippen gekommen, ehe sie sich ihrer Rolle als professionelle Lehrerin in einem gut betuchten Haushalt gewahr werden konnte. Ihr Blick glitt sorgenvoll zu Charlotte Fairmann hinüber. Marinas ebenfalls. Ihre Mutter sah mit spitzem Mund von der Schülerin zur Lehrerin, ihre Augen blitzten in einer Manier, die Emilia nicht einzuordnen wusste. Im Geiste sah sie sich schon im Tropfenwagen zurück in die Stadt rumpeln.

Ehe es so weit kommen konnte, erzitterten die Mundwinkel der Hausdame, ihr Kopf kippte nach hinten, und ihrer Kehle entwich ein hohes, schallendes Lachen, das in den Ohren klang und klingelte, vor allem deshalb, weil es sich mit Marinas mischte, und selbst Alma gluckste im Takt dazu. Emilia gestattete sich ein feines Lächeln. Das Lachen ihrer Vorgesetzten wich einem samtenen Kichern, ehe sie nach ihrem Champagnerglas griff und sagte: »Hm, ich denke, da haben sich die Richtigen gefunden.«

Das Eis war gebrochen, und Emilia atmete erleichtert auf. Marina lächelte ihr schelmisch zu, wippte mit hinterm Rücken verschränkten Armen auf ihren Fußballen. In diesem Moment, in dem sich ihre Blicke trafen und die Neugier der einen auf den Fürwitz der anderen stieß, in dem Emilia spürte, dass sie beide durchaus Spaß miteinander haben würden, und sich Marina sicher war, sie würde eine Menge lernen, entstand ein zartes Band, von dem sie noch nicht ahnten, wie stark es einmal werden würde. Noch waren sie bloß ein Mädchen aus gutem Hause und eine Waise mit einem Talent für schöne Klänge – Schülerin und Lehrerin, die vieles zu entdecken hatten, in einer Welt, die sich zu verändern begann.

»Tja, ich lasse euch mal allein. Vielleicht kannst du deiner neuen Lehrerin eine Führung geben, Marina? Ich werde mal eben ein paar Anrufe tätigen.« Charlotte Fairmann winkte mit vier Fingern ihrer Hand, die glitzernden Armreifen schlugen klingend gegeneinander, und mit diesem sanften Ton entschwand sie durch eine der unzähligen Türen, die in diesen Raum führten. »Wir sehen uns beim Abendessen.«

»Sofern ich es rechtzeitig zubereiten lasse«, bemerkte Alma mit einem Aufseufzen. »Hoffen wir mal, das Mädel unten stellt sich nicht auch als was anderes heraus als meine angedachte Hilfskraft.« Sie nickte Marina zu. »Das meiste hier kennt sie schon.« Damit schob sie ihren Körper aus der Tür hinaus, durch die sie Emilia geführt hatte.

Marina sah ihr stirnrunzelnd nach.

»Sie hat mich für die neue Hilfskraft gehalten«, klärte Emilia das Mädchen auf, »weshalb ich mit einigen der Räumlichkeiten vertraut gemacht wurde.«

»Den langweiligen, vermute ich«, stellte Marina fest. »Nimm es ihr nicht übel, wir hatten alle eine ältere Frau in einem strengen Kostüm erwartet.« Sie senkte die Stimme: »Ich bin froh, dass du das nicht bist. Hoppla! Jetzt habe ich Du gesagt. Verzeihung!«

Emilia winkte lachend ab. »Ich bitte darum. Nenn mich Emilia. Man kann sich nicht anständig in der Musik verlieren, bleibt man dabei zu steif.«

»Werden wir uns denn in der Musik verlieren?«, erkundigte sich Marina verblüfft.

»Aber sicher«, antwortete Emilia. »Du wirst sie nie begreifen, wenn du dich nicht mindestens einmal ordentlich in ihr verloren hast.«

Die Augen ihrer Schülerin blitzten keck. »Ich kann es kaum erwarten, Emilia.« Sie drehte sich um und marschierte auf eine dritte Tür zu, die aussah, als sei sie Teil der Tapete. »Komm mit, ich zeige dir die schönen Zimmer in diesem Haus.«

Von denen es allerhand gab. Das stellte Emilia staunend fest, während sie in einem wesentlich gediegeneren Tempo als zuvor mit Alma durch die Villa Winter streiften. Marina war ein gesprächiges Mädchen, hielt nicht mit ihrer Meinung hinterm Berg, und so wurde die Hausführung durchaus amüsant.

»Hier hätten wir Mamas Zimmer. Da schauen wir besser nicht so genau rein. Nicht weil es ihr unangenehm wäre, sondern mir. Sie macht sich nicht viel aus Ordnung, noch viel weniger als ich, weißt du? Ich bin sicher, wir würden einen Schlüpfer auf dem Boden finden und wer weiß was sonst noch alles. Nein danke.«

Emilia konnte nicht einordnen, ob es in diesen Kreisen üblich war, als noch nicht mal Zehnjährige bereits wie eine halbe Erwachsene zu sprechen, oder ob Marina ein Sonderfall war. Fest stand, sie mochte es. So wie die Villa, die einen Charme versprühte, dem man sich kaum entziehen konnte. Die Tapeten waren nicht einfach nur weiß, sie drängten sich dem Auge weder auf noch kam man umhin, sie in ihrer dezent verspielten Art, hin und wieder versehen durch goldene Verzierungen, zu übersehen. Hätte Marina sie nicht eines Besseren belehrt, hätte Emilia vermuten mögen, die Fairmanns besäßen eine eigene renommierte Kunstgalerie, jedes Wandstück im Flur war mit einem noblen, goldgerahmten Porträt, Stillleben oder einer eindrücklichen Landschaft behängt. Oder mit einem Spiegel.

»Der Maler ist nicht berühmt. Er ist irgendein Cousin von Mama, und weil sie ihn als Einzige für talentiert hält, hat sie darauf bestanden, all sein Zeug aufzuhängen. *Verkannt,* nennt sie ihn immer. Und Alma behauptet, die Kunst sei ein hartes Pflaster.« Sie drehte sich zu Emilia um. »Aber Alma sagt über fast alles, dass es ein hartes Pflaster sei, das wirst du noch bemerken. Was denkst du?«

Emilia sah sie fragend an. »Wozu speziell?«

»Ist die Kunst ein hartes Pflaster?«

Emilia dachte an ihre schüchternen Versuche, sich mit ihrer nicht vorhandenen Reputation an Musikschulen und Akademien zu bewerben, an ihre Anfragen bei Etablissements in der Stadt und die ausbleibenden oder gar vernichtenden Antworten. »Ich fürchte, in diesem Fall könnte Alma recht behalten«, antwortete sie wahrheitsgemäß, fügte jedoch mit gesenkter Stimme hinzu: »Was nicht bedeutet, dass wir uns einer pessimistischen Grundhaltung hingeben sollten.« Ihr Blick schweifte ab, traf die Ornamente an den Sprossenfenstern, ehe er weiter hinaus in die Ferne wanderte. »Irgendwann kommt für jede Künstlerseele der große Tag.« Sie kehrte zurück in den Flur, zurück zu Marina. »Und wenn es nur ein einziger ist.«

Marina schien einen Augenblick lang darüber nachzudenken. »Ich glaube, ich bin eigentlich keine Künstlerseele.« Sie stellte es in einer Mischung aus Bedauern und Gleichmut fest.

»Tja, um das festzustellen, bin ich hier, oder? Mach dir keine Sorgen, solltest du es nicht sein, machen wir uns trotzdem eine schöne Zeit.« Emilia zwinkerte. Sie nahm stark an, dass es sich bei Marina um eine solche Seele handelte, fand, dass sie ursprünglich in jedem schlummerte und lediglich die Frage blieb, ob man sie im Laufe seines Lebens erweckte.

Marina erwiderte ihr Zwinkern mit einem breiten Grinsen und ging weiter den Flur entlang. »Um ehrlich zu sein, hatte ich ein bisschen Sorge, dass das eine öde Zeit wird, aber jetzt habe ich ein gutes Gefühl. Ich bin schon richtig gespannt auf unsere erste Musikstunde.«

Im Grunde hat sie längst begonnen, dachte Emilia schmunzelnd und folgte der Neunjährigen in den nächsten Raum. Wenn sie richtig informiert war, nannte sich der Stil, in dem die Villa eingerichtet war, Art déco. Das Mobiliar bestand nicht aus simplem Holz, es war mit Marketerien verziert, mit aufwendig eingearbeiteten Motiven, und scheinbar hielt man sich im ganzen Haushalt strikt an Ebenholz. Jede Lampe, jede Wandleuchte, inklusive sämtlicher Kerzenhalter wirkte verspielt und enorm kostspielig. Sie würde aufpassen müssen, keine zu schnellen Bewegungen zu machen, um nicht versehentlich etwas von dem wertvollen Innenleben zu zerstören.

»Das hier ist einer von vielen Salons, in denen sich die Erwachsenen zum Rauchen und Trinken treffen, und nebenan ist noch einer, sie lassen sich durch eine Verbindungswand zu einem großen zusammenfassen. Wahrscheinlich wirst du das noch sehen, Mama hält hier ständig Feste ab. Bestimmt soll ich eines Tages auf dem Piano vorspielen.« Sie kicherte, wuselte und erzählte weiter, ihre Stimme hallte durch die Räumlichkeiten wie eine g-gestimmte Piccoloflöte – sehr schnell, hoch und fein.

Ein Wohlklang in Emilias Ohren, die die Aufgewecktheit ihrer Schülerin wahrhaft genoss. Nicht auszudenken, wenn sie mit einem scheuen, schweigsamen Persönchen hätte üben müssen. So eines, wie sie selbst es früher gewesen war.

»Hier haben wir endlich das Musikzimmer. Ich finde es ein bisschen leer und karg, was vielleicht so sein muss.«

»Oh, wir werden es schon noch füllen.« Emilia sah sich lächelnd um. Sie würden zumindest ausreichend Platz haben. Das Zimmer wirkte höher als alle anderen, ihre Schritte hallten leicht nach, weil die Wände, mit der Ausnahme eines riesigen Familienporträts, ungeziert waren. Eine einzelne Regalwand, natürlich aus Ebenholz, in der sich verschiedene Musikinstrumente und Bildbände fanden, verlief parallel zur Fensterfront, vor der eine kleine Sitzecke eingerichtet worden war. Ohne aufwendige Accessoires und Dekoration – dankenswerterweise. Viel mehr fand sie nicht vor. In der leichten Dachschräge allerdings stand ein schwarzer Bechstein-Salonflügel, der Firmenname funkelte ihr golden entgegen. Sie kannte dieses Modell, hatte gewiss hunderte Male darauf gespielt – damals im Musiksalon der alten Dora, die sie heimlich während der Feiertage unterrichtet hatte. Dann war Madame Nicole nämlich meist abwesend gewesen. Die besten Zeiten für eine Waise, die ihr Leben besser gehört als verstanden hatte …

Emilia fuhr ehrfürchtig mit den Fingern über das Instrument, es fühlte sich glatt und kühl an. Die Rastbalken waren aus hochwertigem Nadelholz gefertigt, Rippen und Resonanzboden aus Tonholz der Bergfichte. Sie zögerte nicht, spielte ein paar Takte. Marina sah ihr gegen einen der Sessel gelehnt zu, weniger interessiert an der Musik, denn an der Spielerin. »Wie klingt er?«

»Er ist verstimmt.«

»Wie der Hausherr.« Sie kicherte. »Nur dass du den Flügel im Handumdrehen umgestimmt haben dürftest, im Gegensatz zur Laune des Herrschers über Land und Leute hier.« Ihr Kichern steigerte sich zum Lachen, ehe sie beim Anblick der erstaunten Emilia innehielt. »Och, keine Sorge, ich darf ihn aufziehen. Er ist ja kein richtiger Papa.«

Eine Bemerkung, die Emilia trotz Almas Aussage, der Herr sei so gut wie nie im Haus, aus dem Mund einer Neunjährigen befremdlich erschien. Marina beraubte sie mit ihren nächsten Worten der Chance, diese interessante Anspielung näher zu hinterfragen.

»Wahrscheinlich ist jetzt der Augenblick, um es dir zu gestehen: Ich glaube, ich bin völlig unmusikalisch. Ich wäre gern musikalisch, und alle hier im Haus würden es gleichfalls begrüßen, aber ich kann weder ein Instrument spielen noch Noten lesen. Oh, und singen kann ich eigentlich auch nicht.«

Was immerhin erklärte, warum man Emilia für täglich mehrere Stunden eingestellt hatte. Die flachse Aufrichtigkeit, mit der ihre Schülerin dies sagte und vor ihr stand, amüsierte Emilia, doch hielt sie sich dieses Mal mit einem Glucksen zurück. »Das glaube ich erst, wenn ich es mit eigenen Ohren gehört habe«, versicherte sie und fügte hinzu: »Außerdem gibt es niemanden auf der Welt, der nicht singen kann. Das ist eine Frage der Einstellung. Oder wie eindringlich einem eingeredet wurde, es nicht zu beherrschen.« Und selbst in letzterem Fall konnte eine Virtuose erblühen.

Marina sah sie an, eine schiere Ewigkeit, und Emilia sah zurück. Ein Blickaustausch, in dem sich beide stillschweigend einig wurden, dass sie von nun an Freundinnen waren.

Marina zeigte Emilia noch ihr Zimmer im Gästetrakt im zweiten Stock, und es machte bei Weitem mehr her als das enge Ding, das ihr Alma scherzhaft gezeigt hatte. Allein das Bett war bereits größer, und ein scheues Probesitzen verriet ihr, dass es komfortabler war als jedes Bett, in dem sie bislang gelegen hatte. Wie angenehm solch ein Leben sein musste, in dem sich einfach alles bequem und hübsch gestaltete.

Es stellte sich heraus, dass man in der Villa Winter neben dem ausgiebigen Müßiggang bestimmten Regeln der Annehmlichkeit folgte, die vor allem in der Verköstigung bestanden. Emilia hatte nicht geahnt, wie häufig am Tag sich Menschen einfallen lassen konnten, etwas zu sich zu nehmen. Kaum hatten sie die Hausbesichtigung beendet, hatte irgendwo eine Glocke geläutet, die den Tee ankündigte, den sie mit Marina – entgegen ihrer Erwartung – und ohne deren Mutter einnahm. Dazu aßen sie süße Küchlein, die irgendeinen italienischen Namen trugen, den Emilia sofort vergaß. Anschließend fand sie die Zeit, sich einzurichten und danach einen kurzen Spaziergang durch den Garten der Fairmanns zu unternehmen – ein prächtiger Anblick.

Emilia bemühte sich redlich darum, nicht zu eingeschüchtert zu wirken. Marina unterdessen plauderte schon wieder ohne Unterlass, und als ihr Redefluss versiegte, versuchte sie geschickt, etwas über Emilias Lebensgeschichte zu erfahren. Die sich allerdings nach ein paar Sätzen erschöpfte. Das Leben einer Waise war nun mal nicht sonderlich abwechslungsreich und noch weniger spannend.

Im Anschluss war es Zeit für das Abendessen, eine kleine Bewährungsprobe, denn Emilia war sich gewiss, durch ihre Unkenntnis, was die Etikette anbelangte, negativ aufzufallen. Zu ihrer Überraschung konnte sie der Zusammenkunft aus Marina, Charlotte Fairmann und zwei Damen, die mal eben hereingeschneit waren – und von denen Marina hinter vorgehaltener Hand behauptete, sie schneiten hier häufiger herein als ins eigene Heim – kaum eine besondere Förmlichkeit im Verhalten entnehmen. Sie lachten viel, beluden sich ihre Teller selbstständig, weil jede einen anderen Appetit hatte, und verzichteten darauf, eine Sitzhaltung einzunehmen, die ihnen Rückenschmerzen bereitete. Charlotte saß sogar zeitweilig mit einem Bein über der Stuhllehne, während sie auf den Hauptgang warteten. Sie banden Emilia in ihre Gespräche ein, als sei sie eine ebenso häufige Besucherin. Von gewissen Ausnahmen abgesehen.

»Oh, habt ihr schon das von Anton gehört? Unserem ewigen Katholiken?«

Charlotte umwickelte teilnahmslos eine ihrer kurzen Locken. »Nein, was ist denn mit unserem Langweiler? Er hat drei meiner Partys verpasst, ich weiß nicht, was ich von ihm halten soll.«

»Scheinbar hat er etwas Besseres zu tun, das er vor aller Welt geheim halten muss«, erklärte ihre Freundin verschwörerisch.

Bettie oder Nettie sprach so schnell, dass Emilia Mühe hatte, ihr zu folgen. Prestissimo, würde sie es musikalisch ausdrücken wollen. Denn nicht nur auf den Charakter von Musikstücken wirkte sich das Tempo aus, fand Emilia, sondern auch auf den der Menschen.

»Vor allem vor seiner Frau«, fügte Maria eher allegretto hinzu. Sie war eine spindeldürre Frau, deren Attraktivität entweder nicht vorhanden war oder sich durch etwas sehr Besonderes auszeichnen sollte. Charlotte setzte sich aufrecht hin, sichtbar neugierig. »Sagt dir das Eldorado etwas?«

Charlotte schlug die Hand vor den Mund. »Nein!«, rief sie aus.

»Doch«, flüsterte Bettie bestimmt und spießte eine Erbse auf ihre Gabel.

Keine der drei giggelnden Frauen präzisierte diese spektakuläre Neuigkeit, das Thema wurde fallen gelassen, ehe es wirklich zu einem geworden war. Nicht einmal Marina konnte in diesem Punkt mit ihrer Wunderfitzigkeit auftrumpfen. Zumal direkt danach das Telefon durch den Flur schrillte und alle am Tisch aufschreckte.

Dieses Mal wusste Marina Rat. »Wichtigste Regel in diesem Haus«, raunte sie grinsend, »lass niemals das Telefon unbeantwortet. Es könnte ein Anruf von größter Wichtigkeit sein, den man da verpasst. Also denk daran: Solltest du die Einzige sein, die abheben kann, tu es.«

Emilia konnte beim besten Willen nicht begreifen, weshalb ein Anruf so wichtig sein sollte, dass eine völlig Fremde ihn entgegennehmen durfte, aber sie wollte nicht schon am ersten Abend alles infrage stellen, daher nickte sie.

Als sie später in ihr ausnehmend gemütliches Bett sank, lächelte sie. Ihr erster Tag war überstanden, und sie hatte ihn nicht völlig vergeigt. Im Gegenteil. So sonderbar ihr einige der hiesigen Gepflogenheiten erschienen, sie empfand die Familie Fairmann als durchaus sympathisch und die Villa Winter als einen Ort, an dem es sich gut arbeiten ließ. Sie durfte wohl zufrieden sein mit den Entwicklungen ihres Lebens. Nicht jeder Waise war solch ein Glück beschert.

Der Tag begann in einem sanften d-Moll-Akkord, er weckte Emilia mit seiner rücksichtsvollen Gediegenheit. Sie öffnete die Augen, blinzelte ins Sonnenlicht und konnte sich für einen kurzen Moment nichts Schöneres vorstellen, als einen halb durchsichtigen weißen Vorhang, der in der Morgenbrise flatterte und ihr so edel und erhaben schien wie nichts sonst in ihrem Leben. Ihr Fenster in der Innenstadt Berlins zierte nicht einmal ein Vorhang, und die Geräuschkulisse einer erwachenden Straße sorgte meist für einen schonungslosen Einstieg in den Tag. Hier hingegen war es ruhig, wenngleich sie spürte, dass etwas in der Luft hing. Etwas, das sie noch nicht benennen konnte und diese Villa dennoch umgab. Mit Friedlichkeit hatte es wenig zu tun. Für den Augenblick schien dieses Etwas zu schlummern. Emilia erahnte es trotzdem, würde es gewiss alsbald kennenlernen. Sie wusch sich, zog sich an und trat in den Flur hinaus, schritt durch ihn hindurch, verträumt den morgendlichen Schatten folgend. Im Eingangsbereich blieb sie stehen und sah den Staubwolken dabei zu, wie sie im runden Treppenaufgang tanzten, dabei sehr leise sangen …

»Guten Morgen, Fräulein Sommer. Stehst ja mit den Spatzen auf.«

Alma machte sich einen Spaß daraus, sie auf der einen Seite Fräulein zu nennen und auf der anderen zu duzen. Sie fand wohl, Emilia stehe irgendwo dazwischen – zwischen den Bediensteten und der Familie. Nicht ganz so nobel wie Letztere, aber auch nicht so weit unten wie ihresgleichen.

»Letzten Endes bin ich eine Angestellte wie du«, widersprach Emilia.

Alma grinste bloß. »Nur mit einem schickeren Hut auf dem Kopp.«

Was den anging: Es war ja nicht mal ihr eigener.

Alma zuckte mit den Schultern. »So oder so, es ist in Ordnung. Um diesen Standesdünkel schert man sich hier nicht so, hab ich ja gesagt.«

Irgendwo über ihnen polterte es laut, was Alma sachte den Kopf schütteln ließ. »Kinder kriegen ist ein hartes Pflaster, sag ich dir, Fräulein Sommer. Die Kleene da oben macht sich noch gut, dafür dass ihre Mutter Feste und Feiern weit über Erziehungsfragen stellt. Na, wer bin ich, das zu kritisieren? Sie sind trotzdem alle schwer in Ordnung, da will ich schön den Mund halten.« Sie deutete nach oben. »Ich hoffe, deine Anwesenheit verschiebt die Art der Geräuschkulisse ein bisschen. Das Einzige, das das Mädel derzeit formvollendet beherrscht, ist Krach.«

Eine Behauptung, der zu widersprechen sich Emilia einige Stunden später vehement verpflichtet sah. Davon abgesehen, dass der Ausdruck Krach je nach Definition anders ausgelegt wurde, besaß Marina durchaus ein Gespür für Musik. Allein in ihrer Wahl, welche Instrumente sie zu spielen beabsichtigte.

»Unser Lehrplan sieht bemerkenswert aus. Deine Eltern haben sich viel für dich vorgenommen«, stellte Emilia mit einem Blick in die Mappe fest, die ihr Charlotte Fairmann – gefüllt mit den Wünschen des Hausherrn – am Morgen übergeben hatte.

Marina kicherte leise, derweil sie mit den Augen einer Fliege folgte, die durch das Musikzimmer schwirrte. »Meine *Eltern*«, schon wieder betonte sie das Wort mit leicht sarkastischem Anschlag, »haben eine sehr klare Vorstellung von Musik, weil sie Musik lieben, aber nur in dem Zusammenhang, der ihr Leben erleichtert. Sie haben noch weniger Ahnung davon als ich. Wage ich zu vermuten.«

Emilia sah sie nachdenklich an, beglückwünschte die Hauslehrerin des Mädchens zu einer solch wortgewandten Schülerin. Neun Jahre, und sie klang beinah eloquenter als Emilia selbst.

»Der ambitionierte Wunsch, richtig gut singen zu können, stammt von mir selbst.«

»Und das Bespielen von mindestens fünf Musikinstrumenten?«

Marina fing die Fliege mit beiden Händen, formte die Finger zu einer Muschel und legte ihr Ohr daran. Das aufgeregte Surren war unüberhörbar. »Mama wollte zehn, aber ihr sind nicht mal zehn Instrumente eingefallen, da haben sie die Anzahl halbiert.«

Wie einsichtig. Das Wörtchen *mindestens* schloss die zehn ja nicht aus. Allerdings würden sie eine geraume Zeit für die ersten fünf benötigen, zuzüglich des Gesangsunterrichts, damit das Endziel, bei Veranstaltungen eine »gute Figur« zu machen, wie in der Mappe zu lesen war, erfüllt sein würde. Das letzte aufgeführte Ziel klang immerhin fast bescheiden: *Die Musik ehren und schätzen lernen.* Das dürfte zu schaffen sein.

»Welche fünf hast du dir vorgestellt?«

Marina sah sie mit hochgezogenen Brauen an. »Steht das nicht in der Mappe?«

»Nicht, dass ich wüsste«, log Emilia guten Gewissens, denn wenn sie eines über das Lernen gelernt hatte, dann dass es um ein Vielfaches besser gelang, wenn die Schülerin selbst entschied, was sie zu können beabsichtigte. Überdies war sich Emilia nahezu sicher, Charlotte Fairmann würde es gleichgültig sein, welche fünf Instrumente ihre Tochter beherrschte, da es ihr schon schwerfiel, zehn davon überhaupt nur aufzuzählen.

Marina entließ die Fliege in die Freiheit und strahlte übers ganze Gesicht. »Das ist leicht«, rief sie beglückt. Sie deutete auf den Flügel. »Das«, ihr Finger wanderte weiter hinüber zum Regal, »das, das und das.« Er hüpfte von der Klarinette zu Querflöte und zur Violine. »Und …«, sie sah sich überlegend im Raum um, »die Harfe natürlich.«

Emilia unterdrückte ein Lachen. Der Gesang dürfte das am wenigsten ambitionierte Vorhaben auf dieser Liste werden. Sie nahm es gleichwohl hin, ohne mit der Wimper zu zucken. Die Fairmanns bezahlten sie ausgesprochen gut, daher war es nur rechtens, ausgesprochen gute Arbeit zu leisten. »Womit willst du anfangen?«

»Klavier! Pardon. Mit dem Flügel.« Sie hüpfte zielstrebig darauf zu.

»Ausgezeichnete Wahl«, bestätigte Emilia, hielt sie jedoch zurück. »In dem Fall widmen wir uns diesem Instrument zuerst. Aber noch nicht heute.«

Marina schob leicht die Lippen vor, ein Schmollmund, der rechtzeitig von guten Manieren und Neugierde abgebremst wurde. »Was machen wir stattdessen?«

Emilia schmunzelte. »Wir lernen, selbst ein Instrument zu sein.«

Es sollte nicht einmal eine Stunde verstreichen, ehe Emilia überzeugt davon war, ihre Schülerin verkörpere ein besonders edles. Sie hinterfragte Emilias Vorgehen keine Sekunde, quengelte nicht, wann sie denn nun endlich selbst spielen dürfe, sie ließ sich auf das ein, was Emilia ihr anbot. Mit jener kindlichen Freude, die Emilia nie hatte leben können.

»Zum Abschluss lassen wir Seifenblasen singen.« Eine simple Aufwärmübung für die Stimme, die Emilia selbst erfunden hatte – in der Badewanne des Stadtbads Wedding sitzend, das sie an ihrem wöchentlichen Badetag gern aufsuchte. Es war ein Moment kindlichen Staunens gewesen, den sie nie vergessen hatte. »Stell dir vor, du hast gerade ein Bad eingelassen und dir den Luxus mehrerer Seifen gestattet« – was in Marinas Kreisen wahrscheinlich gar kein Luxus war – »und nun steigen aus dem Seifenschaum einige Blasen empor, schimmern regenbogenfarben im Licht. Jede ist von einer anderen Größe, und lässt du sie mit deinem Finger zerplatzen, so«, sie schnippte mit dem Zeigefinger gegen eine imaginäre Seifenblase, »erklingt sie in einem entsprechend anderen Ton. Die großen hören sich tiefer an, die kleinen höher.« Sie schnippte nach einer großen Blase, sang das tiefe C, sie tippte gegen eine kleinere und verhauchte sie mit einem hohen C.

Marina folgte mit leuchtenden Augen ihren Bewegungen, benötigte keine zweite Aufforderung, um in das Spiel einzufallen. Bald schon sausten sie Töne singend durch das Musikzimmer, folgten Seifenblasen, die nur vor ihren inneren Augen aufstiegen, und verfielen in einen Tanz der Sinne, in dem Körper und Stimme, Herz und Geist verschmolzen – und mit ihnen zwei Fräuleins, ein kleines und ein etwas größeres. Marina rutschte, sich eben noch auf der Jagd nach einer winzigen Seifenblase im Kreis drehend, auf dem blank polierten Boden aus und plumpste auf ihren Hintern. Kurz schaute sie verdutzt drein, ehe sie in ein Gelächter ausbrach, in das Emilia kichernd einfiel.

Als später Alma ihren Kopf durch die Tür steckte und sie beide japsend auf dem Boden vorfand, staunte sie nicht schlecht. »Ich hab mich geirrt, jetzt machen sie beide Krach!«, stellte sie kopfschüttelnd fest.

»Mitnichten, Alma, wir bringen lediglich unsere Körper zum Schwingen.«

Die Haushälterin gluckste leise, schüttelte abermals den Kopf und erklärte sie für verrückt.

Emilia rollte sich auf ihren Bauch und grinste Marina schelmisch entgegen. »Wie es aussieht, ist dein Zwerchfell vollkommen in Takt. Das bedeutet, die Chancen stehen gut, dass aus dir eine begnadete Sängerin wird.«

So hatte sich also Marina Fairmanns erste Musikstunde zugetragen. Sie würde sie niemals vergessen, genauso wenig wie den Rest ihres Kennenlernwochenendes, das sie beide überrascht hatte und wie im Flug vergangen war. Emilia hätte niemals angenommen, in einer Neunjährigen eine so aufgeweckte Schülerin zu finden, die sich auf jede noch so unerwartete Übung einließ. Derweil sich Marina nicht hätte träumen lassen, dass Musikunterricht dieserart abwechslungsreich sein könnte.

Der Sonntagnachmittag kam viel zu schnell, Emilias Abreise stand unmittelbar bevor, und beinah stimmte sie das traurig. Die Villa Winter war ein heller Ort, den die Musik zwar noch nicht beherrschte, sich aber auf dem Weg dorthin befand. Ihr Zimmer in Berlin mochte erfüllt davon sein, allein, was nutzte es, wenn jeder Ton dort eingesperrt bleiben musste oder im Straßenlärm verpuffte, sobald man ihn durchs Fenster entließ?

So schlenderte Emilia in einer Mischung aus guter Laune und Abschiedsschmerz durch den Flur, um gleich einen letzten Tee mit Marina und Charlotte einzunehmen und im Anschluss von Ludwig abgeholt zu werden, als plötzlich das Telefon, unmittelbar vor ihr auf einem Holztischchen stehend, aufheulte. Den Klang dieser Apparaturen mochte sie nicht, konnte sich aber nicht erklären, weshalb.

Sie zögerte, sah sich um, lauschte auf herannahende Schritte. Niemand schien auf dem Weg, um abzuheben, kein Fußgetrappel kündigte Marina an, noch hörte sie das Klirren von den gegeneinanderschlagenden Armreifen der Hausherrin. Von den Bediensteten gleichfalls keine Spur. Emilia spürte die Unruhe in sich, erinnerte sich an Marinas Worte, kein Anruf dürfe unbeantwortet bleiben, und scheute sich doch davor, dem als Fremde in diesem Haushalt nachzukommen.

Jetzt mach schon, der Apparat wird dich nicht beißen.

Schließlich, als das Läuten eine ganze Weile anhielt, ohne dass es jemand zur Kenntnis genommen hätte, fasste sich Emilia ein Herz und hob ab.

»Ah, endlich bequemt sich jemand dazu, das Telefon auch zu benutzen«, ertönte eine schlecht gelaunte männliche Stimme, noch ehe sich Emilia hätte melden können. Sie wirkte noch jung, jungenhaft beinah, obschon sie zu einem Menschen gehören musste, der es gewohnt war, zu delegieren. »Wofür bezahle ich Sie eigentlich? Fürs Nichtstun?«

Emilia erkannte in Sekundenschnelle, um welchen Menschen es sich handeln musste, antwortete, wie so manches Mal, ohne nachzudenken, ihrem Arbeitgeber: »Fürs Musizieren.« Keinesfalls wollte sie damit provokant klingen, noch frech oder respektlos. Sie hielt sich schlicht an die Wahrheit, die rein rhetorische Frage zu spät als solche erkennend.

»Wie bitte?« Es schwang Irritation in dem aufkommenden Ärger mit.

»Emilia Sommer, freut mich, Sie kennenzulernen. Ich bin die Musiklehrerin.«

»Die Musiklehrerin?«, echote Herr Fairmann, als würde er sich fragen, wann und ob er eine solche Person eingestellt hatte.

»Ja, ich habe mich dieses Wochenende ...«

»Schon gut, schon gut!«, unterbrach er sie mit dieser Stimme, die zu jung für Strenge klang, Emilia nichtsdestotrotz durch Mark und Bein ging. »Ich weiß Bescheid. Warum spreche ich mit Ihnen?«

Emilia wurde unsicher, verfluchte sich dafür, auf Marina gehört zu haben. »Ach, weil ... weil nur ich in der Nähe war und man mich bat ...«

»Ja, das sieht ihr ähnlich. Je mehr Leute im Haus sind, desto weniger muss sie selbst tun, was?«

Emilia wusste nicht, was sie darauf entgegnen sollte, schwieg daher. Ihr Arbeitgeber seufzte tief. »Nun denn, Fräulein Musiklehrerin, würde es Ihnen etwas ausmachen, die Dame des Hauses ans Telefon zu bitten?«

Emilia nickte höflich, blickte einen Moment unsicher auf den Hörer in ihrer Hand, sich fragend, ob sie laut rufen sollte.

»Legen Sie den Hörer beiseite und holen Sie Charlotte«, hörte sie die gedämpfte Stimme aus der Muschel erklingen.

Sie nickte erneut, wisperte ein »Selbstverständlich und guten Tag« in den Hörer und machte sich auf die Suche nach der Dame des Hauses.

Das war Emilias erste Bekanntschaft mit Paul Eliot Fairmann. Nicht unbedingt vielversprechend. Und das, wo das Kennenlernwochenende sie doch eigentlich ermutigt hatte.

»Mach dir nichts draus. Du wirst nicht ihn, sondern seine Tochter unterrichten und mit ihr war es ja doch vielversprechend.« Annabelle hielt es grundsätzlich für unnötig, sich zu viele Sorgen zu machen. Sie häufte Emilia einen großzügigen Berg Kartoffeln auf den Teller und betonte im fortlaufenden Gespräch so häufig, wie erfreulich Emilias Wochenende aus ihrer Sicht gewesen sei, bis diese es selbst wieder glaubte. »Du musst mit denen klarkommen, die anwesend sind, oder? Was momentan nur ich bin, und deshalb sollten wir uns schleunigst mit den Annehmlichkeiten des Lebens beschäftigen.« Sie sprang vom Stuhl auf, wuselte in Strümpfen hinüber zu ihrer Anrichte. »Sieh mal, was ich erstanden habe. Es ist das neuste Modell und unfassbar praktikabel!«

Unfassbar war Annabelles Lieblingswort, vor allem, wenn sie etwas Neues gekauft hatte. Jeder gekaufte Gegenstand erhielt sodann Bezeichnungen wie *unfassbar schön, unfassbar preiswert* oder eben *unfassbar praktikabel.* In diesem Fall handelte es sich um ein sogenanntes Koffergrammofon, und selbst Emilia musste zugeben, dass es ein faszinierendes Gerät war. Es passte mit seiner stehenden Regulatorspindel und dem Metalltrichter haargenau in den etwa dreißig Zentimeter breiten Vulkanfiberkoffer, der sich bequem verschließen und wie Handgepäck mitführen ließ.

»Es gibt nichts Schöneres als Musik zum Abendessen. Aber von nun an können wir auch beim Picknicken welche hören, ist das nicht großartig?« Annabelle bewegte sich mit grazilem Trippelschritt zurück zum Esstisch, wuschelte sich über den kurzen blonden Bubikopf.

Bei ihr sah es reizend und sehr weiblich aus, Emilia hingegen scheute sich noch davor, sich von ihren langen Locken zu trennen. Obschon der Zeitgeist es verlangte und die Druckschriften bald täglich *Frauen haben die Hosen an* und *Weg mit den Mädchenzöpfen!* oder *Dies ist die Zeit für starke Weiber!* proklamierten, so mochte Emilia ihr langes Haar. Sie arbeitete schließlich wie die meisten Frauen, fuhr Fahrrad und trug zuweilen Hosen; sie verhielt sich wie eine moderne Frau. Wieso sollte ihre Frisur ihr Aushängeschild sein, wo es ihr Verhalten ebenso konnte? Würde sie es irgendwann schön oder praktisch finden, konnte Annabelle ihr diesen unfassbar talentierten Friseur gern vorstellen. Jetzt nicht. *»Jetzt nicht, jetzt nicht«*, seufzte Annabelle immer, wenn Emilia sie dieserart vertröstete.

»Es würde dir stehen, so viel steht fest.«

Es schien eines von Annabelles besonderen Anliegen zu sein, Emilias Leben zu perfektionieren, selbst wenn diese es auch ohne die Hilfe ihrer Freundin recht passabel fand.

»Die Männer würden auf dich fliegen, würdest du es nur mal zulassen. Was mich zu der Frage bringt, nein, eigentlich eher zu der Aufforderung, mit mir später noch auszugehen. Lass uns ein bisschen tanzen, du bist um zehn zu Hause, das verspreche ich dir, nur vorher – bitte, bitte, bitte – gönnen wir uns noch ein bisschen Spaß!« Sie redete bereits auf Emilia ein, als kenne sie deren ablehnende Antwort, versuchte, sie mit flehentlich gefalteten Händen zu überzeugen.

»Hast du noch nicht genug getanzt?«

»Sicher, bloß du nicht, und ich muss dir unbedingt diesen neuen Tanz zeigen – er heißt Turkey trot, übersetzt Truthahn-Trab, ist das nicht lustig?«

Emilia ließ sie noch einen Augenblick länger mit den Wimpern klimpern, ehe sie lachend nachgab. »Na gut, weil du es bist.« Sie hatte nichts gegen einen gelegentlichen Tanzabend, erschreckend fand sie, dass die Menschen dieser Tage aus einem gelegentlich ein täglich machten. Selbst Emilia ließ sich gern treiben, blieb aber stets auf dem Boden der Tatsachen, der besagte, dass sie im Leben etwas erreichen wollte. Ausschweifende Partys mit Gedächtnisverlust würden sie gewiss nicht an ihr Ziel bringen, genauso wenig wie Annabelles Weg der Verführung, der in ihrem Fall bestimmt nicht glückte. Was nicht hieß, dass sie nicht vorhatte, die nächsten Stunden zu genießen.

Die Bar war zum Bersten gefüllt mit Tanzwütigen, die Musik klang laut, die meisten Besucher schienen nicht mehr nüchtern oder trunken von etwas, das sie Freiheit nannten. Überall giggelte und johlte es, Mädchen saßen auf Schößen von sowohl Männern als auch Frauen, ihr Kichern begleitete jeden Schritt wie ein Klingeln in den Ohren. Die Lichtstimmung lag irgendwo zwischen gedämpft und grell, in dem die überschminkten Gesichter der Damenwelt wie verrückte Fratzen wirkten. Emilia hielt inmitten des Treibens inne, schloss die Augen. Eine ganze Symphonie ergoss sich über sie, während die Eindrücke dieses Abends sie umfingen, mal wohlklingend, mal abstoßend.

»Was machst du denn? Na, komm!« Annabelle schlang lachend ihre Federboa um Emilias Hals und zog sie mit sich. »Ich verwandle dich jetzt in einen Truthahn!«

In der Tat eine zutreffende Beschreibung für diesen Tanz, bei dem man mit seitlichen Sprungschritten und übertrieben weit auseinanderstehenden Füßen, den Hintern herausstreckend und die Arme wie Flügel flatternd, übers Parkett trabte – entweder allein oder als Paar. Emilia verfiel bald in dasselbe gackernde Gekicher wie all die anderen, tanzte und lachte, die Welt drehte sich im Lichtglanz Hunderter funkelnder Sterne, doch ihr Geist blieb klar. Wie immer schrieb sie Note für Note mit, würde eine weitere Komposition aus diesem Abend machen, festgehalten in ihrem Hinterkopf und bereit, eines Tages den Weg aufs Papier zu finden.

Berlin, August 2004

Das war der Augenblick. Der, auf den sie gewartet hatte, den sie genießen würde, und nichts konnte sie davon abhalten. Weder Lampenfieber noch der erwartungsvolle Blick ihres Vaters oder das selige Lächeln ihrer Großmütter und schon gar nicht die unwirsche Kuh von der Presse, die immer aussah, als würde sie einen in ihrer Kritik verreißen, um letztlich doch ganz nettes Zeug zu schreiben. Dieser Moment gehörte ihr, ihr ganz allein. Sie spielte nicht für eine große Karriere, nicht, um ihren Vater glücklich oder ihre Dankbarkeit gegenüber ihren großmütterlichen Mentorinnen geltend zu machen, sie spielte nicht für die Zuschauer und die Pressemitteilung. Sie spielte für sich. Und für die Musik selbst. Für das Erfüllende, das sie gemeinsam erlebten. Weil sie es liebte und sie für diesen Auftritt einen langen, anstrengenden und wunderschönen Weg zurückgelegt hatte.

Sie spürte sämtliche Blicke auf sich, mehr als zweitausend Menschen, die gespannt darauf warteten, ihren ersten Ton zu hören. Das Scheinwerferlicht, das einzig auf sie gerichtet war, verhinderte, dass sie die Gesichter der Menschenmasse sehen konnte, denn das wäre ziemlich sicher der Moment gewesen, in dem die Nervosität sie so weit gehabt hätte, unter ihr zu erzittern. So aber stand sie völlig ruhig da – ein junges Ding von zwanzig Jahren in einem hübschen roten Abendkleid und einer Stradivari-Violine in der Hand. Zaghaft klemmte sie ihre Gefährtin zwischen Kinn und Schulter, schloss die Augen und hob den Bogen an. Sie konnte beinah hören, wie in der gesamten Berliner Philharmonie der Atem angehalten wurde.

Ganz ruhig.

Und dann legte Elodie Wagner los, und alles um sie herum verschwand, sie versank in jenem Zustand, den sie den *goldenen Rausch* nannte. Es existierten nur sie, ihre Violine und das, was sie zusammen erschufen.

Sie erwachte erst wieder aus ihm, als sie das Meeresrauschen hörte, das sich in das Geprassel aufeinanderschlagender Hände und trampelnder Füße verwandelte. Sie schlug die Augen auf und sah sich inmitten von ihnen. Inmitten der Zuschauer (die meisten davon hatten sich von ihren Plätzen erhoben), inmitten ihrer Mitspieler (die meisten davon alte Hasen, die wussten, wie man dem Applaus entgegentrat) und am Anfang ihrer Karriere. Scheinbar hatte sie einen erfreulichen Auftakt hingelegt.

Ihr Vater sah das anders, seiner Meinung nach war sie längst über das Anfangsgeplänkel hinaus und rangierte unter den besten Newcomern dieses Jahrzehnts – allein dieser Abend sei der Beweis dafür. Elodie wusste es besser. Sie war zwanzig Jahre alt, unerfahren und musikvernarrt, das machte noch keinen Weltstar aus ihr. Was nicht bedeutete, dass es sie nicht mit Stolz erfüllte, heute Abend hier zu stehen und die *Violinromanze Nr. 1 G-Dur* von Beethoven ohne Orchesterbegleitung eingeleitet zu haben. Das Stück zählte immerhin zu einem der schwierigsten für die Violine, und gewiss gab es nicht viele Zwanzigjährige, die diesen Part spielen konnten.

Es stimmte auch, dass sie nicht zum ersten Mal hier auftrat. Ihre Bühnenkarriere hatte bereits im Alter von vierzehn Jahren begonnen, damals auf der Parkbühne Wuhlheide. Wahrscheinlich hatte sie schon auf fast jeder Bühne Berlins gestanden, angetrieben von einem Ehrgeiz, der nicht immer ihr eigener war, aber hier in der Berliner Philharmonie fühlte sie sich am wohlsten. Sie mochte die subtile Asymmetrie der Architektur, die terrassenartige, in fünf Blöcken unterteilte Zuschauerloge – und dass die Bühne mittendrin war und damit kaum eine Trennung zu den Zuschauern bestand. Sie alle wurden durch die Aufführung eins – umfangen von der Schönheit der Musik.

Elodie gestattete sich ein Lächeln, verbeugte sich mit den anderen und verließ mit einem Gefühl der Glückseligkeit den Saal. Dies war der Anfang. Hieran würde sie sich noch lange erinnern.

»Du warst unglaublich!«

»Dein erster Soloauftritt und gleich so souverän!«

»Der Hammer!«

»Warst du nervös?«

»Du standest da, als hättest du nie etwas anderes gemacht. Ich bin so stolz auf dich!«

Elodie nahm das Geplapper ihrer Freundinnen wie durch einen Schleier wahr, beteiligte sich stumm am Gespräch, nickte hier, lächelte da. Sie benötigte immer etwas Zeit, um nach einem Auftritt wieder zu sich zu kommen, zurück in die reale Welt. An diesem Abend allerdings befand sie sich nach dem nur sehr kurzen Moment für sich allein in der Künstlergarderobe immer noch in diesem nebulösen Zustand, der alles um sie herum leicht entsättigte. Stimmen klangen dumpfer, Farben wirkten wie in einem vergilbten Fotobuch. Sie hielt ein Glas in der Hand, ohne zu wissen, wie es da hingekommen war. Sie selbst hatte es sich bestimmt nicht geholt, mochte den Geschmack von Alkohol nicht. Und nervig war es außerdem, denn es stellte sich als unpraktisch heraus, so häufig, wie ihr bekannte und unbekannte Menschen gratulierten und dafür die Hand schüttelten.

»Genau genommen hat sie ja schon etwas Übung, hm?« Die Stimme ihres Vaters, nicht überheblich, lediglich dezent blasiert – wie stolze Väter eben so sind, die zudem einen wichtigen Posten in der Gesellschaft bekleideten.

Emmi und Becca verstummten bei seinem Anblick, Becca aus Höflichkeit, Emmi, weil sie sich das Lachen verkneifen musste. Sie gehörte zu jener Sorte junger Erwachsener, die einer älteren Person nur Respekt zollten, wenn es auch umgekehrt der Fall war, und da Johannes Wagner in Elodies Freundinnen lästige Wesen sah, die seine Tochter davon abhielten, eine virtuose Künstlerin zu werden, fehlte es beiden Parteien an jenem Respekt. Dazu kam, dass sich Emmi schon immer über seinen Beamtenschnauzer lustig gemacht hatte – *nicht verbeamteter Beamtenschnauzbartträger* nannte sie ihn. Becca warf ihr einen tadelnden Blick zu, den Emmi ignorierte, während Elodie immer noch damit beschäftigt war, eine Möglichkeit zu finden, ihr überflüssiges Glas loszuwerden.

Der nicht verbeamtete Beamtenschnauzbartträger schritt mit einem breiten Lächeln auf den schmalen Lippen zu Elodie hinüber, um ihr ein Küsschen auf die Stirn zu hauchen – sein Zeichen der Anerkennung. »Sehr gut, Liebes.«

Elodie lächelte abwesend.

»Es macht sich bezahlt, früh genug Bühnenluft zu schnuppern«, merkte er an und erntete dafür ein zynisches Lächeln von Emmi.

Sowohl Elodie als auch Becca ahnten, was sie jeden Augenblick äußern würde, und Becca legte vorsorglich eine Hand auf ihre Schulter. Es war nicht der Zeitpunkt für Streitgespräche, vor denen Emmi so gut wie nie zurückschreckte. Selbst dann nicht, wenn sie einem angesehenen Richter und Politiker gegenüberstand, dem man besser nicht unter die Nase rieb, dass es seiner Tochter ja wohl leichter als normalsterblichen Töchtern fallen dürfte, auf den Berliner Bühnen *herumzuschnuppern.*

»Absolut, und heute hat sie sich selbst übertroffen«, stimmte Becca in ihrem angepassten Konversationston zu und krallte ihre Finger in Emmis Schulterblatt.

»O ja, das Üben hat sich bezahlt gemacht.«

Emmi öffnete wieder den Mund, doch Becca kam ihr zuvor. »Sie sagen es, Elodie ist so fleißig.«

»Ohne Fleiß, kein Preis.«

Emmi kochte sichtlich, Becca lächelte freundlich, Elodie hatte das Gefühl, einer Langspielplatte zu lauschen, die einen Sprung hatte und immer wieder dieselben Sätze verlauten ließ.

»Ah, Richter Wagner, was für ein herrlicher Abend, Ihr Fräulein Töchterchen ist ja wirklich eine Augenweide und eine Künstlerin der Meisterklasse!«

Das waren die eigenartigsten Bewunderer, die es fertigbrachten, mit ihrem Vater über Elodie zu sprechen, während sie nur einen Meter danebenstand. Wer auch immer dieser Mensch war, der sie da in höchsten Tönen lobte, ohne ihr persönlich irgendeine Beachtung zu schenken, die Freundinnen waren allesamt dankbar für seinen Auftritt, denn er schleifte Johannes Wagner von ihnen fort und beendete das alberne Abklatschen von Floskeln zwischen ihm und Becca.

»Aua«, beschwerte sich Emmi prompt und schüttelte Beccas Hand ab. »Was sollte das? Ich darf mich ja wohl dazu äußern, wenn, sorry, Elodie, dieser Volltrottel sein selbstgefälliges Geschwätz vom Stapel lässt. Ich spiele genauso lang wie Elodie, kacke halt, dass mein Vater nur Zugführer ist.«

»Schon klar«, seufzte Becca, »aber das heißt ja nicht, dass du bei jeder Gelegenheit mit ihm diskutieren musst. Davon abgesehen, bist du ja wirklich nicht die Fleißigste.«

Eine Wahrheit, die Emmi geflissentlich überhörte und stattdessen lieber eine Grimasse hinter Elodies Vater schnitt. »Sorry«, murmelte sie halbherzig.

Elodie winkte ab. »Ist schon okay, hast ja recht.«

»Absolut, ich wollte dir bloß nicht deinen großen Abend versauen.«

»Ach, kommt das Einsehen doch noch?«, murmelte Becca.

Elodie lächelte über die Gegensätzlichkeit der beiden Frauen und verstand sie beide. Sie kannten sich aus dem Kindergarten, waren trotz verblüffender Gegensätze seit dem ersten Tag beste Freundinnen. Wer sie schätzte, rief sie aufgrund der farblichen Übereinstimmung ihrer Haare – rot, röter am rötesten – scherzhaft »die drei Hexen«, wobei sich dem Ausspruch meist der spontane Zusatz »wild, wilder, am wildesten« anschloss. Emmi bewegte sich in beiden Fällen auf Höhe des Superlativs, während Becca und Elodie ihre Rollen zuweilen tauschten.

»Jedenfalls warst du der Hammer, und wahrscheinlich hat es nicht mal was mit dem blöden Üben zu tun. Manche sind halt dafür geboren.« Hin und wieder hörte sich Emmi an wie ein Wörterbuch der stärksten Kraftausdrücke. Jetzt sah sie zu Elodie, anschließend zum unangerührten Glas in deren Hand. Sie grinste, nahm das Glas und leerte es in einem Zug. »So«, stellte sie fest und das Glas auf einen leeren Stehtisch, »jetzt geht es uns beiden besser.«

Es war kurz nach Mitternacht, als sie die Philharmonie verließen, weil ihre Großmütter allmählich müde wurden – beachtlich, da die eine sechsundsiebzig, die andere fast neunzig Jahre alt war und ihre junge Enkelin schon vor Stunden die ersten Anzeichen von Erschöpfung gespürt hatte.

»Du hast ja auch zwei Stunden auf der Bühne hinter dir, mein Schatz«, meinte Oma Maresa.

Was nichts daran änderte, dass sie die rüstigsten Großmütter der Welt waren. Die kühle Nachtluft schärfte endlich wieder ihre Sinne, und Elodie spürte das Adrenalin in ihrem Blut verebben und die Müdigkeit endgültig über sich hereinbrechen. Sie ging zwischen ihren beiden Omas, fühlte sich ihnen wie immer näher als ihrem Vater, der in schnellem

Schritt vorauseilte, um den Wagen zu holen. Sie hätte ihre Beziehung zu ihrem Vater niemals als schlecht bezeichnet, dazu war sie viel zu harmoniebedürftig. Aber da sie kaum Zeit miteinander verbrachten, fiel es ihr schwer, sich ihm verbunden zu fühlen. Sie lebte, seit sie denken konnte, bei ihren Großmüttern, den *Damen von Winter*, wie sie sich geheimnisvoll nannten. Nach der Villa, in der sie ihre Musikakademie gegründet hatten. Die Villa Winter war irgendwann im 19. Jahrhundert als Burgvilla erbaut worden und befand sich schon immer im Besitz der Familie. Sie war riesengroß und wunderschön – wie geschaffen, um daraus eine Schule zu machen. Das Beste, das Elodie passieren konnte. Denn mit einem Vater, der mehr Zeit am Gerichtshof als in seinem Stadthaus verbrachte, und einer Mutter, die kurz nach Elodies Geburt verschwunden war (im wahrsten Sinne des Wortes spurlos) konnte ein Mädchen froh sein, gleich zwei Großmütter zu besitzen, die sich seiner annahmen. So wohnte sie seit ihrem vierten Lebensjahr in jener Villa, umgeben von Musik und Kunst. Was es nur verständlich machte, dass sie in die musikalischen Fußstapfen ihrer Omas trat. Sehr zur Freude ihres Vaters, dessen Stolz und Ehrgeiz mit ihrer Entscheidung, eine Ausbildung an der Akademie zu beginnen, augenblicklich erwacht war. Von diesem Tag an hatte er beides protegiert, geschürt und befeuert. Wären ihre Großmütter nicht gewesen, wer weiß, vielleicht hätte Elodie bald die Lust an der Musik verloren.

»Das war ein großer Abend, Kleines«, versicherte Oma Maresa lächelnd, als ihr Elodie in den Wagen half, und tätschelte ihre Wange. »Der Tag, an dem man zum ersten Mal die alleinige Aufmerksamkeit genießt, ist ein besonders prägender.« Sie beugte sich zu ihr und fügte raunend hinzu: »Lass dir das bloß nicht von deinem Vater versauen, er hat keine Ahnung von unserem Metier.«

Was besagten Vater nicht davon abhielt, die gesamte Heimfahrt Reden darüber zu schwingen, wie eine Karriere als Musikerin auszusehen hatte. Elodie schaltete, den Rat ihrer Oma beherzigend, auf Durchzug und ließ ihn reden. Erst als sie die Akademie erreichten und die Stufen zur Villa hinaufgingen, wurde sie bei seinen leicht eingeschnappten Worten wieder hellhörig: »Einzig das Kleid, mein Schatz, war daneben. Musste es ausgerechnet dieses sein? Was hattest du gegen das lange schwarze, das ich dir besorgt hatte?«

Och, gar nichts, außer dass du darin wie eine Nonne ausgesehen hättest.

»Ach!«, kam es zweistimmig von den Damen von Winter. »Johannes, reiß dich am Riemen, sie ist zwanzig, nicht fünfzig!«

Elodie ahnte, dass er aufbegehren wollte, ehe Oma Maresa ihm das Wort abschnitt: »Wäre es zu viel verlangt, dich wie ein gewöhnlicher Vater für dein Kind zu freuen? Ohne Wenn und Aber oder diverse abstruse Zukunftspläne?«

Ihr Sohn nickte mit verkniffenem Lächeln und beließ es dabei. Für den Moment.

Elodie benötigte nicht viel Schlaf, insbesondere nicht nach einer Aufführung. Als müsse sie sich prompt wieder ins Proben stürzen, erwachte sie noch vor Sonnenaufgang und war sofort hellwach. Handelte es sich um ein Wochenende, folgte sie einem allmorgendlichen Ritual, das bereits seit frühester Kindheit bestand: Barfuß und im Schlafanzug verließ sie ihr Zimmer, um durch die Flure der Akademie zu wandeln und sie in ihrer geheimnisvollen Pracht auf sich wirken zu lassen. Elodie bezeichnete sich nicht als Träumerin, im Gegenteil, sie bevorzugte einen klaren Kopf, der die Dinge schnell und eindeutig erfasste. Gleichzeitig verlangte sie beinah fanatisch nach der Harmonie der Dinge und befand sich auf der permanenten Suche nach Stimmungen. Sie waren überall, wehten durch die Luft, in sanften Wellen oder wilden Strömen, mal schwingend, mal singend, in jedem Fall immer musikalisch. Die Villa Winter umfasste ein schier unendlich breites Stimmungsspektrum. Angefangen bei denen der Schülerschaft, die aus so vielen Individuen bestand, dass ihre Launen gar nicht anders konnten, als überall herumzulungern. In den Klassenräumen ebenso wie in den Gemeinschaftssälen oder den Fluren. Selbst in der weitläufigen Gartenanlage. Elodie spürte dennoch sehr deutlich und nebenbei bemerkt schon ziemlich lange, dass da noch etwas anderes war, das sich in der Akademie versteckte – verborgen in jedem Winkel, jeder Wandfaser, jedem Stützpfeiler. Als sie im Alter von vier Jahren das erste Mal in der Eingangshalle gestanden hatte, hatte sie es bereits vernehmen können, das zaghafte Etwas, das hier lebte ... überall. Wie ein leises Flüstern, einem geheimnisvollen Singsang gleich, hatte es sie begrüßt und umschlungen, und Elodie wusste, dass etwas in dieser Villa auf sie gewartet hatte. Sie konnte sich dieses Wissen nicht erklären, aber es war ihr geblieben, war zur Überzeugung geworden, die sie nun, mit zwanzig Jahren, immer noch in sich trug. Sie und die Akademie gehörten zueinander, verbunden durch eine uralte Kraft, die sie nicht kannte und vielleicht nie kennen würde. Das Wissen allein genügte ihr. Berührte sie das Treppengeländer, hörte sie es atmen, spielten ihre Finger mit der Wandtäfelung, schlug deren Herz im Gleichtakt mit ihrem. Das war ihr Ritual. Sie begrüßte den Tag mit einem Spaziergang durch die Akademie, erwachte mit ihr zusammen, wenn sie die ausgestreckte Hand über die Möbel gleiten ließ.

»Guten Morgen«, murmelte sie, sobald die Sonne schließlich aufging und die Musikakademie Winter freundlich mit ihren ersten Strahlen umarmte.

Für die anderen gehörte Elodie und ihre seltsamen morgendlichen Gewohnheiten zum Alltag der Akademie, niemand wunderte sich mehr darüber. Sie wussten alle, dass Elodie die Enkelin der Schulleiterinnen war, und anders, als man hätte annehmen können, betrachteten sie sie deshalb nicht mit Argwohn. Warum auch? Ihre Großmütter behandelten sie haargenau wie jeden anderen, weder besser noch schlechter. Elodie fühlte sich wie eine gewöhnliche Schülerin, daher schlief sie, obwohl die Akademie seit eh und je ihr Zuhause war, mit den anderen im Schüler- und Studententrakt und teilte sich ihr Zimmer mit Emmi. Die gehörten zu den ältesten oder, präzise ausgedrückt, den langjährigsten Schülerinnen, die bereits als Zehnjährige neben der Regelschule ihre Ausbildung begonnen hatten. Als Kinder- und Jugendakademie war das Studium in drei Etappen möglich, im Alter von zehn, fünfzehn oder achtzehn Jahren. Letzteres war das gewöhnliche Regelstudium – die Einstufungen mit zehn und fünfzehn galten jenen mit ausgeprägtem Ehrgeiz oder besonders ausgebeultem Geldbeutel. Obwohl in Elodies Fall beides davon zutreffen mochte, zählte noch etwas anderes dazu: Sie war dem Ruf der Villa gefolgt. Die Musik lebte in ihr.

Als sie an diesem Samstagmorgen durch den Flur tappte, der Sonne zusah, wie sie das altmodische Mobiliar beschien, das vermutlich seit ewigen Zeiten genauso hier herumstand – ihre Omas waren zuweilen sehr nostalgisch veranlagt –, ergriff sie wieder einmal das beseelte Gefühl, genau am richtigen Ort zu sein. Die Stadt machte ihrer Ansicht nach nicht viel her, sie war laut, voll und reizüberflutet. Gedanken ließen sich hier draußen viel besser formen und ordnen, Musik allemal wirkungsvoller gestalten. Nein, sie gehörte hierher. Zur Villa Winter, zu den Damen von Winter, zur Musik, die hier zum Leben erwachte.

Im Erdgeschoss verriet ein leises Rascheln, dass zumindest eine ihrer Omas ebenfalls auf den Beinen war. Oder Martina, die blutjunge Pflegekraft, die Elodies Vater eingestellt hatte, um den Damen von Winter etwas zur Hand zu gehen – was diese für vollkommen unnötig hielten. Aber weil Martina laut ihnen ein sehr nettes Mädchen war und sie sie gern mochten, blieb sie im Haushalt. Für den Fall der Fälle und weil es angenehmer für die junge Frau war, als auf der Sozialstation zu arbeiten. »Man muss die Menschen ja nicht schon in jungen Jahren verheizen.«

Jedenfalls konnte es kaum jemand anderes sein, denn an den Wochenenden kehrten die Schüler nach Hause zu ihren Familien zurück, und seit dieser Woche waren außerdem Sommerferien. Es bedeutete eine friedliche und ruhige Zeit für die Akademie, in der sie ein bisschen aufatmen konnte. Vollkommen gleichgültig nämlich, wie alt Schüler und Schülerinnen waren, hatten diese nichts als Blödsinn im Kopf. Das meiste davon ließen die Damen von Winter ihnen durchgehen, von den Spielchen mit Streichhölzern und Feuerzeugen abgesehen. In diesem Punkt waren sie ziemlich streng, seit die Villa irgendwann vor fünfzig Jahren oder länger einmal gebrannt hatte. Aus diesem Grund befanden sich die Schlafbereiche im ersten Stock – von denen der betagten Schulleiterinnen abgesehen, die sich im Erdgeschoss eingerichtet hatten. Es herrschte überall auf dem gesamten Areal Rauchverbot, und der einzige Grund, weshalb man von der Schule fliegen konnte, war ein Verstoß gegen die Brandschutzregeln. Ansonsten vertraten die Damen von Winter die Meinung, dass Flausen zum Lernprozess gehörten, ihn womöglich sogar unterstützten, daher gingen sie gegen ihn allerhöchstens mit liebevoller Strenge vor. Ein Erfolgsgeheimnis, wie sich herausstellte, selbst wenn Elodies Vater das zunächst stark angezweifelt hatte. Eigentlich tat er das immer noch, aber Oma Maresa behauptete, es sei eben seine Art, auch nach Widerlegung seiner Meinung beratungsresistent zu sein. Elodie stimmte dieser Ansicht schmunzelnd zu und verzieh ihm.

Sie erreichte den mittleren Treppenaufgang und atmete entspannt die von den Sonnenstrahlen erwärmte Luft ein, legte den Kopf in den Nacken und kicherte leise. Ein herrlicher Sommer. Den Kopf noch nach hinten gebogen, blickte sie durch den Treppenflur nach oben bis hin zur Dachschräge. Dort oben lagerten sie die älteren Instrumente, ansonsten war das Dachgeschoss nicht belebt. Die Bauart war weniger verspielt, seit es renoviert worden war, und somit fehlte ihm der lilienthalsche Charme. Die Klassen- und Gemeinschaftsräume waren über den zweiten und dritten Stock verteilt, während sich Küche und Speisesäle im Erdgeschoss befanden. Was allerdings in jeder Etage zu finden war, waren Bilder und Porträts aus vergangenen Zeiten. Die Akademie erschien einem manchmal wie ein Museum, und wem das zu uncool oder zu altmodisch war, der konnte gehen, wann immer es ihm gefiel. Bislang war der Aufforderung nie jemand nachgekommen. Egal ob man hier als obercooler oder hochmoderner Typ Mensch ankam, früher oder später verfiel jeder dem Stil eines anderen Jahrhunderts. Das war der Zauber, den die Damen von Winter über sie alle legten. Und niemand konnte sich ihm entziehen.

Okay, einer vielleicht schon, aber der war ja erwiesenermaßen resistent gegen so manche Belehrung ... und Verzauberung.

Johannes Wagner, der im Gästezimmer im Untergeschoss genächtigt hatte, saß am Frühstückstisch, links neben sich die Zeitung, rechts neben sich einen Stapel Briefe und wirkte vollkommen entzaubert – wie immer. Er trug auch wie immer seinen Nadelstreifenanzug, als hätte er vor, demnächst zu einem wichtigen Meeting, einer bedeutenden Verhandlung oder einer alles entscheidenden Sitzung aufzubrechen. Obwohl das einzige alles Entscheidende, das er an diesem Tag zu besprechen beabsichtigte, die Zukunft seiner Tochter betraf.

Die Kritik ihres gestrigen Auftritts wurde ihr in dem Moment, in dem sie in den Speisesalon trat, laut rezitierend aus der Berliner Morgenpost vorgelesen, während ihre Omas vor ihren dampfenden Tassen Tee und Kaffee saßen und in sich hinein schmunzelten.

»… virtuos gespielt und selbstbewusst«, ihr Vater erhob einen Finger und betonte noch einmal das Wort, »*selbstbewusst* aufgetreten.« Er legte die Zeitung beiseite. »Da habt ihr's. Selbstbewusstsein erlangt man vor allem durch Übung.« Er bemerkte Elodie und gönnte sich und ihr ein zufriedenes Lächeln. »Guten Morgen. Hast du gut geschlafen? Wir haben viel vor.«

Lass dich nicht stressen, Elodie.

Manchmal kam es ihr so vor, als besäße sie noch eine dritte Oma – allerdings ausschließlich in ihrem Kopf. Ihre innere Stimme, die sie ermahnte, ruhig zu bleiben, besonnen zu reagieren. Vor allem in Gegenwart ihres Vaters. »Ach ja?«, sagte Elodie daher künstlich gähnend und tat so, als sei sie noch sehr müde.

Ihre Omas tauschten einen amüsierten Blick.

»In der Tat, ich habe gestern einige sehr vielversprechende Gespräche geführt, und aus Tschechien kam eine Anfrage bezüglich des Winterkonzerts, der ich im Grunde zur Hälfte zugesagt habe. Ich kenne den Intendanten, und es ist von großem Vorteil, internationale Auftritte in seinem Lebenslauf vorweisen zu können.«

»Sowie es von Vorteil ist, ein fertiges Studium vorweisen zu können, und ich habe meine Zwischenprüfung im Winter«, gab Elodie beiläufig zu bedenken, während sie sich einen Tee eingoss. Sie setzte sich neben Oma Maresa und lehnte sich entspannt zurück.

»Das ist ein Wochenende in Tschechien, zwei mit den Proben, das hat doch keinerlei Einfluss auf deine Prüfungen.« Er sah seine Tochter stirnrunzelnd an. »Sitz anständig, du machst dir deinen Rücken kaputt.«

»Ich bin mir nicht sicher, ob es bei einem Wochenende bleibt, die An- und Abreise muss schließlich auch bedacht werden«, konterte Elodie und blieb sitzen, wie sie saß. Ihr Vater bemerkte es nicht, er war zu vertieft in einen der Briefe, den er dem Stapel neben sich entnommen hatte. Es war ihm an diesem Morgen nicht gelungen, sein schütteres Haar so zu frisieren, dass es die werdende Halbglatze kaschierte, als Ausgleich schien er sie poliert zu haben. Elodie biss sich auf die Unterlippe und versuchte, nicht daran zu denken, was Emmi bei diesem Anblick sagen würde.

»Hier steht es. Ein Wochenende Proben im November und ein Aufführungswochenende zum ersten Advent.«

Elodie erwiderte sein zufriedenes Lächeln freundlich. »Hast du mir zugehört? Ich muss da auch hin- und wieder wegkommen.«

»Das wirst du.«

»Das kostet jeweils einen Tag.«

»Was redest du denn da, das ist ein Katzensprung, direkt um die Ecke.«

»Ein mindestens vierstündiger Katzensprung um zwei Ecken.«

Johannes Wagner sah verärgert auf. In seinem Bart, den er als Ersatz zum weniger werdenden Haar recht üppig wachsen ließ, hatte sich ein winziges Brotkrümelchen verfangen, das aberwitzig hervorlugte. »Ist das neuerdings in Mode, mir bei jedem Wort zu widersprechen?« Sein Zeigefinger donnerte mehrfach auf den Brief. »Das ist eine große Chance, Mädchen! Hast du denn gar keinen Ehrgeiz, bist du denn gar nicht stolz, dass man dir die Ehre erweist ...?«

Elodie bemerkte die anschwellende Stirnader in seinem sonst ebenmäßigen Gesicht und legte ihm beruhigend die Hand auf den Arm. »Doch, Papa, doch. Das ist eine großartige Nachricht, und ich freue mich. Es wäre mir nur recht, du würdest im Hinterkopf behalten, dass ich mein Studium nicht vernachlässigen darf vor lauter wegbereitenden Angeboten. Eine Musikerin ist nichts, wenn sie ihre Abschlussprüfung vergeigt.«

Weder lachte er über den Wortwitz noch schien er ihre Argumentation zu begreifen. Sein Blick traf den der Damen Winter.

»Sieh uns nicht so an. Sie hat recht«, stellten diese klar. »Wir lassen sie nur bestehen, sollten die Leistungen entsprechend sein. Vetternwirtschaft gibt es hier nicht.«

Ihr Vater sprach den Gedanken nicht aus, aber Elodie wusste, dass er gern behauptet hätte, das habe sie auch nicht nötig. Dennoch ließ er das Thema Karrierepläne für den Rest des Frühstücks fallen, und sie unterhielten sich beinah wie eine gewöhnliche Familie. Elodie genoss die Gespräche, die von da ab primär ihre Großmütter bestimmten und sich weitaus lockerer und humorvoller gestalteten. Noch besser wurde die Laune aller drei Frauen, als der Herr Richter schließlich erklärte, er müsse aufbrechen und sich auf die kommende Woche vorbereiten. Elodie beschäftigte sich etwa fünf Minuten mit ihrem schlechten Gewissen darüber, dass sie es vorzog, das Wochenende ohne ihren Vater zu verbringen, ehe ihr nach klarer Abwägung aller Fakten bewusst wurde, dass er die gemeinsame Zeit ebenso wenig suchte. Daher bedurfte es keines schlechten Gewissens.

»So«, befand Oma Maresa erleichtert und winkte ihrem Sohn zu, wie er durch die Einfahrt hinaus auf die Straße fuhr, »jetzt können wir wieder freier atmen. Jeder weiß, ich habe meinen Hermann geliebt, aber ohne die Männer gibt es einige Sorgen weniger, nicht? « Sie zwinkerte zunächst Elodie, anschließend ihrer Schwester zu und folgte danach deren Blick zu den Familienporträts an der Wand. Sie betrachtete mit einem abwesenden Gesichtsausdruck das Bildnis einer jungen Frau mit hellbraunem Haar, die mit einem fast schüchternen Lächeln auf sie herabsah. Ihre Augen blitzten keck und sehr entschlossen.

Elodie legte den Kopf schief. Sie sah das Porträt zum ersten Mal wirklich an, kannte die Person nicht. »Wer ist sie?«

Ihre Oma sah aus, als erwiderte sie das Lächeln der Frau. »Ein Engel.« Sie drehte sich zwinkernd um. »Die Frau, der wir alles verdanken.«

Villa Winter, Juli 1924

Es erfüllte Emilia mit Erleichterung, als sie an ihrem ersten Arbeitstag erfuhr, die Villa Winter werde noch einige Zeit ohne ihren Hausherrn auskommen müssen. Er habe geschäftlich in der Stadt zu tun und sei frühestens am Wochenende zu erwarten. Was aus ihrer Sicht ein Glück war, denn immer noch hallten seine schnippischen Worte in ihren Ohren wider und sorgten für ein ungutes Gefühl, sobald sie an ihn dachte. Charlotte hingegen pflegte nach kürzester Zeit einen freundschaftlichen Tonfall mit ihr und überließ sie und Marina mit Freuden ihren Musikstunden. Meist war sie in dieser Zeit nicht zugegen, besuchte Freunde, machte Spazierfahrten oder Einkaufsbummel. Emilia mochte sich gar nicht ausmalen, womit Herr Fairmann sein Geld verdiente und vor allem wie viel davon. Es bestand jedenfalls allem Anschein nach aus ganzen Bergen, betrachtete man allein Charlottes Einkäufe. Oder Emilias Gehalt. Es war so stattlich, dass sie sich schon bald eine angemessene Garderobe zulegte, um im Haus der Fairmanns nicht wie eine Bäuerin auszusehen. Dass sie weiterhin mit ihrem Fahrrad erschien, belustigte Charlotte, aber in diesem Fall handelte es sich um kein Zeichen von Mittellosigkeit, sondern um ein Bedürfnis nach Bewegung. Die vierzigminütige Fahrt tat ihr gut, erfrischte sie und befreite ihren Geist für die Unterrichtsstunden.

»Ich habe uns etwas mitgebracht.« Emilia packte ehrfürchtig Annabelles Grammofon aus.

»Wir haben drei davon hier im Haus«, stellte Marina unbeeindruckt fest.

»Das dachte ich mir. Keins davon ist portabel, oder?« Emilia legte die Platte auf und löste die Bremse.

»Nein. Wozu ist das gut?«

»Um dir zu zeigen, dass Musik sich verändert, sobald es der Raum tut.« Sie selbst war fasziniert gewesen, als sie erkannt hatte, dass dasselbe Musikstück in ihrem Zimmer völlig anders klang als in der großen Halle des Waisenhauses, wo es von den leeren Wänden widerhallte, oder auf dem Hof, dessen Außengeräusche das meiste verschluckten.

»Wir selbst sind gleichfalls Klangkörper«, erklärte sie später, als sie ihre Vorführung beendet hatte. »Je nach Räumlichkeit klingt unsere Stimme anders, beziehungsweise müssen wir sie anders einsetzen. Ich gebe dir eine Hausaufgabe, ja? Wenn du das nächste Mal ein Bad nimmst, sing ein bisschen und achte auf den Klang deiner Stimme.«

Marina prustete leise. »Die werden mich alle für verrückt halten.«

»Es war ihr Wunsch, dass du Musik ehren und schätzen lernst, oder etwa nicht?«

»Schon«, stimmte Marina zu, »ich glaube trotzdem, sie haben sich den Musikunterricht anders vorgestellt.«

»Wie denn?«

»Mit Taktstock und strenger Miene, nehme ich an, nicht mit Seifenblasen und einem Grammofon, das in einen Koffer passt.«

Emilia lachte leise. »Der Taktstock bringt einen höchstens dazu, nie wieder singen zu wollen. Das Grammofon hingegen wird dich zu den schönsten Tönen verleiten. Hör gut zu!« Sie legte eine neue Platte auf, einen kleinen Schatz, wie Annabelle es nannte, die erste und bislang einzige Platte von Georges Bizets *Carmen*, gesungen von Geraldine Farrar. Es handelte sich um einen Mitschnitt.

Als Geraldine Farrars Stimme das Musikzimmer erfüllte, machte Marina große Augen. »*Das* singen wir?«

»Nein, wir tun nur so«, verbesserte Emilia, scherzte keineswegs. »Wir hören ihr zu, wir fühlen, was sie im Innern bewegt, wir spüren ihren Gesang nach und bewegen uns dazu.« Sie zwinkerte. »Du wirst sehen, es macht Spaß.« Denn wer singen wollte, musste zuvor fühlen, musste verstehen, dass Gesang nicht allein mit der Stimme erreicht wurde, sondern zunächst mit dem Herzen, das den gesamten Körper erfüllte, der beim Singen nie stillstand. Jedenfalls nicht, wenn es wahrhaftig sein sollte.

Eine Übung, die selbst ein quirliges Mädchen wie Marina zunächst verunsicherte. Sollte sie wirklich durch den Raum tanzen und so tun, als singe sie *Habanera*? Konnte sie das? Was würde geschehen, sollte jemand unerwartet die Tür öffnen und sie dabei beobachten? Wäre das nicht unangenehm? Emilia konnte ihre Gedanken hinter den braunen Augen rasen sehen, verstand ihr Zögern und wusste, wie viel Mut es erforderte. Dennoch lud sie ihre Schülerin dazu ein, ging als gutes Beispiel voran. Ließ man sämtliche Konventionen hinter sich, alle Regeln und Normen, konnte man den Körper freilassen, alles leben, was man wollte. Sieh dich an, dachte sie, derweil sie *Carmen* in sich spürte, hättest du dir als Neunjährige träumen lassen, einmal so mutig zu sein? Sie bemerkte nicht sofort, wie sich Marinas scheue Bewegungen entfalteten, wie ihre Gesten größer und ihr Lächeln breiter wurde. Sie erkannte erst, als sie die Stimme des Mädchens durch das Musikzimmer hallen hörte, dass sie noch viel schneller lernte, als sie angenommen hätte.

»Na so was! Hast du gerade mitgesungen?«

Marina atmete schwer, schüttelte die dunklen Locken. »Ist mir so rausgerutscht. Schräg obendrein.«

Emilia strahlte breit. »Bestimmt nicht. Das war wunderbar.«

War es wirklich. Eine fatale Fehleinschätzung zu behaupten, sie könne nicht singen. Mit ein bisschen Übung würde sie schon sehr bald ihre Eltern in Staunen versetzen.

Alma freilich gab sich gewollt skeptisch, fragte Emilia unverblümt, ob sie das ganze Haus zum Narren halten wolle. »Jeder von uns hört ja den Unterschied zwischen einem Kind und einer wahrhaftigen Sopranistin!«

Emilia schenkte ihr ein sonniges Lachen. »Abwarten, wie lange noch.«

Was Charlotte anging, so hinterfragte sie den Fortschritt der Musikstunden so früh noch nicht. Sie schien viel mehr erleichtert, dass ihre Tochter eine Beschäftigung gefunden hatte, die ihr mehr zusagte als das Erlernen von Zahlen und Mathematik, Gemeinschaftskunde und Sprachen bei der vertrockneten Frau Schempel.

Mit jener machte Emilia an ihrem dritten Tag in der Villa Winter Bekanntschaft, als sie zu früh zum Unterricht erschien. Vertrocknet traf es befremdlich gut.

»Ah, Fräulein Sommer, möchte ich annehmen.« Die faltigen Mundwinkel verzogen sich geringschätzig, die Stimme klang wie zwischen den Fingern zerbröselndes Laub. »Das einfältige Kind fiebert bereits der Musikstunde entgegen. Ich konnte sie kaum für die Bruchrechnungen begeistern.« Ein weiterer abschätzender Blick über Emilias Gesicht, ehe sie sich abwandte. »Ich hätte vermutet, Verstand sei die höhere Tugend als schnöde Musikalität.«

Es schließt sich nicht aus, erklärte Emilia stimmlos dem Rücken der davonschreitenden Hauslehrerin und machte sich nichts daraus.

»Singen wir wieder *Carmen*?«, fragte Marina neugierig und wollte Emilia helfen, das Grammofon in der Mitte des Raumes aufzubauen.

»Nein«, versprach Emilia, »heute singen wir etwas, das ein bisschen mehr unserem Zeitgeist entspricht. Außerdem weihen wir den Flügel ein.« Sie reichte ihr ein Notenblatt, beobachtete belustigt, wie Marina es studierte.

»Mama hat gesagt, wir fangen mit Kinderliedern an.«

»Möchtest du das denn?«

Marina schüttelte den Kopf. »Nein, ich denke nicht. Diese Claire Waldoff tut's auch.«

Und genau aufgrund solcher Sprüche, dic Emilia ein Schmunzeln aufs Gesicht trieben, verzichtete sie auf Kinderlieder. Marina war längst darüber hinaus.

»Oh, Emilia, warte einen Augenblick!«

Charlotte schwebte die Treppen zur Eingangshalle hinab – sie sah wirklich schwebend aus, wie ein vornehmer Schwan in ihrem Kleid, das im Licht der untergehenden Sonne schimmerte –, begleitet vom Klingen ihrer Armbänder. Emilia mochte den Anblick, wusste aber nicht, weshalb.

»Morgen gebe ich eine kleine Party hier in der Villa Winter, weißt du«, fing sie ohne Umschweife an, neigte wie immer dazu, schnell und spitz zu sprechen, was dreisilbige Worte nach maximal zwei klingen ließ, einsilbige nach noch weniger. »Die *Saturday Nights*, wie ich sie nenne. Ich dachte mir, es wäre nett, wenn du kommen würdest. Jetzt, wo du hier täglich ein- und ausgehst, gehörst du fast zur Familie.«

Emilia hoffte inständig, ihre Wangen würden nicht so heiß aussehen, wie sie sich anfühlten. Es war ihr doch zu viel der Ehre. Obschon es sie gleichzeitig freute. Wie konnte sie *fast* zur Familie zählen? »Oh, das ist ...« Sie war so verblüfft, dass ihr die Worte fehlten. »Ich weiß nicht, was ich sagen soll. Ich bin ja bloß ...«

»Blödsinn. Unter meinem Dach ist niemand ›bloß‹, den ich ins Herz geschlossen habe. Oder meine Tochter.« Es klang aufrichtig. »Wirst du kommen?«

Steh nicht da wie ein Bauerntölpel und antworte endlich!

Der Nachteil an dieser vernunftgesteuerten inneren Stimme, die ihr ständig ins Gewissen redete, war, dass sie Emilia meist noch verlangsamter antworten ließ. Endlich rang sie sich ein Lächeln ab, spürte vierundzwanzig Stunden zu früh ihr aufgeregt schlagendes Herz, nickte aber. »Sehr gern, vielen Dank.«

»Wunderbar.«

Jetzt fiel es Emilia ein. Leichtigkeit. Charlotte strahlte Leichtigkeit aus. Das war es, das ihr an ihr gefiel. Ein bisschen wie Annabelle, wobei dieser die sphärische Eigenmelodie fehlte. Charlotte erschien ihr immer wie ein entrücktes Musikstück, nicht greifbar, dafür *wunderbar*, um es in ihren Worten auszudrücken.

»Morgen ab 19:00 Uhr, bestell dir ruhig eine Droschke, ich übernehme das.«

Es war zwecklos, dagegen aufzubegehren, Charlotte bestand darauf. Emilia fragte sich flüchtig, womit sie so viel herzliche Großzügigkeit verdiente, als ihr Blick auf das Familienporträt neben dem Eingangsbereich fiel und sich die Empfindung auflöste. Charlotte und Marina waren unverkennbar und gut getroffen, der Mann an ihrer Seite musste demnach Paul Eliot Fairmann sein, der Hausherr und ihrem ersten Eindruck nach weder herzlich noch großzügig. Er wirkte jung, sehr blass, schmal und von eher geringer Größe. Kein Herrschertyp. Sein Blick hingegen war der eines entschlossenen Mannes, gewohnt, auf andere herabzublicken, gewohnt zu delegieren. Es lag gleichwohl noch etwas anderes in seinen Zügen, etwas, das Emilia nicht in Worte fassen konnte. Vielleicht lediglich ein Zusatz des Malers.

»Findest du ihn gut aussehend?« Charlotte war ihrem Blick gefolgt, betrachtete ihren Ehegatten mit schief gelegtem Kopf.

Schon wieder spürte Emilia die Röte auf den Wangen. Über sein gutes oder schlechtes Aussehen hatte sie keine Sekunde nachgedacht, fürchtete viel mehr ihre erste Begegnung mit einem Mann, dessen Stimme und Blick dieserart schneidend war.

»Ich denke, das Bild schmeichelt ihm. So engelhaft ist er allerdings nicht«, fuhr Charlotte fort. »Trotzdem ist er es vermutlich. Gut aussehend, meine ich. Wenn er will. Meistens ist er zu übellaunig.« Sie seufzte. »Er war so anders früher.«

Emilia musterte ihn noch einmal, fand sein Gesicht zu scharfkantig und den Blick zu dunkel. »Hat ihn der Krieg verändert?«

Charlotte lächelte traurig. »Der Krieg verändert sie alle, nicht wahr? Sie kehren nicht als die zurück, die sie einmal waren. Aber in seinem Fall kam er gerade zur rechten Zeit. So konnte er vergessen.« Ihre Antwort klang rätselhaft. »Wir haben unsere Schicksalsschläge fast zur selben Zeit erlitten, seltsam nicht? Er war stärker. Letztendlich ...« Sie war in eine andere Welt abgetaucht, in der sie kaum mehr zu Emilia sprach, und in die diese ihr nicht folgen konnte. Charlotte bemerkte, dass Emilia immer noch zugegen war, und veränderte ihren Tonfall. »Er hat sich in Arbeit gestürzt.« Ein Seufzen. »Er schafft es natürlich nicht, morgen zu kommen«, fügte sie nicht länger sinnierend hinzu.

Der plötzliche Umschwung und die Art und Weise, wie seine Familie über ihn sprach, befremdete Emilia.

»Er hat nur noch diesen Klub im Kopf. Als ob er nicht schon genug Einnahmequellen besäße.« Seine Gattin winkte ab. »Jedenfalls sehen wir ihn nicht vor nächster Woche.«

Es gelang Emilia, jegliche Regung auf ihrem Gesicht zu unterdrücken, die ihre Erleichterung diesbezüglich verraten hätte.

Das pochende Kleinmädchenherz war zurück – tipp-tapp, tipp-tapp, tipp-tipp-tapp –, wie ein gefangenes Vögelchen in seinem Käfig, das wild mit den Flügeln schlug. Sie konnte nicht verhindern, dass es sie behelligte, jedes Mal, wenn sie sich in eine Situation begab, von der sie nicht wusste, ob sie ihr gewachsen sein würde, oder annahm, es nicht zu sein. Gerade vollführte es einen kleinen Trommelwirbel, als sie die Stufen zur Villa Winter hinaufging.

Annabelle hatte ihm dazu in den vergangenen vierundzwanzig Stunden keinen Anlass gegeben, Emilia auf Trab gehalten, sie in ein Modegeschäft nach dem anderen geschleppt, um sie dem besonderen Ereignis entsprechend auszustatten. Wozu auch immer, denn gewiss würde niemand auf Emilia achten. Mochte sie auch das Privileg erhalten haben, eingeladen zu sein, gehörte sie deshalb noch lange nicht dazu. Diese Menschen würden ihr fremd sein, sie kannte sich in der Gesellschaftsschicht ihrer Arbeitgeber nicht aus. Die Leute würden von Dingen sprechen, die sie nicht verstand, und Emilia dabei lächeln, als wüsste sie, wovon die Rede war. Als verstünde sie, was sich hinter dem Eldorado verbarg, oder als würde sie die Zimmeranzahl im Hotel Adlon kennen.

»Sag mal, Annabelle«, versuchte sie, zumindest *eine* Bildungslücke zu schließen. »Weißt du, was es mit der Bar in diesem Eldorado auf sich hat?«

Ihre Freundin reagierte in etwa so amüsiert wie ihre Dienstherrin. »Weshalb fragst du?« Wie immer wartete sie die Antwort nicht ab, teilte ihr Wissen nur allzu gern mit, ein verschwörerisches Raunen in der Stimme: »Man sagt, es sei eine Bar für jene Menschen mit *anderen* Bedürfnissen.« Als Emilia nicht sofort reagierte – das wenig rühmliche Talent des verspäteten Erfassens von Erklärungen oder Situationen begleitete sie schon ihr ganzes Leben –, verdrehte Annabelle auf diese amüsierte Art die Augen, die Emilia stets als unerfahrenes Dummchen dastehen ließ. »Dort lieben Männer ihresgleichen und Frauen verschlingen Frauen mit ihren Blicken. Oder mehr.«

Nun, damit ergaben sämtliche Reaktionen Sinn, und Emilia war sehr froh, diesbezüglich aufgeklärt zu sein, ehe es im Gespräch mit diesen Leuten, die sie nicht kannte, zu einer unverzeihlichen Blamage kommen würde. Sie persönlich tangierte es nicht, wer wen liebte, sie wusste jedoch, dass sie mit dieser Meinung weitestgehend allein war. Vielleicht änderte sich die Welt allerdings gerade, hob sich selbst aus den Angeln und fing ganz neu an. Vielleicht würde es bald keine Unterschiede mehr geben, wer mit wem ausgelassen feierte, und in naher Zukunft nicht mehr sittenwidrig sein, als Mann einen Mann zu lieben. Vielleicht würden demnächst alle das begreifen, das Emilia schon lange für sich wusste: dass sich Liebe sämtlichen Regeln entzog. Um das zu begreifen, bedurfte es keiner Erfahrung. Man fühlte es oder man fühlte es nicht. Aber insgeheim bezweifelte Emilia, dass sich ihre Mitmenschen dieser Auffassung so schnell anschließen würden.

Als Emilia gegen 20:00 Uhr – überpünktlich zu erscheinen, würde laut Annabelle nicht gern gesehen – das Anwesen der Fairmanns erreichte, schlug ihr Herz wie wild, obwohl sie überzeugt war, nicht nervös zu sein. Wozu denn auch? Sie wusste um die potenziellen Stolpersteine und konnte nicht überrascht werden.

Ein Irrtum, wie sich herausstellen sollte.

Charlottes Party übertraf alles, das sich Emilia je vorgestellt hatte, erfasste sie bereits im Eingangsbereich wie ein wirbelnder Sturm. Kaum hatte sie ihre Jacke dem depressiven Butler Wilhelm übergeben, wurde sie von einer aufgeregten Menschenmenge davongetragen, hineingespült in den großen Salon, der an diesem Abend noch viel größer wirkte als sonst. Emilia hätte sich nicht träumen lassen, dass er so viele Menschen beherbergen könnte und das Treiben darin noch ausgelassener anmutete als in den Lokalen der Innenstadt. Die Villa Winter erstrahlte in Schwarz-, Champagner- und Goldtönen, als herrschte ein allgemeiner Farbcode. Alles blitzte und blinkte, verzauberte Emilia in Sekundenschnelle. Es war Charlotte sogar gelungen, eine eigene Band zu engagieren, die auf einer speziell für diesen Anlass errichteten Bühne spritzigen Jazz spielte. Eine Musikrichtung, die Emilia, so neu sie ihr war, faszinierte und belebte.

Lange konnte sie den keineswegs still auf dem Podest stehenden Musikern nicht zusehen, zu schnell wurde ihre Aufmerksamkeit von einer Abnormität zur nächsten gerissen. Ein disharmonisches Giggeln, dreistimmig, ohne sich in einem einzigen Ton zu gleichen, ließ sie herumwirbeln, Zeugin einer bizarren Szenerie werden, in der drei Damen unterhalb der Galerie in einem von selbiger herabrieselnden Goldregen badeten. Erst viel später erkannte Emilia, dass es sich dabei um Konfetti handelte, das Marina in hingebungsvoller Mühe selbst hergestellt hatte. Goldschnipsel aller Art wurden dieser Tage gern bei Feierlichkeiten eingesetzt, um dem Ganzen ein Hauch von königlichem Reichtum zu verleihen.

Charlottes Gäste zeigten sich in ihrer Garderobe überaus elegant und stilvoll, Emilia erblickte Smokings und Fräcke, Flapperkleider in kurz und lang, und nicht selten streifte sie eine ausladende Federboa. Damit endete die allgemeine Kultiviertheit gleichwohl, es sei denn, es zählte zum guten Ton, frivol mit den Busen zu wackeln oder ungeniert Klapse auf Damengesäßen zu verteilen. Direkt neben ihr lagen drei Frauen in den Armen eines einzigen Mannes mit tief sitzendem Fedora-Hut und küssten einander demonstrativ. Der ausgestreckte Gehstock des Herrn streifte Emilia an der Hüfte, doch bemerkte er es nicht, lachte kehlig, und alle vier stießen taumelnd gegen den Steinbrunnen, der an diesem Abend nicht wie sonst Wasser über seine Kaskaden sprudeln ließ, sondern allem Anschein nach Champagner. Auf seinem Rand tummelten sich die Gäste, tauchten ihre Gläser ein, verhielten sich wie Götter des Olymps. Emilia wich vor diesem Anblick allzu großer Dekadenz zurück, stieß mit einem silberfarben gekleideten Candy-Girl zusammen oder viel eher mit dessen Bauchladen, auf dem es Zigaretten unterschiedlicher Hersteller neben Konfekt und anderen Süßigkeiten anbot. Emilia lehnte dankend ab, ließ sich weitertreiben, unentschlossen, ob sie sich verschreckt, bezaubert oder verloren fühlen sollte. Diese Party erschien ihr vollkommen der Realität entrückt, niemand war er selbst, alles wirkte wie eine Kulisse. Ihre Furcht, in einem Gespräch einen aus Unwissenheit entspringenden Fauxpas zu begehen, schwand unter der Annahme, dass es nie zu einer Unterhaltung mit diesen halb trunkenen Menschen kommen würde.

Himmel, der reinste Lustgarten! Was hast du hier verloren?

»Emilia!«

Es erleichterte sie, Marinas fröhliche Piccolo-Stimme aus dem Meer verstörender Töne herauszuhören, und sie spürte ihr eigenes Lächeln zu einem Strahlen werden, als sie das kleine Fräulein winkend in der Mitte der Treppe zur Galerie erblickte. Marina trug ein Kostüm, das wie die Miniaturgarderobe ihrer Mutter aussah, unterwarf sich jedoch nicht dem gängigen Farbverständnis, sondern trug ihr mintgrünes Kleidchen mit selbstverständlichem Stolz.

»Du siehst aus, als hättest du etwas anderes erwartet«, kicherte sie, nachdem sie Emilia auf dem Treppengeländer entgegengerutscht war und schwungvoll vor ihr auf den Marmorplatten landete.

»Ja und nein,« erwiderte Emilia. »Ich habe geahnt, dass es glamourös sein würde, ich hatte nur nicht den Hauch einer Vorstellung, wie weitläufig dieser Begriff ist.«

Marina schnalzte mit der Zunge, nahm ihre Hand. »Wie recht du hast. Dann werde ich dich mal mit dem pikanten Genuss unserer teuren Kanapees vertraut machen«, erklärte sie, die Stimme ihrer Mutter perfekt imitierend. Emilia hatte zur Genüge festgestellt, dass sich ihre junge Schülerin neben all ihrer Cleverness auch dadurch auszeichnete, dass sie sehr gut beobachtete und zuhörte, um diese Eindrücke später im geeigneten Moment abrufen und anwenden zu können.

»Wir haben neben den Krabben, dem Kaviar und dem Hummer sogar ein paar Leckereien, die *wirklich* schmecken.« Sie führte Emilia furchtlos durch das Gewusel der Partygäste, bis sie das Bankett erreichten, häufte großzügig die unterschiedlichsten Häppchen auf einen Teller und ließ es sich dabei nicht nehmen, Emilia die schrägsten Gäste des Abends vorzustellen. »Der Kerl mit dem übergroßen Zylinder ist einer von Mamas besten und großzügigsten Freunden, Ersteres vermutlich aufgrund von Letzterem. Ernst Horn.« Sie zwinkerte. »Er sieht normalerweise eigentlich nicht wie ein unheimlicher Zauberer aus, wobei er zu glauben scheint, dass dieser gezwirbelte Schnauzer ihm Extravaganz verleiht.« Beide blickten sekundenlang zu dem Schnauzbartträger mit dem unpassenden Namen Ernst. »Eher fragwürdig, was?« Ein Glucksen entschlüpfte Marina, in das Emilia prustend einstimmte. Sie wandten sich beide rasch ab. »Ach, und diesem zweifelhaften Revuestar dort ist laut der Presse dank seiner weiblich graziösen Art zu tanzen eine große Karriere auf den Berliner Bühnen vorbestimmt«, kommentierte Marina im Vorübergehen den Tanz eines Mädchens von etwa fünfzehn Jahren, das auf einem kleinen Podest einsame Pirouetten drehte. »Unsere Familie ist mit ihrer Familie befreundet, deshalb erlaubt ihr Mama immer, auf ihren Partys vor sich hin zu tanzen. Sie spricht so gut wie nie und ist meiner Meinung nach kaum gesellschaftsfähig, mit anderen Worten: eine furchtbare Langweilerin.«

Ganz davon abgesehen, dass sie sich ausstellte, als sei sie ein Museumsstück. War das gesund für eine Fünfzehnjährige? Emilia erhielt nicht viel Zeit, sie zu bedauern, denn schon zupfte Marina sie belustigt am Arm und deutete auf eine Person, von der Emilia nur rätseln konnte, welchen Geschlechts sie war. Den fehlenden Rundungen nach zu urteilen, eher ein Mann, gekleidet allerdings in ein langes, schillerndes Abendkleid. Die anrüchigen Chansons, die aus seiner Kehle trällerten, taten dies in einem schrillen, wenngleich eindeutigen Sopran.

»Mama sagt, einen Gesellschaftsabend ohne männliche Chanteuse findet man heutzutage nicht mehr, deshalb darf sie auch hier nicht fehlen.«

Emilia nickte nachdenklich, grübelte noch darüber, was sie von all dem halten sollte, als die Vorstellungsrunde weiterging.

»Oho, wen haben wir denn hier? Ein neues, anbetungswürdiges Gesicht im Winter-Palast.«

Emilia benötigte einen Wimpernschlag, um zu realisieren, dass diese Worte an sie gerichtet waren. Ein junger Mann in Nadelstreifenanzug und mit silbern besprenkeltem Zylinder hob diesen von seinem blonden Scheitel, lächelte sein Gegenüber gewinnend an. »Wenn ich mich vorstellen darf: Ilias Wenner, Besitzer von drei Telefonzentralen der Stadt Berlin.«

Womit die Frage nicht länger von Bewandtnis war, weshalb er sich zum Charmieren mit einer ihm unbekannten jungen Frau hinreißen ließ. Besitzer von Telefonzentralen zu sein hieß, eine Schar junger Telefonistinnen zu beschäftigen, und obgleich sie niemand je zu Gesicht bekam, wurden häufig nur die adrettesten eingestellt.

»Sind Charlottes Feste nicht überwältigend?«, fragte er.

In der Tat. »Ich hätte es nicht besser in Worte fassen können.« Sie erwiderte sein Lächeln höflich.

»Warten Sie, bis getanzt wird, meine Hübsche, dann verwandelt sich dieser Ort in ...«, er fuchtelte sinnlos durch die Luft, »hilf mir, Diarmuid, mir fehlt die passende Bezeichnung.«

Der mit diesem exotischen Namen angesprochene Mann zu seiner Linken antwortete, ohne nachzudenken: »Ein Meer aus Zügellosigkeit?« Er bemerkte Marina und räusperte sich formgewandt. »Sagen wir, die Berliner Tanzlokale sind eine Ballettaufführung dagegen.«

Der Gedanke war Emilia bereits gekommen. Marina unterdessen schenkte dem Herrn ein aufgewecktes Grinsen. »Ich weiß sehr genau, wohin Mamas Partys ausarten können. Ihr seid nicht unschuldig daran. Zum Glück werde ich zu diesem Zeitpunkt schon im Bett sein.« Sie wandte sich an Emilia. »Das sind eher Pauls Freunde als die von Mama, aber ihre Feste lassen sie sich nicht entgehen. Meine Herren, das ist Emilia Sommer. Seid nett zu ihr, denn sie ist es auch.«

»Sehr erfreut, Fräulein Sommer, Sie sind noch ein Fräulein, hoffe ich?« Ilias Wenner nahm ihre Hand, ohne dass sie sie ihm gereicht hätte, um ihr einen altmodischen Kuss auf deren Rücken zu hauchen. »So, wie ich auch hoffe, *Sie* werden noch nicht im Bett sein, sobald es aufs Parkett geht.«

Bei seinem schmierigen Anblick war sich Emilia dessen nicht so sicher, wurde aber dankenswerterweise von ihrer Antwort erlöst, weil sein Freund ihn mit humorvoller Schärfe tadelte.

»Bitte, nimm dich zusammen. Du musst nicht jede neue Bekanntschaft unserer Gastgeberin mit stupiden Flirtereien abschrecken.« Er sah Emilia entschuldigend an. »Ich bitte um Vergebung wegen meines Kumpans. Er ist der Erfinder des modernen Casanovismus.«

Was allem Anschein nach nicht für ihn galt, denn er verzichtete auf einen effekthaschenden Kleidungsstil und redete weniger großspurig. Seine Stimme musste er nicht unsinnig erheben, sprach ruhig und fein artikuliert. Sehr angenehm. Dasselbe galt für seine ebenmäßigen Gesichtszüge, das Lächeln blieb authentisch, wandelte seine Augen ins Mandelförmige, was ihn ungemein sympathisch wirken ließ. Er streckte ihr die Hand entgegen. »Ich bin Diarmuid Engels. Schön, Sie kennenzulernen.«

»Ach herrje, wenn ich der Erfinder des modernen Casanovismus bin, ist er der der ewigen Biederkeit«, platzte es aus Ilias heraus. »Wenn alle so wären wie du, mein Freund, würde sich die Menschheit nicht vermehren.«

»Zumindest nicht so rasant, da mag ich dir zustimmen.«

Sie lachten beide, der eine forte, der andere piano, was zusammen nicht übel klang und Emilia annehmen ließ, dass sie in Kombination keine Abendgesellschaft verschlechterten.

»Helfen Sie uns, Emilia, woher kennen Sie die Fairmanns?« Mit dem verhallenden Lachen kehrte das Gezierte in Ilias' Stimme zurück.

»Ich bin für Marinas musikalische Bildung zuständig.«

»Ah«, machte Ilias blasiert. »Dann sind Sie Lehrerin. Wie originell.«

Diarmuid warf ihm einen flüchtigen Blick zu, ehe er sich grinsend an Marina wandte. »Das sind ja großartige Nachrichten. Dein Plan, das Weihnachtskonzert zu dominieren, geht demnach auf.«

Marina kicherte. »Sei versichert, es war das letzte Mal, dass wir uns das Gejaule von Marie Luise anhören müssen.«

Emilia musterte Marina von der Seite, erneut fasziniert von diesem Kind, das sich in den Kreisen seiner Eltern verhielt, als sei es bereits erwachsen. Sie kannte kein Kind ihres Alters, das so selbstverständlich bei einem ungezwungenen *Du* landete. Sich an ihre erste Begegnung mit ihr erinnernd, musste Emilia zugeben, dass man gar nicht anders konnte, als es mit Freuden anzunehmen. Womit sie nicht die Einzige war.

»Sie sollten wissen«, klärte Diarmuid Emilia auf und schenkte Marina ein Lächeln, das verriet, wie sehr auch er sie ins Herz geschlossen hatte, »dass wir alljährlich zu sämtlichen religiösen Festlichkeiten vom nicht vorhandenen Talent einer jungen Dame im jugendlichen Alter gequält werden. Das muss ein baldiges Ende haben, ehe wir die Lust an der Musik verlieren.«

»Nun, was mich betrifft, ist das bereits geschehen. Wenn ihr mich entschuldigt, ich habe da was gesehen.« Ilias wandte sich ohne ein weiteres Wort ab und verschwamm mit der Menschenmenge.

Diarmuid sah ihm nach, warf Emilia ein entschuldigendes Lächeln zu. »Haben Sie Nachsicht mit ihm. Schon der leiseste Verdacht von Gewöhnlichkeit ist ihm ein Graus. Sein Leben muss strahlen und funkeln, sonst fällt ihm womöglich auf, dass er es selbst nicht tut. Aber davon abgesehen, ist er ein feiner Kerl.«

»Das bezweifle ich nicht«, bestätigte Emilia, schließlich war der Begriff *fein* ein dehnbarer und abhängig von der Sichtweise des Betrachters. Einen Augenblick lang schwiegen sie, und Emilia sah sich gezwungen, das Gespräch vor dem Stocken zu bewahren, weshalb sie rasch fragte: »Woher kommt der Name Diarmuid? Er klingt nicht deutsch.«

»Absolut richtig. Er ist irisch. Angeblich bedeutet er ›ohne Feind‹, und fragt man meine Eltern, ist es ein Name für Helden. Darüber hinaus besitze ich irische Wurzeln.«

Das Gespräch wurde jäh unterbrochen, als sich die Lichtstimmung im Salon veränderte, von golden zu silbrig wechselte und Charlotte die Galerie betrat, um von dort oben wie eine Königin ihre Gäste zu begrüßen. Zweifellos zählte sie zu einer der entzückendsten und elegantesten Frauen des Abends, hielt ein Glas Champagner in der einen und einen langen Zigarettenhalter in der anderen Hand, ihre Armreifen klirrten bei jeder ausladenden Geste, mit der sie ihre hoch erfreuten Worte untermalte. Im Gegensatz zu den meisten hier wirkte sie in ihrer exorbitanten Erscheinung immer noch echt, vielleicht weil Emilia sie nicht anders kannte oder weil ihre Echtheit nun mal mit ihrer Extravaganz einherging.

Der Abend jedenfalls passte sich ihrer Haltung an, steigerte sie sogar, und ehe sich's Emilia versah, wurde sie Teil einer Vorstellung, die ihr noch Tage später in Erinnerung sein würde.

Wie könnte eine junge Frau auch vergessen, was mit Menschen geschah, die sich erlaubten, ihre eigenen Regeln und Normen für einen Abend zu vergessen, um sich erfüllt zu fühlen? Wie konnte sie vergessen, wozu eine simple Showeinlage einer New Yorker Broadway-Tänzerin eine Gesellschaft verleiten konnte? Wie konnte sie ahnen, dass nur ein Chanson die Menschen dazu bringen konnte, miteinander im Tanz zu verschmelzen und sich hernach die vornehmsten Herrschaften und Fräuleins dazu enthemmten, mehr ent- als bekleidet auf der Galerie zu balancieren? Von der Tortenschlacht ganz zu schweigen, der sich um Mitternacht zwei Volltrunkene hingaben und sich schon bald ein gutes Viertel der Gesellschaft anschloss. War sie hingerissen oder entsetzt? Machte sie sich schuldig, indem sie im Mondschein auf Charlottes Terrasse tanzte, barfüßig und mit gelöstem Zopf, den Klang von glitzerndem Goldregen in den Ohren?

Kein Mensch hätte zehn Jahre zuvor gewagt, sich in derlei Wildheit zu verlieren. Faszinierte es sie oder machte es ihr Sorgen? Eins stand fest, es war unmöglich, diese Ballade der Freiheit aus ihrem Gedächtnis zu tilgen.

Das Ereignis half ihr gleichwohl, den Musikunterricht der kommenden Woche mit ihren Eindrücken zu würzen. So erklärte sie Marina beispielsweise anhand der männlichen Chanteuse den Unterschied zwischen Sopran- und Tenorstimme sowie deren Pendants Alt und Bass, ohne das Phänomen auszulassen, dass die Sopranstimme nicht einzig weiblichen Sängerinnen vorbehalten war. Wurden ihnen die Stimmen überdies müde, lockerten sie die Gesangsübungen durch kurzweilige Tanzeinlagen auf, die sie am Wochenende kennengelernt hatten. Weder von Herr noch Frau Fairmann bekamen sie etwas zu sehen, Alma hingegen besuchte sie zuweilen, amüsierte sich kopfschüttelnd über diesen eigensinnigen Musikunterricht und bestätigte gleichzeitig Charlottes Worte, dass Emilia in diesen Haushalt passe, als sei sie ein Familienmitglied.

Alles in allem verflog die Zeit so schnell, dass sich Emilia wunderte, wie rasch der Freitag näherrückte. Wer hätte das gedacht, beglückwünschte sie sich doch auf dem Nachhauseweg, beschwingt in die Pedale tretend, dass sie darüber traurig war freizuhaben.

Akademie Winter, August 2004

Neunzig Jahre alt zu werden und dabei noch auszusehen, als sei man eben grade in Pension gegangen, obwohl man das kategorisch ablehnte und weiterhin eine Musikakademie leitete, die zu den renommiertesten Deutschlands zählte, war aus Elodies Sicht eine Heldentat. Für Heldinnen hielt sie ihre beiden Omas, wobei die Bezeichnung *Oma* auf Marina als Schwester ihrer eigentlichen Oma Maresa nicht wirklich zutraf. Aber weil die beiden nun mal alt waren und sich wie waschechte Omas verhielten, nannte Elodie sie auch entsprechend. Oma Maresa und Großtante Marina – irgendwie klang das in ihren Ohren nicht rund. Deswegen zierte die riesige Geburtstagstorte, die Elodie mithilfe des Küchenchefs der Schulkantine, Jochen Flimmer – ein Genie, das in ein Fünf-Sterne-Restaurant gehörte –, für Marina gebacken hatte, nun ein hübscher zuckriger Schriftzug, auf dem *90 Jahre Oma Marina* stand. Auf der dritten Tortenkaskade schwebte außerdem eine Superheldenfigur aus Marzipan.

»Das ist die formvollendetste Torte, die ich je gesehen habe, danke, Jochen!«, schwärmte Elodie und wischte sich eine wirre Strähne aus dem Gesicht. Sie waren seit gefühlten Stunden mit Backen, Schaumschlagen, Zuckeranrühren und Verzieren beschäftigt, wobei er gleichzeitig das restliche Festessen ausgerichtet hatte und definitiv mehr Grund zum Schwitzen gehabt hätte. Erstaunlicherweise sah er so frisch und fröhlich aus, als hätte er gerade erst mit seinem Tagewerk begonnen und wäre nicht bereits seit sieben Stunden auf den Beinen.

Es war kurz nach elf Uhr vormittags, und in vier Stunden würden die Gäste eintrudeln, um Marina Fairmann die Ehre zu erweisen, die ihr gebührte. Ursprünglich hatte sie die Feier auf neunzig Gäste beschränken wollen, für jedes Lebensalter einen besonderen Menschen. Recht schnell hatte sie einsehen müssen, dass sie sich eine so weitreichende Beliebtheit erarbeitet hatte, dass es unmöglich war, ihre Gästeanzahl so radikal zu reduzieren. Und ganz ehrlich: So ein neunzigster Geburtstag war schon etwas Besonderes. Da konnte man *einmal* eine berauschende Party feiern.

»Tja, was soll's«, hatte sie schließlich klein beigegeben, »große Partys bin ich ja gewohnt.«

»Ehrlich?« Soweit sich Elodie erinnern konnte, umging ihre Oma es stets, ihren Geburtstag an die große Glocke zu hängen.

»Na, sicher. Was denkst du denn? Als ich ein kleines Mädchen war, hat diese Villa Feten der wildesten Sorte erlebt, das kannst du mir glauben. Meine Mutter war das, was ihr heute ein Partyluder nennt.«

Zu gern hätte Elodie ein Fest des beschriebenen Ausmaßes miterlebt, es überstieg selbst ihre Vorstellungskraft.

»Diskotheken von heute sind nichts dagegen«, hatte Oma Marina lachend versichert.

Vermutlich war angesichts solcher Beteuerungen ihre Geburtstagstorte gar nicht so beeindruckend, aber es war das Werk ihrer Enkelin, und Marina würde sie allein deshalb wundervoll finden. Darauf konnte man sich verlassen: Omas fanden Geschenke ihrer Schützlinge immer großartig, vor allem, wenn sie selbst gemacht waren.

»Na schön, Fräulein Künstlerin, jetzt verzieh dich aus meinem Reich und mach dich salonfähig. Du siehst aus, als hätte ich dich einmal in meinen Sahnetopf getunkt!«, lachte Jochen und scheuchte sie aus der Küche.

»Ich kann dir noch ein bisschen zur Hand gehen«, widersprach Elodie, die noch nicht in Stimmung war, chic angezogen darauf zu warten, dass die Villa von Gästen überflutet wurde.

»Nicht nötig, mein Sohn wird demnächst hier aufkreuzen und mir helfen, sofern er nicht wieder zu spät kommt.«

»Ah«, machte Elodie grinsend, »der berühmte Sohnemann. Ich bin sehr gespannt darauf, ihn endlich kennenzulernen.« Nach allem, was Jochen in seiner liebevollen Zeterlaune immer wieder fallen ließ, handelte es sich bei seinem Sohn um einen jungen Burschen, der sich noch nicht recht festlegen wollte, was er mit seinem Leben anfangen sollte. Eine Sorte Mensch, die Elodie im Grunde nicht kannte. Wer an der Akademie studierte, hatte sehr genaue Vorstellungen von dem, was in seinem Leben geschehen würde – selbst wenn es nicht immer die eigenen waren.

»Solltest du ihn zu Gesicht bekommen. Immerhin musst du da draußen Reden schwingen und Konzerte geben.«

Elodie schüttelte lachend den Kopf, wobei sich ein feiner Mehlnebel aus ihren Haaren löste. »Es ist Omas großer Tag, nicht meiner. Ich werde zwischen den Programmpunkten bestimmt die Zeit finden, hier vorbeizuschauen.«

Jochen Flimmer tippte sich gegen seine Kochmütze. »Es wird mir eine Ehre sein.«

Elodie machte einen altmodischen Knicks und verabschiedete sich, um sich von all dem Mehl, Zucker und Teig in Gesicht und Haaren zu befreien.

Die Akademie sah an diesem Tag wie verwandelt aus. Überall wuselten schwarz-weiß gekleidete Menschen herum, die als sogenannte Geburtstagskoordinatoren von Elodies Vater engagiert worden waren und sich alle Mühe gaben, aus diesem Anlass ein Ereignis zu machen. Eigentlich hatten Oma Maresa und Elodie das allein planen wollen, waren jedoch sehr schnell an ihre Grenzen gestoßen. Der Pragmatismus ihres Vaters war Elodie zunächst aufgestoßen, aber sie hatte schließlich eingesehen, dass es besser war, sich bei einer Feier dieses Ausmaßes professionelle Unterstützung zu holen. An Geld fehlte es ihnen ja nicht. Trotzdem hatte sie es sich nicht nehmen lassen, die Schritte der Eventagentur zu überwachen und alles abzusegnen, das diese Leute sich in den Kopf gesetzt hatten. Sie kannten Oma Marina nicht und hatten wenig Ahnung davon, was ihr gefallen könnte.

Alles in allem war Elodie mit dem Endergebnis zufrieden, wenn es ihr auch ein bisschen zu pompös geraten war. Eines wusste sie mit Sicherheit: Sollte sie neunzig Jahre alt werden, würde sie auf diesen Hokuspokus verzichten. Zum Glück war es Sommer, und die Menschenmengen konnten sich auf den Garten verteilen, dessen riesige Rasenfläche mit Hunderten von Stehtischen bepflanzt worden war, auf denen jeweils ein Röschen in einem Glas als Deko stand. Rosen mit zartgelben, fast goldenen Blättern – Marinas Lieblingsblumen. Neben der Liveband, bestehend aus Schülern und Studenten der Akademie, würde eine kleine Theatergruppe den Ablauf mit zwei Auftritten würzen, und Elodie teilte sich die Moderation des Programms mit Emmi, die extra aus ihrem Italienurlaub zurückgekommen war und abends dazustoßen würde.

Als Elodie in ihr Zimmer trat, war sie einen winzigen Moment lang erleichtert, dass alles wie immer aussah, weder penibel aufgeräumt noch übertrieben chic wie der Rest ihres Zuhauses. Sie gönnte ihrer Oma die Feier, war ebenso stolz und glücklich, sie mit ihr erleben zu dürfen wie alle anderen. Nichtsdestotrotz hasste sie das Piekfeine in ihrem Leben. Ihr Vater legte darauf besonderen Wert und hatte geglaubt, er könne ihr schon wieder Vorschriften zu ihrem heutigen Outfit machen. Fast war sie geneigt, sich in ihren geliebten Latzshorts zu präsentieren, aber sie wusste sehr genau, dass es kindisch und niemandem damit gedient war. Ihre Latzhosen reizten ihren Vater generell genug. Elodie fand sie sowohl cool als auch äußerst praktisch, denn man musste nicht stundenlang nach zusammenpassenden Klamotten suchen, sondern schlüpfte rein und war im Grunde angezogen. Sie verzichtete dennoch auf den pubertär geleiteten Affront und schlüpfte stattdessen in ein cremefarbenes Rockabilly-Kleid mit gelben Rosen und Ballerinas in derselben Farbe, in denen sie nicht bereits nach einer Stunde unter Fußschmerzen leiden würde. Ihre Haare waren wie immer unkompliziert. Sie trug sie als asymmetrischen Bob, vorne lang, im Nacken kurz, und dank ihrer Naturwellen musste sie nicht mehr viel frisieren. Sie lagen so, wie es ihnen gefiel, und Elodie konnte sich nicht darüber beschweren. Natürlich wollte ihr Vater, dass sie die Haare wachsen ließ, weil es im Konzerthaus seiner Meinung nach eleganter aussah. Was für eine sinnfreie Lebensphilosophie, sein Outfit an die gelegentlichen Auftritte anzupassen! Elodie war in diesem Punkt, vor allem dank der Erziehung gewisser gereifter Damen, emanzipiert genug, ihn liebenswürdig zu ignorieren.

Ihre Großmütter standen nebeneinander auf der Bühne und wirkten wie Zwillinge, obwohl zwischen ihnen ein Altersunterschied von vierzehn Jahren bestand und sie sich nur entfernt ähnlich sahen. Sie waren dennoch Zwillinge im Geiste, im Herzen und in der Seele. Unzertrennlich, seit sie denken konnten, und die eine mochte ohne die andere nicht sein, weshalb Oma Marina auch jetzt, obwohl es *ihr* Geburtstag war, nicht ohne Oma Maresa im Mittelpunkt stand. Niemals hatte Elodie ein bezaubernderes Bild gesehen als diese beiden Damen, die einander so tief verbunden waren.

Marina war groß und strichdünn, Maresa klein und strichdünn, beide trugen helle Hosenanzüge und hochgestecktes Haar. Ihre Hände berührten einander, als wollten sie sich gegenseitig Halt geben. Oma Marinas Stimme hörte sich fast nicht brüchig an, sie vermochte es immer noch, sie klar und deutlich einzusetzen. Keine Sekunde schreckte sie die Menschenmasse, die ihr zu Ehren erschienen war. Die Sonne stand hoch am Himmel, tränkte den Garten der Akademie in ein herrliches Licht. Die Gäste standen unter den Pavillons und Sonnenschirmen, fächerten sich mit dem Programmheft Luft zu und lächelten verzückt über Oma Marinas Rede. Timing war ihre große Stärke. Sie wusste, dass Reden weder zu kurz noch zu lang geraten sollten, und so gestaltete sie ihre humorvoll und mit dem gewissen Schliff an wohlverträglicher Gefühlsduseligkeit. Sie beendete ihren Vortag mit einer Danksagung und zwinkerte in Elodies Richtung. »Somit übergebe ich das Wort denjenigen, die es – wie sagt ihr heute? – smoother beherrschen.«

Eine kühne Behauptung, bedachte man ihren souveränen Auftritt und Elodies pochendes Herz, das vor allem deshalb so unruhig schlug, weil sie es für ihre Oma auf jeden Fall gut machen wollte. Alles – und sei es bloß die Programmführung. Zum Glück waren ihr die Damen von Winter selbst in diesem Aspekt perfekte Mentorinnen gewesen. Auftritte aller Art lagen ihr im Blut. Trotzdem machte sie mit Erleichterung die Bühne der Theatergruppe frei, die einige Sketche einstudiert hatte. Sie bezogen sich auf Situationen in Marinas Leben und waren tatsächlich recht amüsant. Elodie mochte Comedians und Kleinkünstler für gewöhnlich nicht, fand das aufgesetzte Jagen nach Lachern peinlich und ziemlich unlustig, aber diese Truppe bewies ein bemerkenswertes Gespür dafür. Vielleicht weil sie es vermied, bewusst amüsant zu sein. Die Situationskomik entstand allein durch ihre körperbeherrschte Darstellung, mimische Versiertheit, und – überaus wichtig für Oma Marina – das perfekte Timing.

Elodie folgte mit einem faszinierten Lächeln ihren Gesten und Phrasen, fand sie sympathisch und dem Anlass absolut entsprechend. Ein Blick zu ihren Omas verriet ihr, dass sie sich köstlich amüsierten. Elodie selbst lachte nicht häufig laut, sie beherrschte das Schmunzeln formvollendet, aber selbst sie kam zeitweilig ins Kichern. Der heimliche Star der Theatergruppe, obwohl er sich niemals zu Wort meldete, sondern die Szenen pantomimisch miteinander verband, war ein junger Bursche, verkleidet als klassischer Pierrot, dessen Mimik eine Spannbreite an Gefühlen ermöglichte, von denen Elodie nicht einmal gewusst hatte, dass ein Mensch in der Lage sein könnte, sie zu äußern. Von der ersten Sekunde an hatte er sie für sich eingenommen, ohne dabei wichtigtuerisch zu wirken, sondern lediglich vollkommen in seinem Element. Als gehörte er genau hierher. Es war kein Schauspiel mehr, es war pur, echt, perfekt. Elodie hätte ihm stundenlang zusehen können, wie er völlig stimmlos seine Kunst lebte und kein unnötiges Geschwätz benötigte, um sich verständlich zu machen. Diese Form von Darstellung hatte Elodie bislang nicht gekannt oder daran viel mehr nie besonderes Interesse gezeigt. So klatschte sie schließlich ebenso begeistert Beifall wie alle anderen und kam sich beinah wie eine Dilettantin vor, als sie kurz danach die Bühne betrat, um das Kaffeebüffet zu eröffnen.

Selbstverständlich konnte sie sich nicht davor drücken, mit dem ein oder anderen wichtigen Gast ins Gespräch zu kommen, den ihr ihr Vater vorstellte, und nachdem sie eine Weile damit zugebracht hatte zu lächeln, zu nicken, Unwichtigkeiten auszutauschen und an die nächste Person weitergereicht zu werden, bei der das Ganze von vorn losging, fand sie sich endlich bei ihren Großmüttern wieder. Eine Erleichterung für die Gesichtsmuskulatur und Gedankenwelt. Sie konnte reden und aussehen, wie es ihr gefiel.

»Du hast es geschafft, dich von diesen Intendanten, Konzerthausbesitzern und Prahlhansen loszueisen, hm? Ich weiß nicht, wie Johannes das aushält. Nach spätestens drei Sätzen muss ich mir immer das Gähnen verkneifen«, raunte ihr Oma Maresa zu und nickte zu ihrem Sohn hinüber. Er stand steif und kerzengerade in ein ernsthaftes Gespräch vertieft unweit von ihnen in der Masse und sah genauso wichtig aus, wie er eben zu sein meinte.

»Ich glaube, er zieht das Schwadronieren vor«, bemerkte Oma Marina mit jenem Schalk in den Augen, der sie auch mit neunzig Jahren wie ein Kind aussehen ließ. »Würde er etwas essen, könnte sich etwas davon in seinem Bart verfangen, und es gibt bestimmt irgendeinen Trottel hier, der bereitwillig sein Handy für ein Foto zücken würde, um es dann ... Na, wie nennt ihr diese Plattform, auf die ihr heutzutage zur Belustigung aller Fotos um die Welt schickt?«

»Internet?«

»Jawohl, das meine ich. Das Internet. Ha, stellt euch das vor: Richter Johannes Wagner macht mit Essen im Bart im Internet die Runde.« Sie lachte herzlich. Niemand konnte das so wundervoll wie sie, weshalb sich ihre Schwester und ihre Enkelin auf der Stelle angesteckt fühlten.

»In dem Fall wird es Zeit, ihn auf eine harte Probe zu stellen«, versprach Elodie, der gerade noch rechtzeitig wieder einfiel, dass ein Wunderwerk von Torte darauf wartete, ihrer Oma kredenzt zu werden.

Aus der Küche wehte ihr die ungehaltene Stimme Jochens entgegen, der sich über irgendjemanden oder irgendetwas erregte, wobei das künstliche Aufregen obligatorisch zu seiner Position als Küchenchef, in die er sich wie selbstverständlich erhoben hatte, gehörte und deshalb von ihm regelmäßig kultiviert wurde. »Jetzt, schwing mal deine Keulen und wisch das Zeug aus dem Gesicht, ehe es in meinen Nachtisch tropft!«

Ah, eher über *irgendjemanden*, vermutete Elodie schmunzelnd und wollte eben durch die Tür treten, als sich die Adhäsion der Erde unerwartet verstärkte und zwei beschleunigte Körper nur allein deshalb nicht mit voller Wucht gegeneinanderprallten, weil einer von beiden über eine bemerkenswerte Beherrschung verfügte. Sie sah ein weißes Handtuch durch die Luft fliegen, geschickt aufgefangen von demjenigen, der gerade durch die Küchentür kam und ziemlich sicher mit Elodie zusammengestoßen wäre – sie spürte bereits den Aufprall und schloss reflexartig die Augen, anstatt auszuweichen. In letzter Sekunde hingegen drehte er sich so elegant zu Seite, dass er lediglich leicht gegen den Türrahmen stieß. Man hätte es auch ein gewolltes Dagegenlehnen nennen können, womit sie sich, beide in der Tür verharrend, gegenüberstanden. Elodie öffnete ihre Augen und blinzelte verblüfft. Wem genau sie da ins Antlitz sah, wusste sie nicht, aber vor etwa einer halben Stunde war er Pierrot gewesen, der eine Bühne mit einer einzigen Muskelregung hatte verzaubern können. Sein Gesicht war noch weiß geschminkt, die roten Wangen stachen ebenso deutlich daraus hervor wie die mokkabraunen Augen. Einzig entlang des rechten Kieferknochens war schon der Versuch unternommen worden, etwas von der weißen Farbe mit dem Handtuch abzuwischen.

»Oh, hey, das war knapp, was?« Das Grinsen geriet durch den clownesk geschminkten Mund wahrscheinlich breiter als gewöhnlich; zweifellos beherrschte er es ungeheuer wirkungsvoll. Nämlich so, dass die Augen funkelten und die Ohrläppchen wackelten. Eine Strähne seines blondierten Haares hatte sich aus dem Knoten auf dem Hinterkopf gelöst, blieb an der feuchten Schminke auf der Stirn kleben.

»Und wie! Zum Glück haben Sie bemerkenswerte Reflexe«, meinte Elodie lachend. »Warum haben Sie es so eilig?« Sie legte die Stirn in Falten. »Oder noch besser: Was hat ein Pierrot und Bühnenkünstler in unserer Küche verloren?«

Der Pierrot kaute allem Anschein nach Kaugummi, schob ihn grinsend in seinem Mund hin und her, während er sie musterte. »Verdammt gute Frage. Ich sollte hier wirklich nichts verloren haben. Es ist dem unglücklichen Missgeschick geschuldet, als Bühnenkünstler beklagenswert unterbezahlt zu sein, dass ich mich hier herumdrücken muss.«

»Das Essen ist heute für alle umsonst.«

Das Grinsen wurde noch eine Spur breiter, er beugte sich leicht vor. »Ich bin nicht zum Essen hier, Prinzessin.« Er zwinkerte und fügte mit gespielter Empörung hinzu. »Nicht zu fassen, dass Sie mich für einen Dieb halten.«

»Charlie, Herrgott, wenn du so weitermachst, bin ich fertig, bis du mal in Arbeitskleidern steckst und ...« Jochen verstummte, als er Elodie im Türrahmen stehen sah, ein wissendes Seufzen entglitt ihm. »Ach so. Welcher Jungspund könnte auch an dieser Schönheit vorbeispazieren, was?«

Der als Charlie angesprochene Pierrot nickte zustimmend. »Du sagst es, Paps. Vor allem nicht, da er sie fast umgerannt hätte. Ich entschuldige mich an dieser Stelle höflichst dafür.«

Elodie gluckste. »Angenommen und angenehm. Dann stehe ich offensichtlich dem berühmten Sohn unseres Küchenchefs gegenüber?«

»Wäre ich so berühmt, wäre ich in Hollywood. Davon abgesehen: Ja, ich bin das tragische Erzeugnis dieses Genies an den Herden der Welt.«

»Ein sehr tragisches Erzeugnis, berühmt dafür, meine Nerven zu strapazieren. Du kassierst keinen Cent, solltest du dem Versprechen, mir zu helfen, nicht bald nachkommen, das verspreche *ich* dir.« Es schwang eine milde Note in Jochens Tadel mit, vermutlich weil Elodie zugegen war. »Vielleicht kannst du das Ganze ja beschleunigen, Elodie, indem du ihm die Gästetoilette zeigst.«

Sie nickte amüsiert. »Selbstverständlich. Folgen Sie mir.« Sie ging ihm voran auf die Gästetoiletten am anderen Ende des Flurs zu – kaum zu verfehlen! –, aber da sie absolut nichts dagegen hatte, sich weiter mit ihm zu unterhalten, störte es sie nicht.

»Liebend gern, Prinzessin.«

»Wieso nennen Sie mich so?«

»Unterhalte ich mich denn nicht mit der Moderatorin des heutigen Tages, von der alle wissen, dass sie die Enkelin der Gastgeberin ist, die in diesem Palast lebt? Der ohne jeden

Zweifel etwas Herrschaftliches an sich hat und daher meinen Spitznamen rechtfertigt.«

Elodie musste zugeben, dass er nicht unrecht hatte. »Nun, da Sie schon so gut informiert sind, kennen Sie ja sicher meinen Namen.«

»Selbstverständlich.« Er jonglierte lässig mit dem Handtuch, verzauberte es in etwas, das rein gar nichts mehr mit einem Alltagsgegenstand zu tun hatte. »Aber finden Sie es nicht unheimlich, wenn Sie jemand beim Namen nennt, ohne dass Sie sich ihm vorgestellt haben?«

Darüber musste Elodie einen winzigen Augenblick nachdenken, ehe sie feststellte, dass es ihr relativ häufig so ging. »Nein«, entgegnete sie daher ehrlich.

Er blieb stehen und sah sie mit einem belustigten Lächeln an. »Nicht?«

»Nein, ich bin es leider gewohnt, dass mich wildfremde Leute mit meinem Namen anquatschen. Meistens wurde ich ihnen in meiner Abwesenheit von meinem Vater vorgestellt, und sie halten es nicht für nötig, es mir gegenüber persönlich nachzuholen.« Sie zuckte mit den Schultern.

»Klingt ziemlich nervig.«

»Man gewöhnt sich dran. Wenn ich es recht bedenke: In Ihrem Fall hätte ich vielleicht anders empfunden.«

»Wie das?«

»Sie sind nicht wie *die.*«

»Inwiefern?«

Dazu musste sie ihn nicht lange mustern. Nichts an ihm ähnelte im Entferntesten den Menschen, die dort draußen durch den Garten stolzierten und häufig die Bekannten ihres Vaters waren. Die Freunde der Damen von Winter waren anders und verhielten sich auch entsprechend. Jedenfalls größtenteils. Nein, Charlie, ob nun als Pierrot verkleidet oder nicht, war sogar das komplette Gegenteil von jeder Bekanntschaft, die sie jemals väterlicherseits geschlossen hatte. Er redete anders, ging anders, lachte anders. Alles an ihm war authentisch, kein bisschen aufgesetzt, sondern locker, offen und ehrlich. Sie hatte das Gefühl, knapp zehn Sätze mit ihm gewechselt zu haben und sich ihm trotzdem bereits näher zu fühlen als irgendeinem dieser Menschen, die sie nun schon zum zehnten Mal getroffen hatte – nur um dieselben Floskeln auszutauschen. Sie mochte die Art, wie er neben ihr her schlenderte, ohne sich darum zu kümmern, dass sein Schnürsenkel zu lang war. Wie er das Handtuch neben sich schwang, nicht um ihre Aufmerksamkeit zu erregen, sondern einfach, weil ihm danach war. Sie mochte das Wachsame in seinen Augen, den direkten Blick, der ihren traf, wenn sie miteinander sprachen, kein flüchtiges und nichts sagendes Mustern, nein, ehrliches Interesse. Und sie mochte seine langen Haare in diesem ungezwungenen Dutt, eine Frisur, die ihr Vater bei einem Mann inakzeptabel finden würde. Elodie hingegen sah dieser Strähne gern zu, die immer wieder in sein Gesicht wanderte und ihn auf eine verwegene Art attraktiv machte. »Na ja, zunächst mal klingt das, was Sie sagen, nach einer Unterhaltung, nicht nach Gerede ohne Inhalt.«

»Vielen Dank.« Er sah sie aufmerksam an, als wartete er auf weitere Ausführungen. Der erste flüchtige Moment, indem sie sich in seinem Blick verfing, in der Tat so direkt, dass es sie verwirrte. Er bemerkte ihr Zögern, und ein feines Lächeln strich über seine Züge. »Noch etwas? Sie sagten ›zunächst mal‹.«

Elodie fing sich wieder, wandte, obwohl sie es sonst getan hätte, nicht den Blick ab, sondern sah ihn weiterhin an. »Ja«, stellte sie langsam fest, »das hier, vermute ich.«

»Was?«

Sie standen einander mitten im Flur gegenüber, ringsum herrschte Gewusel, die Unterhaltungen der Gäste drangen durch die offenen Fenster herein, aber Elodie fühlte sich völlig allein. Allein mit ihm. »Ich weiß nicht genau, Sie sehen mich anders an.«

Er trat einen Schritt auf sie zu. »Anders?«

»Mhm, ja. Sie sehen mich richtig an.«

»Es gibt auch eine Menge zu sehen.«

»Was meinen Sie damit?«, erkundigte sie sich mit einer leichten Gänsehaut auf den Armen.

»Nichts weiter, außer dass mir gefällt, was ich sehe. Sie sehen schön aus. Im Ganzen. Sie haben eine schöne Seele.«

Elodie presste die Lippen aufeinander, hätte vielleicht geprustet, doch verlor sich der Impuls, und sie blieb noch einen Herzschlag lang stumm. »Dann sehen Sie erstaunlich weit hinein.«

Er nickte. »Sie haben so eine Art.«

»Eine Art?«

»Ja, so jemanden trifft man selten. Als hätten wir den Small Talk sofort überwunden. Sobald das passiert ist, öffnet sich der Blick für das Gegenüber, und man ist in der Lage, in den anderen hineinzusehen.«

Sie starrte ihn an, fragte sich, ob er bloß schnöde Worte machte oder es ernst meinte, ob er wirklich ihre Seele sah, und wenn ja, was ihn annehmen ließ, diese sei schön. Noch während ihr all diese Gedanken durch den Kopf wirbelten, erkannte sie, dass er recht hatte. Auf eine andere Art, als sie angenommen hätte. Es hatte nichts mit sehen zu tun, sie konnte es fühlen. Sie hatte es vom ersten Augenblick an gefühlt. Dass auch er schön war. Sie lächelte zaghaft. »Hm. Ich verstehe. Ich denke lediglich ...« Denken war nicht mehr so leicht.

»Ja?«, half er freundlich weiter. »Was denken Sie?«

»Nicht jeder ist dazu in der Lage.«

»Nein«, bestätigte er leise, »nicht jeder.«

Ein Blick. Ein Lächeln. Ein Schritt aufeinander zu. Noch nie waren Bewegungen so selbstverständlich gewesen. Sie wäre weder von sich noch ihm überrascht gewesen, hätten sie sich hier und jetzt geküsst. Sie waren sich so nah, dass ihre hellen Ballerinas die spitzen seiner schwarzen Turnschuhe berührten, sie roch das typische Aroma von Theaterschminke und bemerkte, dass die Farbe langsam Risse bekam. Ihre Haut prickelte, weil ihre Finger kurz davor waren, gegen seine zu stupsen. Sie sahen einander an und ließen den Moment vorüberziehen. Ohne Bedauern. Weil sie wussten, dass er nicht verschenkt war. Denn manchen Momenten durfte man einfach zusehen.

Charlie atmete leise aus, das Grinsen kehrte sehr langsam in seine Züge zurück. Elodie erwiderte es und trat einen Schritt nach hinten, deutete auf die Tür unweit von ihnen. »Also, *das* ist die Gästetoilette.«

»Nicht zu übersehen.«

»Nein, eigentlich nicht.«

»Danke, dass du es mir gezeigt hast.«

»Gern geschehen.«

Eine Nanosekunde verstrich, schließlich wandte er sich zur Tür und öffnete sie. »Na, dann.«

»Na, dann«, wiederholte sie und drehte sich in die entgegengesetzte Richtung. »Man sieht sich.«

»Heute noch?«

Sie grinste. »Ich bin den ganzen Tag hier. Was ist mit dir?«

»Ich finde dich«, versprach er und ging durch die Tür. Elodie wartete auf das Klicken des Schlosses, ehe sie sich umwandte.

Zur Feier zurückzukehren war, wie aus einem zweiwöchigen Urlaub zu kommen. Nichts erschien ihr mehr so, wie es gewesen war. Sie präsentierte ihre Torte, als stünde sie neben sich, benötigte noch fast eine Stunde, um sich wieder zu fangen. Es war ein bemerkenswerter Zustand, wie nach einer Aufführung – irgendwo zwischen bester Laune und Zerstreuung. Erst mit der Zunahme der Gäste und dem eintretenden Abendprogramm gewann Elodies Verhalten wieder an Normalität. Die Moderation ging ihr locker von der Hand, Konversationen ergaben sich von selbst, sie tanzte, trank und lachte mit ihren Freunden, und als nach dem Abendessen schließlich ihr eigener Auftritt an die Reihe kam, fand sie sich in ihrem Element. Ihre Stradivari in der Hand zu halten machte sie ruhig, das Spiel mit den anderen glücklich. Alles war wie immer.

»Was ist denn mit dir los?«, erkundigte sich Emmi, die vor ein paar Stunden eingetroffen war, als sie die Bühne verließen.

»Wieso?«

»Du hattest während des Stücks die Augen offen. Hast du sonst nie.«

Elodie runzelte die Stirn, konnte sich nicht daran erinnern. »Hat es einen Unterschied gemacht?«

»Bei dir nicht, es ging um mich! Ich hätte mich verflucht noch mal fast verspielt bei deinem Anblick. Du hast mich angesehen, ist dir das nicht aufgefallen?«

Kein bisschen. »Seltsam. Es hat sich angefühlt wie immer.«

Geküsst vom goldenen Rausch …

»Hat sich auch so angehört. Ich bin es eben nicht gewohnt, dass du einen ansiehst – und erst recht nicht die Zuschauer. Voll krass, wie sehr man an seinen Ritualen hängt. Du mit geschlossenen Augen, das gehört irgendwie zu jeder Aufführung.«

»Lag vielleicht am fehlenden Scheinwerferlicht.« Bei den Proben hatte sie die Augen immer weit auf.

»Vielleicht, ja. Sei's drum, es hat mich verwirrt, ist aber ja noch mal gut gegangen. Dann kann ich mich jetzt voll auf die Moderation einlassen. Ab jetzt wird es peppig, meine Liebe, und du hast Feierabend!«

Kein Vokabular hätte es besser treffen können. Emmi verhielt sich auf der Bühne wie eine Marktschreierin, pries jeden Programmpunkt mit wildem Gestus und großen Worten an. Was gut war, denn lange Feste neigten irgendwann dazu, ermüdend zu werden. Nicht so, wenn Emmi sie aufpeppen konnte. Elodie mischte sich unter die Menge und überließ es liebend gern ihrer Freundin, für Stimmung zu sorgen. Ihre Großmütter waren umringt von Menschen, mit denen sie sich wohlfühlten, sich abzuseilen wäre niemals weniger aufgefallen. Gerade wurde der seltsame alte Knacker zu Oma Marina hinübergerollt, der jede ihrer Schulaufführungen und Events besuchte. Keine Ahnung, wie alt er war und ob er überhaupt noch irgendwas mitbekam. Es sah jedenfalls so aus, als unterhielte er sich mit Oma Marina, die unmerklich etwas kühler wirkte als noch vor Sekunden. Sie hatte noch nie den Anschein gemacht, als bestünden besondere Sympathien für ihn. Sie erwähnte ihn auch nie. Er hatte irgendeinen eingängigen Namen, den sich Elodie trotzdem nicht merkte. Auf jeden Fall wirkte er noch viel älter als ihre Oma. Elodie wandte den Blick ab.

»Ach, Elodie, du warst wieder entzückend«, vereitelte Leonore Frühtaler, die Mutter eines ihrer Kommilitonen, ihren Fluchtversuch.

Es war ein offenes Geheimnis, dass sie sich seit Jahren wünschte, Elodie und ihr Sohn würden ein Paar werden. Leider war Theo ein unverbesserlicher Langweiler, der lieber schwieg als sprach, und öffnete er mal den Mund, brachte er keinen geraden Satz zustande. Sicher, er war nett, aber das musste man von Menschen, die nichts über sich preisgaben, im Zweifelsfall immer annehmen. Seine Mutter war das glatte Gegenteil, sie hörte gar nicht wieder auf zu reden, wenn sie mal richtig losgelegt hatte. Die Kunst bestand darin zu fliehen, ehe man sich im Sog des verbalen Wasserfalls befand.

»Ist das eigentlich eine echte Stradivari, auf der du spielst?«

Elodie nickte höflich. »Ein Familienerbstück. Vom Onkel meiner Oma oder so was ... um ein paar Ecken.«

»Ach, wie interessant!« Leonore Frühtaler gehörte zu jener Sorte Mensch, die so ziemlich alles *interessant* fand, und dass sie diese Feststellung stets mit zweifachem Nicken unterstrich, erschwerte es einem noch mehr, ihr zu glauben. »Du bespielst sie so wundervoll.« Und das war ihr zweites Markenzeichen: Ein Kompliment kam niemals allein, es würzte mindestens jeden dritten Satz – überwürzte ihn, genau genommen.

»Dem kann ich nur zustimmen. Ein gelungener Auftritt von Ihnen und Ihren Kommilitonen.«

Ein Kompliment, das sie erwidern konnte. In zweierlei Hinsicht. Als bemerkenswerter Schauspieler am Nachmittag und Retter des Augenblicks genau jetzt. Erleichtert über sein Timing drehte sich Elodie um. Charlie wirkte auch ohne die weiße Schminke im Gesicht kaum wie ein Gast auf dieser Party. Sein sonnengebräunter Teint stand im krassen Antagonismus zum Weiß des Pierrots und der aristokratischen Blässe, die eine Frau wie Leonore Frühtaler kultivierte, als lebte sie in der Renaissance. Immer noch trug er seine schwarze Turnhose und darüber ein Muskelshirt zu einem legeren weißen Hemd. Die Schnürsenkel waren inzwischen zugebunden, das Haar dafür offen. Es fiel ihm honigblond über die Schultern, im Ansatz braun, was ihr verriet, dass es nicht seine Naturhaarfarbe war. Sie stand ihm trotzdem. Obwohl in seinem Gesicht alles am richtigen Platz saß, verhielt es sich widersprüchlich. Die Brauen warfen freche Bögen, die hohen Kieferknochen verliehen seinem Antlitz etwas Verschmitztes, und da, wo ein Lächeln hätte sitzen müssen, lebte ein Kräuseln auf seinen Lippen. Sie waren interessant, jetzt, wo sie sie ohne Schminkzusatz betrachtete, sahen zwar voll aus, formten aber einen schmalen Mund und verhielten sich zum Amorbogen spitz zulaufend. Um nicht zu lange hinzusehen, antwortete sie seinen Tonfall imitierend: *»Sehr aufmerksam, vielen Dank, Herr …?«*

»Flimmer«, stellte er sich grinsend vor, »Charlie Flimmer.«

»Hocherfreut, ich bin Elodie Wagner.« Sie streckte ihm die Hand entgegen, den Moment genießend, in dem er sie ergriff. »Sagen Sie, sind Sie nicht dieser bemerkenswerte Schauspieler, den ich heute Nachmittag auf unserer Bühne bewundern durfte?«

»Sie haben ein gutes Auge«, spielte er mit, »der bin ich.«

Elodie schlug die Hand vor den Mund und wandte sich verzeihend an Leonore. »Wenn Sie mich entschuldigen würden, ich wollte mich schon immer mit einem echten Schauspieler unterhalten, das ist ein so faszinierendes Metier!« Sie wartete deren Reaktion nicht länger ab, sondern zog Charlie angeregt plaudernd mit sich, so schnell wie möglich fort von Frau Frühtaler.

»Findest du das wirklich, oder hast du mich nur als Grund benutzt, um die alte Schachtel loszuwerden?«

Elodie gluckste. »Sehr scharfsinnig. Nein, finde ich eigentlich nicht. Aber nach deinem Auftritt heute muss ich noch mal näher darüber nachdenken.«

Er blieb stehen und hielt sie am Arm fest. »Okay, warte kurz ... Du findest Schauspielerei kein faszinierendes Metier?«

»Bislang nicht, nein.«

»Wieso nicht?«

Sie konnte nicht einschätzen, ob er beleidigt oder neugierig war. »Ist das von Bedeutung? *Dich* finde ich gut.«

»Schon irgendwie, ja, weil ich erst wissen muss, mit welcher potenziellen Kunstbanausin ich es zu tun habe, ehe sie mir zu viel bedeutet.«

So viele Dinge in einem einzigen Satz, auf die sie eingehen wollte und nicht wusste, mit welchem beginnen. »Du bist ganz schön schnell.« Sie sah zu seiner Hand an ihrem Arm, wollte, dass sie genau dort blieb, konnte den Blick aber nicht ungeschehen machen. Er ließ sie nicht los. »Stört es dich?«

»Nicht so sehr wie die ›Kunstbanausin‹«, erwiderte sie neckend. »Immerhin stehst du einer Musikstudentin gegenüber. Ist das etwa keine Kunst?«

Er zuckte mit den Schultern. »Eine andere Form davon. Die ich übrigens sehr schätze. Genau deshalb irritiert es mich ja, dass du dasselbe nicht für Schauspielerei empfindest. Vor allem, nachdem du dich ihrer gerade selbst bedient hast, um nicht länger inhaltslose Floskeln mit dieser Frau austauschen zu müssen.«

So gesehen hatte er wohl recht. Ehe sie antworten konnte, betrat Emmi die Bühne, um den nächsten Programmpunkt hinauszuposaunen, der Elodie im Augenblick herzlich gleichgültig war. Es entsprach in keiner Weise ihrer Art, der Geburtstagsfeier ihrer Oma fernzubleiben. Etwas am Sohn des Küchenchefs veranlasste sie allerdings dazu, ihren Prinzipien, ohne mit der Wimper zu zucken, untreu zu werden, denn ehe sie sich besinnen konnte, hörte sie sich sagen: »Was hältst du davon, wenn wir hier verschwinden und die Diskussion an einem ruhigeren Ort fortführen?«

Er blinzelte zweimal. »Wer von uns beiden ist jetzt … schnell?«

Sie verdrehte die Augen. »Sehr witzig.« Sie deutete zur Bühne. »Wir können selbstverständlich auch hierbleiben und mit den anderen Gästen Sackhüpfen spielen.«

Da war es wieder, das amüsierte Kräuseln seiner Lippen zu einem Lächeln der besonderen Art. »Du hast mich überzeugt, wo ist dieser ruhigere Ort? Gibt es den hier überhaupt?«

»Vertrau mir, es gibt ihn.« Sie entzog sich seinem Griff, um ihn bei der Hand zu nehmen – fort von der Menschenmenge und tiefer hinein in die Gartenanlage. Hinter den Rosenhecken befand sich ein kleiner versumpfter Teich, der sehr viele Sommer und Winter hatte kommen und gehen sehen. Ließ man ihn hinter sich, kam man auf einen neu angelegten Weidentunnel zu, der im Sommer vor der Hitze schützte, und der schließlich zu einer steinernen Bank führte – weit genug entfernt von allen Menschen, die ein vielversprechendes Gespräch gefährden konnten.

»Wow, das sind 'ne ganze Menge Orte, die auf deine Beschreibung zutreffen. Wie viel blättert ihr Studenten jeden Monat hin, um Musikgenies zu werden und ein derartiges Paradies zu finanzieren?«

»Das gab es schon immer, weißt du. Diese Villa – und alles, was dazugehört – ist älter als die Akademie.« Sie ließ sich auf die Bank plumpsen und dabei seine Hand los, was sie sekundenlang bereute. »Was ist, setzt du dich nicht zu mir?«

Er folgte der Aufforderung, hockte sich im Schneidersitz auf die Steinplatte und musterte sie mit schief gelegtem Kopf. Sie war noch nie auf diese Art angesehen worden, noch nie mit einem Mann allein gewesen. Es überraschte sie, dass es sie kein bisschen nervös machte. Sie genoss es, von ihm betrachtet zu werden, genoss es, umgekehrt *ihn* anzusehen.

»Okay. Fang an!«, forderte er sie auf, ohne den Blickaustausch zu beenden. »Was hast du gegen Bühnenkunst?«

Hatte sie das je behauptet? Sie versuchte zu rekapitulieren, wie ihre Diskussion angefangen hatte, und musste verblüfft feststellen, dass sie es nicht mehr wusste. »Gegen Bühnenkunst gar nichts«, gestand sie schlicht. »Ich habe etwas dagegen, wenn sich Menschen auf der Bühne breitmachen, um aus gesellschaftlichen Themen flache Witze und alberne Wortverdreher zu basteln. Ich habe etwas dagegen, wenn sich Menschen lieber über ein Problem lustig machen, statt es ernsthaft anzugehen. Plus: Ich kann es nicht leiden, wenn Menschen andere Menschen als Unterhaltungsprogramm durch den Dreck ziehen, selbst wenn diese es verdienen.« Sie bemerkte, dass sie sich in Schwung geredet hatte, und verstummte. »Entschuldige«, murmelte sie, »ist so über mich gekommen. Aber ich weiß, dass all das eigentlich nichts mit wahrer Schauspielerei zu tun hat. Es ist nur das, womit man primär berieselt wird. Es hat nichts mit dem zu tun, was ich heute Nachmittag gesehen habe. Mit dem, was du tust. Das war wirklich beeindruckend und wunderschön.«

Charlie Flimmer sah sie immer noch an, das leise Lächeln im Mundwinkel, die Augen glitten über ihr Gesicht.

»Was schaust du so?«

»Ich schaue dich an. Und sehe es genauso.«

Sie hinterfragte nicht, was er genauso sah, konnte sich nicht erklären, warum sie die Momente ihres einvernehmlichen Schweigens angenehm fand, wo sie für gewöhnlich ungefüllte Gesprächspausen vermied. Allein das, was zwischen ihnen geschah, war nicht ungefüllt. Sondern erfüllt mit etwas, das sie noch nicht kannte, aber unbedingt wollte.

Was ist es?

Er beendete es elegant, indem er ins Gespräch zurückkehrte. »Es gibt viele Arten von Bühnenkunst, da hast du recht. Nicht alle davon sind nach meinem Geschmack. Jetzt, wo ich weiß, welche nach deinem sind, bin ich beruhigt. Ich habe mich nicht in dir getäuscht.«

Und sie sich nicht in ihm. Sie würde nicht in die Verlegenheit geraten, ihm Lachern nachlaufend auf der Bühne zusehen zu müssen – jetzt, wo sie einander etwas bedeuteten.

Woher weißt du, dass es so ist?

Weil sie es fühlte. »Was hat dich zu ihr geführt?«, erkundigte sie sich neugierig. »Zur Bühnenkunst?«

»Liebe, Leidenschaft, Hingabe ...« Er lehnte sich zurück, sah aus, als würde er zu einer längeren Geschichte ausholen.

Elodie konnte es kaum abwarten, sie zu hören.

»Ursprünglich meine Tante. Sie war Schauspielerin in einem kleinen Theaterhaus, und an den Wochenenden hat sie mich immer zu ihren Proben mitgenommen. Ich war sieben Jahre alt und völlig vernarrt in alles, was in diesem Theater geschah. Das Scheinwerferlicht und die Schatten, die es warf, riesenhafte Kulissen und Kostüme aus allen denkbaren Epochen. Zum Schluss die Menschen, die von einer Sekunde auf die andere nicht länger sie selbst waren, sondern jemand völlig anderes. Tante Liza war darin die Beste. Sie konnte alles und jede sein. Sie hat meine Welt mit ihren tausend Gesichtern verzaubert. Ich wusste: Wenn es etwas gab, das ich perfekt beherrschen wollte, dann das, was sie tat.«

Elodie ahnte, was das wehmütige Lächeln bedeutete, hatte es schon gespürt, als er sie zum ersten Mal erwähnt hatte. »Wann ist sie gestorben?«

Er schien nicht überrascht, das Lächeln blieb auf seinem Gesicht. »Ich war dreizehn und gerade als Statist in ihrer Gruppe aufgenommen worden. Sie hat nie jemandem von ihrer Krankheit erzählt. Sie war bis zum Ende auf der Bühne. Für mich stand fest, ihr Vermächtnis aufzunehmen. Also blieb ich in der Gruppe und arbeitete hart an mir. Es stimmt, dass es Talent braucht, um ein überzeugender Schauspieler zu werden. Noch viel mehr als Talent zählt allerdings Fleiß. Glücklicherweise eine meiner Tugenden.« Er zwinkerte.

Elodie lachte leise. Sie hörte ihm gern zu, mochte seine Stimme und die Art, wie sie mal höher mal tiefer wurde, niemals in einer Tonart greifbar, aber unbedingt angenehm. Sie hätte ihm ewig zuhören können. Wie einem Musikstück.

»Natürlich wollte Paps, dass ich die Schule ordnungsgemäß beende, also hangelte ich mich artig durch dreizehn Jahre und wurde danach Schauspieler. Er hat vermutlich darauf bestanden, weil er genau wusste, wie brotlos der Job bereits für seine Schwester gewesen war, und ich glaube, er wünscht sich immer noch, ich würde irgendetwas studieren, das mich nicht am Existenzminimum wandern lässt.« Er warf einen Blick hinüber zur Akademie. »Andererseits ist er auch geworden, was ihn erfüllte, und das macht ihn einigermaßen verständnisvoll.«

Wie beneidenswert. Elodie hörte sich leise aufseufzen.

Charlie sah sie an. »Hm?«

»Oh, ich ... nichts weiter. Ich finde das schön. Von Jochen. Und wichtig. Dem eigenen Kind seinen Freiraum zu lassen.«

Sie spürte seinen intensiven Blick auf sich ruhen. »Nicht das, was du gewohnt bist, was?«

Elodie seufzte noch einmal und stand auf. Sie verspürte das dringende Bedürfnis, sich die Beine zu vertreten, und Charlie schien es zu erfassen, ohne dass sie ein Wort sagen musste. Sie gingen nebeneinander her, wurden von der Dämmerung verschlungen, die Partygeräusche waren plötzlich sehr fern. »Sagen wir, *verständnisvoll* ist das letzte Wort, das meinen Vater beschreiben würde. Zum Glück teilen wir die Vorstellung von meiner beruflichen Laufbahn, sonst hätten wir erheblich größere Probleme miteinander. Wobei sich seine Ideale immer noch gravierend von meinen unterscheiden. Er sieht mich als berühmte Violinistin auf den größten Bühnen weltweit. Er arrangiert schon jetzt Auftritte rund um den Globus, und die Hälfte meines Terminkalenders füllt er. Ich weiß, er meint es gut, bloß ...« Sie ließ den Blick über das Festzelt, die Menschenmengen und das fröhliche Treiben schweifen. Irgendwo dort hinten unterhielt er sich gerade mit wichtigen Menschen, und die Wahrscheinlichkeit, dass er dabei Zukunftspläne für sie schmiedete, war ausgesprochen hoch. »Was er nicht versteht, ist, dass ich nicht spiele, um berühmt zu werden. Ich spiele, weil es mich erfüllt. Weil es das ist, was mich ausmacht. Was meine Großmütter mir vermacht haben. Sie sind für mich das, was deine Tante für dich war. Wegbereiterinnen für etwas, das in mir wächst und das ich leben will. Ich muss dazu nicht weltbekannt werden. Ich fürchte nur, mein Vater wird alles daransetzen, dass es so weit kommt, und ich lasse es geschehen. Keine Ahnung, ob ich mich deshalb schlecht fühlen müsste. Solange ich mit der Musik leben kann, ist es mir vielleicht gleichgültig. Aber ich weiß, dass es mir eines Tages zu eng werden wird in dem riesigen Käfig, den er für mich baut. Dabei ist alles, was ich will, Freiheit, Erfüllung und Liebe.«

Charlie schenkte ihr ein feines Lächeln, berührte kaum merklich den Stoff ihres Kleides. »Das kann ich ziemlich gut nachfühlen.« Er wandte den Blick wieder nach vorn. »Also den Teil mit der Freiheit, Erfüllung und Liebe. Was die Ambitionen deines Vaters angeht, solltest du ihn zaghaft daran gewöhnen, dass du nicht in allem auf ihn hören wirst. Nur so als Vorschlag.«

Kein schlechter Hinweis!

»Ich fürchte, ich habe gerade damit angefangen.« Bedachte man, *wo* sie war, nämlich nicht unter den Gästen. Und *mit wem*, einem Wildfremden, der weiß Gott was im Schilde führen könnte. Sie konnte die mahnende Stimme ihres Vaters hören, als stünde er neben ihr. Was sie hier tat, war in seinen Augen ein absolutes No-Go.

»Fürchtest du?« Charlie drehte mit einem neckischen Grinsen den Kopf zu ihr. Im Nachbarort schlug die Uhr zehnmal, und Elodie wusste, dass sie überhaupt nichts fürchtete. Sie unterhielten sich seit einer Ewigkeit, und selbst, wenn es weniger gewesen wäre, er war längst kein Wildfremder mehr, kein bisschen. Sie sah ihn an, erkennend, dass sie mehr über ihn wusste als über die meisten Menschen in ihrem Umfeld. Sie sah ihn an und spürte es wieder. Seine Hand war direkt neben ihrer, dem Impuls zu widerstehen, danach zu greifen, erschien ihr unglaublich schwer.

Was war das für ein Gefühl?

Musst du das wissen?

Sie war es gewohnt, Bescheid zu wissen, war es gewohnt, die Kontrolle zu besitzen. Aber hier in diesem Moment entglitt ihr etwas, und sie war sich ungewiss, ob sie es gehen lassen durfte. »Ich weiß es nicht genau«, beantwortete sie seine Frage mit einiger Verzögerung. »Sollte ich Befürchtungen haben? Eine Sache fällt mir nämlich noch ein, in Bezug auf meine Skepsis gegenüber der Schauspielerei.«

»Ich kann es kaum erwarten, sie zu hören.«

Waren sie schon an dem Punkt, über solche Dinge zu sprechen?

Welcher Punkt denn? Nichts an dieser Bekanntschaft folgt irgendeiner Chronologie oder Regel. Ist es dir nicht aufgefallen? Du kennst ihn ein paar Stunden und hast ihm mehr anvertraut als deinen Freunden.

»Ich hasse es, wenn sich Menschen verstellen«, sprach sie es aus. »Ich will meinem Gegenüber vertrauen können. Kann ich einem Schauspieler vertrauen?«

Charlies Lippen kräuselten sich wieder zu diesem besonderen Lächeln. »Willst du wissen, ob du einem Schauspieler vertrauen kannst, oder willst du wissen, ob du *mir* vertrauen kannst?«

»Keine Ahnung ... Kann ich dir denn vertrauen?«

Die Geste war hauchzart, die Berührung viel zu schön, um ihr zu misstrauen. Charlie strich ihr mit dem Finger eine Mahagonilocke hinters Ohr, als wollte er ihre Sicht verbessern. »Was fühlst du?«

Nervosität. Wie Lampenfieber legte sie sich verspätet um sie; ihr Herz fing vehementer zu schlagen an, und sie ahnte, dass etwas geschehen war, das sie nicht mehr rückgängig machen konnte. Ihr war, als erklinge ganz in der Nähe eine feine Melodie, die den Augenblick vervollkommnete. Elodie folgte einem Instinkt, fand ihre Hand auf seiner. »Ich will dir vertrauen.«

»Dann tu es«, murmelte er.

Sie war in ihr, stellte Elodie fest, während sie ihm in die Augen sah – die Melodie. Als gehörte sie zu ihr, zu ihm, zu diesem Moment.

»Okay.«

Er lachte leise. »Okay? Das ist ja gut zu hören.« Er umschloss wie selbstverständlich ihre Hand und schlenderte weiter. »Zu deiner Beruhigung kann ich anführen, dass ich sowieso kein richtiger Hardcore-Schauspieler bin. Das Theater meiner Tante musste dank überteuerter Mieten und zu vielen Fernsehkonsumenten dichtmachen, und so nehme ich, was ich kriegen kann. Was natürlich immer zu wenig ist, deshalb arbeite ich ab und an für meinen Vater.«

Eine Bemerkung, die Elodie urplötzlich aus der allgemeinen Verzauberung riss. »Apropos: Müsstest du ihm nicht helfen?«

»Ach«, winkte er ab, »ich bin für heute gefeuert.«

Sie hielt inne. »Wie bitte?«

Charlie zwinkerte. »Der Hauptgang ist durch, und Arbeit wartet erst wieder um Mitternacht, wenn das Schoko-Fondue an der Reihe ist. Das ist ein neuer Tag, oder nicht?«

Sie würde sich an seine Witze noch gewöhnen müssen. Andererseits, wen in ihrem Alter kannte sie, der das Leben auch mal locker nahm? Von seiner erfrischenden Art konnte sie sich definitiv eine Scheibe abschneiden.

Der Abend wurde länger und schöner, ihr schlechtes Gewissen, nicht jede Sekunde Oma Marina zu widmen, durch zu viele weitaus stärkere Gefühle verdrängt – nebst dem Wissen, dass sie es verstehen würde.

»Wow, sieh sich das einer an!« Charlie war vor der gigantischen Eiche zum Stehen gekommen, das Herzstück des gesamten Gartens. »Sie ist wunderschön.«

Elodie folgte seinem Blick. Die Stieleiche musste gemessen an ihrem breiten, kräftigen und borkenreichen Stamm bereits mehrere Hundert Jahre alt sein und hatte eine stattliche Höhe von knapp fünfundzwanzig Metern erreicht. Im Hochsommer erstrahlten ihre gebuchteten Blätter in einem herrlichen Dunkelgrün, stand man direkt unter ihr, schimmerten sie fast bläulich. Jetzt, wo die Nacht langsam hereinbrach, waren sie tiefschwarz. »Ja, das ist sie.«

»Bist du mal raufgeklettert?«

Elodie lachte. Der unterste Ast der Eiche war etwa eineinhalb Meter vom Boden entfernt. »Klar, ich bin hier aufgewachsen. Als Kind hing ich ständig da drin. Allerdings sieht es der Gärtner nicht so gern und außerdem ...« Sie bemerkte das abenteuerliche Blitzen in seinen Augen. »Vergiss es!«

»Warum, weil der Gärtner, es nicht gern sieht? Bäume sind stärker als Menschen, die halten schon was aus.«

»Das ist es nicht«, wehrte Elodie ab.

»Was ist es?«

Sie zögerte. »Ich habe mit den Jugendjahren das entwickelt, was hin und wieder über einen kommt«, erwiderte sie ausweichend.

»Höhenangst?«

Es gab Schwächen, die sie sich problemlos eingestand, diese nicht. Vielleicht weil sie insgeheim noch nicht akzeptiert hatte, sich von etwas einschüchtern zu lassen, das außerhalb ihrer Kontrolle lag. Sie nickte widerwillig.

Charlie schien in diesem Missstand kein Hindernis zu sehen. »Jede Angst ist überwindbar und diese am leichtesten«, versicherte er.

»Das kann nur jemand sagen, dem sich nicht die Welt vor den Augen dreht, sobald er einen Meter über dem Boden ist.«

»Die meisten Bühnen sind höher als einen Meter.«

»Die zähle ich als Boden. Erhöht, trotzdem fest.«

Er ging einen Schritt auf sie zu, und griff nach ihren Händen. »Ich bin da. Ich bin dein Boden, ich halte dich fest. Versprochen.« Er sah zu der Eiche. »Ich muss diese Schönheit unbedingt erklimmen.«

Elodie spürte den Kampf in sich. Sie konnte das Gefühl der Schwerelosigkeit, der schwindenden Kontrolle, nicht ausstehen und scheute sich mehr davor als vor allem anderen. Aber hier stand Charlie, ein Mann, der kaum eine Minute benötigt hatte, um sie zu faszinieren, und hielt sie fest, wollte, dass sie ihm vertraute. Warum sollte sie es nicht versuchen? Etwas riskieren?

Bist du verrückt? Du könntest dir den Hals brechen! Du kennst den Typen nicht!

Besser als alle anderen. Elodie warf einen vorsichtigen Blick zur Eiche, anschließend zu Charlie. »Na schön, bis zu dem breiten Ast dort.«

Er folgte ihrem Fingerzeig und nickte zustimmend. »Er sieht ausgesprochen gemütlich aus.«

Elodie atmete tief durch und wappnete sich für das bevorstehende Abenteuer.

»Elodie!?«

Elodie blieb wie erstarrt stehen, wandte sich langsam um, konnte ihren Vater jedoch noch nicht ausmachen. »Oh shit«, stöhnte sie und packte reflexartig Charlies Hand, »komm mit!« Sie rannten auf die Eiche zu. Statt sie zu erklimmen, zog Elodie Charlie in die Schatten der wild wuchernden Hecken und weiter Richtung Rosengärten.

»Elodie? Wo zum Teufel steckst du?«, schrie ihr Vater noch einmal.

Konnte es wirklich sein, dass ihm trotz Hunderten von Gästen und einem perfekten Abendprogramm aufgefallen war, dass sie fehlte?

»ELODIE!«

Ein leises Kichern entfuhr ihr, als ihr bewusst wurde, wie absurd sie sich verhielt. Rannte sie wirklich mit einem Mann durch ihren eigenen Garten und versuchte sich vor ihrem Vater zu verstecken? In einiger Entfernung hörte sie ein Knacken, als sei jemand auf einen herumliegenden Zweig getreten, und die Stimme ihres Vaters wurde deutlicher. Charlie reagierte schneller, als sie es vermochte und zog sie hinter die steinerne Büste eines Engels, der die Anlage zierte. Keine Sekunde zu früh.

Johannes Wagner kam um die Ecke und ließ die Augen wachsam durch den in Dunkelheit gehüllten Garten schweifen. Elodie bemerkte, dass ihre Hand die Charlies fest umklammert hielt, während ihr der Atem stockte. Würde ihr Vater sie jetzt zusammen erwischen, endete ihre Bekanntschaft, ehe sie sich hatte entwickeln können.

Charlie bewies, dass er sich in brenzligen Situationen bestens zu helfen wusste, bückte sich lautlos und hob einen Kiesel vom Boden auf. Er warf ihn weit und hoch, er klatschte gegen die Hauswand. Ihr Vater drehte sich reflexartig um und folgte dem Geräusch. »Elodie?«

Charlie unterdrückte ein Lachen. »Funktioniert scheinbar nicht nur im Film, was?«

Erstaunlicherweise ja. Sie seufzte leise. »Ich sollte vermutlich trotzdem gehen, ehe er die Polizei ruft und eine großräumige Suche startet.«

Charlie lächelte bedauernd. »So schlimm?«

Sie rollte mit den Augen. »Noch schlimmer.«

Er nickte. »Dann muss es wohl so sein.«

»Ja ...«

Sie lächelten einander zu, keiner von beiden machte Anstalten, die Hand des anderen loszulassen. Schließlich kicherten sie beide, tauschten das Lächeln geheimer Verbündeter und Elodie zog langsam ihre Finger weg. »Das war schön, Charlie Flimmer.«

»Ja, das war es.«

Ein Blick, ein Lächeln, ein Schritt zurück. Elodie hob winkend die Hand wie ein verlegenes Schulmädchen und drehte sich um.

»Hey«, rief er ihr hinterher, und sie fuhr blitzschnell herum.

»Hm?«

»Sehen wir uns wieder?«

»Das hoffe ich.« Sie nickte zur Eiche. »Es wartet noch ein Abenteuer auf uns, oder?«

Er erwiderte ihr Grinsen. »Unbedingt.«

»Du weißt, wo du mich findest.«

»Sehen wir uns wieder?« Eine Frage, eine Hoffnung, ein Sehnen, das ihr nicht mehr aus dem Kopf ging. Elodie hätte

nicht angenommen, dass die Begegnung mit dem Sohn des Küchenchefs solche Auswirkungen auf ihren Gemütszustand haben könnte. Nicht nur auf ihren Gemütszustand, auf ihr gesamtes Empfinden und Verhalten. Bereits beim sehr, sehr späten Frühstück am Tag nach der Feier sprach sie kein Wort, rührte gedankenverloren in ihrem Kaffee. Das Mittagessen ließ sie aus, weil sie die Zeit beim Spazierengehen vergaß, in Gedanken bei Charlie Flimmer und seinem gekräuselten Lächeln, den funkelnden Augen und dieser verflucht sexy Haarsträhne, die in sein weiß geschminktes Gesicht glitt.

Wanderte sie durch die Flure der Villa, hatte sie den Eindruck, diese teile Elodies Verliebtheitsgefühl, wisse ganz genau, was mit ihr los war.

Beim Musizieren mit ihren Großmüttern am Nachmittag war sie lediglich mit halber Aufmerksamkeit dabei, was beinah unbemerkt geblieben wäre. Ärgerlicherweise fächelte ausgerechnet in dem Moment, in dem ihr Vater vorbeischaute, von draußen ein Lachen durchs geöffnete Fenster zu ihnen herein, das Elodie so sehr an das von Charlie erinnerte, dass sie sich aufs Gröbste verspielte und eine halbe Ewigkeit benötigte, um zurück zu Vivaldi zu finden.

Johannes Wagner sah sie mit einem missgestimmten Ausdruck an. »Was ist los mit dir? Hast du nicht genug geschlafen oder war die Party zu viel für dich?«

Zu viel? Eher im Gegenteil ...

Villa Winter, Juli 1924

Ihre dritte Arbeitswoche begann mit einem trüben Montagmorgen, durchzogen von milchigen Nebelschleiern, die sich noch nicht einmal um die Mittagszeit verzogen, es jedoch nicht vermochten, Emilias Laune zu trüben. Erst als sie auf ihrem Fahrrad zur Villa Winter radelte, ihr der Wind unter das lange Hemdkleid fuhr und sie die feinen Tröpfchen der Nebelwand auf ihrer Haut spürte, kam ihr der Gedanke, ob sie mit den neu gekauften Palazzohosen nicht besser beraten gewesen wäre. Infolgedessen erlaubte sie sich einen vorwurfsvollen Blick zum Himmel.

Immerhin besaß sie mittlerweile endlich einen Glockenhut in ihrer Größe. Sein schimmerndes Grün mit den roten Punkten war das einzig Sommerliche an diesem Tag, dem es sowohl an Hitze als auch an Idylle fehlte. Selbst die Pflanzen am Wegrand ließen die Köpfchen hängen, kaum ein Vögelchen begleitete fröhlich musizierend ihren Weg. Emilia biss die Zähne zusammen, trat entschlossen in die Pedale und summte im Takt dazu. Trüben Tagen begegnete man am besten mit Heiterkeit. Die Hälfte der Strecke hatte sie überdies hinter sich. So summte sie vor sich hin, glaubte, das feine Nebelnieseln antworten zu hören und passierte eben das Feld mit den Mädchenaugen, wobei sie den Pflänzchen höflich zunickte, als das Geräusch eines schnell fahrenden Motorrads an ihr Ohr drang. Freilich war sie, indes sie sich leicht in die Kurve legte, nicht darauf gefasst, wie schnell, präzise *viel zu schnell*, es sich näherte, und noch weniger darauf, dass es sie im Scheitelpunkt der Kurve überholen würde. Von der Impertinenz allein schon ausreichend überrumpelt, einen Menschen ausgerechnet in der einzig scharfen Kurve der gesamten Strecke zu überholen, gelang es Emilia nicht, einen kühlen Kopf zu bewahren. Die gefährliche Nähe, mit der der Motorradfahrer an ihr vorüberrauschte, veranlasste sie, ihren Lenker ungeschickt zur Seite zu reißen. Das Fahrrad geriet ins Schlingern, an Bremsen war nicht mehr zu denken, nicht im Moment des Ausweichens, nicht im Moment des Schlingerns und erst recht nicht im Moment des unschönen Sturzes in den tiefen Straßengraben. Ihr Überraschungslaut hallte unter den hohen Birkenbäumen wider, schreckte eine Schar Vögel auf. Anschließend herrschte benommene Stille. Lediglich der Nebel legte sich weiterhin um sie wie eine klamme Decke.

Emilia bemerkte nicht sofort, wie sich davon ihre Nackenhaare aufstellten, blinzelte, nur verlangsamt realisierend, was geschehen sein musste. Wann war sie das letzte Mal vom Fahrrad gestürzt? Sie sah sich um. Ihr Rad war gut zwei Meter abwärts in einem Graben gelandet, sie selbst hockte im ausgetrockneten Bachbett, hinter sich ein morscher Zaunpfahl. Ein verwirrter Laut entwich ihr, verpuffte im Nebelmeer.

In einiger Entfernung hörte sie das scharfe Kreischen von Bremsen, dem das knatternde Geräusch des zurückkommenden Motorrads folgte. Das Kopfschütteln, durch das sie hoffte, einen Teil der Benommenheit loszuwerden, verschlimmerte den Zustand eher, sie seufzte und untersuchte ihren Körper auf etwaige Blessuren. Vom Pochen in ihren Schläfen abgesehen, wiesen ihre Unterarme einige Kratzspuren auf. Die Hände waren minimal aufgeschürft, ansonsten fehlte ihr auf den ersten Blick nichts.

Das Motorenknattern verstummte, Sekunden später erschien über ihr ein Mann in schwarzer Motorradkleidung – eine schmale Strichgestalt im ihn umgebenden Nebel. Auf dem Kopf trug er einen Helm mit heruntergelassenem Visier, getönt, sodass es ihr unmöglich war, das Gesicht dahinter auszumachen.

»Sind Sie verletzt?« Die Stimme eines jungen Menschen, desinteressiert und kühl, ohne den Hauch von Besorgnis oder Schuldgefühlen. Sie klang gedämpft unter diesem cremefarbenen Helm, der wie eine umgedrehte Salatschüssel auf Emilia wirkte, obschon sie wusste, dass es für Motorradfahrer üblich und obendrein modern war, ein solches Ding zu tragen.

»Ich denke nicht«, entgegnete Emilia.

»Gut.« Dieser Feststellung folgte kein weiteres Wort. Weder eine Entschuldigung noch ein Versuch, einer im Dreck sitzenden Frau Hilfe anzubieten. Das Schweigen bettete sich in den Nebel, blieb die einzige Kommunikation zwischen ihnen. Emilia kannte sich selbst nicht als nachtragende Person, dennoch irritierte es sie, dass er so unverfroren über ihr stand und sich keiner Schuld an ihrem derangierten Zustand bewusst war. Oder es kümmerte ihn nicht. Schließlich fragte er, ohne sich zu rühren: »Was ist mit Ihrem Fahrrad?«

Überprüf es doch selbst, kam ihr in den Sinn, aber das war keine Erwiderung, die ein höfliches Mädchen tatsächlich laut aussprach. »Sieht in Ordnung aus.«

»Gut.«

Abermals schwiegen sie, umgeben von dieser Kühle, die nicht nur dem Wetter geschuldet war. Nachdem ihm allem Anschein nach die Galanterie eines Gentlemans völlig abzugehen schien, da er es zustande brachte, weder ihrem Fahrrad noch ihr aufzuhelfen, übernahm sie es selbst und zog sich am Zaunpfahl nach oben. Ihr verrutschtes Kleid ermöglichte einen erschreckend ausgiebigen Blick auf ihre Beine, doch schien er kein Interesse an Formen von Weiblichkeit zu haben.

»Gut«, wiederholte er noch einmal, als sie wieder festen Boden unter den Füßen spürte. »Ihnen fehlt nichts.«

Sie konnte es schwer beurteilen, fühlte zwar keinen Schmerz, allerdings eine fortwährende Verschleierung – als befände sie sich in einem Traum oder stünde neben sich. Da sie nicht antwortete, machte er Anstalten, sich abzuwenden, ehe er noch einmal innehielt, um ihr zu erklären: »Es gibt gesonderte Wege für Fahrradfahrer, nur als kleiner Ratschlag. Die sind schöner, Fräulein, und man kommt dem motorisierten Verkehr weniger in die Quere.«

Zwei Atemzüge lang fehlten Emilia die Worte. Die Empörung benötigte wie immer Zeit zur Entfaltung, und meist hielt sich Emilia zurück, in diesem Fall gleichwohl entschlüpfte ihr die schnippische Antwort, bevor sie sie aufhalten konnte: »Mit Verlaub, mein Herr, aber in die Quere kamen *Sie* mir, nicht umgekehrt!«

Die Atmosphäre veränderte sich, sie konnte den dissonanten Ton unheilvoll erklingen hören. Der Motorradfahrer wuchs um einen Zentimeter, das knarzende Geräusch von aneinanderreibendem Leder drang an Emilias Ohr, während er langsam die Arme hob, um den Helm abzunehmen. Emilia stockte der Atem, sie benötigte keine Sekunde, um zu erkennen, *wem* sie in die Augen sah. Die dunklen Locken waren länger als auf dem Familiengemälde, fielen ihm wirr ins schmale pergamentweiße Gesicht, aus dem die dunkelbraunen Augen markant hervorstachen. Groß und halbmondförmig bewiesen sie eine Ausdrucksstärke, die Emilia durch Mark und Bein ging. Die ausgeprägten Kieferknochen mündeten in ein spitzes Kinn, hoheitsvoll vorgereckt, was ihr ohne jeden Zweifel signalisierte, dass sie soeben nichts Geringeres als Majestätsbeleidigung begangen hatte. Paul Eliot Fairmann starrte auf sie hinab wie auf ein Ungeziefer, das es unter den Schuhsohlen zu zermalmen galt.

Sie atmete langsam aus. Unmöglich zu ermessen, ob ihre unregelmäßige Atmung, der Schock, ihrem Arbeitgeber auf derart unglückliche Weise begegnet zu sein, oder die Nachwehen des Sturzes dafür verantwortlich waren, dass sie strauchelte. Das Bild trübte sich einen Herzschlag lang, wurde erst klar, als er sie berührte. Er musste bemerkenswert schnell reagiert haben, war in den Graben gesprungen, um sie zu stützen, ehe sie fallen konnte. Verspätete Umgangsformen, mit denen sie nicht gerechnet hatte. In ihren Ohren rauschte es, doch schwankte sie nicht länger. Er hielt sie, die Augen unverändert auf sie gerichtet. Sie schluckte, starrte ihn an, sämtlicher Sprache beraubt. Sie konnte seine Aura nicht erfassen. Gefesselt von seinen Augen schienen ihre restlichen Sinne ihren Dienst zu quittieren. Er öffnete leicht den Mund, Worte kamen keine über seine Lippen. Schmale Lippen, die links und rechts hauchkleine Grübchen bildeten. Emilia ertappte sich bei dem Gedanken, dass sie ihr gefielen. Woher er gekommen war, war ihr schleierhaft. Der in der kühlen Luft sichtbar werdende Atemhauch, der ihrem Mund entwich, vermischte sich mit seinem. Nur dadurch wurde ihr bewusst, wie nah er ihr gekommen war. Vielleicht der Grund für ihre unpassenden Gedanken. Es war das erste Mal, dass sie einem Mann direkt gegenüberstand.

Eine schiere Ewigkeit.

Er war somit auch der erste Mann überhaupt, dessen Lippen sie je bewusst bemerkt hätte; kaum eine Handbreit von ihren entfernt. So unangenehm ihr Kennenlernen auch war, dem Augenblick haftete etwas an, das ihren Herzschlag beschleunigte. Aus einem anderen Grund als Furcht vor dem Zorn ihres Arbeitgebers – der noch nicht wusste, dass er jener war. Würde er sie postwendend entlassen? Besaß sie überhaupt den Mut, sich ihm vorzustellen? Er überragte sie lediglich um einen halben Kopf, obschon sie sich in seiner Gegenwart winzig fühlte.

»Sie …« Er unterbrach sich, bemerkte, dass er immer noch ihre Schultern umfasste, ließ sie los und trat einen Schritt zurück.

Emilias Herzschlag regulierte sich. Er musterte sie mit einem veränderten Ausdruck auf dem Gesicht. Schließlich räusperte er sich, schloss die Augen, und als er sie wieder öffnete, rang er sich zu der unverhofften Bemerkung durch: »Verzeihen Sie mir meine Manieren.« Es klang gereizt, nicht schuldbewusst. Dieser sichtbar schmerzlich geleisteten Abbitte folgte zudem keine weitere Erklärung.

Emilia blieb nichts weiter, als sie zu akzeptieren oder das Aufeinandertreffen noch unerfreulicher zu gestalten. Was ihr angesichts ihrer Position fernlag. Daher nickte sie mit einem zittrigen Lächeln.

»Gut.« Für ihn schien der Sachverhalt geklärt, seine Frage war weniger als solche denn als Feststellung zu verstehen: »Sie kommen zurecht?«

Sie nickte, wusste nicht, was sie anderes hätte erwidern sollen, und er gab sich damit zufrieden. Er hob seinen Helm vom Boden auf, ein feuchter Grashalm haftete am Fiberglas. Paul Eliot Fairmann schnippte ihn achtlos fort, setzte den Helm auf und ging ohne ein Wort des Abschieds auf sein Gefährt zu. Emilia blieb am Wegesrand zurück, stand immer noch dort, als das Motorengeräusch längst verhallt war.

Sein Motorrad parkte in der Einfahrt, als Emilia die Villa Winter erreichte. Es stand dort mitten auf der Wendefläche und wartete darauf, vom Dienstpersonal adäquat versorgt zu werden. Der Nebel hatte sich endlich aufgelöst, die scheuen Sonnenstrahlen spiegelten sich auf dem glänzenden Lack des Fahrzeuges. Eine tiefe, im Halbkreis verlaufende Furche im Kies verriet den stürmischen Auftritt seines Besitzers. Emilia stellte ihr Fahrrad vor die Hecke im Eingangsbereich, ihre Hände zitterten beim Versuch, das Schloss zu fixieren. Ehe sie die Türklingel betätigte, schloss sie die Augen, wappnete sich auf die Fortsetzung einer unangenehmen Begegnung. Zu ihrem Glück öffnete Alma, dicht gefolgt von Marina, die sie ungeduldig zum Ablauf der Musikstunde befragte. Dergestalt ins Gespräch vertieft landeten sie ungesehen im Musikzimmer. Lediglich eine Gnadenfrist, nichtsdestoweniger entspannte sich Emilia.

Spätestens als sie Marina die Stimmübung »Kuchenessen« nahebrachte und sie in allen möglichen Tonlagen seufzten und schmatzten, kamen beide ins Kichern, und das vorübergehende Unbehagen fiel von Emilia ab.

»Das kitzelt überall!«, stellte Marina lachend fest. »Ich habe nicht gewusst, dass meine Stimme im ganzen Körper wohnt!«

»Weil du sie bislang nicht dorthin gesandt hast. Die meiste Zeit bedienen wir unsere sogenannte Mittelstimme. Wir Frauen zudem die Kopfstimme, ohne zu wissen, wozu wir sie sonst noch einsetzen können. Die tieferen Töne kommen aus unserem Brustkorb. Die Vibration, die dabei entsteht, wirkt sich auf den gesamten Rumpf aus und ...« Sie unterbrach ihre Lehrstunde beim Anblick der glucksenden Marina. »Was hast du?«

»Och, nichts!«, winkte diese ab. »Entschuldige, es klang so ulkig und fremd. *Wir Frauen.* Als wären wir das beide. Auf Augenhöhe.«

Emilia hob fragend die Brauen. »Sind wir das denn nicht?«

Marina schob nachdenklich die Lippen vor. »Ja und nein. Ich meine, bei dir ist es anders, aber im Grunde bist du meine Lehrerin und eine kluge, erwachsene Frau, ich bin nur ein Kind, das noch viel zu lernen hat.«

Emilia lächelte sachte. »Sei versichert, Frauen sind wir beide, ich bin lediglich etwas älter und deshalb gewiss nicht klüger. Es gibt Kinder, die sind cleverer als so manche Dame von Rang, und es gibt einige Damen von Rang, die noch viel zu lernen haben.«

Die gefurchte Stirn ihrer Schülerin verriet ihr, dass sie diese aberwitzige Behauptung verarbeiten musste, sie vermutlich zum ersten Mal hörte. Wie immer erwies sie sich als offen für neue Erkenntnisse. »Das sollte ich mir merken.« Sie sah Emilia an. »Denkst du, du hast noch viel zu lernen?«

»Jede Menge«, beteuerte Emilia. »Was gut so ist.«

»Wieso denn das?« In den Augen einer bald Zehnjährigen konnte die Welt wohl nicht schnell genug erschlossen werden.

»Versuch dir mal vorzustellen, bereits alles zu wissen. Ich fände das furchtbar öde.«

Die Argumentation schien ihr einzuleuchten. »Da hast du recht. Ich bin noch unschlüssig, ob du nicht die cleverste Person bist, die ich kenne.«

Etwas, das ihr Vater ziemlich sicher dementieren würde. Der Gedanke an Paul Fairmann wischte das Grinsen schlagartig aus ihren Zügen. Sie nahm ihre Unterrichtsstunde rasch wieder auf, verdrängte die vor ihrem inneren Auge auftretenden Bilder seiner dunklen Augen, unter denen sie sich alles andere als clever gefühlt hatte.

Marina bemerkte den Stimmungsumschwung durchaus, doch ließ sie sich nichts anmerken. Erst als sich ihre Übungseinheit dem Ende näherte, bemerkte sie beiläufig: »Deine Stimme klingt heute höher als sonst. Ist etwas vorgefallen?«

Wie feinfühlig sie war. Wie gut sie bei ihren Lektionen zuhörte. Emilia folgte einem Reflex, als sie die aufgeschürften Hände hinter dem Rücken zu verbergen suchte. Selbstverständlich entging es Marinas wachen Augen nicht. »Oh, ich habe bloß ...«, während sie noch über eine kindgerechte Ausrede nachsann, erkannte sie, dass es keinen Sinn haben würde, dieses Mädchen für dumm zu verkaufen. »Vielleicht. Ich weiß es noch nicht. Aber ich bin froh, dass wir uns so prächtig abgelenkt haben. Musik ist Balsam für die Seele.«

Das Lächeln, das ihr Marina schenkte, ebenso. Es bestätigte Emilias Worte einmal mehr. Dass sie einander auf Augenhöhe begegneten. Von einer jungen Frau zur anderen.

So beendeten sie den Musikunterricht guter Dinge, Emilia verließ das Zimmer mit einem Lächeln auf dem Gesicht.

»Vielen Dank, übrigens«, kam es von Marina, als sie durch den Flur schlenderten.

»Wofür?«

»Dass ich jetzt weiß, was meine Stimme kann. Was *ich* kann. Es war gelogen von Paul, dass ich eine furchtbare Singstimme besitze. Das ist eine immense Erleichterung.«

Aha. Da lag der Hund begraben. Nach der Begegnung mit Paul Eliot Fairmann überraschte Emilia diese vernichtende Einschätzung einem Kind gegenüber nicht besonders. Lediglich, dass Marina ihren Vater beim Vornamen nannte, irritierte sie flüchtig. Jener Vater, der Emilia und Marina im Foyer des zweiten Stocks erwartete, ans Treppengeländer gelehnt und scheinbar in einem Buch lesend. Die Tatsache, dass er es falsch herum hielt, verriet, dass es sich um kein Zufallstreffen handelte. Emilias innere Unruhe kehrte schlagartig zurück. Was hatte sie erwartet? Dass sie sich aus dem Haus schleichen konnte, ohne ihm je zu begegnen? Dass er die Musiklehrerin nicht kennenlernen wollte, die seine Tochter täglich unterrichtete und die er so großzügig bezahlte?

»Oh, sieh mal, jetzt lernst du den Rest der Familie kennen!« Marina löste sich von ihrer Seite und hüpfte auf ihren Vater zu. »Warum liest du denn hier auf dem Treppenabsatz?«

Paul Eliot Fairmann klappte seine fragwürdige Lektüre zu und hob den Blick. Er streifte Marina nur flüchtig, das Lächeln geriet schmal, verschwand zur Gänze, als er Emilia erfasste.

Diese verlangsamte unwillkürlich ihren Schritt ...

Ende der Gnadenfrist.

»Darf ich vorstellen, Emilia? Dieser griesgrämige Herr ist der Geldgeber hier.« Sie pikte ihm lachend in die Seite, was er mit einem mahnenden Blick unterband, wenngleich ein

Anflug von Schalk in seine Augen trat. Marina zumindest ließ sich nicht beirren, beendete mit einem Zwinkern das Bekanntmachen: »Herr Geldgeber, das ist Emilia. Emilia Sommer. Die klügste Musiklehrerin der Welt.«

Paul Fairmanns Augen wanderten zurück zu Emilia, bohrten sich tief in ihre. Er versteckte seine Überraschung über ihr Wiedersehen ausgesprochen gut. Anders als auf der Landstraße nahm er sich dieses Mal ausgiebig Zeit, sie zu mustern. Emilia lächelte verkrampft, fühlte sich unter seinem Blick wie entblößt. Sämtliche Härchen an ihrem Körper stellten sich wie elektrisiert auf, sie widerstand dem Impuls, die Hände zu Fäusten zu ballen. Sie hielt sie völlig ruhig, verspannte sich dabei innerlich.

»Hm«, machte Marinas Vater, die Augen immer noch auf Emilia gerichtet. Entdeckte sie etwa einen Hauch von Belustigung in seinem Blick? »So, so, das Fräulein Sommer. Die klügste Musiklehrerin, sagst du?« Er löste endlich die Augen von Emilia und sah stattdessen Marina an. Ein seltsames Lächeln strich dabei über sein Gesicht, weder zugewandt noch abgeneigt. »Inwiefern?«

Seine Tochter hob verspielt einen Finger. »Das musst du selbst herausfinden.«

Er nickte gelassen. »Das werde ich.« In seinem Tonfall schwamm diese dezent larmoyante Note mit, jedes Mal, wenn er sprach, was eine konfuse Mischung aus despotisch und schwermütig ergab. Übergangslos erhob er sich aus seiner legeren Position am Treppengeländer, und Emilia spannte sich noch mehr an. »Nun, Fräulein Sommer, so sieht man sich wieder.«

Marina riss den Mund auf. »Ihr habt euch schon kennengelernt?«

»Flüchtig, ja«, bestätigte ihr Vater. Dieses Mal war das Amüsement nicht zu übersehen. »Auf dem Weg hierher.« Wieder versenkten sich seine Augen in ihre, blieben undurchsichtig, obgleich sie Emilia tief im Inneren trafen. »Das

Fräulein Musiklehrerin mag ja die klügste Frau der Welt sein und recht hübsch anzusehen obendrein, aber eine Windböe genügt, um sie vom Fahrrad zu blasen.«

Im Nu war ihr Kennenlernen erstaunlich wahrheitsgemäß vor Marina offenbart, die ihren Erzeuger allem Anschein nach gut genug kannte, um jedes Wort zu glauben. »Warum hast du sie denn nicht mitgenommen, wo du sie doch umgefahren hast?«

Ihr Tonfall verblüffte Emilia, hatte sie immerhin bislang angenommen, sie rede nur hinter seinem Rücken dieserart frech.

Paul Fairmann zuckte mit den Schultern, sah Emilia an. »Eine gute Frage. Warum haben Sie nichts gesagt, als ich Sie fragte, ob ich Sie mitnehmen soll?«

Emilia zögerte, wollte ihn nicht vor Marina bloßstellen. Die bisherige Offenheit des Gesprächsverlaufs stimmte sie um. »Weil Sie es nicht getan haben.«

»Habe ich nicht?«

»Nein«, versicherte Emilia höflich, »Sie fragten, ob ich zurechtkommen würde. Ich nahm nicht an, dass das etwas anderes implizierte.« Erst recht nicht gemessen an seinem vorangegangenen Auftreten. Was sie selbstverständlich unerwähnt ließ.

»Hm, bemerkenswert. Ich schon.«

So unglaubwürdig ihr diese Äußerung erschien, sie kommentierte sie vor Marina nicht. Ihn allerdings schien die Anwesenheit seiner Tochter nicht zu kümmern. »Zweifeln Sie das an?«

»Ich …«

»Antworten Sie frei heraus!«, forderte er sie auf, die Stimme herrisch.

Emilia erwiderte seinen provozierenden Blick. »Dann ja, wenn Sie es genau wissen möchten. Sie haben nicht den Eindruck eines hilfsbereiten Menschen vermittelt.«

»Ich bewahrte Sie vor einem Schwächeanfall.«

»Den Sie verursacht hatten.«

Das war der Moment, in dem ihm wohl auffiel, dass sich das Gespräch in eine Richtung entwickelte, die nicht unbedingt bezeugt werden musste. »Marina, meine Liebe, was hältst du davon, deiner guten Mama Bescheid zu sagen, dass wir heute früher zu Abend essen?«

»Nicht besonders viel«, konterte Marina, setzte sich dennoch in Bewegung. »Zumal es fraglich ist, ob diese Idee ihren Plänen entspricht.«

»Auch gut. Sag ihr in dem Fall, wir essen wie immer.«

Marina knickste grinsend und zog von dannen.

»Also«, wandte sich Paul Fairmann wieder an Emilia, als habe es nie eine Unterbrechung gegeben, »wodurch habe ich Ihren Schwächeanfall verursacht? War es meine Fahrweise oder mein Auftritt?«

»Ich bin nicht sicher, ob ich Ihre Frage verstehe.«

Er schmunzelte kaum merklich. »Sie haben erst geschwächelt, als ich den Helm abnahm.«

»Vermutlich eine Spätreaktion auf den Sturz.«

»Wussten Sie, wer ich bin?« Die direkte Frage traf sie unvorbereitet.

Seinem Blick trotzdem standhaltend antwortete Emilia nach kurzem Zögern: »Ja.«

Er sah nicht aus, als überraschte es ihn. »Und Sie haben nichts gesagt?«

»Ich war nicht ganz bei mir.«

Paul Fairmann lächelte süffisant. Emilia presste die Lippen aufeinander. Sie war alles andere als auf den Mund gefallen, bloß meist zu höflich, um alles auszusprechen, das ihr in den Sinn kam. Aber etwas an ihm reizte sie, löste Reaktionen in ihr aus, die sie nicht begriff. So auch diese: »Davon abgesehen wollte ich erst *nach* der Musikstunde entlassen werden.« Versetzte sie sich ihren eigenen Todesstoß? »Marina hat heute eine wichtige Lektion gelernt.«

»Die da wäre?«

»Vertraue auf deine Stimme.«

Er kommentierte es mit einem düsteren Lachen. »Etwas, das Ihnen offensichtlich keine Mühe bereitet.«

»Wie kommen Sie darauf?«

»Wir unterhalten uns schon länger als fünf Minuten, und Sie waren bislang um keine Antwort verlegen. Das bin ich von Leuten wie Ihnen nicht gewohnt.«

Er ließ unerwähnt, was er davon hielt. Hinter der immerwährenden Kühle in seinen Zügen war es Emilia unmöglich, Emotionen irgendeiner Art zu erahnen. Ihr Schweigen strafte seine Worte Lügen.

Er überging es, sie erneut überrumpelnd: »Ich wusste, wer Sie sind, falls es Sie interessiert. Aufgrund Ihrer Stimme.«

Sie blickte ihn irritiert an.

»Wir haben schon einmal telefoniert, erinnern Sie sich? Und an Ihrer Stimme habe ich Sie erkannt.« Nach nur einem Telefonat? Scheinbar las er ihr den Unglauben von den Augen ab.

»Ich kann nicht von mir behaupten, ein gutes Namensgedächtnis zu besitzen, und Menschen mit nichtssagenden Gesichtern vergesse ich sofort, aber Stimmen, sofern sie so zart und doch klangvoll sind wie Ihre, bleiben. In dem Moment, indem Sie sie eingesetzt haben, um mir die Leviten zu lesen, wusste ich, wer Sie sind.«

»Verzeihen Sie mir.« Zu ihrer Überraschung klangen ihre Worte in etwa so unaufrichtig wie seine Entschuldigung.

Ein halb verstecktes Grinsen war seine Antwort. »Zu gegebener Zeit.«

»Warum haben Sie nichts gesagt?«, imitierte sie seine Frage vom Anfang des Gesprächs.

»Interessant. Sie fragen gar nicht danach, weshalb ich Ihnen nicht aufhalf.«

»Ich benötigte keine Hilfe.«

»Zweifellos.« Wieder maß er sie mit seinem eingehenden Blick. »Nun, ich habe nichts gesagt, weil ich neugierig war, wie sich unser erstes Aufeinandertreffen gestalten würde. Und aufgeholfen habe ich Ihnen nicht ...«, er unterbrach seine Ausführungen, starrte stattdessen sinnierend zur Decke. »Ich besitze schlechte Gene«, erklärte er schlicht.

Sie sahen einander an. Er schien sich nicht dafür zu schämen, diese simple Erklärung als Schuldfreispruch für sein Verhalten zu verstehen, und sie begriff in diesem Moment, was für ein Mensch er war. Die wohlhabende Bevölkerungsschicht musste sich für nichts entschuldigen.

»Wann werden Sie morgen kommen?«

Emilia gelang es, sich nicht die Blöße der Verunsicherung zu geben. »Der Unterricht beginnt um 14:00 Uhr. Sollte ich kommen dürfen.«

»Wieso sollten Sie nicht?«

»Sagen Sie es mir?«

Er lachte leise, trat ungeahnt einen Schritt auf sie zu. Seine Augen glitten über ihr Gesicht, als suchten sie nach etwas, das Emilia tapfer verbarg. Sie bemerkte, dass sie die Luft anhielt, dass ihr das Denken in seiner unmittelbaren Nähe schwerfiel, sie sich wünschte, er würde sich abwenden, während gleichzeitig etwas in ihr nach ihm verlangte. Sie schluckte. Woher kam dieser Gedanke? Sie stand Charlottes Ehemann gegenüber!

»Wie könnte ich eine solch faszinierende Person entlassen?«, stellte er leise fest. »Sie sind keine Gewitterziege wie diese unsägliche Schempel, die Marina mathematisches Verständnis einzutrichtern versucht. Und ebenso wenig erstarren Sie in Ehrfurcht bei meinem Anblick wie die meisten Dienstleistenden hier. Oder fürchten Sie mich, Fräulein Sommer?«

Sie konnte die Art, wie er ihren Namen aussprach, nicht einordnen, hatte Mühe, ihm aufrichtig zu antworten. Es glückte ihr unter größter Kraftanstrengung. »Das schon, aber ich erstarre nicht darunter.«

Seine Mundwinkel zuckten anerkennend. »Wovor ich meinen Hut ziehe.« Nur noch einen Wimpernschlag währte ihr intensiver Blickaustausch, dann gab er sie endlich frei, wandte sich ab, übergangslos wie schon zuvor. »Wir sehen uns morgen«, stellte er die Treppe hinabgehend fest, würdigte sie nicht länger eines Blickes. »Kommen Sie etwas eher.«

»Kommen Sie etwas eher.« Die Frage nach dem Grund dieser Aufforderung beschäftigte Emilia den restlichen Tag, raubte ihr bis tief in die Nacht hinein den Schlaf. Als sie ihn endlich fand, versank sie in verworrene Träume. Dunkle, stumme Träume, in denen die Wärme der Musik fehlte und unter denen sie sich unruhig auf ihrem Kissen wälzte. Immer wieder glaubte sie sich verfolgt von einem schattenhaften Mann mit dunklen Augen, und je weiter sie floh, desto stärker wurde das Bedürfnis umzukehren.

Sie schreckte auf, Schweißperlen nässten ihre Stirn, ihr Herz raste. Es war taghell in ihrem Zimmer. Die Sonnenstrahlen tauchten ihre gelben Vorhänge in samtenes Gold. Das lärmende Geräusch von Automobilen, der Stadtbahn und schwatzenden Passanten wehte zum gekippten Fenster herein. Seufzend sank sie auf ihr Kissen zurück. Sie fühlte sich ausgelaugt und erschöpft, lag wie bleiern im Bett. Ob sie krank wurde?

Blödsinn. Du hast schlecht geschlafen, weil dein Arbeitgeber ein unsympathischer Grobian ist. Reiß dich zusammen und steh auf!

Sie mochte die Stimme ihrer Vernunft für gewöhnlich nicht, riss sie Emilia allzu oft aus zarten Träumen, die einer jungen Frau nun mal zustanden. An diesem Morgen war sie dankbar für die klaren Worte und kam der Aufforderung prompt nach. Das warme Wasser war selbstverständlich aufgebraucht, erreichte sie im vierten Stock ohnehin höchst selten, weshalb sich Emilia in Windeseile wusch, die vom Schlaf zotteligen Locken kämmte und die längste Zeit mit ihrer Garderobe verschwendete. Blümchenmuster oder schlichtes Grün? Blau und Grau waren beinahe vollständig aus ihrem Kleiderschrank verbannt, nachdem diese Farben jahrelang die Tenuevorschrift im Waisenheim bestimmt hatten.

Sie hielt sich das Blümchenkleid vor den Körper, wippte sacht hin und her. Blümchen verliehen einem Charakter etwas Heiteres, nicht wahr? Ihre Gedanken drifteten fort, sie sah sich auf Wolken tanzen, mit Leichtigkeit von Bausch zu Bausch hüpfen. Ein Schatten fiel über die Wolkenpracht, lang und schmal, in Gestalt eines Mannes. Emilia zuckte zusammen, der Tagtraum löste sich auf. Sie stand vor ihrem Spiegel, ein Kleid in der Hand, das bloß ein Stück Stoff war.

Ist es nicht gleichgültig, was du trägst?

»Gewiss«, murmelte Emilia und hängte das Blümchenkleid zurück in den Schrank. Ihr Blick blieb an ihrem Spiegelbild hängen, sie ließ die Hand sinken, betrachtete sich einen Moment lang stumm. In ihren Ohren hallten die Worte Paul Fairmanns wider. *»Das Fräulein Musiklehrerin mag ja die klügste Frau der Welt sein und recht hübsch anzusehen obendrein ...«*

Schickte es sich, so etwas zu äußern? Ihre Augen wanderten an ihrem schmalen Körper hinab. Die Haut, seit ehedem bleich und eher ungesund, hatte sich über die Sommerzeit leicht gebräunt, sie spannte sich über die hervortretenden Rippenknochen, wurde kaum merklich rosiger auf ihren Brüsten. Keine wohlgerundeten Exemplare, sondern klein und jedem Schönheitsideal fern. Die Spitzen ihrer karamellbraunen Locken ringelten sich darüber, verbargen ihre Mittelmäßigkeit. Ihre Haare unterdessen schätzte Emilia, sie glänzten in einer perfekten Mischung aus Honig- und Schokobraun. Sie rochen sogar nach Karamell, seit Annabelle ihr eine entsprechende Seife geschenkt hatte. Obschon es ihre

Freundin bestritt, fand Emilia, dass sie ein Allerweltsgesicht besaß, keine Makel, keine Besonderheiten. Ihr Strahlen, so selten es dazu kam, warf Apfelbäckchen, ihr dafür umso häufigeres Lächeln kleine Grübchen. Die Proportionen stimmten, die Nase saß dort, wo sie hingehörte, lediglich die Augen verhielten sich zuweilen sonderbar. Von Natur aus grün, schien es ihr hin und wieder, dass das rechte Auge je nach Lichteinfall einen Braunton annahm, der vielleicht die einzige Kuriosität ihrer Persönlichkeit darstellte. Hübsch machte sie das nicht.

Was auch nicht von Bedeutung ist. Mädchen wie du müssen nicht hübsch sein.

Wohl wahr. Emilia wickelte gedankenverloren eine Locke um einen Finger. Wäre sie ein Musikstück, würde sie nun melancholisch klingen? Bestimmt nicht, dazu wirbelten ihre Gedanken viel zu sehr umher, ließen sich von Ort zu Ort tragen, in fremde Welten entführen und verdrehten düstere Gedanken in Leichtigkeit.

Du kommst zu spät.

Meistens zumindest.

Sie kam doch nicht zu spät. Im Vergleich zum Vortag kam es ihr schwül und drückend vor, die Fahrt entsprechend anstrengend, und vermutlich hätte sie sich die Bemühungen um ihr Aussehen sparen können. Ihre Wangen glänzten apfelrot, der Schweiß perlte auf ihrer Stirn, und ihrem hochgesteckten Haar war die Kunstfertigkeit im Fahrtwind entglitten. Sie schob die gelösten Strähnen hinters Ohr und ihr Rad summend auf die Hecke zu, war trotz allem guter Dinge. Der Vorteil dieser Fortbewegungsweise. Sie mochte anstrengend sein, dafür brachte sie einen auf andere Gedanken.

»Heute keine Zwischenfälle?«

Sie schrak zusammen wie ein Mäuschen – gut möglich, dass sie auch so klang. Paul Fairmann saß auf den Stufen seiner Rokokotreppe, die, sich nach oben verjüngend, den

Eingangsbereich der Villa Winter so eindrucksvoll machte. Für den Hausherrn galt das nicht. Oder zumindest nicht im positiven Sinne. Sie konnte nicht bestreiten, dass der schneidende Tonfall, der zu seiner Stimme zu gehören schien wie das Armbandklirren zu Charlotte, einen gewissen Eindruck bei Emilia hinterließ. In erster Linie allerdings Fluchtgedanken. Er trug an diesem Tag einen cremefarbenen Anzug, eine verblüffende farbliche Übereinstimmung mit der Treppe, mit der er daher beinah verschwamm. Vermutlich hatte sie ihn deshalb nicht dort sitzen sehen.

Seine Augen ruhten auf ihr. Sie vereinten in sich eine Kreuzung aus Herablassung und Langeweile, was sie nicht daran hinderte, sich in Emilia hineinzubohren. Sie war sich der Tatsache durchaus bewusst, dass sie kein gewinnender Anblick sein dürfte, verschwitzt und rotwangig, die Finger vom Lenker schwarz verfärbt. Sie verbot es sich, sie unauffällig am Kleid abzuwischen.

»Wie es scheint, nicht«, beantwortete er seine Frage selbst. »Wo ist Ihre Wortgewandtheit geblieben, Fräulein Sommer?«

Emilia fasste sich ein Herz. Es gelang ihr zu lächeln, obwohl ihr nicht danach zumute war. »Verzeihung, Sie haben mich überrascht.«

»Und Sie haben sich an meine Bitte gehalten.«

Wie hätte sie sich nach einem derart schlechten Start dagegen entscheiden können? Sie war keine neue Bekanntschaft, sondern eine bezahlte Untergebene.

Mit der Freiheit, jeder Zeit zu gehen.

Wieso sollte sie das wollen? Von ihm abgesehen gefiel ihr die Anstellung. Wäre doch gelacht, wenn ein einziger Mensch sie abschrecken sollte!

»Setzen Sie sich einen Moment.« Er klopfte mit der flachen Hand neben sich auf die Stufe. Emilia sah sich zögerlich um. »Nun kommen Sie schon«, seufzte er gereizt. »Sie haben noch eine Viertelstunde Zeit.«

Obschon das nicht der Grund für ihr Zögern gewesen war, folgte sie der Aufforderung. Die Stufe fühlte sich von der Sonne nur geringfügig erwärmt an, die Gänsehaut auf ihren Armen löste sie hingegen gewiss nicht aus.

»Ich habe etwas für Sie.«

Emilia sah überrascht auf, anschließend verständnislos auf das Etwas in seiner Hand. Es sah aus wie eine Waffe aus dem letzten Krieg, das Sonnenlicht wurde in einem scharfen Lichtstrahl reflektiert und Emilia kniff die Augen zusammen. Wollte er sie auf den Arm nehmen?

»Das ist eine Karbidlampe«, erklärte er schlicht. Da Emilia sie weiterhin befremdet ansah, präzisierte er: »Für Fahrräder. Mir konnte nicht entgehen, dass Ihrem Fahrrad eine solche Lichtquelle für die dunklen Tageszeiten fehlt.«

Der Groschen fiel, und mit ihm kehrte Emilias unbedarft schnelle Art zu antworten zurück. »Sie meinen, hätte ich sie gestern schon besessen, hätten Sie mich nicht übersehen?«

»Das zu behaupten, wäre eine unschickliche Lüge. Ich sagte bereits, ich besitze schlechte Gene. Das Rasen hängt mit dem unerfreulichen Charakterzug zusammen, keine Zeit verlieren zu wollen. In dem Fall wurde ich ausreichend bestraft. Sie haben mich jede Menge Zeit gekostet.«

Sie können es mir ja vom Lohn abziehen. Eine Äußerung, die sie besonnen genug war zurückzuhalten. »Wenn ich Ihnen solche Umstände gemacht habe, warum das Geschenk?«

»Als Wiedergutmachung.«

Offen gestanden wurde sie nicht schlau aus ihm. Machte er ihr einen Vorwurf, seine Zeit verschwendet zu haben, oder entschuldigte er sich für seinen Fahrstil? »Sie sind wankelmütig.«

»Zweifellos eine von vielen Charakterverfehlungen.« Er hielt ihr immer noch die Lampe hin. »Was ist jetzt? Nehmen Sie mein Geschenk an?«

Emilia griff danach, hielt sie unschlüssig in der Hand.

»Sie gefällt Ihnen nicht?«

»Nein, ich meine, doch. Es ist bloß ... Ich weiß nichts damit anzufangen.«

Wieder zuckten seine Mundwinkel überheblich. Er nahm ihr die Lampe aus der Hand. »Das ist der Scheinwerfer für Ihr Fahrrad. Sehen Sie, der Körper hier besteht aus zwei Behältern. Einer oben, einer unten. Oben befindet sich Wasser, unten Kalziumkarbid, das der Lampe ihren Namen gibt ...«

Seine Finger waren schlank und langgliedrig, nicht rau und verbraucht. Sie waren schön. Emilia biss sich auf die Unterlippe und konzentrierte sich auf das, was er ihr zeigte.

»... und schließlich der Brenner entzündet, wodurch eine helle Flamme entsteht, die wiederum vom Spiegel fokussiert wird, und – voilà! – Ihr Nachhauseweg ist gesichert.« Er legte ihr die Lampe zurück in die Hand. Seine Finger fühlten sich kühl an. »Prinzip verstanden?«

Wenn sie richtig zugehört hätte, gewiss. Sie nickte dennoch. »Wie bringe ich sie an?«

Er musterte Emilia einen Augenblick lang. »Wie kommt es, dass sich eine besonnene Frau wie Sie bislang nicht um eine Fahrradleuchte bemüht hat?«

»Ich bin besonnen genug, nicht im Dunkeln zu fahren.«

»Sie wissen tatsächlich auf alles eine Antwort«, stellte er fest. »Wie alt sind Sie?«

»Zweiundzwanzig.«

»Großer Gott«, entfuhr es ihm. »So jung! Was für ein Glück für meine Nichte!«

»Ihre Nichte? Lebt sie auch hier?«

Ihr Arbeitgeber hielt inne, wandte mit gerunzelter Stirn den Kopf zu ihr. »Wie bitte?«

Emilia spürte die Verunsicherung unter seinem Blick, wiederholte langsam, was sie gesagt hatte, und bemerkte, dass sich die winzige Furche auf seiner Stirn vertiefte. »Fräulein Sommer, wen glauben Sie, jeden Tag zu unterrichten?«

Der Moment der Irritation übertrug sich auf sie, hielt noch einige Sekunden an, denen sie die vorsichtige Antwort anschloss: »Ihre Tochter?«

Paul Eliot Fairmann starrte sie entgeistert an. Ganz langsam schlängelte sich der Verdacht in ihr Bewusstsein, dass sie seit zweieinhalb Wochen einem Irrglauben verfallen war. Selbstverschuldet, denn wenn sie genau darüber nachdachte, hatten Marina und Charlotte es ihr zu verstehen gegeben, doch hatte sie nicht richtig hingehört:

»Darf ich vorstellen, Emilia? Dieser griesgrämige Herr ist der Geldgeber hier.«

»So engelhaft ist er allerdings nicht.«

»Ich darf ihn aufziehen. Er ist ja kein richtiger Papa.«

Marina hatte ihn nicht ein einziges Mal ihren Vater genannt, genauso wenig wie Charlotte von ihm als Ehemann gesprochen hatte. Plötzlich ergaben die fehlenden romantischen Gefühle für ihn ungeahnten Sinn! Emilia schlug die Hand vor den Mund. »Dann ist Charlotte …«

»Meine Schwester. Hat sie Ihnen etwas anderes erzählt?«

»Nein«, murmelte Emilia verlangsamt. Ihr gesamtes Wissen über diese Familie basierte auf einer Fehleinschätzung! Wie unfassbar blamabel. Es gelang ihr tatsächlich mit Bravour, jede Begegnung mit ihrem Vorgesetzten noch desaströser zu gestalten.

»Emilia! Da bist du ja. Ich warte schon seit drei Minuten.« Marina, das Mädchen, das nicht länger Tochter, sondern Nichte des Mannes war, neben dem sie auf der Treppe hockte, hüpfte leichtfüßig zu ihnen hinab. »Schäm dich, Onkelchen. Du vereinnahmst meine Musiklehrerin!«

Paul Fairmann warf Emilia einen amüsierten Blick zu, in dem die Herablassung übereindeutig mitschwang. »Das liegt mir selbstverständlich fern.« Er stand auf, griff dabei nach der Karbidlampe. »Ich erledige das, Sie unterrichten meine *Nichte*«, er betonte Letzteres auf besondere Weise. »Weißt du, *Nichtchen.* Du lagst falsch«, fügte er an Marina gewandt hinzu. »*So* klug ist sie nicht.«

Marina tauschte einen flüchtigen Blick mit Emilia. Diese lächelte bemüht unbekümmert. »Ich bezweifle, dass du das einschätzen kannst«, erwiderte sie in demselben herablassenden Tonfall wie er, »denn deine Menschenkenntnis lässt sehr zu wünschen übrig. Vor allem in puncto Damenwelt.« Damit nahm sie Emilia bei der Hand und führte sie ins Haus.

Diese schwankte hin und her zwischen dem Gefühl der Anerkennung für Marinas Schlagfertigkeit und ihrer Sorge, welchen Eindruck sie bei deren Onkel hinterlassen haben mochte. Sie konnte seinen stechenden Blick in ihrem Nacken spüren, bis sie die kühle Eingangshalle erreichten.

Eine gute Stunde beschäftigten sie sich mit der Flexibilität ihrer Stimmen. Anschließend versuchten sie sich an der Intonation, indem sie ihr Gehör dafür schulten, dass sowohl beim Sprechen als auch beim Singen die Tonhöhe den Sinn einer Aussage verändern konnte. Eine für gewöhnlich lustige Spielerei, einem halben Theaterstück gleichkommend, an dem Emilia stets Spaß gehabt hatte. An diesem Nachmittag fiel es ihr hingegen schwer, sich auf die Leichtigkeit ihres vorbereiteten Unterrichts einzulassen. Immer wieder schweiften ihre Gedanken flüchtig ab, überkam sie ein überwältigendes Gefühl, das sie sekundenlang innehalten ließ, ihr Hitze in den Kopf sandte oder sie frösteln machte. Vielleicht brütete sie doch etwas aus? Nein, sie kannte ihren Körper, wusste, wie er sich verhielt, wenn sie krank wurde. Das hier war anderer Natur.

»Weißt du, was?« Sie musste dringend ihre Fassung zurückerlangen, ehe Marina von ihrer mentalen Abwesenheit Kenntnis nahm. »Wir gehen an die frische Luft und erproben unsere Gesangskunst dort. Auf welches Lied hast du Lust?«

Marina überlegte, die Finger an die Lippen gelegt, fast wie eine Dame, deren Antwort entsprechend ausfiel: »*Warte, warte nur ein Weilchen* aus der Operette *Marietta*!« Als Emilia amüsiert die Brauen hob, fügte sie hinzu: »Mama hört es gerade ständig, und ich denke, wir könnten es besser singen als der Bursche auf dieser wackeligen Platte.«

Warum nicht, befand Emilia und dachte nicht weiter darüber nach.

Die Entscheidung, den Unterricht in den Garten zu verlegen, lohnte sich in jedem Fall. Nicht allein deshalb, weil die Stimme sich gleich dem unbeschwerten Vogelgesang entfalten konnte, sondern auch, weil Emilia war, als schwinde im Freien ihre Unruhe, als entspannte sich das Band um ihre Brust und gestattete ihr wieder, ruhig zu atmen. Die Sonne tauchte die verträumte Gartenanlage der Fairmanns in ein herrliches Licht, vertrieb verwirrende Gedanken mit ihrer Heiterkeit. Emilia staunte erneut über die Gartenpracht; sie schätzte das Areal auf gut zehn Hektar, auf denen eine Pflanzenvielfalt herrschte, die sie nie zuvor auf einem Fleck gesehen hatte.

»Wie geht es jetzt weiter mit unserer Musikstunde?«, erkundigte sich Marina nach nur einer Minute an der frischen Luft.

»Meine Liebe, wir befinden uns mittendrin.«

Marina schob die Lippen vor. »Wir machen ja gar nichts.« Sie war hinreißend zielstrebig, übersah dabei wie alle jungen Schüler den zartesten Moment des Lernens.

»Musik ist mehr als unermüdliches Proben, Üben, Spielen und Singen. Musik ist überall. Um sie zu verstehen, sie bis zur Vollkommenheit zu veräußern, müssen wir hin und wieder zuhören.« Sie legte einen Finger an die Lippen, bedeutete Marina zu lauschen.

Ihre Augen wanderten umher; es gab so viel zu entdecken, mit allen Sinnen: Die Bienen summten und brummten, versüßten die Luft mit Blütenstaub, die Vögel verloren sich in ihrem heiteren Gesang, ihr Gezwitscher kitzelte in den Ohren, derweil am Ufer eines kleinen Teichs ein vielstimmiges Froschkonzert gegeben wurde, zu dem eine Libelle zirpend tanzte. Zumindest tat sie das in Emilias romantischer Vorstellung einer musizierenden Gartenwelt. »Kannst du sie spielen hören?«

»Ich weiß nicht ...«

»Na schön, leg dich auf den Boden.« Emilia setzte sich bereits selbst, nickte Marina aufmunternd zu. »Lass es uns mit dem ganzen Körper erfahren.« Marina sah noch ein wenig skeptisch aus, folgte aber ihrer Anweisung und streckte sich auf der Rasenfläche aus. »Hör genau hin!«

Das Mädchen legte angespannt die Schneidezähne auf ihre Unterlippen, horchte mit großen Augen. Es war faszinierend, in ihrem Gesicht zu lesen, zu sehen, dass sie verstand, erkennbar in dem feinen Lächeln, das sich nach und nach in ihre Züge stahl, je länger sie sich darauf einließ. Sie schloss die Augen, nickte. »Ich höre sie.« Das tat sie wirklich, redete ihrer Lehrerin nicht nach dem Mund. Ihre kleinen Finger bewegten sich sachte, als sei sie selbst die Dirigentin dessen, was sie hörte, ihre Füße stupsten zaghaft gegeneinander, ihr Brustkorb hob und senkte sich.

»Kannst du mir zeigen, was du hörst?«, fragte Emilia leise.

Marinas Augenlider flatterten, dennoch hielt sie sie geschlossen, ließ sich auf Emilias Vorschlag ein. Zunächst klang es zaghaft, nur ein Hauchen. Je länger sie summte, desto mehr wuchs ihre Stimme, entstand eine Melodie, die Marina allein gehörte, lediglich inspiriert durch den Klang der Natur.

»Jetzt«, flüsterte Emilia, »setz dich auf.«

Sie tat es. Das Volumen ihrer Stimme nahm zu, erfüllte ihren Brustkorb, und beinahe glaubte Emilia, ihn vibrieren zu sehen. Es war keine weitere Aufforderung nötig, Marinas

Stimme strebte weiter und der Körper des Mädchens mit ihr, sie erhob sich vollends, stand laut summend im Garten, frei, mutig und wunderschön. Wie ein Kunstwerk.

Das Summen ging in ein klangvolles Kichern über, sie öffnete die Augen und strahlte Emilia an. »Das gefällt mir!«

Wie hätte Emilia ihr Strahlen nicht erwidern können? Annabelle ließ sich einiges entgehen, indem sie auf das Unterrichten verzichtete, um von Beruf reiche Ehefrau zu sein. Für Momente wie diese, Momente, in denen sie und Marina die Musik in und um sich herum erschlossen, in denen Augen freudig glitzerten und die Welt im Gleichgewicht war, für diese Momentaufnahmen lohnte es sich zu lehren, denn es bedeutete zu leben.

Sie schlenderten weiter, auf derselben Wellenlänge, genossen, was sie umgab. Emilia fand zunehmend Gefallen an dem, was sie sah, bestaunte den verspielten Rokokostil, der durch unzählige Brunnen, Sandsteinskulpturen und lange Alleen bestach. Marina balancierte auf niederen Steinmäuerchen, summte nun ausgelassen mit den Bienen um die Wette, pflückte Wiesenblumen und steckte Emilia eine davon ins Haar, bis sie im Laubengang aus wilden Rosen volltönend »Warte, warte nur ein Weilchen« trällerte. Viel besser als der Bursche auf Charlottes wackeliger Platte.

»Warte, warte nur ein Weilchen, bald kommt auch das Glück zu dir!«, stimmte Emilia mit ein.

»Mit den ersten blauen Veilchen klopft es leis' an deine Tür«, sang Marina hoch und fein, tänzelte durchs grüne Gras und nickte Emilia zu, die schmunzelnd fortfuhr: »Warte, warte nur ein Weilchen, bald kommt auch das Glück zu dir, ringt vom Himmel dir ein Teilchen und klopft dann an deine Tür!« Marina drehte sich kichernd im Kreis. »Jetzt kommt mein eigener Vers: Warte, warte nur ein Weilchen, bald kommt auch das Glück zu dir, schenkt im Juli 's Fräulein Sommer, das klopft weise an die Tür.«

»Oh, du schmeichelst mir!«

»Niemals, das versichere ich dir!«

Wie hätte Emilia nicht über ihre schnelle Entwicklung staunen und lachen mögen? Nicht in ihr Gekicher einfallen und feststellen, dass nicht sie die klügste Lehrerin, sondern Marina die allerklügste Schülerin war. Wie hätte sie nicht den Augenblick genießen sollen, in dem sie eine Kindheit miterlebte, die sie selbst nie gekannt hatte?

Ihr Lachen verhallte trotzdem, als sie die Gestalt bemerkte, drüben bei der riesigen Eiche, ein schmaler cremeweißer Strich mit durchdringendem Blick. Es verhallte, verlor sich in ihren Augen, glättete ihre Apfelbäckchen. Sie strich sich die Locken aus dem Gesicht und nahm Haltung ein, während Marina immer noch über das Glück sang, das bald zu ihr käme.

Schließlich bemerkte sie Emilias Zurückhaltung. Ihrem Blick folgend, erklärte sie. »Lass dich nicht von seiner Art beeindrucken. Er lebt die schlechte Laune wie andere Leute das Essen, Schlafen und Atmen.« Sie zwinkerte. »Und doch ist er einer von den Guten. Glaub mir!« Sie winkte zu ihm hinüber, erhielt aber keine Antwort. Schien sie auch nicht erwartet zu haben. »Singen wir einfach weiter.«

Emilia nickte, das Lächeln verrutschte ein bisschen ins Übertriebene, derweil seine Augen sie verfolgten, selbst als sie seinem Blick längst entschwunden sein mussten. Sie nahm gleichwohl ihren Unterricht wieder auf, beschloss aus Mangel an Alternativen, Marinas Worten zu vertrauen.

Im nahe gelegenen Küchengarten, in dem Gemüse, Salat und unterschiedlichste Kräuter prächtig gediehen, entdeckten sie Alma ins Gespräch mit Charlotte vertieft, die scheinbar gerade nach Hause zurückgekehrt war. Dieses Mal war es Marina, die ihren Gesang unterbrach. »Ach, sieh mal, Mama ist wieder da.« Sie schirmte ihre Augen gegen die Sonne ab. »Ich nehme an, sie möchte das Essen verschieben, weil sie zu spät ist.« Sie zuckte mit den Schultern. »Ist sie ständig. Früher wegen dem Ausreiten und seit ihrem Unfall wegen dem Einkaufen.« Es gelang ihr, erstaunlich unbeeindruckt von der häufigen Abwesenheit ihrer Mutter zu sprechen. »Hallo, Mama!«

Zumindest Charlotte erwiderte lachend den Gruß, beendete ihr Gespräch und kam zu ihnen herüber. »Hallöchen, mein Schatz. Habt ihr gute Fortschritte gemacht?« Sie wuschelte ihrer Tochter durchs Haar, nickte Emilia zu. »Ein herrlicher Tag, nicht wahr?« Eine Bestätigung wartete sie nicht länger ab, ihr breites Strahlen glich erstmals, seit Emilia sie kannte, einer zu gekünstelten Grimasse. Sie räusperte sich. »Nun, ich habe gerade schon zu Alma gesagt, dass ich heute Abend verhindert sein werde.« Sie strich sich durch die kurzen Krepplocken. »Eine dumme, kleine Sache, die ich nicht verschieben konnte. Das bedeutet, Mäuschen, du wirst mit Onkel Paul ausnahmsweise allein zu Abend essen.«

»Ja, klar Mama. Ich wünsche dir viel Spaß!« Es schwamm kein Sarkasmus, keine Kränkung oder eine Form des Trotzes in dieser Aussage mit. Marina lächelte sogar und ließ es zu, dass Charlotte sie in ihre Arme zog.

»Du bist ein Schatz. Ich hab dich lieb!« Mit diesen Worten und einem fröhlichen Winken entfernte sich ihre Mutter wieder, um sich für jene *dumme, kleine, nicht verschiebbare* Sache präsentabel zu machen.

Marina winkte ihr hinterher, bis sie im Haus verschwunden war. Anschließend ließ sie die Hand sinken und zuckte mit den Schultern. Sie schien zu ihr zu gehören, diese Geste, mit der sie die Erwachsenen in ihrem Umfeld zu entschuldigen suchte. »Entweder ich war ein Versehen oder sie mag mehr die Vorstellung von einer Tochter als ein Leben mit ihr«, stellte sie nun leichthin fest. Sie fing Emilias bedauernden Blick auf. »Keine Sorge, ich weiß, dass sie mich liebt. Sie braucht nur ihren Freiraum. Immerhin sorgt sie dafür, dass ich mich niemals langweile.«

Wie konnte sie so ein wundervolles Kind sein und gleichzeitig so abgeklärt sprechen, so erwachsen? Emilia spürte ihr Bedauern in Bewunderung übergehen. Dennoch ahnte sie, würde sie es weiter thematisieren, würde sie Marinas dickes Fell verletzen, daher beließ sie es dabei. Die Turmuhr schlug die siebzehnte Stunde an, verriet das Ende ihrer gemeinsamen Zeit. Marina sah zum Himmel hinauf, der tiefblau und wolkenlos kein einziges Zeichen von Verstimmung verhieß. Das Band legte sich wieder um Emilias Brust, erschwerte ihr das Atmen. Die Vorstellung, Marina jetzt zu verlassen, löste Schuldgefühle in ihr aus, die ihr bislang fremd gewesen waren. Wieso bedeutete ihr ein Kind, das sie bloß zweieinhalb Wochen kannte, so viel?

»Weißt du, was? Wir haben nicht pünktlich angefangen, oder? Das heißt, wir können uns noch mit einer letzten Übung befassen.«

Das Strahlen auf dem Gesicht ihre Schülerin lockerte das Band und zauberte ebenso ein wärmendes Lächeln auf Emilias.

»Ach, die jungen Musikerinnen.« Paul Eliot Fairmann trat lautlos in die Eingangshalle, als sich Emilia zwanzig Minuten später von Marina verabschiedete. Mit seinem obligatorisch kühlen Blick musterte er sie beide, schob die Hände in die Anzugstaschen – ein Abbild der Arroganz.

Marina bewies, dass sie ihren Worten selbst glaubte, und ließ sich davon nicht beeindrucken. »Du tust recht, uns so zu nennen. Hast du uns vorhin gehört? Wir singen schöner als das Original.«

Ihr Onkel lächelte schmal. »Gesehen habe ich euch. Ich wusste nicht, dass ich auch eine Tanzlehrerin eingestellt hatte.« Diese Bemerkung richtete sich zweifellos an Emilia, die er erst mit seiner nächsten ins Auge fasste. »Sagen Sie, Fräulein Sommer, ist es üblich, den Musikunterricht im Freien abzuhalten?«

Er folgte einem Muster, das Emilia nicht unbekannt war, die konsequente Verunsicherung durch Fragen, denen er ein schnippisches »Sagen Sie« oder »Fräulein Sommer« voranstellte oder anhängte, wobei das Fräulein überbetont wurde. In ihrem Kopf vermischte sich seine mit Fräulein Nicoles Stimme, Emilias Reaktion fiel entsprechend routiniert aus. Sie lächelte höflich. »Wäre es üblich, würde es die Besonderheit der Lektion verfehlen. Also nein, ist es nicht.«

»Hm.« Er schien es sich zur Gewohnheit zu machen, sie mit jedem Gespräch noch länger zu mustern. »Erklären Sie mir die Besonderheit Ihrer heutigen Lektion.« Er lehnte sich gegen den Türrahmen. »Es interessiert mich.«

Emilia öffnete den Mund, doch Marina kam ihr zuvor. »Weißt du, so ein Musikunterricht ist sehr viel komplexer, als du und Mama vermutlich angenommen haben. Es geht, wie mir Emilia heute nahegebracht hat, nicht nur darum, möglichst schnell ein Instrument spielen zu können oder wie eine Opernsängerin zu singen. Man muss auch lernen zuzuhören, weil Musik nämlich überall ist. Begreift man das, kann man ständig auf sie zurückgreifen.« Sie wandte sich wohlerzogen Emilia zu. »Habe ich das korrekt ausgedrückt, Fräulein Sommer?«

Fräulein Sommer unterdrückte ein fasziniertes Schmunzeln. Dieses Mädchen war wirklich bemerkenswert! »Ich hätte es selbst nicht besser in Worte fassen können.«

Paul Fairmann sah von einer zur anderen. Falls er beeindruckt sein sollte, ließ er es sich nicht anmerken. Offenbar war Herablassung ein geschätztes Kulturgut in seinen Augen. »Mir scheint, du hast zumindest Spaß.« Er löste sich vom Türrahmen. »Tja, wie ich soeben erfahren habe, werden wir das Abendessen heute nur zu zweit einnehmen. Du hast noch eine halbe Stunde, falls du dir etwas anziehen möchtest, das weniger ...«, er betrachtete die bräunlichen Spuren an ihrem Kleid, nebst den Grasflecken an ihren Oberarmen, »... Garten ins Esszimmer bringt.«

»Legst du denn Wert darauf?«, erkundigte sich Marina.

Er sah sie mit geschürzten Lippen an. »Nein. Du kannst tragen, worin du dich wohlfühlst«, erklärte er anschließend gleichmütig.

»Fein. Ich werde es dabei belassen. Der Garten ist womöglich das Interessanteste an unserem heutigen Dinner.« Der neckende Tonfall prallte an ihm ab wie alles – als bestünde sein Anzug aus einem undurchlässigen Material, an dem sämtliche Bemerkungen abperlten. Seine Augen wanderten zurück zu Emilia. »Ich danke Ihnen für Ihre Zeit.«

Damit war sie wohl verabschiedet, worüber sie keine Sekunde trauerte. In seiner Gegenwart überkam sie regelmäßig das Gefühl, einen Infekt auszubrüten. So auch in diesem Moment, in dem sie nicht sagen konnte, ob sie fror oder schwitzte. »Einen schönen Abend allerseits«, rang sie sich die Höflichkeit ab, auf die er verzichtete, und verließ rasch das Haus.

Die Sonne stand noch hell am Himmel, als sie zu ihrem Fahrrad ging, schon von Weitem die frisch angebrachte Karbidlampe bemerkend. Sie hing unterhalb ihres Lenkers, verschönerte den Anblick nicht, obwohl Emilia den praktischen Nutzen dahinter nicht leugnen wollte. Fraglich war nur, ob sie je in die Verlegenheit käme, auf das Ding zurückgreifen zu müssen. Letzten Endes zauderte sie noch, ob es sich bei dem Geschenk um eine Belehrung oder Provokation seitens ihres Arbeitgebers handelte. In jedem Fall bestimmt keine Geste, die Sorge um ihre Sicherheit ausdrücken sollte.

»Fräulein Sommer?«

Sie zuckte so heftig zusammen, dass sie ihr Rad beinah umgestoßen hätte. Grade noch gelang es ihr, es beim Sattel zu packen und sich selbst vor einer weiteren Peinlichkeit zu bewahren. Wieso musste er sie immer aus ihren Gedanken reißen? Sie drehte sich steif zu ihm um.

Er machte sich nicht die Mühe, die Stufen hinabzukommen, sondern rief ihr sein Anliegen zu: »Eben habe ich mir die Frage gestellt, ob Sie nicht anstelle meiner Schwester mit uns dinieren möchten. Marina dürfte das entgegenkommen. Sie zerstreuen sie vermutlich gekonnter, als ich das vermag.«

Von ganzem Herzen nein, hätte sie liebend gern geantwortet, konnte sich nicht erklären, wie er auf diesen Einfall gekommen sein mochte, es sei denn, er hatte Spaß daran, sie zu überrumpeln. Ob er sich allen neuen Angestellten gegenüber so verhielt? War es eine Bewährungsprobe, wer seinem Charakter standhielt? Erwies man sich nur als würdig, für ihn zu arbeiten, wenn man sich nichts daraus machte, wie ein Idiot behandelt zu werden?

»Ist dieses intensive Schweigen als Ablehnung zu verstehen?«

Emilia schluckte trocken, straffte sich. Sie war weder eine Idiotin noch wollte sie sich von ihm einschüchtern lassen. Daher nahm sie die Einladung an. Es sollte sich allerdings sehr schnell herausstellen, dass ihre Befürchtungen gerechtfertigt gewesen waren.

Zunächst allerdings beglückwünschte sie sich im Stillen, dass sie nicht bereits an der Anordnung des Bestecks verzweifelte. Hierzu war ihr das Waisenheim eine erfreulich gute Schule und Annabelles früher Einstieg in die höheren Kreise eine wertvolle Übung gewesen. Denn anders als damals mit Charlotte schien es ihr heute notwendig, sich entsprechend auszukennen.

Das Esszimmer der Fairmanns bestand aus einem viel zu langen Tisch, an dem sie ihre Plätze mit absurd weitem Abstand einnahmen, aus unzähligen Beistelltischen, auf denen Getränke und Beilagen serviert wurden, und einer stattlichen Ansammlung von Kerzenleuchtern, die im Sommer keinem Zweck zu dienen schienen. Paul Fairmann verzichtete auf ein Tischgebet, und Marina löste ihre gefalteten Hände ohne ein Wort des Protests wieder voneinander. Die ersten Minuten verliefen schweigend, ehe Marina elegant die Konversation übernahm und von ihren Tageserlebnissen berichtete, was schließlich in ein lebhaftes Gespräch zwischen Musiklehrerin und -schülerin überging, an dem der Hausherr keinen Anteil nahm. Er kaute mit unbeweglicher Miene auf dem Bratenfleisch, trank Wein und pflegte seine Überheblichkeit. Wie er so am Tisch saß, verschlossen und schweigsam, fragte sich Emilia, ob er überhaupt realisierte, wovon sie sprachen, oder ob er mit seinen Gedanken weit abschweifte. An einen anderen Ort. In diesem flüchtigen Moment stimmte sie Charlottes Einschätzung zu. Weil sie Menschen gut aussehend fand, die dem Hier und Jetzt entschwanden. Weil sich eine Entrücktheit auf ihre Gesichter legte, die Emilia berührte. Dieses Gedankenspiel löste sich freilich in der Sekunde auf, in der er zu ihnen zurückkehrte.

Völlig unerwartet legte er das Besteck beiseite und blickte quer über den Tisch hinüber zu Emilia. »Erzählen Sie uns etwas über sich, Fräulein Sommer. So, wie ich Ihren Musikunterricht einschätze, gehört es dazu, sich besser kennenzulernen.«

Emilia spürte das Blut aus ihren Adern weichen. Wie zu erwarten. Dieses gemeinsame Abendessen war keine Gefälligkeit. Es war ein Kreuzverhör. Sie lächelte höflich. »Eine gute Einschätzung. Weshalb Sie gewiss verstehen werden, dass bestimmte Informationen erst in dem Augenblick offenbart werden, in dem sie für das Kennenlernen innerhalb des Unterrichts von Nutzen sind.«

Das Weinglas, das er gerade zum Mund führen wollte, stoppte auf halbem Weg, er sah sie mit einem seltsamen Lächeln an. Lag darin eine Nuance Anerkennung?

»Das leuchtet mir ein. Eine Kleinigkeit zumindest werden Sie uns verraten können. Die grundsätzlichen Dinge eben.«

Sie legte gleichfalls das Besteck zur Seite. »Da gibt es nicht viel zu erzählen. Ich habe eine zufriedenstellende Ausbildung genossen, ich wohne in der Innenstadt, meine Leidenschaft gilt der Musik, und deshalb bin ich jetzt hier.«

»Familie?«

In ihrem Hals bildete sich ein unschöner Knoten, das Band um ihre Brust zog sich zusammen. »Nein«, erwiderte sie schlicht.

Er sah sie lange an. »Was ist mit ihr passiert?«

»Ich weiß es nicht.« Es überraschte sie selbst, wie gekonnt sie auf ihren Humor zurückgriff. »Das Rätsel meiner Existenz wurde nie gelöst.«

»Ehrlich?«, brach es in einer Mischung aus Bedauern und Faszination aus Marina heraus. »Bist du ganz allein?«

Emilia lachte, war froh über Marinas Einmischung. »Überhaupt nicht. Trotzdem muss ich die Unterhaltung an dieser Stelle leider unterbrechen. Jedes weitere Wort würde meinen Musikunterricht sabotieren.«

Dieses Mal sah sie es deutlich in seinen Augen aufblitzen, strich es um seine Mundwinkel wie ein flüchtiger Schatten: Er reichte ihr die Hand für ihr gekonntes Ausweichmanöver. Aber er war kein guter Verlierer, entließ sie nicht mit diesem Triumph. Ihre Absicht, sich auf der Stelle nach Hause zu begeben, sobald das gemeinsame Dinner beendet wäre, wurde von einer weiteren ungewöhnlichen Idee des Hausherrn vereitelt: »Ich sollte Sie nach Hause fahren. Es ist spät geworden.«

Dieses Mal lehnte sie mit Bestimmtheit ab, denn dahinter verbarg sich gewiss kein Entgegenkommen. »Vielen Dank, ich denke, das schaffe ich.«

»Das bezweifle ich nicht. Aber es wird bald dunkel, deshalb meine ich.«

»Was kein Problem darstellen dürfte, jetzt, da Sie mich für diesen Fall ausgestattet haben«, konterte sie rasch, würde um nichts auf der Welt mit ihm in irgendein Fahrzeug steigen.

Ihre Argumentation ließ ihn kalt. »Eine Frau in Ihrem Alter sollte um diese Uhrzeit keine einsame Landstraße entlangfahren. Schon gar nicht jetzt, wo ich weiß, dass Sie niemand erwartet und daher auch niemand davon Kenntnis nehmen würde, stieße Ihnen etwas zu.«

Sie nahm ihm keine Sekunde ab, dass er ihretwegen in Sorge war.

»Ich möchte meine Nichte nicht ihrer Lehrerin beraubt sehen.«

Emilia presste unter dem Versuch, nicht gekränkt zu sein, die Lippen aufeinander. »Sie missverstehen mich«, setzte sie an, »ich …«

»Ich insistiere, Fräulein Sommer.«

Sie verstummte, starrte in seine entschlossenen Augen und versuchte, darin irgendetwas zu erkennen, das sein Verhalten erklären würde. Selbstverständlich wurde sie nicht fündig. Stattdessen gab sie klein bei, stieg mit einem Gefühl in sein Automobil, als handle sie gegen besseres Wissen, während er ihr Fahrrad einlud. Sein Wagen war weitaus geräumiger und, wie sich herausstellte, um ein Vielfaches komfortabler als Annabelles Rumpler Tropfenwagen. Wobei das die Fahrt bestimmt nicht angenehmer gestalten würde.

Entgegen ihrer Erwartung verlief sie schweigend. Ein Grund mehr, über sein Verhalten nachzugrübeln. Schließlich konnte sie die Frage nicht zurückhalten, schalt sich selbst eine Närrin, als sie so unvermittelt über ihre Lippen purzelte: »Warum bestanden Sie darauf?«

»Worauf?«

»Mich nach Hause zu fahren. Sie haben mich gestern vollkommen sorglos am Wegesrand zurückgelassen. Was hat sich verändert?«

Ihre Direktheit störte ihn scheinbar nicht, er antwortete, ohne lange nachzudenken. »Keine Ahnung. Nichts, vermute ich. Ich wollte es so.«

Sie verstand ihn nicht. Nichts an ihm. »Empfinden Sie Freude daran, mich zu verunsichern?«

Ein stimmloses Lachen entschlüpfte ihm. »Ich habe nicht den Eindruck, Sie ließen sich von mir verunsichern.«

Sie wandte den Kopf, sah ihn schweigend an. Nein, sie wurde nicht schlau aus ihm. Er hielt den Blick weiterhin auf die Straße gerichtet, nichts an seinem Ausdruck konnte ihr verraten, was sich hinter den dunklen Augen abspielte. Sie folgte seinem Beispiel, sah hinaus in die kommende Dunkelheit, die Scheinwerfer färbten die Umgebung in sanftes Gelbweiß.

»Vielleicht wollte ich bloß sichergehen«, stellte er nach einer Weile fest.

»Worin?«

Er warf ihr einen flüchtigen Blick zu, ehe er sich wieder auf den Verkehr konzentrierte, der langsam zunahm, als sie sich der Stadt näherten. »Ich verstehe nichts von Musik, aber ich genieße sie wie nichts anderes auf der Welt. Sind Sie in der Lage, meiner Nichte diesen Genuss nahezubringen?«

Emilia log nicht, sie versprach sich beiden auch nicht zu viel. Aber sie wusste, was Musik betraf, überraschte sie sich selbst Tag für Tag und musste sich nicht hinter falscher Bescheidenheit verstecken. »Ja«, entgegnete sie daher schlicht.

Er nickte langsam. »Sehen Sie. Deshalb habe ich Sie gefahren. Niemand antwortet mir mit einer solchen Überzeugungskraft, wenn er nicht absolut sicher ist.«

Das erklärte aus Emilias Sicht rein gar nichts. Sie schwieg darüber, befand es für sinnlos, sich den Kopf zu zerbrechen, während er sich gleichfalls in Schweigen hüllte und routiniert durch die Berliner Innenstadt fuhr. Die ersten Reklameschilder schalteten flirrend ihre Beleuchtung ein, die Nachtklubs würden bald zum Leben erwachen. Diese Stadt veränderte sich rasant, und Emilia bezeugte es mit stummer Faszination. Wäre Berlin ein Musikstück, bestünde es aus sich ständig abwechselnden Harmonien und Tonsprüngen.

»Nun denn, wo darf ich Sie genau absetzen? Die Friedrichstraße ist lang.«

Flüchtig stahl sich der Gedanke in ihr Bewusstsein, ihm ihre präzise Adresse zu verheimlichen. Eine Albernheit, immerhin war sie in den Arbeitsvertragsunterlagen vermerkt, und es änderte nichts, ob er wusste, wo genau sie lebte. Seine Meinung über sie war gering genug, der kümmerliche Stil ihrer Behausung würde daran nichts mehr ändern. »Ich wohne an der Ecke zur Dorotheenstraße«, verriet sie folglich. »In die Sie auch bequem einbiegen können, um zu wenden ...«

»Danke, ich kenne mich aus.«

Sie schluckte. »Selbstverständlich.«

Er hielt an der vereinbarten Stelle, schenkte der Umgebung keinerlei Interesse, während er ihr Fahrrad auslud. Schließlich hob er den Blick, das Rad zwischen ihnen erschien Emilia wie ein Schutzschild, und erklärte: »Sie dürfen meine Art nicht fehlinterpretieren, Emilia.« Es war das erste Mal, dass er sie mit Vornamen ansprach. »Ich habe Sie gern gefahren. Aus keinem anderen Grund, verstehen Sie?«

Emilias Hand versteifte sich um den Fahrradlenker, ihr Herz klang laut in ihren Ohren. »Offen gestanden«, murmelte sie, »nein.«

Keine Regung in seinem Gesicht hatte sie davor warnen können, was er als Nächstes tun würde. Er berührte ihre Hand schneller, als sie sie hätte fortziehen können. Ein Gefühl, als glühten ihre Finger kurz und schmerzhaft auf, durchfuhr sie für eine Nanosekunde.

»So seltsam es für uns beide klingen mag, ich schätze Ihre Gesellschaft. Ich kann nicht erklären, warum.« Er ließ ihre Hand los. »Das scheint Sie zu erschrecken.«

»Nein!« Sie räusperte sich. »Zu verwundern.« Ihr Lächeln geriet bemüht. »Das wäre das richtige Wort.«

Paul Fairmann betrachtete sie noch einen Augenblick lang stumm. »Das tut mir leid. Ich hoffe, Ihnen in Zukunft keinen Anlass mehr dazu zu geben.« Er kehrte zu seinem Wagen zurück, verzichtete auf ein Wort des Abschieds und strafte damit seine Worte Lügen. Er würde ihr ein ewiges Rätsel bleiben, so viel glaubte sie zu wissen.

Als sie müde und von den Ereignissen verwirrt die Stufen zu ihrer Wohnung hinaufkletterte, erstarrte sie beim Anblick der vor ihrer Tür sitzenden Annabelle. Die Haare frisch frisiert, die Lippen blutrot, die Augen vorwurfsvoll. Definitiv ausgehbereit. »Ich wurde versetzt, will ich meinen.«

Die Erkenntnis traf Emilia wie ein Blitz, das Schuldgefühl gesellte sich zu allen anderen Emotionen, die an diesem Tag in ihrem Körper wüteten. Sie sank erschöpft neben ihre Freundin auf den Treppenabsatz. »Tut mir aufrichtig leid.«

Annabelles Grinsen veränderte ihr gesamtes Gesicht, die Stimmung wechselte von beleidigt zu amüsiert. »Wer war der gut aussehende Gentleman?«

»Du hast uns gesehen?« Es war ihr alles andere als recht, dass Annabelle davon ausging, sie habe sich mit einem Mann getroffen. Ein Missverständnis, das sie augenblicklich aus der Welt schaffen musste. Und so erzählte sie ihr, wer er war.

»Oho! *Das* war Paul Eliot Fairmann? Meine Güte, nach deinen Erzählungen hätte ich einen alten Rüpel erwartet und nicht«, sie schnalzte mit der Zunge, »eine solch edle Gestalt. Wie schade, die besten Männer sind stets verheiratet.«

»Ist er nicht.«

»Komm schon, du kennst ihn noch nicht lange genug. Einer, der so aussieht, gehört untrüglich zu den besten.«

»Das meinte ich nicht«, unterbrach Emilia mit gerunzelter Stirn. Die neuen Erkenntnisse verwirrten sie immer noch. »Er ist nicht verheiratet.«

Niemand auf der Welt konnte Erstaunen so bildgewaltig ausdrücken wie Annabelle, was Emilia leise kichern ließ, ehe sie sie darüber aufklärte, wie es um Paul Fairmanns Familiensituation tatsächlich stand.

»Nein!«, juchzte Annabelle begeistert. »Das sind mal interessante Neuigkeiten, denkst du nicht?« Als müsse sie Emilias Arbeitgeber auf der Stelle verführen, zückte sie ihren Lippenstift, um den Mund noch knalliger zu gestalten.

»Ich hoffe, du kommst deshalb nicht auf den Gedanken, deinen Mann zu betrügen«, bemerkte Emilia trocken und erhob sich, um ihren Schlüssel zu suchen.

»Wo denkst du hin?« Annabelle sprang auf die Füße und drängte sich vor ihr in die Wohnung. »Ich dachte eher an dich, Schätzchen. Es wäre gesund für dich, das meinte ich. Kein Mädchen sollte so viel Zeit zum Grübeln haben wie du. Männer sind eine willkommene Ablenkung!«

»Er ist mein Arbeitgeber und außerdem ein komischer Vogel. Ungeeignet zum Verlieben, glaub mir.«

Annabelle warf sich auf Emilias Bett. »Ganz sicher?« Sie wirkte wie eine laszive Tänzerin, so wie sie sich darauf rekelte.

»Ganz sicher.«

»Wunderbar. Denn ich wollte dir heute jemanden vorstellen. Vermutlich ist er längst weg, weil wir nicht aufgekreuzt sind, aber wenn ich ihn erst davon überzeugt habe, dass du durch Überstunden am Arbeitsplatz verhindert gewesen bist, hat er dafür bestimmt Verständnis. Ich bin mehr als zuversichtlich, ihr würdet blendend zusammenpassen.«

In Emilias Kopf schrillten die Alarmglocken. Annabelles letzter Versuch, sie mit einem Mann zu verkuppeln, hatte ihr ein lediglich halbstündiges Treffen eingebracht, in dem Emilia und Annabelles Auserwählter feststellen mussten, dass seine Interessen übereindeutig von den ihren abwichen. In jeder Hinsicht. Inklusive der sexuellen. Hätte sie es damals besser gewusst, hätte sie ihn ins Eldorado geschickt.

Ehe sie aufbegehren konnte, hob ihre Freundin gebieterisch den Finger. »Bitte! Gib ihm eine Chance. Er ist wirklich in Ordnung. Sein Name ist Mikey, er ist sehr modern.

Saxofonist. Das passt doch unfassbar gut, um nicht zu sagen, perfekt!«

Eine berufliche Schnittstelle bedeutete aus Emilias Sicht noch nicht ein perfektes Paar, aber sie war müde und wenig diskutierfreudig, weshalb sie es Annabelle gestattete, für das Wochenende ein weiteres Treffen zu vereinbaren. Immerhin behielt sie in einer Sache recht: Mit einem Mann auszugehen, würde sie gewiss vom ausschweifenden Grübeln ablenken.

Zu ihrem Glück kehrte diesbezüglich bereits Mitte der Woche etwas Ruhe ein, denn die geschäftlichen Verpflichtungen Paul Fairmanns riefen ihn dringend in die Stadt zurück, womit ihr das Gefühl genommen wurde, in der Flut der eigenen Gedanken zu ertrinken. Er musste sich nicht einmal in Sichtweite befinden, allein das Wissen um seine Anwesenheit in der Villa Winter beeinträchtigte ihr Vermögen, klar zu denken. Sein Aufbruch in die Stadt war demzufolge nicht nur Marinas Musikunterricht, sondern ebenso Emilias Seelenheil zuträglich. Sollte er sich ruhig eine ganze Weile mit seinen Fabriken beschäftigen, der Geschäftsmann stand ihm erheblich besser als der Familienmensch. In Berlin-Mitte besaß er zwei Tabakunternehmen; eines zur Herstellung von Zigarren und ein weiteres, das aufgrund der steigenden Nachfrage ausschließlich Zigaretten fabrizierte. In Charlottes Erzählungen schwang eine amüsierte Note mit, als sie erklärte, die Damen in letzterer Fabrik machten ihm wohl ein wenig Ärger. »Er wird das Problemchen wie immer mit Bravour lösen. Kein Mensch würde es ihm zutrauen, trotzdem besitzt er eine feine Antenne für die Bedürfnisse anderer.«

In der Tat eine Behauptung, der zu widersprechen sich Emilia gerade noch zurückhalten konnte. Zumindest fand sie, dass er es, sollte er wahrhaft zu besonderem Einfühlungsvermögen befähigt sein, hinter Isegrim und Sarkasmus so gut versteckte, dass keinem Menschen damit geholfen sein dürfte.

Mit dem Wissen, nicht plötzlich von ihm überrascht zu werden, konnte Emilia ihre Schülerin fabelhaft in jene Welten entführen, in denen das Verlieren in der Musik einem verzückenden Kuss gleichkam, der in keinem Alter zu früh war. Emilia selbst hatte ihn mit vier Jahren erstmals empfangen, beim Weihnachtskonzert im Friedrichs-Waisenhaus, als die Gemeinschaftshalle in Abertausende kleine Lichter getaucht erstrahlte und ein einzelner Panflötist sein wundersames Spiel ertönen ließ. Sanft war dieser Kuss gewesen, dem noch viele weitere gefolgt waren, er hatte nach etwas geschmeckt, von dem Emilia nicht genug hatte bekommen können. Die Augen schließend hatte die Waise erkannt, dass in diesem Augenblick ihr Verlangen danach erblüht war und nie wieder verlöschen würde. Mochte sie allein gewesen sein in dieser Welt, vergessen von jenen, die ihr das Leben geschenkt hatten, und verhasst von denen, die sie aufgenommen hatten, aber das Gefühl von Einsamkeit hatte sie nicht länger heimsuchen können, solange sie Musik um sich wusste.

Sah sie ihrer Schülerin zu, beim Entdecken ihrer eigenen Stimme oder versunken in die ersten Übungen am Flügel, erfreute sie sich daran, all das mit ihr teilen zu können, denn so aufgeweckt und selbstbewusst Marina wirkte, in mancher Hinsicht glaubte Emilia, sich in ihr wiederzufinden. Hin und wieder ertappte sie sich bei der stummen Frage, ob dieses Mädchen überhaupt irgendeinen Grund hatte, mit einer Familie, die es an gemeinsamer Zeit derart fehlen ließ, glücklich zu sein. Wie unähnlich war dieses Leben dem einer Waise? Dann schalt sie sich. Wahrscheinlich handelte es sich hier um einen völlig gewöhnlichen Lebensalltag wohlhabender Menschen. Marina kannte immerhin ihre Mutter und wusste, dass sie sie liebte. Es war vermessen, einen solchen Vergleich zu ziehen – Emilias Eltern hatten beschlossen, sie weder kennen noch lieben zu lernen. Unglücklich war sie deshalb nicht. Im Gegenteil. Ihr Vermögen, das Leben für das, was es ihr schenkte, zu lieben, war dadurch umso größer. Für den Moment zählten dazu die Stunden mit Marina, für die Zukunft konnte es alles bedeuten. Sie durfte bloß niemals aufhören zu träumen, und auf keinen Fall anfangen, das Geträumte einfach verpuffen zu lassen. Dieses Leben, das einzige, das sie besaß, war ihre Chance. Sie würde nach den Sternen greifen und sollte sie dafür schmerzhaft auf den Zehen gehen müssen.

»Milia?«

Emilia schmunzelte über die Verkürzung ihres Namens, die Marina wie selbstverständlich eingeführt hatte. »Hm?«

»Wenn Menschen sagen, der Ton mache die Musik, haben sie dann immer recht?«

Emilias erster Impuls auf diese überraschende Frage wäre eine klare Bejahung derselben gewesen, doch kam sie ihr nicht über die Lippen. Sie musterte Marina ernst. »Weshalb denkst du darüber nach?«

Marina zuckte mit den Schultern. »Paul liebt es, in diesen Phrasen zu sprechen, weißt du? Immerzu verwendet er Bilder aus der Musik, und dieses ist mir eben in den Sinn gekommen. Bei ihm habe ich manchmal den Eindruck, sein Ton verändert überhaupt nichts. Er verfremdet die Dinge. Ich meine, er sagt etwas in diesem herablassenden Tonfall, und ich bin mir eigentlich sicher, er meint es völlig anders. Dann macht der Ton kaum die Musik, oder? Der Ton irritiert bloß.«

Sie schwiegen einen Augenblick darüber, indes die Mutmaßung Marinas in ihren Köpfen Sinn ergab und sich Emilia wieder einmal über den Scharfsinn des Kindes wunderte. Nebst dem unguten Gefühl, das das Thema Paul Fairmann in ihr auslöste. Wie kam es, dass sie schon wieder über ihn nachdachte? »Was hat er denn gesagt?« Die Frage hätte sie nicht stellen sollen, wollte die Antwort im Grunde gar nicht hören.

»Das kann ich dir nicht verraten. Es ging um dich«, verkündete Marina schelmisch, womit es ihr erfolgreich gelang, ihre Lehrerin grübelnd auf den Heimweg zu schicken.

Emilia versank sogar so sehr in die neuerdings düster umflorten Gedankenflüge, dass sie Charlottes Ruf überhörte, als diese ihr in der Eingangshalle begegnete.

»Emilia, ich habe eine klitzekleine Frage, die mir nur eine Frau beantworten kann – hättest du einen Moment?«

Emilia, noch nicht vollständig aus ihrer sinnierenden Haltung erwacht, nickte unbedacht und ließ sich von Charlotte in einen der vielen mittelgroßen Salons entführen. Unterdessen plauschte diese über eine Belanglosigkeit nach der anderen, ehe sie die Tür hinter ihnen schloss und ein Teil ihrer Plauder-Ummantelung von ihr abfiel. Emilia war dazu übergegangen, es in ihrem Fall so zu nennen, denn Charlotte verfügte über ein gutes Dutzend unsichtbarer Mäntel, die sie je nach Konversationstyp problemlos überstreifte oder ablegte. Der Plauder-Mantel beispielsweise mutete weiß an, plätscherte in einem ruhigen, aber ab und an prononcierten Allegro dahin. Nun trug Charlotte keinen Mantel mehr, sie stand einfach vor Emilia, lächelte sie an und strich sich eine der Locken hinters Ohr.

»Ich will nicht lange drumherumreden« – tat sie eigentlich nie – »ich habe morgen eine Verabredung. Seit mindestens zwei Jahren die erste, vor der ich mich fürchte, du weißt schon ... mich falsch zu verhalten.« Sie streifte sich die zurückkehrende Strähne erneut hinters Ohr, der zarte Hauch von Rosa stahl sich über ihre Wangen. »Mit einem Mann.«

Die Präzision war nicht nötig, wenngleich Emilia ernsthafte Zweifel daran hegte, inwieweit sie ihr in diesem Punkt behilflich sein konnte ... Frau hin oder her. Hinzu kam, dass sie sich immer noch nicht gänzlich von der Annahme gelöst hatte, sie sei Paul Fairmanns Gattin.

»Wir haben uns ein paar Mal zufällig auf einen Kaffee oder einen Spaziergang getroffen, allein zusammen ausgegangen sind wir noch nicht. Er ist einschüchternd gescheit, musst du wissen, und ich habe mich bislang immer sehr gemäßigt verhalten. Du weißt ja, dass ich ein recht aufgedrehtes Wesen haben kann, und jetzt bin ich mir unsicher, wie ich ihm gegenübertreten soll. Ich denke, es wäre wichtig, er hätte Kenntnis darüber, wie ich wirklich bin. Bei diesen Intelligenzbestien weiß man nur nie ...« Sie wedelte den Satz mit dem Handgelenk durch den Raum, ergänzte nachdenklich: »Vielleicht schreckt es ihn ab?«

Am liebsten hätte Emilia zum Telefon gegriffen und sie an Annabelle weitergereicht, mit der sie in diesem Fall besser beraten gewesen wäre. Aber da nun sie vor ihrer Arbeitgeberin stand und sich nicht als vollständig weltfremd entlarven lassen wollte, versuchte sie, sich in Annabelles Kopf zu versetzen, und sprach aus, was sie von dieser in einem solchen Moment erwarten würde: »Ich denke, wenn dir dieser Mann wichtig ist, und du vorhast, ihn wiederzutreffen und all das«, wobei sie nicht genau wusste, was sie mit *all dem* eigentlich meinte, »hast du recht. Er muss dich so kennen und schätzen lernen, wie du bist. Sonst wirst du nie aufhören können, dich in seiner Gegenwart zu verstellen.« Waren das Annabelles Worte? Oder ihre eigenen? »Es ist nicht von Schaden, es langsam anzugehen. Im Laufe des Abends darf dann aber dein Wesen Stück für Stück aufblühen. Was denkst du?«

Charlotte sah sie mit ihren aufmerksamen, weit geöffneten Augen an, lächelte ihr Spitzmundlächeln. »Hm, aufblühen. Du hast eine Art, Dinge auszudrücken, die sie besonders machen. Obendrein stimmt es absolut, nehme ich an.« Sie erhob sich, und in einem Anfall sie spontan überkommender Sympathie schloss sie die Arme um Emilia.

Diese versteifte sich sekundenlang, ehe sie es scheu zuließ. Inzwischen gewöhnte sie sich an die Eigenartigkeiten dieses Hauses.

»Ich danke dir, Emilia. Ich wusste, du hast einen klaren Blick für die Dinge und gleichzeitig dieses künstlerische Gemüt, das simplen Pragmatismus ausschließt. Perfekt.«

Nicht dass Emilia wirklich verstand, was sie damit auszudrücken beabsichtigte, aber sie lächelte dennoch geschmeichelt. Sie wollte sich eben verabschieden, als Charlotte sie bei der Hand nahm. »Und jetzt müssen wir uns Gedanken über meine Garderobe machen.«

Sehr ausschweifende Gedanken, wie sich herausstellte, die so weit gingen, dass Charlotte ihr gefühlt ihren gesamten Kleiderschrank präsentierte. Als endlich ihre perfekte äußerliche Erscheinung für den morgigen Samstag zusammengestellt war und Emilia ermüdet hoffte, sie könnte nun den Heimweg antreten, zerriss ein heller, weiter Blitz den Himmel, dem auf die Sekunde tosender Donner folgte. Über der Villa Winter tobte ein Unwetter, wie sie es lange nicht mehr gesehen hatten.

»Ach herrje! So kannst du unmöglich nach Hause radeln!«, stellte Charlotte fest. »Am besten, wir richten dir ein Zimmer für die Nacht ein.«

Nicht nötig, wollte Emilia aufbegehren, kam bloß nicht dazu, entweder weil ihre Worte im einsetzenden Platzregen untergingen oder weil Charlotte bereits Anweisungen gab, ihre Idee in die Tat umzusetzen.

Zu Emilias Bedauern legte sich das Unwetter auch in den kommenden Stunden nicht, weshalb sie schließlich kapitulierend einsah, dass sie die Nacht in der Villa verbringen würde. Das ungute Gefühl dabei konnte nur von der Erkenntnis vertrieben werden, dass sich der Hausherr in der Stadt aufhielt. »Verflucht!«, fiel ihr bei diesem Gedanken aufstöhnend ein. Sie würde ihre Verabredung mit Annabelles Saxofonisten verpassen – schon wieder! Sie sollte ihre

Freundin besser ganz schnell anrufen, ehe sie ihn ein zweites Mal unabsichtlich allein in einer Bar sitzen ließ.

Es war ein hauchfeiner Ton, der ihre Aufmerksamkeit weckte. Mitten in der Nacht, vom gegen die Fensterscheiben prasselnden Regen fast vollständig übertönt, doch unzweifelhaft erfüllte er die Flure der Villa, lud sie ein, ihm zu folgen. Barfüßig tappte sie durchs Zimmer, glaubte nicht, kalten Marmor unter ihren Füßen zu spüren, sondern gleichsam den Puls des Hauses. Ein sachtes Atmen, als würde es schlafen wie seine Bewohner. Emilia ging ehrfürchtig durch die ins Mondlicht getauchten Flure, immer dem sanften Klang folgend, der ihren Schlaf unterbrochen hatte. War es ein nicht geschlossenes Fenster? Pfiff der Wind durch es hindurch oder trippelte der Regen über einen dekorativen Teller auf dem Sims? Es hörte sich verspielt an in ihren Ohren, machte sie neugieriger und neugieriger, beinahe kam es ihr so vor, als würde sie ein deutliches Verlangen nach diesem Singsang empfinden, der unmöglich dem Regen oder Wind entspringen konnte. Ihr Herz schlug vehement in ihrer Brust, sie musste ergründen, woher diese Melodie kam, sie musste sie finden, wollte in ihr versinken. Sie wollte diese Melodie. Emilia beschleunigte ihren Schritt, indes sie die Treppen hinabhüpfte, ihre nackten Füße verursachten ein zaghaftes Parallelspiel zu dem Klang, dem sie längst nicht mehr nur folgte, sondern ihn suchen, um jeden Preis finden musste. Ein Schatten fiel durchs Fenster, veranlasste sie, stehen zu bleiben. Der Schatten vergrößerte sich, baute sich vor ihr auf und streckte die Hand nach ihr aus. Sie kannte das Gefühl; das Gefühl glühender Finger bei einer jähen Berührung, erinnerte sich nicht, woher …

Urplötzlich erwachte die Villa unter ihren Füßen. Sie bäumte sich auf, der Boden erhob sich gleich einem fliegenden Teppich, riss Emilia aus dem Stand. Sie fiel, die Welt drehte sich schneller und schneller, der Schatten packte sie.

Ihr Handgelenk brannte wie Feuer, der Schmerz zuckte durch ihren Körper, traf sie mitten ins Herz.

Emilia schreckte schweißgebadet auf, ihr Herz raste, ihr Blick suchte panisch nach etwas, das ihr vertraut erschien. Wo war sie? Warum zitterte sie stärker als Espenlaub? Sie blickte an sich hinab, erkannte, dass die seidene Decke auf dem Fußboden lag, ein Fußboden aus weißem Marmor. Ihre Atmung mäßigte sich, ihr Verstand erkannte, dass sie sich im Haus ihrer Arbeitgeber befand, ein schlafendes Haus, an dem nichts Beunruhigendes war. Sie seufzte. Ein böser Traum, nichts weiter. Auf ihrer Nachtkommode stand ein nicht angerührtes Glas Wasser. Sie griff danach und leerte es in gierigen Zügen.

Die Villa Winter hüllte sich in schläfrige Ruhe, das Gewitter schien vorübergezogen, ganz sachte hörte sie die Regentropfen die Fensterscheiben küssen. Ein Geräusch der Friedlichkeit. Nur in der Ferne erklang leiser Motorenlärm. Emilia realisierte verzögert, dass es ungewöhnlich für das Leben abseits der Stadt war, und einem Impuls der Neugierde folgend trat sie ans Fenster. Ein Lichtschein näherte sich dem Anwesen, der Wagen Paul Eliot Fairmanns kam in Sicht, glitt über die unstete Straße hinweg wie ein Schiff. Emilia wusste nicht, warum sie weiterhin am Fenster stand, gebannt nach unten blickend und dem heimkehrenden Hausbesitzer zusehend, wie er beim Einparken den Kies zur Seite aufspritzen ließ. Er stieg aus, schloss die Wagentüre. Auf dem Lack spiegelte sich das Licht der Eingangslampe. Flüchtig stand Paul Fairmann noch dort, den Koffer in der Hand, den er so manches Mal mit sich führte, wenn er aus der Stadt kam und rasch damit im obersten Stock der Villa verschwand, wo sich sein Büro befand. Nun ließ er ihn sinken, lehnte sich gegen sein Automobil. Hinter seinem Ohr steckte eine Zigarette. Er griff danach und zündete sie sich an, die Lichtquelle des Streichholzes flackerte kurz im Halbdunkel der Einfahrt auf. Emilia stützte sich auf die Fensterbank, sah ihm dabei zu, wie er Rauchwölkchen in die Nacht blies. Aus irgendeinem Grund wirkte er erschöpft auf sie. Was sie nicht wundern sollte. Er kehrte mitten in der Nacht von der Arbeit nach Hause und musste müde sein. Nichtsdestotrotz umgab ihn noch etwas anderes. Eine melancholische Note, die ihren Unmut gegenüber seinen Launen schwinden ließ. Sie ahnte, dass ihn etwas bedrückte. Menschen verhielten sich niemals grundlos rätselhaft. Schlechte Gene erklärten nicht alles. Dieser Mann trug etwas mit sich herum, das seine Seele verdüsterte. Das war es, was ihr bislang entgangen war. Der dunkle Klang, der ihm immer einen Schritt voraus war.

In diesem Moment schnippte er seine Zigarette fort und wandte den Blick nach oben, traf geradewegs den ihren. Emilia erstarrte darunter. Ein eiskalter Schauder jagte über ihren Rücken. Sie wollte vom Fenster zurückweichen, allein ihr Körper rührte sich nicht. Keiner von beiden wandte den Blick ab, viel mehr schienen tausend Worte darin verborgen, die sie nicht verstand. Irgendein vernebeltes Wissen weitete sich zwischen ihren Körpern aus, umschlang sie und knüpfte ein zartes Band.

»Gib uns eine Kostprobe.«

Im Grunde eine zutiefst verachtungswürdige Aufforderung, die jeglichen kreativen Entwicklungsprozess auf der Stelle zerstörte. Kostproben ergaben nur einen Sinn, wenn sie von innen kamen, weil derjenige, der etwas zu verköstigen hatte, es so wollte und deshalb anbot. Marina wollte vermutlich nichts anderes, als in Ruhe zu frühstücken, aber weil Charlotte an jenem Samstagmorgen bereits Gäste empfing und zudem die Musiklehrerin noch anwesend war, erschien es ihr eine fabelhafte Gelegenheit, die Fortschritte ihrer Tochter einzusehen. Bestimmt nicht, um sie bloßzustellen, sondern aus ehrlicher Neugierde heraus – dennoch fand es Emilia unangemessen. Wie immer wurde sie von Marina überrascht, die mal eben schulterzuckend vom Tisch aufstand und fröhlich »Warte, warte nur ein Weilchen« in den Morgen hinausträllerte. Sie traf jeden Ton und machte eine exzellente Figur, sodass gewiss niemand mehr auf den Gedanken kommen würde, sie als unmusikalisch zu bezeichnen. Marina nahm das Lob der im Frühstückszimmer versammelten Damen mit einem Knicks an und setzte sich wieder, um ihr Schokohörnchen zu vertilgen.

»Bravo.« Diesem ohne jegliche emotionale Schwingung ausgesprochenen Beifall folgte sachtes Klatschen, das alle Frühstückenden den Kopf zur Tür wenden ließ. Dort lehnte im goldbehauchten Rahmen Paul Eliot Fairmann, ein leises Lächeln in den Mundwinkeln. »Ich bin überrascht von dieser unerwarteten Talentzunahme. Wie lange unterrichten Sie meine Nichte jetzt?«

Er sah Emilia direkt an, die, ohne es verhindern zu können, rapide an Selbstsicherheit einbüßte – ein zunehmend enervierendes Ritual in seiner Gegenwart. Dass es ihr gelang, Haltung zu bewahren, verdankte sie mutmaßlich ihrer langjährig gereiften Disziplin. Inklusive der Überlebensstrategie einer Waise, die von der Heimleiterin gepiesackt worden war: *Lass die anderen niemals sehen, was wirklich in dir vorgeht.*

»Ziemlich genau einen Monat.«

Paul Fairmann setzte sich auf den freien Stuhl zu ihrer Linken, das Polster knarzte leicht, übertönte den lauter werdenden Herzschlag in ihrer Brust. Wieso machte er sie so nervös? Lag es an dem intensiven Blick, mit dem er sie musterte? Keine Vernichtung oder Herablassung schwang darin mit, er blieb so unergründlich wie bei ihren letzten Gesprächen. »Würden Sie sagen, Marina lernt schnell, oder entspricht sie der Norm?«

»Ich würde sagen, Marina ist eine ausgezeichnete Schülerin. Die Norm kenne ich nicht und bezweifle, dass es sie in diesem Fall gibt. Jeder Mensch hat seinen eigenen Lernrhythmus, den man respektieren sollte.«

Das Lächeln, das sich über sein Gesicht schlängelte, verriet einen Hauch von Faszination, seine Frage hingegen klang schnippisch. »Wer hat Ihnen beigebracht, so zu sprechen? Lernt man das auf der Musikschule für junge Lehrerinnen?«

»Himmel, Paul, es ist früh am Morgen!«, stöhnte Charlotte. »Würdest du dein Kreuzverhör bitte bleiben lassen? Emilia ist ein wahrer Glücksgriff, das brauchst du nicht lange zu hinterfragen.« Sie zwinkerte Emilia zu, indes sie ihren Kaffee schlürfte, den kleinen Finger abgespreizt.

»Ist mir nicht entgangen«, stellte ihr Bruder fest und lehnte sich zurück. »Daher habe ich mich gefragt, wo sie per se jeden Tag bei uns ist, warum bleibt sie nicht ganz? Ein Zimmer hat sie ja schon.«

Emilia spürte den Schock über diesen Vorschlag wie einen Blitz durch ihren Körper zucken. Ehe sie vehement verneinen konnte, sah sie das breite Strahlen auf Marinas Gesicht, das in diesem Fall einem Dolchstoß gleichkam.

»O ja, das ist eine famose Idee! Dann könnten wir noch viel mehr erleben!«

Charlottes Spitzmund vibrierte zustimmend, ihr »Warum nicht?« drehte den Dolch in Emilias Brust hin und her, während sich selbst die beiden Besucherinnen berufen sahen, ihren Standpunkt in derlei Privatangelegenheiten verlauten zu lassen, obschon sie Emilia kaum kannten. Im Nu waren sich alle darüber einig, dass es gewiss das Beste sei, sie ziehe auf der Stelle in die Villa Winter ein. Emilias unmaßgebliche Meinung geflissentlich missachtend.

Lediglich Paul Fairmann erfasste ihre Schweigsamkeit und merkte schmunzelnd an: »Es bleibt selbstverständlich Ihre Entscheidung. Sollten Sie Ihre eigenen vier Wände bevorzugen, würde ich das durchaus verstehen. Klein, aber fein, wie sie sind.«

Angesichts seines stechenden Blickes wäre es ihr ein Leichtes gewesen, dankend zu verneinen und auf den großen Vorteil ihrer Privatsphäre hinzuweisen. Etwas hielt sie zurück. Es war nicht allein Marina, das wusste sie.

»Ach bitte, Milia, sag ja!«, beschwor diese sie, ehe Emilia auch nur ein Wort hervorgebracht hatte.

Sie konnte ihre Augen nicht von denen des Mannes lösen, der ihr immer mehr Rätsel aufgab. Sie las in ihnen keine Feindschaft, es war eine Bitte. Als wünschte er es ebenso dringlich wie Marina. Die Frage war: Warum? Für seine Nichte? Für die Musik? Oder handelte es sich um einen weiteren Versuch, Emilia auf die Probe zu stellen? Unabhängig davon, was es war, ehe sie sich's versah, stimmte sie einer Sache zu, von der sie keineswegs überzeugt war.

Dennoch strich ein zaghaftes Lächeln über ihre Mundwinkel, als sie abends in ihrem Berliner Zimmer stand, das klein, aber fein gerade mal vierzehn Quadratmeter zählte. Ihre Habseligkeiten waren schneller gepackt gewesen, als die Fairmanns vermutlich ihr Urlaubsgepäck beisammen hatten.

»Ich mache es Marina zuliebe«, erklärte sie Annabelle, die sich noch nicht entscheiden mochte, was sie vom Umzug ihrer Freundin halten sollte.

»Wenn du das sagst. Trotzdem: Wehe du vergisst mich dort draußen in dieser Prachtvilla. Deine Wochenenden gehören mir, verstanden?«

Ohne jeden Zweifel! Sie konnte sich nicht permanent der herzschlagstrapazierenden Gegenwart ihres Arbeitgebers aussetzen. Was leichter gesagt als getan war, hatte er immerhin ein weiteres Mal darauf bestanden, sie zu fahren, Geschäftliches in der Stadt zu regeln, derweil sie packte, um sie abends wieder mitzunehmen.

»Ja, es ist nicht zu übersehen«, merkte Annabelle raunend an, als er Emilias Koffer zum Wagen trug, »wie *wenig* er von dir hält.« Sie lachte kurz und prononciert über das Stirnrunzeln ihrer Freundin, drückte ihr einen Kuss auf die Stirn. »Wir sehen uns nächsten Samstag. Komm nicht auf den Gedanken, Mikey noch mal zu vertrösten. Oder gar mich!«

»Was ist das?« Marina hüpfte auf Emilias neuem Bett herum, als sei es ein Zirkustrampolin. Allem Anschein nach gedachte sie, von nun an nicht mehr von ihrer Seite zu weichen, nachdem sie ihren Onkel bereits beim Hochtragen der Koffer abgelöst hatte, Emilia beim Einrichten ihres neuen Zuhauses behilflich gewesen war und ihr außerdem erfreut ihr eigenes Badezimmer am anderen Ende des Flurs gezeigt hatte. Nun hörte sie damit auf, die Sprungfedern der Matratze zu strapazieren, und betrachtete neugierig den Talisman, mit dem Emilia die Nachtkommode dekorierte.

»Das ist Apollon, einer der zwölf wichtigsten olympischen Götter des Pantheons.«

»Was ist das Pantheon?«

Sieh an, sie wusste nicht alles. »In Deutschland sagen wir dazu Götterwelt.«

Marina nahm den kleinen Apollon in die Hand, wog ihn behutsam auf ihrer Handfläche. »Er ist hübsch. Warum stellst du ihn neben dein Bett?«

Emilia betrachtete die Figur mit einem sinnierenden Lächeln. »Weil er der Gott des Lichts und der Künste ist, ganz besonders der Musik und des Gesangs.« Und der einzige Gegenstand in der Tragetasche eines vor dem Friedrichs-Waisenhaus abgelegten Säuglings. Damals vor zweiundzwanzig Jahren, in der heißesten Sommernacht des Jahres 1902. Ihren Nachnamen verdankte sie jener nächtlichen Hitze. Das Mädchen, das im Sommer geboren war, zurückgelassen mit dem Sonnengott. Warum, das würde sie nie erfahren.

»Hält er deshalb eine goldene Harfe in der Hand?«

Sie zuckte unter der Frage leicht zusammen, machte sich auf den Rückweg ins Heute. Zurück zu Marina und deren nie endender Neugierde. »Es ist eine Leier, aber ja, das ist wohl der Grund.«

»Und hat Ihnen der Leier spielende Apollon bislang Glück gebracht?«

Marina gelang es sehr viel besser, ihre Überraschung bezüglich des plötzlichen Eintretens ihres Onkels zu kaschieren. »Was machst du hier? Du hättest wirklich anklopfen müssen, wenn Damen sich unterhalten.«

»Bitte um Vergebung, die Tür stand sperrangelweit offen. Ich bin hier, weil du unten gebraucht wirst. Deine Mutter möchte deine Meinung zur Ausrichtung ihrer nächsten Party hören. Das Motto ist *Golden.*« So, wie er es sagte, machte er unmissverständlich klar, wie wenig er von der Idee hielt. Marina verdrehte seufzend die Augen. »Sicher will sie mich wieder für die Dekoration einspannen.« Sie hüpfte aus dem Zimmer, als störte es sie nicht. »Wiedersehen, Milia!«

Als sie den Raum verlassen hatte, herrschte einen Augenblick Stille. Paul Fairmann stand mit in den Hosentaschen versenkten Händen vor ihr, verzichtete darauf, verlegen zu sein, und kultivierte sein Schweigen, als gehörte es zum guten Ton. Emilia unterdessen stellte, bloß um irgendetwas zu tun, den Apollon wieder auf ihre Kommode und kultivierte nichts anderes als pure Unsicherheit.

»Milia, ja?«, merkte Paul Fairmann schließlich schmunzelnd an. »War das Marinas Kreation?«

»Da es meine nicht war … Ja, das war Marinas Idee.«

»Sie nennt mich manchmal Pauli. Seltsames Mädchen.«

»Verniedlichungen erleichtern es Kindern, in der Welt zurechtzukommen.« Zumindest hatte das für sie gegolten. »Ich finde das nicht seltsam.«

Er sah sie an. »Was mich nicht überzeugt, denn Sie scheinen mir fast ebenso eigenartig.«

Das beruhte auf Gegenseitigkeit.

»Wenn Sie nun schon von aller Welt Emilia oder Verspielteres genannt werden, schließe ich mich der Mehrheit an. Bitte nennen Sie mich Paul. Ich hasse meinen enervierend zweideutigen Nachnamen.«

Einige Sekunden tüftelte Emilia über seine Bemerkung nach, ehe ihre Gedankengänge erneut von ihm unterbrochen wurden.

»Ich danke Ihnen für die apollinischen Künste, die Sie ins Haus bringen.«

Wie üblich konnte sie nicht einordnen, wie er es meinte.

»Musik ist das einzig Lebendige, denke ich«, gestand er leise. »Sie trifft tief ins Herz, treibt es um, ob es einem passt oder nicht. In meinem Fall ist sie die perfekte Erlösung.« Ein leises Lachen, das kaum Freude beinhaltete. »Meine Rettung. Etwas, woran ich merke, dass ich noch existiere.«

Emilia blickte ihn stumm an, fragte sich, warum er ihr all das erzählte. War es ihm ernst? Warum diese Offenheit? Und was war es, das ihn umtrieb und ihm dieses Gefühl frühzeitiger Ermattung vermittelte. »Sie sprechen, als wären Sie ein uralter Mensch«, stellte sie fest.

Er fuhr mit dem Finger den Türrahmen entlang, versunken in seine grüblerischen Gedanken. »Wer weiß, vielleicht bin ich das. Man kann dreißig Jahre alt sein und sich fühlen, als sei das Leben bereits vorüber.« Unvermittelt suchte er ihren Blick. »Was denken Sie, an welchem Punkt Ihres Lebens stehen Sie?«

Paul besaß keinen Plauder-Mantel, fiel ihr plötzlich auf. Er kam direkt zum Thema, redete gar nicht erst über Dinge ohne tiefere Bedeutung. Sie musste zugeben, dass sie das schätzte. Entsprechend ehrlich antwortete sie: »Schwer zu beurteilen. Gewiss nicht am Ende. Das Leben hält zu viele

Überraschungen für uns bereit. In einem Moment kann man sich uralt fühlen, im nächsten blutjung.«

Er lächelte traurig. »Bewundernswerte Einstellung. Woher nehmen Sie Ihre Energie?«

Das war leicht zu beantworten. »Aus der Musik. Sie sagten es selbst: Sie trifft mitten ins Herz, sie elektrisiert, sie verführt, sie belebt! Wäre ich allein umgeben von ihr und hätte sonst nichts, es wäre genug.« Mit einem Mal realisierte sie, dass sie sich in Schwung geredet hatte, und räusperte sich verlegen. »Verzeihen Sie meine Überschwänglichkeit.«

»Auf keinen Fall.« Er trat einen Schritt auf sie zu, zum ersten Mal schien es ihr, als lächelten seine Augen mit ihm. »Sie ist bezaubernd.«

Emilia spürte, wie sie diese Antwort mehr als alles verwirrte, wusste nicht, was sie anderes tun sollte, als ihn anzusehen. Vermutlich enttäuschte ihn ihre minimale Reaktion, denn die Züge verhärteten sich wieder. Er fuhr sich durch die Locken und wandte sich abrupt zum Gehen. »Nun denn, Emilia, herzlich willkommen in der Villa Winter. Ich werde mich jetzt zurückziehen, es warten noch einige Dokumente auf mich, die mich den restlichen Abend anzuöden wünschen. Gute Nacht.«

»Gute Nacht«, murmelte Emilia, fügte nur in Gedanken seinen Namen hinzu.

Emilias Einzug in die Villa Winter brachte erstaunliche Veränderungen mit sich. Ein neuartiges Gefühl von Geborgenheit und Harmonie breitete sich in den Fluren aus, als habe das Haus sich in einen Umhang gehüllt, um sich vor Witterungen von außen zu schützen. Begegneten sich die Bewohner, strahlten sie im besten oder nickten im schlechtesten Fall einander zu. Charlottes Stadtbesuche nahmen ab, sie bewirtete häufiger in den eigenen Hallen und stellte Emilia allen als Freundin des Hauses vor. Marinas Lachen tönte von überall wider, mischte sich mit dem vergnügten Zwitschern der Vögel und vermochte dem Sommer seinen verträumten Klang zu verleihen. Ohne dass sie es bemerkt hätten, weiteten sich ihre Musikstunden aus, was weder Emilia noch Marina störte. Der Flügel erfuhr seine belebteste Zeit, trug seine Melodien von zart und sanft bis wild und aufbrausend in sämtliche Winkel der Villa. Wenn es dazu nachmittags zweistimmig aus dem Musikzimmer erscholl, waren das zwei Fräuleins, die mit der Heiterkeit sommerlicher Singvögel in ihrer Begeisterung für musikalische Improvisation aufgingen – und niemand störte sich daran. Im Gegenteil, ab und an konnte man eines der Hausmädchen versonnen lächelnd dabei ertappen, wie es sich etwas länger im zweiten Stock aufhielt, um die Spiegel neben dem Flügelzimmer zu wienern. Alma verwöhnte sie verhältnismäßig häufig mit Tee, Limonade oder Gebäck, und selbst in die Züge des schwermütigen Wilhelms stahlen sich zuweilen leichtherzige Nuancen.

Paul Fairmann wirkte vielleicht weniger mürrisch, ein Mysterium blieb er trotzdem – umso mehr, weil ein Lächeln auf seinem Gesicht, mochte es noch so schmal sein, Emilia zu fremd erschien, um es zu glauben. Als er eines Mittwochnachmittags unvermittelt im Raum stand, wortlos, als sei es eine Gewöhnlichkeit, und sein Recht als Geldgeber dieser Einheiten einforderte, lenkte das sogar seine Nichte ab.

»Gibt es einen Grund, weshalb du unseren kreativen Schaffensprozess zu irritieren suchst?«, erkundigte sie sich, nachdem sie sich zweimal in Folge verspielt hatte, und drehte sich auf der Flügelbank zu ihm um.

Paul genehmigte sich lediglich eine minimale Regung seiner Gesichtsmuskulatur. »Keinen anderen, als ihm beizuwohnen. Dein Spiel klingt sehr charmant, von dem ein oder anderen Patzer abgesehen.«

Marina folgte seinem Blick zu Emilia, die sich hütete, sich in das Gespräch einzumischen. »Du kannst dich darauf verlassen, dass die Patzer ausbleiben, sobald ungeladene Zeugen gegangen sind.« Sie nahm ihr Spiel nicht wieder auf.

Emilia presste die Lippen fest aufeinander, das Schmunzeln gewaltsam unterdrückend, das sich bei solch klaren Worten aufdrängen wollte. Paul unterdessen ließ es geschehen, dass es seine strengen Züge verfremdete, und nickte ihnen beiden zu, ehe er der kaum kaschierten Aufforderung nachkam und das Zimmer verließ. Sie sahen ihn nicht zum letzten Mal. Es schien beinah so, als würde es zu einer Art Gewohnheit werden, dass er ihren Musikstunden beiwohnte, sei es zufällig und nur durch einen flüchtigen Blick oder tatsächlich beabsichtigt und mit einem Buch in der Hand, das er in der Sitzecke studierte. Marina schickte ihn immer seltener seiner Wege, wechselte die Strategie und fing an, ihn bewusst zu beeindrucken. Ein Versuch, an dem Emilia scheiterte. Beeindruckend dürfte an ihrem Verhalten lediglich ihr Unvermögen sein, sich wie ein gewöhnlicher Mensch zu benehmen. Sie erwischte sich dabei, wie sie ausdrücklich unbekümmert auf ihn reagierte, obwohl es sie sehr wohl kümmerte, dass er anwesend war, dieselbe Luft atmete wie sie und ihr die Gedanken verknotete – als würde der Sauerstoff nicht für sie drei ausreichen.

Sie unterdrückte gerade noch ein erleichtertes Aufseufzen, als sie die Musikstunde für beendet erklären und damit seiner Präsenz entfliehen konnte.

Er klappte das Buch zu, ehe sie hinter Marina in den Flur schlüpfen konnte. »Haben Sie es eilig?«

Obwohl alles in ihr nach Flucht schrie, antwortete sie ruhig: »Nein.« Dieser Lüge folgte keine Reaktion seinerseits, sodass sie sich gezwungen sah hinzuzufügen: »Warum?«

Er ließ das Buch achtlos auf den Sessel fallen. »Gehen wir ein Stück?«

Warum? Die Frage musste sich auf ihrem Gesicht spiegeln, mischte sich in das Schweigen, aus dem sie nicht ausbrechen konnte. Weder kommentierte er es noch erklärte er seine Absichten, genauso wenig, wie sie ihre Befremdung aussprach. Sie verließen wortlos die Villa, gingen auf dem Kiesweg entlang durch den Garten, einzig begleitet vom Knirschen ihrer Schuhsohlen auf den perlweißen Steinchen.

»Ich habe über unser Gespräch nachgedacht«, beendete er nach einigen Minuten das stumme Nebeneinanderherschreiten.

»Ich auch.«

Wieso sagst du das?

Er verlangsamte seinen Schritt, sah sie neugierig an. »Ach, wirklich? Worüber genau?«

Sie versuchte sich an einem kecken Lächeln. »Sie zuerst.«

Sekundenlang konnte sie das zaghafte Flattern seiner Augenlider sehen, eine Neuerscheinung, von der sie nicht wusste, was sie zu bedeuten hatte. Emotionen versteckten sich in seinem Gesicht stets – obschon sie dahinter eine ganze Welt vermutete –, sodass sie die seltenen Regungen nicht sofort einordnen konnte.

»Mir ging noch lange durch den Kopf, was Sie über Musik gesagt haben. Es deckt sich mit dem, was ich empfinde. Dass sie belebt, sogar elektrisiert und begeistert. Dennoch fehlte es mir bislang an der Wucht dieser Gefühle, und ich habe mich gefragt, weshalb.« Er unterbrach seine Überlegungen für eine ausgiebige Pause, von der Emilia fürchtete, es sei an ihr, sie mit einem Kommentar zu füllen. Er nahm den Faden wieder auf, hatte bloß seine Gedanken geordnet, ehe er sie entließ. »Ich weiß jetzt, dass es nicht allein die Gabe der Musik ist, solcherlei Gefühle auszulösen, sie benötigt viel mehr jemanden, der sie übersetzt oder anders gesagt: der sie anderen nahebringt. Jemanden wie Sie. Sie besitzen ein musikalisches Verständnis, das es Ihnen ermöglicht, andere fühlen zu lassen, wozu Musik imstande ist. Gestern war ich lediglich staunender Zuhörer, der in seinem Leben Zerstreuung durch Musik findet. Heute bin ich nicht nur am Leben, ich fühle mich lebendig, weil in meinem Haus ein Wesen wohnt, das Musik in Wohlgefallen wandelt.«

Sie zweifelte nicht an der Ernsthaftigkeit seiner Worte, verstand jedes einzelne davon, allein die Skepsis hielt sie davon ab, sich ihm nah zu fühlen. »Sie denken, dieses Wesen bin ich?«

Sie spürte seine Hand neben ihrer, spürte die sich vermengende Körperwärme. »Warum nicht?« Er blieb stehen und sah sie an. Lächelten seine Augen? Oder blitzten sie herausfordernd?

Emilia schwieg, was hätte eine Frau wie sie auch sagen sollen?

»Sie sind bescheiden, hm?«

»Ich wurde dazu erzogen«, verteidigte sie sich. »Ich übe mich noch darin, meinen Wert zu erkennen. Davon abgesehen, wächst in mir ein gewisses Maß an ... Misstrauen.«

Sie musste nicht weiter ausholen, er begriff sofort, fasste es besser in Worte, als sie es vermocht hätte. »Weil Sie netten Worten aus meinem Mund nicht trauen?«

»Womöglich.«

Er erwiderte ihr Grinsen, ging nicht länger darauf ein. »Worüber haben *Sie* nachgedacht?«, erkundigte er sich stattdessen, den Spazierschritt wieder aufnehmend. Eine Frage, von der sie gehofft hatte, sie zu stellen würde vergessen werden. Er bezahlte sie dafür, seine Nichte zu unterrichten, nicht Dinge zu äußern, die ihr nicht zustanden. Warum die Antwort trotzdem über ihre Lippen kullerte? Vielleicht, weil sie beherzigte, was sie Charlotte geraten hatte. »Ich hatte mich gefragt, wie es kommt, dass sich ein Mann Ihres Standes, der scheinbar alles besitzt und sich um nichts zu sorgen braucht, alt fühlt. Oder des Lebens müde.«

»Habe ich das so formuliert?«

»Mit etwas Interpretationsspielraum meinerseits, ja.« Die altbekannte Kühle umgab ihn, sie spürte, dass sie zu weit gegangen war, wurde gleichwohl überrascht.

»Sie treffen es besser, als ich es mir eingestehen möchte. Des Lebens müde. Wirklich gut formuliert.«

Ihr entging nicht, dass er damit ihre Frage unbeantwortet ließ. »Was ermüdet Sie an diesem Leben? Nicht etwa Ihr Vermögen oder Ihre Reputation?«

Er lachte mit geschlossenem Mund, nahm ihr ihre Direktheit nicht übel. »Ich komme mit beidem zurecht. Wobei der Gedanke nicht ungeschickt ist. Glücklich zumindest nennt sich ein Mann mit Geld und Macht nicht.«

Keine neue Weisheit, sondern eine, die seit Jahrhunderten bekannt war, ohne dass die Menschheit daraus lernen würde.

»Kommen Sie, sagen Sie frei heraus, was Sie beschäftigt. Ich sehe, dass da noch mehr Fragen hinter den hübschen Augen herumgeistern.«

Emilia zögerte. »Was ist mit Ihrer Familie? Mit Charlotte und Marina?«

Wieder dieses Lachen, das nur flüchtig in der Kehle vibrierte und sofort wieder erstarb. »Es würde Sie erschrecken, nicht wahr? Gäbe ich zu, dass mich Charlottes niemals schlafende Lebensgeister ermüden oder Marinas Cleverness, die mit jedem neuen Tag zu wachsen scheint.«

Das würde es in der Tat, doch sprach sie es nicht aus.

»Ich bin nicht immer dazu in der Stimmung, es zu schätzen. Aber ich ermüde nicht daran. Marina ist ein kleines Wunder. Nicht mehr lange, und sie ist mir verbal überlegen. Wie könnte ich das nicht gutheißen?«

Ja, wie? Noch interessanter erschien ihr die Frage, weshalb er so wirkte, als sei ihm all das gleichgültig. Und kaum sprachen sie zehn Minuten miteinander, strafte er ihre Annahmen lügen. Würde sie je schlau aus ihm werden? Wieso teilte sie seine Ehrlichkeit nicht? Würde sie ihren eigenen Rat an Charlotte wirklich beherzigen, würde sie sich ihm gegenüber nicht länger verstellen, oder? Sie würde ihm gerade heraus gestehen, dass er sie verwirrte. Allein, wie wäre ihr damit gedient? Wieso sollte es ihn interessieren, was sie über ihn dachte?

Vielleicht, weil er dich danach fragt.

»Sprechen Sie es aus, Emilia.«

Warum insistierte er, ihre Gedanken zu erfahren? Und doch antwortete sie: »Ist ihr Herz gebrochen worden?«

Sie wusste noch im Augenblick, in dem sie sich selbst die Frage stellen hörte, dass sie ein Fehler gewesen war. Der dunkle Klang, verstummt während ihres Gesprächs, schwoll wieder an, umwehte ihn wie eine gespenstische Brise, noch ehe seine Gesichtszüge sich verhärteten, derweil die Augen, ohnehin die dunkelsten, die sie kannte, sich vollends schwärzten. »Sie besitzen eine gefährliche Gabe. Horchen Sie nicht zu tief in andere hinein. Was Sie dort vorfinden, könnte Sie erschrecken.« Er wandte sich ab, ließ ihr weder Zeit zu begreifen noch sich zu entschuldigen.

Warum nur hatte er darauf bestanden?

Sie sah ihm nach, das Herz raste, und kein Gedanke ergab mehr Sinn. Charlotte trat auf die Terrasse hinaus, als er zwei Stufen auf einmal nehmend zum Eingang der Villa stürmte. Emilia spürte genau, wie Charlottes Augen ihre Gestalt fanden, zurückgelassen im Garten, einer Tat schuldig, die sie nicht willentlich begangen hatte.

Sie konnte das Gespräch nicht vergessen. Seine Reaktion raubte ihr den Schlaf, nahm ihr den Appetit und durchsäuerte die Qualität ihrer Lehrtätigkeit. Es war nicht das erste Mal, dass sie seinetwegen im Unterricht gedankenverloren gewesen war, aber dieses Mal verließ sie ihn, ohne in der Musik Erlösung gefunden zu haben. Charlotte bemerkte ihre betrübte Stimmung, als sie sich übers Wochenende verabschiedete, und zog die richtigen Schlüsse daraus.

»Nimm ihn nicht zu ernst, hörst du? Seine Gemütsschwankungen haben nichts mit dir zu tun. Er traut keinem

Menschen mehr, seit er am Tag seiner Hochzeit von seiner Braut verlassen worden ist. Wegen eines anderen.« Sie schlug die Hand vor den Mund. »Ach je, jetzt ist es raus. Erwähne es bloß nie – und schon gar nicht, dass ich es verraten habe.« Sie seufzte tief. »Manche können den Hals eben nicht voll genug bekommen. Sie hat ihn für einen noch Wohlhabenderen sitzen lassen, ist das nicht sonderbar? Als ob Geld in unseren Kreisen noch eine Rolle spielte! Sie lebt jetzt in der Schweiz. Pah. Jedenfalls ist er nie darüber hinweggekommen.«

Emilia spürte das Mitgefühl in wogenden Fluten von ihr Besitz ergreifen, konnte den Schmerz nachempfinden, den ein Verrat dieser Art auslösen musste. Welches Herz würde daran nicht zerbrechen? Und wie hätte sie ahnen können, dass sie mit ihrer Frage genau ins Schwarze getroffen hatte?

»Aber dich mag er.« Charlotte schlug einen anderen Ton an, den Plauderton, der Sorgen wegwischte. »So sehr er sich darum bemüht, es zu verbergen. Glaub mir!«

Wie könnte sie das? Nach dem Ausgang ihres letzten Gesprächs.

»Er ist viel häufiger hier, seit du Marina unterrichtest.«

Akademie Winter, September 2004

»Das muss mein verdammter Glückstag sein!«, brummte Elodie und wischte sich die Schweißperlen von der Stirn, ehe ihr noch eine weitere brennend ins Auge tropfen und die Sicht trüben konnte – erfolglos, denn zuzüglich zum Schweiß rieb sie sich damit auch noch Dreck ins Auge. Sie ließ sich blinzelnd und seufzend an den Wegesrand sinken. Es war eine typische erste Septemberwoche, noch ähnlich heiß wie in den Sommerferien, aber bereits so vollgepackt mit Arbeit, als hätte man nie frei gehabt. Und dann noch so was. Aus ihrem Reifen ertönte ein leises, surrendes Pfeifen. Wenn sie den Blödmann erwischte, der seine leere Glasflasche auf den Fahrradweg gepfeffert hatte! Eine der Scherben steckte immer noch gut sichtbar im Gummi ihres Fahrradreifens, das wesentlich größere Loch war das daneben, aus dem die Luft schneller entwich, als sie irgendeine Reparaturmaßnahme hätte ergreifen können. Super. Dabei hatte sie bloß mal eben zum Schreibwarengeschäft im Nachbarort fahren wollen, um sich neue Notenhefte zu besorgen. Dumm nur zu vergessen, dass der mittwochs Ruhetag hatte – dämliches Landleben! – und sie damit umsonst losgeradelt war. Als Krönung war sie auf dem Rückweg durch dieses Scherbenmeer gefahren, das im Übrigen auf dem Hinweg noch nicht da gewesen war.

Elodie seufzte noch einmal und versuchte, sich nicht aufzuregen. Oma Marina behauptete immer, das sei reine Nervenverschwendung, womit sie selbstredend recht behielt. Es half einem herzlich wenig, wenn man in der Gluthitze auf dem Boden hockte und zwanzig Minuten Fußmarsch mit einem kaputten Fahrrad vor sich hatte.

Der Geburtstag ihrer Oma lag zehn Tage zurück, und nachdem Elodie knapp die Hälfte davon damit verbracht hatte, in diesem halb abwesenden Zustand zu verbringen, in dem sie ohne Unterlass an Charlie dachte, waren diese unkontrollierbaren Gemütsverklärungen mit Beginn ihres letzten Jahres an der Akademie langsam verflogen. Immerhin hatte sie weder etwas von ihm gesehen noch gehört und nach einer ganzen Woche schließlich erkannt, dass sie sich allem Anschein nach einer blödsinnigen Illusion hingegeben hatte. Völlig verzeihlich, es gehörte bekanntlich zu den Erfahrungen einer jungen Frau, sich von einem gut aussehenden Typen, der ihr schöne Augen machte, angezogen zu fühlen. Sehr schöne Augen, ja, aber mehr eben auch nicht. Jeder machte so was irgendwann mit, und jeder bildete sich ein, dass da was Besonderes entstanden sei. Was sich als Irrtum herausgestellt hatte. In ihrem Fall kam noch hinzu, dass er mit seinem Schauspielhintergrund übervorteilt gewesen war und ihr besonders gut etwas hatte vormachen können. Für so unerfahren, wie ihr Vater sie hielt, musste sie sehr leichte Beute gewesen sein. Kein Grund, sich einen Kopf zu machen. So was passierte. War ja nicht so, dass sie es darauf angelegt hatte, sich zu verlieben. Becca war damit pausenlos beschäftigt und erfuhr somit auch pausenlos Enttäuschungen.

Elodie hatte im Grunde andere Dinge im Kopf. Sie hatte mit der Planung ihrer Semesterarbeit begonnen und entsprechend vom Augenblick des Semesterbeginns an nicht mehr – oder kaum noch – an Charlie gedacht. Von diesem Moment gerade jetzt in der prallen Sonne, in der sich miese Gedanken nun mal anhäuften, abgesehen. Sollte sie ihm jemals wieder zufällig begegnen, weil er Jochen in der Küche aushalf, würde sie sich so reserviert wie möglich geben und auf keinen Fall lächeln.

Sie kickte genervt ein Steinchen aus dem Weg und setzte ihre Reise fort. Natürlich hätte sie es sich leicht machen und in der Villa anrufen können, damit sie irgendwer mit dem Auto einsammelte, aber gegen diese Form von Luxus sträubte sie sich. Sie lebte im 21. Jahrhundert, da rief man nicht seine Dienerschaft an. Stattdessen schob oder zog, je nachdem, wie es ihr gerade leichter erschien, sie bei dreiunddreißig Grad ihr derangiertes Fahrrad über den Asphalt und verfluchte sich zum ersten Mal in ihrem Leben dafür, dass sie sich für die schwarz-rote Latzhose statt für ein luftiges Kleid entschieden hatte.

Hinter ihr ertönte das klirrende Geräusch einer nicht korrekt angebrachten Fahrradklingel, die bei jedem Hubbel des Untergrunds gegen den Lenker stieß. Sie kannte dieses Phänomen, Emmi besaß ein solches Exemplar und weigerte sich partout, die Klingel richtig anzuschrauben. Irgendwann würde Elodie es einfach selbst erledigen.

Was ist mit dir los, hörte sie die Stimme ihres Gewissens, *du hast dich noch nie über Emmis Klingel aufgeregt.*

Heute schon.

»Jetzt überhol mich endlich, Idiot«, murmelte sie, nachdem das Geklirre hinter ihr aufgehört hatte.

Nichts dergleichen geschah. Elodie schloss die Augen, sie hörte die Stimme Oma Marinas in ihren Ohren, die sie an die reine Nervenverschwendung erinnerte und sich mit der Oma Maresas vermischte, die ihr dringend davon abriet, ihre Wut an Wildfremden auszulassen – in neunzig von hundert Fällen hilfreiche Ratschläge, an die sich Elodie hielt. In diesem speziellen Fall waren die Stimmen wohl nicht laut genug gewesen, denn ehe sie sie überzeugen konnten, fuhr Elodie herum, bereit, den ahnungslosen Trödler heftig anzupflaumen. Allerdings verwandelte sich ihre Wut auf halbem Weg in überraschte Sprachlosigkeit, und anstelle einer Beschimpfung erhielt der Fremde einen Blick aus tellergroßen Augen. Er erwiderte ihn mit diesem fast aus ihrer Erinnerung verdrängten Lächeln, das ein Kräuseln war und sie auf der Stelle ihre Empörung vergessen ließ. Charlie Flimmer war an diesem Tag genauso ein Unikat wie bei ihrer letzten Begegnung. Es handelte sich mitnichten um ein Fahrrad, auf dem er angeradelt kam, sondern um ein pinkes Einrad, und das, was sie für eine lose Fahrradklingel gehalten hatte, war ein Glöckchen an seinem Strohhut. Elodie konnte kaum glauben, was sie sah. Den Mund klappte sie erst wieder zu, als ihr bewusst wurde, wie bemerkenswert unattraktiv sie das neben den knallroten Wangen und der verschwitzten Wuschelfrisur machen musste.

»Hey, so ein Zufall!«, begrüßte Charlie sie bester Laune und bremste seine Fahrt mit seinen ausgelatschten Turnschuhen ab. Er trug dazu eine helle Leinenhose und ... nun ja, nichts weiter. Sein gebräunter Oberkörper offenbarte ein recht anschauliches Sixpack, von dem Elodie nicht wusste, wie sie verhindern konnte, es ungeniert anzustarren.

Ihm ins Gesicht zu sehen wäre eine Möglichkeit.

»Dachte ich es mir, dass du das bist. Coole Latzhose.«

Jetzt schau ihn endlich an, das ist ja peinlich!

»Oh ... danke«, brachte Elodie mühsam hervor, gehorchte ihrer Gewissenstimme und sah ihm ins Gesicht, während sich ein verspätetes Lächeln auf ihrem eigenen ausbreitete. Ein ziemlich breites Exemplar, dafür, dass sie sich fest vorgenommen hatte, ihm nie wieder eines zu schenken. »Cooles Einrad. Was machst du hier? Hilfst du deinem Vater aus?«

Charlie schüttelte den Kopf, das Glöckchen verbreitete seinen klingenden Singsang. »Nein, ich ...«, er runzelte sie Stirn, »ich meine, ja. Genau. Dem helfe ich aus.« Sie flackerte nur für den Bruchteil von Sekunden auf, und er war geschickt genug, sie perfekt zu überspielen. Elodie hatte sie trotzdem bemerkt, kannte sie zu gut von sich selbst und ebenso den gekonnten Versuch, sie zu verbergen. Verlegenheit. In seinem Fall musste sie zugeben, dass sie ihm verflucht gut stand.

Steht ihm irgendwas nicht, Dummchen?

Sie schob amüsiert die Lippen aufeinander und sah ihn mit hochgezogenen Brauen an.

Charlie gab sich geschlagen. »Okay, das war unprofessionell geflunkert. Also eigentlich dachte ich, nachdem ich erkannt habe, dass ich dich ziemlich dringend wiedersehen will oder vor allem die Eiche in deinem Garten ... Nun ja, ich habe weder von ihr noch von dir eine Handynummer ... Tja, also da dachte ich, ich versuche mein Glück und hoffe, dass du unterrichtsfrei hast. Und wenn nicht, na ja, dann helfe ich Paps eben tatsächlich aus.« Er verschränkte die Arme vor der Brust. »So war grob der Plan.«

Elodie unterband den Versuch ihres Lächelns, zum Strahlen zu reifen, indem sie die Lippen fest aufeinanderpresste. »Ach, du wolltest die Eiche besuchen, ja?«

Er nickte ernst. »Ich konnte nicht aufhören, an sie zu denken.«

Das blöde Fahrrad schwankte bedrohlich in ihrem sich lockernden Griff, und während Elodie noch mit ihrem Lächeln rang, hielt er es fest, ehe es umkippen konnte. Ihre Blicke trafen aufeinander. »Hm, ich könnte mir vorstellen, es ging ihr genauso.«

Seine Lippen kräuselten sich. »Dann ist es gestattet, sie zu besuchen?«

»Unbedingt.«

»Was ist mit dir? Darf ich auch bei dir vorbeischauen?«

Elodie nickte. »Muss dein Glückstag sein.«

Charlie verfügte über einen bemerkenswert gereiften Sinn für Pragmatismus, dafür, dass er behauptete, ihn abzulehnen.

»Das ist keine pragmatische Denkweise, sondern reine Überlebensstrategie«, versicherte er, indem er das den Rückweg erschwerende, destruierte Rad kurzerhand von Elodies Restrad abmontierte – mit einem Schraubschlüssel, den er immer in seiner Hosentasche herumtrug, sobald er aufs Einrad stieg. »Das Ding leiert inzwischen schnell aus, und ich will schließlich nicht verunfallen bei dem Versuch, mir das Leben zu erleichtern.« Seiner Meinung nach erleichterte ein Einrad das Leben ungeheuerlich, viel mehr als ein Fahrrad das konnte. »Deine Situation ist Beweis genug. Erstens halbiere ich mit nur einem Rad die Chance, durch die Scherben zu fahren, sollte ich sie verträumterweise übersehen haben.« Er grinste frech, wohl als Anspielung darauf, dass sie eigentlich nicht zu übersehen gewesen waren. »Zweitens kann ich Scherben mit nur einem Rad viel besser umfahren, und drittens ist es weit weniger anstrengend, ein kaputtes Einrad nach Hause zu transportieren als ein Zweirad.«

Elodie bezweifelte, dass diese Beweisführung vor Gericht durchgegangen wäre, aber ihr genügte sie. Zumal der Weg in der Tat angenehmer zurückzulegen war, jetzt, wo sie lediglich ein kaputtes Rad und ein Einrad heimwärts trug, während er ritterlich den Rest ihres Fahrrads übernahm. Obendrein war es unterhaltsamer. Wenn sie näher darüber nachdachte, zuzüglich des Hintergrundwissens, dass Charlie eine halbe Woche in einem Hotel ausgeholfen hatte, in dem Jochen hin und wieder Schichten übernahm, fand sie die zehn Tage Funkstille doch nicht sehr lang und ihre kindlich eingeschnappten Gedanken der letzten Tage reichlich übersteigert. Typisch verwöhnte reiche Göre, die nicht sofort hofiert worden war. Sie musste noch viel lernen!

»Was auch enorm geschickt ist, wäre das Austauschen von Handynummern«, fuhr er außerdem fort, seine Lebensphilosophie zu untermauern.

»Ach, wäre es das?«

»Absolut. Natürlich kann ich jedes Mal, wenn ich Sehnsucht nach dir habe, auf gut Glück hier rausradeln, aber sich vorher per SMS abzusichern, würde das Ganze sehr viel leichter machen.«

Elodie verkniff sich ein Lächeln und sah zur Seite. *Jedes Mal, wenn ich Sehnsucht nach dir habe.* Das klang wie Musik in ihren Ohren.

»Unter diesen Umständen sollten wir das unbedingt machen.«

Anders als auf Bäume zu klettern. Darauf konnte sie unbedingt verzichten. Als sie nämlich kurz darauf mit einer kühlen Limo in der Hand unter der Eiche standen und Elodie mit bangem Blick zum untersten Ast sah, beschlichen sie leise Zweifel bezüglich dieses gemeinsamen Vorhabens. Wieso ließ sie sich auf ein Abenteuer ein, das ihr so wenig behagte? War das nicht bescheuert? Beim Anblick von Charlie, der sich lässig die langen Haare zum Pferdeschwanz band und sich für die Kletterpartie bereit machte, verflüchtigte sich der Gedanke. Eine einzelne Schweißperle rann an seinem Hals hinunter, und Elodie biss sich fest auf die Unterlippe, um jeden weiteren Gedanken zu unterdrücken.

»Bereit?«

»Nein.«

Er verengte die Augen zu Schlitzen. »Du kneifst jetzt nicht?«

»Quatsch!« Elodie trank in einem Zug ihre Limonade aus. »Jetzt bin ich bereit.«

Er nahm ihr grinsend das Glas ab und stellte es ins Gras, ehe er Elodies Hand ergriff und sie gegen die dunkle, raue Rinde legte. Das Holz fühlte sich warm an, warm und beruhigend. »Es gibt nichts, das du fürchten müsstest. Diese gute alte Eiche und ich passen auf dich auf.« Er deutete über ihre Köpfe. »Unser Ast ist nicht weit weg.«

Elodie sah hinauf. Der Ast war dick und breit und mindestens drei Meter über dem Boden. Sie hatte ihn sich auch noch selbst ausgesucht ...

»Es ist ganz einfach«, versicherte Charlie und demonstrierte ihr das kinderleichte Kletterspiel, indem er beide Arme um den niedersten Ast legte, mit den Füßen am Stamm entlangging und, sich von ihm abstoßend, behände ein Bein über den Ast schwang, sodass er rittlings darauf saß.

Elodie seufzte. Zumindest den untersten Ast dürfte sie schaffen. Für jemanden, der als Kind keinerlei Problem damit gezeigt hatte, stellte sie sich mehr als ungeschickt an. Charlie packte sie bei den Armen, als sie noch versuchte, sich fragwürdig elegant auf den Ast zu schwingen, und so erschien es ihr, als habe er den Hauptanteil geleistet.

»Alles okay so weit?«

Sie vermied es, nach unten zu blicken. »So weit.«

Es überraschte sie nicht, dass einer, der auf der Bühne halsbrecherische Akrobatik vollführte, in einem Baum wie ein Dschungeläffchen herumtollte, und vermutlich wäre Charlie ohne Mühen bis hinauf in die Baumkrone geklettert. Ihr persönlich reichte bereits die Hürde des vereinbarten Astes, auf dem sie schließlich an den Stamm gelehnt saß und beschloss, sich so schnell nicht mehr wegzubewegen. Es reichte ihr vollkommen, Charlie dabei zuzusehen, wie er mit beiden Armen am Ast über ihr baumelte. Der Kehle entwich ein Lachen, und die Haare lösten sich aus seinem Zopf. Ein göttlicher Anblick. Er, im Geäst der Eiche, ummantelt vom warmen Grünton der Blätter und dazu der Klang des Sommers unter zwitschernden Vögeln. Elodie gestattete sich ein versonnenes Lächeln, das sich beinah nach Entspannung anfühlte.

»Und?« Er ließ sich vor ihr auf den Ast gleiten, wobei dieser minimal schwankte und Elodie zurück in die Realität holte, in der sie drei Meter über dem Boden schwebte. »Wie ist es?«

Von der Höhe abgesehen ... »Ganz gut.«

Charlie schob sich die blonden Strähnen hinter die Ohren und musterte sie feixend. »Ganz gut, ja?« Seine Miene wurde ernst, und er rückte so nah zu ihr, dass sich ihre Knie berührten. Vorsichtig löste er ihre verkrampft den Ast umklammernden Hände vom Baum und hielt sie in seinen.

Die Geste zeigte erstaunliche Wirkung. Elodie spürte, wie sie ruhiger wurde, darauf vertraute, er würde sie halten. Sie schaffte es zu lächeln. »Ziemlich gut«, verbesserte sie sich. Seine Nähe beruhigte sie ebenso, wie sie sie nervös machte.

»Das dachte ich mir«, stellte Charlie fest. Mehr war nicht nötig, um den Augenblick vollkommen zu machen. Sie genügten einander, wie sie da saßen, auf dem Ast einer jahrhundertealten Eiche. Erst nach einer Weile sagte Charlie leise: »Erzähl mir was!«

»Was denn?«

»Irgendetwas. Über dich, diesen Ort, was du willst. Ich höre dir gern zu.«

Eigentlich bevorzugte sie es umgekehrt, lauschte lieber seinen Erzählungen und verfolgte dabei mit den Augen seine Lippenbewegung. Aber sie fühlte sich wie hypnotisiert, nicht in der Lage, ihm etwas abzuschlagen. Daher erzählte sie ihm von der Villa, deren Namen und ihrem Charme, dem sie sich nie entziehen konnte. Sie erzählte ihm davon, wie sie hier lebte, mit Oma Marina und Maresa, und was sie alle drei verband. Sie sprach so lang, dass sie die Zeit vergaß. Kein einziges Mal wandte sie die Augen von seinem Gesicht. Er war ein ebenso guter Zuhörer wie Erzähler.

»Hm«, machte er schließlich, als sie geendet hatte. »In dieser Geschichte kommt keine Mutter vor, habe ich recht?«

Elodie nickte, das Thema berührte sie nicht sonderlich. Dazu hätte sie ihre Mutter vielleicht kennen müssen. Sie war verschwunden, ehe es dazu hatte kommen können, weshalb sie kaum ein Verlustgefühl empfand. »Nein, keine Mutter. Ich lag noch auf der Säuglingsstation, keine zwei Tage alt, da war sie schon weg. Verschwunden. Weder Ärzte noch Schwestern oder Pfleger hatten sie gehen sehen.« Die Furche zwischen seinen Augenbrauen spiegelte sein Mitgefühl.

»Ist mir nicht wichtig. Oma Marina und Maresa sind mir lieber als jede Phantommutter der Welt.«

»Ich stelle fest, wir haben einiges gemeinsam«, gestand Charlie. »Meine Mutter hat uns verlassen, als ich sechs war. Zu Weihnachten bekomme ich immer eine Karte, meinen Geburtstag hat sie sich irgendwie nicht gemerkt. Keine Ahnung, warum mich das kaltlässt. Ich habe immer vermutet, dass etwas mit mir nicht stimmt, weil ich sie nicht vermisse oder mir wünsche, sie käme eines Tages zurück. Fast beruhigend zu wissen, dass ich nicht der Einzige bin.«

Elodie verstärkte den Druck ihrer Hände auf seine, sie hielten einander, zwei Seelen auf einem Ast.

»Denkst du, wir sind deshalb verkorkst, oder so?«, fragte sie in die Stille hinein.

Er lachte. »Wir hatten beide unsere Bezugspersonen, die uns gerettet haben, oder? Aber selbst wenn, wäre ich damit jetzt nicht mehr allein. Ich habe dich gefunden.«

Es klang schön und nach einer Wahrheit, die sie im Herzen behalten wollte. »Ich kann allerdings nicht verstehen«, fiel ihr ein, »wie jemand Jochen verlassen sollte, der ziemlich nett ist, oder?« Sie dachte dabei an ihren eigenen Vater und dass sie sich eine Beziehung mit ihm schwer vorstellen konnte. »Bei Johannes bin ich unsicher, ob er an der Flucht meiner Mutter nicht einen großen Anteil hatte.«

»Sei nicht zu streng mit ihm«, kommentierte Charlie und ließ sie los, um seine Sitzposition zu ändern. »Keine Mutter verlässt ihr Kind. Das ist nicht entschuldbar.« Er schüttelte sein Bein, als sei es eingeschlafen, wobei sich ein sanfter Blätterregen vom Ästchen über ihnen löste. Er fing geschickt eines davon und setzte es einer Blume gleich in ihre Locken. »Dein Vater ist immerhin noch da.«

Richtig. Elodie lächelte schmal. Und er wollte nur das Beste für sie. Inklusive für sich selbst natürlich …

»Hey, Elodie?«

Sie schrak aus ihrer eigenen Gedankenwelt auf, sah ihn an. Charlie blickte lediglich zurück. Sie gluckste leise. »Was ist? Wolltest du nicht was sagen?«

Er legte den Kopf schief. »Keine Ahnung, jetzt nicht mehr. Vielleicht will ich dich gerade einfach nur anschauen.«

Elodie lehnte sich gegen den Stamm zurück, lächelte und schaute ihn ebenfalls an.

Das hatte Becca ihr verschwiegen: dass Verlieben so zart war, voller Augenblicke, die sie für immer in sich verwahren wollte.

Sie kam zu spät. Das erste Zuspätkommen in ihrem Leben, das erste Verlieren der absoluten Kontrolle, ihr erstes Fehlverhalten. Wie konnte es aber ein Fehler sein, wo sie die Zeit nur deshalb vergessen hatte, weil sie sie mit einem Menschen verbracht hatte, der ihr guttat? Der ihr das Gefühl vermittelte, es sei in Ordnung, nicht zu jeder Tageszeit perfekt zu sein? Charlie scherte sich nicht um Normen und Regeln, solange er fühlte, dass das, was er tat, richtig war. Elodie fand seine Einschätzung korrekt. Er verfügte zum Beispiel über einen überaus höflichen Umgangston, wurde er allerdings nicht erwidert, wieso weiterhin nicken und lächeln? *»Man darf den Leuten spiegeln, dass sie Pfeifen sind. Die Kunst dabei ist, es im richtigen Tonfall zu tun.«* Er zeigte sich hilfsbereit, wenn er sah, dass jemand Unterstützung benötigte, doch wurde er unangemessen dafür behandelt, ließ er es eben bleiben. Beleidigte ihn jemand, beleidigte er zurück, bloß dass es bei ihm immer noch nach einem Gedichtvers klang. Mit ihm unterwegs zu sein bedeutete zu lernen, wie man sich selbst behauptete, ohne verletzend zu werden. Davon abgesehen bedeutete es, sich wundervoll zu fühlen, mehr zu lachen und weniger zu denken ... und in diesem Fall die Zeit vergessen zu haben. Zugegeben, ein ungünstiges erstes Mal, um das zu tun, denn es handelte sich um die Generalprobe für den Begrüßungsgottesdienst der neuen Studenten, und als Elodie verschwitzt und außer Atem in die Aula platzte, richteten sich alle Augen auf sie. In den meisten las sie Überraschung – ausgerechnet Elodie Wagner kam zu spät? –, in manchen Ungeduld, in denen ihrer Großmütter minimalen Tadel. Sie senkte den Blick, entschuldigte sich und machte es wieder gut, indem sie die gesamte Probe über fehlerfrei spielte. Emmi war die Einzige, die ihre Verspätung mit einem breiten Grinsen auf dem sommersprossigen Gesicht quittierte. Wer mehr als ungehalten war – weshalb tauchte er eigentlich immer in der Akademie auf, wenn man ihn am wenigsten brauchte, und ließ sich ansonsten wochenlang nicht blicken? –, war ihr Vater.

Als sie mit Emmi die Aula verließ, hörte sie ihn verständnislos zu Oma Maresa sagen: »Was ist mit ihr? Ist sie krank?«

Maresas liebenswürdige Erklärung ließ Elodie mitten im Gehen innehalten. »Nein, Johannes, sie ist jung. Und junge Mädchen verschenken ihr Herz nicht nur an die Musik.«

Am liebsten hätte sie sich auf der Stelle umgedreht und die haltlosen Mutmaßungen ihrer Oma bestritten. Aber wie könnte sie? Schließlich handelte es sich um die Wahrheit. Obgleich sie sich gewünscht hätte, sie wäre vor ihrem Vater unerwähnt geblieben. Wenn er schon nicht in seiner Tochter zu lesen vermochte, musste man ihn nicht auch noch darauf hinweisen.

Vielleicht hätte sie sich unter diesen Umständen bedachter verhalten müssen, aber sie war, wie ihre Oma sehr richtig angeführt hatte, jung, das erste Mal verliebt und dann gleich so richtig, und deshalb dachte sie so ziemlich gar nichts.

»Sieh mich an«, verordnete Charlie ruhig. »Sieh nur mich an. Du machst das ziemlich gut. Nicht nach unten sehen. Zu mir.«

Ob das wirklich die beste Methode war, um Einradfahren zu lernen, wagte Elodie zu bezweifeln. Seit gefühlten Stunden übte sie jetzt auf Charlies pinkem Supergefährt, das das Vorankommen angeblich so sehr erleichterte, und ihre Lernfortschritte erschienen ihr nicht erwähnenswert. Ohne seine Hände, die ihre hielten, eierte sie gefährlich über den Asphalt und kippte innerhalb kürzester Zeit zur Seite, im schlimmsten Fall nach vorn oder hinten. Ihre Knie und Handinnenflächen zierten Schrammen und Schürfwunden, ihre Kehle war gereizt vom vielen Lachen, und Einradfahren konnte sie immer noch nicht.

»So was lernt man nicht innerhalb eines Tages!«

In ihrem Fall wohl eher nie. War einfach nicht ihr Ding. Oder sie wollte es schlicht und ergreifend nicht, denn seine Hände loszulassen, bedeutete, dieses herrliche Gefühl der Verbindung zu verlieren.

Er nahm darauf allerdings keine Rücksicht, entzog sich ihrem Griff, sobald er annahm, sie sei so weit. »Okay?«

Sie wollte ihn zwar nicht loslassen, aber enttäuschen genauso wenig, daher konzentrierte sie sich und nickte. »Nicht nach unten sehen«, mahnte er, »der Asphalt ist nicht der richtige Fixpunkt. Sieh zu mir!«

Definitiv der richtige Fixpunkt, sie konnte sich nicht sattsehen an seinen mokkafunkelnden Augen und dem Grübchen in seiner linken Wange, das beim halbseitigen Lächeln entstand. Sie konzentrierten sich beide. Ein Lufthauch umspielte Charlie und ließ seine losgelöste Haarsträhne sanft aufsteigen, Elodie folgte ihr mit den Augen, spürte, wie das Rad unter ihr ins Straucheln geriet, sie versuchte, sich mit den Armen auszubalancieren, das verdammte Rad war bloß zu schnell, oder vielleicht auch ihre strampelnden Füße, jedenfalls rutschte es ihr unter dem Po weg, und sie plumpste nach hinten. »Schei…«

Charlie reagierte gewohnt schnell und routiniert, hatte ihr schon Hunderte Male beim Fallen zugesehen und sie ebenso häufig aufgefangen. Als sie erschlafft in seinen Armen lag, konnte sie nicht verhindern zu lächeln.

»So langsam glaube ich, du machst das absichtlich«, vermutete er nicht zu Unrecht und stupste ihr mit dem Finger gegen die Nase.

»Nur ein kleines bisschen«, kicherte sie.

Er ließ sie los, und sie glitt auf die Straße, kein wirklich schmerzhafter Sturz, aber sie rappelte sich dennoch empört auf, um sich mit einem liebevollen Fußtritt zu revanchieren. Es war kaum möglich, in einer Rangelei gegen ihn zu gewinnen, er sah jede ihrer Bewegungen voraus und verfügte über sehr viel bessere Reflexe als sie. Früher oder später hielt er sie im Schwitzkasten oder verdrehte ihr die Arme hinterm Rücken, ohne ihr dabei wehzutun. Wahrscheinlich beherrschte er all das so gekonnt, weil er es auf der Bühne einsetzen musste. Elodie hatte nicht die leiseste Chance. Ihr einziger Triumph bestand darin, ihn mit ihren Lachanfällen aus dem Konzept zu bringen. Es waren Momente, in denen er plötzlich innehielt und sie mit einem entrückten Lächeln ansah, als sei er an Ort und Stelle eingefroren.

»Hey, träumst du?«, erkundigte sich Elodie belustigt.

»Bestimmt nicht.«

»Warum stehst du so da?«

»Du hast mich verzaubert«, behauptete er.

»Wie das?«

»Mit deinem Lachen.«

Dabei hatte sie *ihn* für den Zauberkünstler gehalten. Sie war noch nie ein melancholischer Mensch gewesen, in den paar Wochen, die sie ihn nun kannte, hatte er sie gleichwohl in jemanden verwandelt, der weit fröhlicher schien als ihr altes Ich. Ausgelassener.

Musik war wundervoll, jedes Instrument ein Geschenk und die Töne darauf ein Wunder, aber blickte sie zurück, verstand sie nicht, wie ihr bisheriges Leben ausschließlich aus ihr hatte bestehen können. Aus Fleiß und unermüdlicher

Disziplin. Sie bereute es nicht. Es war nur eindeutig nicht genug. Lachen, leben und ein Mensch wie Charlie gehörten auch dazu. Was sagte sie? Nicht ein Mensch *wie* Charlie. Charlie. Charlie gehörte dazu.

»Na schön, versuchen wir es noch ein letztes Mal, und wenn du es schaffst, die Strecke von eurer Einfahrt bis auf die gegenüberliegende Straßenseite zu radeln, bekommst du ...« Er sah überlegend zum Himmel, wirkte, als falle ihm nichts ein. Schulterzuckend erklärte er: »... alles, was du willst.«

Elodie blinzelte zweifelnd. »Das ist ein ziemlich großes Versprechen. Ich könnte wer weiß was wollen.«

»Ja, schon klar. Aber du schaffst es sowieso nicht.«

»Boah!« Sie riss empört den Mund auf, er grinste lediglich. »Fein!«, nahm Elodie die Herausforderung an und schnappte sich das Einrad. »Das werden wir ja sehen.«

Sie stellte sich mit dem Einrad vor die Einfahrt, spreizte leicht die Beine und klemmte den Sattel dazwischen. Sie biss sich konzentriert auf die Unterlippe und stieg auf das hintere Pedal, um es zurückzudrehen und mit dem Sattel über das Zentrum des Reifens zu schwingen. Mit der rechten Hand hielt sie sich an den Gitterstäben des Einfahrtstors fest.

»Sehr gut, zeig mir deine stolze Prinzessinnenhaltung und mach den Rücken gerade«, rief ihr Charlie zu.

Elodie atmete tief durch, bewahrte Haltung und einen durchgestreckten Rücken. Den Vorwärtsschub holte sie sich, indem sie sich leicht vom Tor abstieß und zaghaft in die Pedale trat. Eigentlich war sie sich sicher zu fallen, der Ehrgeiz in ihr war hingegen entfacht. Den Blick fest auf Charlie gerichtet strampelte sie einfach weiter. Keine besonders sichere Fahrt, aber noch hielt sie sich im Gleichgewicht. »Siehst du das?«, keuchte sie triumphierend.

»Ich sehe es.« Beinah hätte sein Gesichtsausdruck sie zu Fall gebracht – zu schön, um wahr zu sein. Hätte jetzt jemand ein Foto von ihm gemacht, es hätte ihn perfekt für die Ewigkeit festgehalten.

Ihr Triumph wurde dennoch verfrüht beendet – von dem quietschenden Geräusch eines abbremsenden Autos, das gerade auf das Familiengrundstück einbiegen wollte. Elodie riss den Kopf zur Seite und sah den BMW ihres Vaters am Straßenrand halten. Ein Umstand, der sie so sehr erschreckte, dass sie vom Rad stürzte. Charlie fluchte und war augenblicklich bei ihr, was die Situation definitiv nicht entschärfte.

»Elodie!«, bellte ihr Vater fassungslos durch das geöffnete Autofenster und stieß die Tür auf.

»O Mist.«

»Ist das dein Vater?«, fragte Charlie mit einem unbeeindruckten Blick zu Richter Johannes Wagner, der autoritären Schrittes über die Straße auf sie zukam. Charlie half Elodie auf die Beine und wandte sich ihrem Vater zu, der ihn allerdings keines Blickes würdigte. Stattdessen funkelten seine Augen wütend auf Elodie hernieder. »Sag mal, was machst du hier?«, spie er ihr entgegen. »Solltest du nicht Unterricht haben?«

»Hallo, Papa, ich finde es auch schön, dich zu sehen«, erwiderte Elodie gereizt. »Es ist vier Uhr nachmittags, und der Unterricht ist vorbei.«

Kein Argument, das ihm einzuleuchten schien. Er öffnete den Mund, vermutlich um anzumerken, dass sie in diesem Fall ja wohl mit eigenen Übungen beschäftigt sein sollte, aber Charlie kam ihm höflich zuvor: »Guten Tag, Herr Wagner. Freut mich, Sie kennenzulernen, ich bin Char…«

»Das ist vollkommen irrelevant, nehmen Sie gefälligst Ihre Hände von meiner Tochter!«

Sie hätte es nicht für möglich gehalten, ihren Vater gegenüber einer fremden Person handgreiflich werden zu sehen. Selbst wenn es sich nur um einen kleinen Stoß handelte, es erschreckte sie zutiefst. Indem er Elodies Arm aus Charlies

Hand befreite, stieß er ihn gleichzeitig mit der Handinnenfläche vor die Brust. Charlie war so überrascht, dass er einen Schritt zurück machte.

»Papa!«, schrie Elodie entsetzt.

»Machen Sie, dass Sie hier wegkommen. Sie haben hier auf diesem Grundstück nichts verloren!«

»Hör auf damit, Papa!«, befahl Elodie mit lauter Stimme. Sie hatte ja erwartet, dass er nicht begeistert reagieren würde, trotzdem ging das hier entschieden zu weit. Ihr Vater hörte nicht im Mindesten auf sie.

Charlie blieb die Ruhe selbst. »Ich wollte Ihren Unmut nicht erregen«, versicherte er weiterhin freundlich, kein bisschen eingeschüchtert, lediglich mit einem klaren Unterton, »aber das hier ist nicht Ihr Grundstück, sondern eine Bundesstraße, und die darf ich nutzen wie jeder andere auch.«

»Nicht mit meiner Tochter!« Das *meiner* schrie er überbetont heraus und riss Elodie so unerwartet hinter sich, dass sie stolperte. Der Schmerz seines zu festen Griffs puckerte durch ihren Arm.

»Ich gehe davon aus, dass sie das selbst entscheiden darf, und ich glaube, Sie tun ihr gerade weh.«

»Was fällt Ihnen ein«, ereiferte sich ihr Vater, »so mit mir zu reden? Verschwinden Sie auf der Stelle!«

»Papa, jetzt hör auf mit dem Theater. Charlie und ich sind ...«

Weniger als der Schmerz war es die Geste selbst, die Elodie die Tränen in die Augen trieb. Ihre Wange brannte wie Feuer, aber noch viel mehr blutete ihr Herz. Sie starrte ihren Vater fassungslos an, konnte nicht glauben, dass er sie geschlagen hatte. Charlie machte Anstalten, auf sie zuzugehen, doch ihr Vater trat dazwischen.

»Hau jetzt ab, Bursche, ehe ich die Polizei rufe.«

»Sie haben gerade Ihre Tochter geschlagen, das dürfte für die Polizei wesentlich interessanter sein.«

Elodie schluckte, bemerkte die zur Faust geballte Hand ihres Vaters und warf Charlie einen beschwörenden Blick zu. Es war keine gute Idee, sich mit einem Richter anzulegen. Schon gar nicht mit einem, der im Oberlandesgericht saß und einen unantastbaren Ruf genoss.

Sie konnte sehen, wie Charlie mit sich rang, und schüttelte sachte den Kopf.

Geh besser, formten ihre Lippen lautlos. Sie versuchte, in ihren Blick so viel Zuversicht wie möglich zu legen, lächelte sogar, Hauptsache er ging, und brachte nicht noch Schlimmeres über sie. Charlie presste die Lippen aufeinander, scheinbar nicht daran gewohnt, klein beizugeben. Schließlich nickte er langsam und trat einen Schritt zurück, die Augen fest auf sie gerichtet. Johannes Wagner packte Elodie ums Handgelenk und zog sie mit sich durch die Einfahrt. Ihr blieb nichts weiter, als Charlie einen verzeihenden Blick zuzuwerfen.

Je näher sie der Villa kamen, desto langsamer wurde der Schritt ihres Vaters, desto mehr lockerte sich sein Griff, und die Erkenntnis darüber, was er getan hatte, schien ihn zu überkommen. Er ließ Elodies Handgelenk los und drehte sich zu ihr um, das Schuldbewusstsein spiegelte sich in seinen hellen Augen. »Elodie, es tut mir leid. Ich wollte nicht … Ich hätte dich nicht schlagen dürfen.«

Elodie nickte mit zusammengepressten Zähnen.

»Ich war bloß so außer mir. Ich hoffe, du verstehst, dass …«

Wieder nickte Elodie, wusste, was kommen würde.

»… der Kontakt zu so jemandem nicht möglich ist.«

Elodie hörte auf zu nicken.

»Ich meine, so einer und du, das sind zwei völlig verschiedene Welten, so einer …«

»So einer?«, entfuhr es Elodie zornig. Sie musste sich stark bremsen, um nicht zu schreien. Ihr Herz schlug wild und unnatürlich stark gegen ihre Brust, sie spürte die Erregung in

heißen Strömen durch ihr Blut jagen. »Was bitte meinst du mit *so einer*?«

Das ehrliche Unverständnis auf dem Gesicht ihres Vaters machte es beinah noch schlimmer, entfachte die Wut erst recht.

»Du weißt schon«, er wedelte ungeduldig mit der Hand durch die Luft. »Taugenichtse, die in den Tag hineinleben und keiner anständigen Berufung nachgehen, nichts gelernt haben.«

»Charlie ist ausgebildeter Schauspieler!«

»Da haben wir es ja!«, rief ihr Vater überzeugt. »Schauspieler! Das heißt nichts anderes als arbeitslos! Ha, Charlie! Überleg mal, warum so einer mit dir zusammen sein will.«

»Weil wir uns mögen, deshalb. Jetzt hör auf, in jedem, der nicht so reich ist wie du, einen Taugenichts und potenziellen Verbrecher zu sehen.« Er hatte eindeutig zu viel mit Straftätern zu tun. All die Sexualverbrecher und Entführer machten ihn anscheinend völlig paranoid.

»Ah, nicht ganz korrekt ist er also auch.«

»Das habe ich nicht gesagt ...«

»Jetzt denk nur daran, was für einen Einfluss der Kerl auf dich und deine Ausbildung hat. Wann hast du das letzte Mal geübt?«

Elodie atmete tief durch, sie durfte jetzt nicht ihren kühlen Kopf verlieren, einem Vater wie ihm kam man am besten mit klaren Argumenten. »Ich übe jeden Tag, das weißt du genau. Das habe ich immer getan und werde es immer tun. Charlie hat damit nichts zu tun!«

»Was ist mit deinem Zuspätkommen zu einer Generalprobe, hm? Nichts mit ihm zu tun?«

»Das war ein einziges Mal und ...«

»... wird bestimmt nicht wieder vorkommen.«

»Nein.«

»Weil du ihn nämlich nicht wiedersehen wirst.«

Die Luft zwischen ihnen vibrierte unheilvoll, Elodie ballte beide Hände schmerzhaft zu Fäusten.

Bleib ruhig ...

»Du kannst mir überhaupt nichts verbieten, schon gar nicht so was! Wir leben nicht mehr im Mittelalter!«

»Nein, allerdings nicht«, ereiferte sich ihr Vater mit pochender Stirnader, »wir leben im Berlin des 21. Jahrhunderts, wir leben in einem Zeitalter der Selbstverwirklichung, in einem Zeitalter, in dem Frauen mehr sind als bloß Gebärmaschinen, in dem ihnen eine wundervolle Zukunft blühen kann, und ich verbiete dir, die einfach so wegzuschmeißen ... und alles, wofür ich gekämpft habe!«

»Du? *Du* hast dafür gekämpft? Ich bin es, die die Stradivari in der Hand hält, die jeden Tag übt und durch deren Adern Musik strömt. Von dir weiß ich nicht mal, ob du Noten lesen kannst!« Jetzt war es passiert. Sie hatte sich dazu hinreißen lassen, unsachlich zu werden. Sie zwang sich dazu, wieder ruhiger zu atmen, und fügte gemäßigter an: »Ich kann mich selbst verwirklichen und Gefühle für einen anderen Menschen entwickeln, das ist nichts, das sich ausschließt!«

Ihr Vater sah sie mit einem seltsamen Ausdruck im Gesicht an. »Du hast keine Ahnung«, sagte er traurig.

»Papa, du kennst ihn überhaupt nicht. Könntest du dich vielleicht mal von deinen bescheuerten Vorurteilen lösen? Wir sind hier nicht im Gericht. Charlie ist in Ordnung. Er ist nett und zuvorkommend, er bringt mich zum Lachen, okay? Dir gegenüber hat er sich vollkommen adäquat verhalten, und was machst du? Du hast ihn geschubst.«

»Ich habe ihn in seine Schranken verwiesen. Grapscht meine Tochter auf offener Straße an!«

»Er hat mich nicht begrapscht, spinnst du? Das glaubst du dir ja selbst nicht! Im Gegensatz zu dir war er um mich besorgt, er war freundlich, während du keinerlei Respekt und Anstand, geschweige denn die simpelsten Formen der Höflichkeit bewiesen hast! Nicht mal mir gegenüber! Deiner eigenen Tochter!«

Sie hasste es, wenn er seinen Kopf nach vorn reckte und arrogant das Kinn hob, im zweifelhaften Glauben, er wirke wie eine Respektsperson. »Höflichkeit ist was für Fremde. Darüber sind wir als Familie hinaus.«

Wie bitte? Elodie starrte ihren Vater an, spürte, wie die kühle, ihr stets fern gewesene Indifferenz von ihr Besitz ergriff. In diesem Moment erkannte sie endlich, was sie bislang immer weggeschoben hatte, und hörte sich langsam, aber klar sagen: »Tja, in dem Fall, lass uns Fremde bleiben.«

»Pass auf, was du sagst!« Er hob sinnlos den Finger, schien nach Worten zu suchen, die ihm versagt blieben. Er ließ die Hand sinken. Seine Augen sprühten glühende Funken. »Du wirst diesen Burschen *nicht* wiedersehen.« Damit drehte er sich um und marschierte auf die Akademie zu. Auf das Zuhause, das nicht seines war, sondern ihres. In dem er ihr nichts zu sagen hatte. Dazu hätte er ihr mehr Vater sein müssen. Und nicht einmal dann. Genau jetzt, indem sie ihm zusah, wie er mit steifen langen Beinen davonmarschierte, konnte sie kein bisschen Respekt für ihn empfinden.

»Und ob ich ihn wiedersehe«, erklärte sie seinem Rücken laut.

Das hatte Becca erwähnt, viele, viele Male: dass Verlieben schmerzhaft war, voller Ängste und Zweifel, die Elodie wieder loswerden wollte. Ihr Vater konnte nicht alles dominieren, nicht das, was in *ihrem* Herzen lebte! Aber würde Charlie noch etwas von ihr wissen wollen nach dieser desaströsen ersten Begegnung mit ihrem Vater?

»Wieso machst du dir überhaupt Gedanken? Er hat dich gleich an Ort und Stelle vor deinem Alten beschützt«, versuchte Emmi, sie zu beruhigen. »Wenn er die Schnauze voll von dir hätte, wäre er sofort abgezwitschert, glaub mir.«

Trotzdem erreichte sie ihn nicht. Weder übers Handy noch konnte ihr Jochen irgendetwas über seinen Verbleib sagen. Er habe ein eigenes möbliertes Zimmer in der Stadt und sehe nur noch höchst selten zu Hause vorbei.

»Er ist doch Schauspieler, vielleicht hat er wichtige Proben, oder so. Es ist gerade mal vier Stunden her. Er meldet sich sicher von ganz allein.« Emmi saß im Schneidersitz auf Elodies Bett und stopfte sich seit Beginn des Gesprächs mit Nüssen und Rosinen aus ihrem Big-Pack-Studentenfutter voll. Warum sie nicht ihre eigene Tagesdecke vollkrümelte, würde Elodie ebenso ein Rätsel bleiben, wie der Grund, warum sie sich von diesem Vogelfutter ernährte, denn laut eigener Aussage hasste sie »dieses Zeug«. Nun sah sie mit ihren großen grünblauen Augen, für die die Männerwelt sie liebte – und die im Gegenzug von ihr links liegen gelassen wurde, denn Zuneigung musste verdient sein – zu Elodie hoch und nickte ihr entschlossen zu. »Du weißt, dass ich so gut wie immer recht habe. Vor allem, weil ich mich getraue, Dinge beim Namen zu nennen, also hör auf mich, ja? Der Typ scheint total vernarrt in dich zu sein. Das wird wieder.«

Das musste es auch, sonst brach für sie eine Welt zusammen. Mit Charlie war alles anders. *Sie* war anders. An seiner Seite fühlte sie sich mutig, stark und wertvoll. So etwas konnte ihr Vater ihr nicht nehmen.

»Um den Herrn Richter musst du dich am wenigsten kümmern. Dieser ewige Schnauzbartträger kriegt sich schon wieder ein.«

Da war sich Elodie nicht so sicher. Sie hatte ihren Vater selten so außer sich erlebt, und was die Sache nicht gerade erleichterte: Sie verstand seine Beweggründe. Er meinte es wirklich ernst, er wollte für sie eine Karriere, die sie glücklich machte, und alles und jeder, der ihr im Weg stand, war in seinen Augen ein Todfeind. Wie konnte sie ihn davon überzeugen, dass er sich deshalb keine Sorgen machen brauchte? Sie wollte mehr als alles andere Musikerin sein. Aber sie wollte auch leben und ... lieben.

»Alles, was ich will, ist Freiheit, Erfüllung und Liebe.« Nie zuvor hatten ihre eigenen Worte ehrlicher und sehnlicher in ihren Ohren geklungen. Was war es, das die Weltsicht ihres Vaters so sehr eingrenzte? Warum begriff er nicht, dass das eine das andere nicht ausschloss, sondern viel mehr bedingen konnte? Würde er sich davon überzeugen lassen?

»Wenn nicht, knöpft ihn sich deine Oma Maresa vor.« Emmis Zuversicht in ihre Mentorin war womöglich das Einzige, das Elodie beruhigte, denn immerhin hatte sie nicht unrecht. Würde Oma Maresa Wind davon bekommen, was an diesem Nachmittag vorgefallen war, konnte man sich darauf verlassen, dass sie sich ihren Sohn gehörig zur Brust nahm.

»So.« Emmi stellte die Tüte mit dem Studentenfutter vor sich auf den Boden. »Können wir jetzt zu den interessanten Dingen kommen? Denn Becca wartet sehnsüchtig auf eine Antwort: Habt ihr euch geküsst?«

Elodie verdrehte die Augen. Das sah den beiden ähnlich, wilde Spekulationen über ihre frische Beziehung anzustellen. »Nein, haben wir nicht. Wir haben uns gerade erst kennengelernt.«

»Klar. Aber ihr wollt es, oder?«

Woher sollte sie bitte wissen, was er wollte?

Weil du es fühlst?

Im Moment fühlte sie lediglich die Erschöpfung eines gewaltigen Streits, den sie in diesem Ausmaß nicht erwartet hätte, und die damit einhergehenden Sorgen, Charlies Interesse für immer verloren zu haben ...

»Jetzt hör auf mit dem Trübsalblasen«, befahl Emmi. »Er meldet sich schon noch.«

Charlie meldete sich nicht mehr.

Weder rief er an noch schrieb er eine Nachricht. Denn mit ihm war alles anders. Er bediente sich des einerseits klischeebesetzten andererseits hoffnungslos romantischen Klassikers, mitten in der Nacht Kieselsteine gegen ihre Fensterscheibe zu werfen. Was durchaus hätte schieflaufen können, wäre Elodie nicht grübelnd wach gelegen und von dem Geräusch irritiert zum Fenster getappt. Der Anblick von Charlie, der in seinen Lotterhosen unten im Gemüsebeet stand und mit Steinchen warf, setzte eine Bandbreite an Gefühlen in Elodie frei, die sich in ihrem Innern um ihre Veräußerung stritten, was zur Folge hatte, dass sie eine schier endlose Zeit sprachlos zu ihm hinunterstarrte.

Er biss sich grinsend auf die Lippen, nur scheinbar kleinlaut. »Komme ich ungelegen?«

Sehr langsam sickerte die Bedeutung seines Auftritts in ihr Bewusstsein, entknotete sämtliche wirren Gedanken. Vermeintlich. Denn das, was ihr als Erstes entglitt, ließ nicht wirklich darauf schließen, dass sie wieder im Vollbesitz ihres adäquaten Denkvermögens war. »Wie kommst du hierher, ich meine ...?« Was sie zu sagen oder zu meinen beabsichtigte, verpuffte einfach, denn je länger sie ihn ansah, desto weniger klar konnte sie denken.

»Der Liebe leichte Schwingen trugen mich. Kein steinern Bollwerk kann der Liebe wehren. Und Liebe wagt, was irgend Liebe kann. Drum hielt dein Vater mich nicht auf.«

»Oh, mein Gott. Träume ich oder steht dein Lover jetzt echt im Gemüsegarten und zitiert Shakespeare?«

Emmi war ans Fenster getreten, schlaftrunken und mit verwuscheltem Haar, aber geistesgegenwärtiger als Elodie, bei der erst mit Emmis Übersetzung seiner blumigen Worte der Groschen fiel.

»Hey, Romeo, du weißt schon, dass diese Heimlichtuerei nicht nötig ist. Ihr Pa wohnt nicht hier«, rief sie zu Charlie hinunter.

Dieser runzelte die Stirn. »Ach, nicht? Tja, dann verbindlichsten Dank für den Hinweis, wer auch immer du bist, und Verzeihung, dass ich deine Nachtruhe gestört habe.«

»Ich bin Emmi, Elodies zickige Freundin, die für sie das Reden übernimmt, wenn deren begrenzte Hirnkapazitäten komplett aussetzen.« Sie stieß Elodie in die Seite. »Was ist, willst du mal zu ihm runter, oder muss *ich* jetzt einen Nachtspaziergang machen?«

Elodie erwachte aus ihrer Trance. »Oh, ähm, ja. Ich meine, nein.« Sie sah zu Charlie. »Gib mir eine Sekunde!«

Die Nacht war zu schön, zu lau, zu einladend, um sich nicht auf ein weiteres Abenteuer einzulassen. Elodie war auf Bäume geklettert, hatte ihrem Vater die Stirn geboten und sich heimlich aus der Akademie geschlichen – und das unter der Woche! Was hielt sie davon ab, in einem ins Mondlicht getauchten See zu schwimmen? Ein Klassiker kam selten allein, oder? Charlie jedenfalls hatte nicht gezögert, als sie nach etwa einer halben Stunde des wahllosen Dahinspazierens am Ufer des Sees herauskamen. Mit einem verschmitzten Grinsen streifte er die Leinenhose ab, pfefferte das Hemd ins Gebüsch und sprang, ohne das kalte Wasser zu scheuen, hinein. Aber Charlie war Charlie, und wenn Elodie ihn richtig einschätzte, galten in seinem Leben nur die Regeln, die er sich selbst auferlegte: also im Grunde überhaupt keine. Mit einem Mädchen, das er gerade mal ein paar Wochen kannte, nackt in einen See zu springen, gehörte jedenfalls eindeutig nicht zu seinen Tabus. Elodie stand noch einen Augenblick am Ufer, spürte das kühle Gras an ihren Knöcheln und zögerte nicht, weil sie in sich das Mauerblümchen kultivierte, sondern weil sein Anblick schlicht zu perfekt war. Das Mondlicht spiegelte sich in den sanften Wellen, die seine Schwimmbewegungen auslösten, färbte seine Haut in schillerndes Silber. Das Verlangen, ihm zu folgen, wurde mit jeder Sekunde, die sie ihm zusah, größer, während sie gleichzeitig nicht anders konnte, als ihn stumm zu beobachten.

»Warte, vielleicht will ich dich gerade einfach nur anschauen.«

»Jetzt komm schon! Es lohnt sich!«, rief er von der Seemitte aus zu ihr rüber. Seine langen Haare klebten ihm am Kopf, er sah aus wie ein griechischer Gott. »Wenn du nicht reinkommst, hole ich dich!«

Ein verlockendes Angebot, dem sie allerdings widerstand.

Flüchtig flackerte das Gefühl der Beklemmung in ihr auf, als sie völlig nackt am Ufer stand, die pure Elodie, die nichts mehr versteckte. Aber seltsam, in dem Atemzug, in dem er sich umwandte und sie ansah, seine Augen über ihren Körper glitten, mit einem Blick, der ihn liebkoste, fühlte sie sich kein bisschen nackt. Ihr war warm, obwohl ihre Härchen sich aufstellten – ein Gefühl vollkommenen Wohlgefallens.

Charlie schwamm ihr entgegen und einen Moment lang sagte keiner von ihnen ein Wort, versanken sie im Blick des jeweils anderen. Seine Berührung war hauchzart, das Gefühl, das sie auslöste, hingegen gewaltig. Elodie reagierte für sie beide unerwartet. Sie schlang die Arme um seine Schultern und die Beine um seine Hüften, wollte ihn mit ihrem ganzen Körper spüren. Charlie stieß einen Überraschungslaut aus, der sich in ein leises Stöhnen der Hingabe verwandelte. Seine Hand fuhr ihren Rücken entlang, streichelte ihren Nacken, die Finger fuhren unter ihren Bob, und Elodie spürte den zaghaften Druck an ihrem Hinterkopf.

Alles, was ich will … Sie neigte sich nach vorn, spürte seinen Atem auf ihren Wangen.

Alles, was ich will …

Die Augen schließend legte sie ihre Lippen auf seine, spürte das elektrisierende Kribbeln, den explodierenden Herzschlag und verlor die Kontrolle über sich selbst.

Alles, was ich will …

Sie spürte Charlies Zunge, die ihre suchte, fand und sie so sehr verzückte, dass Elodie trunken aufseufzte und nicht genug bekommen konnte von diesem Wunder, das sie sich niemals so vorgestellt hätte.

Alles, was ich will, ist das hier. »Charlie?«

»Hm?« Er hörte auf, sie zu küssen, und sah sie an. In seinen Augen tanzten silberne Funken.

»Ach, nichts.« Sie legte beide Hände auf seine Wangen und wollte nichts weiter, nichts außer ihn.

Berlin, August 1924

Die Welt fand ihr Gleichgewicht übers Wochenende wieder, ließ die stürmische Ouvertüre hinter sich und mündete in ein gediegenes Spiel aus Molltönen. Trotz ihres weit weniger komfortablen eigenen Bettes schlief Emilia darin ruhiger als die gesamte Woche und frühstückte in aller Seelenruhe, wurde lediglich unterbrochen von Annabelles frühem Besuch, in dem sie überflüssigerweise ihre Abwesenheit ankündigte. Sie gedenke, an einer Demonstration »junger, dynamischer Frauen« teilzunehmen, die sich für die gesellschaftlichen Rechte von ihresgleichen starkmache.

»Wir sind immer noch in den untersten Gehaltsklassen eingruppiert, stell dir das mal vor! Obwohl seit dem Krieg eine Männerknappheit herrscht und wir Frauen viel mehr ranmüssen, sind unsere Aufstiegschancen mehr als gering. Unfassbar gering.« Sie klang wie ein sprechendes Werbeplakat. »Wir müssen dafür kämpfen, geachteter zu werden.« Es war erstaunlich, wie salopp sie die »Wir«-Form übernahm, wo sie genau genommen von Dingen sprach, die sie nicht betrafen. Sie zählte dank ihrer vorteilhaften Eheschließung nicht wirklich zur ledigen, arbeitenden Damenbevölkerung, die zu geringfügig entlohnt wurde. Nichtsdestotrotz mochte sie den Gedanken, für etwas zu kämpfen, das ein neues Frauenbild formen würde.

Emilia ließ ihren ambitionierten Redefluss über sich ergehen und freute sich im Stillen, den Tag für sich zu haben.

»Wieso kommst du nicht mit?«, fiel Annabelle im Hinausgehen plötzlich ein.

»Weil ich mich nach Ruhe und Erholung sehne, meine Gedanken entwirren möchte und gern zu Ende frühstücken würde.« So sehr sie es begrüßte, wenn Menschen für sich selbst einstanden. Sie fühlte sich dem nicht gewachsen, nicht heute und nicht morgen. Vielleicht weil sie es in ihrem Fall für verlogen hielt. Sie konnte gewiss nicht über ihr Gehalt klagen.

Aber das allein war nicht der Grund, das wusste sie. Für den Moment überforderte sie der Gedanke, Teil einer schreienden Menge zu sein, die für etwas demonstrierte, das ihr wichtig sein mochte und dennoch nicht primär ihr Inneres bewegte. Genau genommen bevorzugte sie es an diesem Wochenende, ihr Inneres würde etwas Entspannung finden und durch rein gar nichts bewegt werden. Insofern schmerzte es sie auch kein bisschen zu erfahren, dass Mikey, Annabelles viel gelobter Saxofonist, das geplante Treffen verschieben musste, weil er sich einen Sommerschnupfen zugezogen hatte. Das bedeutete einen ganzen Tag, der ihr gehörte, und an dem sie tun und vor allem lassen konnte, was ihr beliebte.

Entsprechend verbrachte sie nach ihrem ausgiebigen Frühstück einige Stunden damit zu lesen, die ein oder andere Zeile zu komponieren, Tee zu trinken und gegen Nachmittag ziellos durch die Straßen Berlins zu schlendern. Den Verkehrslärm blendete sie aus, das geschäftige Treiben verwandelte sie in Sinfonien, zu denen ihre klackernden Sandalen einen Stepptanz inszenierten. Sich in jenem Tanz verlierend, erkannte sie recht spät, dass er sie in eine Gegend Berlins geführt hatte, in der sie sich kaum auskannte. Den Verlust von Altstadtcharme realisierte sie erst, als sie vor einem großen Fabrikgebäude stand, dem Geräusche entfleuchten, die ihr musikalisches Gehör jäh verstimmten. Emilia wusste nicht, weshalb sie sich weiter auf den verputzten Ziegelbau mit den hässlichen gusseisernen Säulen zubewegte, der durch das dunkle Walmdach nicht verschönert wurde. Vielleicht lag es an der Melodie, die in der Luft lag. Ein vertrauter Klang, dem sie folgte, obschon er in ihr ein Gefühl von Beklemmung verursachte. Mit großen Augen die vierstöckige Fabrik betrachtend schritt sie durch das offen stehende Tor, durch das die Lastfuhrwerke einbogen, geradewegs auf das links des Haupteingangs liegende Kanzleigebäude zu. Einige Fahrzeuge parkten auf einem separaten Platz, der durch ein Schild mit der Aufschrift *Fabrikvorstand I und II* gekennzeichnet wurde.

Emilia folgte weiter den Tönen, die ihren Kopf zum Narren hielten. Urplötzlich verstummten sie, verloren sich im Knacken und Röhren jener Geräusche, die aus dem Innern der Fabrik hinausdröhnten. Emilia blieb stehen. Sie fühlte sich, als sei sie aus einer schlafwandlerischen Trance erwacht. Was um Himmels willen trieb sie hier? Es gab wahrlich schönere Orte, die man an seinem freien Tag besichtigen konnte. Sie wollte sich eben abwenden, als sie hinter dem Fenster des angeblichen Personalbüros eine Gestalt ausmachte, die sie nur zu gut kannte. Ihr Herzschlag setzte aus.

Paul Fairmann stand mit dem Rücken zu ihr, doch kannte sie seine Gestalt inzwischen gut genug, um ihn nicht zu verwechseln. Auf einmal wusste sie, dass es seine Melodie sein musste, der sie nachgegangen war. Wieder umgab ihn das Dunkle, Melancholische, von dem sie nun glaubte zu verstehen, woher es kam. Seiner Körperhaltung nach zu urteilen war er wieder einmal verstimmt. Vertieft in ein Gespräch mit einem Mann, dessen Auftreten alles andere als sympathisch auf Emilia wirkte – sie machte bei ihm einen unheilvoll dunklen Basston aus –, hatte ihr Arbeitgeber sie bislang nicht bemerkt, wie sie dort draußen auf dem Vorhof seiner Fabrik stand, auf dem sie nicht das Geringste zu suchen hatte.

Warum verschwindest du nicht?

Sie hatte nicht den blassesten Schimmer.

»... was suboptimal ist, und weißt du auch, warum?«, wehte die raue Stimme des mutmaßlichen Geschäftspartners durch das geöffnete Fenster zu ihr hinaus. Sie klang feindselig, erinnerte Emilia an die eines Gauners aus einem Film.

»Ja, Maximilian, das weiß ich.«

Nur jemand mit Emilias feinsinnigem Gehör konnte erahnen, dass Paul sich zwar anhörte wie immer, seine Stimme gleichwohl einen unruhigen Unterton angenommen hatte.

»Bedauerlicherweise gibt es hin und wieder Angelegenheiten im Leben eines Mannes, die seine Anwesenheit erfordern und ...«, fuhr Paul fort.

»Angelegenheiten, die wichtiger sind als unsere Geschäfte? Ich frage mich, wie es sein kann, dass bei einem Treffen über grundlegende Veränderungen in der Fabrik der Geschäftsführer und erste Vorstand nicht anwesend ist. Mein Vater hat dir diesen Firmenzweig anvertraut, weil er ...«

Emilia verschloss ihre Ohren vor dem, was dieser ruppige Kerl sprach, wusste, dass es sie nichts anging. Sie teilte Annabelles Veranlagung nicht, Dinge zu belauschen, die sie nicht betrafen, sie war höflich und wohlerzogen und mochte diesen Ort außerdem nicht. Es war demzufolge höchste Zeit zu verschwinden. Ein Gedanke, der sich in eben dem Moment mit vehementer Dringlichkeit in ihrem Kopf formte, als Pauls Geschäftspartner zufällig den Blick aus dem Fenster richtete und ihre Gestalt einfing. Dieser Blick ging Emilia durch und durch. Ohne nachzudenken, wich sie langsam zurück, der unsinnigen Hoffnung erliegend, er möge wieder wegsehen und sein Gespräch weiterführen. Eine Hoffnung, die im Keim erstarb, als sich Paul umdrehte und Emilia erkannte. Der Ausdruck auf seinem Gesicht wechselte von indigniert zu konsterniert, ehe er sich neutralisierte.

Emilia fröstelte trotz dreißig Grad, derweil ihr eine erkaltete Schweißperle unter ihrem Glockenhut hervor über die Stirn rann.

Warum bist du nicht längst gegangen?

Sie tat es jetzt, lief weiter rückwärts. Mechanisch wie eine aufgezogene Blechspielfigur.

»Emilia.« Paul war ans geöffnete Fenster getreten. »Wie kommen Sie hierher?«

Eine vortreffliche Frage, auf die sie selbst keine Antwort wusste. »Ich ...« Sie spürte den inneren Trotz in sich, der sie in seiner Gegenwart unwillentlich überkam. Dieser verzweifelte Versuch, nicht ständig ins Stammeln zu geraten, weshalb ihr die erstbeste Ausrede entschlüpfte, die ihr in diesem Moment kommen wollte: »Ich habe mich verirrt.« Ausgesprochen klang es noch unsinniger als in ihrem Kopf.

Er teilte ihre Selbstwahrnehmung. »Verirrt?«

»Ja«, versuchte sie mit fester Stimme zu retten, was noch zu retten war, indem sie relativ nah an der Wahrheit blieb: »Ich bin einem musikalischen Kompositionsschlaf erlegen, nehme ich an. Ich achte in solchen Fällen nicht darauf, wohin ich gehe.«

»Kompositionsschlaf?« Neben der Irritation drängte sich Belustigung in seine Frage.

»Das Wort habe ich erfunden. Es gibt keines, das den Zustand beschreiben könnte.«

Es war schön, wenn sich das Schmunzeln in seine Züge schlich, vertrieb die Kühle in ihm sowie die Unsicherheit in ihr. »Seltsamer Zufall, dass Ihr Kompositionsschlaf Sie *hierher* geführt hat.«

»Seltsam, ja«, stimmte sie zu. Mit dem Lächeln, das sie austauschten, spürte sie das Band zwischen sich und ihm, das Band, das sich von allein geknüpft hatte, ungefragt und ebenso rätselhaft wie alles andere an ihrer Beziehung. Sie errötete bei der Formulierung, beeilte sich zu erklären: »Es tut mir leid. Ich werde besser gehen. Es gibt noch viel zu ... komponieren.« Sie drehte sich geschwind um, der Herzschlag überholte jeden Schritt.

»Warten Sie!«

Der Schritt ließ sich verlangsamen, nicht der Schlag ihres Herzens. Als sie sich umdrehte, kam er bereits auf sie zu, schneller durch die Vordertür hinaus, als sie ihre Gedanken ordnen konnte. Direkt vor ihr stehend sah er sie lediglich an und sie ihn – eine halbe Ewigkeit. Ein Lüftchen umspielte sie beide, brachte seine Locken zum Tänzeln und ihr Kleidchen zum Schwingen. Ihr war, als puste es ihr ins Hohlkreuz, treibe sie näher zu ihm. Sie musste sich beinah anstrengen, ihre Füße an Ort und Stelle zu behalten. Ihre Blicke verflochten sich, vielleicht teilten sie beide den ungehörigen Gedanken, dass sie, wären sie an einem anderen Ort, aufeinander zugehen würden und ...

»Ich möchte nicht unhöflich sein, aber falls es keinen driftigen Grund gibt, Fräulein, hätte ich gern meinen Geschäftspartner zurück. Es gibt dringliche Angelegenheiten zu besprechen.«

Der Herr aus dem Büro stand so unvermittelt bei ihnen, dass Emilia kaum merklich zusammenzuckte. Er war nur unwesentlich größer als Paul, dafür doppelt so massig, ohne dick zu wirken. Eine definierte Ansammlung von Muskeln, die jede andere außer Emilia beeindrucken würde. Sein Blick war vernichtend, blitzte aus kleinen Augen zu ihr hinüber, die wulstigen Lippen formten einen respektheischenden Schmollmund. Er verhielt sich wie ein bockiger Junge, dem irgendwer das Privileg eingeräumt hatte, zu früh zu viel zu sagen zu haben. Emilia wusste mittlerweile, wie sich eine junge Frau ohne solche Privilegien zu verhalten hatte. »Verzeihung«, entschuldigte sie sich höflich, »Herr ...?«

»Das ist Maximilian Faun, mein Geschäftspartner. Ihm gehört eine weitere Zigarettenfabrik im Osten Berlins, und wir planen die Eröffnung eines Klubs, in dem unsere Produkte ohne Einschränkung verpafft werden können«, stellte Paul ihn vor.

Emilia nickte zuvorkommend und verhinderte durch eine schnelle Antwort, selbst bekanntgemacht zu werden. »Angenehm. Ich bitte um Verzeihung. Ich wollte Sie mit meinem Eindringen nicht von wichtigen Planungen abhalten oder gar wütend machen.«

»Das war er schon davor«, bemerkte Paul süffisant, »auf mich.«

Maximilian Faun knurrte unwillig. »Die Abwesenheit eines Geschäftsführers an einem Tag, an dem seine Geschäfte einen wichtigen Lauf nehmen, ist ein guter Grund, um wütend zu werden. Klubs gestalten sich nicht von selbst. Es wäre wenigstens interessant zu erfahren, was dich aufgehalten hat.«

Die dunkle Musik um Paul schwoll wieder an, derweil sein Gesicht eine Maske der Beständigkeit blieb. Emilia hörte sich schneller sprechen, als ihre Vernunft sie hätte leiten können. Sie folgte einer Intuition, die sie sich selbst nicht erklären konnte. »Ich verstehe Ihren Unmut. Gleichwohl muss ich Herr Fairmann in Schutz nehmen. Wie könnte er die erste musikalische Aufführung seiner Nichte versäumen? Jeder Familienmensch mit Verantwortung würde das verhindern wollen, denken Sie nicht? Die zweite oder dritte ist in Ordnung, aber die erste, die ist etwas Besonderes im Leben eines Kindes.«

Sämtliche Klänge verstummten, nachdem diese Worte über ihre Lippen gekullert waren. Woher auch immer sie gekommen sein mochten. Hin und wieder hatte Emilia den Eindruck, sie führten ein Eigenleben, besäßen ihren individuellen Kopf und drängelten sich sobald als möglich nach draußen, räumte Emilia ihnen ihren freien Willen versehentlich ein.

Paul starrte sie an, vermutlich ebenso verblüfft über die saloppe Lüge wie sie. Maximilian Faun wandte mit hochgezogenen Brauen den Kopf zu ihm. »Marina hatte eine Aufführung?«

Pauls Blick hing immer noch an Emilia, er reagierte verlangsamt, nahm den Faden verheddert auf. »Ja ...«, er räusperte sich, »ja, das hatte sie. Eine erste Kostprobe ihrer gesanglichen Fähigkeiten …«

»Sie hat sich selbst auf dem Piano begleitet«, fügte Emilia hinzu, fand es in Ordnung, jetzt, wo sie schon gelogen hatten, eine dramaturgische Ausschmückung hinzuzufügen. Ob sie Maximilian Faun damit überzeugt hatte, blieb unklar. Das Gespräch fand ein höflicheres Ende, als es begonnen hatte, und Emilia erhielt zum Abschied sogar den Ansatz eines Lächelns. Nicht von Paul allerdings, der sie mit einem Blick verblüffter Sprachlosigkeit entließ.

Emilia schloss aufstöhnend die Augen, sobald sie das Areal verlassen hatte. Was war nur über sie gekommen?

Selten zwar, aber hin und wieder, stellten sich Ängste, die einem über Stunden und Tage die innere Ruhe raubten, als unbegründet heraus. Emilias Auftritt auf dem fairmannschen Firmengelände folgten fieberhafte Gedanken bezüglich ihres nächsten Aufeinandertreffens mit Paul – Sorgen, von denen sie angenommen hatte, nie damit belastet zu sein. Gleichwohl erfolgte ihr Wiedersehen entspannt. Zu verdanken war es Marina, die ihr am Sonntagabend die Tür öffnete, was ein Einzelgespräch mit Paul verhinderte.

»Mama hat angeordnet, dass ich so schnell als möglich ins Bett soll, stell dir vor. Bloß dass sie sich im Anschluss aus dem Staub gemacht hat, und jetzt muss ich auf mein Gutenachtlied verzichten«, plapperte sie noch im Foyer auf Emilia ein. »Du kommst also gerade zur rechten Zeit, möchte ich meinen.« Sie hakte sich links bei ihr und rechts beim auf der Treppe stehenden Paul unter und bugsierte sie dergestalt nach oben – als seien sie eine Familie. Die einander unähnlichste, die man sich denken konnte. »Pauli lässt sich bestimmt nicht dazu breitschlagen, daher bist du meine einzige Hoffnung!«

Emilia konnte sich Schlimmeres vorstellen, als ihrer Schülerin ein Liedchen zum Einschlafen vorzusingen. Beunruhigend empfand sie lediglich die Vorstellung, es vor Paul zu tun. Dankenswerterweise löste dieses Problem Marina, indem sie ihm mit der Liebenswürdigkeit einer Neunjährigen einen Kuss auf die Wange drückte und eine Gute Nacht wünschte, wobei ein flüchtiger Moment der Irritation zwischen den beiden Erwachsenen entstand. Emilia konnte sich kaum vorstellen, Marina zöge ihre Gesellschaft der ihres vertrauten Onkels vor. Aber genauso verhielt es sich.

Paul verabschiedete sich mit einem erheiterten Zug in den Mundwinkeln, während Emilia unsicher in Marinas Zimmer stand, die mit Zeichnungen gepflasterten Wände betrachtete und darauf wartete, dass Marina ins Bett krabbelte. Fast auf jedem ihrer kleinen Kunstwerke strahlte eine knallgelbe Sonne auf die Zeichnung herab.

»Weil das der schönste Sommer seit Jahren und die Sonne ein Zeichen dafür ist«, lautete Marinas simple Erklärung. Sie klopfte mit der flachen Hand auf den Bettrand. »Jetzt musst du dich hierhersetzen.«

Emilia folgte der Aufforderung; die Bettdecke knisterte sanft, als sie sich auf ihr niederließ.

»Mama würde jetzt fragen, warum es der schönste Sommer ist, und ich würde antworten ...« Sie unterbrach sich für eine Kunstpause.

Zweifellos erwartete sie von Emilia, sie mit einer Frage zu füllen, daher spielte diese mit, setzte eine gespannte Miene auf.

Marina neigte sich zu ihr ans Ohr und hauchte: »Weil du jetzt da bist, Milia.«

Die Luft erwärmte sich um sie herum, derweil eine zaghafte Melodie in Emilias Kopf tanzte. Für sie beide. Für zwei Seelen, die einander verstanden. Mit und ohne Worte. Emilia lächelte, berührt von einem Zutrauen, das sie als Kind nie für eine erwachsene Person hatte entwickeln können.

»Jetzt sing«, befahl Marina, zurück auf ihr Kissen sinkend. »Etwas Abwechslungsreiches, nicht die langweiligen Lieder, die alle anderen auch hinbekommen.«

»Oho«, lachte Emilia, »anspruchsvoll sind wir ja gar nicht.«

»Wir müssen das sein, wir sind die Prinzessinnen unter den Anspruchsvollen, sonst würden wir nicht so schnell lernen.«

Wie wahr. Emilia schmunzelte und strengte sich an, suchte in ihrer Erinnerung nach dem geeigneten Lied. Die ersten Takte summte sie, fand leicht in das sanfte Chanson der schlafenden Blumen in einer milden Sommernacht, wenn Fuchs und Hase einander Gut' Nacht sagten, und der Mond Hallo zu seinen Sternen. Wenn sich Schläfrigkeit über die Grillen legte und alsbald über alle Kinder dieser Welt.

»Das klang hübsch«, murmelte Marina, als befalle sie tatsächlich jene Schläfrigkeit. »Von wem kennst du es?«

Emilia strich ihr das Haar zurück und löschte das Nachtlicht. »Von mir selbst. Schlaf gut, kleine Prinzessin unter den Anspruchsvollen.«

»Mhm, mach ich«, gähnte Marina und hielt Wort.

Emilia stand auf, verließ lautlos das Zimmer. Sie musste ihr zustimmen. Es war der schönste Sommer seit Langem. Oder der schönste überhaupt.

»Das war bezaubernd.«

Emilia entwich ein hoher Laut, den sie, beide Hände vor den Mund schlagend, zu ersticken suchte. Paul lehnte an der Wand neben Marinas Zimmertür. Bei ihrem Anblick glitt ein amüsiertes Grinsen über sein Gesicht.

»Wie kommen Sie dazu, mich so zu erschrecken!«, seufzte Emilia.

»Erschrecken? Ich hatte erwartet, es würde Sie eher stören, dass ich heimlich gelauscht habe.«

»Das obendrein.«

»Verzeihung. Ich konnte nicht anders. Ich war zu neugierig auf Ihren Gutenachtgesang.«

Emilia seufzte leise. »Dabei wollte ich genau das verhindern.«

»Warum?«, fragte er frei heraus.

Sie zögerte, hielt den Grund für selbstverständlich. »Womöglich geniere ich mich vor meinem Arbeitgeber.«

»Wozu denn?«, lachte er auf. »Sie sind hier, um zu musizieren, oder?«

So gesehen mochte er recht haben, allein ... »Ich mag mich einfach nicht blamieren.«

Er wurde wieder ernst. »Eine unbegründete Furcht, glauben Sie mir. Ihre Stimme verzaubert jede Nacht.«

Sie starrte ihn an. Wie kam es, dass er unvermutet Dinge äußerte, die so schön klangen, dass sie darüber gern gelächelt hätte, doch wagte sie es nicht, noch wusste sie etwas zu erwidern.

Er nahm es ihr nicht übel. »Ich sehe, Ihre Schlagfertigkeit schwindet unter Komplimenten eines Mannes mit dunkler Seele ... des Lebens müde.«

»Das habe ich nicht ...«

Er wehrte lachend ab. »Ich weiß. Trotzdem haben Sie genau ins Schwarze getroffen. Nicht zum ersten Mal.« Er musterte sie, die Augen schienen jede Pore ihres Gesichts zu untersuchen, jedes zitternde Härchen zu bemerken. »Sie sind wohl eine Art Schutzengel der Familie.«

»Wie meinen Sie das?«

»Sie haben mir gestern einen hohen Dienst erwiesen. Mit ihrer süßen kleinen Lüge.«

Emilias Wangen brannten, sie hatte gehofft, es würde nicht mehr angesprochen.

»Sie konnten nicht wissen, was für ein überzeugter Familienmensch vor Ihnen steht. Ein weiterer Beweis für Ihre bemerkenswerte Intuition.«

Es war die Musik, die sie in solchen Fällen leitete, keine Intuition. Sie wusste nicht, woher sie kam, ahnte allerdings, früher oder später würde sie das Glück verlassen und sie auf die Nase fallen mit ihren unbedachten Äußerungen.

»Warum haben Sie es getan?«

Auch das wusste sie im Grunde nicht. »Ich mochte seine Aura nicht«, sprach die Musik in ihr. »Außerdem schien mir ...« Die Musik verstummte, es waren ihre Gedanken, die sich freisetzen wollten. Konnte sie sie aussprechen?

»Ja?«

Sie wagte es, ihm ins Gesicht zu sehen. Dieses Gesicht, in dem sie seit langer Zeit keine Herablassung oder Vernichtung mehr las. Ein schönes Gesicht. Nicht wirklich das eines Engels oder höchstens mit einem Hauch davon. Ein dunkler Engel mit dunklen Locken und völlig gewöhnlichen Sinnesempfindungen. »Mir schien, Sie fühlten sich unwohl.«

Seine Augen hielten sie fest, die Faszination blitzte in ihnen. »Schon wieder richtig.« Er wandte den Blick ab, sandte ihn zum Fenster hinaus. »Wobei ich mich in seiner Gegenwart immer unwohl fühle, fürchte ich.«

Sie konnte es ihm nicht verdenken. Er schwieg einen Moment lang.

»Wer weiß, womöglich erzähle ich Ihnen eines Tages sogar, warum.« Sein Blick kehrte zu ihr zurück. »Der Abend ist noch jung. Leisten Sie mir noch etwas Gesellschaft.«

War es eine Frage oder eine Aufforderung? Sie hätte beides nicht verneinen können, folgte ihm in einen der Salons, ihre Finger trommelten gegen ihr Kleid, während sie liefen. Sie war nicht nervös, das Eis war längst gebrochen, oder?

Das Zimmer war im selben cremefarbenen Stil gehalten wie die meisten der Villa Winter, lediglich die Sessel stachen in ihrem samtenen Rot hervor. Es fühlte sich an, als sinke man auf eine Wolke. Auf einer der in versierter Handwerkskunst gefertigten Anrichten stand ein Grammofon. Paul schritt wie selbstverständlich auf es zu, um eine Platte zum

Leben zu erwecken, die sie von Annabelle kannte. Eine Sammlung niemals unpopulär werdender Evergreens.

»Wissen Sie, was mich an einem Evergreen fasziniert?«, fragte er beiläufig, während er zwei Gläser aus einer Vitrine holte.

»Dass sie den Status der Zeitlosigkeit innehaben?«

Er drehte sich grinsend zu ihr um. »Wissen Sie, ich werde das Gefühl nicht los, dass Sie Gedankenleserin sind.«

Wohl kaum. »Wäre ich das, würde ich entschieden selbstbewusster auftreten.«

Er sah sie an. »Gemessen an Ihrem Alter und Hintergrund finde ich Ihr Selbstbewusstsein gar nicht so übel.«

Was bedeuten musste, dass ihm völlig abhanden ging, dass sie schon wieder mit den Fingern auf dem Polster des Sofas herumtippelte.

»Was trinken Sie?« Die Frage konnte nicht ernst gemeint sein. Hausherren tranken nicht mit ihrem Personal! Und sie trank am Arbeitsplatz keinen Alkohol.

Dieses Mal war er es, der in ihren Gedanken las. »Kommen Sie, Emilia, es ist Sonntagabend, und Sie sind nicht im Dienst.«

Lediglich im Haus ihres Dienstherrn. Bestand da ein Unterschied? »Oh, ich weiß nicht. Ich trinke nicht ...«

Er hob beide Brauen. »Wie bitte? Erzählen Sie mir nicht, Sie seien abstinent, wenn Sie mit Ihrer aufgeweckten Freundin Annabelle ausgehen.«

»Nein. Aber das ist der Reiz des Ausgehens. Ich wüsste nicht, was ich zu Hause trinken sollte. Ich besitze keinen Spirituosenschrank. Das heißt«, sie schenkte ihm ein weibliches Schulterzucken jener Sorte, die sie bei Annabelle gesehen hatte, »überraschen Sie mich!«

Er lachte leise. »*Sie* überraschen mich. Immer wieder.« Er griff nach einer Karaffe mit goldfarbener Flüssigkeit und füllte beide Gläser bis zur Mitte. Als er ihres auf dem Tischchen vor ihr abstellte, warf es schillernde Streifen auf die

Platte. »Andererseits hätte ich es ahnen können. Sie sind keine von denen, die ihre scharfen Sinne verlieren möchten.«

Sie stimmte ihm mit einem Lächeln zu, nippte an ihrem Glas. Der Alkohol rann kühl ihre Kehle hinab, hinterließ einen brennenden Beigeschmack.

Paul sah ihr lächelnd dabei zu. »Jetzt, wo ich Ihre Sinne schon anspreche, wollte ich Sie etwas fragen. Sie um einen Gefallen bitten, um genau zu sein.«

Sie behielt das Glas in der Hand, schloss alle zehn Finger darum, die Kühle tat ihren erhitzten Fingern gut.

»Wie mein Freund Maximilian Faun gestern erwähnte, planen wir die Eröffnung eines Klubs. Eine neue Geschäftsidee, um unsere Produkte besser zu vermarkten. Wo sonst könnte man Tabak genüsslicher konsumieren als in einem Klub?«

Die Frage war rhetorisch, daher wartete Emilia höflich darauf, dass er zum eigentlichen Punkt kam.

»Wir bieten infolgedessen nicht nur Alkohol, Musik und Tanz, sondern auch unsere Zigaretten an. Das Etablissement ist bereits gewählt und größtenteils eingerichtet. Es fehlt sozusagen der letzte Schliff. Würden Sie mir die Ehre erweisen und es sich ansehen? Vielleicht fällt Ihnen noch etwas ein.«

Emilia verschluckte sich. »Ich?«, hüstelte sie. »Wie kommen Sie darauf, dass ich etwas Hilfreiches zu Ihren Geschäftsideen beitragen könnte? Wir haben soeben festgestellt, dass ich keine Ahnung vom Alkoholkonsum habe.«

Er lachte. »Gewiss, dafür haben wir Maximilian. Nein, Sie frage ich, weil Sie verständig sind und ein waches Auge haben. Weil Sie auf Gedanken kommen, die mir verborgen bleiben.«

Der Schein trügt, dachte Emilia, konnte sich nicht vorstellen, worin ihre Verständigkeit in diesem Punkt bestehen sollte. Sie war jung und unerfahren, verträumte die Hälfte ihrer Klubbesuche, von einem wachen Auge konnte kaum die Rede sein!

»Sehen Sie ihn sich einfach an und sprechen die Dinge genau so frei heraus, wie Sie es immer tun. Das ist alles.«

Die Bitte erschien ihr ungewöhnlich, obschon sie keinen Grund sah, sie ihm auszuschlagen.

»Sie sind nicht bloß eine Musiklehrerin, das weiß ich, Ihr Unterricht strotzt nur so von innovativen Einfällen. Sie tragen die Abenteurerin in sich, und ich bin neugierig auf Ihre Ideen bezüglich meines Klubs.«

Emilia nahm noch einen Schluck aus ihrem Glas, dachte über seine Worte nach. Hatte er recht? War sie eine Abenteurerin? Bislang hätte sie diese Bezeichnung eher Annabelle zugeschrieben. Aber Abenteuer umfassten ein weites Feld, jetzt, wo sie sie näher definierte. Und es stimmte, sie suchte stets nach dem Neuen. Nicht unbedingt nach demselben wie ihre Freundin oder Charlotte – und obendrein weniger demonstrativ. Sie bemerkte seinen Blick und erkannte, dass es noch einen anderen Grund für ihre Zustimmung gab. »Na schön«, gab sie vorsichtig nach, »wenn Sie meinen, dass meine Einschätzung es wert ist.«

»Absolut«, versicherte er. »Es wird eine Wohltat werden, sich einmal mit jemand anderem auszutauschen. Der Umgang mit meinen Partnern ist zuweilen etwas«, er suchte nach dem passenden Ausdruck, »schmerzhaft.«

»Schmerzhaft?«

»Ja, drastisch gesprochen, versteht sich. Sie wissen schon, schmerzhaft anstrengend, schmerzhaft aufwendig, weil wir nicht immer auf die gleiche Weise denken. Die Gedanken blockieren sich, fließen nicht ineinander über ... wie bei uns.«

Emilia runzelte amüsiert die Stirn. »*Wie bei uns?* Fließen unsere Gedanken ineinander über?« Schockierend, bedachte man, wie häufig seine Worte ihre Gedanken zu verknoten schienen.

»Es fühlt sich so an. Würden Sie es verneinen?«

Dachte sie näher darüber nach, vermutlich nicht. Im Gegenteil, erstaunlich viele Dinge, die er äußerte, fanden ihre Zustimmung, wenn sie sich gestattete, ihnen zu trauen. Sie schüttelte den Kopf.

Er lächelte, stellte sein Glas ab. »Die Wahrheit ist, dass ich das Gefühl habe, in Ihrer Gegenwart alles sagen zu können. Verstehen Sie, was ich meine?«

Das tat sie, fragte sich dennoch, weshalb. Sie war nur eine einfache junge Frau, die wenig von der Welt wusste. Er neigte sich vor, seine Hände umschlossen die ihren, die immer noch ihr Glas umklammerten. Es fühlte sich heiß und kalt in einem an, doch zuckte sie nicht zusammen.

»Es gibt viele Dinge, die ich mit jemandem teilen sollte, damit sie in mir nicht wachsen und noch mehr Unheil anrichten, als sie es bereits tun. So jemanden gab es bislang nie. Sie hingegen ... Ich würde wagen, in Ihrer Gegenwart zu weinen, aber ich finde keine Tränen in mir.«

Die Bedeutung seiner Worte sickerte sehr langsam in ihr Bewusstsein. Gefangen in seinem Blick vermochte sie kaum zu denken, lediglich zu fühlen. Seine Finger, ihre umschließend, erzeugten eine Wärme, die durch ihren Körper floss, weiter und weiter bis zum Herzen, dessen Schlag sich nicht beschleunigte, sondern beruhigte. Das Band zwischen ihnen zog sie zueinander, umspielt von einer süßen Weise – hauchfeine Töne, die sie wie Staubpartikel umwirbelten. Kein Gefühl auf dem Globus kam diesem gleich.

War es erlaubt?

Als habe ihre Frage die Welt wieder auf den Boden der Tatsachen geholt, drehte sich diese plötzlich sehr schnell weiter, sorgte für eine Überlappung mehrerer Handlungen. Unten in der Eingangshalle erklangen die klackernden Schuhe der heimkehrenden Charlotte, die Platte auf dem Grammofon wechselte zu einem neuen, flotten Lied, und entweder vom einen oder dem anderen, vielleicht auch der Tatsache aufgeschreckt, dass sie im Begriff waren, etwas Ungeheuerliches zu tun, ruckten ihre Körper voneinander ab, ohne dass sich ihre Hände bewegt hätten.

»Ich«, murmelte Emilia in ihr Glas, »sollte gehen.«

Paul nickte langsam, löste seine Hände von ihren. »Ja. Es ist spät geworden.«

Es war Viertel vor neun, als Emilia in ihr Zimmer zurückkehrte, die Sonne noch nicht gänzlich untergegangen.

Paul blieb die gesamte Woche verschwunden und tauchte auch zu Beginn der nächsten nicht wieder auf. Etwas, das Emilia vor nicht allzu langer Zeit erleichtert hätte, nicht aber nach dem letzten Abend, den sie miteinander verbracht hatten.

Wieso? Was hat sich verändert?

Einfach alles.

Ihre Gefühle, ihre Gedanken, die Melodie der Villa. Ihr Klang war ein völlig neuer. Weiter und tiefer. Die Zeit floss darin, als würde sie widerhallen. Emilia verlor schon bald das Gefühl dafür, wusste nicht, wie lange sie in diesem Zustand dahinfließender Zeit verbrachte, während sie den Eindruck hatte, Marina steigere mit jeder Minute ihre Virtuosität am Klavier. Ihre Stimmung fühlte sich merkwürdig an, unbekannt.

Manch ein Tag nahm seinen Lauf, ohne dass sie die vergehenden Stunden bemerkt hätte, andere erschienen ihr schier unendlich lang, waren erfüllt von ihrer eigenen Rastlosigkeit. Sämtliche Melodien entglitten ihr, ehe sie sie einfangen oder niederschreiben konnte, schwollen zu einem Crescendo zu vieler Stimmen an.

Der Moment, in dem sie alle ohne Diminuendo verstummten, war ein besonders müßiger, an einem Tag, zu schwül, um ernsthaft zu musizieren, und zu schön, um ihn vorbeiziehen zu lassen. Es war Ende August, und Marina, Charlotte und Emilia tranken eiskalte Limonade auf dem frisch gemähten Rasen des Grundstücks der Villa Winter. Unweit von ihnen befleißigten sich einige schwitzende Herren, einen Pavillon von der Größe eines Stadthauses aufzubauen. Den Grund dafür erfuhr Emilia in einem trägen Nebensatz Charlottes, während diese ihre Fußnägel mit einem feinen Pinsel silbrig rosa einfärbte. »Paul kommt diesen Samstag.«

Sämtliche Schläfrigkeit wich aus Emilias Gliedern. Der Sonnenhut auf ihren Locken erzitterte, als sie den Kopf zu rasch in Charlottes Richtung drehte. Diese schraubte ihr Nagellackfläschchen zu und sank zurück auf ihren mit einem Handtuch dekorierten Liegestuhl. Sie nahm keine Notiz von Emilias Reaktion. »Dieser Pavillon war seine Idee. Er gedenkt, eine große Feier zu geben. Allerdings nicht innerhalb der Villa, sondern im Freien.« Sie seufzte. »Es klingt nach Abwechslung, aber ich bin mir nicht sicher, ob es denselben Glanz haben wird wie drinnen.«

Emilias Finger bohrten sich tief in das Futter ihres Sitzkissens bei dem Versuch, nicht nach dem Anlass der Feierlichkeit zu fragen. Für gewöhnlich war es Charlotte, nicht ihr Bruder, der sie ausrichtete.

»Verlegt er seine Geburtstagsfeier nach vorn?«, erkundigte sich Marina dankenswerterweise für sie und lugte hinter ihrer Zeitschrift hervor. *Die Freundin* war dieser Tage eine der beliebtesten Frauenbroschüren und wurde von Marina wie Annabelle gern gelesen, wobei Emilia beim Titelbild dieser Woche überzeugt war, jede andere Mutter als Charlotte hätte sie ihrer minderjährigen Tochter entrissen. Es zeigte eine junge Frau mit Bubikopf, die sich lasziv auf einer Schaukel rekelte – eine Zigarette zwischen zwei Fingern und mit nichts weiter bekleidet als ihren Tanzschuhen. Obwohl Emilia die Hitze auf den eigenen Wangen spürte, während sie die Fotografie betrachtete, musste sie zugeben, dass die Frau etwas ausstrahlte, das sie in Bann zog. Ein Lebensgefühl, von dem sich Emilia zu kosten verbot. Dennoch genehmigte sie sich mit jeder weiteren Ausgabe der *Freundin* einen intensiveren Blick auf das Titelbild.

»Nein, es sei ihm lediglich danach, behauptet er.«

Marina blinzelte belustigt zu Emilia hinüber. »Wie unüblich. Wäre ja auch Quatsch, wo wir gerade erst *meinen* Geburtstag gefeiert haben.«

Emilia erwiderte das Grinsen schmal, während sie die Frage nach dem Grund für sein in der Tat unübliches Ansinnen den restlichen Nachmittag umtreiben sollte.

Paul erschien schon am Freitag, brachte eine halbe Armee an Menschen mit, die sich mit der Organisation seiner groß angelegten Gartenparty beschäftigten – vom Bühnenbauer bis hin zum Pyrotechniker fürs Feuerwerk war jegliche Position vertreten. Angesichts solcher Unruhen war es unmöglich, einen anständigen Musikunterricht durchzuführen, zumal ihnen die Hälfte der Musikinstrumente entführt wurden. Es herrschte ein Gewusel, wie es Emilia nie zuvor in der Villa Winter erlebt hatte, und ebenso wenig in ihrem Innern. Was veranlasste Paul zu einem derartigen Spektakel, welches er sonst scheute?

Eine halbe Ewigkeit war seit ihrer letzten verwirrenden Begegnung vergangen, und sie hatte ihr Wiedersehen ebenso gefürchtet wie herbeigesehnt. Nun aber schien es, als würde sie ihn in all dem Trubel überhaupt nicht zu Gesicht bekommen. Er eilte von einem Flecken zum nächsten, gab Anweisungen hier und dort, war vertieft in intensive Planungsgespräche und niemals länger als zehn Minuten am selben Ort. Emilia hätte nichts lieber getan, als das Wochenende wie ursprünglich geplant mit Annabelle zu verbringen, allein, sie hatte ihre Anwesenheit in der Villa Marina zuliebe bereits zugesagt.

Wirklich nur Marina zuliebe?

Es wäre eine Lüge gewesen, dieses tückische Hinterfragen ihrer inneren Stimme zu bejahen. Das unstete Schlagen in ihrer Brust, das Gefühl, zwischen Hitze und Kälte zu schweben, und ihre rastlosen Finger hatten nichts mit Marina zu tun.

»Bist du nervös?« Marinas Erkundigung klang arglos.

War sie es? Diesem Kind konnte man nichts vormachen. Emilia versuchte es trotzdem. »Ich? Nein, ich komponiere.« Sie tat, als flögen ihre Finger über eine imaginäre Klaviatur. »Ist eine dumme alte Angewohnheit.« Fast fand sie ihr Zwinkern authentisch und wähnte sich unter Marinas fasziniertem Blick in Sicherheit.

»Weißt du«, stellte Marina später fest, als sie dabei zusahen, wie der Garten in eine Schaubühne verwandelt wurde, »ich schon. So ein großes Fest muss einen ja nervös machen. Vor allem wenn Pauli, der Miesepeter, es koordiniert.«

Wie wahr. Das unheilvolle Gefühl in Emilias Innern schwoll an.

Selten hatte sie sich so lange mit ihrem Äußeren beschäftigt wie an diesem Abend. Der Anlass stellte sie vor ungeahnte Herausforderungen, musste sich ihre Garderobe schließlich seiner Exorbitanz anpassen, während sie gleichzeitig nicht den Eindruck vermitteln wollte, sie sei mehr, als ihr zustand. Gedanken, die Annabelle verlacht hätte, während sie ihre Freundin zum schier tausendsten Mal darüber belehrt hätte, dass sie in einer neuen Zeit lebten, in der man auf Rang und Namen pfeifen sollte. Ob sie das auch sagen würde, hätte sie weniger vorteilhaft geheiratet? Fest stand, würde sie sich mit ihrer besten Freundin treffen, hätte sie ein kürzeres Kleid getragen, was ihr im Haus ihres Arbeitgebers unangebracht erschien. Sie hätte außerdem die karamellbraunen Locken schlicht und offen getragen, da sie jedoch bereits zu einer Kuriosität zählte, weil sie sie wachsen ließ, wollte sie diese Verstiegenheit nicht zu auffällig zur Schau tragen. Sie steckte sie folglich mühevoll hoch und flocht ein hauchdünnes Flapperband mit ein, um nicht aus dem Raster zu fallen.

Kaum hatte sie ihre Arbeit vollendet, stand schon Marina in der Tür, um sie mitzuschleifen.

»Mamas Partys vermögen zwar mehr Glanz und Glitzer zu verbreiten, aber das dürfte Paulis Feuerwerk ausgleichen. Ich habe noch nie einem auf dem eigenen Grundstück beigewohnt, ich bin wirklich aufgeregt!«

Ich nehme an, die wenigsten haben das, wäre es Emilia beinah herausgerutscht, ehe ihr einfiel, dass sie sich mittlerweile in anderen Kreisen bewegte. Marina behielt recht, Paul hatte sich, was dekorativen Schnickschnack betraf, zurückgehalten. Die Bühne, auf der die Musiker flotte Evergreens spielten, war groß und von einzelnen Scheinwerfern bestrahlt, Lametta und Glitzerschmuck zierte sie dagegen nicht. Die Stehtische, die sich über die gesamte Rasenfläche verteilten, waren lediglich mit weißen Tüchern umwickelt und mit jeweils einer Kerze versehen. Der festliche Pavillon erstrahlte im Lichterglanz unzähliger elektrischer Kerzen, die über ein langes Kabel, das sich quer durch den Garten schlängelte, mit Strom versorgt wurden. Emilia staunte nicht schlecht, hatte bislang nie eine dieser sogenannten Lichterketten gesehen. Seit die Edison Electric Light Company 1882 erstmals einen mit strombetriebenen Kerzen geschmückten Weihnachtsbaum präsentiert hatte, galt es als chic und en vogue, diesem Beispiel nachzueifern. Leisten konnte es sich kaum jemand. Nicht einmal in Annabelles weihnachtlichem Haushalt fand man einen solchen Luxus. Aber mit dem Ende des Krieges und der Wirtschaftskrise hatten nicht nur Berlins Lebensgeister angefangen zu erwachen, sondern auch sämtliche Glühbirnen weit und breit. Ging man nachts durch die Stadt, leuchtete es beinah heller als tagsüber oder zumindest bunter, denn bald jedes Etablissement besaß ein leuchtendes Eingangsschild, und in den Fenstern blitzten jene modern gewordenen elektrischen Lichter. So viele, wie sich um den Pavillon der Fairmanns rankten, hatte Emilia hingegen noch nie auf einem Haufen erblickt. Wie sie wirken würden, wäre die Sonne vollständig untergegangen?

»Ach, Fräulein Emilia Sommer, habe ich recht?«

Emilia wandte den Blick und erkannte Diarmuid, den sie bereits auf ihrer ersten fairmannschen Hausparty kennengelernt hatte und der nicht anders aussah als damals. Er schien es wie sie schlicht zu bevorzugen. Er war noch ein oder zwei Mal zu Besuch gewesen, allerdings hatten sie nie Gelegenheit besessen, mehr als Grußworte auszutauschen. »Wie schön, Sie wiederzusehen«, erklärte sie aufrichtig erfreut, war froh um seine Gesellschaft. Sein Gemüt erschien ihr weit bodenständiger als das der meisten Gäste.

»Das kann ich erwidern. Ich höre, Sie haben sich inzwischen gut eingelebt.«

»Im wahrsten Sinne des Wortes, Milia gehört jetzt ganz zu uns.«

Flüchtig blitzte etwas in Diarmuids Blick auf. »Mit ganz meinst du …?«

»Sie ist Teil der Familie und hat ihr eigenes Zimmer mit Bad!« Marina platzte fast vor Stolz, Emilia errötete vor Verlegenheit.

Diarmuid lächelte über beides hinweg und nickte hinüber zum Pavillon, in dem sich die Gäste zu Scharen tummelten, um am Bankett ihre Teller zu beladen. »Faszinierend, nicht wahr?«

»Sprechen Sie von den Menschen oder vom Licht?«

»Von beidem, nehme ich an. Ich bin immer wieder überrascht, wofür wir Menschen plötzlich Geld erübrigen.«

»O ja«, stimmte Emilia zu. »Vermutlich sieht man uns heute Nacht bis zur Stadt leuchten.«

Diarmuid grinste leichthin. »Ich stimme Ihnen zu. Gemeint habe ich die pomphaften Kostüme.« Er deutete auf eine Frau in einem aufwendigen Flapperkleid, das in den

Farben des Regenbogens schillerte, während ihr dürrer Hals unter einer voluminösen Federboa kaum mehr auszumachen war. »Es sieht noch nicht einmal ansprechend aus, oder?«

»Ich fürchte, das kann ich schwerlich beurteilen. Alles, was ich hier sehe, ist neu und ungewohnt. Wo ich herkomme, blinken weder Lichter noch schillern Kleider.«

Marina hakte sich fröhlich bei Diarmuid unter und zupfte ihn an seiner Krawatte. »Das gilt für dich auch, oder?« Er wollte widersprechen, allein Marina plauderte weiter. »Du musstest dich von ganz unten hocharbeiten, stimmt's oder habe ich recht?«

Diarmuid wirkte keineswegs peinlich berührt, knuffte Marina scherzhaft in die Wange. »Psst, kleine Verräterin, jetzt ist es raus!« An Emilia gewandt fügte er hinzu. »Wobei sie recht hat. Ich wurde mittellos geboren.«

»Was euch irgendwie zu Verbündeten macht, du kannst die Förmlichkeiten jetzt weglassen. Sogar Paul nennt sie mittlerweile Emilia!«

Diarmuid lächelte amüsiert. »Ich hörte davon. So darf ich Sie also Emilia nennen?«

»Gern«, lachte diese. »Ihr Geheimnis ist bei mir übrigens sicher.«

»Oh, ich würde ja keines daraus machen, wären hier manche Wesen nicht so fürchterlich borniert. Sie werden noch sehen.« Er zwinkerte. »Eines davon durften Sie ja bereits kennenlernen. Mein guter Freund Ilias hat das Herz am rechten Fleck, allerdings nur, solange er glaubt, er unterhalte sich mit seinesgleichen.«

Die Musikgruppe verstummte, und ein zweifacher Gong unterbrach ihr zwangloses Gespräch. Paul betrat die Bühne der Musiker, um seine Gäste in wenigen Sätzen willkommen zu heißen, verhielt sich dabei wie das glatte Gegenteil seiner Schwester. Das Einzige, das die Verwandtschaft der beiden verriet, waren ihre schmale Gestalt und die braunen Locken. Während sie mühelos ihre Stimme ausfächern konnte, erhob er sie kaum, das Mikrofon allein trug seine Worte zu den Gästen. So jugendhaft seine Stimme dabei klang, die Art, wie er dort oben stand, verlieh ihm den Respekt, den er benötigte.

Er beendete seine minimalistische Ansprache mit einem knappen Lächeln und wünschte ihnen *allen* – wobei er dieses Wort besonders betonte – viel Vergnügen. »Versucht, meine Gartenanlage nicht mit alkoholgeschwängertem Vandalismus zu zerstören.«

Seine Besucher kicherten und johlten über den Ansatz eines Scherzes und prosteten ihm zu. Er lächelte ein letztes Mal und beeilte sich, die Bühne zu verlassen, derweil sein Blick über die Menge schweifte, als suchte er jemanden. Emilia verknotete ihre Finger ineinander, um zu verhindern, dass sie einen erneuten Tanz aufführten, den sie dann über eine erfundene Klaviatur entschuldigen müsste. Noch ehe er die Bühne verlassen hatte, umringte ihn bereits eine Traube von Menschen.

Ein ähnlicher Prozess setzte sich in Emilias Fall in Gang, nicht ihretwegen, versteht sich.

»Diarmuid, wie schön dich zu sehen, alter Junge.« Eine Frau mit überschminktem Gesicht und ein wesentlich älterer Herr näherten sich ihnen, zwei weitere Damen schlenderten von links herbei, ein Mann mit einem Gehstock, der mehr Requisite denn Gehhilfe war, trippelte feixend hinterdrein. »Ewig nicht mehr gesehen, was machen die Geschäfte?«

Emilia stand etwas unentschlossen im sich bildenden Halbkreis und lächelte gezwungen, während sich alte Bekanntschaften über Neuigkeiten austauschten, von denen sie nichts wusste und daher nichts dazu zu sagen hatte. Diarmuid war vertieft in ein Gespräch mit der schrill Geschminkten, und Marina brillierte einmal mehr in gepflegter Konversation mit Freunden ihrer Familie. Die gerade erst zehn Gewordene, die das besser beherrschte als Emilia, der niemand Beachtung schenkte. Eben wollte sie sich unauffällig davonstehlen, als sie unerwartet jemandem ins Auge fiel.

Der Herr mit dem Gehstock schwenkte jenen geziert in ihre Richtung. »Du hast uns noch nicht deine neue Freundin vorgestellt, Diarmuid.«

Emilia bemühte sich um Haltung und ein Lächeln, das eigentlich zu breit für ihr schmales Gesicht war.

»Sie ist genau genommen zuvorderst eine Freundin von Paul und Charlotte«, erklärte Diarmuid.

Eine Halbwahrheit, die sie nicht mehr Gelegenheit fand zu berichtigen.

»Ach wirklich, das ist ja reizend«, trällerten die beiden Frauen gleichzeitig. Sie hatten es sich allem Anschein nach zur Aufgabe gemacht, die meiste Zeit gemeinsam zu sprechen. »Woher kennen Sie die beiden?«

Emilia öffnete den Mund, doch kam ihr Diarmuid zuvor: »Sie ist Musikerin.« Das heimliche Zwinkern, das er ihr zusandte, bestätigte Marinas Worte. Ihr Verbündeter hatte ihr soeben einen Dienst erwiesen.

»Wie aufregend!«, kommentierte prompt ein weiterer Gast, der der Runde soeben beitrat. »Gewiss hat Paul Sie im Zuge seiner neusten Pläne für den Klub eingespannt, was?«

»Ich kann es kaum erwarten, dass er eröffnet wird!«

»Eine fabelhafte Idee.«

Von diesem Augenblick an schuf sich das Gespräch von selbst, formte sich Emilias Bekanntschaft mit den Fairmanns von allein und ohne, dass sie ein einziges Wort dazu beigetragen hätte. Bald schon unterhielten sich wieder jene miteinander, die sich kannten, kamen und gingen Freunde und Bekannte, der Abend wurde länger, lauter und … einsamer. Emilia blieb allein, umringt von Menschen. Die Gespräche entdrifteten dem Greifbaren, ihre Aufmerksamkeit schwand. Sie wandte die Augen gen Himmel, das Geplapper, das sie umwehte, verhallte. Stattdessen hörte sie das Summen der hervortretenden Sterne, zaghaft, ganz sacht. Denkt ihr, ich sollte gehen, richtete sie die Frage nach oben.

Warte noch.

Warum? Wem würde es auffallen?

Warte noch, glaub uns. Warte noch ein Weilchen ...

Ein schrilles Lachen holte sie zurück unter die Menschen. Die Urheberin ließ sich nicht ausmachen, hätte es so gut wie jeder der Umstehenden entfleucht sein können. Emilia bemerkte ihre schmerzenden Mundwinkel und hörte auf zu lächeln. Sie war nicht aus dem Holze Annabelles geschnitzt, die ihren Nutzen aus all den nichtssagenden Gesprächsfetzen gezogen hätte, den Klatsch und Tratsch aufsaugend wie ein Schwamm, um ihn bei der nächsten Gelegenheit über ihren neuen Freunden auszuwringen. Es waren für Emilia zu viele Menschen zugegen und zu wenig Persönlichkeiten. Die Raritäten darunter wurden in Beschlag genommen, daher musste sie schweigen. Hunger verspürte sie keinen. Nicht einmal die Musik verhalf ihr dazu, sich losgelöster zu fühlen. Sie vermochte sich nicht auf sie zu konzentrieren, solange in ihrem Innern Dinge rumorten, die sie nicht einfangen konnte. Sie ertappte sich dabei, wie sie nach Paul Ausschau hielt, sah ihn scherzend in Gesellschaft einiger Damen, die allesamt durch ihre aufwendige Garderobe glänzten und Geschichten zum Besten gaben, denen er schmunzelnd folgte.

War es dieser Ausdruck, den Charlotte *engelsgleich* nannte? Charlotte unterdessen tanzte barfüßig auf einem der Tische, balancierte eine angezündete Zigarette auf der Zunge. Die Umstehenden klatschten in einem wilder werdenden Trommelwirbel dazu Beifall, bis sie schließlich den Tischrand erreichte und beinah gestürzt wäre. Ein Dutzend Männer standen bereit, um sie aufzufangen. All das, so musste Emilia zugeben, passte zusammen. Das Bildnis einer Festivität, wie sie die Fairmanns wahrscheinlich seit Jahren abhielten.

Das Einzige, das nicht passte, war sie. Emilia.

Dieser Erkenntnis folgten einige Wimpernschläge der Unschlüssigkeit, ehe sie sich gegen den Ratschlag der Sterne entschied. Es war kurz vor Mitternacht. Zeit zu gehen.

Ihr Rückzug löste den Knoten in ihrem Hals, lockerte das gefühlte Korsett, das sie trug. Sie konnte sich gerade noch zurückhalten, die Spangen aus dem Haar zu lösen, um es aus seinem Käfig der Etikette zu befreien.

»Emilia, wohin gehen Sie?«

Sie erstarrte auf der untersten Stufe des Treppenaufgangs zur Villa, drehte sich erst um, als sie ihre Gesichtszüge wieder unter Kontrolle wähnte. Paul verlangsamte seinen Schritt, blieb etwa einen Meter vor ihr stehen. War er ihr nachgelaufen? Sie ballte die Hand hinterm Rücken zur Faust, um die Finger ruhig zu halten. Er betrachtete sie abwartend.

»Wohin wollten Sie?«, wiederholte er seine Frage.

»Ins Bett, denke ich.« Es gelang ihr, dabei zu klingen, als sei es eine Selbstverständlichkeit.

Die er gleichwohl nicht als solche akzeptierte. »Was denn, jetzt schon? Sie wollen sich mein Feuerwerk entgehen lassen? Sind Sie krank?«

Sie schüttelte den Kopf. »Ich fürchte, nein.«

»Sie fürchten?«

Aus irgendeinem Grund entschlüpfte ihr ein Lachen. »Das war ungeschickt formuliert. Ich weiß nicht, weshalb ich zu Bett gehen möchte.«

Er schwieg, in seinem Blick ein Meer unausgesprochener Worte. Sie konnte sie nicht deuten, nicht hier, nicht in diesem Moment, sie war zu verwirrt von Eindrücken, die nicht zusammenpassten. Weshalb war er ihr gefolgt? Weshalb jetzt?

»Wir haben noch kein Wort miteinander gewechselt«, stellte er schließlich fest, als sei es ihre Schuld. Was ihr ungerecht erschien, war er es immerhin gewesen, der seit seiner Ankunft zu beschäftigt für höfliche Etiketten gewesen war. Es hätte Hunderte Gelegenheiten für ein Gespräch gegeben. Keine davon hatte er ergriffen.

»Wir tun es jetzt.«

Er nickte. »Ja.«

Ein Lufthauch ließ die Blätter der Rosenbüsche links von ihnen rascheln, gleichzeitig verschwand die Sonne endgültig hinterm Horizont. Die unzähligen Lichter, die den Weg säumten, fanden ihre romantische Bestimmung. Das Chaos in Emilia verstummte und ließ nur noch jene feine Melodie zurück. Die Melodie des Bandes, das sie beide vereinte und unaufhaltsam zueinanderzog. Wann hatte sich der Abstand zwischen ihnen verringert?

»Emilia.« Mehr noch als seine Hand, die er an ihre Wange legte, berührte sie die Art, wie er sie ansprach.

Es war, als küsste er sie mit ihrem Namen. Sie zuckte dennoch zurück. »Bitte, was sollen Ihre Freunde denken?«

Das Unverständnis auf seinem Gesicht war schmerzhaft schön. »Wie meinen Sie das?«

Lag es nicht auf der Hand? »Es ist nicht üblich, dass …«

»Sprechen Sie es nicht aus.« Er seufzte leise. »Emilia, Milia, ist Ihnen nicht aufgefallen, dass Sie längst eine Freundin in diesem Haus sind? Nicht nur für Marina.« Er deutete hinter sich. »Soll ich Ihnen verraten, wofür all das ist?«

Die Frage wurde unwichtig unter dem dröhnenden Bass eines sie unterbrechenden Besuchers, dessen äußeres Erscheinungsbild Emilia niemals mit der Wucht seiner Stimme in Verbindung gebracht hätte. Sein Auftritt trieb Paul und Emilia auseinander, veränderte die gesamte Atmosphäre. Der Fremde stahl sich in den Moment, als gehörte er ihm, wirkte wie jemand, dem allgemein alles gehörte. Emilia war davon überzeugt, dass jeder sein eigenes Lied besaß, das ihn ständig umgab. Diesen hier nicht. Diesen Mann umgab nichts. Keine Musik, dafür schien kein Platz. Er war lang und schmal, steckte in einem Anzug, der schwarz war wie die Nacht, und dasselbe konnte Emilia von seiner Ausstrahlung sagen. Das Lächeln, verschlagen und kein bisschen authentisch, funkelte dunkel bis hinauf in die Augen. Ein verstörender Antagonismus zu seinem schneeweißen Haar und Vollbart.

»Da ist ja mein Wunderknabe.« Er ging mit ausgebreiteten Armen auf Paul zu, ohne Emilia eines Blickes zu würdigen, und zog ihn fest an seine Brust.

Sie konnte sehen, wie sich Paul in der Umarmung versteifte, sein Blick verdunkelte sich, die Nasenflügel bebten, doch er lächelte. Kalt, aber diese Nuance prallte an dem anderen ab.

»Ich habe dich gesucht. Was treibst du abseits deiner eigenen Party?«

»Ich war im Gespräch mit ...«

»Schon gut, ich muss nicht alles wissen.«

Der Fremde legte seinen Arm um Pauls Schultern und bugsierte ihn zurück zu den anderen, derweil er Emilia mit einem Blick streifte, von dem sie nicht sicher war, ob sie ihn sich eingebildet haben könnte. Er ging ihr, real oder nicht, durch Mark und Bein. Sie ahnte bereits in dieser schwülen Sommernacht, in der sie den Namen jenes Mannes noch nicht kannte, dass er ihr kein Freund war und niemals werden würde. Während er auf Paul einredete, klang er völlig unbekümmert, als hätte er sie überhaupt nicht bemerkt. Der Eindruck blieb trotzdem.

»Gute Neuigkeiten. Das Filmbusiness erwacht zu neuem Leben, meine Kleine wird womöglich bald ein Star. Hast du es gehört? Der Geldsack Dorian Lines ist von uns gegangen. Jeniver ist wieder eine Faun ...«

Das Gespräch verhallte, mit jedem Schritt, den sie sich von Emilia entfernten. Sie blieb regungslos zurück, konnte weder gehen noch bleiben. Stattdessen sank sie auf die Treppenstufen, schloss die Augen und suchte in der erwachenden Nacht nach Antworten.

Sie bemerkte Marina an ihrem hüpfenden Gang, hörte das Rascheln ihres Kleides, als sie sich neben Emilia sinken ließ.

»Nur, dass du es weißt«, begann sie ohne Umschweife, »ich habe alles gesehen.«

Emilia öffnete die Augen, starrte sie entsetzt an, woraufhin diese belustigt kicherte. »Wir sind Freundinnen, oder? Ich darf solche Sachen sehen.« Sie blickte mit einem Grinsen, das zu erwachsen für ein Kind ihres Alters war, zu ihrem Onkel hinüber. »Ich lag falsch. Du hast ihn fast ebenso schnell umgestimmt wie das Piano.«

Die Klaviatur glich einer goldrot funkelnden Lichterkette, so schnell bewegten sich die zwanzig Finger über sie hinweg – fröhlich, erfinderisch und kreativ –, Fehler tendenziell missachtend. Jedes Mal das Wunder einer entstehenden Melodie zu unterbrechen, nur weil sich ein Finger verirrte, machte aus Lehrerinnen unleidige Pedantinnen und aus Schülerinnen dauerhafte Pessimistinnen. Daher ließ Emilia es bleiben. Sie hatten sich inzwischen so weit von einem steifen Musikunterricht entfernt, dass es auf die ein oder andere Verstiegenheit nicht mehr ankam. Die lackierten Fingernägel der Lehrerin beispielsweise. Emilia besaß schmale, stets gepflegte, aber unauffällige Finger. Für die Feier hatte Marina darauf bestanden, ihre eigenen Nägel golden einzufärben und Ähnliches mit denen Emilias getan, in einem blassen Rot. Das hatte eine ungewöhnliche Wirkung auf Emilias Verhalten, denn so fielen ihr sämtliche Handbewegungen plötzlich ins Auge. Solche wie das gedankenverlorene Nachzeichnen der Falten ihres Kleides oder dass sie wie selbstverständlich Charlottes Art, nach einem Glas zu greifen, übernommen hatte. Mit einem abgespreizten Finger.

Ihre lackierten Nägel von Taste zu Taste tanzen zu sehen irritierte Emilia für nicht weniger als eine Sekunde, und sie verspielte sich zum ersten Mal seit Jahren. Dass der rote

Lack dafür der Grund war, würde ihr Marina gewiss niemals glauben, selbst wenn sie es beteuern würde, denn im selben Atemzug, in dem es geschah, öffnete sich die Tür zum Musikzimmer und Paul trat ein. Kaum diskret, trotz allem niemals ein Grund für Emilia, aus dem Takt zu geraten. Nicht am Klavier.

»Bitte um Vergebung, die Fräuleins, ich muss eure Musikstunde an dieser Stelle unterbrechen, weil ich ...«

Sein Verstummen trieb ein Grinsen auf Marinas Gesicht, sie löste die Finger von den Tasten und wandte sich fragend zu ihrem Onkel um.

Er blickte zwischen ihr und Emilia hin und her, räusperte sich. »Nun, ich ...«

»Du benötigst die Dienste von Emilia«, half Marina freundlich aus.

Er nickte. »Korrekt. Ich ... ganz recht ... ich benötige die Dienste Emilias.« Sein Blick fand ihren.

Emilia erhob sich, als sei sie selbst zur Schülerin geworden, und folgte ihm hinaus. Verspätet fand sie die Geistesgegenwart, sein Eindringen zu hinterfragen. »Verzeihung, aber wozu benötigen Sie meine Dienste mitten in einer Musikstunde, die gerade erst ...«

»Seien Sie versichert, die Musikstunden sind das Einzige in diesem Haus, das so fortgeschritten ist, dass eine kurze Unterbrechung verschmerzbar sein dürfte.« Er verzichtete darauf, das fragwürdige Kompliment durch ein Lächeln zu schmücken, sondern führte Emilia zügig weiter die Treppen hinab. Seine Hand berührte dabei sachte ihre Schultern, hinterließ dort ein leichtes Prickeln. »Was hingegen dringend ansteht, ist eine Begehung des Klubs, ehe wir nächste Woche seine Eröffnung feiern, und wie ich bereits anführte, lege ich Wert auf Ihre geschätzte Meinung.«

Was das Sonderbarste aller Sonderlichkeiten war.

Trotzdem fand sich Emilia kurz darauf an der Bellevue-, Ecke Viktoriastraße wieder und schritt über den Kemperplatz auf das Klubgebäude zu, das noch von einem Baugerüst umgeben war. Die meisten Arbeiten schienen allerdings abgeschlossen. Es handelte sich um ein hübsches Bauwerk, umgeben von einem ansprechend umzäunten Außenbereich, sodass die Nähe zur Straße kaum von Belang schien. Fünf bodentiefe Rundbogenfenster an der Frontseite sorgten nicht nur für ein angenehmes Äußeres, sondern sicher auch obendrein für ausreichend Licht im Innern. Am verschnörkelten Terrassengeländer im ersten Stock versuchten sich einige Arbeiter in schwindelerregender Akrobatik daran, etwas anzubringen, das Emilias Blick verborgen blieb.

»Wir wollen dort die Buchstaben mit dem Namen des Klubs befestigen, sind uns bezüglich dieses Namens aber noch nicht einig geworden«, erklärte Paul, der ihrem Blick gefolgt war. »Ah, Maximilian und Heinrich, ich grüße euch.«

Zwei Herren traten durch den Schwingtüreneingang nach draußen. Den einen kannte Emilia bereits. Der Mann mit dem alles übertönenden Basston – Maximilian Faun. Der andere schien sein Gegenstück in jeder Weise zu sein: Groß, schlank und mit goldblondem Haar wirkte er wie einer dieser gut aussehenden Kerle, die auf Zeitschriften die neueste Herrenmode präsentierten.

»Darf ich vorstellen, meine Vertrauten und Mitfinanciers, beziehungsweise Kreateure in dieser Sache. Maximilian kennen Sie ja bereits, und dies ist Heinrich, ein fabelhafter Architekt, dem noch eine große Karriere bevorsteht.«

Maximilian begnügte sich mit einem Nicken – unübersehbar war er wenig begeistert von Emilias Anwesenheit. Heinrich unterdessen lachte sie offenherzig an, die tiefblauen Augen leuchteten. Seine Stimme war weich und sehr höflich, sie lullte einen in Sekundenschnelle ein, doch Emilia widerstand dem Impuls, ihm vorbehaltlos zu vertrauen. Seit sie Paul kannte, wusste sie, dass niemand so war, wie er schien.

»Freut mich, Sie kennenzulernen …?«

»Das ist Emilia Sommer«, stellte Paul sie mit einem verhältnismäßig breiten Lächeln vor, »eine gute Freundin der Familie.«

Emilia spürte den skeptischen Blick Maximilians und war froh, dass Heinrich sie sofort in ein Gespräch verwickelte. »Er hat von Ihnen geschwärmt. Beim Anblick Ihrer Grazie bin ich auf der Stelle überzeugt und gespannt, was Sie von unserem Palast halten. Wir haben uns alle Mühe gegeben, etwas Besonderes, etwas Neues zu erschaffen.«

Womit er nicht übertrieb, das wurde Emilia bewusst, als sie den Klub seitlich durch eine der geöffneten Terrassentüren betraten. Anders als jene Etablissements, die sie bislang besucht hatte, war dieses riesig, die Tanzfläche so weitläufig, dass ein ganzes Ballett hätte auftreten können, was letztlich auch für die Bühne galt, die unter einem imposanten Rundbogen lag. Von den Emporen im höher gelegenen Stock musste die Sicht auf dieselbe ausgezeichnet sein. Dort oben befanden sich seitlich außerdem kleinere Bartheken, vermutlich um den Weg zum schnellen Drink zu verkürzen und die Verkaufszahlen zu erhöhen. Die im Erdgeschoss gelegene Theke verriet weit mehr Angebote und wirkte mit ihrer polierten Marmorplatte wie die eines erlesenen Hotels. Unzählige gestapelte Tische und Stühle im Halbrund um die Tanzfläche sowie die großen verdunkelbaren Fensterfronten ließen annehmen, dass tagsüber Speis und Trank angeboten und erst abends das Nachtleben eingeläutet werden würde. Die Beleuchtung erschien ihr ebenso fremd wie originell. Die turmähnlichen Lampen waren mit unterschiedlichen Farbfiltern für abenteuerliche Lichtakzente ausgestattet und zogen Emilia minutenlang in Bann. Die größte Sensation wartete allerdings im Eingangsbereich.

»Paul wollte etwas, das es noch nicht häufig gibt, und ich bin ein unbedingter Freund von Innovation«, erklärte Heinrich gerade.

»Daraus ist ein halbes Einkaufszentrum geworden«, fuhr Maximilian dazwischen. »Wir haben vor, oben unseren Tabak in einem eigenen Geschäft zu verkaufen, außerdem konnten wir einen Barbier davon überzeugen, eine der Räumlichkeiten zu beziehen, und ganz hinten wartet eine kleine Boutique, in der allerlei Accessoires erworben werden können.«

»Was die perfekte Zerstreuung bedeutet. Wer sich einen Abend im Klub gönnen will, kann sich vor Ort seinen Bart perfektionieren lassen, und was er an Garderobe nicht zur Hand hatte, findet sich ebenfalls hier.« Heinrichs Augen funkelten vor Begeisterung. »Die Zeiten werden immer schnelllebiger, wie Sie wissen, wir müssen es den Menschen so leicht wie möglich machen, Freizeit zu konsumieren.«

Eine ambitionierte und wohldurchdachte Geschäftsidee. »Was ist mit den Damen der Gesellschaft? Beschäftigt der Barbier einen Friseur oder ist es ein Klub nur für Herren?«

Für den Bruchteil einer Sekunde erstarb das Leuchten in Heinrichs Augen, und Maximilians Stirn erfuhr eine tiefe Furche. Pauls Mundwinkel hingegen vibrierten leicht, sein Blick traf den Heinrichs.

Dieser fand sein breites Strahlen wieder. »In der Tat. Paul hat nicht zu viel versprochen. Man sollte uns egozentrisches Männerpack niemals allein planen lassen. Selbstverständlich ist die Damenwelt hier nicht außen vor, im Gegenteil. Wir sollten unseren Barbier um einen Friseur erweitern.«

Wenn die Mittel immer noch nicht erschöpft waren ... Emilia konnte nur staunen über die sofortige Zustimmung, in der Kosten keinerlei Hindernis darzustellen schienen.

»Ein Friseur kann nicht schaden, die Hauptattraktion allerdings sollte unser ... ich meine dein Klub bleiben«, befand Maximilian, »immerhin ...«

Zu ihrer Schande war es Emilia, die ihn mitten in seiner Ausführung unterbrach, und zwar durch einen Laut des absoluten Erstaunens. Sie hatte eine gewöhnliche Treppe, im Bestfall einen Aufzug erwartet. Was sie vom Erdgeschoss in den ersten Stock führen sollte, überstieg gleichwohl jegliche Vorstellung bezüglich einer *nie da gewesenen Idee.* Sie blickte auf das neumodischste Etwas der Baukunst, das sie je bezeugen durfte. Die Höhendistanz zwischen den Stockwerken wurde durch ein treppenähnliches Gefährt überwunden, dem Emilia mit tellergroßen Augen folgte. Wie durch Zauberhand bildeten sich aus dem Boden Treppenstufen, die sodann aufwärtsfuhren – ähnlich der elektrisch betriebenen Eisenbahnen für Kinder, allein mit dem fantastischen Zusatz, diese Kraft auch bergauf nützen zu können. Pure Magie!

»Was ...?«

Die Männer wechselten verschwörerische Blicke, ehe Heinrich ehrfurchtsvoll erklärte: »Das ist eine Rolltreppe, die erste Berlins, können wir mit Stolz anmerken.«

»Rolltreppe ...«, wiederholte Emilia staunend. Das Wort kam ihr bekannt vor, klang in ihren Ohren allerdings ähnlich abstrakt wie Expeditionsluftschiff, lichtempfindliche Kamera oder Verkehrsampel. Aber da wuchs sie schon aus den Fliesen empor, eine sich aus metallenen Segmenten bildende Treppe, wie sie später erfuhr, zum Laufen gebracht durch eine Rollkette aus kleinen Rädern, die der Treppe ihren Namen verlieh. *Rolltreppe.* Es waren ihrer im Übrigen zwei, eine, die aufwärtsfuhr, und direkt daneben eine, die wieder nach unten führte. »Damit dürften Ihnen die Gäste sicher sein. Allein um diese Attraktion nutzen zu dürfen, werden sie in Scharen erscheinen«, bemerkte Emilia bewundernd.

»Vielleicht die geheime Absicht unseres Heinrich«, mutmaßte Paul leise, während Maximilian einen grimmigen Laut ausstieß. »Sie ist ohne jeden Zweifel ein Glanzstück.

Ich will dennoch schwer hoffen, der Klub selbst wird letztlich der eigentliche Anziehungspunkt.«

Heinrich zwinkerte. »Das wird er, keine Sorge, spätestens, wenn Rolltreppen zum Alltag geworden sind.«

Was noch eine Weile dauern dürfte, befand Emilia mit einem vorsichtigen Blick auf die niemals stehenden Stufen. »Ist sie wirklich sicher?«

»Überzeugen Sie sich selbst.« Heinrich machte eine einladende Geste in Richtung Treppe.

Emilia lächelte schüchtern, fragte sich, ob sie beim Versuch, sie zu betreten, stolpern würde. Sie sah zu Paul hinüber, der es bislang seinen Kollegen überlassen hatte, die Unterhaltung zu führen.

Nun gestattete er sich ein aufmunterndes Lächeln. »Keine Sorge, es erfordert keinen sonderlichen Balanceakt, sie gleitet dahin wie ein Schiff im Wasser.« Er reichte ihr die Hand. »Kommen Sie, ich bin direkt hinter Ihnen.«

Was ihren Herzschlag nicht zu beruhigen vermochte. Zögerlich trat sie auf die fahrenden Stufen zu. Eben erhob sich wieder eine von ihnen aus dem Grund, und Emilia setzte, die Luft anhaltend, rasch beide Füße darauf. Eine Sekunde lang schien es ihr, als verlöre sie tatsächlich den Halt, schon einen Wimpernschlag später verpuffte dieses Empfinden, und Emilia bewegte sich, ohne einen Muskel zu rühren, aufwärts. Das war mehr als faszinierend, es war magisch. Ein leises Kichern löste sich aus ihrer Kehle.

»Beeindruckend, nicht wahr?« Erst jetzt spürte sie Pauls unmittelbare Nähe. Er stand eine Stufe unter ihr, seine Hand ruhte auf ihrer Hüfte. Hätte sie sich umgewandt, hätte sie ihm in die Augen sehen können, ohne eine Distanz zwischen ihnen. »Vorsicht«, warnte er sie, verstärkte den Druck auf ihre Hüfte, »jetzt einen großen Schritt und …«, beinah war es ihr, als hebe er sie leicht an, sodass sie den Übergang von Rolltreppe zu sicherem Boden kaum spürte, »geschafft.«

Sie drehte sich zu ihm um, er überragte sie wieder um einen halben Kopf, die Distanz zwischen ihnen war gleichwohl nicht mehr vorhanden. Wann hatten sie angefangen, sich mit Blicken statt mit Worten zu verständigen? Wären sie allein am Rand dieser Rolltreppe, was würden sie jetzt tun?

»Eine sagenhafte Spielerei, nicht wahr? Ich könnte den gesamten Tag hinauf- und hinabfahren.« Heinrich erreichte den Treppenabsatz, sah nicht einmal zu Boden, als er die rollende Treppe verließ.

Emilia trat rasch einen Schritt von Paul zurück, bekundete nickend ihre Zustimmung. Dem Augenblick haftete eine Nuance der Irritation an, denn keinesfalls war Heinrich entgangen, wie nah sie einander standen. »Sagen Sie, was ist das für eine Diskussion, die Sie um den Namen Ihres Klubs führen?«, lenkte Emilia geistesgegenwärtig ab.

»Ah«, machte Heinrich schelmisch, »er hat Ihnen davon erzählt. Nun, Maximilian ist der Überzeugung, man sollte ihn *Fährmann* nennen – als Anspielung auf den Namen des Besitzers.«

Es dauerte einen Moment, ehe bei Emilia der Groschen fiel und sie endlich begriff, was Paul mit der »enervierenden Zweideutigkeit« seines Namens gemeint hatte.

»Paul ist kein bisschen überzeugt, und ich schwanke noch. Was halten Sie davon?«

Emilia rühmte sich damit, wenig Originalität beim Vergeben von Titeln zu beweisen, ihre eigenen Musikstücke taufte sie nach Farben. »Ich würde sagen, es kommt darauf an«, erwiderte sie vorsichtig.

»Worauf?«

»Auf die Idee Ihres Etablissements. Erwarten Sie eher, sagen wir, verruchte Kundschaft, ist der Name nicht unpassend.«

»Da haben wir es.« Paul sah verheißungsvoll zum auf der Rolltreppe nahenden Maximilian. »Definitiv möchten wir eine möglichst breite Masse ansprechen.«

Maximilian sah das womöglich anders, äußerte sich jedoch nicht dazu.

»In diesem Fall würde ich einen entsprechenden Namen wählen. Einen, der alle anzieht.« Zu weiteren Ratschlägen sah sich Emilia angesichts Maximilians Miene nicht berufen.

»Ha, was sagt unser bekennender Überwinder der Selbstkritik dazu?« Heinrich stieß Maximilian feixend in die Seite.

In dessen kleinen Augen erhaschte Emilia den Ansatz von Feindseligkeit.

»Dass sie überwunden ist. Ich muss nicht mich kritisieren, allerhöchstens meinen Geschmack.« Er lächelte geziert und fügte hinzu: »Was den Namen betrifft.« Und mit einem Blick, der durch Emilia aalglatt hindurchging: »Sofern wir auf alles hören wollen, das uns Uneingeweihte raten.«

»Wir haben sie aus exakt diesem Grund eingeweiht«, stellte Paul mit freundlicher Eisigkeit klar. »Ich finde, was Emilia anmerkt, hat Hand und Fuß.«

»Mag sein. Trotzdem sollten wir noch einmal über die tatsächliche Breite des Publikums reden. Ich nehme an, wir sind uns einig, dass es in erster Linie Zigarettenkonsumenten sein werden, was eine gewisse Anzahl an vor allem weiblichen Gästen ausschließen dürfte.«

»Sagen Sie das nicht«, entschlüpfte es Emilia geistesabwesend, zur Hälfte damit beschäftigt, den Barbiersalon näher zu inspizieren. Anders als bei ihrem Friseur bot er drei Sitzmöglichkeiten an jeweils zwei Spiegelfronten und keinerlei Tische, um sich Zeitung lesend das Warten zu erleichtern. Stattdessen befanden sich im Gebäudeflur mehrere Bänke, auf denen Zeitschriften ausgelegt worden waren. Platzsparend. Mit einiger Verzögerung bemerkte sie die musternden Blicke der drei Herren und beeilte sich zu erklären: »Rauchen ist zutiefst weiblich, fragen Sie Annabelle.« Ihre Freundin rauchte wie ein Schlot, ohne dass man es ihr angemerkt hätte – an ihr dürfte Paul in etwa so viel verdienen wie die Hersteller von Pfefferminzbonbons. »Außerdem schließt das

Nichtrauchen den Klubbesuch nicht aus, würde ich zumindest vermuten.«

Sie ahnte, dass Maximilian ihr noch vor der Eröffnung lebenslanges Klubverbot erteilen würde, sollte sie noch eine weitere Vermutung dieser Art äußern. Paul und Heinrich hingegen schienen von ihren Anmerkungen überzeugt zu sein, wenngleich sich Emilia klammheimlich jeder weiteren Meinungsäußerung entzog, derweil die drei in ihre Diskussion vertieft keine Kenntnis davon nahmen. Emilia schlenderte durch den Flur, vorüber an den Wartebänken und dem fairmannschen Tabakgeschäft mit dem unverwechselbaren Geruch nach solchem. Ihr Blick glitt über die modischen Accessoires im Schaufenster des hintersten Ladens, verweilte einen Augenblick auf dem übergroßen Zylinder, um den sich wie eine Schlange eine goldene Federboa ringelte. Golden war in der Tat das Markenzeichen dieser Zeit – golden die Getränke auf jeder Party, golden die Dekoration in den Schaufenstern, golden die Kleidung, die Haarfarbe, das Lachen der Frauen. Der Krieg, die Wirtschaftskrise, all der Schmerz, Verlust und das Leid wurde im blinkenden, blitzenden Hochgenuss ertränkt und vergessen. Das war in Ordnung. Emilia selbst war die geborene Vergesserin von Schmerz und Verlust. Sie vertrieb beides, indem sie es in musikalische Träume verwandelte. War es nicht dasselbe? Allein mit dem Unterschied, dass sie leise zu verdrängen versuchte und die anderen mit möglichst viel Getöse.

Sie kehrte zur Rolltreppe zurück, deren ratterndes Geräusch sich mit den Stimmen der Geschäftsmänner mischte, und schloss beide Hände um das Geländer, das zwischen der auf- und abfahrenden Treppe angebracht worden war. Draußen vor dem Eingang schienen die Handwerker gerade ein Päuschen einzulegen, saßen, Pauls Tabak rauchend, auf ihrem Gerüst, das gusseiserne *F* für *Fährmann* lehnte vergessen am Balkongeländer. Der Einfall der Sonne verlieh ihm einen goldenen Schimmer. Emilia legte den Kopf schief. »Unter Glitzer und Gold«, murmelte sie.

»Wie bitte?«

Sie drehte sich um, nichts ahnend, dass ihre Worte so laut gewesen waren, dass sie das Gespräch der drei unterbrochen hatten. Sie winkte ab. »Der Name des Klubs. Kam mir bloß in den Sinn. Beachten Sie mich nicht!«

»Das zu tun, wäre ausgesprochen töricht«, bemerkte Paul mit einem seltsamen Lächeln. *»Unter Glitzer und Gold«,* wiederholte er langsam und wandte sich an Heinrich.

Das Gesicht seines Partners glich einer aufgehenden Sonne. »Mir gefällt es.«

Maximilian eindeutig nicht. »Es sollte ein Wort sein. Kurz, prägnant, schnell in aller Munde. *Unter Glitzer und Gold,* ich bitte euch, das ist weibischer Schnickschnack!«

Heinrich tauschte einen amüsierten Blick mit Paul und erklärte, Maximilian zur Seite nehmend: »Mein Freund, ich finde, wir sollten uns das noch einmal durch den Kopf gehen lassen. Weißt du ...« Seine Stimme verhallte im Flur, durch den er Maximilian bugsierte, während Paul und Emilia zurückblieben, lediglich umgeben vom Geräusch der Rolltreppe. Paul sah Emilia an, musterte sie auf diese Art, die ihr das Gefühl vermittelte, sie sei es wert, näher in Augenschein genommen zu werden.

»Ich danke Ihnen.«

»Wofür?«

Er schlenderte auf sie zu, reichte ihr beiläufig die Hand, um sie auf die Empore zu geleiten. Es herrschte schummriges Halblicht dort oben, die Scheiben der beiden Sprossenfenster waren bunt getönt und abstrakt geformt, was verspielte Lichtakzente erschuf. »Dafür, dass Sie genau das getan haben, worum ich Sie gebeten hatte.«

»Eine Meinung kundzutun, die Maximilian nicht hören wollte?«

Er lachte leise. »Maximilian hat seine Gründe, Meinungen von hübschen Fräuleins nicht hören zu wollen. Sie tun nichts zur Sache. Er weiß, dass alles, was Sie gesagt haben, überzeugend ist. Letzten Endes bin außerdem ich der Eigentümer, er besitzt nur geringfügige Anteile an all dem. Heinrich wird ihm schon die Augen öffnen.« Er deutete auf den unter ihnen liegenden Klubraum. Die polierte Tanzfläche, auf der sich bald die wildesten Tänzer tummeln würden, den Bühnenrand, der durch im Boden eingespeiste Lichtquellen markiert wurde, das gesamte faszinierende Lichtspektrum. »Was sehen Ihre Augen hier?«

Emilia lächelte. »Ein Wunder womöglich.«

»Ja, ich auch.«

Hätte sie sich zu ihm umgewandt, um im Halbdunklen seinen Blick zu finden, sie hätte nicht lange suchen müssen, denn er ruhte einzig auf ihr. Aber vielleicht wäre ihr selbst das entgangen, denn wohlerzogene Waisenmädchen wussten, dass reiche Fabrik- und Klubbesitzer niemals wahrhafte Gefühle für ihresgleichen empfinden konnten. Selbst wenn das Herz etwas anderes ersehnte.

Aber sie wandte sich nicht um, sie betrachtete das Wunder vor sich, lauschte dem Pulsschlag des noch leeren Raumes. Ein geheimnisvolles Sirren lag in der Luft, das Säuseln der Stimmen, die ihn bald füllen würden. Emilia schloss die Augen und konnte ihn hören, wie er sich ausbreitete, in jeden Winkel von Pauls Klub, von den Wänden widerhallend und sich im Herzschlag der Tanzenden findend. Sie konnte ihn hören, mit all seiner pulsierenden Kraft und dem nie da gewesenen Enthusiasmus: den Klang von Glitzer und Gold.

Sie öffnete die Augen.

Schillernd gekleidete Gäste strömten zur Tanzfläche, sie erkannte die goldene Federboa, fesch um die Schultern einer eleganten, langhalsigen Brünette gelegt. Klirrend stießen

Gläser gegeneinander, Stühle rückten knarzend über den Boden. Auf der Bühne spielte der Tanzkapellmeister Leon Golzmann, der sich bereits seit einigen Jahren *Dajos Béla* nannte, mit seinem Salonorchester *Waitin' for the Moon*. Eine fabelhafte Einladung zum Shimmy. Wie zu erwarten, tauchten die unzähligen extravaganten Beleuchtungskörper den Klub in ein faszinierendes Flair. Goldenen Glühwürmchen gleich tanzten die Akzente der rotierenden Scheinwerfer durch den Raum, der Geruch von Tabak hing in der Luft, das Lachen der Herren und Giggeln der Damen wehte hinauf zur Empore. Was Anfang der Woche noch Wunschdenken gewesen war, erfüllte sich nun. Pauls Klub schien schon an seinem Einweihungsabend besser besucht als jeder andere der Stadt. Charlotte genehmigte sich das vierte Glas Champagner und giggelte wie alle anderen. Selbstverständlich trug sie ein goldenes Kleid, hatte nicht mehr abgelassen, von Emilias fabelhaftem Einfall bezüglich des Klubnamens zu schwärmen, und ihre Garderobe entsprechend angepasst. Maximilian war es zwar gelungen, ihn um das »Unter« zu kürzen, aber als Emilia am frühen Abend hinter Charlotte aus dem Wagen gestiegen war, waren ihr die zwölf beleuchteten Lettern sofort ins Auge gestochen: *Glitzer & Gold.* Paul hatte veranlasst, dass die gusseisernen Buchstaben gegen solche ausgetauscht wurden, die illuminiert werden konnten, was eine beträchtliche Wirkung zeigte. Wie alles andere in und an Pauls Klub.

»Es ist ein voller Erfolg«, befand soeben Maximilian mit dem ersten aufrichtigen Lächeln auf dem Gesicht, seit Emilia ihn kannte.

»Die Rolltreppe hat ihren Teil dazu beigetragen«, behauptete Heinrich stolz, »denn nach der Eröffnung des Nachmittagskaffees hat sich die Kunde von diesem Wunderwerk wie ein Lauffeuer verbreitet.«

Maximilian grunzte. »Die Zigaretten gehen auch nicht schlecht.«

Eine Tatsache, die übereindeutig in der Luft lag, für Emilias Geschmack zu sehr. Sie wusste, dass es in Mode war und jede Person, die dieser Tage etwas auf sich hielt, rauchte. Nicht nur in Klubs, auch zu Hause, in der Mittagspause auf dem Firmengelände, während des Sonntagsspaziergangs oder auf der Rennbahn – immer und überall.

»Vielleicht war es eher der Name, der die Menschenmassen angezogen hat«, raunte Paul in Charlottes und Emilias Richtung. Die Geschwister hatten darauf bestanden, dass Emilia sie begleitete, und diese hatte sich nicht lange geziert. Es erfüllte sie nicht einmal mit Unbehagen, obgleich sie spürte, dass Maximilian sie absichtlich keines Blickes würdigte. Das Ereignis war zu berauschend, um Gedanken daran zu verschwenden, wem sie sympathisch war oder nicht.

Soeben betrat Maximilian die Bühne, um eine kleine Willkommensrede zu halten, wobei er offensichtlich kein bekennender Überwinder der Selbstdarstellung war. In seinem mokkafarbenen Anzug breitete er strahlend die Arme aus und hieß halb Berlin im Glitzer & Gold willkommen, die Stimme laut, als sei sie magisch um das Hundertfache verstärkt. Ganz ohne ein Mikrofon.

»Solltest nicht du als der eigentliche Besitzer dort unten stehen?«, erkundigte sich Charlotte von ihrem Ehrenplatz auf der Empore aus mit schnippischem Unterton.

Paul winkte ab. »Du kennst mich. Ich meide das Rampenlicht, so gut es geht. Ohne seinen Vater wäre all dies nicht möglich gewesen, und wie du siehst, hat Max deutlich mehr Charisma und Showman-Gene als ich. Lass ihm die Freude.«

Emilia hätte dem Narzissten in Maximilian zugetraut, Paul als den Eigentümer noch nicht einmal zu erwähnen, zum Ende seiner Rede deutete er hingegen mit ausgebreitetem Arm zur Empore und erwies ihm doch noch die Ehre. Im Anschluss wurde das wilde Partyleben ausgerufen, und Dajos Béla und seine Band verzauberten den Klub in ein musikalisches Paradies. Selbst Emilia kitzelte es in den Zehen.

Es war die Zeit der Schlager, wobei der Name den Ton angab, denn schlagend waren sie durchaus. Die Aktualität ihrer musikalischen Ausdrucksform bedeutete eine ständige Verlockung zum Tanz, sei es Shimmy, Charleston oder Tango, und die Texte verhielten sich ebenso amüsant wie den Trend treffend. Wer wollte an seinen freien Tagen nicht zu *Wochenend und Sonnenschein* das Tanzbein schwingen? Emilia jedenfalls sehnte sich danach, sich Musik und Tanz hinzugeben – vielleicht auch deshalb, weil sie fürchtete, würde sie noch länger in der Nähe des Klubbesitzers verweilen, würde ihr Maximilian unangenehm werden. Seine beißende Antipathie war spürbar, weshalb es sie mit Erleichterung erfüllte, als Annabelle plötzlich auf der Empore auftauchte, um Paul und Co. überschwänglich zu gratulieren, ein bisschen mit Heinrich zu flirten und schließlich Emilia »zum Tanz zu verleiten«.

»Meine beste Freundin muss manchmal zu ihrem Glück gezwungen werden, müssen Sie wissen!«

Paul lächelte höflich. »Ich werde es mir merken.«

Dankenswerterweise zog Annabelle sie schneller mit sich, als Emilia über seine Bemerkung hätte erröten können, und plapperte in einem fort. »Du meine Güte, da ist ja alles so unfassbar gigantisch, du bist wirklich ungerecht, dass du immer alles so untertreibst, wenn du von etwas erzählst. Ich hatte ja keine Ahnung, wie bombastisch dieser Klub sein würde, die haben hier eine unfassbare Auswahl an ... na, an allem!« Sie ließ ihre funkelnden Augen über die Ausstattung gleiten und leerte ihr Glas in einem Zug, stellte es auf einen der Tische und klatschte begeistert in die Hände. »Lass uns tanzen!«

Der Behauptung, Emilia neige zu Untertreibungen, konnte diese entgegenhalten, dass es Annabelles bewährter Stil war, *alles* zu übertreiben. So auch den Tanz. Ein Turkey trot wurde bei ihr zu einem Auftritt eines ganzen Hühnerstalls, ihren Charleston schmückte sie mit wildesten Kapriolen aus, und tanzte sie Shimmy, musste man fürchten, sie würde sämtliche Pailletten ihres Flapperkleides verlieren. Was an einem Abend wie diesem keinen scherte, es im Gegenteil begeistert beklatscht oder ihr sogar nachgeeifert wurde. Annabelle war die Königin der Tanzfläche, und die Anzahl ihrer Bewunderer wuchs im Minutentakt. Selbst Emilia empfand sie als die umwerfendste Person weit und breit, so neckisch, wie sie ihre Hüften schwang und die kurzen blonden Locken schüttelte. Unvermeidbar, dass Charlotte und sie sich im Laufe des wilder werdenden Abends über den Weg liefen und binnen weniger Tanzschritte zu Freundinnen wurden. Emilia selbst konnte sich der Feierlaune nicht entziehen, zu berauschend waren Klänge, Lichtstimmung und die Atmosphäre einer Gesellschaft, die nichts weiter wollte, als sich frei und unabhängig zu fühlen. Paul, Heinrich und Maximilian hatten das perfekte Paradies erschaffen.

»Hach«, schnaufte Annabelle nach einem besonders windigen Shimmy, der sie die Hälfte ihrer Federn auf dem Haarband gekostet hatte. »Ich brauche jetzt auf der Stelle eine Fluppe. Charlotte, wo gibt es dieses Zeug, das dein Bruder herstellt?« War sie nicht mehr ganz nüchtern, gewöhnte sie sich eine saloppe Sprechweise an, für die sie von der Heimleitung einst eine Schelle gefangen hätte.

»Genau hier«, erwiderte Charlotte grinsend und zauberte eine Schachtel unter ihrem Kleid hervor, mutmaßlich an ihrem Strumpfband befestigt. Etwas, das man sich mit Annabelles Tanzstil nicht leisten konnte. Sie steckte sich elegant eine Zigarette zwischen die geschminkten Lippen und reichte sowohl Annabelle als auch Emilia ein Exemplar. Auf deren schüchternen Protest hin starrte sie Charlotte ungläubig an. »Meine Liebe, du willst mir nicht erzählen, du hast noch nie…?«

»Oho, du willst mir nicht erzählen, dir sei entgangen, dass Emilia über keinerlei Laster verfügt – und nicht danach strebt«, witzelte Annabelle. »Sie ist so rein wie … Pff, ich weiß es nicht, es spottet jedem Vergleich.«

Emilia hätte protestiert, doch Charlotte ließ ihr keine Zeit dazu. »Ich hatte so eine Ahnung. Was nicht bedeutet, dass sie ein hoffnungsloser Fall sein und bleiben muss.« Sie zwinkerte. »Versuch es! Wenn es einen Anlass gibt, um es zu tun, ist es die verrückte Klubpremiere meines Bruders. Wird er wohl jemals aufhören, uns zu überraschen?«

Vermutlich nicht, dachte Emilia und widerstand dem Impuls, sich nach ihm umzusehen. Charlotte ließ ihr Streichholz aufflammen und nahm einen kräftigen Zug an ihrer Zigarette, ehe sie sie Emilia reichte. Ihr Lippenstift hinterließ einen roten Rand auf dem Filter. »Na los, wenigstens einen Zug. Rauchen wird das sein, worin wir unsere Männer irgendwann überflügeln, und sei es das Einzige auf der Welt.«

»Das will ich nicht hoffen«, seufzte Annabelle, Rauchkringel ausatmend. »Wo wir im Grunde das intelligentere Geschlecht sind. Kaum zu glauben, dass wir erst seit sechs Jahren wählen dürfen.«

Emilia verbiss sich die Bemerkung, dass Annabelle es versäumt hatte, dieses Recht in Anspruch zu nehmen, zu sehr damit beschäftigt, wichtige Anschaffungen zu tätigen oder Spazierfahrten zu unternehmen.

»Da würde ich Ihnen vermutlich zustimmen.«

Emilia war froh, dass sie mit dem Versuch, an der Zigarette zu ziehen, noch gewartet hatte, so verschluckte sie sich lediglich an ihrer eigenen Spucke. Wie lange hörte ihnen Paul schon zu? Charlotte kicherte bei seinem Anblick und hauchte ihm links und rechts einen Kuss auf die Wange. »Mein Brüderchen, dein versteckter Charme ist Gold wert. Ebenso wie deine Cleverness. Was hast du hier wieder auf die Beine gestellt!?«

Er ließ ihre Komplimente unbeeindruckt an sich abprallen, betrachtete stirnrunzelnd die Zigarette in ihrer Hand.

»Willst du sie auch rauchen oder nur meinen Fußboden einäschern?«

Charlotte lachte glucksend. »Mitnichten, wir versuchen gerade, Emilia dafür zu begeistern. Vergebens bislang.«

Nicht dass es ihn überraschen sollte, er wandte sich trotzdem mit hochgezogenen Brauen an Emilia. »Sagten Sie nicht, Rauchen sei zutiefst weiblich?«

»Es muss immer Ausnahmen geben, die die Regel bestätigen«, behauptete sie schlagfertig.

Er nickte schmunzelnd. »Ich hätte es wissen müssen.«

Weder das kreative Ambiente noch die mitreißende Musik konnte verhindern, dass Emilia um eine Antwort verlegen blieb und sich die Sprachlosigkeit auf ihn übertrug. Es wurde zu einem jener Momente zwischen ihnen, der einen belebten Raum mit der Stille zweier Menschen ausfüllte. Sie vermochte nicht zu sagen, ob es Charlotte oder Annabelle war, die sie beendete.

»Erhalten wir männliche Gesellschaft beim Tanzen?«

Paul löste seine Augen von Emilia und lächelte verbindlich in die Runde. »Warum nicht? Ich bin nur etwas altmodisch und ziehe den Paartanz vor.« Er sah Emilia auffordernd an. »Würden Sie mir die Ehre erweisen, Fräulein Sommer?«

Obwohl sich Emilia als trittsichere Tänzerin bezeichnete, spürte sie die Verlegenheit in sich aufkommen, als sie ihre Hand in seine legte und sie sich zum Tango aufstellten. Später würde sie sich immer fragen, ob dies der Augenblick gewesen war, in dem sich alles entschieden hatte. Ob dieser Tanz ihr Schicksal besiegelt oder sie nie eine Wahl gehabt hatte. Wenn sich zwei Körper plötzlich in der Kunst vereinigt sahen, der dreifachen Kunst nämlich, indem musikalische Innovation auf tänzerische traf und sich der Geist in die Lüfte erhob, wo sie allein tanzten, losgelöst von den Blicken der Umstehenden; wenn nichts mehr eine Rolle spielte, außer diesen beiden sich suchenden Körpern und damit Seelen ... Wie könnte eine Frau ohne Laster da nicht ihrem ersten verfallen? Etwas in Emilia veränderte sich, als tanzte sie sich von der Furcht los, was andere über sie denken mochten, und erlaubte sich, dem nachzugeben, was sie suchte. So verharrte sie im abschließenden Valentino, versunken in Pauls Blick, und zuckte nicht zurück, als sie seine Lippen beinah auf ihren spürte. Sie wagten es dennoch nicht, kosteten allein von der Vorstellung, es zu tun. Sie waren nicht mehr dieselben, als sie den Tanz beendeten, trugen eine Gewissheit in sich, die ihnen allein gehörte. Er kehrte zurück zu seinen Geschäftsfreunden, ließ sich von ihnen in neue Pläne einweihen und für die alten beglückwünschen, derweil sie sich von ihren Freundinnen dazu verführen ließ zu tanzen, zu rauchen und zu trinken. Einmal in ihrem Leben vergaß sie, wohlerzogen zu sein. Einmal in ihrem Leben vergaß sie, wer sie war und woher sie kam. Aber keine Sekunde, dass sie sich verliebt hatte, dass sie eine Liebende war. Jetzt, hier und für immer.

Akademie Winter, September 2004

Die Musikakademie der Damen Winter huldigte jeden Jahreswechsel mit einer kleinen Musikveranstaltung, wobei das Herbstanfangskonzert mittlerweile eher die neuen Studenten begrüßte. Das Ende des Sommers löste ein allgemeines Unruhebefinden aus, weil es unweigerlich bedeutete, dass die kalte Jahreszeit Einzug halten würde. Und wer feierte das schon? Seit einigen Jahren hatte der Herbst wenig Goldenes und wurde sehr schnell winterlich. Als Elodie an diesem Samstagmorgen allerdings mit dem Handy am Ohr durch die Gartenanlage spazierte, trug sie keine Schuhe und glaubte, den Sommer immer noch zu spüren.

»Wird dein Vater heute anwesend sein?«, erkundigte sich Charlie gerade beiläufig.

Elodie spürte, wie sich ihre Laune trübte. Daran hatte sie überhaupt nicht mehr gedacht. Bedauerlicherweise verpasste er praktisch keine ihrer Aufführungen. »Ich gehe davon aus. Wäre es dir lieber, nicht zu ko…«

»Blödsinn, niemand könnte mich davon abhalten. Ich wollte nur wissen, ob ich meine schusssichere Weste umschnallen muss.«

Hin und wieder wünschte sie sich etwas von seiner faszinierenden Unbekümmertheit, die ihn dazu veranlasste, aus einer Drohung eine Einladung zu machen. Selbstverständlich trafen sie sich trotz des väterlichen Ausrasters weiterhin – heimlich. Zu einem offiziellen Anlass hingegen fand Charlie, dass jeder kommen könne, zumal er in der Küche aushelfen würde. »Wahrscheinlich erkennt er mich sowieso nicht.

Er sieht jeden Tag Schwerverbrecher, ich müsste ein Allerweltsgesicht für ihn haben.« Er beendete das Thema elegant. »Bist du nervös oder wird das heute Mittag ein Klacks für dich?«

Elodie ließ ihr leises Lachen vernehmen. Ein Klacks. So was existierte nicht. »Jede Performance sorgt für Nervosität und bietet gleichzeitig den richtigen Kick. Ist das bei dir anders?«

»Kein bisschen, ohne Adrenalin kein spannungsvolles Spiel.«

Mit jeder neuen Gemeinsamkeit wuchs das Glücksgefühl in ihr, einen Menschen gefunden zu haben, der einfach zu ihr passte.

»Aber es soll ja diese sagenumwobenen Wunderkinder geben, die niemals versagen und immer fantastisch sind«, meinte er.

»Mit so einem sprichst du ganz sicher nicht«, beteuerte Elodie.

In der Einfahrt parkten die ersten Eltern, die ihre Goldschätze bewundern wollten, und im Falle der meisten war sich Elodie gewiss, dass sie ihr Kind für ein solches Wunder hielten. Das war jene Sorte Mensch, die zwei Stunden vor der Aufführung durch die Akademie tigerte, als sei Tag der offenen Tür. Sie verdrehte die Augen und betrat die Villa durch den Hintereingang, der durch die Küche führte, in der Jochen herumfuhrwerkte.

»Grüß meinen Sohnemann von mir«, rief er ihr feixend hinterher. »Wiedersehen macht Freude!«

Auch darum beneidete Elodie Charlie: die zwanglose Beziehung zu seinem Vater. Ihr graute vor der Begegnung mit ihrem, denn seit ihrer Auseinandersetzung hatten sie sich nicht mehr gesehen und nur das Nötigste gesprochen.

»Na schön, ich muss mich jetzt in Schale werfen und dann zum Einspielen«, seufzte sie. »Ich freue mich auf dich, Charlie.«

»Gleichfalls, Prinzessin.«

Charlie hielt diesen Kosenamen für umso gerechtfertigter, seit er ihren Vater kannte, was ihn irgendwie seiner Märchenhaftigkeit beraubte ...

Es lag dieses spannungsvolle Knistern in der Luft, das das kollektive Lampenfieber so vieler junger Menschen freisetzte. Ein Gefühl, das, wie Elodie früher am Tag sehr richtig bemerkt hatte, dazugehörte. Sie mochte die Hitzewallungen in ihrem Körper, die sich vollkommen antagonistisch zur Gänsehaut in ihrem Nacken verhielten, genoss das aufgeregte Hüpfen ihres Herzschlags und dass sie den Eindruck gewann, sie hörte auch das der anderen. Ein einziges Herz, das für sie alle schlug, sie, die Gemeinschaft, die nur als solche funktionierte. Soloauftritte waren schön und gut, die wahre Erhabenheit eines Konzerts erblühte jedoch in kollektiver Kunst.

So standen sie mit einhellig schlagenden Herzen, die Instrumente in der Hand, in Position. Einige suchten in der Menge nach ihren Verwandten, andere blickten starr geradeaus oder auf ihre Notenblätter. Elodie zählte für gewöhnlich nicht zu jenen, die nach bekannten Gesichtern suchten, wollte sich nicht von der zahlenmäßigen Übermacht des Publikums irremachen lassen, aber ausnahmsweise verirrten sich selbst ihre Augen in den Zuschauerraum – auf der Suche nach dem einen Bestimmten. Sie fand ihn in der Raummitte, nicht auf einem der Stühle sitzend, sondern gegen die Wand gelehnt. Er wirkte fast chic angezogen mit seinem Jackett auf einer dunklen Bluejeans, vielleicht eine Verkleidung für ihren Vater. Sie tauschten ein verschmitztes Grinsen aus, unter dem Elodies Wangen noch ein wenig mehr glühten.

Die Scheinwerfer gingen an, und mit dem großmütterlichen Betreten der Bühne konzentrierte sich Elodie wieder auf das bevorstehende Konzert. Oma Maresa begrüßte die

Versammelten mit einem warmen Lächeln und zückte ein schmales Buch.

»Anlässlich des kommenden Schuljahres sowie, um viele neue Familien in diesem Jahr voller spannender musikalischer Wege zu begrüßen, haben wir Sie eingeladen, diesen Nachmittag mit uns zu teilen. Ich stimme uns mit einem zwar etwas melancholischen, nichtsdestotrotz wunderschönen Gedicht von Friedrich Hebbel darauf ein.« Sie machte eine Kunstpause. »Sommerlied.« Sie schlug das Buch auf, aber ehe sie zu rezitieren beginnen konnte, segelte ein vergilbter weißer Briefumschlag aus den geöffneten Buchseiten und landete vor ihren Füßen. »Ach herrje«, rief sie fröhlich und bückte sich danach. Mit einem raschen Blick auf den Umschlag erkannte sie: »Keine verjährte Liebespost, bedauere. Nur ein ungeöffneter Brief von meinem lieben Onkel. Das kommt davon, wenn man Umschläge als Lesezeichen verwendet. Ich hoffe, er verzeiht mir die Unachtsamkeit.« Sie zwinkerte und reichte den Brief an Oma Marina weiter, die ihn mit ernstem Gesicht entgegennahm. »Nun denn. Sommerlied. *Ich sah des Sommers letzte Rose stehen …*«

Sie vermochte auf eine Art zu lesen, die einem unwillkürlich einen Schauder über den Rücken jagte. Als fühlte sie jede Zeile mit, und ihre Stimme erreichte die hintersten Ränge mühelos. Elodie hörte versonnen zu.

»… doch ob auch kaum die Luft sein Flügelschlag bewegte, sie empfand es und verging.« Oma Maresa hob die Augen von ihrer Lektüre und lächelte in die Runde. »In diesem Sinne, herzlich willkommen zum Jahreswechsel-Konzert. Möge der Herbst nicht zu regnerisch werden.«

Das Publikum applaudierte wohlwollend, Elodie entdeckte sogar den Greis im Rollstuhl wieder, umgeben von jenen, die ihn stets begleiteten. Flüchtig irritierte sie sein Erscheinen an so etwas Banalem wie diesem Konzert. Vielleicht war er ein Verflossener einer ihrer Großmütter? Sie verabschiedete sich von diesen Gedanken, als sich Maresa mit verheißungsvollem Blick vor ihnen aufstellte, um zu dirigieren. Elodie legte ihre Violine an und schloss die Augen. Auf einen neuen Tanz mit den Klängen des Herzens.

Diese Aufführung kam einer Premiere gleich, denn nie zuvor war Elodie das Kuriosum widerfahren, nach ihr aufgeregter zu sein als davor. Mit jeder Faser ihres Körpers sehnte sie sich danach, in der fröhlich schwatzenden Gesellschaft zu Charlie zu stoßen. Leider kam sie keinen halben Meter weit, schon wurde sie von irgendwem angequatscht. Unauffällig sah sie sich in der Halle um, derweil Simona Franken von der Berliner Zeitung sie mit den üblichen Fragen in Beschlag nahm.

Ist er überhaupt noch da?

»Wie schätzen Sie dieses Jahr mit Ihren neuen Kommilitonen und Kommilitoninnen ein?«

»Es wird bestimmt wunderbar«, versicherte Elodie lächelnd, die Augen auf den hinteren Bereich der Aula geheftet. Erhaschte sie dort sein Jackett?

»Für Sie ist es das endgültig letzte Jahr, nicht wahr? Wissen Sie schon, wie es weitergeht?«

Zunächst mal damit, Sie loszuwerden, dachte Elodie und antwortete höflich: »Viele Ideen und noch nichts Konkretes. Ich konzentriere mich im Moment primär auf meine Abschlussarbeit.« Das Jackett gehörte nicht Charlie, sie sank ein bisschen in sich zusammen. Vielleicht war er auf der Toilette?

»Können Sie mir etwas darüber verraten?«

»Das würde es irgendwie entweihen«, behauptete Elodie ausweichend. »Noch bin ich ja in der Planungsphase.« Das konnte die Reporterin natürlich nachvollziehen. »Oh, soll ich Sie mit einem unserer neuen Talente bekannt machen?«, ergriff Elodie beim Anblick eines Erstsemestlers, mit dem sie bislang kaum ein Wort gewechselt hatte, die Chance, dem unliebsamen Verhör zu entkommen. Dankenswerterweise nahm Simona Franken das Angebot gern an.

Und jetzt, nichts wie weg.

»Ach, Elodie?«

Selbst ihre Großmutter kam ihr ausnahmsweise ungelegen.

»Hast du Maresa gesehen?« In der Hand hielt sie den Brief, der vor der Aufführung aus dem Hebbel-Band gefallen war. »Ich wollte ihn ihr zurückgeben. Und wärst du wohl so nett und holst mir rasch meine Brille, ich habe sie auf meinem Platz liegen lassen, und dieses Gewusel durch die Aula ... Du weißt schon.«

Oma Marina verdrehte leicht die Augen und Elodie verstand. Mochte sie noch so rüstig sein mit ihren neunzig Jahren, die Knochen meldeten sich trotzdem ab und an. Entsprechend wandte sich Elodie ab und ging in die entgegengesetzte Richtung, inständig hoffend, ihr Vater würde Charlie nicht vor ihr entdecken. Auf halber Strecke stieß sie mit Becca und Emmi zusammen, was immerhin eine Rettung vor weiteren nervigen Konversationspartnern war.

»Immer wenn ich euch zwei auf der Bühne sehe, bekomme ich ein schlechtes Gewissen«, begrüßte sie Becca mit zwei Küsschen auf die Wangen.

»Absolut berechtigt, du solltest mit uns dort stehen ... als dritte Hexe!«

Becca seufzte. »Ich kann nichts dafür, dass ich komplett unmusikalisch bin.«

»Marina und Maresa würden das übrigens dementieren. Niemand ist wirklich unmusikalisch.«

»Dann kennen sie mich schlecht.« Die Ausbildung an der Akademie der Damen Winter war der einzige Weg, den Becca nicht mit ihnen gegangen war, um stattdessen Geschichte zu studieren, eine zutiefst »öde Materie«, die ihr Emmi nie so recht verziehen hatte. »Aber vielleicht sollte es ja so sein, irgendwer muss schließlich all eure Auftritte bezeugen und dabei Gänsehaut bekommen.« Beccas helle Augen blieben an etwas hängen, das sich irgendwo hinter Elodie befand, oder an jemandem, was ihre reflexartige Geste durch ihr fuchsrotes Haar erklären würde. »Wow, da steht ein unwahrscheinlich attraktiver Kerl völlig verlassen in der Gegend rum«, flüsterte sie, ehe sich ihr Gesichtsausdruck veränderte. »Wobei sich gerade leise Zweifel bei mir einschleichen, ob sich ein Bemühen meinerseits überhaupt lohnt. Er verschlingt dich förmlich mit seinen Augen, Elodie.«

Elodie fuhr überrascht herum und folgte ihrem Blick. Becca hatte vollkommen recht. Da stand ein unwahrscheinlich attraktiver Kerl. Und sie teilte das Verlangen in seinen Augen.

»Damit dürftest du richtig liegen. Das ist Elodies Liebster«, klärte Emmi die gemeinsame Freundin auf und hob winkend die Hand. »Gehen wir hin und erlösen ihn von seinem Schicksal, Elodie anzuschmachten.«

In Momenten wie diesen war Elodie dankbar, um das perfekte Timing ihrer Freundinnen, die ein treffliches Gespür dafür besaßen, wie lange man sich mit der gegenseitigen Vorstellung, dem fröhlichen Geplänkel danach und dem langsamen Verabschieden von Menschen beschäftigte, die nichts sehnlicher wollten, als allein zu sein. Nach exakt zehn Minuten kannten Becca und Emmi Charlie gut genug, um sich plötzlich hungrig zu fühlen und irgendwohin zu verkrümeln, wo es etwas zu Beißen gab.

Charlie sah ihnen grinsend nach. »Coole Mädels. Ihr seid ein super Gespann.« Seine Züge wurden ernsthafter, während er seine Augen wieder auf Elodie richtete. »Hey«, murmelte er leise, als müsse er seine Begrüßung noch einmal gesondert nachholen, »fantastisch, dich zu sehen.« Er warf einen Blick über die Schultern zu den anderen Anwesenden. Niemand schien ernsthaft auf sie zu achten. »Ich war eben fast versucht, dich zu küssen, weißt du?«

»Willkommen im Klub«, seufzte Elodie, »du hast keine Ahnung, was für einen erotischen Anblick du abgibst, wenn du da an der Wand lehnst.«

Charlies Lippen kräuselten sich, er machte einen winzigen Schritt auf sie zu, gerade noch den Mindestabstand einhaltend, um so zu wirken, als unterhielten sich ein einfacher Gast und eine einfache Studentin. Dabei hätte allenfalls ein Blinder das Offensichtliche übersehen, vermutlich nicht mal der. Hin und wieder glaubte Elodie, sie zu hören, eine zarte Melodie, die sie beide umgab, die ihnen gehörte ... und nur ihnen. Weil sie zueinander gehörten, völlig gleichgültig, was irgendwer dazu meinte. War sie verrückt, solche Dinge zu denken, wo sie sich gerade mal einen knappen Monat kannten?

Hör endlich auf, deinen Verstand einzusetzen, wenn du auf dein Herz hören sollst.

»Wie lange gehen denn solche Veranstaltungen für gewöhnlich?«, erkundigte sich Charlie mit einem Blick auf die Uhr.

»Noch mindestens eine Stunde«, klärte ihn Elodie bedauernd auf.

»Tja, dann ist jetzt wohl der Moment, in dem ich dir etwas zu trinken holen sollte.«

»Eigentlich nicht«, widersprach Elodie. »Mir ist es viel lieber, du bleibst bei mir.«

»Ja, mir auch.«

Er sah sich in der Aula um, die den Charme eines anderen Jahrhunderts noch nicht verloren hatte, sich nicht darum scherte, dass schwere samtene Vorhänge aus der Mode gekommen waren, und mit Stühlen im Stile des Art déco ausgestattet war. Vermutlich einzigartig für ein Schulgebäude dieses Jahrhunderts. Allerdings existierten an anderen Ausbildungsstätten auch keine neunzigjährigen Rektorinnen. »Was war das früher? Immer eine Schule?«

»Nein, ich glaube, es war nur eine ziemlich geräumige Villa. Sie haben hier die Wände durchgebrochen, um die Aula zu schaffen, davor waren es meines Wissens mehrere einfache Salons.«

»*Einfache* Salons, ja?«, stellte er ironisch fest.

»Kleinere Räume«, verbesserte sich Elodie. Erzählte Oma Marina von ihrer Kindheit, klang es immer ein bisschen verklärt, als sei alles weit besser gewesen als heute, dabei wusste Elodie, dass es nicht ausschließlich so gewesen sein konnte. Sie sah es in den Augen ihrer Oma, dass etwas geschehen sein musste, das sie ihr verschwieg, etwas, das nichts Verklärtes hatte. Nichtsdestotrotz mochte sie die Vorstellung kleinerer Räume, in denen sich nicht Hunderte von Menschen tummeln konnten, um stundenlang ihr Zuhause zu blockieren. Elodie wusste sehr genau, wie lange es dieser Menschenschlag unter seinesgleichen aushielt. Die Reichen und Schönen ließen keine Gelegenheit verstreichen, um mit ihren Kindern anzugeben. Sie verloren den Wettstreit allerdings meistens, wenn sie mit Johannes Wagner sprachen.

An diesem Nachmittag nicht, denn wie Elodie in eben diesem Moment alarmiert bemerkte, hatte er andere Dinge im Kopf. Er kam mit großen Schritten auf sie zu. »O Gott«, stöhnte sie, »er hat jetzt hoffentlich nicht vor, uns vor allen Leuten eine Szene zu machen.«

Charlie sah nicht so aus, als sorgte er sich diesbezüglich, besaß sogar die Nerven, ihrem Vater freundlich zuzunicken, während sich in Elodies Hals ein überdimensionierter Knoten bildete. Wie machte er das bloß? Sie selbst wappnete sich gegen einen blamablen Auftritt ihres Erzeugers.

»Papa«, fing sie an, ehe er etwas Unüberlegtes von sich geben konnte, aber sie hätte sich die Mühe sparen können, denn in der darauffolgenden Sekunde geschah etwas, das ihren kleinen, dummen Zwist vollkommen in den Hintergrund drängte. Ein lauter Schrei ertönte, also wirklich laut, so sehr in den Ohren schrillend, dass ihn Elodie niemals vergessen würde. Kurz darauf stürzte Martina herein, vollkommen außer sich und mit weit aufgerissenen Augen. Es gelang ihr allem Anschein nicht, Ruhe zu bewahren. Etwas, das von einer Krankenpflegerin womöglich zu erwarten gewesen wäre, zumindest in den Augen von Elodies Vater, der sie noch am nächsten Tag entlassen würde.

»Frau Fairmann, bitte, ich … Ihre Schwester!«

Nur wer Marina Fairmann gut kannte, erahnte, was hinter ihrem gefassten Gesichtsausdruck geschah und was sie noch im selben Atemzug verstand. Ebenso wie Elodie. Womit die gesamte Welt zusammenbrach. Sie war auf der Stelle bei ihrer Oma, folgte mit ihr der aufgeregten Krankenpflegerin, während sich eine seltsame Stille über die gesamte Villa legte. Vielleicht nahm es Elodie nur so wahr, bekam von dem plötzlichen Tumult schlicht nichts mit, weil in ihrem Innern Leere herrschte. Es blieb einzig ihr trommelndes Herz, das sich überschlug und gegen die Brust donnerte, als wolle es schreiend hinaus, um nicht an dem zu zerbrechen, was sie gleich sehen würden.

Oma Maresa lag in ihrem Zimmer auf dem Boden, vom Stuhl gestürzt oder unter Schmerzen hinabgeglitten, das Gesicht nicht friedlich, nicht lächelnd, sondern eine Fratze des Entsetzens – das Gesicht einer Fremden. Tatsächlich war es der erste Gedanke, der sich Elodie aufdrängte, der ihr beinah hoffnungsvoll entgegensprang, dass es nicht sie war, nicht ihre Oma, die da lag, sondern eine andere, die zufällig die gleiche Kleidung trug.

Neben ihr strauchelte Oma Marina und krallte sich an ihr fest, auch sie glich nicht mehr sich selbst. Denn etwas, das spürte Elodie so klar wie nichts auf der Welt, war mit ihrer jüngeren Schwester gestorben, und sie selbst würde nie mehr die sein können, die sie all die Jahre gewesen war – zu stark das Band der Geschwister, das hier und jetzt ohne Vorwarnung zerrissen war.

Elodie stand wie erstarrt, ihre Augenlider fühlten sich heiß an, doch Tränen wollten nicht kommen, als würde alles in ihr versteinern. Die Zeit hörte auf weiterzufließen.

»Einen Arzt. Wir müssen einen Arzt rufen!« Sie wusste nicht, ob es Oma Marina oder sie selbst ausgesprochen hatte, sie schienen zu einer Person verschmolzen zu sein, sich fest umklammernd und unfähig, sich fortzubewegen.

Irgendwann musste sie oder jemand anderes Oma Marina zu einem Stuhl geführt haben, irgendwann hatte sich das Zimmer plötzlich mit Menschen gefüllt, Menschen in weißer Kleidung, die sich um die Tote versammelten, Dinge riefen und taten, die Elodie nicht verstand. Sie starrte weiterhin auf das Gesicht ihrer geliebten Großmutter und glaubte sich immer noch in einem Albtraum, der jeden Augenblick enden würde. Sie würde Oma Maresas Lachen hören, das sich mit dem ihrer Schwester vermischte, und sie alle drei würden zusammen im Wohnzimmer musizieren ...

Aber Oma Maresa lachte nicht mehr. Sie blieb unbewegt und starr, mit einem Ausdruck auf ihrem Gesicht, den Elodie nicht kannte und nie hatte kennenlernen wollen.

Herzstillstand, lautete die Diagnose. Was absurd war. Wie konnte jemand mit einem völlig gesunden Herzen urplötzlich an einem Herzinfarkt sterben? Als Oma Maresa schließlich vom Boden hoch- und auf eine Trage gehoben wurde, als Elodie begriff, dass sie sie mitnehmen würden, erwachte sie aus ihrer Trance und stürzte zu ihr, umklammerte die Hand der Frau, die ihr alles gewesen war: Mutter, Oma, Mentorin ... und Freundin.

»Sie können sie nicht mitnehmen!«, entfuhr es ihr völlig kindlich, da lag bereits die Hand ihres Vaters auf ihrer Schulter, die sie nun wirklich nicht ertragen konnte. Sie schüttelte ihn ab, hörte kaum, was der Sanitäter zu ihr sagte.

Du musst sie gehen lassen.

Sie konnte es nicht. Ein feiner Schmerz in ihrem Finger ließ Elodie den Blick senken. Als habe sie etwas gestochen. Verwirrt starrte sie auf die Hand ihrer Oma. Etwas hielt sie umklammert, ein Stück vergilbtes Papier, an dem sich Elodie die Fingerkuppe geritzt hatte. Rasch versuchte sie, es aus den starr werdenden Fingern ihrer Oma zu lösen. Die Sanitäter setzten sich mit der Trage in Bewegung, Oma Maresas

Hand wurde Elodies entzogen. Und Elodie blieb zurück mit einem Stück Papier in den zitternden Fingern. Dem letzten Gegenstand, den ihre Großmutter vor ihrem Tod in den Händen gehalten hatte.

»Nicht sie«, murmelte Oma Marina leise.

Elodie wandte sich zu ihr um, sah sie dort sitzen, plötzlich blass und eingefallen wie die alte Frau, die sie war. Niemals hatte sie verlorener ausgesehen.

»Sie hätte nicht vor mir gehen dürfen. Alle sind sie vor mir gegangen, alle habe ich ziehen lassen müssen, aber sie nicht ... nicht sie. Das sollte nicht sein ...«

Elodie ging zu Oma Marina und schloss sie in die Arme, spürte, wie sich die alte Frau gegen sie sinken ließ. Und endlich durften sie beide weinen.

Nie zuvor in Elodies Leben, womöglich auch im Leben dieser Villa, war es so still gewesen. Immerhin war ein wesentlicher Teil, der sie belebt hatte, nicht mehr da. Selbstverständlich fanden sämtliche Vorlesungen und Praxisstunden wie gewohnt statt, was nichts daran änderte, dass Maresa Wagners Tod wie ein Schatten über der Akademie lag. Die Dozenten und Dozentinnen gaben sich alle Mühe, den Alltag so normal wie möglich zu gestalten. Das Fehlen der beiden starken Frauen, die diesen Ort gegründet und geprägt hatten, schuf dennoch eine gewaltige Lücke, die nicht einmal mit Musik gefüllt werden konnte.

Doch Oma Marina ließ nur eine Woche verstreichen, ehe sie sich mit ihrem geringen Stundendeputat wieder unter die Studentenschaft wagte. Zwei Tage nach der Beerdigung ihrer Schwester. Sie bewies, dass sie trotz des hohen Alters und schweren Schicksalsschlags eine Frau unglaublichen Formats war. Sie wirkte ruhig und gefasst, scherzte sogar ab und an. Sichtbar gealtert wirkte sie gleichwohl, und die

Schwere schien sie einzuholen, sobald sie sich allein glaubte. Vermutlich der Grund, weshalb sie sich ständig beschäftigte.

Elodie ging es nicht anders, sie stürzte sich in Arbeit, um zu vergessen. Nicht zu fühlen, dass ein riesiger Riss ihr Herz bluten ließ. Einzig Charlie war es zu verdanken, dass es nicht entzweibrach. Charlie, der die vernichtenden Blicke von Johannes Wagner missachtet hatte, der nicht von ihrer Seite gewichen war, als sie Oma Maresa zu Grabe hatten führen müssen, der ihr Leichtigkeit schenkte und einfühlsam zugleich war und scheinbar immer wusste, was er sagen musste. Ihr Vater hatte es grollend zugelassen, aber Elodie wusste, dass es in ihm brodelte und er lediglich die Trauerphase abwartete, ehe sich sein väterlicher Zorn über ihr ergießen würde. Elodie war es einerlei.

Sie war so sehr damit beschäftigt, sich abzulenken oder abgelenkt zu werden, dass sie darüber beinah den Papierfetzen vergessen hätte, den sie in der Hand ihrer Oma entdeckt hatte.

Erst gut zwei Wochen später kam er ihr wieder in den Sinn, und sie suchte verzweifelt danach, fand ihn schließlich in der Tasche ihres Blazers. Sie setzte sich auf die Gartenbank vor dem Haus, auf der sich ihre Großmütter so gern ausgeruht hatten, und entfaltete das vergilbte Papier.

Meine liebe Maresa, stand dort in verschnörkelt krakeliger Handschrift, und schlagartig kehrte Elodies Erinnerung an den Brief zurück, der an ihrem Todestag Oma Maresas Gedichtband entglitten war, ehe sie Hebbels *Sommerlied* verlesen hatte. Elodie atmete tief durch, konzentrierte sich auf das gefundene Schriftstück, das eindeutig unvollständig war ... in der Mitte zerrissen. Warum? Sie begann, noch einmal zu lesen:

Meine liebe Maresa,
ich schreibe dir diesen Brief, weil ich spüre, dass es Zeit ist, dir die Wahrheit anzuvertrauen. Ich habe lange mit mir gerungen; ich habe lange nicht die Kraft gefunden, es in Worte zu fassen, und fühle mich auch jetzt nicht dazu imstande. Aber meine Zeit hier neigt sich spürbar dem Ende zu, und ich fürchte, ich könnte den Moment, der nie der richtige zu sein scheint, verpassen. Deshalb dieser Brief. Für alle Fälle. Denn du hast das Recht darauf, die Wahrheit zu erfahren. Die ganze Wahrheit über das, was hier geschehen ist. Die ganze Wahrheit, die nicht allein mich betrifft, sondern …

An dieser Stelle endete das Bekenntnis ihres Urgroßonkels. Elodie drehte den Papierfetzen in der Hand, doch die Rückseite war unbeschrieben. Weshalb hatte ihre Großmutter nur den halben Brief in der Hand gehabt? Hatte sie ihn zerrissen? Wieso sollte sie?

Denn du hast das Recht darauf, die Wahrheit zu erfahren. Die ganze Wahrheit über das, was hier geschehen ist. Elodies Gedanken rasten. Oma Maresa war nicht mehr die Jüngste gewesen, und mit dem Alter zeigten sich gewisse Verschleißerscheinungen, aber ihr Herz war mit 76 Jahren stark gewesen, ihre letzte Untersuchung lag noch nicht besonders lang zurück. Die Wahrscheinlichkeit, an einem plötzlichen Herzinfarkt zu sterben, war in ihrem Fall fast so gering wie für Elodie selbst. Wenn nun dieser Brief eine Wahrheit offenbart hatte, die sie so sehr erschüttert hatte, dass ihr Herz nicht mehr schlagen wollte? Was konnte es gewesen sein? Welche Wahrheit konnte so erschreckend gewesen sein? Und weshalb fehlte der Teil des Briefs, der ihr, Elodie, geholfen hätte zu verstehen?

Sie sank langsam gegen die Lehne der Bank. Was stimmte hier nicht? Was hatte in dem Brief gestanden? Und wo war der untere Teil?

Elodie konnte nicht sagen, wie lange sie noch auf der Gartenbank saß, grüblerisch vor sich hinstarrte und darüber Zeit und Raum vergaß. Als sie sich schließlich erhob, hatte sie einen Entschluss gefasst. »Verlass dich drauf, Oma. Ich finde die Wahrheit heraus. Die ganze Wahrheit über das, was passiert ist.«

Berlin, September 1924

Das Sonnenlicht funkelte durch die bunt gefärbten Blätter der Birkenallee, deren Kräfte allmählich versiegten. Bald würden sie sich von den Ästen lösen, doch immer noch trugen sie ihre raschelnde Melodie hinunter auf die Straße, über die ein weit komfortablerer Wagen als ein dunkelblauer Rumpler Richtung Stadt fuhr. Knappe zehn Wochen lagen zwischen ihrer ersten Fahrt zum Anwesen der Fairmanns und ihrem heutigen Ausflug. Es schienen Emilia wie Jahre, und obschon sich der Herbst langsam ankündigte, herrschte Frühling in ihrem Innern. Selbst Marina schien diese zarten Schwingungen zu empfinden, oder aber es war reiner Zufall, dass sie auf der Rückbank sitzend gemeinsam *Nun will der Lenz uns grüßen* sangen. Und wenn Emilia nicht alles täuschte, summte selbst Paul leise mit.

Auf halber Strecke wurde ihr Gesang jäh durch das Hupen eines entgegenkommenden Automobils unterbrochen. Es war Charlotte, den Rücksitz voller Einkäufen und mit neckisch erhobener Augenbraue.

»Kein Musikunterricht heute?«, fragte sie, nachdem sie ihre Fensterscheibe heruntergekurbelt hatte.

Paul lachte vergnügt. »Meine teure Schwester, es gibt nichts Musikalischeres als den Gesang des Berliner Zoos … das weltbeste Orchester.«

Marina beugte sich weit aus dem hinteren Fenster, um ihrer Mutter außerdem zuzurufen: »Ich muss Emilia unbedingt die virtuos trötenden Elefanten zeigen! Kannst du dir vorstellen, dass sie niemals im Tierpark war?«

Emilia konnte es dem spitzen Lächeln auf Charlottes Lippen ansehen, dass sie es sich nur zu gut vorstellen konnte. Es gehörte zu einer von vielen kulturellen Lücken in Emilias Leben, die Marina mit Pauls Unterstützung zu füllen gedachte. Immerhin war ihrer Musiklehrerin auch das Kunstmuseum unbekannt gewesen – etwas zu teuer für ihren jungen Geldbeutel – sowie der Viktoriapark beim Halleschen Tor oder der Zoologische Garten, auf dessen großer Terrasse es die beste Limonade Berlins zu kaufen gab. Natürlich hatte Marina befunden, dass der Terrasse nun der Tierpark folgen musste.

»Wie reizend von dir, dass du neuerdings die Zeit findest, unsere Musikerinnen überallhin zu chauffieren«, kommentierte Charlotte sonnig lächelnd.

Paul erwiderte es mit einem weiteren Lachen und winkte zum Abschied. Marina lehnte sich gegen Emilias Arm und erzählte zum hundertsten Mal von den faszinierend großen Geschöpfen, die diese Elefanten seien und dass sie sogar Namen trugen. Und das Elefantenhaus sei ein besonderes, indonesisch oder indisch oder etwas in der Art, mit unzähligen Schnörkeln und Verzierungen und ...

Emilia hörte ihr versonnen zu, ihre Augen trafen die Pauls im Rückspiegel, ein Lächeln stahl sich auf ihr Gesicht. Was es ständig tat. Vielleicht würde sie später einmal auf diese Zeiten zurücksehen, ebenfalls lächelnd, und sich daran erinnern, wie es sich angefühlt hatte, im erblühenden Berlin zu leben und eine von vielen Knospen zu sein. Sie alle sprossen wie aus dem Nichts empor, spiegelten sich nicht nur in Musik und Tanz wider, sondern in der Architektur, der Malerei – in neuen aufwendigen Klubs, nicht zu vergessen. Selbst der Zoologische Garten Berlins fand nach seiner einstweiligen Schließung während der großen Wirtschaftskrise zu neuer Pracht.

Es befremdete Emilia ein wenig, dass man neben den unterschiedlichsten Tieren aus aller Welt außerdem eine Völkerschau zu Gesicht bekam – in diesem Fall eine Gruppe von Frauen aus Zentralafrika, die sogenannten Lippennegerinnen. Angeblich bezahlte Darstellerinnen, nichts anderes als Schausteller in Varietés oder Theatern, aber Emilia zweifelte daran, dass es eine unterhaltsame Sache sein konnte, den lieben langen Tag wie Tiere ausgestellt in Hütten zu sitzen und sich begaffen zu lassen. Jegliches Unbehagen verflog indes beim Anblick des herrschaftlichen Elefantenhauses, das eher einem Palast gleichkam mit seinen Türmen und kunstvoll verzierten Dächern.

Neben den Elefanten gab es Vögel und Reptilien aller Art zu bestaunen, von denen Emilia niemals vermutet hätte, sie je lebendig zu erblicken.

»Schau, da vorn geht es zum Raubtiergehege!«, rief Marina begeistert und zupfte an Emilias Kleid. »Die sind noch weit gefährlicher und viel schneller als Pauli, selbst wenn er auf seinem Motorrad die Geschwindigkeit wohl ab und an überschreitet.«

Ein herrliches waches Lachen entfuhr Paul, es erhellte sein Antlitz, verscheuchte die Schwere in seinen Zügen. Unerwartet packte er seine Nichte um die Hüften und hob sie in die Luft. »Du hast meine scharfen Zähne noch nicht kennengelernt!«

Marina quietschte vor Vergnügen. »Milia, hilf mir, er frisst mich auf.«

Doch Emilia war so verzaubert von dem Bild der Ausgelassenheit, dass sie viel zu spät reagierte und sich Marina durch einen spielerischen Fußtritt längst selbst befreit hatte. Sie packte Emilia bei der Hand und zog sie in Richtung Raubtiergehege. »Rasch, wir müssen fliehen, bevor uns der Sibirische Tiger in die Klauen bekommt!«

Der Sibirische Tiger jagte ihnen zähnefletschend nach, Marina kreischte und Emilia kicherte – wie eine Piccoloflöte und eine Klarinette, deren Spiel zum Erliegen kam, als Paul sie einholte, so schwungvoll, dass er sie beinahe umwarf. Marina ließ Emilias Hand los, rettete sich auf die Rasenfläche, indes Emilia ins Straucheln kam. Immer noch lachend und vielleicht vergessend, wo sie war, ließ sie es geschehen, dass Paul sie an sich zog. Ein letztes Glucksen, das Lächeln blieb. Sie sahen einander an. Wie hatte ihr so lange entgehen können, wie schön er war? Wenn sich die Sonne in seinen dunklen Augen spiegelte, war es fast so, als würden sie zu Bernstein, warm und anziehend und ... Irgendwo kreischte ein Vogel, und Emilia erinnerte sich, dass sie im Zoo waren – und nicht allein. Ihre Augen blitzten zu Marina hinüber, die großes Interesse an einigen Grashalmen zeigte.

Paul ließ Emilia widerstrebend los. »Was ist jetzt? Willst du die echten Tiger sehen?«

Marina hob den Blick, ein feines Grinsen auf den Lippen.

»Klar, will ich. Ob sie wohl auch so gefräßig sind wie du?« Sie hüpfte ihnen voran zum Tiergehege, Emilia strich sich die losgelösten Strähnen hinter die Ohren, Paul folgte ihr schlendernd.

»Aha«, hörte sie Marina ausrufen, »ihr seht euch wirklich ähnlich!« Sie deutete auf den Löwen, der mit wachen Augen ihren Bewegungen folgte.

Emilia betrachtete ihn stumm, ein wunderschönes Tier, und womöglich stimmte sie Marina zu: Es lag dieselbe Kühle in seinem Blick, die Paul so formvollendet beherrschte. Obwohl sie seltener wurde. Es erfüllte Emilia mit Ehrfurcht, solch edle Geschöpfe zu bezeugen, wenngleich sie ein seltsames Bedauern in sich spürte, sie eingesperrt zu sehen. Ganz Berlin feierte seine Freiheit, und diese Wesen verbrachten ihr Leben hinter Gittern. Die Melodie, die sie umwehte, mutete melancholisch an. Waren die sichelförmigen Augen des Löwen nicht tieftraurig?

»Was geht dir durch den Kopf, Milia? Du wirkst bekümmert.«

Es klang noch fremd in ihren Ohren, wenn er sie so nannte, ließ sie dennoch lächeln. »Ich bin nur nachdenklich«, verbesserte sie.

»Nachdenklich.« Paul sah zu Marina hinüber, die rastlos wie immer weitergezogen war und mit einer Tüte gekaufter Erdnüsse in den Händen einen Heidenspaß dabei hatte, die Affen zu füttern. Zum ersten Mal wirkte sie wie ein echtes Kind. Ihr Kichern wurde vom herbstlichen Lüftchen zu ihnen hinübergetragen. »Weswegen?«

Ihre Gedanken ihm gegenüber auszusprechen erschien ihr albern. Es waren lediglich die einer Frau, die sich von Sinnesempfindungen leiten ließ. Weibisch, wie Maximilian es genannt hätte. »Ach, nichts weiter. Ich habe so vor mich hingedacht. Nichts von Belang.«

»Es ist durchaus von Belang für mich, was du denkst.«

Eine Bemerkung, die das Ziehen in ihrem Innern verstärkte. Ein glückliches Ziehen, kein unangenehmes. Er sah sie an, als meinte er, was er behauptete.

Wieso nicht? Die Welt besteht nicht nur aus Lug und Trug, es verbirgt sich nicht hinter jedem Menschen ein Fräulein Nicole.

»Ich habe mich bloß gefragt, wie ich mich fühlen würde, wäre ich jetzt in einem Käfig eingesperrt.«

Er lächelte verstehend. »Jeder hat seinen eigenen Käfig, denkst du nicht?«

Sie war verblüfft darüber, wie wahr er sprach.

»Ich habe den Eindruck, du entgleitest deinem gerade«, fuhr er fort.

Tat sie das? War sie mutig genug? »Was ist mit dir?«, wollte sie wissen.

Er lehnte sich gegen das Raubtierhaus. »Ich bemühe mich.«

»Halten dich deine Dämonen zu fest umschlungen?«

Er hob den Blick, sah sie ernst an. Emilia biss sich auf die Lippen, fragte sich, weshalb sie es nicht lassen konnte, Dinge zu äußern, die einzig in ihren Kopf gehörten.

»Meine Dämonen?«, wiederholte er interessiert. »Du hältst mich für einen Mann mit Dämonen?«

Zu spät, um sich herauszureden. »Ich halte dich für einem Mann, der sich mit ihnen auskennt. Obwohl ich weiß, dass da noch etwas anderes ist, eine feine Melodie, die sich allmählich befreit.« Aus dem Käfig.

Paul starrte sie an. »Du machst mich sprachlos, Emilia. Wie kommt das?«

Sie sah zu Boden, antwortete grinsend: »So gesprächig bist du ja nun nicht.«

Das Lachen, das ihm daraufhin entfuhr, machte ihr Herz warm, und sie begriff, dass es stimmte. Die Käfigtür stand offen, sie mussten es nur wagen.

Das Rascheln der noch halb gefüllten Erdnusstüte kündigte Marinas Rückkehr an, doch war sie nicht allein. Neben ihr stand ein blasser Junge mit sonnengelbem Haar, eine Schürfwunde im Gesicht und weniger daran interessiert, die Affen zu füttern, denn seinen eigenen Hunger zu stillen. Seine Hand fuhr eben wieder in die Tüte mit den Nüssen, da patschte Marina ihm streng auf die Finger. »Lass das, Leo, die sind für die Babyaffen.«

Leo zog eine Schnute, gehorchte trotzdem. »Tach, Herr Fairmann, wie jeht's?«

Paul lächelte schmal, es hatte den Anschein, als kehrten die Dämonen zurück. »Tag, Leo. Danke, gut, und selbst? Sind deine Eltern auch hier?«

»Klar. Aber die Leni is in den See jefallen, da musste die Mama sie umziehn.« Er nickte über die Schultern zurück zu einer nahenden Familie, allesamt blonder als blond und angezogen, als befänden sie sich im Konzert, nicht im staubigen Zoo. Lediglich Leni, oder zumindest nahm Emilia an, dass es sich um selbige handelte, trug über ihrem rosafarbenen Röckchen bloß noch ein Spitzenunterhemd. Paul folgte dem Nicken mit reservierter Miene, die sich minimal aufhellte, als die Frau, die Leni an der Hand führte, winkte.

»Ist das eine Überraschung, dich hier zu treffen, Paul!«, rief sie aus, sowie sie näher getreten waren. Ihr Gatte lächelte in etwa so distanziert wie Paul. »Ich hätte nicht gedacht, dass du etwas anderes machst, als zu arbeiten.«

»Is dit deene Ische?« Leos blaue Augen trafen Emilia.

»Leo, sprich gefälligst adäquat!«, herrschte ihn seine Mutter an. »So was fragt man nicht.« Gleichwohl richteten sich auch ihre Augen auf Emilia, und etwas an der Art, wie sie sie musterte, war dieser seltsam vertraut.

»In der Tat ist Emilia eine Freundin«, erklärte Paul lächelnd und nicht näher darauf eingehend. Er stellte sie all seinen Freunden dergestalt vor, was die unterschiedlichsten Reaktionen hervorrief. Manche verwickelten sie in ein herzliches Gespräch, andere maßen ihr kaum Beachtung bei, einzelne glaubten, sie sogar vom Klub wiederzuerkennen. In diesem speziellen Fall regte sich nichts im Gesicht der Gelbschöpfigen, ehe Paul sie nicht vollständig vorgestellt hatte. »Das ist Hilde, Maximilians ältere Schwester.«

Emilia schenkte ihr ein höfliches Lächeln, ahnte nun, weshalb ihr Hilde so bekannt vorkam. Sie besaß dieselben schmalen, berechnenden Augen wie ihr Bruder.

»Ja, eine von vielen. Max ist unser Nesthäkchen. Wir sind eine große Familie.« Immerhin gelang es ihr, herzlicher zu lächeln als Maximilian, wenngleich es rasch erstarb und sie ihre Aufmerksamkeit wieder auf Paul richtete. »Eine, die dich schmerzlich vermisst. Weshalb kommst du uns nicht bald besuchen? Es gibt so vieles, worüber wir uns austauschen können.«

Paul vermied es professionell, sein vollkommenes Desinteresse an einem Besuch zu äußern, behauptete steif, dass er dem mit Vergnügen nachkommen werde, während seine Körperhaltung ein völlig anderes Lied spielte. Aber Hilde schien kein ausgeprägtes musikalisches Verständnis zu besitzen und freute sich unbändig darauf. Sie verabschiedeten sich folglich mit einem »Auf bald«, und Paul schien innerlich aufzuatmen, indes Marina raunte: »Würde ich vermeiden, diesen Besuch, Onkel Paul. Ich weiß zwar nicht sicher, ob Einfalt ansteckend ist, riskieren würde ich es allerdings nicht.«

Sie erreichten das Anwesen spät, die Sonne färbte den Himmel rot-orange, als der Wagen in die Einfahrt rollte. Marina kehrte als stolze Besitzerin einer schwarz-weißen Postkarte von dem Aquarium zurück, hatte sich den Bauch mit Eis vollgeschlagen und den UFA-Palast am Zoo um das aktuellste Kinoprogramm erleichtert. Ihre Schätze trug sie in ihrer selbst gehäkelten Handtasche ins Haus, noch lange nicht müde.

»Wir sollten den Zoobesuch musikalisch veräußern. Die Vögel mithilfe von Blasinstrumenten, den Löwen durch die Pauke und die Affen ...« Weder realisierte sie das amüsierte Lächeln, das Paul und Emilia austauschten, noch dass sie einander ständig unauffällig berührten. Sein Finger tippte sachte gegen ihren, ihr Blick wanderte zu ihren Händen hinab.

Hinter ihnen öffnete sich eine Tür. Die Hände ruckten auseinander. Paul drehte sich um. Charlotte lehnte sich gegen den Türrahmen und hob ihr armreifgespicktes Handgelenk, der abgespreizte Finger deutete zur Uhr. »Gerade noch rechtzeitig zum Abendessen.«

Selbstverständlich entging ihr der Blick nicht, den Paul Emilia zuwarf. Es war schließlich eine Rarität, dass er lächelte.

»Nun«, erkundigte sie sich, als sie später am Tisch versammelt saßen, »hat sich der Ausflug gelohnt?«

»Unbedingt«, sprudelte es augenblicklich aus Marina heraus, bereit, neben den Fischfilets auch den halben Tagesablauf zu servieren. Charlotte folgte ihren Erzählungen mit unbewegter Miene, die Lippen zum üblichen spitzen Lächeln verzogen. So bemerkte sie beiläufig: »Was für ein spannendes Ereignis. Wer will da an Musik denken?«

Marina hob den Kopf, blickte nüchtern von ihrer Mutter zu Emilia und wandte sich danach wieder an sie. »Ich kann mir denken, dass das deine Vorstellung übersteigt. Du hast dich ja nie danach erkundigt, wie komplex so ein Musikunterricht ist. Aber wir werden dir unser Tier-Musical schon vorführen, sei dir gewiss!« Jenes Musical, von dem Emilia noch nichts ahnte und das scheinbar nur in Marinas Kopf existierte, ob nun tatsächlich geplant oder bloß, um sie vor den schnippischen Bemerkungen ihrer Mutter zu bewahren. Charlotte verstand den Wink durchaus, antwortete mit einem einräumenden Lächeln und ließ das Thema für den Rest des Abends fallen.

Erst als sie Marina zum Zähneputzen geschickt hatte und sich Paul aufgrund eines Anrufers in sein Büro zurückzog, wandte sie sich noch einmal an Emilia. Sie sah müde aus, ihr Lächeln glich eher dem ihres Bruders. »Danke.«

Emilias Irritation verleitete sie zu einem stimmlosen Lachen.

»Du bist ihr mehr Mutter, als ich es vermutlich sein kann.« Ihr Blick schweifte in die Ferne. »Ich war jung, weißt du, sehr jung und sehr dumm, als ich sie bekam. Verzaubert von allem, das funkelte, verblendet von jedem süßen Wort. Ich weiß nicht, was aus ihrem Vater geworden ist, ob ihn der Krieg gefressen hat oder er irgendwo am anderen Ende der Welt lebt. Wäre Paul nicht gewesen, hätte er mich nicht hier aufgenommen, ich wäre daran zerbrochen. Mein Märchenschloss hatte sich in Luft aufgelöst. Damals war ich Telefonistin.« Sie kicherte sich das Glitzern aus den Augen. »›Schöne Stimme‹, sagten sie immer, aber mit einem runden

Bauch wollten sie mich trotzdem nicht behalten.« Sie zog die Nase kraus. »Es war sowieso nicht meine Berufung. Grässlich auf Dauer.« Ein tiefer Seufzer hob ihre Brust. »Paul machte plötzlich unfassbare Gewinne, da war es ohnehin gleich.« Sie sah Emilia an. »Was ich sagen will, ist, dass vielleicht nicht mal das Muttersein meine Berufung ist. Deshalb verzeih mir meine bissigen Kommentare. Womöglich war ich bloß betroffen. Dass du ihr näherstehst als ich.«

Emilia spürte die Welle der Traurigkeit, die sie beide erfasste. Ohne darüber nachzudenken, griff sie nach Charlottes Hand. »Kinder schließen Menschen schnell in ihre Herzen, vor allem, wenn sie ihnen eine neue Weltsicht aufzeigen. Marina liebt dich. Ich weiß das.«

»Wie das?«

»Euch verbindet eine sehr zarte, sehr hübsche Melodie.«

Charlotte sah sie lange an. Ihr Lächeln kehrte zurück und mit ihm ihre Luftigkeit. »Hm. Wo auch immer du vom Himmel gefallen sein magst, du bist ein Engel. Ich bin froh, dass du bei uns bist.«

Würde ein Filmteam einen Tag lang die extraordinäre Fantasiewelt von Kindern und die Marinas im Besonderen begleiten, so entstünde daraus zweifellos ein imposanter Bildstreifen. Emilias überambitionierte Schülerin setzte die Idee von einem Zoo-Musical noch in den Folgetagen in die Tat um, und Emilia war freigeistig genug, um ihren Unterricht anzupassen. Eine schnelle Produktion scheiterte daran, dass Marina noch nicht ausreichend viele Instrumente beherrschte und Emilia sich weigerte, den jeweiligen Part zu übernehmen. Als Teil des Unterrichts musste es schließlich Marina sein, die die Tierstimmen musikalisch veräußerte – diese Sinnhaftigkeit sah selbst Marina, so gern sie auf der Stelle als Regisseurin tätig geworden wäre. Entsprechend widmeten sie sich dem Klarinettenspiel, wobei sich recht schnell offenbarte, dass die Aussicht auf ein kreatives musikalisches Projekt die ohnehin bereits verblüffende Lernfähigkeit Marinas befeuerte.

»Es wird eine besonders erhebende Premiere werden, die sich sowohl hören als auch sehen lässt. Wir treten in selbst gefertigten Tierkostümen auf«, versprach Marina, als sie Charlotte und Paul abends davon berichtete.

Die beiden lächelten anerkennend, konnten sich vermutlich nicht vorstellen, dass es jemals dazu kommen würde.

»Apropos Premiere«, wechselte Paul etwas holprig das Thema, »übermorgen wird anlässlich von Hannah Ralphs Geburtstag nochmals Fritz Langs *Die Nibelungen* im UFA-Palast gezeigt, und ich habe Karten.« Dieser Information folgte Schweigen seinerseits und vonseiten aller anderen ebenso, da niemand wusste, was es darauf zu erwidern gäbe.

Charlotte erbarmte sich schließlich eines: »Schön.« Das Schweigen hielt noch eine weitere Sekunde an.

»Nun, wie man es nimmt. Heinrich wollte mich begleiten, da er den Film noch nicht gesehen hatte, und nun liegt er mit einer Grippe im Bett. Zu dumm. Jedenfalls dachte ich, vielleicht kannst du mitkommen.«

Charlotte blinzelte mehrmals mit unverändertem Gesichtsausdruck. »Du weißt«, gab sie langsam und gedehnt kund, »dass ich an diesem Abend Gäste empfange. Meine liebsten Gäste, das plane ich seit Wochen.«

»Ach, richtig«, bestätigte Paul, als sei es ihm eben erst wieder in den Sinn gekommen. »Zu dumm.«

»Emilia könnte mitgehen«, schlug Marina unumwunden vor, was eine schnelle Reaktionskette aller anderen Anwesenden auslöste. Emilia errötete, Paul nickte prompt und sehr schnell, Charlotte schob ihren Spitzmund vor und sagte, sich ihren Teil denkend, sehr höflich nichts.

»Fabelhafte Idee. Was meinst du, Emilia? Oder kennst du die Nibelungen-Verfilmung?«

»Nein, bislang nicht.« Überhaupt hatte sie lediglich ein einziges Mal ein Lichtspielhaus besucht, und das war gewiss nicht der UFA-Palast gewesen, das derzeit renommierteste Lichtspielhaus Berlins, womöglich ganz Deutschlands.

»Fabelhaft«, befand Paul.

»Ja, fabelhaft«, bestätigte Marina.

»Hat sie zugestimmt?«, neckte Charlotte.

»Natürlich hat sie das. Milia ist eine kulturell versierte Person, da wird sie sich nicht die Nibelungensage entgehen lassen. Wenn ich persönlich sie auch ein bisschen öde fand, aber im Film ist das sicher etwas anderes. Siegfried der Drachentöter ist außerdem beinah ein Nationalheld, nicht wahr?«

Es überraschte Emilia nicht, dass sich Marina bestens mit dem Klassiker der Literaturgeschichte auskannte, allem Anschein nach besser als sie selbst, und es obendrein verstand, sich darüber kritisch zu äußern. Emilia zierte sich nur des guten Tons wegen noch einen Moment und sagte letzten Endes zu, wurde allerdings das Gefühl nicht los, dass in dem Blick, den sich Paul und Marina zuwarfen und den sowohl Charlotte als auch Emilia zu übersehen beschlossen, etwas lag, das auf ein abgekartetes Spiel hinwies. So oder so bedeutete ihre Zusage ein Ereignis. Lichtspielfilme erfreuten sich gerade größter Beliebtheit und der UFA-Palast beim Zoo zudem eines bewährten Publikums. Was selbstredend nicht der Hauptgrund für ihre Nervosität war …

Als sie zwei Tage später Pauls Wagen in der Hardenbergstraße entstieg, schlug ihr Herz beim Anblick des Lichtspielhauses schneller. Sie wusste, dass das Gebäude ursprünglich als Ausstellungshalle des Zoologischen Gartens fungiert hatte, das vor einigen Jahren von der Cines-Filmgesellschaft zu einem Lichtspielhaus umgestaltet worden war. Entsprechend war es laut Aussagen von Annabelle, die so gut wie alles wusste, schlichter als andere in Berlin, aber Emilia konnte dem nicht vorbehaltlos zustimmen, denn im Innern fand sie eine fantastische Landschaft vor. Das Foyer hatte sich offenbar für diesen besonderen Abend in eine germanische Burg verwandelt, die Angestellten trugen dem Film nachempfundene mittelalterliche Kleidung, und durch die Lautsprecher erklang auf das Ambiente abgestimmte Musik.

Emilia konnte sich kaum sattsehen an der fantastischen Kulisse, während Paul sie mit einem stummen Lächeln beobachtete. »Gefällt es dir?«

Vermutlich gehörten derlei märchenhafte Ausflüge zu seinem Alltag, für Emilia hingegen war es wie der erste Schnee für Kleinkinder. »Vollkommen«, murmelte sie ehrfürchtig.

»Dann wird dich der Film ohne jeden Zweifel faszinieren.«

Der Vorführsaal selbst war weit weniger spektakulär gehalten. Ein gewöhnlicher rechteckiger Raum mit hufeisenförmig angebrachten Sesseln, in denen sie aber nicht Platz nahmen, sondern oben in der Proszeniumsloge. Hatte sie angenommen, nun auf der Stelle in die mittelalterliche Filmwelt entführt zu werden, erfuhr sie eine Überraschung. Ein Tierkurzfilm stimmte den Abend nach der obligatorischen Wochenshow ein, was wohl der Nähe des Zoos geschuldet war, im Anschluss verbreiterte sich die Leinwand, und das Filmerlebnis nahm seinen Lauf.

Es war der erste viragierte Stummfilm, den Emilia sah, wobei sie später nicht hätte sagen können, welch unterschiedliche Tönungen das gegenwärtige Schwarz-Weiß erschaffen hatte. Sie konnte zu ihrer Schande allgemein nicht mehr viel über das sagen, was sich auf der Leinwand abgespielt hatte, obwohl sie annahm, die meiste Zeit hingesehen zu haben. Sie hatte geglaubt, dass das, was Annabelle in den blumigsten Worten von ihren Treffen mit Männern schilderte, allenfalls Halbwahrheiten waren. Ja, sie hatte über das angebliche Wirrwarr der Gefühle ihrer Freundin gelächelt und gewusst, ihre eigene Gefühlswelt sehr gut zu beherrschen. Beileibe nicht. Paul Fairmann vermochte es immer noch, sie von Kopf bis Fuß aufzuwühlen, bloß stieß sie das längst nicht mehr ab, nein, es zog sie an. Auf eine so intensive Weise, dass sie vergaß zu denken, selbst vergaß, sich auf den Film zu konzentrieren.

Irgendwann im Laufe des sonst wievielten Nibelungenlieds spürte sie plötzlich, dem Lied andächtig folgend, wie sich ihre Knie berührten, und mit einem Mal verlor das Lied sämtliche Bedeutung. Es blieb allein das elektrisierende Gefühl, das durch ihren Körper jagte, und sie wagte nicht, ihr Bein auch nur einen Millimeter zu bewegen. Was reichlich albern und kindisch war. Am Ende des Abends würde ihr Bein eingeschlafen sein, und wie mochte das aussehen, wenn sie sich schließlich erhob? Aber das Bein, ob nun einschlafend oder nicht, war in dem Moment vergessen, als sie, den Blick weiterhin gebannt auf die Leinwand gerichtet und gleichzeitig nichts sehend, bemerkte, wie Paul seinen Arm auf die Lehne zwischen ihnen legte, genau neben den ihren. Ihre Finger verhielten sich von dieser Sekunde an wie zwei vollkommen unabsichtlich aufeinanderzustrebende Körper, dem Gesetz der Schwerkraft folgend, und gingen sogar noch weiter als ihre Knie. Das Berühren ihrer kleinen Finger setzte einen sanften Stromschlag frei – und mit ihm Sehnsüchte, die Emilia nicht zu kennen glaubte. Als der Vorhang fiel, lagen ihre Finger fest ineinander verwoben auf der Lehne, und Emilias gesamter Körper brannte.

»Wir …« Paul räusperte sich leise. »Vielleicht sollten wir gehen.« Schon wurden hinter ihnen die Türen von geflissentlichen Burschen geöffnet, die ihrer Arbeit nachkamen und die Gäste zurück ins Foyer winkten. Es widerstrebte Emilia, dem Wink Folge zu leisten. Nach zwei Stunden Dunkelheit erschien ihr das Licht empfindlich hell in den Augen, und sie folgte Paul etwas orientierungslos, hätte gern eine

Besuchertoilette aufgesucht, wagte es nur nicht, denn es hätte bedeutet, Pauls Hand loszulassen.

Dass es dennoch dazu kommen sollte, hätte sie sich denken können, es wäre auch höchst eigenartig gewesen, hätten sich unter den Filmbesuchern nicht Menschen befunden, die Paul kannten. Sie schafften es keine zwei Meter weit, da wurden sie überschwänglich von einem jungen Pärchen begrüßt, das Emilia bereits bei ihrem Ausflug zum Viktoriapark kennengelernt hatte. Johann und Lisbeth, nette Leute, obschon etwas schrill in Kleidungsstil und Redeart. An diesem Abend leicht unverträglich für Emilia. Sie bemerkten nicht einmal, wie sich Paul und Emilias Hände voneinander lösten, plapperten in einem fort und trieben die beiden in die Mitte des Foyers, wo sie alsbald von weiteren Freunden gefunden und ins Gespräch gezogen wurden. Eine sympathische Runde, in der sich Emilia nicht unwohl fühlte, genügte es scheinbar, ein paar Mal mit Paul gesehen worden zu sein, um ein etabliertes Mitglied von Gesprächsrunden zu werden. Die Traube um sie herum vergrößerte sich zusehends, bedauerlicherweise um ein paar Visagen, auf die Emilia gern verzichtet hätte. Maximilian Faun schien nahezu überall zu sein, wo Paul war, ob beabsichtigt oder nicht – und mit jedem neuen Aufeinandertreffen verengten sich seine Augen noch etwas mehr, wurde er Emilia gewahr. Dankenswerterweise waren zu viele Menschen zugegen, um sie spüren zu lassen, *wie* wenig er von ihr hielt.

»Ich bin wahnsinnig aufgeregt, den zweiten Teil zu sehen, Sie nicht auch?«, führte Lisbeth ihr Gespräch weiter, an dem Emilia passiverweise teilnahm.

»Es gibt einen zweiten Teil?«, fragte Emilia vergeistigt und erntete ein hohes Lachen.

Lisbeth tatschte ihr mit ihren blutroten Fingernägeln auf den Arm. »Na sicher, Liebes, oder ist Ihnen entgangen, dass Kriemhilds Rache noch aussteht?«

Sie gestand nur ungern, dass genau das zutraf. Sie hätte nicht sagen können, an welcher Stelle der Film geendet hatte, ob Sigfried bereits seinem Widersacher erlegen war oder noch auf beiden Beinen stand. »Ach«, rettete sie sich mittelmäßig geschickt, »davon sprechen Sie. Natürlich, das fehlt noch.«

Dankenswerterweise gehörten selbst hochgestellte Damen nicht zu den allerhellsten, denn für Lisbeth klangen Emilias Worte einleuchtend. Eigentlich mochte Emilia sie sogar für ihre erfrischende Art. Frauen, die sich die Größe erlaubten, auf die Ambitionen der Mehrheit zu verzichten, im nächsten Monat auf einer Modezeitschrift zu enden, waren ihr immer sympathisch. Lisbeth mochte sich verhalten wie alle anderen, aber sie aß wenigstens das, was ihr schmeckte, und das rechnete ihr Emilia hoch an.

»Oh, wir hatten vor, den Abend drüben im Marmorsaal ausklingen zu lassen«, wechselte Lisbeth nun das Thema. »Obwohl es keine Premiere ist, haben sie ihn festlich herrichten lassen. Wollen wir nicht alle gemeinsam gehen?«

Auf Pauls Gesicht zeichnete sich jene Distanziertheit ab, die ein Mensch mit gewöhnlich ausgeprägtem Einfühlungsvermögen als eindeutige Ablehnung verstanden hätte, aber entweder eine solche wurde unter seinesgleichen schlicht übersehen oder ganz bewusst übergangen. Jedenfalls endeten sie *alle* im Marmorpalast, über dessen Eleganz Emilia ebenso wie über alles andere an diesem Abend staunte, am meisten hinsichtlich der offenherzigen Gesellschaft. Der Abend wurde länger, die Lacher lauter, die Blicke, die sich Paul und Emilia zuwarfen, intensiver.

»Ach, es geht nichts über einen heiteren Abend unter Freunden, nicht?«, gackerte die vollbusige Helene, die Emilia nie zuvor gesehen hatte und dennoch seit einer halben Stunde von ihr mit Geschichten über deren zahlreiche Liebhaber unterhalten wurde – weder Wein noch die Erzählungen schienen jemals auszugehen.

»In der Tat«, stimmte volldröhnend Maximilian zu. »Und die Anzahl der Freunde wächst und wächst, nicht wahr? Unser Paul sieht in jedem einen Freund«, seine Stimme verwehte zu einem tiefen, leiser werdenden Bass, und seine Augen richteten sich auf Emilia, »selbst wenn es sich dabei um solche Leute handelt, die einfach nur seine Nichte unterrichten.«

Helene neben ihr gluckste amüsiert. »Ah ja? Wer soll das sein?«

Das Grinsen auf Maximilians Gesicht nahm einen sardonischen Zug an. »Du unterhältst dich mit ihr. Wusstet ihr es nicht? Emilia ist Musiklehrerin in der Villa Winter.«

Die Unterhaltungen schienen zu ersterben, nicht nur an ihrem Tisch, im ganzen Saal. Emilia bemühte sich um ein unschuldiges Lächeln, Pauls Gesicht war eine steinerne Maske.

»Oh«, nahm die beschwipste Helene den Faden auf, »hieß es nicht, sie sei Musikerin? Nun, für eine Lehrerin machen Sie ja einiges her, Kindchen.« In ihr Gackern stimmten die anderen ein.

Emilia lächelte tapfer.

»Ja, wirklich, das stimmt. Ich habe Lehrerinnen immer für restlos öde gehalten.« Und um diese Vermutung zu bestätigen, erzählte Lisbeth prompt einen Schwank über eine ihrer restlos öden Hauslehrerinnen, der alle erheiterte.

Emilias Lächeln wurde schmerzhaft.

»Aber das erklärt natürlich die Frisur, ist es nichts so? Ich habe mich schon gefragt, warum sie sie so lang und altmodisch trägt.«

»Ich bitte dich, es ist trotzdem noch eine nette Frisur, weißt du, wie meine Lehrerin aussah?«

»Auch wahr, und man weiß ja nicht, wie hoch so ein Lehrergehalt ist, womöglich reicht es bloß für zwei Mal Friseur im Jahr.«

»Denkst du? Sie ist aber doch bei Paul angestellt!«

»Ah, wo wir von Angestellten sprechen, letzten Monat habe ich dieses blutjunge Küchenmädchen eingestellt, und die Kleine hat sich so sehr gemacht, dass sie mittlerweile die Vorspeisen kocht. Unterschätze nie ...«

Niemand schien zur Kenntnis zu nehmen, dass Emilia anwesend war, oder es spielte keine Rolle, was man wie äußerte. Emilias Kehle fühlte sich wie ausgetrocknet an. Die Stimmen verschmolzen zu einem gackernden, meckernden, zwitschernden Etwas, dem jegliche Harmonie fehlte und das in Emilias Ohren schmerzte. Paul wirkte abwesend, während er den Erzählungen eines Mannes folgte, der sich als irgendein Bruder, Vetter oder Cousin Maximilians vorgestellt hatte – es war einerlei.

Emilia erhob sich langsam, ging, immer noch lächelnd, auf die verzierte Tür am Ende der riesigen Halle zu, das Licht der gigantischen Kronleuchter spiegelte sich auf ihrem schillernden Kleid, das sie sich von ihrem Lehrerinnengehalt gekauft hatte und das eigentlich kein bisschen zu ihr passte. Sie lächelte noch, als sie die Tür hinter sich ins Schloss fallen hörte, als sie in ihren Mantel schlüpfte und hinaus in die Nacht trat. Feiner Nieselregen empfing sie, benetzte ihre erhitzten Wangen. Sie schloss die Augen. Das Lächeln erstarb.

Was hast du erwartet?

Die Sterne am Himmel waren verschwunden, verdeckt von den tief hängenden Regenwolken. Das Gelände um den UFA-Palast erstrahlte auch ohne sie in hellem Licht.

Hier gehörst du nicht hin.

Emilia schob die Hände in die Taschen ihres Mantels und beschleunigte ihren Schritt. Es stimmte. Sie gehörte nicht hierher. Sie gehörte nirgendwohin. Noch nie. Wie oft hatten sie auf das Telefonklingeln der Heimleitung gelauscht, darauf hoffend, es würden Eltern am anderen Ende der Leitung sein, die sich für sie entschieden? Mit den Jahren war der Klang des Telefons unerträglich geworden. Sie hatten sich ihren Wert selbst zugesagt, Annabelle und sie, und einander geglaubt. Ein Fehler. Zumindest in Emilias Fall.

Sie würde nicht weinen. Es gab ja keinen Grund dazu. Sie war darauf gefasst gewesen, vom ersten Tag an. Sie würde nicht weinen.

»Milia!«

Schritte, die über den feuchten Asphalt hallten, sie klangen vertraut, so nah und dennoch fern. Sie zog die Nase hoch, drehte sich um. Paul blieb wenige Meter von ihr entfernt stehen, seine Brust hob und senkte sich vom schnellen Lauf. Er schöpfte Atem, sagte jedoch kein Wort. In seinen Augen ein Meer aus Bedauern.

Sie presste die Lippen fest aufeinander, würde nicht weinen.

»Milia, ich ... ich wollte nicht ... Es tut mir leid.«

Sie weinte. Die verräterische Träne kullerte über ihre Wange, machte es ihr unmöglich, ihre Gefühle zu verbergen. Wie dumm sie war.

Paul trat näher, streckte wie selbstverständlich die Hand aus. Kühl und sanft strich sein Finger über ihr Gesicht, trocknete die Tränen. »Nicht. Keine Tränen wegen dieser Idioten.«

Emilia lächelte schwach, unterdrückte ein Schniefen. »Idioten, die deine Freunde sind, oder? Und vor denen du deine Reputation riskierst, wenn du einer dummen Frau und einfachen Angestellten den Hof machst.«

Er schüttelte eindringlich den Kopf. »Ich bezweifle, dass sie etwas bemerkt haben.«

»Beruhigend«, schniefte sie kaum überzeugt.

»Vergiss sie. Du bist keins von beidem.«

»Keine Frau und Angestellte?«

»Weder dumm noch einfach«, sagte er ernst. »Und ich sehe in dir keine Angestellte.«

»Was denn sonst?« Sie konnten nicht darüber hinwegsehen, was sie war.

Dezenter Unbill erschien in seinen Augen. »Ist das nicht offensichtlich?«

Emilia schüttelte den Kopf, obwohl sie es besser wusste, trat einen Schritt zurück.

Paul starrte sie an. »Nicht offensichtlich, hm?«, murmelte er, und ehe sie weiter zurückweichen konnte, packte er sie am Handgelenk und zog sie zu sich.

Emilias Herz explodierte. Seine Lippen umschlossen ihre, suchten gierig nach jenem Kuss, den sie schon lange ersehnten, und die Augen schließend erwiderte Emilia ihn, in jeder Faser ihres Körpers danach dürstend. So standen sie im stärker werdenden Regen fest umschlungen mitten auf dem Hardenbergplatz – der Unternehmer und die Musiklehrerin.

»Emilia?«, murmelte Paul, die Stirn gegen ihre gelehnt.

»Hm?«

»Ich liebe dich.«

Emilia löste sich von ihm. »Aber das ist absurd.«

Er lachte. »Glaub mir, nicht in diesem Jahrzehnt.«

Hatte er recht?

Sanft fuhr er mit seinen Fingern durch ihr Haar, während sie ihre Hand auf seine Hüfte legte, und von seinen Worten und seiner Sanftheit überzeugt, küsste sie ihn zurück. Nie zuvor hatten sie etwas tiefer und wahrhaftiger empfunden als diesen Kuss in dieser Nacht. Hier fing ihre Liebe an, das spürte Emilia, und würde niemals enden.

Akademie Winter, September 2004

Der Schlüssel fuhr knarzend ins Schloss, ließ in Elodie ein kaum merkliches Beklemmungsgefühl aufkeimen. Sie fühlte sich ein bisschen wie eine Einbrecherin, obwohl sie nichts Verbotenes tat, sich sogar Oma Marinas Zustimmung eingeholt hatte, das Zimmer ihrer Schwester zu betreten. Sie hatten seit ihrem Todestag nichts darin verändert, nicht die winzigste Kleinigkeit. Es sollte genau so bleiben wie Maresa Wagner es verlassen hatte, und Elodie hatte bestimmt nicht vor, diesem Wunsch zuwiderzuhandeln. Aber sie musste wissen, wo der zweite Teil des Briefes war, denn er konnte sich ja schlecht in Luft aufgelöst haben.

Vorsichtig schob sie die leicht verzogene Tür auf, sie knarrte, und der Muff eines lange Zeit ungelüfteten Zimmers stieg ihr in die Nase. Davon abgesehen deutete nichts darauf hin, dass dessen Besitzerin nicht mehr unter den Lebenden weilte. Auf dem ordentlich gemachten Bett lag immer noch ihr Seidenschal, vor dem linken Pfosten standen die hellblauen Pantoffeln. Beim Anblick des geleerten Wasserglases auf dem Nachttischchen, an dessen Rand noch der Hauch von Lippenstift zu sehen war, musste Elodie kurz schlucken. Nein. Es fühlte sich kein bisschen so an, als sei ihre Großmutter gestorben. Hier inmitten ihrer Habseligkeiten zu stehen, die allesamt wie frisch benutzt wirkten, verklärte alles, machte sie glauben, das Unglück sei nie geschehen. Zaghaft fuhr sie mit dem Finger über das Bett aus dunklem Ebenholz, berührte die weiße Steppdecke und ließ sich auf die Matratze sinken. Hatte Oma Maresa am Morgen ihres Todes hier gesessen?

Flüchtig vergaß Elodie ihr Vorhaben und blieb versteinert, begleitet vom gleichmäßigen Ticktack des altmodischen Weckers. Schließlich straffte sie die Schultern und sah sich um. Auf den ersten Blick entdeckte sie keinen Papierfetzen, der zum vorderen Teil des Briefes gepasst hätte, am Boden oder auf der Kommode liegen. Auch unter dem Bett wurde sie nicht fündig. Der Hebbel-Band lag auf dem Sessel in der Ecke, aber als Elodie die Seiten durchblätterte, fand sie keinen Hinweis auf die Fortsetzung des Briefes, bloß weitere leere Umschläge, die ihre Oma stets als Markierung genutzt hatte. Eine ihrer Marotten, weil sie es für unnötig befunden hatte, Geld für Lesezeichen zu verschwenden. Die erste Seite des Bandes klappte sich wie von selbst auf.

Sommerlied. Oma Maresas Lieblingsgedicht.

Elodie runzelte die Stirn, erinnerte sich daran, wie der Brief aus dem Buch gefallen war. Weshalb hatte ihre Oma nie bemerkt, dass er anders als die restlichen Umschläge ungeöffnet war? Wie war er in den Band geraten? Offensichtlich hatte ihr Onkel ihn ihr nicht persönlich überreicht. Elodie ließ die Augen durchs Zimmer schweifen. Vor ihrem geistigen Auge konstruierte sie die Szene nach. Das Zimmer einer jüngeren Oma Maresa, zu einer Zeit, in der ihr Onkel noch lebte. Elodie sah ihn ins Zimmer treten und den Brief aufs Bett legen. Später am Tag könnte ihre Oma hereingekommen sein, geschäftig und vor sich hin summend wie so oft. Elodie lächelte bei der Vorstellung, und das Kopfkino ging weiter: Ihre Oma fuhrwerkte noch eine Weile im Zimmer herum, warf sich schließlich aufs Bett und las ihren Hebbel, griff dann gedankenverloren nach dem dort zurückgelassenen Brief und legte ihn als Lesezeichen in den Band ... Konnte es so gewesen sein?

Und bis zum Tag des Konzerts hatte sie ihn nie gefunden, und die Botschaft ihres Onkels hatte sie deshalb nicht erreicht? Würde sie noch leben, hätte sie den Brief schon früher entdeckt? Elodie stöhnte leise. Es half nichts. Sie musste ihn finden. Also setzte sie ihre Suche fort.

Obwohl es ihr nicht richtig vorkam, begann sie, Schublade um Schublade des Sekretärs zu öffnen, suchte in der Kommode und dem kleinen Schrank hinter der Tür. Kein Brief. Der Mülleimer war bis auf ein Papiertaschentuch ebenfalls leer. Nach etwa dreißig Minuten des Durchstöberns jeder Ecke und jedes Winkels, was ihr mit jeder Sekunde unangenehmer wurde, setzte sich Elodie enttäuscht auf den Boden. Was war mit dem Brief passiert? Ihr Urgroßonkel konnte Oma Maresa unmöglich einen halben Brief hinterlassen haben, zumal ein halber Brief, der nichts verriet, kein Grund für einen Herzinfarkt darstellte. Also was zum Teufel stimmte hier nicht?

Seufzend stemmte sie sich vom Teppich hoch, ratlos, wie sie das Geheimnis um eine verlorene Briefhälfte lösen sollte. Etwas erregte ihre Aufmerksamkeit, und sie sank zurück auf ihren Hintern, drehte ihre Handinnenfläche nach oben. Einige Dreckkrusten, die an ihr haften geblieben waren, rieselten zu Boden. Elodie betrachtete den Teppich näher. Er war übersäht mit erdigen Restbeständen, die eindeutig wie die herausgebröckelten Exemplare aus den Rillen eines Schuhs aussahen. Nicht nur auf dem Teppich, auch im hinteren Bereich des Zimmers entdeckte sie einzelne getrocknete Erdbröckchen. So merkwürdig war das nicht, das Zimmer war voller Menschen gewesen an dem Tag, jeder könnte seinen Dreck hier mit rein geschleppt haben. Elodie stand auf, folgte der Spur. Direkt vor dem Fenster befand sich ein weiterer winzig kleiner Papierfetzen, gelblich vergilbt … Sie hob ihn auf. Er war zu klein, um etwas zu offenbaren. Sie drehte sich zur Zimmermitte um.

Was, wenn jemand hier gewesen war? Wenn irgendwer den Brief aus der Hand ihrer toten Großmutter entwendet hatte, aber in seiner Hast nicht gründlich genug gewesen und ein Teil zurückgeblieben war, verborgen in den verkrampften Fingern ihrer Oma Maresa? Oder war es womöglich zu einem Streit gekommen? Um diesen Brief, in dem wer weiß, was stand? Aber hätte das nicht irgendwer mitbekommen müssen? Außerdem hatte es keine Anzeichen für einen gewaltsamen Tod gegeben ... Elodie kaute aufgewühlt auf ihrer Unterlippe, versuchte, sich jedes Detail des Raumes an jenem Tag in Erinnerung zu rufen. Das Bild ihrer Oma mit diesem Ausdruck des Entsetzens auf dem Gesicht ließ sie frösteln. War es allein der Inhalt des Briefes gewesen, der sie so sehr erschreckt hatte? Oder der vermeintliche Eindringling? Elodie starrte auf den Papierfetzen zwischen ihren Fingern. Probehalber öffnete sie das Fenster und schaute hinaus. Einen Meter unter sich fand sie nichts als weiße Kieselsteine.

Dummerchen, schalt sie sich selbst, wieso sollte da irgendwas zu sehen sein?

Selbst für den Fall, dass jemand den zweiten Teil des Briefes aus dem Fenster geworfen hatte – mittlerweile dürfte er sich in seine Bestandteile aufgelöst haben. Überhaupt würde man ein Beweismittel wohl kaum aus dem Fenster werfen, wenn sein Inhalt so wichtig war, dass man es einer alten Frau entwendete – ob diese nun bereits tot war oder nicht. Wieder fröstelte Elodie bei dem Gedanken. Verhielt sie sich paranoid? Waren all diese Überlegungen nicht völlig verrückt? Die Diagnose lautete Herzinfarkt, nicht Mord! Trotzdem. Sollte diese aberwitzige Idee stimmen und jemand hatte den Brief genommen, wer war es gewesen und warum?

Ist doch nicht so kompliziert. Irgendjemand wollte verhindern, dass außer deiner Großmutter noch jemand diese ominöse ganze Wahrheit erfährt.

Wer hatte von dem Brief gewusst und vor allem, dass sie ihn an diesem Nachmittag lesen würde?

So gut wie jeder. Er ist ihr vor der versammelten Gesellschaft aus dem Gedichtband gefallen.

Elodie stöhnte leise. Was war das für eine Wahrheit, die jemand so sehr schützen wollte, dass er einer Toten einen Brief entriss? Und wer war dieser jemand? Es musste ein Mensch sein, der ihre Großmutter schon länger kannte, was zumindest sämtliche neue Familien ausschloss, die an jenem Tag anwesend gewesen waren. Allerdings grenzte diese Erkenntnis auch nicht sonderlich viel ein, denn zu den Jahreswechsel-Konzerten kamen immer allerlei langjährige Freunde und Bewunderer. Wo sollte sie also mit ihrer Suche beginnen?

»Am besten bei Paul Eliot Fairmann, dem Onkel, von dem der Brief stammt, würde ich vorschlagen.«

Obwohl sie keinen Schimmer hatte, wie Charlie darauf kam, dass ihr Urgroßonkel der Schlüssel zu ihren nächsten Schritten sein sollte, war sie heilfroh, ihn ins Vertrauen gezogen zu haben. Becca wäre das Herumschnüffeln in Elodies familiären Angelegenheiten nicht recht gewesen, und Emmi hätte sich darin zu sehr ausgetobt. Allein Charlie erschien ihr in diesem Punkt ruhig genug. Außerdem war er clever und emotional unbelastet. Dazu kam die Tatsache, dass sie ihm ohnehin nicht verschweigen konnte, was in ihrem Kopf herumgeisterte. Die Idee, etwas Furchtbares sei in der Vergangenheit geschehen, das so schlimm gewesen war, dass es den Herztod ihrer Großmutter und darüber hinaus das Verschwindenlassen ihres Briefes mit sich gebracht hatte, ließ Elodie nicht mehr los.

»Je mehr du über sein Leben in Erfahrung bringst, desto eher erschließt sich, von welchen *wahren Dingen* er gesprochen haben könnte.«

Das leuchtete Elodie ein, und das Einfachste wäre vermutlich gewesen, Oma Marina diesbezüglich auszufragen, trotzdem schien es ihr nicht richtig, in ihre Trauer hinein in alten Geschichten herumzustochern. Sie würde zunächst einen anderen Weg gehen müssen. Immerhin hatte ihr Urgroßonkel hier bis zu seinem Tod gelebt, es musste auch ohne die Hilfe ihrer Oma einiges über ihn in Erfahrung zu bringen sein, wobei sie ihren Vater aus den Befragungen heraushalten wollte. Mochte ja sein, dass er ihn noch gekannt hatte, aber erstens wollte sie nicht mit ihm sprechen und zweitens konnte sie sich nicht vorstellen, besonders viel Hilfreiches aus ihm herauszubekommen. Mit Menschen, denen es generell an Einfühlungsvermögen fehlte, war man in einem solchen Fall schlecht beraten.

Stattdessen nahm sie die Villa genauer unter die Lupe. Es fühlte sich anders an, sie als Wohnhaus zu betrachten anstatt als Bildungsstätte. Plötzlich erwachten Bilder in ihrem Kopf, die nichts mit ihrem Schulalltag, nichts mit ihrem Leben zu tun hatten, sondern mit dem ihrer Großmütter. Sie sah sie lachend die Treppen hinabhüpfen, mit fliegenden Röcken und wackelnden Zöpfen. Sie konnte sie Lieder singen hören und gemeinsam musizieren. Sie sah Marina, das Naturtalent, wie sie *alle* Instrumente bespielte, Maresa, die Ruhigere von ihnen, die sich auf die Streichinstrumente spezialisierte. Aber sie konnte die beiden auch vor ihrem geistigen Auge Verstecken spielen sehen, Fangen und das, was junge Mädchen eben so machten. Dass Marina eine halbe Jugendliche gewesen sein musste, als Maresa zur Welt kam, fand in Elodies Vorstellung keinen Raum. Für sie blieben sie immer gleich alt, immer unzertrennlich, hatten jeden Lebensabschnitt geteilt.

Ihr Onkel Paul Eliot Fairmann, so hatte Oma Maresa stets erzählt, sei ihr wie ein Vater gewesen, und entsprechend hatte sie ihn geliebt. Es existierten unzählige Familienfotos von ihm, seiner Schwester Charlotte sowie Marina und Maresa, wobei in Elodie immer die leise Frage rebellierte, wie liebenswert ein Mann mit einem so mürrischen Gesicht sein konnte. Ganz ehrlich, ihr Urgroßonkel schien des Lächelns nicht mächtig gewesen zu sein, und was Oma Marina mit

Schwermut entschuldigte, machte ihn auf den meisten Fotos ziemlich unsympathisch. Vor allem da, wo er sehr jung aussah. Die späteren, als er schon mittleren Alters gewesen sein musste und eine sechsjährige Maresa auf dem Schoß sitzen hatte, mochten melancholisch sein, aber eigentlich ließ sich das bei dessen Antlitz schwer einschätzen.

»Ein Charmebolzen war er nicht«, stellte sie fest, während sie die Fotoalben durchblätterte. Es musste ein halbes Dutzend sein, das sie auf dem Wohnzimmertisch ausgebreitet hatte, ohne irgendetwas Hilfreiches darin zu entdecken. Vielleicht war sie auch lediglich einer nostalgischen Absicht gefolgt und wollte ihren Großmüttern nah sein, anstatt etwas über Paul Fairmann in Erfahrung zu bringen.

Eher fündig wurde sie in seinem alten Büro unterm Dach, in dem sich dieser Tage ausgediente Instrumente tummelten. Zuhinterst in der Ecke stand sein alter Sekretär und oben auf eine poröse Schachtel mit allerlei Unterlagen. Das meiste davon war geschäftlicher Natur. Urkunden und Beglaubigungen, Notizen und Ideen bezüglich seiner Fabriken und sonstigen Transaktionen. Zumindest schien er ein viel beschäftigter Mann gewesen zu sein, der über ein penibles Ordnungssystem verfügt hatte, bedachte man die unzähligen Mappen, die einem peinlich genauen Schema folgten. Kein Blatt wies ein Eselsohr auf, alles war chronologisch nach Datum abgeheftet.

»Wie es aussieht, hat ihm sogar ein Klub gehört«, fand Charlie heraus, während er die früheren Ordner durchblätterte. »Er hat kaum rote Zahlen geschrieben.«

Tja, interessant, aber außer, dass er ein tüchtiger Geschäftsmann gewesen war, verriet ihnen dieses Zimmer nicht viel über sein Leben. Oder womöglich alles. Sollte es ja geben, diese Menschen, die mit ihrem Beruf verheiratet waren. Irgendetwas sagte Elodie jedoch, dass es das *nicht* gewesen sein konnte. Während sie in seinem alten Büro stand, konnte sie förmlich riechen, dass in diesem Haus etwas geschehen war, etwas Entscheidendes … Flüchtig blitzte seine Gestalt vor ihrem inneren Auge auf, am Fenster stehend, mit diesem abweisenden Blick, in dem irgendein Geheimnis schlummerte.

»Dit sin bloß die Ordner, die sich nach 'm Brand anjehäuft ham.«

Elodie sah überrascht auf, hatte die Weigel überhaupt nicht bemerkt. Diese war nicht nur die Reinigungskraft im Haus, da sie ein altes Klatschmaul war, wusste sie auch deutlich mehr über die Villa Winter als Elodie selbst. Immerhin kam ihr die Geschwätzigkeit der Alten jetzt zugute. Sie putzte seit vierzig Jahren hier, war also bereits angestellt gewesen, als die Akademie gerade erst erblühte und Paul Fairmann noch lebte.

Die Weigel nickte in den Raum hinein. »Allet andere is vom Feuer zerstört worden. Der beste Teel seenes Lebens.«

Elodie runzelte die Stirn. »Was meinen Sie damit?«

An dieser Stelle hielt sich die Klatschhaftigkeit Frederike Weigels in erstaunlichen Grenzen. »Sajen die Leut halt so. Wat willste denn solche ollen Kamellen wissen? Is doch ewig her. Ick hab damals hier anjefangen, da hat der Fairmann noch zwee Jahre jelebt.«

Sie war eine verhältnismäßig große Frau mit kurzen blonden Locken, die stellenweise ergraut waren. Ihre blassblauen Augen schrubbten den Fußboden besser als ihr Mopp. Elodie war sie noch nie sympathisch gewesen. Ständig mürrisch, aber mit weit ausgestellten Ohren, verrichtete sie ihre Arbeit in der Akademie und kannte so ziemlich jedes Geheimnis. Sie beließ es auch nicht dabei, sondern erzählte es brühwarm allen anderen Angestellten. Unter anderem Jochen, der es dankenswerterweise mit einer Warnung an Elodie weitertrug, weshalb die sich seither hütete, Geheimnisse auszuplaudern, sobald die Weigel in der Nähe war. Für heute musste sie sich mit ihr gut stellen. So schickte sie Charlie schon mal ins Wohnzimmer und schlug ihren Konversationston an.

»Ach, ich betreibe bloß ein bisschen Familienrecherche, und Sie arbeiten hier schon so lang, da dachte ich, wenn sich eine auskennt, bestimmt Sie.« Es gelang ihr, diese Tatsache wie ein Kompliment klingen zu lassen, dessen Fragwürdigkeit Frederike Weigel nicht erkannte. Tatsächlich setzte sie ihren Wischmopp ab und stützte sich leicht dagegen, der Blick nahm eine sinnierende Nuance an.

Aha, kam sie jetzt wieder auf den Geschmack zu plaudern!

»Na, ville jibts über den nich zu sajen, war selbst in hohen Jahren koom daheem. War er da, hat er sich um die Damen jekümmert. Ne Schande, dass deene Omma jestorben is. Die hat er jeliebt. Auf seene Art.«

»Auf seine Art?«, hakte Elodie nach.

»Na, is ja keen Jeheemnis, dass der 'n Mürrischer war. Ihn hat imma wat Dunkles umjeben, dit kann ick dir sajen.« Sie tippte sich an die Stirn und klatschte den nassen Wischmopp wieder auf die Fliesen, dass das Wasser nur so spritzte.

Elodie spürte es in ihre Sandalen sickern und trat einen Schritt zurück. Die Unterhaltung war allem Anschein nach beendet.

»Entweder ham ihn die zwee Kriege zerstört oder die Liebe. Glaub nich, dess der für die Liebe jeschaffen war, da tipp ick uff die Kriege.«

Elodie sah ihr nachdenklich hinterher. Je mehr sie über ihren Urgroßonkel in Erfahrung brachte, desto weniger wusste sie über ihn. Ein mürrischer Kerl, der selten zu Hause gewesen war, na super.

Entsprechend niedergeschlagen kehrte sie nach diesem Gespräch zurück ins Wohnzimmer und blieb überrascht im Türrahmen stehen. Dort saß auf dem roten Sofa, umgeben von cremefarbenen Kissen und mit einer Wolldecke über den Beinen, Oma Marina und amüsierte sich köstlich über

Charlies Witze. Elodie hatte ihn nie offiziell als ihren Freund in die Familie eingeführt, dazu waren die Ereignisse zu schonungslos über sie hereingebrochen, aber das hatte sich in diesem Fall von selbst erledigt. Oder Charlie hatte das wohl eher selbst übernommen, und wie es aussah, ziemlich erfolgreich. Sekundenlang rührte sich Elodie nicht, blieb stumme Zeugin davon, wie Charlie ihre Oma zum Lachen brachte. Dieses herrliche Lachen einer alten Frau, die froh war, noch dazu in der Lage zu sein. Seit dem Tod ihrer Schwester hatte sie nicht mehr so laut und herzlich gelacht.

Charlie bemerkte, dass Elodie in der Tür stand, und schenkte ihr sein feines Lächeln, wobei die Augen liebevoll blitzten. Für das und dafür, dass er ihre Oma aufheiterte, verliebte sie sich zum hundertsten Mal in ihn. *Hey, Prinzessin,* hörte sie ihn in Gedanken sagen, und sie gestattete sich ein breites Strahlen als Antwort. Die Kommunikation über Blicke fiel ihnen inzwischen leicht, fühlte sich an wie eine Geheimsprache. Oma Marina bemerkte die stumme Konversation trotzdem und drehte den Kopf zur Tür.

»Ach, Liebes, da bist du ja! Komm, setz dich her. Wir sehen gerade diese alten Alben durch, die du angeschleppt hast.« Sie klopfte mit der Hand neben sich aufs Sitzpolster. Elodie folgte der Aufforderung, durchaus bemerkend, dass in den Mundwinkeln ihrer Oma ein verschmitztes Lächeln saß. »Du hättest mir ruhig sagen können, dass du einen so netten jungen Mann kennengelernt hast«, raunte sie ihr zu.

»Das wusstest du doch längst«, konterte Elodie.

Ihre Oma wiegte lächelnd den Kopf hin und her und erklärte laut: »Charlie hier hat mir eben erzählt, er recherchiere für ein Bühnenstück über die Zwanziger, deshalb das Schlachtfeld aus alten Fotos.«

Elodie warf Charlie ein anerkennendes Lächeln zu. Wahrscheinlich war ihm die Ausrede genauso leicht über die Lippen gekommen, wie er sich als ihr Freund vorgestellt hatte. Irgendwie beneidenswert, wenn man immer wusste, wie man die Dinge verpackte, und keine Scheu hatte, sie auszusprechen. Elodie war nicht auf den Mund gefallen, so wie Charlie ging sie allerdings nicht durch die Welt. Sie wurde von ihren eigenen Skrupeln und Unsicherheiten gebremst, er hingegen besaß sie entweder nicht oder machte sich schlicht nichts daraus.

»Wie heißt denn dieses Theaterstück, in dem du auftreten wirst?« Zum ersten Mal seit Wochen schien die Anspannung von Oma Marina zu weichen, und sie genoss die Unterhaltung mit diesem jungen Mann sichtlich.

»Goldregen«, log Charlie ungeniert und bestätigte damit Elodies Gedanken.

Oma Marinas Lächeln erhielt eine melancholische Note. »Goldregen«, wiederholte sie mit belegter Stimme, die Augen kehrten zurück in eine andere Zeit. »Ja, das klingt genau nach den Zwanzigern. Eine gute Zeit, für mich zumindest. Obwohl nicht ausschließlich golden. So sind wir Menschen, nicht wahr? Wir neigen dazu zu romantisieren.«

Der Zeitpunkt hätte perfekter nicht sein können, Elodie stolperte nur wie üblich über ihre Gewissensbisse. Etwas Sentimentalität konnte sie ihrer Oma zumuten, aber was, wenn sie einen wunden Punkt traf? Ihre Großmutter übernahm es von selbst, in alten Erinnerungen zu schwelgen. »Nach der Wirtschaftskrise ging es aufwärts, damals, als ich so neun, zehn war. Ja, das war eine schöne Zeit. Uns ging es gut hier. Denk dir, viele der Dinge, die ihr heute für selbstverständlich haltet, hatten in meiner Kindheit ihren Ursprung. Diese iPods oder kleine handliche Kameras ... Kinofilme und ...«

»Es gab damals schon iPods, klar, Oma«, unterbrach Elodie sie scherzend.

»O ja. Natürlich nicht so, wie du sie dir vorstellst. Der Weg zu diesen kleinen, flachen Dingern war lang, aber in meiner Kindheit hat es das erste portable Musikgerät gegeben. Groß und sperrig war das damals, man konnte es trotzdem auf Ausflüge mitnehmen, sofern man wollte. In einem Koffer.«

Okay, das war ein sehr frühes Modell des heutigen iPod.

»Onkel Paul hatte eins, das er bis ins hohe Alter genutzt hat, er wollte sich nicht an was Neues gewöhnen. Eigentlich war es gar nicht seins.« Wieder huschte dieser Ausdruck über ihr Gesicht, der verriet, dass sie an einem besonderen Ort in ihrer Erinnerung war.

»Als er alt war, gab es längst CD-Player, oder?«

»Ja, sicher, die hatten bloß keinen Charme für ihn.«

Womit er nicht unrecht hatte. Elodie nahm all ihren Mut zusammen. »Wie war er so, dein Onkel Paul?«

»Oh«, Oma Marina kicherte leise. »Schwierig, würde ich sagen. Sehr schwierig. Man konnte nicht so leicht in seinen Kopf gucken. Ich habe es natürlich versucht. Ich war ein wunderfitziges Ding, hab ihn nie in Ruhe gelassen.« Sie blätterte langsam eines der Fotoalben durch, während sie sich an ihn erinnerte. »Es ist mir nicht gelungen, an Pauli heranzukommen. Wir dachten immer, das schafft keiner.« Sie lächelte, als hätten sie sich geirrt, ehe sich ihre Stimme trübte. »Letztlich ist er gegangen, ohne dass ich ihn retten konnte …« Es klang unendlich traurig.

»Wann ist er gestorben?«, erkundigte sich Elodie leise.

Oma Marina kehrte aus ihrer Nachdenklichkeit zurück. »Das muss jetzt an die vierzig Jahre her sein, ja, im Winter 1965 war das. Er hat für uns so lange durchgehalten, für mich und Maresa, sonst wäre er seiner Liebsten längst gefolgt …«

Elodie spürte, dass sie das Thema schnellstmöglich von Oma Maresa ablenken musste. »Er war verheiratet, nicht?«

»Mhm«, stimmte Marina abwesend zu, mechanisch das Fotoalbum durchblätternd. »Ach, seht mal, da waren wir im Zoo.« Die Bilder schienen sie wieder aufzumuntern. »Meine Güte, das waren Zeiten! Ich war zehn und so glücklich. Und er auch.«

Dem konnte Elodie ausnahmsweise nicht widersprechen, das war definitiv das erste Foto, auf dem er ernsthaft glücklich wirkte. Oder zumindest nah dran. Vielleicht jener beste Teil, von dem die Weigel gesprochen hatte …

»Wer ist die bezaubernde junge Dame zwischen euch?«, witzelte Charlie und fing sich dafür einen gespielt empörten Blick von Elodie ein, den Oma Marina schmunzelnd bezeugte, ehe ihre Züge sehr weich wurden.

»Das ist meine Milia«, erklärte sie mit einem stolzen Lächeln, als spräche sie von ihrer Tochter. »Sie ist meine Musiklehrerin gewesen. Damals hatten reiche junge Fräuleins für fast jedes Fach eine Hauslehrerin, die meisten davon waren fürchterlich, aber sie … sie war einfach großartig. Sie war …« Oma Marinas Mundwinkel zuckten, und ihre Hand fing leicht zu zittern an, die Erinnerung versetzte sie in Aufruhr, obwohl die Wärme in ihren Augen blieb. »Sie hat diese Villa verzaubert, glaubt mir, sie hat sie zu etwas gemacht, das vorher nie da gewesen war. Maresa und ich haben viel von ihr gelernt.« Sie hielt einen Moment inne. »Wobei Maresa sie eigentlich gar nicht kannte. Oder, das stimmt nicht … das ist nicht ganz richtig formuliert …«, sie runzelte die Stirn, als hätte sie den Faden verloren, versank in ihren Gedanken. Doch schienen diese sie zu schmerzen oder zu verwirren, denn ihre Hände zitterten immer stärker.

Elodie wechselte einen besorgten Blick mit Charlie. »Oma?«

Ihre Großmutter blickte blinzelnd auf.

Für den Bruchteil von Sekunden fürchtete Elodie, sie erkannte sie nicht, aber dann schloss sie seufzend die Augen und tätschelte den Handrücken ihrer Enkelin. »Alles in Ordnung, meine Liebe, deine Oma ist nur sehr müde.« Sie nickte wie zur Bestätigung. »Sehr, sehr müde. Diese alten Geschichten berühren das Herz und ich habe lange nicht darüber gesprochen …« Sie unterbrach sich und wandte sich an Charlie: »Komm, junger Mann, hilf einer neunzigjährigen

Greisin mal eben in den Stand.« Charlie erhob sich hilfsbereit und reichte ihr den Arm. Sie kicherte, als er ihr aufhalf. »So galant wie zu meiner Zeit. Manche jungen Männer haben noch den Charme von einst.« Sie zwinkerte. »Danke, den Rest schaffe ich und lasse euch mal ...«

Sie stieß mit dem Fuß gegen eines der auf dem Boden liegenden Alben, Elodie schrak zusammen, als sie strauchelte und sicherlich gestürzt wäre, hätte sie Charlie nicht rechtzeitig am Arm gepackt.

»Huch, na, da habe ich den Mund schon zu voll genommen, hm?«, bemerkte sie in seinem Arm hängend.

Sie wollte sich gerade aufrichten, als die Tür krachend aufsprang und Elodies Vater hereinpolterte. »Was, um alles in der Welt, geht hier vor?«, donnerte er, die Situation geflissentlich fehlinterpretierend. Was auch immer er sich in seinem paranoiden Hirn zusammenreimte, beim Anblick von Charlie und Oma Marina explodierte er, ohne Richtig und Falsch abzuwägen. Im Grunde wusste Elodie, er wollte von seinen heiß geliebten Fakten und Wahrheiten in diesem speziellen Fall nichts wissen. Er war mit einem Satz bei seiner Tante, einem Tornado gleich, vor dem Charlie vorsorglich zurückgetreten war, und während ihr Vater Oma Marina zurück aufs Sofa bugsierte, im irregeleiteten Glauben, ihr damit einen Dienst zu erweisen, wetterte er in Charlies Richtung, er habe ihm nicht zum ersten Mal zu verstehen gegeben, dass er in diesem Haus nicht willkommen sei und seine Familie gefälligst nicht zu belästigen habe. Auf Elodies empörte Intervention reagierte er nicht, sondern fuhr fort, sich selbst zu belügen: Was sich Charlie einbilde, eine arme alte Frau anzufassen, und dass es ein Nachspiel haben werde ...

»Johannes, nun halt mal die Luft an. Ich bin gestolpert, und dieser nette Junge hat mich vor einem Sturz bewahrt. Was denkst du dir, hier so ein albernes Spektakel zu veranstalten?« Oma Marinas Worte waren klar und deutlich, der flüchtige Schwächeanfall vergessen. Sie funkelte ihren Neffen streng an, der einen Herzschlag lang innehielt.

Anschließend bohrte sich sein Blick vernichtend in Charlies. »Was noch nicht erklärt, was er hier überhaupt zu suchen hat. Ständig erwische ich ihn dabei, wie er irgendwen begrapscht ...«

»Papa, mach mal halblang, du redest Blödsinn, und das weißt du!«, fuhr Elodie auf, die nicht länger ertragen konnte, dass sich ein Mann wie er dermaßen lächerlich machte. Und so jemand saß im Gericht und entschied über Menschenleben!

»Ich hatte deutlich gemacht, dass dieser junge Mann dir fernzubleiben hat!« Er sah sie nicht einmal an, während er das sagte, aber er beruhigte sich, kühle Entschlossenheit trat in seine Augen, die immer noch auf Charlie geheftet waren, und es klang leise und bedrohlich, als er erklärte: »Ich verbiete Ihnen den Umgang mit meiner Tochter und sage es Ihnen hier und jetzt zum letzten Mal: Verschwinden Sie und kommen Sie nicht wieder, Junge, oder ich werde entsprechende Schritte gegen Sie einleiten.«

Charlie erwiderte seinen Blick sehr ruhig, lediglich seine gespreizten Finger verrieten die innere Erregung. Er bewies ungeheure Selbstbeherrschung, derweil Elodie die Zornesröte ins Gesicht stieg und sie ihren Vater am liebsten angeschrien hätte. Charlie gelang das, wofür ihn ihr Vater wahrscheinlich am meisten hasste: ihm keine Angriffsfläche zu bieten. »Wenn Sie der Meinung sind, es sei das Beste für Ihre Tochter, ich bleibe diesem Haus fern, werde ich selbstverständlich gehen.«

»Mumpitz«, unterbrach Oma Marina.

»Das ist nicht nötig«, meldete sich Elodie zu Wort, »Papa hat hier nicht das Sagen!«

Eine Wahrheit, die nicht einmal Richter Johannes Wagner leugnen konnte. Die Villa war auf die Damen Winter überschrieben, und mochte Oma Maresa verstorben sein, war sie doch weise genug gewesen, längst ein Testament verfasst zu haben – in dem er bezüglich des Anspruchs auf das Haus nicht bedacht wurde. Sondern Elodie. Die pulsierende Ader an seiner Schläfe verriet, dass ihn ihr Einwurf umso wütender machte, aber darauf konnte Elodie keine Rücksicht nehmen. Nicht nach diesem Auftritt.

Charlie warf ihr ein beruhigendes Lächeln zu, ehe er erklärte: »Ich werde trotzdem gehen, um nicht weiter Ihr Missfallen zu erregen, Herr Wagner. Möglicherweise denken Sie noch einmal darüber nach, was Ihre Tochter betrifft. Oder sie fragen sie einmal nach ihrer Meinung. Ich wünsche einen angenehmen Tag.« Er sah noch einmal zu Elodie hinüber, fügte in Gedanken hinzu: *Wir sehen uns.*

Sie ließ ihn widerwillig ziehen, musste einsehen, dass mit ihrem Vater in diesem Moment nicht vernünftig zu reden war, was sich noch in den folgenden Minuten bestätigen sollte. Sie selbst sah sich außerstande, mit ihm auch nur einen Atemzug länger im selben Raum zu sein. Kaum war Charlie weg, warf sie ihrem Vater einen vernichtenden Blick zu und machte auf dem Absatz kehrt, um auf ihr Zimmer zu gehen. Auf halber Strecke entschied sie sich um. Sie hatte erkannt, dass sie ihm einiges zu sagen hatte.

Seine Stimme dröhnte durch die geöffnete Tür zu ihr in den Flur hinaus. »Hast du überhaupt eine Ahnung, wer das ist? Nur weil er charmant wirkt, heißt das nicht, dass er der richtige Umgang für Elodie sein muss!«, warf er gerade verärgert Oma Marina vor die Füße.

Diese meinte mit einer gewissen Kälte in der Stimme. »Ach, Johannes, du hast ja keine Ahnung, wer ein guter Umgang für deine Tochter ist. Wie gut kennst du sie denn?«

»Bilde dir bloß nicht ein, weil du sie auf deiner Schule unterrichtest, wüsstest du alles. Was verstehst du schon von der heutigen Jugend!«, konterte er.

»Eine ganze Menge, ich unterrichte genau diese Jugend, und würdest du Elodie einmal zuhören und das tun, was Charlie dir geraten hat …«

»Charlie! Sind wir jetzt …«

»Ja, Charlie!«, fuhr Oma Marina auf. »Und unterbrich mich gefälligst nicht, wenn ich dir etwas Wichtiges sagen möchte. Die Meinung deiner Tochter ist durchaus relevant. Nicht alles, das in deinem cleveren Oberstübchen passiert, ist richtig. In diesem Fall solltest du dringend mit ihr reden. Bevor du sie verlierst!« Sie bemerkte die in der Tür stehende Elodie.

Ihr Vater fuhr zu ihr herum. Nichts von dem, was ihre Großmutter ihm eben gesagt hatte, schien bei ihm angekommen zu sein. Stattdessen las sie den Vorwurf in seinen Augen, die Wut und die Enttäuschung. »Du hast nicht auf mich gehört«, entwich es ihm gepresst. »Du hast nicht auf mich gehört. Du bringst ihn hierher und lässt ihn in den Sachen deiner Verwandten wühlen, einen Kerl, den du kein bisschen kennst. Du hörst nicht auf meine Warnung!«

Elodie suchte in sich das, was sie bei Charlie gesehen hatte, doch es fiel ihr unglaublich schwer, diese bemerkenswerte Ruhe angesichts solcher Verbohrtheit zu bewahren. »Deine Warnung?! Papa, hörst du dich selbst reden? Was ist eigentlich mit dir los?«

»Was mit mir los ist? Du bist in einer spätpubertären Phase, *das* ist los!«, ereiferte er sich.

Sie atmete tief durch und versuchte es noch einmal. »Ich habe mich verliebt, und das hat nichts mit Pubertät zu tun. Von Charlie geht keine Gefahr aus, was jeder außer dir erkannt hat. Würdest du mal über deinen Schatten springen und ihm die Chance geben, es dir zu zeigen, stünden wir jetzt nicht hier und würden uns anschreien.«

»Ich kann meine Tochter anschreien, wenn sie den falschen Pfad wählt!«

»Johannes!« Oma Marinas Stimme überschlug sich verärgert. »Jetzt langt es endgültig. Vielleicht sollte ich dich des Hauses verweisen, so, wie du dich aufführst!« Sie sah zorniger aus, als Elodie sie je gesehen hatte, und allem Anschein nach war es selbst ihr neu, so neu, dass sie sich an die Brust griff und plötzlich verstummte. Elodie reagierte, noch ehe ihr Vater überhaupt realisiert hatte, dass seiner Tante die Debatte zu nah ging. Sie sank erschöpft aufs Sofa zurück. »Ich … sollte …«

»Ich bring dich auf dein Zimmer«, beschloss Elodie mit einem wütenden Blick zu ihrem Vater.

»Sieh mich nicht so an, das ist deine Schuld. Du hast diese Unruhe hier hereingebracht!«, brüllte er ihr hinterher.

Elodie antwortete darauf erst, als sie ihre Oma aus der Schusslinie gebracht hatte. Sie vermochte das weder ruhig noch besonnen, dazu war sie zu emotional, und in den folgenden Stunden tobte über der Villa Winter ein Unwetter, wie sie es lange nicht mehr erlebt hatte. Es beruhigte sich nicht. Sie gingen im Streit auseinander, und Elodie hatte keine Ahnung, wie sie ihm jemals beikommen sollte. Aber was sollte man auch mit einem Vater anfangen, der sie als letzte Lösung zum Üben schickte wie ein kleines Kind? Was sollte sie mit einem Vater anfangen, der auf keiner Ebene einsichtig war? Er wollte nichts von ihren Argumenten hören und ihr ebenso wenig verzeihen. So, wie sie sich unsicher war, ob sie ihm je verzeihen konnte.

Während sich ihr rasendes Herz langsam beim Anblick des abfahrenden Wagens ihres Vaters beruhigte, tobten die Gedanken weiter durch ihren Kopf, ließen sich weder entwirren noch ordnen. Ihr Blick fiel auf ihr auf dem Bett liegendes Handy. Sie ging mit der Absicht, Charlie zu schreiben, hinüber, griff danach, wobei ihre Finger die Box mit Paul Eliot Fairmanns Unterlagen streifte. Sie hatte sie mitgenommen, in der albernen Hoffnung, noch etwas herauszufinden. Nun ließ sie das Handy sinken und hob stattdessen den Deckel hoch. Wenn sie schon nicht ihre Gedanken ordnen konnte, dann zumindest Pauls nichtssagende Dokumente. Vielleicht brachte das ein oder andere ja Aufschluss. Sie nahm Papierbogen nach Papierbogen heraus und entdeckte nur uninteressante Geschäftsideen. Seufzend schnappte sie den Deckel, um die Box mit den Unwichtigkeiten wieder zu schließen, aber in der schnellen Bewegung erregte etwas ihre Aufmerksamkeit. Ein leises Rascheln, als befände sich etwas im Deckelboden. Sie fuhr mit dem Finger den Rand ab und tatsächlich: Am kürzeren oberen Ende war der Karton aufgeschlitzt. Vorsichtig fuhr sie mit zwei Fingern unter die dünne Pappe und ertastete eine Art Briefumschlag. Ihr Herz machte einen Hüpfer. Die andere Hälfte von Oma Maresas Brief? Sie bemühte sich nicht mehr darum, den Karton zu schützen, riss energisch an der Pappe. Der Briefumschlag segelte auf ihr Bett, und sie drehte ihn aufgeregt herum. Kein Adressat stand darauf. Elodie öffnete ihn mit zitternden Fingern. Was zum Vorschein kam, war allerdings kein halb zerrissener Brief, sondern ein unversehrter Papierbogen. Er war auch nicht an ihre Großmutter gerichtet.

Meine Liebste, stand dort.

Elodie zögerte. Offensichtlich hielt sie eine Liebesbotschaft in Händen. War es nicht falsch, etwas so Wertvolles zu lesen? Etwas, das nur diesen zwei Menschen gehörte? Die Neugier siegte und mit ihr die Hoffnung, endlich etwas in Erfahrung zu bringen, das ihr auf ihrer Suche nach dem Geheimnis um den Brief an ihre Großmutter helfen konnte. Sie entschuldigte sich im Stillen bei Paul und begann zu lesen.

Meine Liebste,
es vergeht keine Stunde, in der ich mich nicht für unsere Entscheidung hasse. Dieses Haus bricht unter meinen düsteren Gedanken zusammen, und ich glaube nicht, dass ich mit dem, was ich getan habe, irgendwem geholfen habe. Jeden Tag kehre ich zurück zu dem Moment meiner Fehl-

entscheidung und wünsche mir, sie rückgängig zu machen. Ich weiß, dass ich das kann und sollte. Ich weiß, eines Tages muss ich es tun, um nicht an meiner Verachtung für mich selbst zu ersticken. Gestern hat mich Maximilian stundenlang mit seinen Vorträgen über die Geschäfte angeödet, und ich habe ihm nicht eine Sekunde zugehört. Ich kann keinen Faun mehr in meiner Nähe ertragen. Nicht nach dem, was vorgefallen ist. Die Villa Winter ist lange nicht mehr das, was sie einmal war. Mir scheint, sie hat sich von einem weißen Schloss ins Gegenteil gewandelt, in ein schwarzes Gefängnis, in dem nicht einmal Marinas Lachen mein Herz berühren kann. Könnte ich die Zeit zurückdrehen, würde ich es tun. Ich werde alles tun, um ungeschehen zu machen, was mein Herz verstümmelt.
Ich liebe dich. So sehr, dass es überall wehtut.

Elodie ließ den Brief sinken. Ihre Hände zitterten, und sie bemerkte voller Überraschung, dass ihr eine einzelne Träne über die Wange kullerte. Nie zuvor hatten die Worte eines Menschen, den sie nie kennengelernt hatte, sie so sehr berührt. Was war in diesem Haus geschehen? In dieser Villa, die ihm zum Gefängnis geworden war? Welche Entscheidung hatte Paul so sehr bereut? Und war es ihm gelungen, ungeschehen zu machen, was er angedeutet hatte? Was hatte all das mit ihrer Oma zu tun? Oder hatte es das überhaupt? Fragen über Fragen und dazu ein aufgewühltes Herz, das mit ihrem Urgroßonkel litt.

Eines war unübersehbar: Die Weigel lag so was von daneben. Paul Eliot Fairmann war für die Liebe geschaffen gewesen. Nicht nur das, er hatte geliebt, so inniglich, dass sie seinen Kummer schmerzhaft nachfühlen konnte. Und Elodie würde herausfinden, was es mit dieser Liebe auf sich hatte.

Villa Winter, Oktober 1924

Wäre der Herbst des Jahres 1924 eine Sinfonie gewesen, so hätte Emilia sie leicht geschrieben, luftig und wunderschön. Sie hätte darin die Querflöten vom Lachen und Juchzen singen lassen, die Violinen vom Kitzeln und Kichern im Körper, und der Flügel hätte sich mit den Vögeln in die Lüfte erhoben, hoch hinauf zu Wolke sieben.

In ihren Musikstunden erschufen Emilia und Marina ein Paradies aus Tierstimmen, ein Fest der Musikinstrumente, das noch zu Weihnachten uraufgeführt werden sollte. Mochten sich die Stunden auch tendenziell verkürzen, weil ein gewisser Herr es nicht lassen konnte, Marinas Mentorin zu entführen – »Schäm dich, Pauli, mir meine Lehrerin zu stehlen!« –, so gewannen sie dennoch an Intensität. Marina spürte, dass etwas Beflügelndes in der Luft lag, und setzte es – entsprechend Emilias liebevollen Anweisungen – in Kunst um. Sie war eine so clevere Schülerin. Ihre Gefühle vor Marina geheim zu halten, wäre ein ebenso sinnfreier wie blamabler Versuch geworden und hätte obendrein ihre Intelligenz beleidigt, daher beließen es Paul und Emilia beim Offensichtlichen. Es veränderte sämtliches Gebaren in den Hallen der Villa. Als sei ein uralter Fluch gebrochen und ließe ihre Bewohner frei atmen. Emilia hörte nichts lieber als das Lachen, das durch die Flure tanzte, stellte sich vor, wie sie die Käfigtüren weit aufstießen, um sich in die Lüfte zu erheben, freier und unbeschwerter denn je.

»Wusstest du, dass unsere Villa ihren Namen trägt, weil mein Vorfahre sie für ein Fräulein Winter bauen ließ?«, klärte Marina sie eines Tages auf, als es draußen fürchterlich herbstlich zuging und sie bei einem warmen Tee saßen. »Ist es nicht spaßig, dass sich mein Onkel darin in ein Fräulein Sommer verliebt hat?«

Womöglich war *spaßig* kein Begriff, den Emilia gewählt hätte, andererseits verhielten sich Paul und sie zuweilen kaum wie zwei Erwachsene, sodass er wohl seine Rechtfertigung fand. Etwa wenn sie zwischen Almas mühsam aufgehängten Laken Verstecken spielten und dabei so laut lachten, dass Charlotte ans Fenster trat, die spitzen Lippen vorschiebend und mit den Augen rollend. Oder wenn sie vor Gästen so taten, als hätten sie sich Tage lang nicht gesehen, während sich unter dem Tisch heimlich ihre Fußspitzen küssten.

Am liebsten waren Emilia ihre gemeinsamen Besuche in Lichtspielhäusern, die in Deutschland mehr als in allen anderen Ländern nur so aus dem Boden sprossen – und die meisten davon in Berlin. Die Universum-Film-AG produzierte einen bildgewaltigen Film nach dem anderen. Jeder Besuch faszinierte und erstaunte Emilia, wobei sie den Eindruck gewann, Paul verbringe die Hälfte der Laufzeit damit, anstelle des Geschehens auf der Leinwand, dem in ihrem Gesicht zu folgen. Sei's drum. Durfte eine Waise sich nicht umso geschmeichelter fühlen?

Bei diesem Gedanken trübte sich allerdings ihre Stimmung, stahlen sich quälende Sorgen in ihr Bewusstsein, dass sie etwas genoss, das ihr nicht zustand. Charlotte redete sie ihr gern aus – Charlotte, von der zuvorderst Emilia gefürchtet hatte, sie würde sie verurteilen.

»Mach nicht so ein Gesicht, meine Liebe, natürlich freue ich mich für euch.« Sie hatte ihr schillerndes Lachen vernehmen lassen und Emilia in die Arme gezogen. »Ich meine es ernst. Du bist ein Engel. Nichts Geringeres verdient mein Bruder. Dank dir hat er sein Lachen wiedergefunden.«

Etwas, das unter Umständen nicht allen recht war, denn wichtige Geschäfte regelten sich nicht mit Freude und Leichtigkeit.

»Seine Freunde und Geschäftspartner halten mich für eine Schmarotzerin, nicht wahr?«

Charlotte lachte trocken und verdrehte die Augen. »Seine Freunde sind keine Freunde und die, die es sind, konnten genauso wenig wie wir verhindern, dich ins Herz zu schließen.« Sie zuckte mit den Schultern. »Was die Geschäfte betrifft, haben diese ja nichts mit seinem Privatleben zu tun.«

Und die vernachlässigte er niemals. Dies waren die schmerzlichsten Stunden und Tage. Jene ohne ihn, derer es viel zu viele gab und in denen ihr einzig das Musizieren mit Marina Ablenkung verschaffte. Vernahm sie das Knattern seines Motorrades oder das Türenschlagens seines Automobils, musste sie ernsthaft an sich halten, nicht wie ein kleines Kind zum Fenster zu stürmen.

»Für heute habe ich genug gelernt«, behauptete Marina eines Freitagnachmittags, als ihr Klarinettenspiel durch herannahendes Motorengeräusch unterbrochen wurde. Sie beherrschte das Instrument nun so gut, dass sie Emilias Komposition der Vogelstimmen für das geplante Tier-Musical einstudieren konnte. Ein wichtiger Schritt und deshalb nicht zu vernachlässigen.

»Auf keinen Fall.« Dennoch kostete es Emilia all ihre Disziplin, streng zu bleiben und die Stunde adäquat weiterzuführen. »Fangen wir noch mal beim tiefen C an.«

Zu ihrer beider Glück verspielte sich Marina nicht ein einziges Mal.

»Jetzt hast du genug gelernt«, bestimmte Emilia zufrieden – zufrieden mit ihrer Schülerin wie mit sich selbst.

Bereits im Flur erfuhr ihre Vorfreude einen Dämpfer. Mehrere Männerstimmen verrieten, dass Paul nicht allein zurückgekehrt war und sich die Geschäfte noch ein Weilchen hinziehen würden. Auf dem Treppenabsatz erkannte sie den alles übertönenden Bass Maximilians und hielt abrupt inne. Sie konnte sich bei Weitem Angenehmeres vorstellen, als ihn zu treffen. Zumal er offensichtlich in Begleitung jenes älteren Herren erschienen war, der Emilia schon an Pauls Sommerfeier Unwohlsein beschert hatte. Sie machte noch einmal kehrt.

»Ich komme gleich nach«, beschied sie bemüht fröhlich. »Eben kam mir etwas in den Sinn, das ich noch rasch zu Papier bringen möchte. Ein kleiner Einfall für die Arie der Raubtiere.« Sie zwinkerte Marina zu. »Geh du vor!«

Zurück im Musikzimmer ließ sie sich auf die Flügelbank sinken und grübelte darüber, weshalb sich ihr Herz so unruhig verhielt. Maximilian war ein oberflächlicher Narr, auf dessen Meinung sie nichts geben sollte und der obendrein keinen Schimmer von ihrer Beziehung zu Paul hatte. Wobei sie annahm, dass er es längst erfahren haben musste. Paul unterschätzte die zwitschernden Vögelchen unter seinen Freunden.

»Hier hast du dich versteckt.«

Sie zuckte zusammen, scheinbar so sehr in Gedanken verstrickt, dass ihr Pauls Eintreten entgangen war. Er lehnte sich gegen die geschlossene Tür, sah müde und erschöpft aus, das alte Lied der Melancholie umwehte ihn.

»Ja, ich ... musste noch ...«

Er nickte verstehend. »Das dachte ich mir.« Er löste sich von der Tür und kam zu ihr. »Ich habe dich vermisst, Emilia Sommer«, murmelte er und zog sie an sich. Sie spürte an der Art seiner Küsse, dass er sich ebenso nach ihr gesehnt hatte wie sie sich nach ihm, und schlang die Arme um seinen Hals. Er seufzte in ihre Halsbeuge.

»Was bedrückt dich?« Er schüttelte den Kopf, doch sie durchschaute ihn. »Sag schon.« Etwas trieb ihn um, sie wusste es, konnte es hören. »Was ist los?«

Es gelang ihm, ihrem Blick standzuhalten und zu lügen. »Gar nichts.«

Sie versuchte sich an einer ihrer Verdachtsäußerungen. »Wer ist der alte Mann unten im Salon?«

Pauls Wangen wurden aschfahl, der dunkle Schleier legte sich über seine Augen. »Das ist der alte Faun«, antwortete er, ohne ihrem Blick auszuweichen. »Maximilians Vater.«

Emilia atmete aus. Der Vater also. Das erklärte einiges. »Mögen wir ihn ebenso inniglich wie Maximilian?« Sie scherzte, obwohl das Unbehagen in ihrer Brust anschwoll.

Ein leises Lachen löste sich aus Pauls Kehle. »Dieser Mann ist über Sympathien oder Antipathien hinaus. Leider verdanke ich ihm so gut wie alles.« Er schwieg einen Moment. »Emilia, wir ...« Sich unterbrechend griff er nach ihrer Hand, sah sie eindringlich an. »Lass dich niemals von dem beeindrucken, was einer von denen sagt, versprich es mir.«

Sie blickte ihn fragend an. »Was ...?«

»Versprich es mir!«

Sie konnte sehen, dass es ihm ernst war, daher nickte sie. Ob sie ihr Versprechen einhalten konnte, wusste sie nicht. Maximilian hatte bewiesen, dass er ein Herz innerhalb von zwei Schlägen brechen konnte. Sie wollte es trotzdem versuchen, Paul zuliebe.

»Gut.« Er seufzte. »Ich muss wieder zurück. Aber ich ... Fahr heute nicht in die Stadt, bitte.« Es war Wochenende, und für gewöhnlich traf sie sich mit Annabelle und nächtigte in ihrer eigenen Wohnung. Allerdings ungern, wenn sie ihn eine Woche nicht gesehen hatte. So nickte sie noch einmal.

»Gut, denn ich wollte dir etwas sagen. Dich um etwas bitten.«

»Mich um etwas bitten?«, wiederholte sie glucksend. »Ich muss mich nicht sorgen, oder?«

»Ich hoffe nicht.« Er wandte sich um und ging durch das dunkler werdende Zimmer zur Tür.

»Paul?« Er blickte fragend über die Schulter zurück. »Was auch immer du diesem Mann verdankst, es ist bestimmt nicht alles. Du bist, wer du bist, ganz allein deinetwegen.« Denn sie wusste von sich selbst, dass es niemanden gab, der einen vollständig formen konnte, auch wenn er sich noch so sehr darum bemühte.

Paul nickte langsam. Die Traurigkeit umwehte ihn, dennoch lächelte er. »Danke.« Dann verschwand er im Flur und ließ Emilia mit der beißenden Frage zurück, um was er sie bitten wollte.

Wie sich herausstellte, um nichts, denn die Geschäftsgespräche dauerten bis in den späten Abend hinein, wanderten vom weißen zum roten Salon und schließlich in Pauls Büro. Die Stimmung war angespannt, wirkte sich auf die Gesamtatmosphäre des Hauses aus.

Nicht einmal Charlotte war zu Scherzen aufgelegt. »Es geht sicherlich wieder um den Klub. Diese Familie muss sich überall einmischen«, entglitt es ihr ungehalten, als sich die Gäste, auch nachdem sie Marina zu Bett gebracht hatte, immer noch nicht verabschiedeten. Im Gegenteil, die Unterhaltungen nahmen an Intensität und Lautstärke zu. »Wir hätten uns einen großen Dienst erwiesen, wären wir beide in die Stadt gefahren.«

Vielleicht hatte sie recht, aber Emilia konnte nicht gehen. Sie wanderte unruhig in ihrem Zimmer auf und ab, die Uhr schlug zwölf Mal, und immer noch drangen die Stimmen der disputierenden Männer zu ihr hinab in den zweiten Stock. Sie versuchte zu lesen, doch die Worte hätten ebenso in einer fremden Sprache verfasst sein können, nichts davon blieb in ihrem Gedächtnis haften. Ihre Hand versteinerte beim Versuch, einige Zeilen zu komponieren, die Augen wurden trüber, die Lider schwerer. Sie setzte sich ans Fenster und sah dem Regen dabei zu, wie seine Tropfen in langen Schlangenlinien über die Scheiben kullerten, sein sachtes

Prasseln lullte sie ein. Endlich sank sie in einen unruhigen Schlaf.

Im Traum schritt sie durch die Nacht, umgeben von funkelnden Sternen. Ihr Kichern klingelte in ihren Ohren, machte ihre Schritte leicht und hüpfend. Der Untergrund unter ihren Füßen veränderte sich, sie rutschte ab, erkennend, dass sie auf den erhitzten Schindeln eines Daches balancierte. Sie kämpfte sich zurück auf den verbreiterten First, folgte ihm bis zu dessen südlichem Ende. Der Himmel erstreckte sich tiefschwarz um sie, kein Stern leuchtete ihr den Weg. Unter sich sah sie nichts als Finsternis. Über ihr grollte der Donner, ein dröhnender Basston, der ihr die Nackenhaare zu Berge stehen ließ. Sie wagte nicht, sich umzuwenden. Sollte sie springen? Panik erfüllte sie. Emilia wusste, sie musste eine Entscheidung treffen, hier und jetzt, in dieser Sekunde.

Dann spring!

»Emilia?«

Spring!!

»Milia?«

Sie schreckte hoch, spürte ein schmerzhaftes Pochen im Kopf. Sie musste ihn sich am Fensterknauf gestoßen haben. Benommen blinzelte sie. In der Dunkelheit ihres Zimmers erkannte sie Paul, der sich zu ihr auf die Fensterbank setzte.

»Wie kannst du in einer solch ungemütlichen Haltung schlafen?«

Sie seufzte. »Wie kannst du noch wach sein?« Ein Blick auf ihren Wecker verriet ihr, dass es vier Uhr morgens war. Unten in der Einfahrt startete der unverkennbare Isotta-Fraschini-Motor. Die Fauns verschwanden endlich nach Hause.

»Verzeih mir«, raunte Paul und berührte ihre Hand, »aber ich musste dich wecken. Aus zweierlei Gründen.«

»Zweierlei?« Sie war noch nicht vollständig wach.

»Du hast so unruhig geschlafen …« Er deutete zur Tür. »Soll ich wieder gehen?«

»Niemals!« Sie hatte die halbe Nacht auf ihn gewartet.

Er lehnte sich gegen die Wand hinter sich und blickte hinaus in die Nacht, machte keine weiteren Anstalten, sich zu erklären. Charlotte hatte recht, er würde niemals aufhören, rätselhaft zu sein. Sie wüsste zu gern, was in seinem Kopf vorging, was hinter den dunklen Augen geschah, die melancholisch in die Ferne starrten. Das Schweigen umhüllte sie beide einer Decke gleich, unter der sie eins waren, ganz nah beieinander. Es erschien Emilia nicht unangenehm, sie wusste, er würde es irgendwann brechen.

»Es gibt etwas sehr Wichtiges, das ich dir sagen wollte«, fing er endlich an, »etwas, worüber ich schon eine Ewigkeit nachdenke.«

Sie wartete.

»Du hast mich einmal gefragt, ob mein Herz gebrochen wurde, und das trifft zu. Deshalb bin ich nicht gut darin, Herzensdinge in Worte zu fassen. Aber du hast alles verändert, daher ...« Er heftete seine Augen auf sie. »Liebst du mich, selbst wenn ich ein kühler, manches Mal herablassender und eigensinniger Narr bin, der dilettantisch mit Worten umgeht?«

Emilia schmunzelte. »Du *warst* ein kühler, herablassender und eigensinniger Narr, und von deinen Worten kann ich nicht genug bekommen.« Sie wurde ernst. »Ich kann nicht anders, als dich zu lieben.«

»Für immer, Emilia?«

»Sogar darüber hinaus.«

Er beugte sich vor. »Dann heirate mich.«

Emilia erstarrte. Sie hatte mit allem gerechnet, nur nicht mit einem Antrag.

»Das ist es, worum ich dich bitten möchte. Werde meine Frau!«

Sie löste sich von ihm, löste sich vom Fenster. »Paul, ich bin mittellos. Ich habe nichts ... Ich bin nichts.«

Er stand auf und schüttelte den Kopf. »Du bist alles. Alles, was ich will.«

Sie scheute sich vor seiner Berührung, wollte zurückweichen, allein, die Geste war zu zart. Wie konnte er es ernst meinen? Männer wie er heirateten keine Frauen wie sie. Mochten sie vernarrt sein, verliebt, aber verheiratet? So war diese Welt nicht. Sie verschenkte nichts. Wie konnte sie ihm trauen?

Du kannst es, weil du weißt, dass er gelitten hat. Du kannst es, weil du sein Lied kennst. Es ist auch deins.

»Es wird dir schaden. Die anderen werden es nicht gutheißen.«

»Das bezweifle ich«, widersprach er überzeugt. »Diese Welt verändert sich. Sie verändert sich rasant, und hier und jetzt erleben wir Dinge, die keiner von uns für möglich gehalten hätte. Das ist eine goldene Zeit. Es ist unsere Zeit. Alles ist möglich.« Er senkte den Blick. »Wenn du es willst.«

Emilia spürte, wie der Widerstand in ihrem Innern zerbarst, wie er sich zu Tausenden Glückspartikeln auflöste und sie zu der Frau machte, die sie sein wollte. »Natürlich will ich es.«

Paul strahlte und zog sie an sich, um sie zart und lang zu küssen.

In dieser Nacht, in der das Glück zurück in die Villa Winter zog, in der sie erfüllt war vom zarten Lied zweier Menschen, die sich gefunden hatten, in dieser Nacht entstand etwas, das die Ewigkeit überdauern würde. Eine Liebe, mächtiger als jede, die Emilia kannte.

Charlotte starrte blinzelnd auf den Ring an Emilias Finger, anschließend sah sie ihren Bruder an und vergaß dabei ganz, ihren Spitzmund zu präsentieren. »Mein Gott, du hast den Verstand verloren.«

Die eigenen Befürchtungen ungeniert bestätigt zu sehen, ließ Emilia das Herz in die Hose sinken. Wenn schon Charlotte ihr Missfallen so eindeutig kundtat, wie sollte irgendjemand ihre Verbindung akzeptieren?

»Wie konntest du ihr ein derart schlichtes Ding auf den Finger schieben!«

Emilia entfuhr ein überraschter Laut, als Charlotte sich blitzartig Emilias Hand krallte und den Ring betrachtete. »Ich meine, ich weiß, es ist gerade chic, dieses geometrische Design, aber selbst danach muss man hier suchen. Und ist das tatsächlich nur ein einziger, winziger Stein?«

Pauls Lachen brachte den Tisch zum Vibrieren, und erst dadurch begriff Emilia, was vor sich ging. Charlotte sah schelmisch auf, zog Emilia vom Stuhl und umarmte sie. »Du hast nicht ernsthaft von mir angenommen, ich würde mich nicht unbändig freuen? Das ist die wundervollste Nachricht seit Ewigkeiten, es wird eine berauschende Hochzeit, dafür werde ich sorgen!«

All das ergoss sie in einer Geschwindigkeit über Emilia, dass dieser der Kopf schwirrte.

»Weiß es Marina schon? Himmel, sie wird überglücklich sein. Marina!«

»Hier bin ich, Mama.« Marina stand grinsend im Türrahmen. »Natürlich weiß ich es. Ich habe den Ring mit ausgesucht.«

Charlotte hüstelte perplex. »Du hast ein Kind einen Verlobungsring aussuchen lassen?« Sie sah Paul strafend an. »Ich könnte ja gekränkt sein, halte mich aber zurück. Dafür erklärt ihr mir, wie ihr darauf gekommen seid.«

»Das ist mehr als simpel, Mama.« Marina setzte sich schwungvoll auf ihren Stuhl und faltete die Hände auf dem Tisch. »Emilia würde niemals etwas am Finger tragen, das größer ist als ihr kleiner Fingernagel, und sie ist schließlich die Frau, die diesen Klunker tragen muss, daher sollte er ihr auch gefallen. Außerdem ist das ein Diamant. Todschick und sündhaft teuer.«

Was es Emilia nicht erleichterte, ihn in der Öffentlichkeit zu zeigen. Obgleich sie zugeben musste, dass er wunderschön war.

»Was habe ich bloß für ein Töchterchen?«, stellte Charlotte mit zurückgewonnenem Spitzmund fest. »Du bist schon altklug auf die Welt gekommen, hm?«

Noch weit übermütiger als Charlottes Reaktion fiel die ihrer Seelenverwandten aus. Annabelle brachte die Wohnung zum Erbeben mit ihrem fassungslosen Jubelschrei, und sie konnte nicht mehr aufhören, von dem Ring zu schwärmen. »Er muss ein unfassbares Vermögen gekostet haben, du meiner Treu, von jetzt an muss ich mich ranhalten, damit ich mich überhaupt noch mit dir zeigen darf. Meine Liebe, das muss mit einem Einkauf gefeiert werden.«

Es lag der süße Klang von Glückseligkeit in der Luft, als die Freundinnen einen Tag á la Annabelle verbrachten, an dem sich alles unfassbar großartig gestaltete – auch nur der Hauch von negativen Gedanken war verboten.

Jene kehrten in dem Augenblick zurück, als Emilia an Pauls Seite den UFA-Palast betrat, das Herz schlug ihr bis zum Hals, und am liebsten hätte sie gleich wieder auf dem Absatz kehrtgemacht. Die Hälfte seiner Freunde würde sich den zweiten Teil der Nibelungen ansehen, hatten sich immerhin schon beim ersten Mal hier getroffen. Es lag einige Wochen zurück, doch erinnerte sich Emilia daran, als sei es am Vortag gewesen, wie Maximilian Faun es für nötig befunden hatte, der versammelten Gesellschaft vorzuführen, aus welchem Holz Emilia seiner Meinung nach geschnitzt sei. Dass sie Paul heiraten würde, änderte an der vorherrschenden Meinung über Musiklehrerinnen freilich nicht das Geringste.

»Paul, du verkannter Romantiker, lass dir gratulieren!« Heinrich mochte eine Ausnahmeerscheinung sein. Er hatte die beiden entdeckt, noch ehe sie ihre Eintrittskarten vorgezeigt hatten, und war ihnen mit ausgebreiteten Armen entgegengekommen. Paul strahlte, so breit, wie Emilia es selten bei ihm erlebt hatte. »Meine Teuerste, ich wusste von Anfang an, dass du etwas Besonderes bist. Ich hätte es viel früher ahnen müssen, so häufig, wie dein Name in unseren Gesprächen fiel.« Er hauchte ihr einen Kuss auf den Handrücken und zwinkerte. »Meinen Glückwunsch.«

Ein durchdringendes Kreischen, das das Erzittern der lebensgroßen Pappfigur Kriemhilds nach sich zog, drang durch das Foyer, und Sekunden darauf stürmte Lisbeth auf sie zu, ihr Gatte schlenderte schmunzelnd hinterdrein. »Ich fasse es nicht, dass ihr heiraten werdet. Ich dachte, es wird niemals wieder dazu kommen!« Sie ließ unerwähnt, was sie außerdem gedacht hatte, und verhielt sich wieder wie Emilias beste Freundin, vergessen oder verdrängt war die Tatsache, dass dem nicht so war. Zu Emilias Erstaunen schien der Abend im Marmorpalast allgemein der Vergessenheit anzugehören, niemand schien im Entferntesten daran zu zweifeln, dass Paul eine fantastische Wahl getroffen hatte. Emilia erhielt sogar Komplimente bezüglich ihres Kleides, und wenn sich auch alle einig waren, der Ring sei eine Spur zu klein, so bestaunten sie ihn nichtsdestotrotz mit umso größeren Augen.

An der Bar schließlich lehnte milde lächelnd Diarmuid, im üblichen hellen Anzug und ohne einen schicken Hut. Wie immer die einzig authentische Person weit und breit. »Eigentlich bin ich nur für den gesunden Ausgleich hier. Ich habe nicht einmal eine Karte«, raunte er ihnen zwinkernd zu. »Wie ich sehe, ist es nicht vonnöten. Sie sind alle wahnsinnig entzückt.«

»Du bist ein wahrer Freund«, stellte Paul lächelnd fest. »Ich freue mich wirklich, dich zu sehen.«

»So, wie ich mich freue, dass du wieder lachen kannst.« Er sah sich um. »Ich erspähe keinen Faun hier. Hast du es ihm gesagt?«

Paul verdrehte die Augen. »Es war unvermeidbar. Es ist ihm gelungen, Haltung zu bewahren, aber in seinem Fall nehme ich an, er schlüpft während des Vorfilms unbemerkt in seine Loge.«

Wofür Emilia dankbar war. Sie traute den oberflächlichen Höflichkeiten nicht, wennschon es sie erleichterte, unter keinen offensichtlichen Anfeindungen leiden zu müssen. Womöglich würde sie von Kriemhilds Rache mehr Handlung im Gedächtnis behalten als von Sigfrieds Heldentaten und unglücklichem Ende.

Wie sich herausstellte, ein Trugschluss.

Pauls Vermutung bestätigte sich, Maximilian Faun erschien erst nach Einlass zum Hauptfilm, und überdies nicht allein. Von ihrer Loge aus war es unübersehbar, als sich die Tür schräg gegenüber öffnete und nicht nur ein, sondern sage und schreibe sechs Fauns eintraten. Darunter der *alte Faun*, wie ihn die Allgemeinheit nannte, dessen Gattin, sowie zwei jüngere männliche Exemplare, die Emilia flüchtig kannte. Der Blickfang allerdings, der Kriemhild für einen kurzen Augenblick die Show stahl, war eine junge Schönheit mit hochgerecktem Kopf und einer weißen Fellstola um die Schultern. Emilia hatte sie noch nie gesehen. Ihr Haar war weniger gelb- denn goldblond, voll und elegant gekreppt. Mit der Haltung einer Königin ließ sie sich in ihren Sessel sinken, keinesfalls daran interessiert, was sich auf der Leinwand abspielte. Stattdessen suchten ihre Augen geradewegs Paul und Emilias Loge. Die familiäre Übereinstimmung, obwohl sie bei Weitem attraktiver als jeder und jede andere Faun aussah, war geradezu verblüffend. Ihr Lied war tief und eisig, und sie sandte es mit einem leeren Ausdruck zu ihnen hinüber.

Emilia spürte, wie sich Paul neben ihr versteifte, sämtliche Farbe wich aus seinen Wangen, und von der Sekunde an, in der sich sein und ihr Blick trafen, wich die Anspannung nicht mehr aus seinen Gliedern. Instinktiv erkannte Emilia, wer sie sein musste. Die Worte Charlottes – *»Sie hat ihn für einen noch Wohlhabenderen sitzen lassen«* – vermischten sich mit denen des alten Fauns: *»Der Geldsack Dorian Lines ist von uns gegangen. Jeniver ist wieder eine Faun.«*

Jeniver Faun. Pauls einstige Verlobte.

Die Atmosphäre im Foyer erfuhr eine grundlegende Veränderung, als sie nach dem Film, den die wenigsten in vollen Zügen miterlebt haben dürften, dorthin zurückkehrten. Jeniver Faun stand bereits in dessen Mitte neben Maximilian und unterhielt sich angeregt mit den Umstehenden. Sie trug ein bodenlanges cremefarbenes Abendkleid unter ihrem Pelz und wirkte wie eine Halbgöttin.

Als sie Paul und Emilia erblickte, breitete sich ein feines Lächeln auf ihrem Gesicht aus. »Paul, es ist eine Ewigkeit her.«

Wie ein tiefes, sanftes Raunen mutete ihre Stimme an, weder aufdringlich noch könnte man sie je wieder aus dem Gedächtnis tilgen. Alles an ihr brannte sich auf verblüffende Weise in einen ein. Sie war ein Mensch, dem es mühelos gelang, im Mittelpunkt zu stehen, ohne aktiv etwas dafür zu tun. Kein Erheben der Stimme oder theatralische Bewegungen, obwohl es nicht lange dauerte, bis Emilia wusste, dass sie Schauspielerin war. Man konnte sich diesbezüglich auf Maximilian verlassen, Wahrheiten fanden ihren Weg binnen von Sekunden an die Öffentlichkeit.

»Ein ganzes Jahrzehnt«, antwortete Paul mit einem knappen Lächeln, reichte ihr steif die Hand. Sie ließ sie nicht sofort wieder los.

»In der Tat, schon so lange.« Ihr Lächeln war wunderschön.

Neben ihr fühlte sich Emilia noch unbedeutender. Sie war in so gut wie jeder Hinsicht ihr vollkommenes Gegenteil. Größer, weiblicher, schillernder – und betrachtete man die Haare, auch goldener.

»Ich habe viel an dich gedacht.«

Pauls Kieferknochen spannten sich an, eine Antwort blieb aus. Jeniver lächelte liebenswürdig darüber hinweg und richtete ihre katzenhaften Augen auf Emilia. Sie vermochte es auf eine so warmherzige Art und Weise zu bewerkstelligen, dass sich Emilia eingebildet hätte, ihre Bekanntschaft sei voller Sympathie. Wäre nicht das dunkle Musikstück der Familie so allgegenwärtig gewesen wie der Duft ihres Rosenparfüms.

»Wie ich höre, sind Glückwünsche angebracht«, flötete sie. »Ich hoffe, es ist in Ordnung, dass ich mich meiner Nachfolgerin selbst vorstelle. Jeniver Faun. Es ist mir eine Freude.«

Pauls Gesichtsausdruck nach zu urteilen, war es alles andere als in Ordnung. Emilia drückte beruhigend seine Hand und ließ Jeniver dieselbe kultivierte Liebenswürdigkeit angedeihen, die sie verbreitete. »Die Freude ist ganz meinerseits.« Sie pausierte, um ihre Nervosität perfekt zu kaschieren. »Wie ich hörte, waren Sie im Ausland.«

Paul zuckte unmerklich zusammen, Jeniver lächelte erfreut. »O ja. In Genf.« Sie warf lachend den Kopf in den Nacken. »Eine herrliche Stadt.« Ihre Augen kehrten zu Paul zurück. »Aber es geht nichts über die Heimat.«

Emilias Herz raste. Jeniver war hübsch, liebenswürdig und … sicher mit allen Wassern gewaschen.

»Da sprichst du ein wahres Wort«, dröhnte Maximilian und legte seinen Arm um ihre Schultern. »Wir sind alle glücklich, dich wieder bei uns zu haben. Ist doch so, oder, Paul?«

Es gelang Paul, sich mit einem diplomatischen Nicken aus der Affäre zu ziehen. »Ich hoffe, du lebst dich schnell wieder ein. Wenn ihr uns entschuldigen würdet.«

Er zog Emilia mit sich.

»Das war Jeniver Faun«, erklärte er überflüssigerweise. »Meine ehemalige Verlobte. Wir haben ... Sie hat ...«

»Ich weiß«, unterbrach ihn Emilia sanft.

Seine Verblüffung währte nur flüchtig. »Ja. Natürlich weißt du es.« Seine Züge entspannten sich. »Ich werde schließlich eine Gedankenleserin heiraten.«

Sie unterließ es, ihn davon in Kenntnis zu setzen, dass Charlotte einen wesentlichen Teil dazu beigetragen hatte, dass sie eins und eins zusammenzählen konnte.

»Was denkst du, verschwinden wir unauffällig von hier?«

Nichts lieber als das. »So unauffällig es eben geht.«

Sie kamen bis kurz vor die Garderobe. Die Geräuschkulisse wurde von der Präsenz des alten Faun verschluckt, der wie ein liebender Großpapa dort stand, als wollte er die beiden abpassen.

»Paul! Ihr wollt nicht etwa aufbrechen? Meine Jungs möchten dich noch einen winzigen Moment sprechen, wegen dieser Geschichte, über die wir neulich debattierten. Du hattest nämlich absolut recht, wir müssen uns das noch einmal ansehen.«

Paul nickte freundlich. »Ja, durchaus, kommt morgen in die Fabrik und ...«

»Ich würde es begrüßen, ihr könntet es jetzt gleich regeln.« Immer noch lächelte er wohlmeinend. »Es wird nicht viel deiner Zeit beanspruchen. Wenn du gestattest, kümmere ich mich in der Zwischenzeit um deine Verlobte.«

Emilia stockte der Atem, Pauls Hand schloss sich schmerzhaft um ihre, indes ihr der Alte chevaleresk den Arm bot.

»Zehn Minuten. Damit die Dinge ihren geregelten Lauf nehmen können.«

Paul rührte sich nicht. Emilia indes atmete tief durch, legte ihre Hand auf den dargebotenen Arm, während Paul immer noch ihre andere umschlossen hielt. Sie schenkte ihm ein beruhigendes Lächeln, das ihn hoffentlich mehr überzeugte als sich selbst. Zumindest ließ er sie gehen. Emilia konzentrierte sich auf einen stimmigen Atemrhythmus, während sie von dem Mann, dem Paul angeblich alles verdankte, zu den lauschigen Sitzmöglichkeiten bugsiert wurde. Ihr war, als lägen sämtliche Blicke auf ihr, als vernähme sie flüsternde Stimmen.

»Was er ihr wohl zu sagen hat?«

»Er wird jetzt nicht …?«

»Ein gelungener Auftritt von Jeniver, so kurz nach seiner Verlobung.«

»Das Biest.«

»Sie ist bezaubernd …«

Emilia schickte ihre Worte zum Teufel. Sie bemühte sich sehr darum, ihr Kleid nicht zu zerknittern, während sie sich in einen der Sessel sinken ließ, lächelte ihr Gegenüber abwartend an. Er tat dasselbe, musterte sie dabei von oben bis unten, die Ader an seiner Stirn pulsierte kaum merklich.

»Nun«, brach er schließlich die nervenstrapazierende Stille, »ich bin neugierig. Sie verstehen sich auf die Musik?«

Emilia nickte höflich.

»Seit wann?«

Die Frage irritierte sie, hatte sie erwartet, er würde sie zu ihrer unvollkommenen Ausbildung befragen. »Schon immer, würde ich behaupten. Ich habe bereits als kleines Mädchen vor mich hin komponiert.«

»Ach, wie faszinierend. Wissen Sie, ich liebe Musik.« Wie er es sagte, klang es beinah wahr, die Worte eines schrulligen alten Herrn. »Wenn mich niemand hört, singe ich ganze Arien!«

»Wirklich?«

»O ja, und wissen Sie, ich habe immer dieses kleine, feine ... Augenblick ...«, er hob einen Finger und zog etwas aus der Innentasche seines Jacketts, »Garkleinflötlein bei mir. Würden Sie mir die Ehre erweisen, etwas darauf zu spielen?«

Emilia erbleichte. »Sie meinen hier? Jetzt?«

»Selbstverständlich.«

Sie starrte zunächst ihn, dann die winzige sechzehn Zentimeter lange Flöte an, wusste nicht, welches Spiel er mit ihr trieb. »Ich fürchte, ich muss ...«

»Na«, unterbrach er sie munter und hielt ihr die Flöte hin. »Zieren Sie sich nicht. Als Musikerin. Die selbst komponiert.«

Sie bemerkte die Blicke, die sich in ihre Richtung wandten, spürte ihr schneller schlagendes Herz unter dem durchdringenden Blick dieses Mannes. Mit einem Mal ahnte sie, was Paul gemeint hatte. Niemand konnte sich diesem Blick entziehen. Sie straffte sich, lächelte zaghaft und griff nach der Flöte. Sie wähnte seine Augen auf sich, als sie das Instrument an die Lippen setzte. Ihr Kopf war wie leer gefegt, sie hatte keinen Schimmer, was sie spielen sollte.

Du musst es nicht wissen. Du trägst Hunderte Melodien in dir.

Emilia schloss die Augen. Der erste Ton entwich zaghaft dem Instrument, sie fand sich schnell, spielte das, was sie fühlte. Sie hätte weder im Moment des Spiels noch unmittelbar danach sagen können, was es war, aber als sie die Augen wieder öffnete, die Flöte dem alten Faun reichte und dabei lächelte, erkannte sie in seinem Blick den Kampf zweier Regungen. Vernichtung und Faszination.

»Bemerkenswert«, murmelte er und nahm die Flöte wieder entgegen. »Ja, Musik ist eine Passion, nicht wahr? Eine, die ich mit Paul teile. Weshalb ich verstehen kann, dass er Ihnen erlegen ist. Jetzt umso mehr.« Er warf den Umstehenden einen Blick zu. Sämtliche Gespräche schienen zum Erliegen gekommen zu sein, wurden jedoch auf der Stelle wieder aufgenommen. Der alte Faun nickte zufrieden und wandte sich wieder an

Emilia, das Lächeln väterlich. »Ja, ich kann es nachvollziehen. Allein,« er legte seine Hand auf ihren Oberschenkel, »es wird nicht von Dauer sein.« Alles, was je warmherzig gewesen war, schwand aus seinem Gebaren. »Ich sage das nicht, um dir wehzutun, Mädchen. Es ist eine Warnung. Niemals wird diese Verbindung Bestand haben.«

Emilia wich seinem Blick nicht aus. Langsam löste sie seine Hand von ihrem Bein. »Ich danke Ihnen. Für die Unterhaltung.«

Wie aufs Stichwort erschien Paul neben ihr. Sie konnte sich gerade noch zurückhalten, erleichtert aufzuatmen.

»Ist alles in Ordnung?« Mochte die Frage an sie gerichtet sein, der Blick hing an dem alten Mann neben ihnen. Es war unmöglich zu sagen, welcher der beiden Männer in diesem Augenblick vernichtender dreinsah.

Emilia setzte jenes Lächeln auf, das in diesen Kreisen jede Dame beherrschte. Breit, geschminkt, selbstbewusst. »Alles bestens.«

Paul nickte langsam. »Gehen wir?« Ohne eine Antwort abzuwarten, reichte er ihr die Hand. Er verabschiedete sich einmal laut in die Runde, ehe sie gemeinsam durch die Tür hinaustraten. Sekundenlang verharrte er dort im beleuchteten Eingang, nachdenklich vor sich hinstarrend. »Emilia«, sagte er langsam, »ich verspüre den unaussprechlich hohen Drang, dich auf der Stelle und vor all diesen Leuten zu küssen. Würdest du es mir gestatten, selbst wenn es furchtbar kindisch ist?«

Emilia spürte die Anspannung von sich abfallen und antwortete lachend: »Kindisch zu sein ist meine Spezialität als unkonventionelle Lehrerin.«

Sie hatten beschlossen, den Abend zu vergessen.

Bedauerlicherweise ließen sich gewisse Eindrücke, Aussprüche und Andeutungen, die das Herz einmal berührt hatten, nur schwer verdrängen, so sehr man sich darum bemühte. Vor allem durch Emilias Träume tobten immer wieder jene Phrasen, die sie aufgeschnappt hatte, während sie das Lächeln des alten Fauns nicht aus ihrem Gedächtnis tilgen konnte.

»Er wird jetzt nicht …?«

»Ein gelungener Auftritt von Jeniver, so kurz nach seiner Verlobung.«

»Das Biest … dass sie es wagt, hier aufzutauchen.«

»Womöglich mehr Rettung als Zerstörung.«

»Sie hat ihn eiskalt fallen lassen, was erwartet sie?«

»Bitte, bitte, wer Paul haben kann, nimmt ihn sich. Jedenfalls jetzt, wo er mehr Mann ist als die meisten. Inklusive der Faun-Sippschaft.«

»Sie ist bezaubernd …«

Emilia öffnete die Augen, starrte an ihre Zimmerdecke. In der Tat war Jeniver bezaubernd, und von allen Fauns verströmte sie die geringste Bedrohlichkeit. Vermutlich umso mehr ein Grund, sich vor ihr in Acht zu nehmen. Warum war sie zurück in Berlin? Angeblich hatte sie eine kleine Rolle im demnächst erscheinenden Stummfilm *Der letzte Mann* gespielt und war für die Dreharbeiten zurück nach Deutschland gekehrt, nachdem ihr Gatte, ein berühmter Schweizer Produzent, verstorben war. Empfand es Emilia als aufregend, eine Filmdiva zu kennen? Seltsamerweise kein bisschen. Wie stand Paul dazu? Die beunruhigendste Frage behielt sich Emilia stets für den Schluss auf: Beabsichtigte Jeniver, Paul zurückzugewinnen, und noch erheblich wichtiger: Würde es ihr gelingen?

Auch heute war Paul wieder von trüben Gedanken geplagt düster umwölkt und ähnlich missgelaunt wie zu Anfang ihres Kennenlernens nach Hause zurückgekehrt. Die Geschäfte schienen ihn zu verstimmen, seine Zeit zu beanspruchen, und taten sie es einmal nicht, verbrachte er sie mit Emilia und schien doch nie ganz da.

»Sei's drum, zum Teufel mit ihnen allen«, brummte er eines Nachmittags, als sie nebeneinanderher spazierten, ohne ein vernünftiges Gespräch zu führen.

Als hätte der Himmel seine gute Laune eingebüßt, tummelten sich in ihm schwere, dunkle Wolken. Es war inzwischen unwirtlich und kalt geworden. Emilia sah ihren Atemwölkchen zu, stellte sich vor, wie sie einen Wintermorgen vertonen würde, und bemerkte dabei, dass es sie von allen Jahreszeiten am wenigsten reizte. Sie sah zu Paul hinüber, der gedankenverloren mit ihren fast steif gefrorenen Fingern spielte. »Von wem sprichst du?«

Paul lachte bitter. »Na, von allen.« Was gewiss nicht stimmte, aber Paul war unbelehrbar, befand er sich einmal in misslicher Stimmung. »Ich kann ihre Sprüche nicht mehr hören. Ich kann ihre Gesichter nicht mehr sehen.«

»Was sagen sie denn?«

»Es muss uns nicht kümmern, Emilia.«

Sie hatte es geahnt. Sie wusste es, seit er Charlotte gegenüber erwähnt hatte, Maximilian könne Privates und Geschäftliches nicht trennen. Sie hatte es gewusst, sobald sie Paul grüblerisch nach Hause hatte kehren sehen, hatte es geahnt, weil ihn längst wieder die dunkle Melodie umgab, selbst wenn sie alles tat, um sie zu vertreiben. »Sie wollen es dir ausreden, nicht wahr? Das mit uns.«

Er schwieg, und das war das Schlimmste daran. Hätte er es bejaht und sie beide hätten beschlossen, es müsste sie tatsächlich nicht kümmern, vielleicht hätten die Zweifel nicht so sehr an ihr genagt. Dass er nachgeben und erkennen würde, dass seine Freunde und Geschäftspartner recht hatten. Sie könnte es ihm nicht einmal verübeln. Wer war sie schon?

»Du bist alles. Alles was ich will.«

Wie lange würde er das noch so sehen?

»Zum Teufel mit ihnen, Emilia«, versicherte er noch einmal. Er konnte ihr ansehen, dass sie nicht überzeugt war, und nahm ihre Hand. »Weißt du, du hattest recht, was die Fauns angeht. Ich verdanke ihnen viel, aber sie mir im Grunde auch. Ich war sehr jung, als unser Vater starb, und hatte den Kopf voller Pläne. Ich lernte Jeniver kennen und ihren Vater. Ich arbeitete in einer seiner Tochterfirmen für Tabak. Er mochte meine Ideen, und wie sich herausstellte, verbesserten sie die Geschäfte. Ich war voller Tatendrang und ja, ich war kopflos verliebt in seine Tochter. Ich überhäufte ihn mit meinen Einfällen und überredete ihn, von Zigarren auf Zigaretten umzusteigen, weil es meiner Meinung nach zum Geist der Zeit passte. Die Menschen wurden rastloser, saßen nicht mehr gemütlich zusammen am Kamin. Die Zigarette war für den schnellen Verbrauch. Ich war für ein würzigeres Aroma, ich wollte, dass die Menschen schnell und genussvoll durch den Tag kommen. Er vertraute meinen Vorschlägen, und sie bewehrten sich. Deshalb überließ er mir eine der Firmen. Ich bin der Geschäftsführer, im Endeffekt muss ich trotzdem so gut wie jede Entscheidung bei ihm absegnen lassen. Mit dem Klub ist es ähnlich, die Ideen kommen von mir, aber es gelingt ihm immer wieder, ein unverzichtbarer Teil zu werden. Was er dabei vergisst, ist, dass nicht nur ich ihm meinen Erfolg zu verdanken habe, sondern er seinen auch mir.« Er sah ihr fest in die Augen. »Deshalb noch einmal: Es muss uns nicht kümmern, was sie oder all die anderen sagen.«

Sie nickte langsam, las in seinen Augen die Entschlossenheit und vertraute darauf.

»Ich liebe dich, Emilia.«

Berlin, Oktober 2004

Der Herbst übergoss Berlin förmlich mit seinem strömenden Regen und passte sich der trüben Stimmung in der Akademie an. Zwar konnte die Musik Elodie immer aufheitern, aber das änderte nichts an der Tatsache, dass hier in diesen Hallen etwas fehlte. Ihre geliebte Oma Maresa. Solange sie nicht wusste, weshalb dieser furchtbare Tod über ihre Großmutter gekommen war, blieb sie rastlos und fand keine Möglichkeit, sich ihrem Violinspiel so hinzugeben wie früher. Die Villa Winter wurde immer mehr zu dem, das ihr Urgroßonkel Paul in seinem Brief erwähnt hatte: einem Gefängnis aus aufgewühlten Gedanken. Sie waren zahlreich und betrafen nicht nur die Vergangenheit, nicht nur das Geheimnis alter Briefe. Sie rankten sich auch um ihre eigene Misere. Sie hatte kein Wort mehr mit ihrem Vater gewechselt, beantwortete keine Anrufe und verschwand in die Natur, sobald er sich der Akademie näherte. Entgegen seiner Drohung traf sie sich weiterhin mit Charlie, allerdings nicht länger in der Villa Winter. Zum ersten Mal, seit sie ihn kennengelernt hatte, erlebte sie Charlie ähnlich stur wie ihren Vater.

»Ich halte Wort und betrete sie nicht, ehe er seine Meinung ändert.«

»Wie unpraktisch«, beschwerte sich Elodie bei Aussagen dieser Sorte, »dann wirst du sie, wenn es dumm läuft, nie mehr betreten.«

»Zumindest nicht als Charlie Flimmer«, versetzte er grinsend und ohne zu präzisieren, worauf er damit anspielte.

Seine Entschlossenheit jedenfalls machte ihre heimlichen Treffen in Anbetracht des anhaltenden Regens nicht besonders romantisch. Spaziergänge bei nasskaltem Wetter brachten erstens kaum Freude mit sich und zweitens nicht endende Herbstschnupfen über Elodie, während seine Bude in Berlin Lichtenberg auf sehr wenige Quadratmeter reduziert war. Seine beiden Mitbewohner waren außerdem ziemlich gewöhnungsbedürftig, um es vorsichtig auszudrücken. Wobei sein Schauspielkollege Jacky nur durch Kettenrauchen negativ auffiel. Bei Alex, der sich gar nicht größenwahnsinnig *The Drive* nannte und sich rühmte, Rennsportler, Kampfkünstler, Karatemeister und vieles mehr zu sein, wollte ihr auch nach längerem Überlegen überhaupt nichts einfallen, das ihn sympathisch machte. Vielleicht der Moment, bevor er lächelte. Diese eine Sekunde, in der seine Augen aufblitzten – ehe sich dieses breite Grinsen auf sein Gesicht fraß, das ihn wie einen selbstgefälligen Affen aussehen ließ.

Ihre präferierte Zuflucht blieb daher die alte Holzhütte, etwa einen Kilometer von der Akademie entfernt in einem kleinen Wäldchen, wo im Sommer ausschweifende Jugendpartys gefeiert wurden, sich an verregneten Herbsttagen hingegen keine Seele hin verirrte. Außer ihnen.

»Komm schon, sei nicht so wählerisch, Prinzessin. Es hat was, in diesem Bretterverschlag zu sitzen und den Regen gegen das Dach trommeln zu hören«, befand Charlie und zog sie an sich, »umgeben von dem Hauch von Gefahr, weil jederzeit dein Vater reinplatzen und mich verhaften lassen könnte.«

Er küsste sie auf die regennasse Stirn, die Finger gruben sich in ihre Locken und ja, in diesem Moment, in dem in ihrem Innern die Schmetterlinge anhoben, mit ihren Flügeln zu schlagen, hatte es durchaus etwas. Sie seufzte und vergaß alles, schlang die Arme um ihn und ließ sich von ihm küssen. Ihre Brustwarzen versteiften sich, und ihr Verlangen, ihm das T-Shirt vom Körper zu reißen war unbändig groß.

Wenn diese Lust über sie kam, war sie drängender und leidenschaftlicher als er, kämpften zwei sehr dominante Teile in ihr und machten sie völlig wirr. Der eine, der ihn um jeden Preis haben, ihn verschlingen wollte und der andere, der sie daran erinnerte, dass es zu früh war, dass sie ihn nicht lange genug kannte.

Ist das nicht egal? Du kennst ihn durch und durch, Zeit spielt da keine Rolle.

Sie wollte sicher sein, nichts überstürzen.

Tja, dann verpasst du was.

»Hey, hey, Prinzessin. Du frisst mich auf«, scherzte Charlie und hielt inne, sah sie fragend an.

Sie liebte ihn dafür. Er war drei Jahre älter als sie und ihr in diesem Mysterium weit voraus, das wusste sie, ohne ihn gefragt zu haben. In seinen Augen zu sehen, dass er warten würde, bis sie wirklich bereit war, zeigte ihr, dass er der Richtige war und ihr Vater sich umsonst sorgte. Ihn zu Unrecht verurteilte. Sie biss sich auf die Lippen, hörte immer noch die zankenden Stimmen in ihrem Kopf und zögerte.

Charlie strich ihr sachte die feuchten Strähnen hinters Ohr. »Wir haben alle Zeit der Welt«, versicherte er.

Ja, das hatten sie. Elodie wollte, dass es etwas Besonderes werden würde, nicht in einem Augenblick verschenkt, in dem der Rausch über sie gekommen war, weil sie ihn eine halbe Woche nicht gesehen hatte.

»Wolltest du mir nicht deine neuesten Erkenntnisse offenbaren?«, erleichterte er ihr die Entscheidung und zog sie zu einem Tisch mit unzähligen Brandlöchern und zwei aus Baumstämmen geschnitzten Bänken. Elodie nickte, wandte mit Mühe den Blick von seinen braunen Augen und angelte nach ihrem Rucksack, in dem sie all ihre Notizen und Pauls hilfreichste Habseligkeiten – unter anderem seinen berührenden Brief – verstaut hatte.

»Okay, pass auf, was ich rausgefunden habe. Dieser erwähnte Faun in Pauls Brief, ist ein Familienname, und so, wie es aussieht, war Maximilian ein Geschäftspartner von Paul, den er eindeutig nicht besonders leiden konnte. Aber es wird noch besser. Mitte oder Ende der Zwanzigerjahre hat die Familie Faun eine Produktions- und Dienstleistungsfirma in der Film- und Fernsehbranche gegründet und sehr schnell große Erfolge gefeiert ...«

»Warte, warte«, unterbrach sie Charlie mit gerunzelter Stirn. »Nicht etwa *Faundable Films*?«

Elodie sah ihn überrascht an. »Genau die.«

Charlie lachte auf. »Nicht im Ernst! Ich wusste gar nicht, dass die ihren Ursprung in den Zwanzigern hatten. Jetzt erklärt sich endlich das bekloppte Wortspiel. Ich hab nie darüber nachgedacht, warum es statt Foundable Faundable heißt. Macht so natürlich Sinn.«

»Woher kennst du sie?«

»Wie könnte ich nicht, die haben ihren Sitz in Berlin, und ich bin Schauspieler, mein Liebling.« Er stupste ihr grinsend gegen die Nase. »Nach dem, was ich mitbekommen habe, hatten sie in den letzten Jahren einen ziemlichen Engpass, haben sich aber wieder gefangen. Jetzt, wo du es sagst, fällt mir ein, der leitende Geschäftsführer heißt tatsächlich Faun.« Er schüttelte ungläubig den Kopf. »Jonas oder Jonathan Faun, irgendwas in der Art. Nicht zu fassen, dass deine Familie die kannte.«

Elodie hob aufgeregt einen Finger und durchwühlte ihre Notizen. »Das Beste habe ich noch nicht erwähnt. Ich glaube, sie sind irgendwie mit uns verwandt ... Hier!« Sie deutete auf einen älteren Zeitungsausschnitt, den sie im Fotoalbum ihrer Großmutter über eine ihrer Aufführungen entdeckt hatte. »Da steht: ... *war auch der heutige Auftritt der Damen von Winter, großzügig gesponsert von J. Faun* – das könnte für Jonas oder Jonathan stehen – *ein voller Erfolg*. Und hier weiter unten heißt es: ... *die Familie Faun, im Übrigen entfernt verwandt mit den Schulleiterinnen der Akademie Winter* ...« Elodie sah triumphierend von dem Artikel auf.

»Entfernt verwandt! Das bedeutet, irgendwann muss irgendwer von den Fairmanns mit den Fauns liiert gewesen sein.«

»Dürfte ja nicht so schwer herauszufinden sein«, stellte Charlie fest und besah sich den Zeitungsartikel näher. »*Großzügig gesponsert* ... Wusstest du, dass deine Omas einen Gönner haben?«

Elodie schüttelte den Kopf. Genau genommen waren ihre Großmütter nie sonderlich an Spenden interessiert gewesen. Sie waren durch und durch eigenständig und stolz darauf, ihren Lebenstraum allein geschaffen zu haben. »Vielleicht war es eine Ausnahme«, mutmaßte sie.

»Na, damit haben wir auf jeden Fall eine Spur. Wie es der Zufall so will, weiß ich, dass die *Faundable Films* alle paar Monate einen Tag der offenen Tür veranstalten, an dem man die Produktionsfirma besichtigen kann. Wäre ein idealer Plan, sich da mal näher umzusehen, oder?«

»Absolut.« Klar konnte es eine völlig falsche Fährte sein, aber irgendetwas sagte Elodie, dass diese Fauns eine ihr noch unbekannte Rolle im Leben ihrer Vorfahren gespielt hatten. Eine nicht unerhebliche Rolle ...

Villa Winter, Dezember 1924

Der Advent brachte eine trügerische Fröhlichkeit in die Villa Winter, die ihren Höhepunkt an den Adventssonntagen fand, zu denen Charlotte all jene einlud, die Paul zum Teufel schickte und es dennoch fertigbrachte, sie lächelnd in seinem Haus zu begrüßen. Oberflächlich betrachtet hatte sich seit Jenivers Auftritt im UFA-Palast nichts geändert. Alle schwatzten munter und fröhlich miteinander, selbstredend wurde auch hie und da getuschelt, aber das gehörte zum guten Ton. War Emilia ehrlich, strengten sie die Feierlichkeiten mehr an als zu Zeiten, zu denen man sie noch missachtet hatte, denn nun war sie gezwungen, ihnen von Anfang bis Ende beizuwohnen, und konnte sich nicht klammheimlich davonstehlen. Sie wagte nicht länger, sich mit Marina über die Versammelten lustig zu machen, schließlich hatten bekanntlich selbst die Wände Ohren – zumindest seit Emilia so interessant war, dass sie in ihre Richtung gespitzt wurden.

Der zweite Advent wurde zu einem Ereignis besonderer Art, denn es kamen aufgrund des herrlichen Winterwetters so viele Gäste, dass die Villa aus allen Nähten zu platzen schien. Über Nacht hatte es in dicken Flocken geschneit, die Schneedecke war so hoch, dass Emilia bis zu den Knien darin einsank, und das Anwesen der Fairmanns glich in diesem Zustand einem romantischen Winterparadies, das zu durchwandern den Gästen die höchste Freude bereitete. Emilia konnte nicht umhin, über all die strahlenden Gesichter zu schmunzeln, empfand das vom Schnee gedämpfte Stimmengewirr als angenehm und mochte überdies den Geruch von fruchtigem Punsch, den Alma in rauen Mengen gebraut und am Eingang verteilt hatte. Mit einem dampfenden Becher zwischen den Händen durch den Schnee zu stapfen und den Kindern dabei zuzusehen, wie sie durch selbigen flitzten, ausrutschten und kreischend auf ihren Hinterteilen landeten oder sich erbitterte Schneeballschlachten lieferten, erwärmte Emilia das Herz.

»Du scheinst guter Dinge. Bist du schon aufgeregt?«, fragte Lisbeth.

Diese schien sich als ihre neue beste Freundin zu verstehen, wenngleich sie kaum etwas verband. Nichtsdestoweniger zählte sie zu den sympathischeren Personen in Pauls Bekanntenkreis und zeigte aufrichtiges Interesse. Sie zog zwar das Reden dem Zuhören vor, äußerte dafür Taktlosigkeiten niemals bewusst, sondern allenfalls aus Gedankenlosigkeit und bedachte Emilia und Charlotte bei jedem ihrer Besuche mit kleinen Aufmerksamkeiten als Gastgeschenk. Außerdem konnte sie es nicht lassen, Emilia in jeder freien Minute auszuhorchen.

»Wie gestalten sich die Hochzeitsplanungen?«, wollte sie wissen.

Streng genommen hätte sie es treffender nicht formulieren können: Die Hochzeitsplanungen *gestalteten* sich ... beinah von selbst. Oder wohl eher von erfahrenen Menschen aus Emilias engstem Kreis. Annabelle und Charlotte waren ein unzertrennliches Gespann geworden und überboten sich täglich mit neuen Einfällen. Emilia konnte selten eigene Wünsche äußern, musste sich allerdings zugestehen, dass sie wenig Vorstellung davon gehabt hatte, wie viel Aufwand hinter einer Hochzeit steckte. Alles in allem war sie froh, in den beiden so bereitwillige Beraterinnen zu haben, von Marina ganz zu schweigen.

Sie öffnete eben den Mund, um ihrer selbst ernannten Freundin von den Vorbereitungen eher passiver Natur zu berichten, als etwas mit voller Wucht gegen ihren Rumpf krachte und sie mir nichts, dir nichts von den Füßen warf. Sie landete mit einem dumpfen Aufprall im Schnee, und für einen flüchtigen Moment, tanzten Sterne vor ihren Augen.

»Hoppla!«, hörte sie eine tiefe, sonore Stimme. »Wie überaus ungeschickt von mir.«

Über ihr erschien ein feixendes Gesicht. Emilia erkannte am gelblichen Schopf, dass es sich um ein Mitglied der Familie Faun handeln musste, irgendeiner von Maximilians Brüdern. Er erkundigte sich nicht nach ihrem Zustand noch entschuldigte er sich dafür, dass er sie umgerannt hatte. Stattdessen nahm er sie bei den Händen und zog sie zurück in den Stand, wobei er so fest zupackte, dass sie fürchtete, ihre Finger würden brechen. Sie blinzelte sich die Schmerzenstränen aus den Augen.

»Da war ich wohl etwas zu stürmisch unterwegs. Pardon, ich konnte ja nicht ahnen, dass das Fräulein so leicht aus der Bahn zu werfen ist.« Er lachte grunzend über seinen Wortwitz.

»Ist ja kein Wunder, die Ärmste hat kein Gramm Fett am Körper«, kommentierte irgendwer hinter ihm, wenn sich Emilia nicht schwer irrte, handelte es sich um Hilde, die sie damals im Zoo getroffen hatte. Übertrieben hatte diese damals bestimmt nicht: Ihre Verwandtschaft war ausgesprochen weitreichend. Man stolperte alle paar Meter über einen Faun – oder umgekehrt.

»Ach herrje, Sie bluten ja aus der Nase«, stellte der ungeschickte Täter fest. »Darf ich ...?«

»O nein, danke«, wehrte Emilia rasch ab. Das Letzte, das sie wollte, war, dass er ihr in seiner Unachtsamkeit versehentlich die Nase brach. »Ich kümmere mich selbst darum.« Sie entschuldigte sich bei der besorgt dreinschauenden Lisbeth und machte sich auf den Weg ins Haus, um die Blutung selbst zu stoppen. Ohnehin hatte sie nichts dagegen, einen Augenblick für sich zu sein.

Als sie an den verschneiten Rosenhecken vorbeikam, vernahm sie dahinter das Lachen einer Frau. Ein hübsches Lachen, das den Ohren schmeichelte. Eines musste man diesen Menschen lassen, sie beherrschten es formvollendet. In sechzehn Jahren im Waisenheim hatte sie nicht so viele Lacher gehört wie in den letzten Monaten.

»Nun hab dich nicht so, Paul. Früher mochtest du es.«

Emilia erstarrte an Ort und Stelle, wandte sich um. Wieder das erschreckend angenehme Lachen, von dem Emilia längst ahnte, zu wem es gehörte. In ihrem Kopf überschlugen sich die Gedanken, darunter auch solche, die sie baten, um Himmels willen weiterzugehen, während andere sie dazu antrieben, sich Gewissheit zu verschaffen. Sie konzentrierte sich auf die Unterhaltung hinter der Hecke, während sie vorsichtig einen Fuß vor den anderen setzte, um sich nicht durch den knirschenden Schnee zu verraten.

»Früher waren wir halbe Kinder und außerdem ...«

Emilia erreichte das Ende der Buschpromenade und linste mit pochendem Herzen um die Ecke. Beim Anblick dessen, was sie sah, zog sich ihr Herz schmerzhaft zusammen. Am zugefrorenen Teich stand Paul, unverwechselbar in seinem schwarzen Mantel und in jenen Schal gehüllt, den ihm Marina mehr schlecht als recht gestrickt hatte. Jeniver Faun hingegen trug eine weit weniger winterliche Garderobe, zweifellos zugunsten ihrer Figur. Sie sah verboten schön aus in ihrem dünnen blassblauen Mantel und dem Kleid, das viel weiter oberhalb der Knie endete, als es in Mode war. Es ermöglichte einen ausgiebigen Blick auf ihre hübschen Beine.

»Was außerdem?«, erkundigte sie sich gedehnt und formte einen Schneeball, um ihn kokett gegen seine Brust zu werfen.

Es tat Emilia unheimlich weh, ihn lachen zu hören.

»Lass die Spielchen, Jeniver.«

Wenn sie kicherte, klang es völlig anders als beim Rest der Welt – tiefer, reifer und verführerischer. »Welche Spielchen? Ich habe Spaß. Warum du nicht? Früher hattest du gern Spaß.« Sie ließ die zweite geformte Kugel zurück in den Schnee fallen und trat einen Schritt auf ihn zu. »Du möchtest ernst sein, bitte. Ich kann ernst sein. Sag mir, hast du mich vermisst?«

Emilias Fingernägel bohrten sich schmerzhaft in ihre Handflächen.

»Jeniver, bitte ...«

»Es ist eine simple Frage. Hast du mich vermisst?«

Emilia hielt den Atem an.

Paul biss die Zähne zusammen. »Ja.«

Die Welt verdunkelte sich vor Emilias Augen, verstummte und verlor sämtlichen Glanz. Sie musste sich an den Zweigen festhalten, um nicht zu straucheln. Jeniver streckte die Hand nach Pauls Wange aus, und Emilia wollte den Blick abwenden, aber etwas verdammte sie dazu hinzusehen.

Pauls Gesichtsausdruck veränderte sich, und ehe Jeniver ihn berühren konnte, umschlossen seine Finger ihr Handgelenk. »Ich habe dich vermisst, habe dir sinnlose Briefe geschrieben, habe ständig an dich gedacht, fünf, sechs, sieben Jahre lang. Eine viel zu lange Zeit, Jeniver, in der du sehr glücklich mit deinem Schweizer Produzenten gelebt hast. Ich habe dich die längste Zeit meines Lebens vermisst. Ich habe alles getan, um zu vergessen, um nie wieder irgendeinen Schmerz zu fühlen.« Er ließ ihre Hand los. »Was, hast du erwartet, würde passieren, wenn du nach einem Jahrzehnt wieder auf der Bildfläche erscheinst?« Seine Stimme war schneidend, nichtsdestotrotz völlig ruhig.

Jeniver starrte ihn entsetzt an, das hübsche Lachen war ihrem Gesicht entwichen, die Augen geweitet. Vielleicht kannte sie ihn so nicht, wusste nicht, was sie aus ihm gemacht hatte.

»Ich bin nicht mehr der, der ich war, und das hat nichts mit meinem Vermögen oder meiner Reputation zu tun. Ich versichere dir, nach allem, was geschehen ist: Du bist die letzte Frau auf Gottes weiten Fluren, die zu lieben ich mich jemals wieder imstande sehen würde.« Er trat zurück. »Deshalb, Jeniver Faun, fühle dich frei, mit jedem deiner Wahl Spaß zu haben. Aber nicht mit mir.«

Damit ließ er sie stehen, stapfte in Richtung Haus davon. Emilia stolperte zurück, wollte auf keinen Fall dabei ertappt werden, dieser Auseinandersetzung beigewohnt zu haben. Sie musste sich beeilen, dass sie nicht hinter den Rosengärten mit ihm zusammenstieß.

»Paul!«, hörte sie Jeniver rufen.

»Lass mich in Frieden, Jeniver«, mahnte er. »Lass mich und meine Verlobte in Frieden.«

Emilia hastete an der Hecke entlang zum Haupteingang. Könnte sie ihn vor Paul erreichen, würde er keinen Verdacht schöpfen, dass sie Zeugin ihres Gesprächs geworden war. Der Weg erschien ihr länger als sonst, ihr Herz raste, sie gestattete sich keinerlei Gefühlsregungen, rannte die Stufen hinauf und stolperte durch die Tür.

»Emilia.« Paul stand in der Eingangshalle, musste durch den Kücheneingang hineingelangt sein, offensichtlich sehr viel schneller als sie.

Ertappt hielt sie inne. »Ich ...«

Sie hatte nicht die geringste Ahnung, was sie sagen sollte. Es war nicht von Belang. Ohne ein weiteres Wort zu verlieren, ging Paul auf sie zu und küsste sie mit einer Leidenschaft, dass sie gegen die Tür zurückstolperten. Emilia schwindelte leicht, sie wusste kaum, wie ihr geschah, doch seufzte sie unter seinen begehrenden Küssen, während sie das Gefühl hatte, ihr Blut würde schneller und heißer durch ihre Adern fließen. Das Verlangen in ihr, ihn zu spüren, wuchs ins Unermessliche. Sie legte die Hände auf seine Wangen und saugte durstig an seinen Lippen, derweil Paul damit beschäftigt war, sie von ihrem Schal zu befreien. Eine furchtbar komplizierte Sache, die der Angelegenheit einen Großteil der Romantik raubte. Zu allem Überfluss drang das laute Klappern von Geschirr und kurz darauf Almas ungehaltener Fluch zu ihnen in den Flur hinaus. Emilia kicherte und Paul hielt inne.

»Komm mit«, raunte er und zog sie mit sich. Zwischen zwei Küssen entledigte er sich seines Mantels, den irgendwer, im Bestfall der depressive Wilhelm, im schlechtesten Fall einer der Gäste im Laufe des Tages auf dem Fußboden finden würde. Sie brachen beinah durch die Tür in den Salon, fest umschlungen und gleichzeitig den Versuch unternehmend, sich zu entkleiden. Gewiss keine gute Idee am helllichten Tag und mit einem Garten voller Menschen, aber es war zu viel geschehen. Sie sanken auf das kirschrote Sofa mit den hellen Kissen, sich küssend und nicht mehr voneinander ablassend.

Pauls klare Worte erreichten erst jetzt mit voller Wucht Emilias Bewusstsein. Er liebte sie, und keine Faun der Welt konnte das ändern. Von dieser Erkenntnis überwältigt, verlor alles andere seine Bedeutung. Sie liebte Paul, und er liebte sie – und tausend Küsse später umso mehr.

Es war eine Woche vor Weihnachten, und Emilia fühlte sich wie neu geboren. Etwas in ihr hatte sich verändert und entgegen ihren Befürchtungen zum Guten. Nie hätte sie angenommen, einem Menschen näher sein zu können als der Musik. Nie hätte sie vermutet, es könne sie etwas so sehr entrücken, wie die perfekte Harmonie der Klänge. Aber das, was sie mit Paul teilte, war so unbeschreiblich schön, dass es sie immer noch sprachlos machte. Sie hatte geweint nach dem ersten Mal und kaum erklären können, weshalb, zu überwältigt war sie von ihren Empfindungen gewesen. Nur ein klein wenig fühlte sie sich schuldig. Nicht, dass sie es versäumt hatten zu warten, das erschien ihr dieser Tage verschmerzbar, sondern dass sie es so häufig getan hatten, in beinah jedem Zimmer der Villa.

»Wir füllen sie mit Liebe«, hatte Paul grinsend gescherzt, und bedachte man es genau, hatte er nicht unrecht.

Sie jedenfalls fühlte sich anders, ihr Körper fühlte sich anders. Stand sie nun vor dem Spiegel, schämte sie sich ihrer nicht länger, sie fand sich schön. Alles an ihr fühlte sich schön an. Sie musste sich nicht länger mit Worten ihren Wert erklären, wie sie und Annabelle es seit ihrer Kindheit betrieben hatten, sie fühlte ihren Wert. Sie schätzte ihn. Das brachte sie gleichsam zum Staunen und Strahlen.

An diesem Samstagmorgen, an dem der Schnee fast vollständig geschmolzen war und den sie mit Annabelle zu verbringen gedachte, strahlte sie unentwegt, und fast gewann sie den Eindruck, es würde ihre Wirkung auf die Außenwelt verändern. Folgten ihr unauffällige Blicke? Grüßte sie zum ersten Mal in Jahren der Zeitungsjunge? Schenkte ihr die Krämerin an der Ecke tatsächlich ein Lächeln?

Emilia schmunzelte, tippelte mit ihren neuen roten Stiefeln über den Asphalt und summte vor sich hin. War es wirklich möglich, dass sie dieses Leben führte? Mit Paul? Seit dem zweiten Advent zweifelte sie nicht länger. Mochten einige der anderen auch spotten und Paul ins Gewissen reden, er solle sich auf die bessere Partie konzentrieren, sie hatten keine Ahnung von der Macht der Liebe. Pauls Worte bestätigten sich außerdem täglich: Die Zeiten veränderten sich und damit die Konventionen.

»Bonjour!«, grüßte Emilia gut gelaunt die Besitzerin des Maison du Livre français, eine schicke Buchhandlung in der Kleiststraße, die durch ihren französischen Stil eine Besonderheit darstellte und deren Inhaberin, die adrette Jüdin Françoise Frenkel, obendrein etwas von Büchern verstand. Sie hatte ihr die Nummer 34 des Filmboten reserviert, die *Zeitschrift für alle Zweige der Kinematographie*, die Emilia beabsichtigte, Paul zu Weihnachten zu schenken. Wenn er gut gelaunt war, las er ihr daraus vor, und sie malten sich aus, sie würde die Musik zu den Stummfilmen der Zukunft schreiben. Er besaß die alberne Vorstellung, sie könne sich als Musikerin einen Namen machen. Ihm zumindest hatte sie für Weihnachten ein Klavierstück geschrieben, das Marina bereits einstudierte. Sie waren mittlerweile ein unverbesserliches Gespann. Ganz in ein fröhliches Gespräch mit der Madame vertieft, bemerkte Emilia die einzige andere Besucherin der Buchhandlung nicht, die neugierig zu ihr hinüberblickte, und verabschiedete sich schließlich beschwingt. Hinter sich hörte sie das leise Klingeln der sich öffnenden Ladentür und im Augenblick danach eine freundliche Stimme ihren Namen rufen.

Emilia wandte sich um. Es kostete sie einige Mühen, sich keinerlei Gefühlsregung beim Anblick von Jeniver Faun zu erlauben. Sie trug an diesem Tag ein blaues knielanges Kleid und erstaunlicherweise einen warmen Wintermantel. Bestechend schön war sie auch damit. Bestechend offen und unaufgesetzt wirkte überdies ihr Lächeln.

»Was für ein Zufall, dass wir uns hier treffen. Darf ich dich ein Stück begleiten?«

Es abzulehnen wäre vermutlich sehr schlechter Stil, erwiderte Emilia in Gedanken und antwortete: »Sicher, gern.«

Jeniver verstand es ausgezeichnet, eine sympathische Person zu sein, die ohne große Mühen Konversation betrieb. Gut zehn Minuten plauderte sie davon, wie glücklich sie war, wieder in Berlin zu sein und dass es nirgendwo auf der Welt so Erfolg versprechend sei wie jetzt, als Schauspielerin zu arbeiten. »Ich meine, es ist selbstverständlich nicht leicht, man muss ausreichend Talent mitbringen, das wohl, aber die Leute hier haben Ehrgeiz und suchen das Neue – und Frauen mit Biss. Die ein Ziel verfolgen. Sich nicht zu schade sind.« Ihre Stimme nahm eine Nuance Selbstzufriedenheit an. »Womit ich dienen kann. Ja, ich habe Biss. Ich habe ein Ziel vor Augen, was sage ich, jede Menge Ziele, und ich bin mir nicht zu schade, sie zu erreichen.« Sie sah Emilia freundlich an. »Verstehst du, was ich meine?«

Emilia schenkte ihr ein ebenso freundliches Nicken, derweil eine Welle innerer Erregung über sie kam. »Ich kann es nachfühlen.«

»Hm«, kommentierte sie, als bezweifle sie es, zeigte allein die Liebenswürdigkeit, es nicht zu äußern. »Wie steht es in der Villa Winter? Maximilian spricht ständig nur von Geschäften, ich erfahre sehr wenig darüber, wie es den Menschen dahinter geht.«

»Oh, es geht uns gut«, berichtete Emilia verhalten. »Marina ist in den Vorbereitungen ihres Weihnachtsmusicals, wofür wir ihren Unterricht etwas überstrapazieren. Sie überrascht mich immer wieder mit ihrer schnellen Auffassungsgabe.«

Nicht die Antwort, auf die Jeniver gehofft hatte, dennoch griff sie das Thema lachend auf. »Ja, den Eindruck habe ich ebenfalls gewonnen. Findiges, kleines Ding, hm? Ihr scheint euch fabelhaft zu verstehen.«

»Gewiss. Sie ist sehr aufgeschlossen.«

»O ja, selbst mir gegenüber. Einer halb Fremden.«

Einer ganzen, genau genommen, aber das sprach Emilia nicht aus, bemerkte wohl, dass sich das Gesicht Jenivers verdunkelte.

»Ich fürchte, Paul ist in dieser Beziehung nicht so.« Jeniver seufzte sorgenschwer. »Ich hatte gehofft, wir könnten wieder Freunde werden …« Die Stimme versagte ihr, sie lächelte tapfer. Emilia verspürte bei ihrem Anblick den reflexartigen Drang, etwas Freundliches zu erwidern.

»Er ist sehr verletzt. Männer sind weit empfindsamer als unser Geschlecht und die Gesellschaft es ihnen zutrauen würde. Er hat gerade erst angefangen, das Leben wieder heller zu sehen.«

Jeniver drehte den Kopf auf dem langen Schwanenhals zu ihr. »Ich nehme an, das verdankt er dir?«

Emilia zuckte mit den Schultern. »Unter anderem. Die Zeiten ändern sich. Berlin erholt sich und greift zu den Sternen, ist es nicht so?«

»Ja, so ist es. Ich kann mir bloß nicht vorstellen, dass das auch für Paul gilt. Versteh mich nicht falsch, du kennst ihn noch nicht lange, aber ich weiß, wie er ist. Er hält an Altem fest, kann sich schlecht auf etwas Neues einlassen. Jedenfalls nicht für lange. Für den Augenblick ist er immer begeistert und sprüht vor Ideen, sofern man das in seinem Fall so sagen kann. Früher oder später kommt er immer an den Punkt, an dem es ihn zu seinen Ursprüngen zurückzieht. Womöglich habe ich ihn deshalb verlassen. Wobei ich zugebe, dass ich es bereue.« Sie gluckste. »Ach, nimm mich nicht ernst. Ich schwelge in alten Erinnerungen. Im Grunde ist er kein Mann, mit dem ich für immer zusammen sein könnte. Das Dunkle schlummert in ihm. Deshalb passt er so gut zu meinen Brüdern.« Unvermittelt griff sie nach Emilias Hand. »Nimm dich in Acht. Ich konnte seinerzeit damit umgehen, denn ich bin aus ihrem Holz geschnitzt. Du hingegen bist so unschuldig, so zart. Nicht dass du an dem Dämon in ihm zerbrichst.«

Emilia dachte über ihre Worte kaum nach. Höchstwahrscheinlich kannte sie Pauls Dämonen besser als Jeniver, und obendrein hatte diese wohl an diesem Tag eines ihrer Spiele gespielt. Dennoch drängten sie sich ihr ab und an auf, kehrte Paul beispielsweise mürrisch nach Hause, den Koffer in der Hand und damit ins Dachgeschoss verschwindend, ohne jemanden von ihnen zu grüßen. *»Im Grunde ist er kein Mann, mit dem ich für immer zusammen sein könnte.«*

Wenn sie nun recht hatte, und Emilia ihn nicht lange genug kannte?

Unsinn, verlass dich auf das, was du fühlst, nicht auf das, was eine Schauspielerin dir einredet!

Eine Schauspielerin, die es auf Paul abgesehen hatte, nicht zu vergessen. »Pech gehabt. Dein Zug ist abgefahren.«

»Führst du Selbstgespräche?

Emilia fuhr ertappt herum, hatte Paul wie so oft nicht eintreten hören. Ihre Musikstunde war beendet, der laut gegen die Fensterscheiben prasselnde Regen hatte sie nicht eben angenehm gemacht und der rollende Donner ihr Spiel immer wieder unterbrochen. Marina hatte sich davon nicht beeindrucken lassen und war nach ihrer Kapitulation gegen das Unwetter auf ihr Zimmer geflitzt, um die letzten Tiermasken für die bevorstehende Aufführung zu fertigen, während Emilia zurückgeblieben war – gedankenverloren die Klarinette und Flöte putzend.

»Ist mir so entfleucht«, entgegnete sie grinsend. »Selbst ich habe zuweilen bittere Gedanken.«

»Welcher Art?«

Sie mochte es, wenn er mit den Spitzen ihrer offenen Haare spielte, eine liebkosende Geste, dir ihr eine angenehme Gänsehaut bescherte.

»Nicht von Belang«, ahmte sie seinen Tonfall nach. Es war seine Standardantwort, wollte er nicht mit der Sprache herausrücken.

Er schmunzelte. »Ich hoffe inständig, das stimmt, sonst müsste ich weiterbohren«, murmelte er, sich hinter sie stellend und ihren Nacken küssend, »worauf ich angesichts der Tatsache, dass Charlotte heute außer Haus ist – den ganzen Abend und die ganze Nacht – nur bedingt Lust verspüre.« Er schlang die Arme um ihren Körper. »Auf etwas anderes hingegen sehr.«

Emilia lachte stimmlos und drehte sich zu ihm um. »Hm, was ist mit Marina?«

»Marina ist viel weiter als wir alle, sie weiß, was wir vorhaben, ehe wir es wissen«, behauptete er und versuchte, sie zu küssen.

Emilia bog ihren Körper zurück, fand Gefallen daran, ihn zu necken. »Ich weiß nicht, wir verhalten uns schamlos genug.«

»Schamlos? Du warst noch nie nach drei Uhr nachts in meinem Klub.«

Was sie kein bisschen bedauerte. Allein von den Erzählungen des Berliner Nachtlebens wurde ihr unwohl. Aus ihrer Sicht hatten derlei Orgien sehr wenig mit dem erhebenden Gefühl zu tun, das sie empfand, wenn sie mit Paul zusammen war. Sie war auch schon wieder kurz davor, ihm vollständig zu erliegen. Er hob sie auf die zugeklappte Klaviatur des Flügels, sie spürte, wie sich seine Muskeln unter ihren Händen anspannten. Er war viel stärker, als sie vermutet hätte.

»Warte«, seufzte sie, »wir sollten ...«

Aber ihre Vernunft konnte kaum etwas gegen das Verlangen ihres Körpers ausrichten, und so verloren sich ihre Bedenken in einem süßen Seufzer der Verzückung.

Später am Abend lagen sie nebeneinander in seinem Bett, die Villa ächzte unter einem Unwetter, das sie lange nicht durchlebt hatte, doch in ihrem Innern herrschte Frieden. Emilias Finger strich versonnen über seine Brust, die sich langsam hob und senkte.

»Ist es immer so?«, fragte sie leise. »Fühlt es sich immer so an, als würde man sich in die Lüfte erheben?«

»Nein«, murmelte Paul, »mit dir ist alles anders.« Er setzte sich auf, musterte sie mit schief gelegtem Kopf. »Vielleicht hat Charlotte recht und du bist ein Engel.«

»Ach, was bist dann du?«, kicherte Emilia.

»Der Glückliche, der von dir geschützt und getragen wird.«

Wieder kicherte Emilia. »Dabei konnte ich dich nicht leiden. Damals am allerersten Tag.«

Sein Blick wurde ernst. »Bist du sicher? Denn ganz gleich, was ich sagte, ich muss dich schon damals geliebt haben. Ich wusste nur nicht, wie mir geschah.«

Kamen Dinge wie diese über seine Lippen, konnte Emilia nicht anders, als sich verlegen auf die ihren zu beißen, sprachlos vor Glück. Nein, dachte sie lächelnd, ob sie ihn ein paar Monate oder ein halbes Leben kannte, es änderte nichts daran, wie sehr sie sich liebten.

Sie erwachte von einem Geruch, der ihr unvertraut war. Beißend riss er sie innerhalb von Sekunden aus der Schläfrigkeit. Das Unwetter hatte sich noch nicht gelegt, es ließ die Villa knarren und knacken, der Regen peitschte gegen die Fassade, klang prasselnd wie Feuer.

Feuer?!

Emilia saß kerzengerade im Bett, ihre Augen weiteten sich vor Schreck, während sie den Geruch plötzlich einzuordnen glaubte. Als hätte Alma in der Küche versäumt, die Ofentür zu schließen, und der Rauch würde sich im gesamten Raum und bis in den Flur hinaus ausbreiten. Aber das hier war stärker. Ihr Blick fuhr zum Fenster, und ein entsetzter Schrei löste sich ihrer Kehle. »Paul!«, stieß sie hervor und rüttelte an seinen Schultern. »Es brennt! Das Dachgeschoss brennt!« Die Flammen züngelten am Dachgebälk entlang, schienen bereits auf das Stockwerk darunter überzugreifen. Das Flügelzimmer!

Paul war im Nu hellwach und in seinen Kleidern. Im gesamten Haus herrschte heilloses Durcheinander, in dem es Emilia schwerfiel, einen klaren Gedanken zu fassen. Ihre Bewegungen waren fahrig, es gelang ihr kaum, ihren Arm in den Morgenrock zu führen, so ließ sie ihn schließlich fallen und rannte wie alle anderen aufgeregt durch den Flur.

»Die Branddirektion ist informiert!«, rief der erstmals seiner Lethargie entschlüpfte Wilhelm und riss an Pauls Ärmel.

»Herr Fairmann, wir müssen auf der Stelle alle hinaus. Der Sturm lässt die Flammen verrücktspielen!«

In der Tat stieg ihnen entsetzlicher Rauch von den oben gelegenen Stockwerken entgegen, brannte in Augen, Mund und Rachen. Paul schüttelte den alten Butler ab. »Ich muss nach oben, mein Büro, meine ...«

»Das steht alles längst in Flammen, und sie greifen zu schnell über, Sie können nicht noch mal hinauf!«, beschwor ihn eines der Mädchen, das versuchte, allerlei Wertgegenstände Charlottes zu retten. Ein Glück, dass sie außer Haus war und nicht in ihrem Zimmer ...

Emilias Herz setzte aus. »Marina!« Das Kinderzimmer befand sich im Dachgeschoss, wie hatte sie das vergessen können!

Paul erbleichte, und ohne auf ein weiteres Wort seiner Bediensteten zu hören, stürmte er die Stufen hinauf, auf denen ihm der Rauch entgegenschlug. Emilia wollte ihm nach, allein Wilhelm hielt sie zurück.

»Nicht, gnädiges Fräulein, Sie werden sich eine Rauchvergiftung holen, die Feuerwehr wird bald hier sein, wir müssen hinaus aus dem Haus!«

Wohl wissend, dass er recht hatte, riss sich Emilia dennoch von ihm los und stürzte hinter Paul die Stufen hinauf. Der Qualm trieb ihr die Tränen in die Augen und ließ sie rasselnd husten, sie nahm es nicht zur Kenntnis, die Angst um Marina beherrschte sämtliche Empfindungen.

»Marina!!«, schrie Paul. »Marina!«

Emilia sah sich Hilfe suchend um. »Wir müssen uns mit feuchten Tüchern schützen.«

Paul fuhr zu ihr herum. »Du musst nichts anderes als nach draußen gehen. Ich schaffe das, los geh schon, bitte!«

Die Panik ließ ihre Stimme hoch und schrill klingen. »Ich lasse dich nicht im Stich, du wirst Hilfe benötigen!«

»Geh, Milia, es bleibt keine Zeit dafür!« Seine Augen richteten sich verzweifelt zur Decke, die Hitze zeichnete sich flimmernd ab. »Himmel, was soll ich tun?«, stöhnte er. »Marina!«

»Hier bin ich, Pauli!«

Emilia und Paul wirbelten herum. Marina, dieses kluge, gewitzte Mädchen, rannte mit wirr abstehendem Haar auf sie zu, die Augen gefüllt mit Tränen, aber eindeutig unversehrt.

Paul atmete auf. Er schloss die Kleine so fest in seine Arme, als wollte er sie erdrücken. »Gott sei Dank, du hast es rechtzeitig geschafft!«

»Ich hab doch in Emilias Bett, geschlafen«, kam es beinah beschämt, »ich wusste ja, dass sie nicht kommen würde, und ich schlafe nicht gern bei Gewitter unterm Dach.«

Emilia schluchzte vor Erleichterung über die Voraussicht des Mädchens. Im Stockwerk über ihnen krachte es bedrohlich, Emilia packte Pauls Arm. »Wir müssen verschwinden!« Er nickte mechanisch, sie nahmen Marina bei den Händen und stolperten die Treppen hinunter. Paul warf noch einen Blick über die Schultern zurück, als wägte er ab, noch etwas mitzunehmen.

Marina zog heftig an seinem Arm. »Nun, komm!«

In der Ferne ertönten die Sirenen der Feuerwehr, und abermals nickte Paul. Hustend und keuchend taumelten sie in die stürmische tiefschwarze Nacht hinaus, lediglich von den Flammen und den nicht enden wollenden Blitzen erhellt, die den Himmel durchzuckten. Und kein Regen, der endlich wieder einsetzen wollte ...

Emilia, Paul und Marina starrten mit bangen Blicken zu den obersten Stockwerken hinauf, die lichterloh brannten. Alle drei hielten sich fest umschlungen, Marina wimmerte leise, während Paul wie erstarrt dastand, Emilia schmerzhaft fest im Arm haltend.

Die Einsatzwagen erreichten das Anwesen kurz darauf, die Feuerwehrleute machten sich sofort an die Löscharbeiten, unterstützt von der nahen Freiwilligen Feuerwehr, die der Feuerregen, der sich auf die umliegende Gegend verbreitet hatte, alarmiert hatte.

Mit einer Motor- und einer veralteten Dampfspritze war die Rettungsmannschaft den Flammen schließlich Herr geworden, allein die Obergeschosse der Villa waren zerstört worden. Im Rest des Gebäudes hing noch tagelang der Rauch. Die Wände im zweiten Stock waren rußig und die Tapeten an einigen Stellen aufgequollen. Die Villa Winter mochte nicht bis auf die Grundmauern niedergebrannt sein, sie stand noch mit geneigtem Haupt, allein ihrer erhabenen Schönheit beraubt.

Es sei ein Blitz gewesen, hatten sie später von Alma erfahren, die noch wach gewesen war, oder wieder. Ein Blitz hatte ihnen ihr Heim zerstört, alles, was sie liebten, innerhalb von kaum zwei Stunden.

»Es hätte die Villa ärger erwischen können, nicht? Wir hatten Glück, nicht?«, hatte die im Morgengrauen eintreffende Charlotte immer wieder angebracht.

Wie sich zeigen sollte, hatte sie falscher nicht liegen können.

Von der Hitze, die die Villa noch bei Nacht umschlungen hatte, war nichts mehr zu spüren. Marina saß in eine Decke gehüllt aschfahl und mit Schatten unter den Augen am Tisch. Paul sah müder aus denn je, Emilia hingegen spürte keinerlei Anzeichen von Erschöpfung. In ihrem Innern tobte der Sturm zahlreicher sie überfordernder Gedanken. Zu viel war in zu schneller Abfolge geschehen, zu viel war gesagt worden.

Charlottes Blick war fassungslos auf Paul gerichtet. »Verstehe ich das richtig«, begann sie nach einer halben Ewigkeit sehr langsam und mit bebender Stimme, »du hattest dein gesamtes Vermögen in Scheinen auf dem Dachboden gelagert? Zuzüglich sämtlicher Wertpapiere?« Sie atmete einmal aus, ihr Finger fuhr in die Höhe, und ihre Stimme wurde schrill. »Und all das ist heute Nacht dort oben verbrannt?!?«

Paul rieb sich ermattet die Augen, nickte lediglich.

»Warum, um alles in der Welt?«, wisperte Charlotte, ehe ihre Stimme wieder anschwoll. »Wie kann ein Mensch so einfältig sein?« Sie knallte ihre flache Hand auf den Tisch. »Wozu gibt es Banken, verdammt noch mal!« Marina zuckte zusammen, aber ihre Mutter war noch nicht fertig. »Niemand, absolut niemand, bewahrt heutzutage sein Geld im eigenen Haus auf. Wie konntest du nur?«

»Weil ich niemandem außer mir traue!«, fuhr Paul hoch, seine Stimme hallte von den Wänden wider, ließ alle Anwesenden wie erstarrt zu ihm sehen. Er seufzte und sank in sich zusammen. »Banken, Bänker, alles verbrecherisch. Denen soll ich mein Geld anvertrauen?« Wieder seufzte er. »Du weißt, wie die Welt ist. Der Einzige, dem man trauen kann, ist man selbst.«

»Mumpitz!«, blaffte Charlotte und stand vom Tisch auf. »Du wurdest verraten, ein einziges Mal ... von einer Frau!« Wie eine Furie ging sie auf und ab. »Wie kann das deine Weltsicht so sehr erschüttern!?«

Paul sah sie kalt an. »Das hat damit nichts zu tun.«

Sie sog scharf die Luft ein, setzte sich wieder. »So. Hat es nicht. Gestattest du mir die Frage, wie es jetzt weitergeht? Hm? Mein Zimmer ist zerstört. Marinas eine Ruine. Wir haben nichts außer den Kleidern, die wir am Leib tragen.«

»Dann wirst du wohl die nächsten Wochen etwas kürzertreten müssen«, kommentierte Paul gereizt. »Oder selbst das Phänomen Arbeit kosten.« Charlotte öffnete den Mund, doch er winkte ab. »Lass. *Ich* bin pleite, meine Firma nicht. Ebenso wenig mein Klub. Es wird sich alles finden.«

Charlotte lachte höhnisch. »Denkst du, ja? Und was wird aus dem Haus? Es wird ein Vermögen kosten, es wieder instand zu setzen. Woher willst du das so schnell nehmen?«

»Ich lasse mir etwas einfallen.«

Seine Schwester sah ihn lange an, die Wut wich aus ihren Zügen und machte tiefer Traurigkeit Platz. Ihre Mundwinkel zitterten bedauernd, als sie leise sagte: »Verlass dich nicht auf deine Freunde. Du weißt so gut wie ich: Die meisten sind selbst hoch verschuldet. Die einen können also nicht mit Geld umgehen und die anderen verschenken nichts.«

In diesem Punkt lag sie leider richtig.

Kaum einen Tag später fuhr ein dunkler Wagen der Marke Isotta Fraschini vor. Drei Menschen entstiegen ihm. Der alte Faun, sein Sohn Maximilian und, wie immer eine Augenweide, Jeniver.

Der gesamte Haushalt war seit vierundzwanzig Stunden unermüdlich damit beschäftigt, den Teil der Villa, der unversehrt geblieben war, so wohnlich wie möglich zu halten, mit dem Erfolg, dass zumindest im Erdgeschoss der Eindruck entstehen konnte, es habe nie einen Brand gegeben. Als der Wagen der Fauns vorfuhr, zündeten Marina und Emilia gerade am Fenster die Kerzen in den Kandelabern an, denn trotz des Vorfalls sehnten sie sich nach Gemütlichkeit, nun da Weihnachten im Grunde abgesagt war. Unentwegt redete Marina über die geplatzte Aufführung zu Heiligabend, über die den Flammen zum Opfer gefallenen Masken und den destruierten Flügel sowie die meisten anderen verlorenen Instrumente und all die sonstigen Aufwendungen. Mitnichten trauerte sie ihren Kleidern oder Spielsachen nach. Emilia konnte sie für ihre Stärke nur bewundern. In ihr selbst herrschte eine Beklemmung, die sie selten gekannt hatte. Nichts von dem, was das Feuer vernichtet hatte, gehörte ihr oder stand in irgendeiner tiefen Verbindung zu ihr, doch fühlte sie mit den Verlusten der Familie, als wären es ihre eigenen. Am allermeisten bedrückte sie Pauls Verhalten. Er sprach selten, zog sich in seine Gedankenwelt zurück, war niemals wirklich bei ihnen. Nahm er sie in den Arm, spürte sie ihn kaum, jeder Kuss glich einem verwehten Hauch, jedes Lächeln erstarb noch in der Sekunde. Die Dunkelheit umgab ihn, hielt ihn erneut gefangen, als wüsste er, dass jedes Wort seiner Schwester berechtigt war. Womöglich ahnte er, was kommen würde.

Als es schließlich kam, und Marina und Emilia wie erwähnt am Fenster die Kerzen entzündeten, verstummte seine Nichte, und ihr Blick verdüsterte sich. Emilia spürte, wie ihr Herzschlag unruhig wurde, vergaß das Streichholz in ihrer Hand, derweil sie den dreien mit ihrem Blick folgte, und verbrannte sich prompt daran. Aus der Eingangshalle wehten ihre ernsten Stimmen zu ihnen, verhallten rasch, nachdem sie Paul in einen der Salons geführt hatte.

Marina nahm Emilia bei der Hand und legte einen Finger an ihre Lippen. »Komm, lass uns hören, was sie zu sagen haben«, raunte sie und zog Emilia mit sich.

Das ungute Gefühl in Emilia schwoll an, sie wollte definitiv nicht wissen, weshalb die Fauns ihre Aufwartung machten, wehrte sich aber nicht. Marina würde sich nicht davon abhalten lassen und ihr hernach davon erzählen, da konnte sie sich ihr gleich anschließen. Das rote und das grüne Zimmer trennte lediglich eine kleine Verbindungstür, die Stimmen waren daher gut zu vernehmen, stand man direkt daneben. Marina linste sogar durchs Schlüsselloch. Ihr zufolge war der alte Faun ein alter Saurier und Jeniver eine gerissene Schlange, alle beide seien »für dieses Haus unverträglich«. Allgemein hatte sie wenig übrig für Pauls Freunde und Kollegen, obwohl sie ihnen überaus gekonnt charmierte. Nun ließ sie sich lautlos auf den Boden sinken und lehnte sich gegen die Tür, bedeutete Emilia, dasselbe zu tun. War sie so clever, weil sie schon immer die Gespräche der Erwachsenen belauscht hatte?

»... kann es ja verstehen«, kam es gerade von Maximilian auf der anderen Seite, »auch wenn es das erste Unvernünftige ist, das ich von dir erlebe.«

»Ich bitte dich, Max, wer redet denn von Unvernunft?« Jeniver sprach sanft wie Honig. »Unser Paul ist eben vorsichtig, und wie hoch ist die Chance, dass ein Blitz in dein Heim einschlägt?«

»Was spielt es für eine Rolle, er hat es getan, und jetzt sind wir hier, um zu helfen«, versicherte Maximilian gönnerhaft. Ein klatschendes Geräusch ertönte, als klopfte er mit seinen Pranken auf Pauls Schultern. Dessen Stimme war zu leise, um sie zu vernehmen.

»Unsinn«, machte sich der alte Faun bemerkbar. »Deine Besonnenheit hat uns weit gebracht. Du hast mein Vertrauen, und das will etwas heißen.«

»Er hat dich nicht umsonst begünstigt und mir vorgezogen, als er dir die Firma anvertraut hat«, scherzte Maximilian, scheinbar ohne Kränkung. »Du kannst dich auf uns verlassen, Paul. Wir sind füreinander da. Wir sind so gut wie eine Familie.«

»In der Tat«, stimmte sein Vater zu. »Das ist der Grund, weshalb wir hier sitzen. Wir sind so gut wie eine Familie. Wir vertrauen dir. Wir wünschen uns sehr, dass das so bleibt. Es ist alles gut zwischen uns, nicht wahr? Aber siehst du, Paul, etwas macht mir Sorgen, schon eine ganze Weile. Diese alberne kleine Affäre mit diesem Lehrermädchen.«

Emilias Herz krampfte sich zusammen.

»Sie verdreht dir den Kopf und das ist nicht gut. Nicht gut fürs Geschäft, nicht gut für dich, für uns ... alle. Es war eine Weile nett, jetzt ist es an der Zeit, wieder deine alte Vernunft anzunehmen, denn ich stimme nicht mit meinem Jüngsten überein. Das einzig Unvernünftige ist deine Liebschaft mit dieser«, er lachte grunzend, »Dame von der Straße. Bitte, du weißt es selbst.«

Wut und Schmerz wechselten sich in Emilias Innern, Marina umschloss ihre Hand, beinah bebender als sie selbst.

»Wie gesagt, sind wir füreinander da, und deshalb haben wir ein Angebot für dich.«

In beiden Salons herrschte angespannte Stille, Emilia ahnte, was kommen würde.

»Ich war dumm, Paul, furchtbar dumm. Ich weiß, du kannst mir noch nicht verzeihen. Eben das ist der Grund. Würdest du mir verzeihen können, wäre das ein Beweis dafür, dass du mich nicht mehr liebst. So weiß ich, dass deine Gefühle für mich noch nicht erloschen sind.«

Jenivers Worte brannten wie Feuer in Emilias Ohren, sie wollte aufstehen und dazwischengehen, wollte ihren Schmerz und ihre Wut hinausschreien und alle drei zum Teufel jagen – aber stand es ihr zu? Sie war, was sie sagten. Ein Leben mit ihr bedeutete womöglich Pauls Ruin. Sie wusste das, als sie Jeniver sagen hörte: »Ich biete dir meine Liebe, mein Leben und meine Hand. Nimm mich zur Frau!«

Marina hielt ihre Hand fest umklammert, so fest, dass ihre Knöchel schmerzten.

Dieses Mal verstanden sie sehr gut, was Paul sagte. »Ich bin bereits verlobt.« Es klang kühl und klar.

Marinas Griff lockerte sich etwas.

»Das hindert niemanden, wie du sehr wohl weißt«, gab Jeniver aalglatt zurück.

»Was ich noch sehr viel besser weiß«, versetzte Paul mit gepresster Stimme, »ist, dass ein gebrochenes Herz sehr lange braucht, um sich zu erholen. Ich werde zum Dank für meine Heilung nicht ihres brechen.«

Die Stille im Raum nebenan wurde unerträglich. Schließlich sagte der alte Faun so leise, dass es Emilia nur erahnen konnte. »Es ist deine Entscheidung. Aber denk darüber nach. Es wäre schade um alles, was wir miteinander aufgebaut haben.«

»Dieser miese, fiese alte Sack, diese unerträgliche, steinreiche Wichtigtuerfamilie ...« Annabelle wanderte empört durch ihr Zimmer, gestikulierte wild mit ihrem Strumpfband herum. »Dieses verwöhnte, falsche Weibsstück mit Haaren, als hätte einer Goldlack über sie geschüttet, diese ...« Seit etwa zwanzig Minuten zeterte sie in einem fort, war so aufgebracht über das, was Emilia ihr erzählt hatte, dass sie es immer noch nicht aus ihrem Negligé in adäquate Kleidung geschafft hatte.

Emilia saß schweigend im Sessel und ließ es über sich ergehen, war womöglich dankbar, dass ihre Freundin aussprach, was sie sich verbot. Die Worte des Alten hatten sich in Emilias Geist gebrannt und vergifteten jede Hoffnung darauf, dass es ihr Recht war, Paul zu lieben.

»Hör mir auf mit solchen Gedanken! Was außer viel Glück und deshalb viel Geld haben diese Leute schon zu bieten? Sie sind nicht besser als Paul, sie sind nur länger im Geschäft. Ich habe mich umgehört. Die sind nichts Besonderes.«

Emilia blieb stumm, konnte nichts daran ändern, dass der Zweifel sie zerfraß, je länger sie über ihre Situation nachdachte.

»Paul ist ein cleverer Bursche, er braucht diese Menschen nicht, er wird sich etwas Neues aufbauen, ohne sie und ...« Zur Hälfte mit ihrem Bein in der Hose hielt Annabelle unvermittelt inne. »*Ich* könnte ihm Geld geben.« Sie kniete sich vor Emilia, das Gesicht strahlend, das eine Hosenbein schleifte über den Boden. »Ich frage Ernst, behaupte, es sei für mich und ...«

»Annabelle, hör auf damit«, wehrte Emilia seufzend ab, »du kannst keine Unsummen von ihm verlangen, ohne dass er sich wundert, und überdies würde es Paul niemals annehmen.« Annabelle setzte an zu widersprechen, doch Emilia hob einen Finger. »Niemals. Aber ich danke dir für deine heißblütige Anteilnahme. Du bist eine wundervolle Freundin.«

»So, wie Paul ein wundervoller Mann ist«, befand Annabelle und zog den Rest ihrer Hose an. »Ihr gehört zusammen, lass dir das bloß nicht ausreden!«

Paul stimmte ihr in diesem Punkt zu, die meisten anderen Menschen in seinem Umfeld nicht. Alle glaubten, sie seien es Paul schuldig, ihn vom Gegenteil zu überzeugen. Ilias lud sich dafür sogar extra zu einem Treffen mit Diarmuid ein. Er bemühte sich sehr darum, nicht mit der Tür ins Haus zu fallen, ließ etwa fünf Minuten ihres Spaziergangs verstreichen, ehe er seine Meinung elegant zum Thema machte. »Ihr plant immer noch zu heiraten, ja?«

Diarmuid presste verstimmt die Lippen aufeinander, warf seinem Freund einen scharfen Blick zu, den dieser geflissentlich übersah.

Paul blieb ruhig, schenkte Ilias ein unbeeindrucktes Lächeln und antwortete: »Sie ist aufgeschoben, bis ich alles geregelt habe, nicht aufgehoben.«

Ilias nickte langsam. Er warf einen flüchtigen, im Ansatz entschuldigenden Blick in Emilias Richtung, ehe er beschloss, so zu tun, als sei sie nicht zugegen. »Paul, ich bitte dich, denk darüber nach. Ehe dieses Unglück passiert ist, war es denkbar, jetzt ist es bar jeder Vernunft.« Er seufzte. »Ich meine, heirate den Drachen, um deiner selbst willen und für deine Familie und …«

»Ilias«, stöhnte Diarmuid.

»Das meine ich ernst«, beschwerte sich Ilias. »Heirate den Drachen und liebe dein Mädchen. Bewährte Methode seit Hunderten von Jahren.«

Paul blieb abrupt stehen, sein Gesicht war eine steinerne Maske. »Ich denke«, sagte er langsam, »du solltest jetzt besser gehen.«

Ilias sah ihn flehentlich an. »Paul ...«

»Verschwinde.«

»Aber ...« Er verstummte angesichts von Pauls Miene.

Diarmuid reagierte schneller, als es zu einer ungemütlichen Auseinandersetzung kommen konnte. Er fasste Ilias bei der Schulter und warf Paul einen verzeihenden Blick zu. »Los gehen wir, du machst es nur schlimmer, du Narr!«

Emilia begriff, indes sie den beiden nachsah, dass es ihm ernst war, dass er sich wahrhaft um Paul sorgte, und das Herz wurde ihr schwer.

Paul bemerkte ihren Blick und packte sie hart bei den Schultern. »Hör nicht auf ihn. Es wird alles gut, wir finden eine Lösung.«

Emilia wich seinem Blick aus, es fiel ihr schwer, seine Zuversicht zu teilen.

»Emilia, bitte.« Er zog sie entschlossen in seine Arme. Sein Körper an ihrem brachte sie zum Erzittern, sie schmiegte sich an ihn, spürte das Band, das sie zusammenhielt. Es war stark, aber war sie es auch? »Wir finden eine Lösung«, versicherte er noch einmal. »*Ich* finde eine Lösung.«

Er fand sie schneller, als irgendwer erwartet hätte, überraschte Emilia damit am Neujahrstag. Sie verbrachte ihn mit Annabelle, weil es deren Geburtstag war, worauf er, urplötzlich vor ihrer Haustür stehend, keine Rücksicht nehmen könne, so sehr er es bedaure.

»Ich verspreche dir untertänigst, ich werde es wiedergutmachen. Das, was ich Emilia zu sagen habe, lässt sich nicht aufschieben und ist von allergrößter Bedeutung.«

Annabelle nickte langsam, ein wissendes Lächeln trat auf ihr Gesicht. »Ich verstehe.«

Anders als Emilia, der er noch auf dem Pflaster vor Annabelles Haus seine Neuigkeiten mitteilte.

»Wie bitte?«, fragte sie und starrte ihn ungläubig an.

Paul strahlte eine ungeheure Zuversicht aus, und indem er seine Worte wiederholte, schien sie umso mehr zu wachsen. »Geh mit mir fort!«

Emilia benötigte noch einen Augenblick, um sich zu fassen und ihre Sprache wiederzufinden. »Fort? Wie stellst du dir das vor? Wohin denn?«

»Nach Amerika.«

»Amerika?«, wiederholte sie, ernsthaft an seinem Verstand zweifelnd, erkannte aber noch im Fortlauf des Gesprächs, dass es ihm todernst war. Sie hatte ihn selten so viel, so schnell und mit einer solchen Überzeugung sprechen hören. Sein Plan, mit dem Schiff nach Amerika überzusetzen und dort ein neues Leben zu beginnen, wirkte so, wie er es in Worte fasste, selbst auf sie verlockend. Obschon es jeglicher Logik entbehrte.

»In Amerika, Emilia, in Amerika, ist alles möglich, erzählt man sich.«

Sie sah ihn immer noch mit großen Augen an. War das noch ihr Paul, der Mann, der mehr negative Gedanken laut ausgesprochen hatte, als sie jemals gedacht hatte? Waren Träume nicht ihr Metier, Luftschlösser nicht das Werk eines weibischen Geistes?

»Man erzählt sich auch, in Berlin sei alles möglich«, konterte sie leise.

Paul schüttelte angewidert den Kopf. »Ich will dieses Drecksloch hinter mir lassen, ich will nichts mehr davon sehen. Fangen wir neu an, weit fort von hier. Lass uns den Käfig endgültig verlassen und frei sein.«

Es klang beinah poetisch, es klang nach etwas, das sie wagen würde, allein ... »Was wird aus Marina und Charlotte?«, fragte sie noch leiser.

Er biss die Zähne zusammen, hatte damit offensichtlich ebenfalls gehadert. »Charlotte ist eine erwachsene Frau, sie kann arbeiten, sie will nur nicht. Und Marina brennt darauf, die Welt kennenzulernen, eine Schule würde ihr womöglich gefallen.« Er hielt einen Augenblick inne, fügte hinzu: »Ich würde sie mitnehmen, bloß Charlotte hängt an dieser verfluchten Stadt.«

Emilia spürte den Konflikt in sich, spürte, wie sich Sorgen, Furcht und Schuldgefühle in ihr zankten mit dem, das sie allzu häufig in ihrem Leben verdrängte: ihr eigenes Verlangen. Ihre Sehnsüchte. Ihre Liebe. Ja, sie würde mit Paul bis ans Ende der Welt reisen, und sie würde alles auf sich nehmen, aber was wurde aus Marina? Sie konnte nicht verantworten, dass ihr Leben so werden würde wie ihres. Hart und beschwerlich, gesäumt von Niederlagen. Sie kannte lediglich die Schönheit ihrer Villa, sie wusste nicht, dass die Stadt ihren Reiz des Abenteuerlichen schon bald verloren haben würde ...

»Wir können es schaffen, Emilia!«, unterbrach Paul ihre Gedanken. »Wer weiß, vielleicht wirst du dort drüben sogar Musikerin. Wäre das nicht was?«

Emilia lachte auf, erkannte in seinen Augen, wie ernst es ihm war, und verstummte. »Ja, wäre es«, murmelte sie traurig, »trotzdem ...«

»Alles, was ich will, ist ein Leben mit dir.« Paul betrachtete sie verliebt.

Nie zuvor hatte sie ihn so gesehen. In seinen Augen brannte etwas, das sie widerstandslos überzeugte.

»Ich weiß jetzt, dass ich nichts anderes will. Ich bin fest entschlossen.« Er nahm ihr Gesicht zärtlich in beide Hände. »Was ist mit dir? Was willst du?«

Emilia schloss die Augen, spürte seine Hände an ihren Wagen und wusste, während die leise Melodie, die sie verband, in ihrem Innern spielte, dass es nur eines gab, was sie wollte. »Dich«, raunte sie und sah ihm fest in die Augen. »Nur dich.«

Pauls Lächeln breitete sich wunderschön aus, er beugte sich vor und küsste sie, küsste auch ihr ein Lächeln aufs Gesicht. »Dann auf, mein Engel, auf nach Amerika!«

Berlin, Oktober 2004

Es war das erste sonnige Wochenende dieses Oktobers. Was Elodie nicht davor bewahrte, vor Nervosität auf der Unterlippe zu kauen, als sie aus der U-Bahn stieg und sich unweit von ihr das Firmengelände der Fauns erstreckte. Entweder das kreisrunde Gebäude war inzwischen restauriert worden oder diese Familie hatte schon immer einen futuristischen Geschmack besessen. Elodie entsprach er jedenfalls nicht, die Bauart kam ihr eher wie eine überdimensioniert geratene Regentonne in silbrigem Grau vor, dem es am Charme eines vergangenen Jahrhunderts fehlte. Aber das galt ihrer Meinung nach für viele Bauten des heutigen Berlins und anderer Großstädte. Überhaupt nicht in dieses Bild passte dafür der junge Mann, der ihr von der gegenüberliegenden Straßenseite her zuwinkte. Sie zögerte, den Gruß zu erwidern, und benötigte noch volle dreißig Sekunden, bis der Groschen fiel. Die Ampel schaltete von Rot auf Grün, und der schneidige Dandy-Anzugträger schwenkte seinen Spazierstock im Retrostil, als sie kichernd über die Straße hüpfte.

»Charlie! Ich hätte dich fast nicht erkannt. Was soll die Verkleidung?« Vor allem der hohe Hut auf seinem Kopf und der falsche dunkle Bart verwandelte ihn in einen vollkommen anderen Menschen.

»Ist zu meinem Schutz. Falls dein Vater unerwartet auftaucht oder seine Mittagspause drüben im chinesischen Restaurant verbringt. Das Gericht ist nur ein paar Blocks weiter, oder?«

Durchaus richtig, die Verkleidung würde ihm dabei allerdings wenig helfen. »Da müsstest du dich schon als Frau verkleiden, mein Lieber«, gab sie lachend zu bedenken. »Aber ich kann dich beruhigen. Mein Vater hasst chinesisches Essen.«

»Überrascht mich nicht.« Er hakte sich bei Elodie unter. »Wollen wir?«

Sie nickte, ihre Nervosität legte sich, jetzt, wo sie ihn an ihrer Seite wusste.

Das Areal von *Faundable Films* erwies sich als sehr weitläufig, und auf ihrem Weg zum Eingang kamen sie an zahlreichen Studiolandschaften und Containern für Schauspieler vorbei, überall wuselten Menschen mit Kaffeebechern in der Hand herum und wirkten dabei enorm wichtig. Elodie sah ihnen skeptisch hinterher, während Charlie eher an den einzelnen Sets interessiert schien.

»Ich will ja nicht sagen, dass es nach Billigproduktion aussieht …«, sprach er aus, was ihm durch den Kopf ging, ohne den Satz zu beenden.

Elodie konnte das kaum beurteilen, sie sah nicht sonderlich viel fern, und wenn sie richtig informiert war, spezialisierte sich die Firma dieser Tage primär auf die Fernsehwelt. Sollte es sich jedenfalls um Lowbudget-Produktionen handeln, so gelang es den Repräsentanten des Tags der offenen Tür sehr effektvoll, das Gegenteil zu vermitteln. Bereits am Eingang wurden sie mit Erfrischungsgetränken begrüßt, jeder Gast erhielt eine eigene Besucherkarte, auf die er seinen Nachnamen notierte und als albernes Aushängeschild um den Hals tragen musste. Im Innern der Riesenregentonne begrüßte sie ein charismatischer Kerl in einem dunklen Anzug, einer gewollt spärlich gehaltenen Ansammlung blonder Stoppeln auf dem Kopf und kleinen berechnenden Augen im Gesicht. Hinter dem etwas zu leger geknöpften Hemd offenbarte sich eine großzügig tätowierte Brust. Alles an ihm war schmierig und bereitete Elodie Unbehagen, wie auch der

Rest dieser Örtlichkeit, die ihr viel zu sehr nach Produktion und zu wenig nach Kreation aussah.

»Willkommen zu unserer heutigen Führung bei Faundable Films. Ich freue mich, dass Sie so zahlreich erschienen sind. Mein Name ist Jonathan Faun, und ich übernehme den ersten Part, in dem ich Ihnen ein bisschen über die Anfänge dieser Produktionsfirma erzähle. Fühlen Sie sich frei, mich jederzeit zu unterbrechen, wenn Sie Fragen haben.«

»Aha, Jonathan also«, raunte Charlie.

Elodies Körper spannte sich bei der Erwähnung des Namens an, das ungute Gefühl in ihrem Innern nahm zu. Warum nur? Außer Pauls Äußerung in seinem Brief, er könne keine Fauns mehr sehen, wusste sie nichts über diese Familie, konnte weder sagen, ob die Filme, die sie produzierten, ihren Geschmack trafen, noch ob sie etwas getan hatten, dass ihren Ruf fragwürdig erscheinen ließ. Ungeachtet dessen war es ihr, als empfinge sie eine Art negative Schwingung, die eindeutig von Jonathan Faun ausging. Als würde ihn etwas Ungutes umgeben. Charlie behauptete immer, in Filmen seien die Auftritte der Bösewichte durch spezielle Merkmale gekennzeichnet. Dinge wie bedrohliche Hintergrundmusik oder schräge Kameraeinstellungen, eine bestimmte Kolorierung oder gar die eindeutig feindselige Physiognomie des Darstellers. Sie konnte nicht behaupten, etwas davon hafte diesem Moment an. Jonathan Faun gab sich die größte Mühe, wie ein überaus sympathischer Besitzer einer erfolgreichen Produktionsfirma zu wirken, die Halle wurde vom Sonnenlicht durchflutet und erschien keineswegs düster. Elodie bekam trotzdem eine Gänsehaut und vielleicht bildete sie sich tatsächlich ein, eine dunkle Musik umspiele diesen Mann.

Sie schüttelte den Gedanken ab und konzentrierte sich auf das, was er erzählte. Über die Gründung von Faundable Films im Jahr 1925, über die Anfänge in einer Zeit, in der das Filmgeschäft erblühte und mehr Filme produziert wurden als je zuvor. Er führte an, dass sie damals vor allem deshalb große Erfolge gefeiert hatten, weil das Familienunternehmen seine Stummfilme musikalisch hochinnovativ angelegt habe und nur die besten Komponisten für sie gearbeitet hätten. Er beschrieb die Entwicklung vom Stumm- zum Tonfilm und dass dadurch der Fokus auf junge Schauspieltalente, die eine gute Sprechausbildung genossen hatten, gelegt worden sei ...

Zu jeder Spanne in der Geschichte der Filmindustrie schienen die Fauns bestens Bescheid gewusst zu haben, wie man sich vermarktete. Schon nach zehn Minuten wusste Elodie, dass sie seiner ausführlichen Selbstbeweihräucherung nicht länger folgen wollte, und lenkte ihr Interesse daher auf die Zeittafeln, die überall in der Halle aufgestellt worden waren. Daneben fanden sich zahlreiche Filmplakate der jeweiligen Epoche, und zumindest das war ein faszinierendes Anschauungsmaterial. Vor dem riesigen Poster des heutigen Kultfilms *Metropolis*, den selbst Elodie kannte, blieb sie stehen und betrachtete fasziniert die Schwarz-Weiß-Fotografien, die die aufwendigen Dreharbeiten dokumentierten.

»Ziemlich krass«, kommentierte Charlie die Fotogalerie. »Damals zählte Deutschland zu den innovativsten Ländern in der Filmindustrie. *Metropolis* zum Beispiel hat zahlreiche nachkommende Filme überall auf der Welt inspiriert. Die haben sich damals nicht davor gescheut, was Neues auszuprobieren und damit womöglich auf die Nase zu fallen. Heute undenkbar. Es wird an allen Ecken und Enden gespart. Vor allem an neuen Schauspielern. Da nimmt man hierzulande lieber die fünfzigjährigen Erfolgsschauspieler für Rollen, die eigentlich ein Zwanzigjähriger spielen sollte.«

Elodie warf ihm ein belustigtes Grinsen zu. »Spricht da der Groll der Jugend?«

Er zuckte grinsend mit den Schultern. »Womöglich. Wobei ich die zwanzig ja schon um ein paar Jährchen überschritten habe. Vielleicht komme ich bald ins richtige Alter.«

Er betrachtete mit schief gelegtem Kopf einige Fotos. »Nicht zu fassen, sieh mal.« Er deutete auf zwei junge Schauspielerinnen, die auf einem der Fotos posierten. »Birgitta Hemle und Jay F. sehen sich zum Verwechseln ähnlich, oder? Hier steht, Jay F. habe aufgrund der großen Ähnlichkeit stellenweise ihren Part im hinteren Teil des Films übernommen. Wusste ich gar nicht.«

Elodie grinste in sich hinein, konnte dazu nicht sonderlich viel beitragen. Sie kannte sich kein bisschen in der Filmgeschichte aus. Ihr wäre nicht einmal ein einziger Name einer berühmten deutschen Schauspielerin dieses Jahrhunderts eingefallen. Sie folgte Charlie, der interessiert den Zeitstrahl ablief und die Entwicklung des deutschen Films studierte und hin und wieder seine Meinung dazu verlauten ließ.

Elodie blieb vor einem Zeitungsartikel stehen, der eine der beiden sich ähnelnden Schauspielerinnen vom vorherigen Plakat zeigte, wie sie schützend die Hände gegen eine Flut von Kameras hob. Darunter stand die Schlagzeile: »Hemle verabschiedet sich aus dem Filmbusiness. Ist das die große Chance der Jay F.?«

Elodie schüttelte sachte den Kopf. Sie war nicht unvertraut mit Konkurrenzverhalten unter Künstlern. Selbst auf der Akademie kam es hin und wieder zu unschönen Auseinandersetzungen, teilweise sogar so weitgehend, dass Instrumente der vermeintlichen Konkurrenten sabotiert wurden. Ihre Großmütter ließen solchen Kinderkram nicht durchgehen, aber niemand bewahrte einen vor derlei Intrigen, wenn man erst den Schutz der Ausbildungsstätte verlassen hatte, oder? Im Schauspielgeschäft ging es womöglich noch härter zu.

Als hätte der ältere Herr, der neben ihnen stand, ihre Gedanken gelesen, erklärte er mit einem leicht abfälligen Tonfall: »Ha! Birgitta Hemle hat wohl kaum freiwillig das Feld geräumt.«

Elodie sah überrascht zu ihm auf. Er trug einen altmodischen Trenchcoat, in dem er wie ein alternder Detektiv aussah, womit er fabelhaft zu ihnen passte. Womöglich war er auch aus Recherchegründen hier. »Was meinen Sie damit?«, erkundigte sie sich freundlich.

Der Alte lachte bitter, schien froh über die Aufmerksamkeit. »Och, nichts. Nur dass dieses bemerkenswerte Filmimperium hier bestimmt nicht so weit gekommen wäre, hätten seine Erschaffer nicht auf die ein oder andere Weise ›nachgeholfen‹.« Charlie sah nun ebenfalls auf und musterte den Mann mit neugierigen Augen, wodurch dieser sich scheinbar eingeladen fühlte, diese Behauptung zu präzisieren. Er nickte zum Foto der jungen Frau hinüber. »Ich fand Jay F. immer mittelmäßig, aber plötzlich war sie in jedem Film, nachdem sich die Hemle zurückgezogen hat. War natürlich eine Familienangehörige des Bosses. Tochter oder Nichte ... Bei der Riesenfamilie blickt man nicht mehr durch.«

»Ach, Sie meinen, Jay F. war eine Faun?«, hakte Charlie nach.

»Natürlich, was denken Sie denn?«

Charlie nickte nachdenklich. »Ist ja interessant.«

»O ja, im Flur unten im Kellergeschoss hängt ein Stammbaum der Familie. Gigantisch. Die hatten überall ihre Absätze drin, das können Sie mir glauben.«

Charlie und Elodie tauschten einen raschen Blick. »Im Kellergeschoss, ja?« Charlie sah sich um. »Den Stammbaum würden wir ja zu gern sehen.«

»Ist nicht Teil der Führung.«

»Woher wissen Sie davon?«

Der Alte grinste schelmisch. »Ich war hier eine Weile der Depp vom Dienst. Hab den Chefs den Kaffee hinterhergetragen und solchen Kram. Bis ich einsehen musste, dass harte Arbeit niemals mehr geschätzt werden würde als die Blutlinie. Blut ist dicker als Wasser, oder?« Er nickte ihnen bedeutungsschwer zu und schlenderte weiter.

Charlie sah ihm mit gefurchter Stirn nach. »Mag ja sein, dass er recht hat. Aber ganz richtig im Kopf ist er ja wohl nicht. Würde mir nicht im Traum einfallen, mir mit der Vergangenheit noch mal eine Führung hier zu geben.«

Elodie grinste verschmitzt. »Beschwer dich nicht. Durch ihn haben wir von der Ahnentafel erfahren. Wer weiß, vielleicht finden wir über sie heraus, welcher Faun mit welchem Fairmann verheiratet war.«

»Oder welche Faun mit welcher Fairmann«, neckte Charlie, ehe er ernst wurde. »Die Frage ist bloß, wie wir unbemerkt in den Keller kommen. Hier läuft jede Menge Sicherheitspersonal herum.«

Elodie suchte die Halle nach einem Wegweiser nach unten ab und wurde schnell fündig. »Dort hinten geht's zu den Kellergeschossen«, erklärte sie mit einem Kopfnicken in die entsprechende Richtung. Ein freches Grinsen strich über ihre Züge. »Ich weiß, wie ich da runterkomme. Ich würde sagen, dein auffälliges Outfit kommt uns sehr entgegen. Ebenso wie dein schauspielerisches Talent.«

Charlie schien noch nicht zu begreifen, worauf sie hinauswollte. Elodie genoss es, dass es ausnahmsweise einmal umgekehrt war. Sie stellte sich auf die Zehenspitzen, um ihn sanft zu küssen und ihm anschließend ins Ohr zu raunen wie eine waschechte Filmdiva: »Willst du meine Ablenkung sein?«

Und dann kam der Moment, in dem Elodie bereute, ihren ersten großen Regelverstoß im Alleingang unternommen zu haben. Für gewöhnlich tat sie nichts Verbotenes, und in den Keller einer Filmproduktionsfirma einzudringen, war für Charlie keine sonderlich große Sache, für sie, die wohlbehütete Richterstochter, allerdings schon. Während Charlie irgendein Spektakel veranstaltete, das flüchtig alle Aufmerksamkeit auf sich zog, schlüpfte Elodie schnurstracks durch die kleine Tür zum Treppenaufgang und befand sich zum ersten Mal in ihrem Leben an einem Ort, an dem sie nichts zu suchen hatte.

Es ist nur ein blöder Keller, reg dich ab.

Mochte ja sein, aber ihr Herz holperte trotzdem wie blöd, und sie fühlte sich hier unten ohne Charlies coole, relaxte Art ziemlich schutzlos. Obwohl weit und breit niemand zu sehen oder zu hören war, bewegte sie sich lautlos und vorsichtig, was das Gefühl, ein Verbrechen zu begehen, in ihr bekräftigte.

Kein Verbrechen, bloß gesundes Neugierverhalten. Hätte dir schon lang mal gutgetan.

Vielleicht waren diese Kellerräume auch überhaupt nicht so streng gehütet, immerhin hatten sich die Fauns selbst hier unten sehr darum bemüht, die Wände mit Plakaten und Postern zu tapezieren, und jedes vierte wurde von irgendeiner Urkunde, Auszeichnung oder dergleichen abgelöst. Wo war der Stammbaum? Würde darauf die Verwandtschaft zu ihrer Familie abzulesen sein? Wieso hatte sie sich nie für ihre Familiengeschichte interessiert? Möglicherweise, weil der Großteil ihrer näheren Verwandtschaft enttäuschend genug war. Wozu also wissen, wer noch so alles dazugehörte und sich nicht um sie scherte?

Sie bog in den nächsten Flur, in dem das Licht der Deckenneonröhre sachte flackerte. Sehr klischeehaft. Elodies flaues Gefühl verstärkte sich, und am liebsten wäre sie auf der Stelle wieder umgedreht, vor allem bei der Vorstellung, sie würde von irgendwem erwischt. Sie verfügte nicht über die Schlagfertigkeit und Cleverness von Charlie, um sich aus dem Stand eine glaubwürdige Ausrede einfallen zu lassen.

Zum Glück ist hier niemand, also such den Stammbaum und verschwinde wieder!

Bedauerlicherweise musste sie nach bestimmt zehn Minuten vergeblicher Suche, bei der sie allerlei Filmplakate und Zeitungsausschnitte in Riesenformat bewundern konnte, nicht aber den Stammbaum fand, anzweifeln, ob er überhaupt existierte. Oder inzwischen abgehängt worden war. Dieser alte Kerl war vor Jahren der »Depp vom Dienst« gewesen, in der Zwischenzeit hätte sich dieser Keller schon dreimal ändern können. Doch gerade, als sie vermutete, wieder im selben Gang wie zu Beginn gelandet zu sein, und ihre heimliche Mission abbrechen wollte, entdeckte sie ihn plötzlich. Nicht an der Wand hängend, sondern in einer Glasvitrine ausgestellt. Auf rotem Seidenpapier und tatsächlich mit Fotografien bestückt, als handelte es sich bei der Familie um ein bedeutendes Adelsgeschlecht. Eines, das sich zahlreich vermehrt hatte. Dieser Stammbaum wucherte förmlich über die Glasscheiben der Vitrine hinaus.

Allein der unterste Zweig, der sich um Jonathan Faun rankte, bildete eine beachtliche Verwandtschaft. Wie sollte man da durchblicken?

Das Geräusch einer ins Schloss fallenden Tür ließ sie aufhorchen und sich panisch umsehen. Schnelle Schritte näherten sich. Von wegen, hier war niemand! Ihre Augen flogen suchend über den riesigen Stammbaum, in der Hoffnung, noch irgendetwas zu finden, das ihren missglückenden Ausflug lohnenswert gemacht hätte, aber die Schritte wurden immer deutlicher und Elodie immer kopfloser. Sie riss sich von der Vitrine los und eilte in die Richtung, von der sie glaubte, sie würde sich von den Schritten fortbewegen.

Das war das reinste Labyrinth! Gab es nur diesen einen Treppenaufgang oder noch andere? Wieso war sie, ohne auf den Weg zu achten, herumgestiefelt, wo sie ja wusste, wie mangelhaft ihr Orientierungssinn war? Vielleicht hätte sie besser die Ablenkung übernommen und Charlie in den Keller geschickt. Noch eine Abzweigung, die ihr bekannt und unbekannt zugleich vorkam, denn Plakate hingen überall – hatte sie *Tödliche Rosen* schon mal gesehen?

Sie hastete den Flur entlang, spürte trotz der Kühle, wie ihr die Schweißperlen über die Stirn rannen. Mit der nächsten Abzweigung war sie sich fast sicher, die bescheuerte Urkunde für den Geschäftsführer des Jahres zu kennen und auch das Schwarz-Weiß-Foto daneben ... Elodie hielt unvermittelt inne und wirbelte zu der Fotografie herum. Mit zusammengekniffenen Augen trat sie einen Schritt näher an die Wand. Tatsächlich! Sie hatte sich nicht geirrt. Die drei Männer auf der Abbildung standen nicht vor der Produktionsfirma der Fauns, sondern vor einem wesentlich kleineren Gebäude – und einer davon war unverkennbar ihr Urgroßonkel Paul! Der Kerl, der neben ihm stand, sah fast exakt so aus wie Jonathan Faun, doch verriet die Bildunterschrift, es handle sich um Maximilian, den unliebsamen Geschäftspartner Pauls.

Die Freunde Paul Eliot Fairmann, Maximilian Faun und Heinrich Werner vor dem neu eröffneten Klub – heute zu Gast das neue Schauspieltalent Frieda Kunz!

Die damaligen Schauspieltalente glichen einander irgendwie alle und sagten Elodie rein gar nichts. Aber so, wie es aussah, waren die Fauns und ihr Urgroßonkel durch mehr als bloß ein Geschäft miteinander verbunden gewesen.

»Die Freunde Paul Eliot Fairmann, Maximilian Faun und Heinrich Werner ...«, wiederholte sie laut. Freunde. Wie weit reichte diese Freundschaft?

»Verzeihung, junge Dame, suchen Sie etwas Bestimmtes?«

Elodie blieb beinah das Herz stehen, als die voluminöse Stimme durch den Kellerflur hallte. Sie fuhr ertappt herum, und das Herz rutschte ihr endgültig in die Hose. Der Mann, der sich nicht um einen schnellen Schritt bemühte, als er auf sie zuging, lächelte haargenau wie der auf der Schwarz-Weiß-Fotografie, sah seinem Vorfahren wirklich unsagbar ähnlich. Elodie schluckte und suchte in ihrem durch Überforderung verlangsamten Oberstübchen nach einer einleuchtenden Ausrede.

Jonathan Faun hatte sie inzwischen erreicht, sein Lächeln war verbindlich, aber in seinen Augen lag eine Kälte, die ihr durch Mark und Bein ging.

»I...ich?«, stammelte sie sinnlos. »Was Bestimmtes, nein, äh ja. Und zwar die Toilette, ich muss wirklich ganz dringend ...«

Jonathan Faun bedachte sie mit einem seltsamen Lächeln. Der Kerl war der wahrhaftige Wolf im Schafspelz. »Hm. Die Besuchertoiletten sind neben dem Eingang. Das haben Sie wohl ... vergessen?«

»Oh ... oder übersehen«, murmelte Elodie mit einem entschuldigenden Ausdruck auf dem Gesicht. »Aber dann werde ich mal dorthin gehen. Danke!« Sie nickte ihm höflich zu und wandte sich um, zielstrebig den Flur aufwärts.

»Sie werden feststellen, dass es *da* entlang geht«, rief ihr Jonathan Faun hinterher.

Sie drehte sich um und sah ihn in die entgegengesetzte Richtung deuten.

»Oh. Klar. Danke. Ziemlich verwirrend hier unten.«

»In der Tat. Wäre es für Besucher gedacht, hätten wir es entsprechend beschildert.«

Elodie nickte mit einem zittrigen Lächeln. »Ja, bitte entschuldigen Sie nochmals.«

Er wirkte nicht so, als zöge er es in Erwägung, wenngleich er immer noch lächelte. Er sah trotzdem wie der unheimliche böse Wolf aus, der Rotkäppchen jeden Moment fressen würde. »Ich werde Sie nach oben begleiten, ehe Sie sich hier noch weiter verirren.«

Eigentlich hätte sie gern vehement abgelehnt, unterließ es aber angesichts ihres nicht vorhandenen Orientierungssinns und der allgemein peinlichen Situation. Sie gingen schweigend nebeneinander her, Elodie krampfte die Finger um ihre Handtasche, wünschte sich, der Weg würde endlich an dieser Treppe enden, über die sie hergekommen war. Es sah allerdings nicht so aus, als würde Jonathan Faun sie dorthin zurückbringen. Ihr Herzschlag beschleunigte sich, als sie feststellte, dass sie sich plötzlich in einem Flur befand, den sie definitiv nie zuvor betreten hatte. Eine grünliche Wandfarbe wäre ihr sicher aufgefallen. Gerade als sie ihn mit dünner Stimme darauf aufmerksam machen wollte, hielt er vor einer silbrigen Tür. Elodie atmete auf. Ein Fahrstuhl. Es gab also noch andere Wege aus diesem Labyrinth hinaus. Er betätigte den Knopf an der Seite, die Türen öffneten sich sofort.

»Nach Ihnen.«

Elodie lächelte bewusst dümmlich und trat vor ihm in den schmalen Aufzug, er folgte ihr seelenruhig. Als er den Button zum Erdgeschoss drückte, fiel ihr auf, dass sein Handrücken tätowiert war. Während sie sich in dem beengten Raum gegenüberstanden und aufwärtsfuhren, nahm er sich ausgiebig Zeit, sie zu mustern. Sein Blick blieb schließlich an ihrem Namensschild hängen.

»Ah, Wagner«, las er mit einem sachten Lächeln. »Wissen Sie, ich hatte gleich den Eindruck, Sie zu kennen.«

Elodie spürte, wie ihr jegliche Farbe aus dem Gesicht wich. »Ach, ja?« Woher denn bitte? Sie sah ihn heute zum ersten Mal. Hätte ihr Vater sie bei irgendeinem Anlass mit ihm bekannt gemacht, wäre ihr das aufgefallen.

»Ja, sind Sie nicht die Enkelin von Marina Fairmann? Ich meine, Sie kürzlich auf der Bühne gesehen zu haben. An Marinas Geburtstag.«

Elodie starrte ihn an.

»Elodie, richtig? Die Tochter von Johannes Wagner. Die kleine Violinistin.«

Es war unheimlich, wie viel er über sie wusste. Sie nickte langsam, räusperte endlich ihre Sprachlosigkeit weg und antwortete: »Ja, die bin ich.« Das schmückende Beiwort *klein* überhörte sie geflissentlich. »Ich wusste nicht, dass wir einander schon mal begegnet sind. Sie kennen meine Großmutter?«

Die Fahrstuhltüren öffneten sich, und er trat hinaus, seitlich neben den Türen auf sie wartend. »Wer kennt sie nicht?«, erwiderte er schwammig und geleitete sie in Richtung Ausgang.

Na ja, es gab bestimmt einige, die Oma Marina nicht kannten. So berühmt war sie doch wieder nicht und strebte auch nicht danach.

Er musste ihr ihre Skepsis angesehen haben, denn er fügte hinzu: »Unsere Familien kennen sich sehr lange, Elodie. Ich darf doch Elodie sagen, oder?«

Ungern. Sie nickte lächelnd. »Das heißt, Sie waren schon häufiger bei Aufführungen? Tut mir leid, dass ich Sie nicht erkannt habe.«

»Och, wer bemerkt auf der Bühne die Menschen in den Rängen, was? Solche Anlässe sind dazu gedacht, dass es umgekehrt ist. Davon abgesehen, nein. Die ältere Generation meiner Familie macht Marina immer noch gern ihre Aufwartung, und ich habe sie zu deren Neunzigsten begleitet. Das war eine Ausnahme. Ich habe beileibe genug zu tun.« Er lachte heiser und blieb stehen. »Schön. Hat mich gefreut.« Er sah sie erwartungsvoll an.

»Ja, ebenso«, brachte sie mühsam über die Lippen.

Er nickte zu den Toiletten hinter ihr. »Sagten Sie nicht, Sie müssten ganz dringend?«

»O ja, natürlich. Danke noch mal.« Sie winkte albern und beeilte sich, in die Toilettenräume zu flüchten.

»Sehr gern. Passen Sie auf sich auf, Elodie Wagner.«

Die Art, wie er das sagte, ließ ihr einen Schauder über den Rücken laufen. Sie lächelte ein letztes Mal verkrampft und verschwand durch die Tür der Besuchertoiletten.

Sie erwartete Charlie auf dem Firmenareal, saß mit geröteten Wangen auf den Treppen, die zu dem Gebäude führten, das sie nach ihrem falschen Toilettengang schnellstmöglich hatte verlassen wollen. Er musste nicht lange fragen, wie es ihr ergangen war. Ihr Gesichtsausdruck sprach Bände.

»Das heißt, wir wissen eigentlich nicht viel mehr, oder?«, stellte er nachdenklich fest.

Leider hatte er recht, was ihre Laune noch mal erheblich verschlechterte. Elodie vermied es prinzipiell, erfolglos in dem zu sein, was sie tat. Die Tatsache, dass sie sich beim Erfolglos-Sein außerdem noch blamiert hatte, machte den Ausflug zu einem sehr unerfreulichen Ereignis. Von einer Erkenntnis abgesehen.

»Yep, wir wissen so ziemlich nichts. Aber ich wette, wenn es stimmt, was der Alte gesagt hat und Jay F. zur Familie gehörte, trug sie einen Künstlernamen und das künstlerische *F* steht für Faun.«

Damit endete ihr Wissen allerdings. Frustrierend.

»Jetzt schau nicht so entmutigt. Wir haben gerade erst angefangen«, versuchte Charlie sie zu trösten.

Sie stapfte grüblerisch weiter, wusste nicht, wo sie weitermachen sollte.

»Hey!« Charlie hielt sie am Arm fest. »Wir werden schon rausfinden, was genau passiert ist. Okay?«

Sie seufzte, nickte einräumend. Es fiel ihr immer schwer, auf ein *Okay?* aus seinem Mund Widerworte zu finden, vor allem, da in seinen Augen so viel Zuversicht lag. »Okay.«

Er grinste. »Gut. Dann ... gestattest du mir, das Thema zu wechseln?«

Sie musste unvermittelt auflachen. »Gestattet.«

Er sah sie an, spielte wieder mal den Verlegenen, obwohl sie wusste, dass er das so gut wie nie war. »Also ich habe am Freitag diese Theateraufführung und wollte fragen, ob du sie dir ansehen möchtest?«

Sie hob ungläubig die Brauen. »Ist das dein Ernst? Wie kannst du annehmen, ich würde nicht kommen wollen?«

»Na ja, du hast ziemlich viel im Kopf, und da war ich nicht sicher ...«

»Blödsinn! Natürlich komme ich. Wann und wo?«

Das Strahlen in seinen Augen war golden wie die aufgehende Sonne. Er zog eine Eintrittskarte aus seiner Tasche. »Steht alles da drauf!«

Berlin, Januar 1925

Der Winter hielt Berlin in seiner eisigen Hand, verwandelte die Wiesen vor der Villa in frostige Teppiche, die unter den Schuhsohlen knirschten. An den hohen Sprossenfenstern tanzten Eisblumen, die niemals zu schmelzen schienen – obwohl dies angesichts der hitzigen Stimmung im roten Salon nur noch eine Frage der Zeit sein dürfte. Charlotte schrie und tobte seit Stunden, vielleicht Tagen. In jedem Fall, seit sie von Pauls Plänen wusste. Hatte sie gehofft, er würde sich besinnen, vernünftig werden und die Idee sich in Luft auflösen, so musste sie nun, am Tag seiner Abreise schmerzlich erkennen, dass er sich durch nichts aufhalten ließ. Ihre Stimmen erfüllten die gesamte Villa, und dabei schien es keinen von beiden zu kümmern, dass ihr Disput von den Dachdeckern bezeugt wurde, die mit den ersten Renovierungsarbeiten beschäftigt waren. Um sie zu bezahlen, hatten sie einige Wertgegenstände verkauft, auch darüber wütete Charlotte.

»Du wirfst alles weg, was war und sein könnte, ist dir das bewusst?«, schrie sie gerade. »Du lässt uns im Stich!«

»Es steht dir frei, mit uns zu kom…«

»In eine fremde Welt, in der wir nichts wert sind und die Sprache nicht kennen, wie stellst du dir das vor?«

»Die Sprache lernen wir schnell und alles andere …«

Seit sie stritten, war Paul kein einziges Mal dazu gekommen, einen Satz zu beenden, Charlotte war die Königin des Wortabschneidens. Mit jedem Mal verzweifelter. Emilia konnte sie verstehen, ihr sicherer Hafen war zerstört, und sie sah einer Zeit entgegen, die sie für überwunden geglaubt hatte. »Ich will ja, dass du glücklich wirst, weiß Gott, ich hätte es mir für dich gewünscht! Du begibst dich auf gefährliches Terrain, und uns reißt du mit. Marina verdammst du zu einem Leben, das ich ihr nicht gewünscht habe!«

Paul, bislang der Besonnenere in ihrem Disput, schien am Ende seiner Geduld, seine Stimme schwoll gefährlich an, als er erwiderte: »Komm mir nicht mit Marina, es geht dir um dich! Du verabscheust das Arbeitsleben, und es hat mich nie gestört, dass du dich vollkommen auf mein Einkommen verlassen hast, aber jetzt, wo Schluss damit ist, wirfst du mir vor, *ich* nähme keine Rücksicht auf Marina?«

Ein Stockwerk höher tat Marina so, als bekäme sie von all dem nichts mit, als wäre sie nicht Teil eines Streitgesprächs und alles in bester Ordnung. Sie packte. Oder half dabei, Emilias Reisetasche zu füllen, und kam dem mit solch liebevoller Sorgfältigkeit nach, dass es Emilia das Herz zerriss.

»In Amerika soll es eine Statue geben, die beinah hundert Meter in die Höhe ragt«, plapperte Marina, während sie Emilias Kleider zusammen- und anschließend sorgfältig in die Tasche legte. »Sie nennen sie Freiheitsstatue, wusstest du das?«

Emilia lächelte tapfer. »Ja, davon hörte ich.«

»Das finde ich eine schöne Idee. Eine Statue, die für die Freiheit steht. Wahrscheinlich gefällt Pauli der Gedanke.«

Ohne jeden Zweifel, dachte Emilia bekümmert. Tauschte er seine und ihre Freiheit gerade gegen die Marinas ein?

»Denk dir nur, du hättest dort die Möglichkeit, alles zu machen, was dir in den Sinn kommt!«, schwärmte Marina. »Wenn sie schon eine Statue dafür haben, muss es ja stimmen, was man sich erzählt. Was würdest du tun? Nein, ich weiß, du wirst berühmte Sängerin und deine eigenen Operetten und Musicals schreiben. Und ich werde in deine Fußstapfen treten.«

»Mehr als das«, nahm Emilia den Faden schmunzelnd auf.

»Ja, ich würde alle Künste auf einmal lernen und eine singende, tanzende, malende Schönheit werden!«

Emilia lachte sich den Kummer fort. »Das würdest du ... und Komponistin von Musicals mit weit mehr Instrumenten, als wir sie zur Verfügung haben.«

»Richtig! Dann könnten auch die Pinguine ihre Stimmen bekommen und die Gorillas, die zwar noch nicht im Zoo eingezogen sind ... Aber so was nennst du künstlerische Freiheit, nicht?«

»Ja, so nennt man das«, bestätigte Emilia mit belegter Stimme. »Es bedeutet, du musst nicht alles so handhaben, dass es vollkommen der Wahrheit entspricht.«

»Eine wundervolle Sache, ich würde das Musical daher um sehr viele Tierstimmen erweitern, würde eine Berühmtheit werden und den Broadway erobern – so heißt das dort, oder? Broadway?«

»Ja, ich meine, so heißt es«, stimmte Emilia zu, einen Moment gefangen in der verzückenden Vorstellung, Marina wäre eine New Yorker Berühmtheit.

»Weil dort Leute auftreten, nicht? Was denkst du, nennen sie die Straße so, weil Künstler dort ihr Brot verdienen? *Brotweg*, also?«

Über diese Übersetzung mussten sie beide herzlich lachen, so laut, dass sie kaum hörten, was unten im Salon gerufen wurde.

»Es ist ja nicht so, dass du nicht wüsstest, wie man arbeitet. Unser Vater hatte alles bis auf diese Villa verloren! Unsere Mutter war uns nie eine Hilfe. Wir waren bereits am Boden und haben es geschafft. Wir stehen wieder auf!«, rief Paul erregt.

»Wo?«, lachte Charlotte kalt auf. »In Amerika? Pah!«

»Ja, in Amerika. Dort gibt es keine Menschen, die einem helfen, um einen anschließend auszusaugen. Dort suchen wir uns unsere Freunde selbst aus, dort sind wir unabhängig!«

Es herrschte Stille im Salon, während Marina und Emilia über den Geschwistern kicherten und scherzten, bis ihnen die Tränen kamen und keine von beiden sagen konnte, ob vor Lachen oder Weinen. Sie sahen einander an, das Lachen verklang, obwohl sie beide noch lächelten. Marina ließ die Arme sinken, mit denen sie eben noch Geschichten gebaut hatte, die zarten Finger öffneten und schlossen sich. Es war ein gegenseitiges Bedürfnis, das von keinem zuerst ausging, sie bewegten sich gleichzeitig aufeinander zu und umarmten sich, das junge und das etwas ältere Fräulein, verbunden durch die Musik, die sie erschaffen hatten.

»Freundinnen für immer?«, murmelte Marina an Emilias Bauch.

Emilia unterdrückte ein Schluchzen, bemühte sich um ihre feste Stimme. »Freundinnen für immer«, versprach sie.

Marina sah zu ihr auf, ihre Augen funkelten zuversichtlich. »Nicht weinen, Fräulein Sommer. Das wird ein Abenteuer ... für uns beide.«

Unten im Salon wischte sich Charlotte die Tränen fort. »Vielleicht hast du recht. Aber ich ... ich kann das nicht«, flüsterte sie. »Ich kann es einfach nicht.«

Marina ein Stockwerk weiter oben klappte schwungvoll die Tasche zu. »Ich komme schon zurecht. Du hast mich zu einer mutigen Abenteurerin gemacht.«

Nein, dachte Emilia mit glitzernden Augen und einem Lächeln, das warst du ganz allein.

»Ich muss nur auf Mama aufpassen. Ihre Abenteuer sind anders. Ich muss sie wohl ein wenig anlernen.«

Emilia entschlüpfte ein schluchzendes Lachen. »Das wird dir bestimmt gelingen.«

Marina sah aus, als zweifle sie daran keine Sekunde. Sie reichte Emilia die Reisetasche und nahm den kleinen Koffer: »Auf nach Amerika, Ma'am.«

Paul wartete auf sie in der Eingangshalle, wo sich der verbliebene Hausstand versammelt hatte, um sich zu verabschieden. In einer Reihe standen sie dort, die Gesichter beinah feierlich. Charlotte wirkte steif wie eine Pappfigur im UFA-Palast. Es war hart für Emilia, von allen Abschied zu nehmen, von ihr jedoch im Besonderen. Die Schuldgefühle plagten sie umso mehr, als die Umarmung lang und innig wurde und sie die Freundin schluchzen hörte.

»Bist du so weit?« Paul schien den Trennungsschmerz nicht länger ausweiten zu wollen, griff nach ihrer Hand.

Emilia nickte tapfer, sandte ein letztes Lächeln in die Runde. Ihr Blick blieb an Marina hängen, deren Augen immer noch Zuversicht ausstrahlten, während sich ihre Fingernägel in ihr Kleid krallten.

Freundinnen für immer, formten ihre Lippen, und Emilia blinzelte sich ihre Tränen fort und lächelte. Freundinnen für immer.

Sie würden mit dem Zug nach Hamburg fahren und von dort in ein Schiff steigen. Es war die erste Reise für Emilia, ihr erstes Mal außerhalb von Berlin. Sie würde ihre Geburtsstadt hinter sich lassen, für immer.

Hängst du so sehr an ihr?

Wenn sie ehrlich war, kein bisschen. Marina hatte nicht unrecht. Amerika klang nach einem Abenteuer, eines, das sie nicht allein erleben würde …

Der Bahnhof war laut, geschäftig, überfüllt. Menschen drängten sich mit ihren Koffern aneinander vorbei, das Geräusch von ratternden Zügen hing in der Luft, Burschen mit Zeitungsmützen und einem Stapel Journalen in der Hand schrien sich die Seele aus dem Leib, um die neusten Schlagzeilen zu verkünden.

Paul und Emilia kämpften sich durch das Gewusel, hielten sich wie Kinder an den Händen.

Als sie den Bahnsteig erreichten, schlug Emilias Herz wie wild, die Wucht der Gefühle mischte sich mit der Gedankengewalt und machte sie ganz verwirrt. War es richtig, was sie taten? War es falsch? Durften sie nicht ihrem Herzen folgen?

Natürlich durften sie.

Aber Emilias Herz schlug so heftig, dass es schmerzte. In ihrer Brust wallte eine Hitze des Unbehagens auf, die bis nach oben drängte und ihre Wangen zum Glühen brachte, ihren Kopf schwummerig machte und den Blick vernebelte. Panik erfüllte sie, das Denken fiel ihr schwer. Sie spürte, wie ihre Beine schwach wurden, und sie klammerte sich an Paul.

Es war nicht richtig zu gehen. Die anderen zurückzulassen.

Sie blieb unvermittelt stehen, hatte den Eindruck, die Welt würde unter ihren Füßen einstürzen. »Warte.«

Paul hielt inne, redete beruhigend auf sie ein, doch sie verstand kein Wort. In ihrem Kopf wiederholte sich immer und immer wieder die eine Stimme. »Es ist falsch«, brach es aus Emilia heraus.

Paul ließ seinen Koffer sinken und legte zärtlich die Hand auf ihre Wange. »Emilia, das ist genau das, was uns jeder einreden will.«

»Ich muss nur auf Mama aufpassen ...«

»Lass dich davon nicht verunsichern. Wir können das schaffen. Zusammen.«

»Ich muss nur auf Mama aufpassen ...« Keine Zehnjährige sollte das müssen. Keine Zehnjährige verdiente diese Bürde.

»Es ist falsch wegen Marina.«

Paul schüttelte den Kopf. »Marina ist ...«

»... noch ein Kind!«

Paul erstarrte, ihre Worte trafen ihn, sie konnte den Schleier sehen, der sich vor seine Augen legte, den Schleier der Erkenntnis. Er sah sie flehentlich an. »Emilia«, seine Lippen zitterten, sie hatte ihn nie so verletzlich gesehen. »Ich liebe dich.«

Emilia nickte, die Tränen zurückkämpfend. »Ich weiß und es ist das schönste Geschenk und höchste Glück, das ich mir vorstellen kann, doch wir werden so nicht leben können, weder du noch ich. Wir werden niemals frei sein mit dem Wissen, dass wir sie zurücklassen. Das weißt du.«

Das tat er, sein Geist hatte es längst begriffen, sein Herz kämpfte noch. »Ja, aber ...«

Sie legte ihm einen Finger auf den Mund, zerbrach fast daran, es mit fester Stimme auszusprechen, wo sie hätte weinen mögen. »Dann gibt es kein Aber.«

»Emilia ...« In Pauls Augen glitzerten Tränen. Sie konnte den Anblick nicht ertragen, alles in ihr sträubte sich gegen diese Entscheidung. Es war dennoch die einzig richtige. Sie ließ die Reisetasche fallen und schlang die Arme um ihn, um ihn ein letztes Mal zu küssen. Ein Kuss, der schöner und ergreifender niemals hätte besungen werden können. Ein Kuss, der sie vereinen würde, für immer.

Paul stöhnte. »Ich werde dich immer lieben.«

Sie lächelte tapfer. »Und ich dich. Trotzdem musst du jetzt an Marina denken.«

Er nickte. »Ich weiß.«

»Es wird sich alles finden. Du hast Jeniver schon einmal geliebt, vielleicht ...«

Er schüttelte den Kopf, und Emilia verstummte. In Wahrheit konnte sie sich nichts Schmerzhafteres vorstellen, als dass er Jeniver so lieben könnte, wie er sie liebte.

»Was hast du jetzt vor?«, fragte er leise.

Es war nicht fern jeglicher Überzeugung, als sie antwortete: »Ich komme schon zurecht. Ich bin eine starke Frau. «

»Das bist du.«

Sie sahen einander an und lächelten. Er war wunderschön, wie er so dastand und die dunklen Locken sein Gesicht beschatteten – ein dunkler Engel. Emilia behielt sein Antlitz in ihrem Herzen, als sie an diesem vierten Januar des Jahres 1925 mit ihrer Reisetasche den Bahnhof verließ und in eine blühende Stadt zurückkehrte, in der alles möglich war. Zumindest fast alles.

Akademie Winter, Oktober 2004

Elodie Wagner vertrat das bescheidene Selbstbild, ganz okay auszusehen. Half sie nach, etwa durch dezentes Schminken der schmalen, geschwungenen Lippen, konnte das sogar zu erstaunlichen Aufwertungen führen. Vielleicht hatte sie in letzter Zeit zu viele alte Familienfotos angesehen, denn als sie an diesem Spätnachmittag zu Charlies Theateraufführung aufbrach, saß ein nostalgischer Glockenhut Oma Marinas auf ihren Mahagonilocken. Eben schlüpfte sie in den dazu passenden Wickelmantel mit dem großen Reverskragen, als sich die Eingangstür öffnete und zu ihrer großen Überraschung ihr Vater eintrat – mit Begleitung und an einem Freitag! Höchst ungewöhnlich und vor allem höchst unpraktisch. Er hätte wenigstens fünf Minuten später hereinschneien können.

Sie sahen sich gleichermaßen entgeistert an. Sein Gesichtsausdruck regulierte sich nach kürzester Zeit und wich eindeutiger Verstimmung. »Was ist denn mit dir los? Wohin gehst du? Solltest du nicht bei den Proben für die Benefizveranstaltung sein?« Er wandte sich an den schnieken jungen Kerl, den er mitgebracht hatte. »Meine Tochter wird in zwei Wochen an einem Konzert teilnehmen, dessen Einnahmen den Opfern des Sturmtiefs Yasna von diesem Juni zugutekommen sollen.«

Ekelhaft, wie stolz er drauf war. Elodie bemühte sich um eine Mimik, die diese Ansicht nicht offenbarte – in etwa so gekonnt, wie der junge Kerl diese unnötige Information mit einem Lächeln bedachte. Sie schnürte sich den Mantel zu und griff nach ihrer Tasche, würde hieraus keine lange Szene machen. »Die Proben sind so gut wie rum, ich bin nur ein bisschen früher raus, weil ich zu einer Theateraufführung im Gorki gehe. Oma Marina weiß Bescheid.« Wusste sie wirklich, wenn es auch nichts an der Laune ihres Vaters änderte. »Sind wichtige Leute dort«, behauptete sie, in der Hoffnung, ihn zu besänftigen. Ein Irrtum, denn als sie sich an ihm vorbeidrücken wollte, packte er sie am Arm.

»Stopp, warte! Ich hatte mich angekündigt, wir wollten euch spielen sehen. Darüber weiß Oma Marina gleichfalls Bescheid.«

»Tja, hat sie vielleicht vergessen«, entschuldigte Elodie freundlich das terminliche Missgeschick. Flüchtig streifte ihr Blick den Kerl, der sich ihre Probe ansehen wollte. Er war viel zu jung, um irgendein hohes Tier zu sein, und zu alt für einen Studenten. Was wollte ihr Vater hier mit ihm?

»Sei es, wie es sei, es wäre wichtig, du würdest heute hierbleiben.«

»Geht nicht, ich habe Karten für ...«

»Das ist mir egal!«, polterte ihr Vater, mäßigte sich jedoch, als ihm einfiel, dass sie nicht allein waren. Er nickte zu seinem Gast hinüber. »Darf ich vorstellen, Robert Schiffer, stellvertretender Intendant des Lola in Frankreich, ich hatte dir davon erzählt. Er ist extra gekommen, und es wäre ungünstig, wenn du nicht anwesend wärest.«

»Freut mich, Sie kennenzulernen«, grüßte Elodie den Stellvertreter von wo auch immer, »es tut mir unendlich leid, aber ich muss jetzt trotzdem gehen. Meine Kommilitonen spielen noch etwa dreißig Minuten für Sie. Sofern Sie sich beeilen ...«

»Eigentlich«, begehrte ihr Vater schon wieder auf, ehe Robert Schiffer ihm beschwichtigend die Hand auf den Arm legte.

»Bitte, Herr Wagner, ich bin sicher, es gibt noch andere Möglichkeiten für ein Kennenlernen. Wenn Ihre Tochter jetzt verhindert ist, sehe ich sie zu einer anderen Gelegenheit.«

Beinah hätte sie ihm dafür ein dankbares Lächeln zugesandt, derweil die Gesichtsfarbe ihres Vaters sich gefährlich veränderte. Er schaffte es zu nicken und ein »Entschuldigen Sie uns kurz« hervorzupressen. Elodie seufzte innerlich auf und ließ sich von ihm in den nächsten Raum führen.

»Du triffst dich mit *ihm*, nicht wahr?«, zischte er halblaut.

»Nein«, log Elodie ohne schlechtes Gewissen, »ich gehe ins Theater.«

»Ein Stück mit ihm, hm?«

»Das geht dich nichts an.«

»Geht es sehr wohl!«

Elodie riss ihren Arm aus seiner Umklammerung. »Papa, ich bin volljährig und treffe meine eigenen Entscheidungen, und sofern sie deinen Geldbeutel und deine Reputation nicht betreffen, sollte es dir eigentlich egal sein. Aber wenn du dich vor dem netten Herrn da draußen blamieren willst, gern. Ich kann dir eine melodramatische Vater-Tochter-Szene liefern.«

Ihre Worte schienen ihm den Wind aus den Segeln zu nehmen. Besser war's. Sie hatte ihm zwanzig Jahre lang überhaupt nie Ärger gemacht, er durfte ruhig wissen, dass seine Tochter eine emanzipierte Person war.

»Darüber sprechen wir noch«, zischte er und ließ sie ziehen.

Den Bus hatte sie aufgrund des blöden Zwischenfalls verpasst und deshalb auch die Auftaktszene. Sie konnte nur hoffen, ihr zu spätes Hereinschlüpfen in den Zuschauerraum blieb unbemerkt. Im stockdunklen Parterre blieb sie vor den Stufen stehen, konnte den Blick nicht von der Bühne wenden. Sie war minimalistisch gestaltet, die Darsteller hingegen trugen aufwendige viktorianische Kostüme und bestachen mit ihrer Ausdrucksstärke. Einer davon ganz besonders.

Elodie sank an Ort und Stelle auf die unterste Treppenstufe und wandte ihre Augen nicht mehr von Charlie. Er war immer noch er, unverkennbar, und trotzdem ein völlig anderer. Die Haltung, die Mimik, jede Geste – zu hundert Prozent die eines Menschen aus einem anderen Jahrhundert. Das dezente Nuscheln, das ihn im Alltag ab und an begleitete, war auf der Bühne verschwunden. Sie hätte ihm stundenlang zuhören und zusehen können, vergaß in den folgenden neunzig Minuten, was sie umtrieb.

Auf irgendwelchen Treppen zu sitzen wurde scheinbar zur Gewohnheit, wenn es um Charlie ging. Es dauerte eine Weile, bis er sich von seinen Kollegen, Freunden und sonstigen Fürsprechern loseisen konnte, was sie nicht störte.

»Eine gelungene Verarbeitung Wildes, ich bin begeistert. So ein charmanter Lord Goring, vielen Dank!«, rief ihm eine Dame hinterher, als er endlich auf die im Foyer sitzende Elodie zuging.

Er drehte sich mit einem dankbaren Lächeln um, beließ es aber dabei und setzte sich schwungvoll neben sie.

»Sehe ich ebenso«, stimmte Elodie ihr schmunzelnd zu. »Ich habe einiges verpasst, indem ich das Theater all die Jahre gemieden habe.«

Er schüttelte den Kopf. »Nicht doch, ich bin froh, dass ich es bin, der dein Herz dafür öffnet.«

»Nicht nur dafür.«

Er lächelte, beugte sich vor, um sie zu küssen. »Schön, dich zu sehen. Ich dachte kurz, du kommst nicht mehr.«

Sie seufzte leise. »Ja, ich auch.«

Ein mitfühlender Ausdruck trat in sein Gesicht. »Ärger?«

»Ziemlich.« Sie genehmigte sich ein Grinsen. »Aber ich habe mich durchgesetzt.«

»Gratulation.« Er stand auf und zog sie mit sich. »So, jetzt lass uns verschwinden. Ich habe eine Überraschung für dich.«

Neben dem gemeinsamen Abendessen in einem Burgerladen, der ihr tausend Mal lieber war als jedes piekfeine Restaurant, versüßten seine Neuigkeiten ihr den Tag. Denn allem Anschein nach war es ihm gelungen, eine kleine Rolle in einer Faun-Produktion zu ergattern, was in Aussicht stellte, dass er auf diskrete Weise mehr über die Familie in Erfahrung bringen konnte.

Berlin, Oktober 1927

Paul,
dieser Oktober ist ein trüber, dem die bunten Herbstfarben gänzlich abgehen, und alles ist von Nebel und Molltönen umgeben. Zum Glück bin ich umgezogen, in eine Wohnung an der Eichendorfstraße, und es ist weit weniger zugig dort. Zumindest solange es generell nicht zugig ist. Sie ist ansonsten größer als meine letzte, eineinhalb Zimmer und eine Küchenecke mit einer geräumigen Spüle und alle paar Wochen Warmwasser. Morgens, mittags und abends spielen unten im Hinterhof die Kinder und tratschen die Weiber, eine muntere Gesellschaft. Die Frauen scheinen nichts anderes zu tun zu haben, als über ihren Waschzubern zu hocken. Fast komme ich mir schlampig vor, weil ich mich so selten dazugeselle. Ich habe ja diese neue Anstellung – zurück zu den Wurzeln, wenn man so will. Ich lehre in meinem alten Waisenheim Musik. Meine liebe Bekannte Nellie ist jetzt die Heimleitung. Sie blieb damals als Lehrerin, und als wir uns vor ein paar Wochen zufällig in der Stadt trafen, ergab eins das andere. Ich bin froh um die Stelle, aber es gibt viel zu tun. Die Lehrkräfte sind rar, Nellie möchte keine boshaften Ziegen, wie zu unserer Zeit, was ich sehr begrüße, aber so unterrichte ich gelegentlich auch Grammatik und Ortskunde, obwohl ich bestimmt nicht dazu geeignet bin.
Jede freie Minute widme ich der Musik, meiner eigenen, wie wir es uns ausgemalt haben. Ich fülle Hefte und Ord-

ner mit meinen Kompositionen, ich habe sogar unser Lied komponiert, es besteht aus …

Das Kratzen des Füllers verstummte, Emilia hielt inne, brachte nicht aufs Papier, was schon nicht über ihre Lippen kam. Sie konnte nicht einmal spielen, was sie für ihr Lied hielt, ihres und Pauls, das sie immer noch verband. Das sie stets zu hören geglaubt hatte, wenn sie einander nah gewesen waren. Ihr gemeinsames Lied. Das Lied ihrer Liebe. Würde sie es freisetzen, fürchtete sie, es würde vergehen, verwehen und ihrer beraubt in dieser großen Stadt, die immer größer wurde.

Ich habe einige meiner Versuche an die Musikakademie geschickt, aus reiner Neugier, was sie sagen.
Alles in allem geht es mir sehr gut.

Wieder unterbrach Emilia ihr Schreiben, wusste, dass sie nicht wirklich ehrlich mit sich war. Daher strich sie auch diese letzte Zeile.

Mir geht es gut, schrieb sie stattdessen, spürte, dass es immer noch nicht rund war, und strich den gesamten Absatz.

Ich komme zurecht, und wie ich höre, gilt das ebenso für euch. Jeniver hatte eine Rolle in diesem groß angepriesenen Film, nicht? Ich habe ihn selbst nicht gesehen, aber sie ist nun in aller Munde, und die Nachbarn von Gegenüber sind ganz begeistert von ihr. Hat sie sich nicht mittlerweile einen extravaganten Künstlernamen zugelegt?

Emilias Hand zitterte leicht, sie atmete einmal aus und ein und schrieb weiter.

Es ist eine Ewigkeit her, seit ich mit dir im UFA-Palast war, es kommt mir vor wie ein halbes Leben. Dabei sind es

knapp zwei Jahre. Ich sehe dich immer noch vor mir, ich sehe in deine Augen und fühle mein Herz zerbersten. Dann denke ich an die Zeit, die wir hatten, an unser Lachen, das die Villa erfüllte, und die vielen Ausflüge, die wir unternahmen. Ich kenne Berlin nur dank dir und Marina so gut. Das war meine beste Zeit. Ich habe nicht den Mut, deinen Klub zu besuchen. Annabelle sagt, er mache sich fabelhaft. Trotz eurer defekten Rolltreppe. Auch finde ich nicht den Mut, diesen Brief abzuschicken, ich schreibe ihn bloß, um dir nahe zu sein, irgendwie …
Ich vermisse dich!

Emilia legte den Stift rasch zur Seite und blinzelte sich die Tränen aus den Augen. Das Papier faltete sie sorgfältig zusammen und schob es in die Schublade unterhalb der Tischplatte. Sie ließ sich kaum mehr verschließen, so viele unversendete Briefe stapelten sich darin. Einen Augenblick noch saß sie stumm an ihrem Schreibtisch, ließ die Gedanken kreisen, ohne sie zu greifen.

Das Pochen an der Tür unterbrach die Gedankenfahrt, und Emilia strich sich das kurze Haar zurück. Auf Annabelle war Verlass. Ging es ums Ausgehen, verspätete sie sich niemals.

»Mädchen, Mädchen, du bist noch nicht umgekleidet«, seufzte sie, als sie in den Flur hereinplatzte, und scheuchte Emilia zurück in ihr Zimmer. Selbstverständlich war sie es auch, die ihre Garderobe bestimmte, sie frisierte und dabei unentwegt redete. Es gab ja allen Grund dazu. Die Rechte der Frauen hatten sich einmal mehr entfaltet, und Annabelle konnte überhaupt nicht mehr aufhören, darüber zu deklamieren. »… und außerdem haben wir Frauen es endlich vollbracht, die Abschaffung der Sittenpolizei durchzusetzen; wurde aber auch Zeit.« Sie zog ihren Lippenstift aus der Tasche und fing an, erst ihre und anschließend Emilias Lippen damit zu bepinseln. »Gut, die Straffreiheit der Prostitution, damit hätte ich mich nochmals intensiver auseinandergesetzt, denn so treibt man Frauen nur weiter in dieses Loch, anstatt ihnen dazu zu verhelfen, etwas anderes als ihren Körper zu verkaufen, aber ich will mich nicht beklagen. Mit Clara Zetkin in der Nationalversammlung veränderte sich das Leben der Frauen in Berlin maßgeblich!«

Annabelle strahlte, als sei es ihr Verdienst. Zwar hatte sie sich innerhalb der letzten Jahre vermehrt in der Frauenbewegung engagiert und einige mitreißende Artikel verfasst – sogar einen zum Erreichen einer Sozialversicherung der Heimarbeiterinnen. Sie verfolgte zudem jede politische Wende mit großem Interesse und vergraulte mit ihrer Meinung so manchen alten Freund und neuen Verehrer, aber man konnte dennoch nicht behaupten, dass sie, würde sie vor die Wahl gestellt, die Annehmlichkeiten aufgeben würde, die sie genoss. Vor ihrem Ehemann musste sie sich ihrer Ansicht enthalten, konservativ veranlagt, wie er war. Was sie kaum störte. Er hielt sich seltener denn je in Berlin auf. Geschäfte, Geschäfte, Geschäfte. In Hamburg, Köln und in jüngster Zeit in Bayern, am anderen Ende der Deutschlandkarte, wie Annabelle zufrieden bemerkte.

»Meine Liebe, du siehst hinreißend aus«, beendete sie schließlich mit einem Seufzer ihren Vortrag und konzentrierte sich wieder auf das aktuell Wichtige im Leben einer Frau. »Wir haben jetzt drei Möglichkeiten zur Zerstreuung«, erklärte sie, indem sie sich bei Emilia unterhakte. »Das Lulu, den Winterpalast oder das Glitzer & Gold …«

»Annabelle«, stöhnte Emilia vorwurfsvoll. Es verging kein Abend, an dem sie nicht versuchte, sie in Pauls Nähe zu lotsen.

»Schon gut, schon gut. Vergessen wir das. Wobei die Chance, dass er anwesend ist, eher gering sein dürfte, wer ist sich bitte selbst sein Kunde …«

Die Chance konnte für Emilia gar nicht gering genug sein, überdies reichte bereits der Anblick des Klubs, genau genommen sogar der der Straße, in der selbiger sich befand. Paul hätte es nämlich treffender nicht formulieren können: *»Ein gebrochenes Herz braucht sehr lange, um sich zu erholen.«* Gleichgültig, ob man sich die Wunden selbst zugefügt hatte …

Das vielstimmige Gekicher ihrer Schülerschar unterbrach den kreativen Prozess, in dem sie sich für etwa eine halbe Minute befunden hatten. Nicht dass Emilia das missfallen würde, Lachen bedeutete eine ausgezeichnete Aufwärmung der Stimme, wenn sie auch erkennen musste, dass das Lachen dieser Schülerinnen und der sage und schreibe fünf Schüler nicht im Entferntesten hilfreich für die Stimme war. Sie pressten es geziert heraus, ein verlegenes Giggeln, das noch im Augenblick der Freisetzung erstarb. Fing die eine an, riss sie die dreizehn anderen mit, während die Jungen belustigt feixten. Es war kaum möglich, einen adäquaten Unterricht zu halten. Giggeln, das war die neue Mode, wie es schien, und Nellies Weg, jungen Waisen das Leben zu erleichtern. Der Rohrstock war verschwunden und damit die Furcht, die in den Klassenräumen festgehangen war, die Kühle, das Unpersönliche – alles fort. Bedauerlicherweise ebenso fort waren die Disziplin oder zumindest der halbwegs bestehende Wille, sich auf irgendetwas einzulassen – und sei es nur eine lockere Aufwärmübung.

»Aber, Fräulein Sommer, wie sollen wir etwas hinterherjagen, das nicht existiert?«, erkundigte sich Emma, die Leitkuh in Sachen Kichern. Es schwamm auch jetzt in der Frage mit, machte ihre Stimme brüchig.

»Indem ihr eure Fantasie benutzt«, entgegnete Emilia eine Spur schnippischer als beabsichtigt.

»Dit wär viel eenfacher, wenn wa die Seefenblasen seh'n würden, dit rejt die Fantasie an.«

Ein beeindruckender Fehlschluss. »Erklär mir, Leonard, wie etwas, das bereits vollständig vorhanden ist, noch deine Fantasie anregen soll.«

Leonard zuckte mit den Schultern, wusste darauf keine Antwort, die wusste er so gut wie nie. Nicht zum ersten Mal wurde Emilia bewusst, dass sich diese Gruppe in jeglicher Hinsicht von einer Marina Fairmann unterschied.

»Außerdem ist es uns vielleicht ein bisschen peinlich, weil sie dabeistehen und uns beobachten – bei so etwas Sonderbarem.« Emma lächelte verlegen.

Emilia hingegen fand es das erste Hilfreiche, das in den letzten Wochen über ihre Lippen gekommen war. Sie nickte nachdenklich, fasste einen Entschluss. Für diesen Tag übersprang sie die Aufwärmphase und hielt sich an den Lehrplan, der besagte, mindestens die Hälfte des Gesangbuchs durchgegangen zu sein. Die Gruppe stand mit ihren Büchern in der Hand vor ihr, aufrecht und mehr wie eine militärische Einheit, denn wie junge Wesen. Sie sangen eher schlecht als recht, aber zufrieden mit der simplen Aufgabenstellung *Freude schöner Götterfunken.*

Als sie den Raum verließen, verabschiedeten sie sich höflich, selten mit Blickkontakt. Emilia saß auf dem Pult, trommelte mit den Fingerspitzen gegen dessen Stützbeine und dachte nach.

»Sie sind es nicht gewohnt, Emilia.« Nellie lehnte im Türrahmen, sah aus wie eine der einstigen Heimlehrerinnen, die Haare hochgesteckt und mit langem Rock, trotzdem war sie eine völlig andere Person. Ihr Lächeln war warm und besonnen, sie strich sich eine Strähne hinters Ohr und schritt ins Zimmer, sah sich darin um. An den Wänden hingen Bilder und selbst gestaltete Plakate, undenkbar zu Zeiten, als sie selbst noch unterrichtet wurden. »Sie müssen sich an ihre neuen Freiheiten gewöhnen. Durften wir je unseren eigenen Verstand einsetzen? Weißt du, wie schwer es ist, plötzlich selbst denken zu dürfen?«

Emilia seufzte einlenkend.

»Ich bin seit einem knappen Jahr hier die Leitung, und allmählich bemerke ich Veränderungen. Gib ihnen Zeit.«

Es klang einleuchtend. Emilia lächelte ihr zu, konnte dennoch die Wehmut nicht aus ihrem Blick vertreiben. »Du hast recht, ich war zu schnell.«

Das Klavier stand ebenso wie damals noch im Keller des Friedrich-Waisenheims – als hätte es seither niemand bespielt. Es klang auch so. Es gab unzählige Musikinstrumente im gesamten Haus, Emilia zog trotzdem dieses vor ... im unbeheizten Kellerraum. Sie spielte nach der Arbeit auf ihm, als kehre sie zu einem alten Freund zurück. Nur hier wagte sie sich an ihre eigenen Werke heran, nur hier entfaltete sie ihre Kreativität, und obwohl es kühl und unwirtlich war, kam sie dabei so manches Mal ins Schwitzen, von der eigenen Leidenschaft getrieben. Sie verbrachte viele Stunden dort unten, konnte nicht immer sagen, wie lange sie sich in der Musik verloren hatte, im eigenen, freien Spiel, doch häufig war es bereits dunkel, wenn sie schließlich das Waisenhaus verließ, während die Glocke für das Abendessen läutete. Sie ging gleichwohl mit einem Lächeln auf den Lippen.

An diesem Abend war sie früher dran, oder es war noch nicht so düster, weil sich die Sonne tagsüber behauptet hatte. Eine Rarität dieses Herbstes. Es zog sie noch nicht nach Hause, daher schlenderte sie eine Weile durch die dämmrig werdende Stadt. Es kam einem Phänomen nah, dass Berlin tagsüber viel düsterer wirkte als nachts, wenn sich plötzlich Leuchtschilder und das allgemeine Lichtermeer entfachten. Zumindest traf das auf die meisten Gegenden zu. Die Viertel, in denen jene lebten, die sich auch bei Tag eine hübsche Fassade und allerlei kunstvollen Schnickschnack leisten konnten, wirkten stets hell und freundlich. Aber die meisten anderen Gegenden versanken immer noch im Dreck, mochten die Zeiten sich bessern, Frauenrechte erkämpft und Mindestlöhne errungen werden. Fragte man Emilia, glich Berlin einem Chamäleon, das es vermochte, sein Kleid beliebig von chic zu schäbig zu wechseln.

In der Grenadierstraße 28 allerdings vertrieb sie ihre dunklen Gedanken und betrat Hirsch Lewins Buchgeschäft, dessen Besonderheit im hinteren Teil des Ladens die Schellackplatten darstellten. Emilias Grammofon war nicht so edel wie das portable von Annabelle, aber sie besaß immerhin eines, und hin und wieder verspürte sie das Bedürfnis, es mit neuen Klängen zu füttern. So verbrachte sie eine geraume Zeit damit, die Platten durchzusehen, bewunderte die Abbildungen darauf, die ihr wild und farbenfroh erschienen – ein echter Hingucker. Als Ladenmusik spielte das Grammofon knisternd Bernard Ettés *Mein Berlin* und ließ Emilia gedankenverloren mit den Hüften wackeln.

»Ah, eine Genießerin, möchte ich annehmen.«

Sie schreckte bei diesen eindeutig an sie gerichteten Worten auf, sah dem hochgewachsenen Herrn ins Gesicht, der sich direkt neben sie gestellt hatte und ebenfalls die Auswahl besah. Er grinste breit, will heißen, wirklich breit, zum einen, weil er wohl guter Dinge war, und zum anderen, weil er einen ausgesprochen breiten Mund besaß. Seine Gesichtszüge waren eher kantig als weich, die Haare eher blond als braun und mit buschigen Koteletten an den Seiten, allerdings ohne einen erkennbaren Bart. Er wirkte sympathisch. Ihn umgab diese jazzige Note und in der Tat hielt er eine Platte von Louis Armstrong in der Hand: *Don't Forget to Mess Around.*

»Wie kommen Sie darauf?«, erkundigte sie sich, richtete ihre Aufmerksamkeit zurück auf die Platten.

»Sie lassen sich Zeit. Ich habe dort hinten gesessen und in einem Buch gelesen. Sie sind mir beim Eintreten aufgefallen und noch mal, als Sie nach dreißig Minuten immer noch hier waren.«

»Sie lesen die Bücher in der Buchhandlung?«

Er lachte. Ein lautes Lachen, das in seinem breiten Brustkorb vibrierte. »Ich musste etwas nachschlagen, über die großen Musiker weltweit.«

»Dann sind Sie ein Musikbegeisterter?«

»Ich bin sogar selbst Musiker. Allem Anschein nach nicht weltberühmt, sonst würden Sie mich kennen.«

Emilia schenkte ihm ein Schmunzeln. »Und Sie hätten über sich selbst in Ihrem Buch gelesen.«

Wieder dieses Lachen, es zog die Aufmerksamkeit der gesamten Kundschaft auf sich. Er bemerkte es und legte einen Finger an die Lippen. »Ich neige dazu, mich in der Lautstärke zu vertun. Buchgeschäfte sind keine Tanzbars.«

»Treten Sie in solchen als Musiker auf?«

»O ja, zwar eher gelegentlich, aber doch immer häufiger. Ich habe ein paar Gleichgesinnte gefunden, und wir versuchen, uns einen Namen als Jazzband zu machen.« Er genoss es sichtlich, ihr davon zu erzählen, so, wie sie es genoss, ihm zuzuhören, erfreulich unkompliziert, wie er war. Er plauderte heraus, was ihm in den Sinn kam. Er schien ein genaues Ziel vor Augen zu haben, das er ohne Scheu und Zweifel verfolgte. Das mochte sie. »Was ist mit Ihnen, sind Sie auch eine Musikbegeisterte oder gar Musikerin?«

Sie zuckte mit den Schultern. »Nein, ich unterrichte es nur. Ich bin eine langweilige Lehrerin.« Sie grinste, wandte sich wieder den Schallplatten zu.

»Dass Sie langweilig sind, glaube ich keine Sekunde.«

Emilia sah auf, musterte ihn interessiert. »Sie kennen mich doch überhaupt nicht.«

»Ich verfüge über eine ausgezeichnete Menschenkenntnis. Außerdem habe ich großen Respekt vor Musiklehrerinnen. Es gehört schon etwas dazu, jungen Menschen etwas schmackhaft zu machen, denken Sie nicht?«

Und ob. Sie lächelte zustimmend. »Es sei denn, Sie sind eine nicht begeisterte Musiklehrerin, wobei ich mir das ebenso wenig vorstellen kann.«

»Damit liegen Sie richtig, Musik ist mein Lebenselixier. Meine Freundin Annabelle nennt mich allerdings nicht musikbegeistert, sondern *musikverträumt.*«

Einen flüchtigen Moment lang hielt er stutzend inne. Er verengte die Augen zu fröhlichen Schlitzen und hob einen Finger. »Annabelle Steiner?«

Emilias Augenbrauen schossen in die Höhe. »Sie kennen Annabelle?«

»Ja, sie kommt gelegentlich zu unseren Auftritten.« Er lehnte sich mit einem seltsamen Grinsen gegen das Regal mit den Schellackplatten. »Sagen Sie, Ihr Name ist nicht zufällig Emilia Sommer?«

Ihr Mund schloss sich nicht mehr. »Allmählich werden Sie mir unheimlich. Oder hat Annabelle so viel über mich erzählt?«

»Könnte man so sagen, mein Name ist Mikey. Wir haben eine Weile versucht, einander zu treffen.« Er grinste. »Sie haben mich versetzt. Stolze vier Mal.«

Die Erkenntnis traf sie wie ein Blitz, dicht gefolgt von der Verlegenheit, die sie in einem leisen Prusten entlud. »Nicht zu fassen, wirklich? Mikey, der Saxofonist?«

»Mikey, der Saxofonist«, bestätigte er lachend. »Ich muss sagen, Annabelle hat nicht zu viel versprochen, Sie sind überaus süß.«

Sie ahnte, dass es seine Art war, freigiebig mit Komplimenten umzugehen, und sah darüber mit einem geschmeichelten Lächeln hinweg.

»Ich entschuldige mich für die vierfache Verschmähung, ich war damals ...« Sie sprach nicht weiter, spürte die Schwellung in ihrer Kehle, als bildete sich dort ein gigantischer Polyp.

Er winkte ab, ehe die Stimmung darunter leiden konnte. »Schon verziehen. Jetzt haben wir uns ja kennengelernt.«

Sie nickte. »So ist es.«

Er steckte die Platte von Louis Armstrong zurück ins Regal. »Was halten Sie davon, nachdem der Zufall es so verführerisch eingeleitet hat, wenn wir es noch einmal versuchen würden?«

Sekundenlang erfüllte sie die Vorstellung mit Unbehagen, ehe sich ihr Herz beruhigte und stattdessen die erprobte Gelassenheit in sie strömen ließ. »Sicher«, antwortete sie, »warum nicht?«

Er strahlte. »Fantastisch.« Die Stirn in Falten ziehend und nach einem Blick aus dem Fenster fügte er hinzu: »Warum nicht gleich? Bei Ihnen weiß man schließlich nie.«

Sie lachte herzlich, zuckte mit den Schultern. »Ja, warum nicht?«

Warum nicht?

Eine Frage, die den gesamten Abend durchzog. Er lud sie zum Essen ein, zeigte sich charmant und sorgte dafür, dass jedes Gespräch flott und amüsant blieb, er lachte viel und redete noch mehr, was ihr gefiel. Warum nicht?

Sie tauschten sich über Musik aus und waren sich einig darüber, dass sie Balsam für die Seele sei. Dass heißer, spritziger Jazz ebenso verführte wie Beethovens bewegende Sinfonien.

Er berührte sie hin und wieder wie zufällig und aus einer Laune der Offenheit heraus, es war ja nichts dabei. Sie verstanden sich gut, und Emilia hatte das Gefühl, besonders viel zu lachen und scherzen. Als sie das Lokal verließen, teilten sie sich eine Zigarette, redeten und redeten, und als er sie fragte, ob sie Lust habe zu tanzen, sagte sie zu. Warum nicht?

Sie kehrte lächelnd nach Hause zurück, im Hinterhof saßen die älteren Herren zusammen, sie pafften gemütlich an ihren Zigarren, mochten keine schnell ausgerauchten Zigarettchen. Emilia grüßte sie und stieg die Stufen hinauf zu ihrer Wohnung. Ein Gefühl von Stabilität in ihrem eigenen Leben breitete sich in ihr aus. Sie kam zurecht, sogar sehr gut. Sie hatte nicht gelogen.

»Meine Lieben, heute gehen wir nach unten in den Hof«, verkündete Emilia ihrer Schülerschaft, noch ehe diese ihre Plätze eingenommen hatte. Wie zu erwarten erntete sie daraufhin mürrische Blicke und halblautes Murren. Einerlei, das Wetter ließ es zu, deshalb würde sie sich davon nicht abbringen lassen.

Als sich alle neunzehn im Kreis versammelt hatten, kam sie mit ihrem vorbereiteten Eimer aus der Waschküche und stellte ihn in die Mitte des Kreises. Wunderschöner, in den Farben des Regenbogens schillernder Seifenschaum hatte sich über dem noch dampfenden Wasser gebildet. Emilia war selbst stolz darauf, dass sich die Blasen so verführerisch groß abzeichneten, nachdem sie dem Wasser vor der Schulstunde Seifenlauge und etwas Bindemitteln zugefügt hatte. Ein überraschtes Raunen ging durch die Runde, einige sahen sie fragend an, andere betrachteten fasziniert den gefüllten Eimer. Emilia wusste um die Kurzlebigkeit ihres Experiments, daher verlor sie keine Zeit.

»In der letzten Stunde fehlte euch die Inspiration, habe ich recht?«, erkundigte sie sich und lud sich eine Portion Schaum auf die Hand. »Heute habe ich sie euch mitgebracht. Mal sehen, ob jeder von euch zumindest *eine* Seifenblase zu fassen bekommt.« Sie holte tief Luft, füllte ihre Backen und blies in den Seifenschaum. Augenblicklich wirbelten die Blasen, große und kleine, durch die Luft.

Ihre Schülerinnen und Schüler juchzten vor Begeisterung, und tatsächlich fingen sie übermütig an, nach ihnen zu greifen, tanzten bald hier, bald dort durch den Hof, in der Hoffnung, noch eine zu erwischen. Emilia füllte erneut beide

Hände und blies, was das Zeug hielt, hangelte selbst nach einer besonders kleinen, die sich in die Lüfte erhob, und stieß, als sie sie gerade noch erwischte, einen hohen Summlaut aus. Das Lachen um sie herum schwoll an, wurde wahrhaftig, und ein jeder versuchte nun seinerseits, die Seife zum Singen zu bringen. Noch klangen alle Töne gleich, ein begeistertes Jubeln, wenn sie auf der Fingerspitze zerplatzten, einerlei ob große oder kleine Blase, aber Emilia stellte mit einem zufriedenen Lächeln fest, die Bande hatte sie verstanden. Freilich konnten gerade die Jungen es nicht lassen, selbst in den Eimer zu greifen, was den Spaß nach kürzester Zeit beendete, während die Lektion gelernt war.

»Fein«, rief sie, als wieder etwas Ruhe auf dem Hof eingekehrt war. »Jetzt, wo meine Seifenblasen eure Fantasie angeregt haben dürften, versuchen wir es noch mal ohne sie. Dieses Mal bedenkt, dass kleine Seifenblasen nicht denselben Klang erzeugen wie große.«

Als sie zwanzig Minuten später zurück ins Klassenzimmer kehrten, waren sie zwar etwas nass, trotzdem bestens aufgewärmt und guter Dinge. Es mochte Einbildung sein, aber es sah so aus, als stünden ihre neunzehn Schützlinge in der Gesangsrunde weniger steif an Ort und Stelle.

»Danke, Fräulein Sommer, das gefiel mir um Welten besser«, bemerkte Emma beim Verlassen des Zimmers nach Unterrichtsende. »Allein weil wir mehr Platz hatten.«

Emilia sah ihr lächelnd nach. Sie genoss ihre volle Zustimmung. Wozu steckte man Menschen in so kleine Räume? Es gab schließlich keine Hoffnung auf Entfaltung ohne Platz ...

Ein leises Summen der letzten beiden Schülerinnen ließ sie aufhorchen. Es klang ebenso vertraut wie schmerzlich in ihren Ohren.

»Warte, warte noch ein Weilchen«, sang Leonore gerade süß und zart, vollkommen anders als Marina – es trübte dennoch den gesamten Augenblick. »Warte, warte noch ein

Weilchen«, mischte sich lachend die allzeit schiefe Tonlage vom langen Thomas dazu, »bald kommt Haarmann auch zu dir!«

Die Mädchen kreischten, als er sich auf sie stürzte, und alle drei jagten lachend aus dem Zimmer, derweil Emilia zurückblieb, kein bisschen amüsiert. Das war noch eine Seite des Chamäleons Berlin. Die Kriminalität lauerte in jeder Ecke, machte Menschen zu Mördern und Schlager zu Gruselliedern. Die Geschichte um den in Hannover lebenden Serienmörder Fritz Haarmann, dem bereits im Dezember 1924 der Prozess gemacht worden war, schien immer noch in aller Munde, bloß dass sich Furcht mittlerweile in Belustigung gewandelt hatte und junge Schüler seine Gewalttaten zu Liedern umdichteten. Emilia lief es immer noch eiskalt den Rücken herunter bei dem Gedanken daran, dass er vierundzwanzig Jungen missbraucht und im Anschluss abgeschlachtet haben sollte. Die Beklemmung löste sich erst wieder von ihr, als sie im Flur auf Irma traf, die die Nachmittagsaufsicht im Heim hatte.

»Na du, hast ja eine ganz schöne Schweinerei im Hof veranstaltet.« Sie grinste. Es hörte sich trotzdem wie eine Schelte an. Prompt winkte sie ab, als sie es selbst merkte. »Ist ja nur Wasser und Seife, hm? Wie kommst du immer auf diese verrückten Ideen?«

»Daran ist die Musik schuld«, scherzte Emilia, »sie setzt mir so manchen Floh ins Ohr.«

Kein Scherz, wie sie später erkannte, sondern die reine Wahrheit.

Berlin, Oktober 2004

Ungläubig starrte Elodie auf den Bildschirm ihres Klapphandys. Sie erkannte eindeutig das Porträt ihres Urgroßonkels Paul Eliot Fairmann, das durch eine feine Linie nebst dem Symbol der Eheschließung mit dem einer jungen Frau verbunden war. Ihr Gesicht kam ihr vage bekannt vor, der Name lautete: Jeniver Faun. War das zu fassen? Die Verwandtschaft zwischen ihrer und der Familie der Fauns fand ihren Ursprung bei Paul selbst! Elodie ließ das Handy sinken und sah nachdenklich zum Areal von Faundable Films, in dem Charlie gerade seinen dritten Drehtag hatte und nicht untätig gewesen war. Entweder er war weit geschickter als sie – was anzunehmen war! – oder er hatte als Teil der Filmcrew Zutritt zum Kellergeschoss, denn das Bild der faunschen Ahnentafel hatte er ihr um die Mittagszeit geschickt.

Jetzt, drei Stunden später und nach einem vergnüglichen Treffen mit Becca und Emmi, tigerte sie vor den Filmstudios auf und ab und hoffte, Charlies Drehtag endete pünktlich. Sie musste sich dringend mit ihm austauschen. Nicht nur über die neuesten Erkenntnisse, was ihre Familiengeschichte anging, sondern auch über die aktuellen Hirngespinste ihres Vaters. Lachhaft, dass er tatsächlich der rückständigen Idee verfallen war, er müsse ihr einen Heiratskandidaten suchen. Ob dieser Robert Schiffer wusste, weshalb er sich die Proben für das Benefizkonzert ansehen sollte? In welcher Welt lebte ihr Vater eigentlich! Nach ihrem Theaterbesuch (und flüchtigen Triumphempfinden) hatte es ein weiteres Donnerwetter zwischen ihnen gegeben – sie holten gerade einiges nach

–, in dessen Spätwehen er ihr seine sinnfreien Pläne um die Ohren gehauen hatte. Selbstverständlich ein dämlicher Schachzug, denn jetzt würde sie diesen Robert bestimmt nicht mehr treffen wollen. Aber ihr Vater bewies in letzter Zeit immer häufiger, dass er seinen kühlen Kopf im Gerichtsgebäude eingeschlossen hatte. Was für ein Schlamassel!

»Ach, das Fräulein Wagner. Wieder hier?«

Elodie zuckte beim Klang der Stimme so sehr zusammen, dass sie ihren Block nebst Handy und Kugelschreiber fallen ließ. Ihr Blick flog zwischen dem sich auf dem Boden ausbreitenden Blätterberg und Jonathan Faun hin und her, ehe sie sich bückte, um ihre Notizblätter nicht in alle Winde verstreut zu sehen. Was machte der Kerl denn hier?

Seine Firma, oder? Was machst du hier?

»Oh, äh, nein«, erwiderte sie stammelnd und sammelte ihre Habseligkeiten zusammen, »reiner Zufall, ich warte auf einen Freund. Er müsste jeden Moment kommen.«

»So, so.« Seine Begabung für sympathiefreies Lächeln war bemerkenswert. Er bückte sich langsam und hob ein paar lose Blätter auf, die ihrem Block entschlüpft waren, um sie ihr zu reichen. Sein Blick heftete sich auf das Schwarz-Weiß-Foto von Paul Fairmann und dessen Freunden vor deren neu eröffneten Klub. »Hm. Wie ich sehe, interessieren Sie sich für alte Familiengeschichten?«

Die Röte stahl sich ausgiebig auf ihre bereits erhitzten Wangen. »O ja. Stimmt. Seit meine Oma gestorben ist…«, sie verdrängte den schmerzenden Gedanken und fand einen Mindestanteil ihres Muts wieder. »Darüber hinaus hat mich unser letztes Gespräch nicht losgelassen. Ich wusste bis dahin nicht, dass wir verwandt sind.«

Interessanterweise bröckelte bei dieser Feststellung ein Teil seiner überheblichen Fassade. »Stimmt schon. Aber bloß um ein paar Ecken, ist es nicht so?«

So viele nun auch nicht. Stimmte es, was seine Ahnentafel verriet, musste er irgendeine Art von Cousin ihrerseits sein. Was ihn ihr nicht näherbrachte, im Gegenteil. Während sie sich nun ansahen, spürte sie ganz deutlich die unterschwellige Spannung, die sich zwischen ihnen ausbreitete. Sein Blick wurde hart, das Lächeln zu liebenswürdig. Sie bemerkte verspätet, dass er seine Hand auf ihren Unterarm gelegt hatte.

»Ich will ehrlich sein, Elodie, ich mag es nicht, wenn Menschen zu viel in meiner Familiengeschichte bohren. Selbst wenn wir sie flüchtig teilen. Das verstehst du sicher, so was ist nicht gut fürs Geschäft. Alles, was von Relevanz für die Öffentlichkeit ist, wird ihr zugeführt, der Rest ist privat. So würde ich es gern weiterhin handhaben. Verstehen wir uns?«

Der Druck auf ihren Unterarm wurde stärker, aber es waren seine Augen, die sie schlucken ließen. Nicht einmal ihrem Vater gelang es, diese Kälte zu transportieren. Sie wollte ihren Arm fortziehen, doch er hielt ihn fest. Erst als sie langsam nickte, spreizte er die Finger und ließ sie gehen.

»Schön.« Er wandte sich um. »Dann wünsche ich noch einen angenehmen Abend.«

»Ernsthaft, der Kerl ist unheimlich, und offensichtlich will er nicht, dass ich mehr über ihn und seine Familie herausfinde.«

Elodie wanderte in Charlies beengtem Zimmer auf und ab, noch zu aufgelöst von ihrer zweiten unangenehmen Begegnung mit Jonathan Faun. Ob es stimmte und sie der Welt außerhalb ihrer schönen Villa nicht gewachsen war? Vielleicht behielt Emmi mit ihrer gelegentlichen Fopperei recht. Zumindest brachten sie unvorhergesehene Ereignisse völlig aus der Spur. Die Frage war, würde sie das davon abbringen weiterzuforschen?

»Verständlich. Er sorgt sich vermutlich um sein Unternehmen«, kam es ruhig von Charlie. Er saß auf einem Schaukelstuhl, den er auf irgendeinem Hinterhofflohmarkt ersteigert hatte, und sah ihr seelenruhig dabei zu, wie sie eine Kerbe in seinen Zimmerboden lief.

Es half, musste sie zugeben. Seine Ruhe ging früher oder später auf sie über. Sie setzte sich auf sein Bett. Wie immer lag die Tagesdecke zerknüllt am Fußende – der Versuch, ordentlich zu sein, existierte, wurde aber nicht zu Ende gelebt.

»Wie ich das sehe, wäre es nicht gerade angenehm, würde in der Presse plötzlich bekannt werden, dass seine Familie Bestechungsgelder verteilt hat, um so groß zu werden. Und diese Jay F. hat für so einige Regisseure ihr Röckchen fallen lassen.«

Elodie sprang wieder auf. »Das hast du herausgefunden? Ist das sicher?«

Charlie zuckte mit den Schultern. »Zumindest habe ich im Firmenkeller nicht nur den Stammbaum gefunden, sondern auch ein Archiv mit streng unter Verschluss gehaltenen alten Briefwechseln.«

Elodie schaute ihn mit gerunzelter Stirn an, unschlüssig, was sie von seinen zwar zweckdienlichen, aber nicht unbedingt amtlichen Recherchemethoden halten sollte. »Du bist in dieses Archiv eingebrochen, oder?«

»Nein«, behauptete er, ohne mit der Wimper zu zucken. »Die Tür war unverschlossen. Lediglich beim Aktenschrank habe ich ein bisschen nachgeholfen …« Beim Anblick von Elodies erschrockenem Gesicht hob er beschwichtigend die Hände. »Hey, alles gut. Ich habe keine Spuren hinterlassen.« Er bemerkte ihr ausgedehntes Schweigen und grinste. »Mein Kumpel Jackie hat eine gewisse Vergangenheit, wenn du es unbedingt wissen musst. Er hat mir ein bisschen Nachhilfe erteilt, als ich meinen Auftritt als Bösewicht hatte.« Er hievte sich aus seinem Schaukelstuhl und zog sie zu sich. »Das war's mit meinen kriminellen Ambitionen. Du musst zugeben, sie sind gerade hilfreich. Willst du die nächste Nachricht hören?«

Eigentlich wollte sie gerade etwas ganz anderes. Das wollte sie immer, sobald er sie anfasste. Niemand verursachte in ihr ein so starkes Gefühl von Geborgenheit. Diese tiefe Verbundenheit zwischen ihnen füllte sie mit den intensivsten Emotionen. Dass er sich ihretwegen in eine schlecht bezahlte Faun-Produktion geschmuggelt hatte, rührte sie. Zaghaft küsste sie ihn auf die Lippen, wollte mehr davon, aber seine Neuigkeiten hatten Vorrang. »Schieß los.«

Er grinste. »Jay F. ist tatsächlich ein Künstlername. Das Jay steht für Jeniver.«

Elodie riss die Augen auf. »Jeniver? Etwa Jeniver Faun? Die Jeniver, die mit Paul verheiratet war?«, entfuhr es ihr ungläubig.

»Anzunehmen, oder?«

Ziemlich. Im Grunde hätte sie längst darauf kommen können. »Dann steht das F womöglich gar nicht für Faun, sondern für Fairmann …«

»Oder für beides«, überlegte Charlie. »Jedenfalls haben wir jetzt die Verbindung zu deiner Familie. Nachdem, was man so hört, war es kein Geheimnis, dass die Ehe zwischen den beiden im Eimer war.«

»Klar«, murmelte Elodie gedankenversunken, »er hatte schließlich diese ominöse Liebste, der er geschrieben hat. Unwahrscheinlich, dass er mit dieser Anrede Jeniver gemeint hat, wo er im Brief schreibt, er könne keine Fauns mehr sehen. Vielleicht kann ich ja rausfinden, wer seine Affäre gewesen ist.« Es mochte nicht so simpel werden, wie schmutzige Intrigen einer Berühmtheit in Erfahrung zu bringen, aber sie lebte immerhin in einem Haus, das viel gesehen hatte … Noch fehlte ihr die Verbindung zwischen all diesen Erkenntnissen und dem Tod ihrer Großmutter. So langsam fügten sich gleichwohl bestimmte Puzzleteile zusammen.

»Okay, das ist doch eine gute Arbeitsteilung. Ich übernehme die Fauns und du die Fairmanns. Wenn dieser Jonathan schon mit Drohungen anfängt, nur weil du ein paar Nachforschungen anstellst, ist es mir lieber, du lässt die Finger davon.«

So ungern sie es zugab, sie hatte absolut nichts dagegen einzuwenden. Allein der Gedanke an Jonathan Faun bereitete ihr Unbehagen. Was auch immer es war, seine Firma hatte scheinbar ausreichend Dreck am Stecken. Er würde auch die unbedeutendste Erkundigung ihrerseits nicht hinnehmen.

Berlin, November 1927

Paul,
ich habe das Gefühl, die Tage werden zwar immer kürzer, trotzdem etwas wärmer, was angenehm ist und meine Laune bessert. Ich friere ungern. Seit ein paar Wochen befolge ich Annabelles Rat, mich entsprechend meinem Alter zu benehmen. Ich war ein paar Mal aus und treffe mich jetzt sogar mit Menschen, die nicht Annabelle heißen. Es fühlt sich dennoch wie Schwerstarbeit an. Dabei zu wirken, als wäre ich glücklich und froh. Ich meine ständig, dich zu sehen oder dein Lachen zu hören, so selten es erklungen ist. Ich höre es weit häufiger, als du je gelacht hast, ist das nicht seltsam?
Einmal habe ich dich tatsächlich gesehen, unweit deiner Fabrik. Ich kam gerade aus einem Geschäft, es hat geregnet, und eigentlich wollte ich nichts wie heim. Aber da standest du plötzlich im Nieselregen mit deinem dunklen Mantel. Du warst so vollkommen du, dass ich nicht anders konnte, als mitten auf der Straße innezuhalten. Ich habe es nicht über mich gebracht zu rufen, auch wenn jede Faser in mir es wollte. Ich habe dich so lange angesehen, wie ich es aushielt, nein, noch länger, denn als du fort warst, stand ich noch immer da. Ich habe es niemandem erzählt, nur dir. Jetzt. Du wirst es nie lesen, deshalb ist es in Ordnung. Vielleicht hört es auf wehzutun, indem ich es aufschreibe.
Das Unterrichten wird besser. Die Schüler fangen an, sich zu entfalten.

So wie ich. Ein bisschen.
Ich war sogar ein paar Mal mit einem Mann aus. Er ist sehr nett und hat einen bemerkenswerten Sinn für Humor. Wir waren auch tanzen. Es hat mir gefallen.

Emilia hörte auf zu schreiben, sah aus dem Fenster. Sie sollte es bei Gelegenheit putzen, es war schmutzig, die Sicht so trüb. Sie überflog, was sie geschrieben hatte, setzte zögerlich den Füller wieder an.

Die Wahrheit ist, es hat mir gefallen, aber gefühlt habe ich dabei nichts.

Sie räusperte sich, ließ das Schreiben bleiben, und schob den Brief, den nie ein Mensch lesen würde, zur Seite, um stattdessen an ihrer Sonate weiterzuarbeiten. Sie hatte sie *Dunkler Flieder* genannt und war beinahe fertig damit. Der vierte Satz, ihr Finale, stellte eine Wende vom tristen Moll in frisches Dur dar, ein kleiner Hoffnungsschimmer in einem sonst melancholischen Musikstück, das die Leute vermutlich schwermütig machen würde. Emilia lachte bei dem Gedanken in sich hinein. Ehe sie ihn verjagte, weil sie die Erkenntnis traf, dass es niemals zu einer musikalischen Vorführung kommen würde. Wie nahezu alles schrieb sie auch dies einzig für sich selbst. Von den kleinen Versuchen abgesehen, die sie der Musikhochschule geschickt hatte, allein um sie von den Dozenten durchsehen zu lassen.

Ihr Blick schweifte zum Fenster hinaus. In der Wohnung gegenüber stritten sich mal wieder die Nachbarn, während im Hinterhof die Waschweiber saßen und das Geschrei mit ihrem Geschnatter übertönten. Sollte sie daraus eine Sonate machen? *Hinterhof Berlin?*

In derlei Gedanken versunken bemerkte sie das leise Pochen an der Tür recht spät. Es war die Nachbarin von oben, die mit vierzig schon fast keine Zähne mehr hatte.

»Schuldijung«, nuschelte sie, »aba der Heenze hat den Zucker verjessen, und icke …«

Sie neigte entschuldigend das Haupt und Emilia nickte. »Kein Problem, ich habe genug.«

Als sie ihr das abgefüllte Päckchen hinausreichte, senkte die Frau die Stimme. »War wieder de Polente da, weeste? Die warn bei dem Hannefatzke janz oben. Als wär der Haarmann los. Pass bloß uff. Mit deenen schnieken Loden.«

Emilia lächelte und verabschiedete sich rasch. »Besser *Chamäleon Berlin*«, murmelte sie und fuhr sich durch den kinnlangen Bubi, der sich ganz von allein lockte. Sie trug die Haare erst seit ein paar Monaten so kurz, es erleichterte das Frisieren. Wo andere über Stunden mit einem Kreppeisen in der Hand vor dem Spiegel standen, brauchte sie nichts weiter zu tun, als einmal mit den Fingern hindurchzufahren. Hübscher fühlte sie sich damit nicht.

Sie wollte sich wieder an ihre Sonate setzen, da hämmerte es abermals an ihrer Tür – auf eine Art, wie sich nur eine Person auf der Welt bemerkbar machte.

»Guten Abend, Annabelle«, grüßte Emilia ermattet ihre Freundin, die, wie üblich an ihr vorbei in den Flur stürmend, ohne ein Hereinbitten abzuwarten, damit im wahrsten Sinne des Wortes mit der Tür ins Haus fiel. »Du triffst dich mit Mikey? Ist das wahr?«

Emilia seufzte innerlich auf. »Treffen ist zu viel gesagt. Wir haben uns ein paar Mal gesehen.«

»Du musst mir alles erzählen, das sind unfassbare Neuigkeiten!«

Da sie ihr bereits bekannt waren, musste Emilia davon ausgehen, dass sie sich ausführlich mit Mikey unterhalten hatte, und war auf der Hut. In jedem Fall konnte sie ihre Sonate für diesen Abend vergessen.

»Ich bin so erleichtert, dass du dich wieder für das männliche Geschlecht öffnest, ehrlich, das ist großartig!«, flötete

Annabelle, nachdem sie alles aus Emilia herausgepresst hatte, was sie hatte wissen wollen. »Ich hatte dir ja gesagt, dass er zu dir passen würde. Hatte ich dir doch gesagt, nicht? Du magst ihn doch? Er ist charmant, oder?«

Emilia lächelte gehorsam. »Ist er, ja.« Annabelle betrachtete sie kritisch, woraufhin Emilia mit den Augen rollte. »Was nicht bedeutet, dass ich mich ›für das männliche Geschlecht öffne‹, ich meine, ich war nie verschlossen, ich habe nur ... viel zu tun. Es ist nett mit ihm. Wir unterhalten uns gern über Musik, und er bringt mich zum Lachen.«

»Alles Anzeichen dafür, dass ihr gut zusammenpasst, nicht wahr?« Sie durchschlenderte Emilias Zimmer, als überprüfte sie, ob sie anständig Ordnung hielt. »Von der Kleinigkeit abgesehen, dass du es ›nett‹ mit ihm findest. Erwähn das bloß nie ihm gegenüber, er findet es nämlich eine Spur erhebender mit dir als *nett.* Huch, jetzt ist es raus!«

Wie es ihr immer wieder gelang, Geheimnisse auszuplaudern, die ihr Verhalten längst offenbart hatten. Von wem außer ihm sollte sie denn sonst von ihrem zufälligen Treffen und den drei oder vier weiteren erfahren haben?

Erhebend. Obschon es nicht sein Vokabular gewesen sein dürfte, sondern eher Annabelles, war es ausreichend schmeichelhaft. Emilia gestattete sich ein feines Lächeln.

»Schreibst du an einem neuen Klavierstück?« Es war Annabelles bewährtes Geheimrezept einer guten Freundschaft, keinen Respekt vor der Privatsphäre der Freundin zu zeigen. »Oh«, stellte sie fest, indem sie Emilias Aufzeichnungen durchblätterte, »es ist weit mehr als das. Warum komponierst du nicht etwas für Mikey und seine Freunde?«

Emilia zog zweifelnd die Nase kraus. »Jazz ist nicht mein Gebiet.«

Annabelle lachte spöttisch auf. »Alles ist dein Gebiet, meine Liebe. Du bist das, was die Menschen ein Naturtalent nennen.«

Ja, das war Annabelle, immer damit beschäftigt, einem das Gefühl zu vermitteln, etwas Besonderes zu sein. Selbst wenn es nicht im Geringsten stimmte. Annabelle bemerkte ihren Gesichtsausdruck, denn das überdrehte Lächeln verebbte kaum merklich. »Weißt du, was? Wir sollten uns jetzt etwas unfassbar Schmackhaftes kochen und einen schönen Abend haben, hm? Ich verspreche auch hoch und heilig, ich werde nicht über Männer sprechen.«

»Klingt verlockend«, stimmte Emilia grinsend zu, wohl wissend, dass hoch und heilige Versprechen aus Annabelles Mund stets zum Scheitern verurteilt waren.

Akademie Winter, Oktober 2004

Oma Marina sprach immer davon, dass das Verlieren in der Musik kein negativ besetzter Ausdruck sei, dass es sich nicht um ein Verlustgefühl, sondern um einen Gewinn handle. Sich der Musik vollends hinzugeben, *sich in ihr zu verlieren*, für den Moment des Spiels alles Schwere zu vergessen, das befreie den Geist. Auf diese Weise finde man vollends zur Musik und damit zu sich selbst. Ein Gewinn.

Nichts von all ihren Lehren konnte Elodie besser bestätigen. Jetzt, wo sie das Gefühl hatte, zusammen mit Charlie könnte sie alles schaffen, war es ihr ein Leichtes, den Hochgenuss auf der Bühne wieder zu empfinden. Es gab nur sie, ihre Stradivari und das Ensemble, das sie einbettete. Sie schloss die Augen und versank im Spiel – in ihrem goldenen Rausch –, verlor sich darin, ohne etwas zu verlieren. Stattdessen fand sie etwas. Es blitzte flüchtig vor ihrem geistigen Auge auf, eine bebilderte Melodie, das Gemälde zweier Menschen, die einander tanzend hielten. Ihr Lachen wurde zum Duett und mischte sich liebevoll in Elodies Spiel, beflügelte ihr Herz, füllte sich mit einer Liebe, die nicht ihre war, und die sie dennoch teilte. War es Paul Fairmann, der sich in ihren Geist gestohlen hatte? Aber wer war die Frau? Dieser kurze Gedankenblitz brachte sie nicht aus dem Takt, er trug ihn federleicht und perfektionierte ihre Kadenz.

Applaus brandete auf, und Elodie öffnete die Augen, lächelte ins Publikum, noch einen Herzschlag lang beseelt von dem, was sie geglaubt hatte zu sehen. Als sie das selbstgefällige Lächeln ihres Vaters entdeckte, der neben Robert Schiffer saß, fragte sie sich für einen winzigen Gedankenbruchteil, ob sie dieses Benefizkonzert nicht besser komplett versaut hätte, um sich diesen Gesichtsausdruck zu ersparen.

Sie verließ die Bühne nur noch halb so berauscht, sah zu, dass sie möglichst viel Abstand zwischen sich und ihren Vater brachte. Gäste gab es immerhin genug, mit denen man sich unterhalten konnte.

»Meine Teuerste, Sie waren wieder fabelhaft!«, hörte sie eine sopranöse Stimme zum gefühlt hundertsten Mal an diesem Nachmittag flöten, aber jede war ihr lieber als die ihres Vaters. Sie drehte sich schicksalergeben um, das geschmeichelte Lächeln in ihren Mundwinkeln gespeichert – doch stutzte sie. Vor ihr stand eine hochgewachsene junge Frau mit langem blondierten Haar und einem breiten Krempenhut auf dem Kopf. Die Augen waren dunkel geschminkt, die zum Amorbogen spitz zulaufenden Lippen knallrot.

»Danke«, murmelte sie verlangsamt mit Blick auf jenes charakteristische Merkmal. Sie riss die Augen auf. »Charlie?«, wisperte sie ungläubig.

Sein Grinsen war unverkennbar. »Carlotta, um genau zu sein«, säuselte er mit seiner hübschen hohen Damenstimme, die Elodie ein Kichern entlockte. »Ich bete diese Akademie an … und natürlich ihre Schülerinnen.«

»Was um Himmels willen machst du hier?«

»Na, ich befolge deinen Ratschlag und komme als junge Maid. Bisher hat mich niemand enttarnt. Nicht mal mein Vater. Geschweige denn deiner.« Er zwinkerte.

Elodie konnte ihr Strahlen nur mit Mühe im Zaum halten. »Du bist wirklich unverbesserlich.«

Sie sah sich im Raum um, in dem sie seit einer halben Stunde von einem zum anderen Bewunderer torkelte und fand, dass ihre Anwesenheit nicht länger nötig war.

»Ah, guten Tag, Herr Faun, welch eine Ehre, Sie wiederzusehen.«

Ihre Fluchtgedanken lösten sich schlagartig auf, sie blieb wie angewurzelt stehen und drehte sich um. Es war Robert Schiffer, der sich gerade an den alten Mann im Rollstuhl wandte, den Elodie schon des Öfteren an Veranstaltungen der Akademie gesehen hatte. Er musterte mit wässrigen Augen den jungen Burschen vor sich und nickte, als könnte er ihn nicht einordnen. Er sah allgemein aus, als überforderte ihn der viele Wirbel. »Ah, ja, danke.«

Robert Schiffer lächelte immer noch höflich – das beherrschte er formvollendet. »Ich finde es bemerkenswert, dass Sie in Ihrem Alter immer noch hierherkommen.«

»Och, ja. Ja.« Die Züge des Alten strafften sich, er sah aus, als kehrte er erst jetzt aus einer anderen Welt zurück. »Ich war immer ein Bewunderer der kleinen Marina Fairmann, ja ... Ich verpasse keinen Auftritt von ihren Schützlingen. Zu schade, dass sie selbst nicht mehr spielt, zu schade um ihre liebe Schwester ...«

Elodie lief es eiskalt den Rücken hinunter. Die Stimme klang väterlich, aber sie konnte die Falschheit darin nicht überhören.

»Maximilian, soll ich dir etwas zu trinken holen?«, erkundigte sich die Dame mittleren Alters, die heute die zweifelhafte Ehre hatte, seinen Rollstuhl durch die Menschenmenge zu manövrieren.

»Ja, Liebes, tu das«, erklärte der Alte, der auf den Namen Maximilian hörte. Charlie und Elodie wechselten einen raschen Blick. Maximilian? *Der* Maximilian Faun, der der Geschäftspartner und Freund ihres Urgroßonkels Paul gewesen war? Er lebte noch? Wenn es sich tatsächlich um denselben handelte, musste er an die Hundert sein! Oder sogar etwas drüber. Sein Blick vernebelte sich wieder, was die Vermutung untermauerte. Er sah in der Tat wie ein Fossil aus. Indem er nun zu Robert Schiffer hochschaute, lächelte er vergeistigt. »Verzeihung ... und Sie sind?«

»Oh«, Robert Schiffer lachte verlegen, »ich bin Robert. Robert Schiffer. Wir sind sozusagen verwandt. Jonathan hat meine große Schwester geheiratet. Vor etwa fünf Jahren.«

Dieses Mal musste sich Elodie die Hand vor den Mund halten, um ihren Überraschungslaut zu unterdrücken. Sie packte Charlie am Handgelenk und zog ihn schnellen Schrittes hinaus in den Flur.

»Der Kerl ist mit ihnen verwandt!«, brach es aus ihr heraus. Das änderte gerade so ziemlich alles.

Nur nicht für Charlie, der sie irritiert ansah. »Ja und?«

»Das ist ... oh.« Sie erkannte, dass er überhaupt nicht wusste, wer Robert Schiffer war. »Das ist der Typ, den Papa mit mir verkuppeln will.«

Charlie hob die Brauen. »Der Kerl da?« Er linste durch die Tür zurück in den Versammlungsraum. »Wow, okay!«

»Verstehst du nicht, was das heißt? Das wäre die ideale Möglichkeit, mehr über die Familie rauszubekommen. Vielleicht sollte ich mich spaßeshalber doch mit ihm treffen.«

Charlie sah wenig begeistert aus. »Spaßeshalber? Die Familie Faun ist mein Gebiet. Wir hatten abgemacht, dass ich ...«

»Schon klar. Das hier ändert die Sachlage, oder? Ich könnte noch so viel mehr rausfinden.«

»Etwa, indem du ihn verführst und solchen Kram?«

»Blödsinn«, winkte Elodie angeekelt ab. »Aber ein unverfängliches Treffen könnte ich mir vorstellen und schlüge damit zwei Fliegen mit einer Klappe, denn Papa würde ich damit erst mal besänftigen, und wir hätten unsere Ruhe.«

Charlies Skepsis war auch unter der Frauenschminke unübersehbar. »Ich weiß nicht ...«

»Was weißt du nicht?«

Er schob die geschminkten Lippen vor. »Er sieht ziemlich gut aus, findest du nicht?«

Elodie blinzelte. Ganz langsam schlängelte sich die Erkenntnis in ihr Bewusstsein, warum es Charlie an Begeisterung fehlte. Es brachte sie zum Grinsen. »Verdammt, jetzt, wo du es sagst«, stellte sie neckend fest, »stimmt. Na, dann lohnt es sich ja umso mehr.« Charlie warf ihr einen missmutigen Blick zu, den sie mit einem belustigten Lachen erwiderte. Eifersucht stand ihm und war etwas, das sie von ihm niemals erwartet hätte. »Komm schon, du denkst nicht ernsthaft, dass mich sein Aussehen schert?«

Er wiegte unschlüssig den Kopf hin und her. Gut, Elodie musste zugeben, dass Robert Schiffer nicht zu verachten war mit seinen schimmernden blauen Augen und der tiefen, einlullenden Stimme ... »Selbst wenn er der schönste Mann im Universum wäre, würde ich ihn als Anwärter meines Vaters verschmähen müssen«, erklärte sie überzeugt. Sie tippte zaghaft mit ihrer Fußspitze gegen seine, widerstand jeder anderen Form von Berührung. »Davon abgesehen ist das nicht er, sondern du. Sogar als Frau bist du unwiderstehlich.«

Er sah immer noch nicht vollständig überzeugt aus, aber Elodie hatte sich nun mal in den Kopf gesetzt, die seltsamen Todesumstände ihrer Großmutter um jeden Preis zu ergründen, und daher wollte sie auch jede erdenkliche Chance wahrnehmen.

»Vertrau mir, okay?« Dass zur Abwechslung einmal sie das sagte und er sich einen Ruck gab und einlenkend nickte, machte ihre Beziehung perfekt. Beinah hätte sie vor versammelter Mannschaft eine Frau geküsst.

Berlin, November 1927

Paul,
ich kann nicht anders, als es zuvorderst dir anzuvertrauen, bin noch zu aufgelöst, um es selbst glauben zu können. Gestern erhielt ich einen Brief des Intendanten des Berliner Schauspiel- und Konzerthauses, in dem er schreibt, ihm sei meine Sonate in Blau und die Kleine gelbe Sinfonie vom Leiter der Musikhochschule empfohlen worden! Immer noch schlägt mir das Herz bis zum Hals, und nehme ich den Brief in die Hände, zittert er, weil ich sie nicht stillhalten kann. Ich musste ihn vierfach lesen, um zu begreifen. Kannst du dir vorstellen, dass irgendwer ernsthaft Interesse an meinen Spielereien hat?
Wir würden Sie gern persönlich kennenlernen, um über Ihre Komposition zu sprechen, heißt es in dem Brief. Zwar bedauert er, mich aufgrund der sich verlängernden Umbauarbeiten des Theaters erst Anfang Dezember empfangen zu können, aber er hat bereits den siebten als verbindlichen Termin vorgeschlagen, das klingt nicht nach einer Finte, oder?
Ach, Paul, wie sehr wünschte ich mir, dir diese Neuigkeiten persönlich mitzuteilen, nicht über diesen Brief. Ich würde gern deine Reaktion sehen, würde nichts lieber spüren als deine Umarmung und deinen Herzschlag im Gleichtakt mit meinem. Ich war drauf und dran, auf das alberne Fahrrad zu steigen und zur Villa Winter zu radeln – ein Gedanke, der mich immer wieder beherrscht. Ich gestehe, dass die Tage trist und grau ohne dich sind und die

Nächte tiefschwarz. Lediglich dieser Brief lässt mich gerade strahlen, weshalb du auch der Einzige bleiben sollst, der davon weiß.
Ich wage kaum, es niederzuschreiben, aber ich …

»Ich liebe dich«, hauchte Emilia. »So sehr.«

Die Welt war wieder heller und wärmer geworden, obwohl in ihrem kompletten Wohnhaus das Warmwasser und die Heizungsanlage ausgefallen waren, und seit über einem Monat war niemand vorbeigekommen, um den Schaden zu beheben. Entsprechend verbrachte Emilia noch mehr Zeit im Keller des Waisenhauses oder mit und bei Annabelle. Was unweigerlich dazu führte, dass sie auch Mikey häufiger sah. Er und seine Band, die sich fantasievoll *No Name* nannte und noch auf einen treffenderen Namen warteten – diesbezüglich hüllte sich Emilia in vornehmes Schweigen, hatte sie doch genug Ratschläge in ihrem Leben erteilt –, waren ein amüsantes Gespann, das es verstand, die gemeinsame Zeit zu erheitern. Hin und wieder gaben sie sich hitzigen Diskussionen hin, was das gesellschaftliche Leben betraf, weil Mikey die verklärte Welt der gut betuchten Annabelle geraderücken wollte.

»Wer annimmt, Berlin sei eine Wohlstandsstadt, nur weil es ausreichend Menschen gibt, die sich entsprechend fühlen, in Deutschland mittlerweile fast fünftausend Lichtspielhäuser innerhalb von einem halben Jahrzehnt eröffnet wurden, die meisten davon in Berlin, und Gerüchten zufolge die Wissenschaft aus Schimmelpilzen Medizin entwickelt, der irrt sich«, deklarierte er und unterstrich seine Worte mit einem Ton aus seinem Saxofon, was alle zum Lachen brachte. Am allermeisten Annabelle, die nie eine andere Meinung vertreten hatte als er. Aber Mikey diskutierte gern, und es war sehr erfrischend. Laut Annabelle blühe Emilia in der Gegenwart der Band auf, und vielleicht stimmte das. Sie konnte zumindest nicht leugnen, dass ihr die Gesellschaft guttat und Jazz sie mehr und mehr in seinen Bann zog. Es tanzte sich fabelhaft darauf, und verlor Emilia die Kontrolle über sich selbst, dichtete sie spontan ein paar Zeilen zu Mikeys Stücken.

Aus dieser Laune heraus war Mikeys neues Konzept für Auftritte in Klubs und Tanzbars entstanden. Eines, das sie zunächst vehement abgelehnt hatte. Aber je mehr er auf sie einredete, sie darum bat, für sie zu singen – »Bloß einen Song pro Abend, bitte!« – und sie auf diese Art ansah, wie es nur ein verliebtes Hündchen tat, umso deutlicher manifestierte sich das Bild auch in ihrem Geist. Warum nicht?

Seit der Einladung ins Berliner Konzerthaus war es ihr so leicht ums Herz, dass sie sich gut vorstellen konnte, hin und wieder mit einer Jazzband aufzutreten. Daher zierte sie sich nicht länger und willigte ein. Der Kuss, den sie dafür von Mikey erhielt, war zaghaft und verspielt, er kitzelte kurz ein Lächeln auf ihr Gesicht und den Ansatz von Verlegenheit in seines. Eine Seltenheit in seinem Fall, aber durchaus niedlich.

Mikey fühlte sich auf der Bühne wohl, verhielt sich wie der geborene Entertainer, und nicht selten ließ er sich zu einer kleinen Tanzeinlage verleiten, während er keine Sekunde sein Saxofon vernachlässigte. An ihrem zweiten gemeinsamen Abend auf der Bühne bezog er sogar Emilia mit ein. Dass sie ihn dafür am liebsten geohrfeigt hätte, vergaß sie angesichts des begeisterten Publikums.

Der November neigte sich dem Ende zu, und Emilia fing an, ihre Wochenendauftritte zu genießen, verlängerte sie um zwei Lieder pro Abend, manchmal drei und gestatte Mikey seine frechen Flirts auf der Bühne sowie die gelegentlichen Zärtlichkeiten dahinter. Er stellte sie mittlerweile als *No Name and Girl* vor, und bald begrüßten sie die Gäste fast ebenso begeistert, wie Annabelle es zu tun pflegte, wenn sie anwesend war. Mit Johlen und Pfeifen.

So auch am Abend des zwanzigsten Novembers in einer dunklen Kneipe, in der sich Emilia niemals aufgehalten hätte und die Leute dicht gedrängt standen – vermutlich war sie lediglich für das schnelle Feierabendbier ausgerichtet, was sich übereindeutig in der Kundschaft niederschlug. Nach ihrem Auftritt, dem Mikey einen flotten Charleston angehängt hatte, verließ Emilia verschwitzt die winzige Bühne und kämpfte sich durch das Getümmel ins Freie, um einen Augenblick frische Luft zu schnappen. Die Nacht mutete erstaunlich lau an, und Emilia lehnte sich gegen die Häuserfassade und steckte sich eine Zigarette an. Sie schmeckte würzig, als sie den Rauch durch die Nasenlöcher in die Nacht blies.

»Na, Kleene, haste Jewerkschaftspoose?«

Der Kerl, dem diese Frage entwichen war, stand nicht mehr ganz gerade auf den Beinen, und ob er sie anzüglich ansah oder vor Trunkenheit schielte, ließ sich schwer sagen. Höflich ausgedrückt war er ein Koloss mit Schweinsäuglein und fettigem, teilweise ergrautem Haar. Er war eben durch die Tür gewankt, und weil sich Emilia nicht gern auf diese Weise ansprechen ließ, aber immer noch diesen Funken von Anstand in sich trug, lächelte sie ihm knapp zu, ließ alles andere unkommentiert.

Scheinbar Einladung genug für ihn, um näher zu treten. »Haste wat dajejen, wenn wa uns küssen?«

Emilia verschluckte sich am Zigarettenqualm. Er besaß die Impertinenz, ihr mit der flachen Hand auf den Rücken zu klatschen, was sie abzuwehren versuchte. Er umschloss mit plötzlich weit mehr Kraft, als sie ihm in seinem Zustand zugetraut hätte, ihr Handgelenk und drückte sie mit seinem massigen Körper gegen die Hauswand.

»Is nur een Kuss.«

Emilias Puls beschleunigte sich, er vereitelte ihren Versuch, sich seinem Griff zu entziehen, indem er ihr Handgelenk gegen die Wand donnerte. Der Schmerz war halb so schlimm wie der Geruch seines Atems, der ihr in die Nase stieg, als sich sein Gesicht ihrem näherte. Die Panik vernebelte ihre Sinne, sie handelte eher aus Affekt, denn aus Cleverness, und war selbst bestürzt darüber, als sie ihm mit der freien Hand die glühende Zigarette auf die Wange presste. Er schrie auf und schlug ihr hart ins Gesicht, ihr Kopf knallte gegen die Wand, und sie spürte die Benommenheit von ihr Besitz ergreifen. Wie durch einen Schleier nahm sie wahr, dass ein Dritter auf den Bürgersteig hinausgetreten war, um ihr zur Hilfe zu kommen. Der Koloss von Mann holte auch gegen ihn aus, doch verstand es dieser, flink zur Seite auszuweichen. Emilia richtete sich auf, das Bild klärte sich wieder und einen flüchtigen Moment glaubte sie, Fantasie und Realität vermischt zu sehen. Der junge Mann, der die Aufmerksamkeit von ihr fort und auf sich gelenkt hatte, glich aufs Verblüffendste Paul Fairmann. Was Unsinn war, denn niemals würde er sich in dieser Gegend aufhalten. Sie war wohl noch nicht ganz bei sich. Gerade duckte er sich unter dem Fausthieb des anderen weg, und dieser, zu schwungvoll und von der Parade irritiert, verlor das Gleichgewicht und landete grunzend auf dem Asphalt. Wo er liegen blieb. Sie schenkte ihm keinerlei Beachtung mehr, denn Emilias Trugbild hatte sich nicht aufgelöst.

Paul stand nur wenige Meter von ihr entfernt, sein Haar wirkte länger, aber davon abgesehen sah er aus wie an jenem Tag, an dem sie sich auf den Gleisen voneinander getrennt hatten: schmal, blass und wunderschön. Emilia stand mit offenem Mund da, glaubte sich in einem Traum. Keiner von beiden rührte sich, sie starrten einander lediglich an, brachten keinen Ton heraus. Worte wären verschwendet gewesen. Emilia vergaß, was gewesen war und was sie sich geschworen hatte.

Sie ging auf ihn zu und er auf sie. Die Welt stand still, nur sie existierten. Keiner ihrer Küsse war je leidenschaftlicher gewesen, kein Verlangen größer. Emilia ertrank im Dunkel seiner Augen, verlor sich in seiner Umarmung, wollte nie wieder aufhören, sein Gesicht zu berühren. Sie sprachen nicht, waren sich stillschweigend einig. Wie sie es in ihre Wohnung geschafft hatten, konnte Emilia im Nachhinein nicht mehr sagen, glaubte, nicht eine Sekunde von ihm abgelassen zu haben. In ihrem Innern zündete ein Feuerwerk verdrängter Gefühle, das ihren Körper wilder und zügelloser machte, als sie ihn bislang erlebt hatte.

Als sie schwer atmend nebeneinander auf dem Fußboden vor ihrem viel zu schmalen Bett lagen, die Hände fest ineinander verschränkt, setzte langsam wieder ihr Verstand ein.

»Warum warst du bei der Mulackritze?«

Paul lachte heißer, stützte sich auf seine Ellenbogen und sah sie an. »Fast drei Jahre haben wir uns weder gesehen noch gesprochen, und das ist das Erste, das dir einfällt?«

Sie blickte lächelnd zu ihm auf. Die langen Haare gefielen ihr. »Ich dachte, alles andere sei bereits gesagt worden.«

Eine Antwort, die ihn scheinbar besänftigte, denn er lächelte und hauchte ihr einen Kuss auf die Nasenspitze, der sie bis in die Fußsohlen elektrisierte. »Ich war zufällig dort«, behauptete er und ließ sich wieder neben sie sinken. Sie hatte es immer herausgehört, wenn er versuchte, ihr etwas zu verheimlichen.

»Zufällig im schäbigen Scheunenviertel, hm?«

Er drehte den Kopf zur Seite, um sie weiterhin anzusehen, eine Antwort blieb er ihr schuldig. Seine Finger berührten die Spitzen ihrer Haare, wie früher.

»Sie sind kürzer«, murmelte sie, plötzlich verlegen darüber.

Er nickte lächelnd. »Es steht dir.«

»Stimmt nicht.«

»Doch ehrlich.«

»Du mochtest die langen Haare.«

»Ich mochte alles an dir. Ich *mag* alles an dir. Du siehst bezaubernd aus.«

Ihr Blut prickelte in ihren Adern, sie streckte die Hand aus und fuhr damit über seinem Körper, wollte sich versichern, dass er wahrhaft da war. »Du bist kein Traum, oder?«

Er zog sie zu sich und küsste sie auf Mund, Nase und Stirn, biss ihr zaghaft ins Ohrläppchen. »Fühlt es sich so unwirklich an?«

Sie kicherte. »Ja und nein.«

»Ich bin kein Traum, das verspreche ich.«

Der Morgen graute, als sie dicht umschlungen einschliefen, keine Sekunde unter der fehlenden Heizung fröstelnd.

Geweckt wurde Emilia viel zu früh, von einer besorgt gegen ihre Tür hämmernden Annabelle. »Emilia, bist du da? Emilia, mach die Tür auf! Mikey meinte, du seist plötzlich verschwunden gewesen, ist alles in Ordnung? Wenn du zu Hause bist ...«

Emilia riss in ihr Bettlaken gehüllt die Tür auf und drängte ihre Freundin in den Flur, ehe diese sich auf die übliche Weise Zutritt verschaffen konnte. »Alles in bester Ordnung, hör auf so zu schreien, du weckst das ganze Haus auf!«

»Das Haus ist längst wach, Liebes, nur du bist scheinbar«, sie versuchte, einen Blick durch den Türspalt in die Wohnung zu werfen, »noch nicht aufgestanden und ...« Ihre Augen weiteten sich. »Oh mein Gott, ist das ...?«

»Nein«, unterbrach sie Emilia, während Annabelles Augen immer größer wurden und sie aufgeregt flüsterte: »Mach mir nichts vor, da liegt ein Kerl in deinem Zimmer, der unfassbare Ähnlichkeit hat mit ...«

Emilia presste ihr eine Hand auf den Mund und sah sie beschwörend an. Die Freundin blinzelte ungläubig, doch Emilia hatte keine Zeit für Erklärungen und schob sie energisch zur Treppe. »Tut mir leid, ich benötige jetzt dringend Schlaf und kann nicht … Wir können jetzt nicht reden. Ich melde mich. Versprochen.« Damit machte sie auf dem Absatz kehrt und huschte zurück in ihre Wohnung. Annabelle würde das schon verstehen, dafür waren Freundinnen schließlich da.

Paul lag mit angewinkelten Knien auf ihrem Teppichboden, der Kopf war ihm auf die Schultern gekippt und einzelne Strähnen bedeckten fast vollständig sein Gesicht, hoben sich leicht unter seinem Atem. Emilia hätte ihn für immer betrachten mögen, setzte sich lautlos auf ihr Bett und versank in seinem Anblick. Fühlte sie sich schlecht wegen dem, was sie getan hatten? Bedauerlicherweise kein bisschen. Musst sie das sorgen? War sie zu einem gefühlskalten Menschen geworden? Sie zupfte zerstreut eine Zigarette aus ihrer Manteltasche.

»Du rauchst?« Paul hatte die Augen geöffnet, musterte sie mit gerunzelter Stirn. Selbst verstört und schlaftrunken brachte er ihr Blut in Wallungen.

Sie grinste keck. »Irgendeinem Laster muss man frönen, und dich war ich ja gezwungen aufzugeben.«

Die Falte auf seiner Stirn vertiefte sich, er stand auf, setzte sich neben sie aufs Bett und nahm ihr die Zigarette aus dem Mund. »Ich bin zurück«, murmelte er und küsste sie.

Sie seufzte versonnen. »Bist du das wirklich?«

Er nickte. »Ja.«

»Hm.« Sie wollte nicht aussprechen, was ihr auf der Seele lastete, wollte nicht beenden, was sie die letzten Stunden geteilt hatten. Als hätte er in ihr gelesen, als hätte er genau gespürt, was sie umtrieb, beteuerte er: »Ja, ich bin zurück, Emilia. Auf eine bedrückend eingeschränkte Weise, aber ich …« Er unterbrach sich nach Worten suchend. »Ich glaube nicht, dass ich dich heute verlassen und danach so tun kann, als hätten wir uns nie gesehen. Denn ich weiß, ich muss dich wiedersehen. Das heißt«, er sah sie unsicher an, »vorausgesetzt, du fühlst wie ich und die vergangenen Stunden waren für dich ebenso ein Geschenk des Himmels. Und wenn es keine Ausflüchte gibt, außer denen des Ehebruchs – eine Ehe mit einer Frau, für die ich nichts empfinde. Und wenn es für deine moralischen Werte nicht allzu kränkend ist …«

Emilia beendete seine Ausführungen mit einem langen Kuss. »Schweig endlich«, seufzte sie. »Meine moralischen Werte können vernachlässigt werden.«

Er stöhnte leise. »Du hast keine Ahnung, wie sehr ich dich vermisst habe.«

Emilia löste sich von ihm. »Das will ich stark anzweifeln, denn ich habe dasselbe durchgemacht. Habe es in unzähligen Briefen an dich niedergeschrieben.« Sie konnte nicht genug von der feinen Falte auf seiner Stirn bekommen.

»Ehrlich?«

»Mhm«, versicherte sie und nickte zu ihrem Schreibtisch hinüber, »es müssen an die hundert Stück sein, inzwischen sprengen sie meine Schublade.«

Er folgte ihrem Blick, machte Anstalten, sich zu erheben. »Darf ich sie lesen?«

Sie packte sein Handgelenk, zog ihn zurück aufs Bett. »Ich weiß nicht, es wäre mir womöglich unangenehm.«

»Sie sind für mich, oder?«

»Stimmt, trotzdem dachte ich, du würdest sie nie lesen.«

Das Unverständnis auf seinem Gesicht wich einem schelmischen Grinsen. Er beugte sich liebkosend zu ihr, knabberte gefühlvoll an ihrem Ohrläppchen. »Ich will sie lesen, bitte.«

Sie schüttelte den Kopf.

»Dann zeige ich dir auch meine.«

»Du hast Briefe geschrieben?«

»Jetzt kränkst du mich«, lachte er. »Es sind keine hundert, aber ja, den ein oder anderen.«

»Na schön«, räumte Emilia ein, »ein Brief für einen Brief.«

Er grinste. »Abgemacht. Wenn das bedeutet, wir sehen uns wieder.«

»Wenn du es diskret handhaben kannst.«

»Ich lasse dich nie wieder aus den Augen.«

»Ich weiß nicht, ob das eine Antwort auf meinen Wunsch nach Diskretion ist«, stellte Emilia neckend fest. »Versteh mich nicht falsch, ich muss um meine Sicherheit fürchten, deine Ehefrau und vor allem ihre Familie erscheinen mir durchaus in der Lage, ein Verbrechen zu begehen, erführen sie von uns.«

Das Lächeln wich aus seinen Zügen, er nickte ernst. »Ich weiß.« Dass er es nicht bestritt, beunruhigte sie. »Wir werden vorsichtig sein. Versprochen. Es sei denn, du willst es nicht riskieren ...«

»Doch. Ich will.« Sie hatte sich schon lange nicht mehr so lebendig gefühlt wie in dieser Nacht. Die Erwähnung Jenivers hatte Paul nichtsdestoweniger in nachdenkliche Stimmung gestürzt. Sie konnte sie hören und fühlen, seine dunkle Melodie, die stets für ihn sprach.

Emilia machte Frühstück, ein recht bescheidenes im Vergleich zu dem, was er vermutlich gewohnt war. Paul spielte mit ihren Fingern, während sie sich an ihrem Tisch gegenübersaßen.

»Wie ist das Leben in der Villa Winter?«, fragte sie leise.

Die Haut über seinen Kieferknochen verschob sich leicht, sein Blick richtete sich starr auf den Tisch. »Sie steht wieder. Obschon sie nicht mehr das ist, was sie einmal war. Jeniver weigert sich einzusehen, dass sie unser Besitz ist und damit Charlotte dieselben Rechte darin hat wie sie, sogar mehr. Aber da die Fauns wesentlich zu der Renovierung beigetragen haben, ist das ein strittiger Punkt. Es herrscht ein trügerischer Frieden zwischen den beiden, der sich jede Sekunde ins Gegenteil verwandeln kann.« Er seufzte. »Es ist kalt geworden in unseren Hallen, Emilia.«

Sie spürte seinen Schmerz, drückte seine Hand. Sie hatte gehofft, die richtige Entscheidung zu treffen, damals am Bahnhof, nun war sie sich nicht mehr so sicher.

»Marina macht sich gut, sie kann Jeniver besser kontern als wir.«

»Ich habe nichts anderes erwartet«, flüsterte sie.

Er sah auf. »Sie vermisst dich. Ich habe sie noch nie glücklicher gesehen als in dem Moment, in dem sie deine Geburtstagskarte gelesen hat.«

Emilia schaffte es zu lächeln, ohne in Tränen auszubrechen. Weiß Gott, sie vermisste Marina genauso. Jeden Tag und beinah ebenso schmerzlich wie Paul.

»Jeniver hat sich sehr darum bemüht, euren Briefkontakt zu unterbinden, wie dir sicherlich aufgefallen ist. Das beherrscht sie gut, sie ist die ungeschlagene Nummer eins darin, andere zu isolieren und zu verdrängen. Wusstest du, dass die Rolle, die ihr so viel Ansehen eingebracht hat, ursprünglich anders besetzt war? Sie hatten mit den Dreharbeiten längst begonnen. Aber irgendwie ist es meiner reizenden Gattin gelungen, dem Regisseur glaubhaft zu machen, ihre Vorgängerin sei zu labil für die Rolle. Das sind die Tricks einer Faun. Sie übertrifft ihre Brüder um Längen.« Er hielt inne, starrte weiter auf den Tisch. Emilia entging nicht, dass er es vermied, über sich selbst und Jeniver zu sprechen. Sie verstand ihn auch ohne Worte. Der letzte Zweifel, sie könne etwas tun, das ihr Seelenheil gefährdete, schwand endgültig. Der Abschied schmerzte dennoch, da sie sich doch keinesfalls gewiss sein konnte, ihn wirklich wiederzusehen.

»Glaub mir, ich lasse dich nicht noch einmal gehen«, versprach Paul zwischen zwei Küssen. »Nie wieder.«

Akademie Winter, Oktober 2004

Ach, Paul,
wie sehr wünschte ich mir, dir diese Neuigkeiten persönlich mitzuteilen, nicht über diesen Brief. Ich würde gern deine Reaktion sehen, würde nichts lieber spüren als deine Umarmung und deinen Herzschlag im Gleichtakt mit meinem. Ich war drauf und dran, auf das alberne Fahrrad zu steigen und zur Villa Winter zu radeln – ein Gedanke, der mich immer wieder beherrscht. Ich gestehe, dass die Tage trist und grau ohne dich sind und die Nächte tiefschwarz. Lediglich dieser Brief lässt mich gerade strahlen, weshalb du auch der Einzige bleiben sollst, der davon weiß.

Langsam senkte Elodie den Brief, spürte die tiefe Traurigkeit in den Zeilen. Sie konnte die Liebe fast greifen, die über sie hinausging. Am liebsten hätte sie die Frau, deren Worte Elodie so sehr berührten, fest in die Arme geschlossen und ihr versichert, alles werde gut. War es gut geworden? Dieser Brief stammte nicht von Jeniver, so viel war gewiss, dieser Brief stammte von jemandem, dessen Verlangen nach Paul Fairmann grenzenlos gewesen war. Hatte ihre Liebe überlebt? So ziemlich alles sprach dagegen. Paul war mit Jeniver verheiratet gewesen, und als Elodies Vater zur Welt gekommen war, war er bereits verwitwet. Es hatte nach Jenivers Tod laut dem Dienstpersonal keine andere Frau in Pauls Leben gegeben. Also musste diese Briefeschreiberin eine geheime Affäre gewesen sein, aber wann und wo hatte er sie kennengelernt? Bei einem Konzert? Scheinbar war sie Musikerin gewesen, denn sie erzählte Paul in diesem Brief von einer erfolgreichen Vermittlung ihrer Sinfonien. Wüsste sie bloß ihren Namen, das hätte die Suche erleichtert. Oma Marina wagte sie nicht zu fragen, ihr Zustand hatte sich in der vergangenen Woche verschlechtert, immer wieder plagten sie Schwächeanfälle, und so war es Elodie wichtig, ausschließlich heitere Gespräche mit ihr zu führen. Wenn sie sich nur erholte!

Elodie ließ die Augen über das Dachgebälk wandern, fragte sich, was diese Villa ihr erzählen würde, wäre sie in der Lage zu sprechen. Kannte sie die Antwort nicht längst? Tief in ihrem Innern? Wusste sie nicht, dass es eine tragische Liebesgeschichte sein musste? Dieses Haus hatte die Liebe bezeugt, viele Male – die Liebe zwischen Paul und dieser geheimnisvollen Briefeschreiberin. Gab es eine Verbindung zu ihr und Oma Maresas Tod?

Sie klappte den verwitterten Karton erneut auf, den sie auf dem Dachboden gefunden hatte – rein zufällig. Auf der Suche nach dem alten Violinkoffer, weil ihr aktueller sich nicht mehr verschließen ließ. Der Karton hatte völlig verloren neben alten Kisten und Boxen gestanden, irgendwie unwirklich und gerade deshalb ins Auge stechend. Als hätte er darauf gewartet, gefunden zu werden. Eigentlich lagen darin lediglich ein paar unbrauchbare Handschuhe und sonstige Accessoires aus den Zwanzigern, höchstwahrscheinlich Habseligkeiten Jenivers, denn in der Jugend ihrer Großmütter waren diese Dinge überholt gewesen. Ganz unten allerdings, auf dem Kartonboden, hatte sie diese goldene Box entdeckt und in der Box zwei Briefe. Der erste, in dem von einer Melodie die Rede war, die *sie* nur für ihn gespielt habe, war sogar noch romantischer. Emotional, wie Elodie war, bildete sie sich bereits beim Lesen ein, sie zu hören, und ferner, sie zu kennen. Dieselben sanften Akkorde, die sie immer um sich glaubte, wenn sie und Charlie einander küssten. Wer weiß, vielleicht waren sie alle hier unter diesem Dach miteinander verbunden, einfach durch die Liebe. Beim Versuch, den Namen dieser Frau zu ergründen, scheiterte Elodie an der plötzlichen Unleserlichkeit des Textes. Der erste Brief war unterzeichnet, entziffern konnte sie den Namen hingegen nicht. Wilma oder Nina eventuell? Mila oder Milia? Oder nichts davon.

Elodie seufzte leise und widmete sich dem letzten Fundstück aus der Box. Es war ein ehemals silbrig glänzendes Büchlein, aus dem fast alle Seiten entfernt worden waren. Zusammengefaltete Presseartikel über Filmpremieren, die ein oder andere Notiz zu einer Filmrolle, demnach eindeutig ein Notizbuch Jenivers. In dem Fall musste sie von der Affäre ihres Mannes gewusst haben, oder was suchten die Briefe einer anderen in ihrer Box? Ob sie eifersüchtig gewesen war? Nach allem, was sie über Jeniver in Erfahrung gebracht hatte, musste sie es selbst nicht sehr ernst genommen haben mit der Treue. War es *diese* Art Ehe gewesen? Verheiratet des Geldes wegen, und jeder lebte sein Leben? Irgendwie konnte sie sich das nicht vorstellen.

Der Summlaut ihres Handys ließ sie zusammenzucken. Herrje, war es schon wieder so spät? Wie lange saß sie hier oben auf dem Dachboden? Beim Anblick von Charlies Kontaktbild hüpfte ihr Herz, und sie nahm lächelnd ab.

»Hey, Prinzessin.«

»Hey, Filmstar. Bist du für heute mit dem Drehen durch?«

»Ja. Wobei ich sagen muss, die Zeit, die ich vor der Kamera verbringe, ist die geringste meines Arbeitstages. Eigentlich sollte ich zum Privatdetektiv umschulen.«

»Ich bin sicher, darin bist du ebenso begabt. Verlangst du ein Honorar?«

»In Naturalien ... genau genommen in Küssen«, scherzte er. »Was ist? Willst du die neusten Nachrichten hören?«

Elodie lächelte in sich hinein. So viele neue Nachrichten, wie er ihr lieferte, verdienten eine Menge Küsse. »Ich bin ganz Ohr.«

»Ich habe hier ein bisschen mit den Produktionsleitern geplauscht. Die mögen mich, weil ich so herrlich wissbegierig und aufstrebend bin.«

Typisch Charlie, er spielte zu jedem Zeitpunkt eine Rolle. Solange er sie in ihrer Gegenwart ablegte, befand sie es für vollkommen in Ordnung.

»Erinnerst du dich daran, dass sich Jonathan am Tag der offenen Tür damit gerühmt hat, die Faundable Films seien vor allem wegen ihrer Filmmusik so erfolgreich gewesen? Dass nur die namhaften Komponisten für sie gearbeitet hätten? Tja, das Gegenteil ist der Fall. Sie haben sich junge aufstrebende Leute ohne Namen gekrallt und sie geschickt um ihre Stücke gebracht, um diese als Eigenproduktion auszugeben. Wahnsinn, oder? An ihrer Reputation ist echt so gut wie nichts ernsthaft verdient. Jetzt rate mal, wer …«

Aber in Elodies Kopf setzte sich gerade laut klickend Puzzleteil um Puzzleteil zusammen, sodass sie weder raten noch länger zuhören konnte, sondern aufgeregt dazwischenfuhr. »Sie haben die Stücke unbekannter Komponisten geklaut?«

Die Worte der Briefeschreiberin kehrten in ihr Bewusstsein zurück: *Gestern erhielt ich einen Brief des Intendanten des Berliner Schauspiel- und Konzerthauses, in dem er schreibt, ihm sei meine* Sonate in Blau *und die* Kleine gelbe Sinfonie *vom Leiter der Musikhochschule empfohlen worden!* Die Briefeschreiberin hatte demnach bestimmt noch keinen sonderlich großen Namen. Was, wenn sich die Fauns auch ihrer Stücke bemächtigt hatten? Es wäre eine Schnittstelle zwischen dieser rätselhaften Unbekannten und den Fauns!

»Ich weiß nicht, ob sie sie tatsächlich im wahrsten Sinne des Wortes geklaut haben«, gab Charlie gerade zu bedenken, »oder sie sich elegant vertraglich unter den Nagel gerissen, aber im Prinzip: ja.«

Rasch weihte ihn Elodie in ihre Überlegungen ein. »Denkst du, du kannst herausfinden, ob sie irgendwann Mitte der Zwanziger die Kompositionen einer jungen Musikerin legal oder illegal erworben haben?«

Ein leises Lachen am anderen Ende der Leitung. »Du weißt schon, dass das sehr vage Angaben sind und die Chance auf eine brauchbare Information nicht gerade groß. Ich meine, so, wie es aussieht, haben sie vermutlich zig junge Musikerinnen um ihre Werke gebracht.«

»Ja, nur *diese* Musikerin war Pauls Affäre. Ich bezahle dich mit einer Million Küssen, wenn du deine ausgezeichnete Spürnase darauf ansetzt.«

»Wie könnte ich da widerstehen. Kann ich mir eine Anzahlung gleich morgen abholen?«

»Unbedingt!« Elodie konnte es kaum erwarten, ihn wiederzusehen.

»Wunderbar, morgen scheint die Sonne, wir könnten zum Waldhaus und ...«

»Oh, shit!« Seine Bemerkung über das Wetter rief ihr in Erinnerung, dass sie bereits verabredet war. »Ähm ... Charlie ... Robert hat genau dieselbe Feststellung gemacht.«

»Im Ernst? Ich werde für den Verlobungskandidaten deines Vaters versetzt?«

»Der wiederum von mir versetzt wird, sobald ich alle Informationen aus ihm herausgepresst habe, die ich benötige.«

Charlies Begeisterung hielt sich in Grenzen, aber er widersprach nicht, und so verabredeten sie sich für den Tag darauf. Dennoch hinterließ das Gespräch einen bitteren Beigeschmack. Davon abgesehen, dass dieser Robert ihr eventuell nützlich sein könnte, blieb er ein Problem, das sie ebenso schnell lösen musste wie das Geheimnis ihrer Großmutter. Ehe es ihr so ergehen würde, wie den armseligen Mädchen im Mittelalter. Ihrem Vater war alles zuzutrauen!

Gedankenverloren blätterte sie im Notizbuch Jenivers. War sie auch verheiratet worden, oder hatte sie ursprünglich aus Liebe geheiratet? Eine Frage, die sich noch in der folgenden Minute unvermutet selbst beantwortete. Jenivers Handschrift war geschwungen und künstlerisch.

Heute hat sich mein Verdacht bestätigt. Nicht dass ich es nicht längst wusste, aber diesen dummen, kleinen Brief seiner dummen kleinen Musiklehrerin tatsächlich zu finden – noch nicht mal besonders gut versteckt –, hat meine Seele schwer verletzt. Das Schlimmste daran ist, dass ich ihm keinen Vorwurf machen darf, nicht wahr? Ich habe ihn zuerst fallen gelassen. Und ich hasse mich dafür. Ich hasse mich jeden Tag dafür, dass ich Dorian ihm vorzog. Die Liebe meines Lebens zu verlassen! Für etwas so Schnödes, etwas, das wir sowieso im Überfluss besitzen. Wie konnte ich nur?

Elodies Augen flogen aufgeregt über die tagebuchartigen Zeilen, in denen ihr Jeniver erstmals nicht wie ein gefühlskaltes Monster erschien, sondern wie eine Frau, die in der Lage war zu lieben. Die bereute, Paul betrogen zu haben. Reue hätte sie dieser Familie kaum zugetraut, ebenso wenig wie ernsthafte Gefühle. Warum hatte sie ihn verlassen und wann? Gespannt las sie weiter.

Ich dachte damals, Liebe sei ein hübscher Zusatz einer lukrativen Ehe, aber ich lag falsch. Furchtbar falsch. Dorian konnte ich akzeptieren, niemals lieben. Nicht so, wie ich Paul geliebt hatte. Wie hatte ich das nur wegwerfen können?

Die Schrift wurde krakeliger, Jenivers Erregung prickelte Elodie förmlich entgegen.

Wer hätte ahnen können, dass er sich in die nächstbeste dahergelaufene Schlampe verlieben würde? Wie kann man so eine MIR vorziehen? Wie? Ich bin schöner, ich bin begabter, und ich habe mehr Geld! Ich dachte, wären wir verheiratet, käme die Liebe von selbst wieder. Ich dachte, er würde nicht wagen, mich zu hintergehen, der große Vertreter von Prinzipien, ha! Das lasse ich nicht zu. Ich bin Jeniver Fairmann, ICH bin seine Frau und noch dazu eine geborene Faun. Kein kleines Waisenmädchen kann es mit mir aufnehmen!

Elodie legte atemlos das Buch zur Seite. Ein Waisenmädchen! Pauls Geliebte war eine mittellose Waise! Das dürfte zur damaligen Zeit ein Affront für eine wie Jeniver gewesen sein und womöglich der Grund, warum sie nicht zusammen sein konnten. Wenn Elodies Vater heutzutage schon so ein Theater wegen Charlie machte, was musste damals erst los gewesen sein?

Würde Charlie diese Information weiterhelfen? Und weit wichtiger: Was war mit dieser Waise geschehen, die Jeniver Faun offenbar ausgestochen hatte?

Berlin, Dezember 1927

Meine liebste Milia,
ich kann nicht mehr arbeiten, nicht mehr denken oder mich aufrichtig auf die Geschäfte konzentrieren. Meine Gedanken kreisen in einer Endlosschleife, die bei dir beginnt und bei dir endet. Der Alte hatte unrecht. Nicht mit dir verheiratet zu sein ist das einzig Unvernünftige, die einzige Gefahr für seine Geschäfte. Vor zwei Tagen habe ich eine Fehlentscheidung getroffen, nicht weil ich es nicht besser gewusst hätte, sondern aus Unachtsamkeit, mit den Gedanken anderswo ... bei dir. Ich sehe dich in jeder Gestalt, die an meinem Fenster vorbeigeht, höre dich in jeder sanften Melodie, die an mein Ohr dringt, ich spüre dich, gleichgültig, was ich anfasse.
Marina ahnt etwas, sie ist so klug, dass es mir manchmal Sorgen macht. Ich hätte mich ihr gern anvertraut, aber ich wage es nicht. Schon dir zu schreiben versetzt mein Herz in Panik, und du weißt, wie kühl es sein kann. Allein durch dich schlägt es überhaupt.
Zumindest dein Einfall war Gold wert, die jungen Künstler ohne großen Namen im Glitzer & Gold auftreten zu lassen, denn seit es einen Abend für die Kleinkunst gibt, hat sich unsere Kundschaft erheblich vergrößert, was den Schaden ausgleicht, den ich angerichtet haben dürfte ...
Vielleicht war es keine Unachtsamkeit, als ich ein Geschäft abschloss, das Verluste garantierte. Vielleicht war es bewusst, um ihm zu schaden. Ein kindischer Rache-

streich, den ich sicherlich noch bereuen werde. Im Augenblick bereue ich nur, nicht bei dir zu sein.
Treffen wir uns am Freitag bei der Mulackritze, im schäbigen Scheunenviertel dürfte uns niemand vermuten.
Ich kann es kaum erwarten.
In Liebe
Paul

Die kalte Wintersonne tauchte die Stufen des Theater- und Konzerthauses in blassgelbes Licht, doch Emilia übersah das hübsche Farbenspiel, indes sie die Treppen hinabhüpfte, zweifach selig. Hatte die Welt beschlossen, sie wieder in ihre Arme zu schließen und ihr solch Glück zu bescheren? Konnte sie es wirklich annehmen, ohne zu fürchten, erneut Verletzung zu erfahren? Sie verlangsamte ihren Schritt, während sie über den Platz ging, um noch einmal Pauls Zeilen zu überfliegen. Sie ließen sie strahlen, wie Morgen- und Abendstern zusammen. Seit jenem Abend vor der Mulackritze hatte dieses Strahlen sie nicht mehr verlassen. Im Gegensatz zu Pauls Schilderungen hatte es ihr Flügel verliehen, ihre Ideen und Gedanken waren nur so übergesprudelt, selbst auf den Unterricht im Waisenheim.

Annabelle nannte sie den *Phönix aus der Asche* und verzieh ihr großzügig ihre raue Abfertigung am Morgen nach ihrer Wiedervereinigung mit Paul. Erstaunlicherweise verzieh ihr sogar Mikey. Ihm die gesamte Wahrheit anzuvertrauen wäre sowohl unnötig wie unklug gewesen, daher beschränkte sie ihre Erklärung darauf, ihre Jugendliebe wiedergetroffen zu haben. Sie wusste auch ohne Annabelles Andeutungen, dass er sich mehr erhofft hatte, und war überrascht, dass er sich nicht zurückzog, im Gegenteil, sie bat, weiterhin mit ihnen aufzutreten, was sie ihm gern zusagte. Nichts ahnend, dass Paul weitaus misstrauischer reagieren würde, als sie angenommen hätte.

»Du und dieser Musiker, der dich auf der Bühne anhimmelt, seid ihr ...?«

»Nein!«, widersprach sie vehement, als er beiläufig darauf zu sprechen kam. »Was denkst du dir!?«

»Ich meinte, ehe wir uns wiedertrafen.«

Emilia schüttelte entschieden den Kopf, obwohl sie nicht für Mikey sprechen konnte. »Wir kannten uns noch nicht lange, und aus meiner Sicht war es bloß eine freundschaftliche und geschäftliche Beziehung.«

»Die du aufrechterhältst?«

Sein Tonfall verblüffte sie. »Paul Fairmann, du bist nicht etwa eifersüchtig?«

Er wich ihrem Blick aus. »Ich weiß es nicht, ich ... Ja, möglicherweise bin ich es. Ich meine, wenn ihr euch weiterhin seht, könnte daraus etwas entstehen, oder nicht?«

»Ist etwas daraus entstanden, seit du Jeniver jeden Tag siehst?«

»Das ist nicht dasselbe.«

»Eigentlich schon«, beschied sie aufgebracht und wandte sich ab.

»Milia, bitte«, lenkte er ein und zog sie zu sich. »Ich will mich nicht mit dir streiten. Nicht beim zweiten Treffen nach so langer Zeit.«

Sie hatte sich einlenkend zu ihm umgedreht, hatte es ebenso wenig gewollt. Sie war mit ihren Fingern durch seine halb langen Locken gefahren, hatte sich nichts Schöneres vorstellen können, als sie zu berühren. »Entschuldige.«

Sie stritten sich nie wieder. Das Gefühl, wiedervereint zu sein, war stärker als alles andere. Sie hatten sich insgesamt vier Mal getroffen, und zwischen jedem einzelnen Tag hatten Qualen gelegen. Wie hatte sie es fast drei Jahre ohne ihn ausgehalten? Ihr Lied war überall, überwand jede Distanz, wirklich ganz fühlte sie sich nur, wenn er bei ihr war.

Als sie, den Brief fest umklammernd, in Richtung ihrer Haustür ging, löste sich ein Schatten aus der Seitengasse und kam direkt auf sie zu. Emilia entwich ein überraschter Laut, der von einem stürmischen Kuss erstickt wurde und ihren Körper unter Strom setzte. Sie stieß Paul dennoch mit sanfter Gewalt von sich, sah sich auf der Straße um. »Was, um Himmels willen, machst du hier?«

Er streichelte ihre Wange. »Übermorgen stellte sich als zu lange heraus.«

Sie hätte ihn unvernünftig gescholten, aber die Freude, ihn zu sehen, war zu groß, ihre Ungeduld, ihn einzuweihen, zu unbändig.

»Ist das dein Ernst?«, wollte er aufgeregt wissen, als sie fertig erzählt hatte.

Seine Reaktion verzückte sie noch viel mehr als in ihrer Vorstellung. Das Lächeln, das sein Gesicht einst so selten besuchte, wurde breiter und schöner, bis es beinah seine Ohrläppchen küsste. Sie nickte glücklich. »Ich komme eben von dort. Sie wollen meine Stücke mit ins Frühjahrskonzert aufnehmen. Kannst du dir das vorstellen, mein Name im Programm des Berliner Konzerthauses? Sie wollten es unbedingt noch heute besprechen, damit sie damit in Druck gehen können.«

Es fühlte sich wundervoll an, die Nachricht mit ihm zu teilen, wundervoll, von ihm in den Arm gezogen zu werden und ihn flüstern zu hören: »Ich habe es dir gesagt. Du schaffst das. Ich bin froh, dass ich es miterleben darf. An deiner Seite.«

Sie schloss die Augen. *An deiner Seite.* Es klang schön, obwohl der dunkle Schleier der Erkenntnis sich nie von ihnen löste. Dass sie sich niemals vollends besitzen würden. Die Fauns fanden keine Erwähnung mehr in ihren Gesprächen, am allerwenigsten Jeniver. Aber sie war überall und beschattete Pauls Gedanken. Sein Widerwillen gegen sie wuchs mit jedem Mal, wenn sie sich trafen. Jenivers Worte ergaben erst jetzt richtigen Sinn. Der Dämon in ihm war sie selbst, die von ihm Besitz ergriffen hatte und ihn niemals loslassen würde.

Berlin, Oktober 2004

Zu behaupten, Robert Schiffer sei ein Idiot, wäre gelogen und irgendwie ungerecht. Er verhielt sich wie ein Gentleman der alten Klasse, indem er Elodie mit seinem relativ bescheidenen Audi abholte, um mit ihr anschließend im Großen Tiergarten in der Stadt spazieren zu gehen. Er verzichtete auf wichtigtuerisches Gehabe, obwohl er laut ihrem Vater ein millionenschwerer Fisch war – eigentlich ein weiterer Grund, die Flucht zu ergreifen, aber weil der Fisch es bleiben ließ, auf seine Pfunde hinzuweisen, mochte ihn Elodie wider Erwarten. Fast schlich sich ein schlechtes Gewissen ein, weil sie ihn streng genommen ausnutzte, was er wohl nicht verdiente.

»Nur, um jegliches Missverständnis ein für alle Mal auszuräumen«, erklärte er, als sie nebeneinander durch den Park schlenderten, »solltest du dich mit mir treffen, weil dich dein Vater dazu nötigt, spendiere ich dir einen Kaffee, wir unterhalten uns kultiviert, bis wir ausgetrunken haben, und ziehen danach unserer Wege, und ich werde dich bestimmt nicht wieder behelligen.« Er sprach zum wolkenlosen Herbsthimmel, wandte sich erst jetzt ihr zu. »Ich wollte dich nicht näher kennenlernen, weil es Richter Johannes Wagner in den Kram passt, sondern weil ich dich spielen gehört habe und ...« Er unterbrach sich und sah nachdenklich auf den Boden, als suchte er nach den richtigen Worten. »Sagen wir, wenn es jemand fertigbringt, mein Herz so sehr zu berühren, dass mir in einem vollen Konzertsaal die Tränen kommen, ist das etwas Besonderes. Ein Phänomen, würde ich behaupten. Daher musste ich die Chance wahrnehmen.«

Elodie konnte nicht umhin, seine Ansprache bewegend zu finden. »Was ist mit deinem Herz? Warum lässt es sich so schwer berühren?«

Er lachte leise, senkte den Blick und ging weiter. »Es wurde zu häufig gebrochen und ist gleichgültig geworden.«

»Besser als zu Stein, oder?«

»Ja, besser als zu Stein. Gegen den hätte eine Violinistin nichts mehr ausrichten können.«

Elodie musterte ihn von der Seite. Alles an ihm wirkte ruhig und ausgeglichen, aber es stimmte, da war auch dieser Hauch Melancholie in seinen Zügen, in den leisen Bewegungen, in der gesamten Haltung. Er machte sie nicht länger zum Thema, sondern lenkte die Aufmerksamkeit geschickt von sich. »Ich habe mich gefragt, was es ist, das dich und dein Spiel so einzigartig macht.«

Elodie lachte trocken. »Höchstwahrscheinlich die Stradivari, sie hat einen besseren Klang als die billigeren Exemplare.«

Er blieb stehen. »Denkst du das wirklich?«

Sie hatte keine Ahnung, er jedenfalls schien es nicht zu glauben. »Ich weiß es nicht, Robert. Ich fühle mich nicht einzigartig. Lediglich zur Musik hingezogen.«

Er sah sie lächelnd an. »Dann ist *das* vermutlich die Antwort.«

»Wie meinst du das?«

»Diejenigen, die nicht nach Aufmerksamkeit schreien, sind die Einzigen, die sie verdienen.«

Sieh an, ein Dichter und Denker. Sie konnte das feine Lächeln nicht aufhalten, das sich in ihr Gesicht stahl, und für einen flüchtigen Moment glaubte sie, sie zu spüren, diese zaghafte Verbindung zwischen ihnen. Sie räusperte sich und ging rasch weiter. »Wann hast du mich spielen gehört?«, versuchte sie, das Gespräch zwanglos weiterzuführen.

»Oh, inzwischen schon häufiger, das erste Mal im Sommer in der Philharmonie. Ich habe meine Schwester begleitet, die als Rollstuhlschieberin von Herrn Faun eingeteilt war.« Er zwinkerte. »Das klingt jetzt ein bisschen frech. Eigentlich finde ich es bewundernswert, dass er in seinem Alter noch am kulturellen Leben teilnimmt, aber es muss sich eben immer ein Familienmitglied finden, das ihn herumkutschiert. Damals war wie gesagt meine Schwester dran. Die Blutsverwandten waren verhindert, und weil sie ihn ein bisschen unheimlich findet, hat sie mich gebeten mitzukommen.«

Elodie spürte ihren schneller werdenden Herzschlag. Sie hatte sich lang und breit den Kopf darüber zerbrochen, wie sie möglichst unauffällig auf das Thema Faun zu sprechen kommen könnte. Dass er die Familie von selbst erwähnte, erleichterte sie, denn er erschien ihr eine Spur zu clever, um sie nicht zu durchschauen.

»Wer kann es ihr verübeln«, nahm sie den Faden prompt auf, »mir ist er auch nicht geheuer.« Was auf keinen Fall gelogen war.

»Kann ich mir vorstellen. Kommt einem wie ein greisenhafter Stalker vor, oder?«

Elodie kicherte. »Na, zum Glück nicht meiner. Er kommt wegen Oma Marina, glaube ich.«

»Ach ja? Zu deinen Aufführungen?«

Elodie runzelte die Stirn, nur flüchtig irritiert. »Es sind zwar meine Aufführungen, aber sie ist immer dabei. Außerdem scheint er sehr musikaffin.«

»Das stimmt wiederum. Lag in der Familie.« Robert blieb vor dem Gehege der grasenden Ziegen stehen und betrachtete sie schmunzelnd. »Ich habe diese Tiere immer beneidet. Sie können den gesamten Tag damit zubringen, zu fressen und nichts zu tun. Niemand setzt sie unter Druck.«

Elodie lehnte sich gegen den Zaun und folgte seinem Blick. Er hatte nicht unrecht, und sie fragte sich unwillkürlich, welche familiäre Bürde auf seinen Schultern lastete. »Ich würde nichtsdestotrotz annehmen, dass es auf Dauer ziemlich langweilig wäre. Zumindest für mich. Hast du schon mal eine geigende Ziege gesehen?«

»Sicher.«

Elodie sah lachend zu ihm hoch. »Wie bitte?«

»Kennst du nicht Marc Chagalls *Les mariés dans le ciel bleu du village*?«

Elodie schüttelte den Kopf, auch wenn sie Chagalls Gemälde allgemein mochte. Dass Robert sich mit ihnen auskannte, überraschte sie nicht.

»Ich zeige es dir bei Gelegenheit. Das heißt, sollten wir uns nach diesem Treffen noch mal wiedersehen wollen.«

Das bleibt abzuwarten, dachte Elodie und schenkte ihm ein kokettes Lächeln. Sie kehrte zurück zu ihrem fallen gelassenen Gesprächsthema, dem einzigen, das sie wirklich interessierte. »Du sagtest, es lag in der Familie der Fauns. Ist die jüngere Generation nicht mehr so?«

Robert schien sekundenlang irritiert über die Frage, beantwortete sie trotzdem höflich. »Kann sein. Sie gehen eher in Richtung Film. Aber Maximilians Schwester war in beiden Kunstgattungen sehr verwurzelt.«

»Jeniver?«, entfuhr es Elodie unbedacht.

Robert nickte amüsiert. »Ja, genau. Kennst du die Familie gut?«

Sie winkte ab. »Och, die ist ja ziemlich weitreichend. Ich habe erfahren, dass Jeniver mit meinem Urgroßonkel verheiratet war, deshalb sagt mir der Name etwas.« Keine Lüge. Sie fuhr fort, ehe er weiter darüber nachdenken konnte: »Heißt das, sie hat selbst Musik gemacht?«

»Soweit ich weiß, nicht«, entgegnete Robert schulterzuckend, »aber sie hatte wohl ein gutes Gespür für Musik. Damals, als ihre Filmfirma gegründet wurde, gab es bloß Stummfilme, was die musikalische Begleitung besonders wichtig machte. Scheinbar hat Jeniver wesentlich dazu beigetragen, die geeigneten Komponisten an Land zu ziehen. Auf jede erdenkliche Art.«

Elodie horchte auf. »Wie darf ich das verstehen?«

Robert grinste verschmitzt. »Ich denke, sie hat ihre weiblichen Reize weit mehr eingesetzt als du.«

»Du findest, ich habe keine weiblichen Reize?«

»Ganz und gar nicht, ich sagte, du setzt sie nicht ein. Jedenfalls nicht bei mir.«

Wow, das war ihr noch nie untergekommen. Forderte er sie auf, mit ihm zu flirten? Zugegeben nicht gerade ihre Stärke.

Oder der falsche Typ. Du bist schließlich nicht hier, um ihn anzumachen, oder?

Das nicht, allein er schien eindeutig darauf aus, und vielleicht musste sie ihm etwas liefern, damit das hier nicht zu sehr nach Verhör klang. »Präzisier das mal, damit ich von der Grande Dame lernen kann. Was hat sie denn getan?« Ihre Stimme klang nicht nach ihrer, als sie das sagte, auf eine Art neckend, die sie nicht einmal gegenüber Charlie verwendete. Was würde er von ihr denken, würde er sie jetzt sehen?

Dass du schauspielerst. Macht er ständig.

Robert schien zu gefallen, was er sah. »Ich nehme an, im ersten Schritt hat sie ihre Lippen gewinnbringend eingesetzt ...«

Oh shit. Das ging ihr jetzt ein bisschen schnell – und zu weit. Nicht dass Robert Schiffers Lippen zu verachten wären, aber ein Kuss ging eindeutig über ihr kleines Detektivschauspiel hinaus. Charlies Verständnis würde da bestimmt auch enden.

»Oh, wow, wenn das ihr erster Schritt war, muss sie ziemlich gerannt sein, um ans Ziel zu kommen, hm?«

Was man nicht wirklich von Robert behaupten konnte, der sich nur sehr langsam auf sie zubewegte, wobei er im

Endeffekt trotzdem ziemlich schnell ziemlich nah bei ihr stand.

»Anzunehmen. Sie schreckte vor nichts zurück, um das zu erreichen, wonach ihr der Sinn stand.«

Das, was er und Elodie sagten, passte nicht mehr zu dem, was sie taten, wobei Roberts tiefe, sanfte Stimme durchaus zu seinen Bewegungen passte, seinen Berührungen, während er weitersprach und Elodie völlig überforderte. »Einmal kam es sogar zu einer Gerichtsverhandlung. Aber Jeniver hat immer bekommen, was sie wollte. Oder wen.«

Wann waren seine Hände an ihren Hüften gelandet? Elodie hörte ihren Herzschlag in den Ohren rauschen, starrte in das tiefe Blau von Roberts Augen und war unfähig zu denken. Oder nur sehr langsam. Durcheinander. Eine Gerichtsverhandlung? Was machte er da mit seinen Händen? Wieso war Jeniver vor Gericht gewesen? Würde er sie jetzt einfach küssen und sie das zulassen? Bekam er auch immer, was und wen er wollte? Sollte sie nicht Panik bekommen?

Du hast bereits Panik.

»So ist sie Emilia Sommer losgeworden, die dein Urgroßonkel eigentlich geheiratet hätte. Erzählt man sich. Jeniver war gerissen.« Er beugte sich vor und öffnete leicht die Lippen.

Elodies Verstand setzte aus, sie wollte die Hand wegziehen, nach der Robert griff, und fand sich stattdessen dicht an ihn gedrängt, spürte seinen Körper an ihrem, während ihr der Tiergehegezaun ins Kreuz drückte. »Wer war Emilia Sommer?«

Robert hielt inne, seine Augen glitten über ihr Gesicht. Was las er dort? Ein feines Lächeln umspielte seine Lippen. Vielleicht erkannte er selbst, dass er zu schnell gewesen war und seine eigenen Worte stimmten. Sie war nicht wie Jeniver. Er löste sich kaum merklich von ihr, seine Hand hielt immer noch ihre. »Keine Ahnung, das habe ich bloß gehört.« Er hielt sie mit seinem Blick fest. »Wir sind nicht hier, um über Jeniver und Emilia Sommer zu reden, oder?«

Waren sie das nicht? In Elodies Kopf blieb nicht mehr viel Platz für logische Gedanken. Mechanisch schüttelte sie den Kopf.

»Eben«, murmelte er und zog sie vom Zaun weg. »Was hältst du von einer romantischen Tasse Kaffee?«

Gar nichts. »Klingt toll.«

Stunden später, als Elodie wieder richtig denken konnte und dazu in ihrem Zimmer auf und ab tigerte, tobte eine Frage besonders laut in ihrem Kopf: War sie zu weit gegangen? Zwar war es ihr gelungen, dem Kuss zu entgehen und auch allen weiteren Avancen, aber sie hatte Robert Schiffer definitiv nicht entmutigt. Etwas, das sie schleunigst nachholen musste! Bislang hatte sie Charlie nie wütend erlebt, was sich bestimmt ändern würde, erzählte sie ihm von dem heutigen Treffen.

Dann lass es!

Ein unvorstellbarer Vorschlag, sie erzählte ihm immer alles.

Und was, wenn er dich danach nicht mehr sehen will?

Nein, er würde das schon verstehen ... Oder? Außerdem hatte es sich ja gelohnt. Allein weil sie nun wusste, wer Paul Fairmanns Geliebte gewesen war. Emilia Sommer. Ihr Blick fiel auf den Stapel Briefe in der Kartonbox. Jenivers Worte kamen ihr wieder in den Sinn, dass es *kein kleines Waisenmädchen* mit ihr aufnehmen könne. Elodie würde die Villa Winter verwetten, dass diese Emilia eine Waise gewesen war! Und, dass ihr Spitzname *Milia* gelautet hatte.

»Das ist meine Milia ...« Die Stimme ihrer Großmutter hallte in ihren Ohren wider, einer Erinnerung gleich, die sie völlig vergessen hatte. Was hatte sie über diese Milia, die mit Sicherheit Emilia war, gesagt? Und was war mit ihr geschehen, nachdem Jeniver sie und Paul wie auch immer entzweit hatte?

Berlin, Januar 1928

Paul, mein Liebster,
mein Kopf ist voller Klänge und Melodien, die die Kälte dieser tristen Jahreszeit verdrängen. Ich muss dabei so oft an unseren Sommer denken, als die Welt noch eine andere war. Dennoch hat das neue Jahr so vieles mit sich gebracht, das diesem Sommer ähnelt. Ich kann nicht beschreiben, was in mir vorgeht, aber es fühlt sich wie ein Wunder an. Gestern stand ich vor dem Spiegel und glaubte bereits, eine Veränderung zu sehen, dabei dürfte es dafür noch viel zu früh sein. Ich spüre sie oder ihn in mir, und es ist, als sei ein Teil von dir deshalb immer in meiner Nähe.
Ich bin etwas extravagant geworden, fürchte ich, denn seit einigen Tagen kann ich nichts, das mir von Wert erscheint, mehr aus den Augen lassen. Deshalb trage ich all die Briefe und meine Mappe mit den Kompositionen ständig in meiner Tasche herum, und wenn ich nur eben das Haus verlasse, um Brot zu kaufen. Nellie hat meine Schulstunden reduziert, was nicht nötig gewesen wäre … noch nicht. Sie sagt, sie nehme den Mutterschutz sehr ernst. Es bedeutet aber, dass ich viel Zeit habe, in der ich ohne Beschäftigung bin, und so zähle ich die Tage bis zum Wochenende und dabei hat die Woche eben erst begonnen.
Ich küsse und liebe dich,
Milia

Dem Morgen haftete eine frühlingshafte Note an, zumindest pfiffen und sangen die Vögel besonders fidel, und Emilia lächelte ihnen versonnen zu, als sie ihren Brief ins Postfach gleiten ließ. Später würde sie sich fragen, ob die fröhliche Stimmung ein Vorbote gewesen sein mochte, der endgültig die Zeit bestimmen würde, die sich ihr zugunsten wandelte. Sie nahm den Herrn im langen grauen Mantel nur nebenbei wahr, wie er vor ihrem Wohnhaus stand. Sie hatte ihn nie zuvor gesehen und musste annehmen, dass er nicht aus Berlin stammte oder sich nicht in dieser Gegend auskannte, denn er sah sich immer wieder suchend um. Sie grüßte ihn dennoch aus Höflichkeit, als sie an ihm vorbei zur Tür ging.

»Ah, Verzeihung, Fräulein Emilia Sommer?«

Sie hielt überrascht inne und wandte sich ihm zu. Er lächelte verbindlich, nahm den grauen Hut ab, unter dem sich schütteres mausgraues Haar verbarg. Auf seinem Gesicht zeichnete sich das Alter in Form einer sympathischen Ansammlung von Falten ab, seine Stimme jedoch klang fest, und er wirkte in seinem gesamten Auftreten professionell. Wie ein Advokat oder dergleichen.

»Martin Engelein, ich, nun, ich habe eine dringliche Angelegenheit mit Fräulein Sommer zu besprechen«, sein Blick glitt über einen Papierbogen, der Emilia vage bekannt vorkam. »Sie sind Emilia Sommer, von der Leitung des Friedrich-Waisenhauses Rummelsburg in der Hauptstraße 7 als geboren eingetragen am zwölften Juni 1902?«

Emilia nickte stumm, erkannte bei seinen Worten den Papierbogen aus dem Waisenheim wieder. Weshalb war er in seinem Besitz?

»Wohl an, in diesem Fall bin ich hier richtig und darf Sie bitten, Sie auf ein Wort in Ihrer Wohnung zu sprechen?«

Wieder nickte Emilia, führte ihn mit bangem Herzen die neunundzwanzig Stufen zu ihrer Behausung hinauf, unter denen er schwer zu atmen hatte. Einen Augenblick standen sie beide unbeholfen im Flur, ehe sie ihn ins Zimmer bat.

»Wünschen Sie ein Glas Wasser?«, erinnerte sie sich verspätet an ihre Umgangsformen, zu nervös von dem unerwarteten Besuch, und bedeutete ihm, sich zu setzen.

»Sehr freundlich, danke.« Er ließ sich ächzend nieder, breitete seine Unterlagen sorgfältig auf dem Tisch aus.

Emilia setzte sich ihm gegenüber, nachdem sie ihm das Wasser geholt hatte, die Hände gefaltet.

Das Verbindliche kehrte zurück auf sein Gesicht, als gehöre es nach jahrelanger Übung genau dort hin. »Fräulein Sommer, ich habe Sie heute als Notar Ihrer Eltern aufgesucht.«

Emilia starrte ihn tonlos an. »Ich habe keine Eltern«, kam es prompt über ihre Lippen. »Sie selbst halten meine Urkunde aus dem Waisenhaus in Händen.«

»Nun ja«, hüstelte der Notar, »Sie haben Ihre Eltern nie kennengelernt, aber existiert haben sie deshalb trotzdem. Ich bin nicht befugt, über die Umstände zu sprechen, die sie veranlasst haben, Sie in die Obhut des Friedrich-Waisenhauses zu geben, und kenne sie auch nur bedingt, vermag indes zu sagen, dass es keine leichte Entscheidung gewesen sein kann. Ihre Eltern lebten die letzten neunzehn Jahre im Ausland, ehe sie vor zwei Jahren verschieden.«

Emilias Herz schlug völlig ruhig, ihre Finger trommelten gegen das Holzprofil ihres Stuhles. Der Mann, der vor ihr saß, war der Notar ihrer Eltern. Ihre Eltern existierten. Nicht mehr, aber bis vor zwei Jahren. Sie atmete ruhig ein und aus, konzentrierte sich auf das, was Notar Engelein zu sagen hatte.

»In ihrem Testament haben sie Sie als einzige Erbin benannt, hier«, er öffnete eine seiner Mappen und schob sie über den Tisch, sodass Emilia sie einsehen konnte.

»Emil und Irene Sonner verfügen …«, las Emilia. »Emil und Irene Sonner«, murmelte sie.

»Durchaus möglich, dass es bei der Schreibweise ihres Nachnamens zu einem Lesefehler kam, der für die Abweichung verantwortlich ist. Das hat es mir in der Tat nicht leicht gemacht, Sie zu finden«, hörte sie den Notar sagen.

Sonner. Bislang hatte man Emilia im Glauben gelassen, ihr Name sei der Jahreszeit geschuldet, in der sie ins Waisenheim gebracht worden war. Von einer Übergabe durch ein Ehepaar Sonner war nie die Rede gewesen.

»Wie Sie sehen können, hinterlassen Ihre Eltern Ihnen ein beträchtliches Vermögen …«

Die Zahl verschwamm vor ihren Augen, nichts sah sie mehr, nichts, das sie glauben konnte. Sie rang nach Luft und musste ihrerseits nach dem Wasserglas greifen. Es rann eiskalt ihre Kehle hinab, beruhigen konnte es sie nicht.

»Verzeihung, ist Ihnen nicht wohl?«

Emilia erhob sich wankend, schüttelte lediglich den Kopf. »Es ist … geben Sie mir nur einen Moment.«

Sie ging tief ein und ausatmend in ihrem Zimmer auf und ab, die Hände hielten nicht still, fuhren sich durchs Haar, suchten ihre Brust, kehrten zurück zu ihren Locken. Sie setzte sich wieder.

Martin Engelein ließ ihr Zeit, schenkte ihr einen verständnisvollen Blick. »Ich verstehe, dass das eine verstörende Nachricht sein muss. Wenngleich auch eine erfreuliche, die Ihre«, er sah sich in ihrer bescheidenen Behausung um, »Verhältnisse erheblich verändern wird.«

Erheblich verändern. Emilia schlug die Hand vor den Mund. Erheblich verändern! Sie konnte nicht sagen, ob es ein Schluchzen oder Lachen war, das sie hervorstieß, nun, da ihr bewusst wurde, was diese Nachricht zu bedeuten hatte.

»Auf das eingerichtete Bankkonto haben Sie ab sofort Zugriff. Ich werde über die letzten Schritte verfügen und kann Ihnen die meisten Unterlagen übergeben, allein«, er zückte einen Füller, »es bedarf noch einer letzten Unterschrift Ihrerseits.«

Emilia stierte auf das Testament ihrer Eltern, Emil und Irene Sonner … Sie sah den Notar an, der geduldig lächelte, anschließend den Stift in seinen Händen. Sie atmete tief durch und griff zitternd danach.

Sie musste es ihm sagen.

Vielleicht besser nicht. Es würde nichts ändern.

Nichts ändern? Drei Millionen Reichsmark würden nichts ändern? Was für ein Irrtum! Es veränderte alles. Sie konnte nicht warten bis zum Wochenende, sie musste sich auf der Stelle zur Villa Winter begeben und … Emilia hielt inne. Und was? Pauls Frau erzählen, dass sie nicht länger ein mittelloses Dummchen war und daher welches Anrecht bitte besaß? Er war verheiratet. Ihr unverhofftes Vermögen änderte rein gar nichts daran.

Ach, hätte dieser Notar sie bloß vor drei Jahren gefunden!

Emilia sank auf ihren Stuhl. Nein, wieso sollte sie es ihm sagen, es würde den Schmerz nur noch vergrößern.

Daher schwieg sie. An diesem Tag. Am Wochenende. An all den anderen Tagen danach.

Berlin, November 2004

Den Nachmittag mit Becca zu verbringen war die beste Idee seit Langem gewesen und bestärkte Elodie darin, die richtige Entscheidung getroffen zu haben. Es gab Freundinnen, mit denen man Pläne schmiedete, wie man den eigenen Vater überlistete, und diejenigen, mit denen man Beziehungsfragen klärte. Für Letzteres war Becca aufgrund langjähriger Erfahrungen die perfekte Kandidatin.

»Glaub mir, ihm nicht die Wahrheit zu sagen wird dich nur fertigmachen und sich auf Dauer sowieso rächen, also gleich raus mit der Sprache.«

Etwas, was Elodies Herz ihr längst geraten hatte, aber immer wieder durch ihren grüblerischen Verstand verunsichert worden war.

»Im Übrigen würde ich davon absehen, diesen Robert noch mal zu treffen, und endlich mit deiner Großtante reden. Sie wird wahrscheinlich am besten wissen, wer diese Emilia ist und ob sie irgendetwas mit dem zu tun hat, was Maresa vor ihrem Tod so verstört hat.« Sie war die Einzige, die Marina als Großtante bezeichnete, alles andere war ihr zu wirr und außerdem nicht korrekt.

»Ja, du hast vermutlich recht«, stimmte ihr Elodie zu, während sie dicht gedrängt in der überfüllten U-Bahn standen – in den Herbstferien war es tagsüber eine Qual, mit den öffentlichen Verkehrsmitteln zu fahren. »Ich fühle mich damit sowieso nicht wohl.« Sie hatte genügend Informationen und wollte lieber nicht riskieren, dass Robert den Kuss, auf den er sich solche Hoffnungen machte, doch noch ergatterte. Aus dem Gentleman war innerhalb kürzester Zeit ein Schürzenjäger geworden, selbst wenn er sich zunächst galant im Zaum gehalten hatte. Die Absichten waren nicht zu übersehen. So einen wollte ihr der Herr Richter also andrehen. Die Menschenkenntnis ihres Vaters ließ zu wünschen übrig.

Elodies Gedanken erfuhren eine jähe Unterbrechung, als sie bemerkte, dass der Kerl mit dem auffällig blonden Haarschopf am anderen Ende des Waggons sie seit einer ganzen Weile ungeniert anstarrte. Erst als sie den Blick erwiderte, sah er zur Seite, als habe er nur so vor sich hingeschaut. Der Eindruck, dass er sie immer noch aus den Augenwinkeln beobachtete, blieb.

»Hey, was hast du?«

Elodie schreckte auf und sah Becca entschuldigend an. »Sorry, hatte so einen albernen Gedanken.« Sie sah zum Blondschopf, der sich seinem Handy widmete und ihr keinerlei Beachtung mehr schenkte. »War bloß Einbildung.«

Becca zuckte mit den Schultern. »Okay, ich hoffe, ich konnte ein paar deiner Sorgen ausräumen. Mach dir keinen Kopf, ja?« Sie deutete nach draußen. »Ich muss aussteigen. Wirklich alles okay bei dir?«

»Alles bestens«, versicherte Elodie.

Sie verabschiedeten sich mit einer Umarmung. »Rede mit deiner Großtante!«, empfahl ihr Becca nochmals, ehe sie die Bahn verließ und winkend am Gleis stand, bis diese anfuhr.

Elodie ließ sich seufzend auf einen frei gewordenen Sitzplatz sinken. Hoffentlich würde sie Oma Marina nicht mit dem Thema überfordern. Sie sah zur Leuchtanzeige der U-Bahn und zählte im Kopf die Stationen, die sie noch fahren musste, als ihr Blick erneut den des Blondschopfs streifte. Er sah sie direkt an. Die Tatsache, dass er es so unverhohlen tat, durchfuhr sie wie ein Blitz. Sein Hals zeigte ähnlich üppige Tätowierungen wie der Jonathans und jetzt, wo sie es bedachte, erkannte sie auch sonst eine gewisse Ähnlichkeit.

Die kleinen, schmalen Augen, das arrogant vorgereckte Kinn …

Er ließ sein Handy in die Jackentasche sinken und setzte sich in Bewegung, direkt auf sie zu. Elodie wurde heiß und kalt, reflexartig erhob sie sich. Er hielt weiterhin die Augen auf sie geheftet, drängte sich an den Umstehenden vorbei und kam immer näher. Elodies Herzschlag beschleunigte sich, sie wartete nicht länger, sondern ging rasch durch den Waggon. Müsste er bei der nächsten Haltestelle aussteigen, würde er an der Tür stehen bleiben. Sie ging hastig an ihr vorbei, drehte sich in sicherer Entfernung um. Er ließ die Tür ebenfalls hinter sich, folgte ihr. Elodie umklammerte ihr Handy in ihrer Jackentasche, wagte aber nicht, es herauszuziehen. Die U-Bahn hielt, und einem überstürzten Reflex folgend stieg sie aus, hetzte den Bahnsteig entlang. Im Gewimmel der anderen ein- und aussteigenden Fahrgäste verlor sie ihren vermeintlichen Verfolger aus den Augen.

Vermutlich weil er gar nicht ausgestiegen ist, Dummerchen.

Vermutlich.

Elodie atmete aus. Sie hatte überreagiert und den Kopf verloren, wie sie es ja von sich kannte. Zu dumm, jetzt würde sie zehn Minuten auf die nächste Bahn warten müssen. Sie kehrte zurück zu den Sitzgelegenheiten, doch auf halber Strecke blieb sie wie erstarrt stehen. Der Blondschopf stand sich umsehend am Bahnsteig, als suchte er nach jemandem. Nach ihr. Elodie drehte sich auf dem Absatz um und rannte in Richtung Treppen. Eine zu große Menschenmenge drängte gerade hinunter zu den Gleisen, daher nahm sie den Weg nach links unter der Straße durch. Ihre Schritte hallten durch die Unterführung, die Neonröhren warfen seltsame Schatten auf den Betonboden. Hinter sich hörte sie Schritte, beschleunigte ihre eigenen, ohne sich umzudrehen, und bog links nach oben ab. Ein Kerl mit blonden Haaren kam ihr entgegen. Im ersten Moment glaubte sie, es sei ihr Verfolger, und wirbelte herum, nur um festzustellen, dass der Blondschopf geradewegs auf sie zukam. Womit sie nun zwei dieser Sorte einkesselten!

Scheiße.

Elodie brach der Schweiß aus, sie nahm die Beine in die Hand und rannte geradeaus durch die Unterführung, um den hintersten Treppenaufgang zu wählen. Keuchend und stolpernd fand sie sich auf dem belebten Bürgersteig wieder, hastete durch die Menschenmenge weiter zur Busstation. Ob sie noch verfolgt wurde, überprüfte sie nicht, hoffte darauf, Berlins reges Menschenaufkommen würde sie schnellstmöglich verschlucken. An der Bellevue-, Ecke Viktoriastraße rannte sie über die Straße, das laute Hupen eines Pkws überhörend, der sich über die junge Dame ärgerte, die die rote Fußgängerampel überging. Erst auf der gegenüberliegenden Straßenseite genehmigte sie sich einen Blick zurück. Kein blonder Kerl zu sehen. Ihr Plan schien aufgegangen zu sein.

Sie schnappte sich ihr Handy und wählte Charlies Nummer, während sie zielstrebig die Bushaltestelle ansteuerte. Mit dem Erklingen seiner Mailbox fiel ihr wieder ein, dass er noch beim Dreh war. Zumindest fuhr der Bus gerade in dem Moment ein, als sie die Station erreichte. Sie stieg ein und suchte sich den hintersten Sitzplatz, das Herz raste immer noch, aber wenigstens fühlte sie sich hinter den halb getönten Scheiben einigermaßen sicher. Ihr Atem regulierte sich wieder. Alles in Ordnung. Es war alles in Ordnung.

War sie überhaupt in Gefahr gewesen?

Bedeuteten zwei blonde Kerle mit Tattoos sofort eine faunsche Verschwörung? Was war mit ihr los?

»Dummerchen«, murmelte sie, nicht sicher, was sie glauben sollte, und zog ihr Handy wieder hervor. Sie würde Charlie eine Textnachricht schicken, damit er sich nicht über ihren paranoiden Aussetzer wunderte.

»Hallo, Elodie.«

Es ließ sich nicht verhindern, dass sie beim Klang der unbekannten Männerstimme aufschrie, und noch einmal, als sie den Kerl aus der U-Bahn erkannte, der sich prompt neben sie auf den Sitz setzte.

»Hey, ich fresse dich schon nicht, Cousinchen.« Er grinste. »*Noch* nicht.«

Sie starrte ihn an, hatte ihn bis vor zehn Minuten noch nie in ihrem Leben gesehen. »Wer sind Sie?«

»Ach, ich dachte, du hättest eine sehr genaue Vorstellung davon, wer ich bin, so schnell wie du das Weite gesucht hast.«

Sie brachte keinen Mucks hervor, das Handy lag hilflos in ihrer Hand.

»Ich bin Jonathans jüngerer Bruder. Der jüngste von sechs. Wir beide dürften etwa gleich alt sein. Ich habe eine kleine Bitte an dich. So von einem Familienmitglied zum anderen.« Er nahm ihr das Handy aus der Hand, auf dessen Bildschirm immer noch Charlies Profilbild blinkte. »Robert meinte, du hättest ziemlich viele Fragen über unsere Vorfahren gestellt. So ... wie über unsere Generation. Mich, meinen Bruder und so weiter und so weiter. Ich sage es dir jetzt in aller Höflichkeit: Lass es, ja? Wenn du weißt, was gut für dich ist.« Die Bustüren schlossen sich quietschend. Ihr Cousin erhob sich, stieg noch nicht aus, sondern fixierte sie mit seinen durchdringenden Augen. »Haben wir uns verstanden?«

Elodie hätte gern trotzig das Kinn vorgereckt und ihn zum Teufel gejagt, aber etwas hielt sie zurück. Sie war keine Jeniver. Langsam nickte sie.

»Gut.« Er gab ihr das Handy und wandte sich mit einem Grinsen ab, rief dem Busfahrer etwas zu, der prompt die Türen öffnete und ihn aussteigen ließ. Draußen auf dem Bürgersteig sahen beide Brüder mit vielsagenden Blicken zu ihr hoch. Elodie starrte sie an, bis der Bus endlich abfuhr, und sank gegen den Sitz. Von wegen paranoid.

Was, um Himmels willen, ging hier vor? Okay, sie hatte ein paar Erkundigungen eingezogen und herausgefunden, dass die Fauns nicht ganz lupenreine Geschäfte geführt hatten. Oder dass Jeniver Schauspielkolleginnen schlecht gemacht hatte, um sich deren Rollen unter den Nagel zu reißen. Offensichtlich hatte sie sich auch der Ideen junger, namenloser Komponisten bemächtigt. Na und? Aus Elodies Sicht zählten derlei Methoden zum Standardprozedere bei mächtigen Familienunternehmen, und es war größtenteils nicht mal ein Geheimnis. Definitiv kein Grund, ihr deshalb zu drohen.

Also was stimmte hier nicht?

Es war höchste Zeit, dass sie sich mit Oma Marina unterhielt. Beinah hätte sie schon wieder aufgeschrien, als in diesen Entschluss hinein ihr Handy vibrierte. Die Erleichterung legte sich wie eine schützende Decke um sie, als sie erkannte, um welchen Anrufer es sich handelte.

»Charlie, du hast keine Ahnung, wie froh ich bin, deine Stimme zu hören!«, legte sie sofort los und hoffte inständig, er würde sie noch am selben Abend besuchen können. Es gab immerhin verdammt viel zu erzählen.

»Gehe ich recht in der Annahme, dass das bedeutet, es gibt kein Theaterstück mit dem nostalgischen Namen *Goldregen?*«, fragte Oma Marina mit einem sachten Schmunzeln, nachdem sich Elodie, nicht ohne Charlies beträchtliche Unterstützung, endlich dazu durchgerungen hatte, die Karten auf den Tisch zu legen und ihre Großmutter in ihre Recherchen einzuweihen. Zumindest zu gewissen Teilen. Den Brief, der vermeintlich Maresas Herztod verursacht hatte, verschwieg sie, stellte es eher als generelles Interesse in Gedenken an ihre Oma dar. Sie wollte sie nicht mit etwas beunruhigen, das lediglich auf Vermutungen fußte.

Charlie lächelte entschuldigend. »Tut mir leid, nein.«

»Tja.« Oma Marina schnalzte mit der Zunge. »Was immerhin erklären würde, warum ich nie eine Einladung dazu erhalten habe. Ich war schon fast beleidigt.« Sie nippte an ihrem Tee und wurde schlagartig ernster. »So. Jetzt zu eurer anderen Frage. Ihr habt also Pauls Emilia gefunden, ja? Unser aller Emilia. Ich kann euch sagen, das ist eine lange Geschichte ...«

Eine lange und sehr traurige Geschichte, der Elodie und Charlie mit großen Augen und wachen Ohren folgten, ohne Oma Marina ein einziges Mal zu unterbrechen. Die Geschichte von einer jungen Musiklehrerin, die ohne Geld, Ruf oder besonderen Schnickschnack die Herzen aller Bewohner der Villa Winter erobert hatte. Ganz besonders das gebrochene Herz Paul Eliot Fairmanns, nachdem seine einstige Verlobten Jeniver Faun ihn zurückgewiesenen hatte. Jene Verlobte, die sich eingebildet hatte, sie könne nach fast einem Jahrzehnt zurückkommen und beanspruchen, was sie fallen gelassen hatte.

»Jeniver hätte ihn nie davon überzeugt, sie an Emilias Stelle zu heiraten, wäre nicht das halbe Haus und sein gesamtes Vermögen in diesem Feuer vernichtet worden. Er konnte sie nicht mehr lieben. Er vergötterte Emilia und nur, weil diese es für das Beste hielt, ließ er sich darauf ein. Er hätte lieber mit ihr in vollkommener Armut gelebt, als Jeniver zur Frau zu nehmen, um sein Vermögen zu retten. Sie trafen die Entscheidung unseretwegen. Wegen Mama und mir. Damit es uns weiterhin gut ging.« Ihre Augen glitzerten wässrig. »Weiß Gott, ich wollte es nicht zulassen. Aber Emilia war stark. Sie war unser Schutzengel. Sie ließ sich nicht mehr davon abbringen, und Paul wusste das. Daher trennten sie sich.« Sie schwieg, hing ihren Erinnerungen nach.

»Sie haben sich weiter geliebt, nicht wahr?«, fragte Charlie leise.

»O ja«, erwiderte Oma Marina mit belegter Stimme. »Ja, das haben sie. Sie haben nie aufgehört, sich zu lieben. Niemals.« Wieder versank sie in Schweigen, die Traurigkeit mischte sich in die Erinnerungen, verhärtete das Lächeln.

»Ich habe sie schmerzlich vermisst. Sie war, so absurd es klingen mag, meine einzig wahre Freundin in dieser Zeit. Ich war furchtbar allein ohne sie. Mama konnte wegen des Reitunfalls ja keine Kinder mehr bekommen, und ich ging nie zur Schule. Jeniver habe ich nicht akzeptiert, obwohl sie sich beinah bemüht hat. Beinah. So, wie es eine Frau wie sie eben konnte.« Die Verbitterung war spürbar, Oma Marina ließ das Thema bewusst fallen, ehe es zu sehr an sie herankam. Ihre Oma griff nach ihrer Hand und sah ihr fest in die Augen. »Liebe ist das einzig Wahre, hörst du? Lass sie dir nicht nehmen, von niemandem. Maresa würde mir zustimmen. Sie hat deinen Opa trotz Höhen und Tiefen verehrt. Dein Vater meint es gut, aber er hat keine Ahnung, was Liebe ist. Er hatte Pech mit seiner. Lass nicht zu, dass er über dein Herz entscheidet.« Sie sah hinüber zu Charlie. »*Ihr beide* nicht.« Ihr Blick schweifte in die Ferne. »Ich werde mir nie verzeihen, dass das Herz meines Onkels wegen mir brach.«

Nun war es Elodie, die ihre Hand fest umschloss. »Du weißt, dass das nicht stimmt. Sie haben es für dich getan. Aus Liebe.«

Oma Marina lächelte Elodie mit funkelnden Augen an. »Ja. Du magst recht haben. Wahrscheinlich die Erklärung dafür, warum ich nie geheiratet habe. Es war einfach kein Platz mehr in meinem Herzen, es war so erfüllt von der Liebe, die wir teilten. Emilia Sommer lebt in allem, was ich hier geschaffen habe, was Maresa und ich geschaffen haben.« Sie straffte sich und klopfte Elodie auf die Oberschenkel. »So, nun hilf deiner steinalten Oma ins Bett. Ich bin müde.« Sie stand auf und ging, gestützt von Elodie, auf die Tür zu. »Junger Mann«, rief sie über die Schultern zurück, »ich möchte annehmen, es ist viel zu kalt, um heute Abend noch mit dem Einrad nach Hause zu fahren.«

Charlie stand am Fenster und sah in die werdende Nacht, als Elodie zurückkehrte. Ein malerischer Anblick, in den sie sich wieder und wieder verlieben könnte. Er hatte weder verständnislos noch belustigt auf ihr Bekenntnis bezüglich des Ausflugs mit Robert reagiert, und dafür liebte sie ihn. So sehr. Sie liebte alles an ihm. Alles *mit* ihm. Oma Marina hatte recht. Es lohnte sich, dafür zu kämpfen. Er bemerkte sie, wie sie, ihn betrachtend, in der Tür stand, und lächelte mit kräuselnden Lippen.

»Hey.«

»Hey.«

Selbst das Schweigen zwischen ihnen war schön. Er löste sich von der Fensterbank. »Sag mal, hat deine Oma mich vorhin eingeladen, über Nacht zu bleiben?«

»Ich hatte den Eindruck.«

»Was ist mit dir? Würde es dich stören, wenn ich bliebe?«

»Es liegt mir fern, eine Einladung meiner ehrwürdigen Oma rückgängig zu machen.« Sie schloss die Tür hinter sich. »Außerdem sind Herbstferien. Wir haben die gesamte Villa für uns.«

War Charlie hin- und hergerissen zwischen Verlangen und Rücksichtnahme, verlieh das seinen Zügen einen Ausdruck von unbeschreiblicher Perfektion. »Elodie, ich will nicht ...«

»Aber ich will«, versicherte sie und wusste, dass es stimmte. Sie wollte es hier und jetzt. Sie wollte nichts auf der Welt mehr als ihn, und als sie auf ihn zuging und ihn an sich zog, spürte sie im Erbeben ihrer Körper, dass es ihm ebenso ging. Sie drängte ihn beinah auf das kirschrote Sofa, fuhr mit ihren Händen unter seinen Pulli, spürte, wie sich die Härchen aufstellten, wo sie ihn berührte. »Ich liebe dich, Charlie«, seufzte sie zwischen zwei Küssen.

Sie sanken in die hellen Kissen, befreiten sich von ihren lästig gewordenen Kleidern, entdeckten sich neu. Alles war neu in diesem Augenblick. Neu und wunderschön. Selbst der Schmerz des ersten Eindringens verebbte nach wenigen Sekunden, in denen sie merkte, dass sie einem Menschen nie näher sein könnte.

»Ich liebe dich.« Seine Worte passten sich ihren Bewegungen an, sanft, verspielt, wild, aufbrausend.

Keiner konnte ihnen nehmen, was sie füreinander empfanden. In dieser Nacht noch viel intensiver als je zuvor.

Sie beließen es nicht beim Salon, folgten den Klängen der Villa, und immer, wenn sie glaubten, satt zu sein, überkam es sie neu.

Die Sonne ging auf, als sie in ihrem Zimmer auf dem Teppichboden lagen, erschöpft und glücklich. Sie verstand ihren Vater nicht, denn wollte er wirklich verhindern, dass sie das fühlte, könnte er ihr nicht mehr schaden. Ihre Liebe zu Charlie verdrängte die Musik nicht, Elodie glaubte, im Gegenteil, in diesem Zustand ganze Sinfonien erschaffen zu können. Wie Oma Marina und Maresa ... wie Emilia Sommer.

Sie blinzelte überrascht, als sie mit ihren Fingern gegen etwas stieß, das unter dem Bett lag. Ohne nachzudenken, griff sie nach dem Gegenstand und wog ihn in der Hand.

»Was ist das?«, murmelte Charlie schläfrig.

»Keine Ahnung«, erwiderte Elodie und betrachtete die kleine goldene Figur. Ein geflügeltes Wesen, das auf einer Harfe spielte. »Sieht so nicht der Sonnengott aus?«

»Ah, Apollo. Stimmt. Vielleicht eine Art Talisman. Hier steht eine Menge antikes Zeug rum, oder? Gehörte er deiner Oma oder deren Mutter Charlotte? Ein Überbleibsel aus den goldenen Zeiten.« Er küsste ihre Halsbeuge. »Hoffen wir, dass er uns Glück bringt.«

Eine schöne Vorstellung. Sie stellte ihn lächelnd neben das Bett, schlang die Arme um Charlies Körper. Sie war müde, konnte aber nicht aufhören, ihn zu berühren. Unvermittelt hielt Charlie inne, ihr Kuss verhauchte in der Luft.

»Warte, sagte deine Oma nicht, ihre Mutter habe keine Kinder mehr kriegen können?«

Elodie benötigte eine Nanosekunde, um seine plötzliche Frage anständig verarbeiten zu können. Langsam nickte sie, wusste nicht, weshalb er das ausgerechnet jetzt wissen wollte. »Ja, Oma meinte, seit dem Reitunfall ...« Sie unterbrach sich, mit einem Mal verstehend, worauf er hinauswollte. Ihr Herzschlag raste.

»Dann erklär mir mal, wie Maresa Charlottes Tochter sein kann, wenn sie keine Kinder mehr bekommen konnte.«

Sie starrten einander an, beide sprachlos von dieser Erkenntnis. Es sah fast so aus, als hätten sie gerade ein weiteres Puzzleteil gefunden.

Hotel Adlon, März 1928

Glück, sofern es von Herzen empfunden wurde, war die schönste Sinfonie. Sie würde eine allein über Pauls Glückseligkeit schreiben. Sie hatte ihn nie zuvor so erlebt wie an diesem Nachmittag, als er mit der Überzeugung eines werdenden Vaters behauptete, er habe »den kleinen Racker« in Emilias Bauch unter seinen Händen gespürt. Emilia selbst hatte überhaupt nichts bemerkt, Pauls Anblick ließ sie dazu allerdings schweigen.

»Genau hier«, beteuerte er und küsste die Stelle oberhalb ihres Bauchnabels. »Genau hier liegt er.«

»Was lässt dich vermuten, es sei ein Junge?«, erkundigte sie sich neckend. Seit Jahrhunderten wünschten sich Männer einen gleichgeschlechtlichen Nachkommen, aber waren diese Zeiten nicht vorüber?

»Ich habe keine Ahnung«, murmelte Paul, die Augen immer noch auf ihren Bauch gerichtet, als hoffte er auf ein weiteres Zeichen. Bislang war das einzig Augenscheinliche eine leichte Schwellung, die die meisten ihrer Bekannten noch als das Ergebnis einer reichhaltigen Ernährung auffassten. Annabelle freilich verhielt sich ähnlich überdreht wie Paul, behauptete stündlich, eine Veränderung an Emilia wahrzunehmen. Außer gelegentlicher Übelkeit und plötzlichen Stimmungswechseln konnte Emilia davon nichts bezeugen.

»Es spielt keine Rolle. Obwohl ein Mädchen mich fast mehr beglücken würde, eine kleine, süße Emilia.« Er stupste ihr mit dem Finger gegen die Nase. »Einerlei ob Mädchen oder Junge, wir werden zusammengehören. Ich werde kein Geheimnis darum machen.«

Sie sah, dass es ihm ernst war, sie widersprach nicht, verdrängte jedes ungute Gefühl und fasste stattdessen einen Entschluss. Es war der Augenblick, in dem sie ihre Meinung änderte. In dem ihr schlagartig bewusst wurde, dass es keine Heimlichkeiten zischen ihnen geben durfte. »Es gibt noch etwas anders, das du wissen musst.«

Sie hatte erwartet, er würde ihr Vorwürfe machen, es ihm nicht sofort erzählt zu haben, hatte vielleicht gefürchtet, den Schmerz in seinem Gesicht zu sehen, den auch sie empfand, wohl wissend, dass ihre sich auflösenden Geldsorgen nichts dagegen ausrichten konnten, dass er für den Rest seines Lebens gebunden war. Aber als die Worte über ihre Lippen gekommen waren, endlich, nach über zwei Monaten, blieb Paul sprachlos. Seine Augen funkelten, doch schienen die Tränen nicht der Trauer, sondern der Freude zu entspringen.

»Emilia, weißt du, was das bedeutet?«

Sie presste die Lippen aufeinander, würde nicht diejenige sein, die ihm die Illusion nahm, der man in der ersten Freude flüchtig erlag. Es stellte sich heraus, dass er es vollkommen anders sah.

»Emilia, das Einzige, womit sie uns in der Hand hatten, war ihr Geld. Unsere Sorge um Marina. Das ist nicht länger nötig.« Er stand entschlossen auf. »Ich will die sofortige Scheidung.«

»Paul«, mahnte Emilia bemüht ruhig, »ein Scheidungsprozess richtet sich nach dem Schuldprinzip.«

»Ich bin schuldig. Ich liebe nicht nur eine andere, sie trägt sogar mein Kind!«

»Bedenke, dass es Jeniver sein muss, die die Scheidung einreicht, und ich bin mehr als sicher, das wird sie niemals tun.«

»So, wie ich mir sicher bin, dass sie schon bei unzähligen anderen Männern gelegen hat«, brummte Paul. »Sie ist kaum talentiert genug, um diese Rollen zu ergattern.«

»Finde dafür mal entsprechende Beweise«, gab Emilia trocken zurück. »Hast du nicht gesagt, ihre Familie versucht sich jetzt auch im Filmgeschäft?« Sie konnte sehen, dass er davon nichts hören wollte, und griff nach seiner Hand. »Denk darüber nach, wir ...«

»Ich denke darüber nach«, unterbrach er bestimmt, der Blick schweifte ab und er wiederholte etwas leiser: »Ich denke darüber nach. Ich finde einen Weg.«

Berlin, November 2004

»Sie war Emilias Tochter.«

»Wie bitte ... wer? Wovon sprichst du eigentlich?« Sie erstarrte bei Charlies Anblick. »Was ist mit deinem Gesicht passiert?«

Irritierend genug, dass er sie aufgrund eines angeblichen Notfalls aus ihrem Seminar hatte rufen lassen, um ihr ohne Begrüßung wirres Zeug um die Ohren zu hauen, sein Aussehen schlug dem Fass den Boden aus. Um sein Auge hatte sich eine lilablaue Schwellung gebildet, und entlang seiner Schläfe verlief ein nicht zu übersehender Schnitt, den er sich wohl kaum beim Rasieren zugefügt haben konnte. Er winkte ab. »Bin aus der Produktion gekickt worden.«

»Was??«

Ein weiteres Schulterzucken. »Scheinbar waren wir nicht diskret genug. Jetzt suchen die tatsächlich für eine Szene noch mal einen Neuen. Und sind etwas sauer.«

»Etwas?«, echote Elodie entsetzt. »Haben die dich verprügelt?«

Charlie grinste, als habe man ihm nur eben einen Klaps auf den Po gegeben. »Ich glaube, dann sähe ich anders aus. War ein kleiner Denkzettel, aber nachdem ich versprochen hatte, ich würde dich dazu bringen, nie wieder in faunschen Familienangelegenheiten herumzuschnüffeln, sind wir friedlich auseinandergegangen.«

Von friedlich konnte nicht die Rede sein, wenn er jetzt mit einem blauen Auge rumlief. Wo waren sie da hineingeraten?

»Ist halb so wild, mein Schatz«, beteuerte Charlie noch einmal. »Hör mir lieber zu. Ich habe mir noch mal eure Fotoalben angesehen und …«

Bitte was? Elodie starrte ihn ungläubig an. »Wann?«

»Gerade eben natürlich. Bin mit meinem Vater reingekommen … Hörst du mir jetzt mal zu?«

Elodie verschränkte die Arme vor der Brust. Sicher, sie wollte sich genauso wenig von dieser Familie unterkriegen lassen wie er, aber sollten sie nicht zumindest ein bisschen eingeschüchtert sein? Da bekam er eins aufs Auge, und das Nächste, was er tat, war, in dieser Sache weiterzurecherchieren und heimlich ihre Fotoalben zu untersuchen! Nicht nur das, eines der Fotos hatte er entnommen und reichte es ihr mit einem triumphalen Lächeln.

»Das ist mir schon aufgefallen, als deine Oma es durchgeblättert hat. Damals dachte ich bloß, die Dame habe ein bisschen zugelegt. Jetzt sieh genau hin. Das ist Emilia Sommer im Frühsommer 1928, als sie längst nicht mehr bei den Fairmanns angestellt war, und sie sieht eindeutig schwanger aus. Jeniver und Paul waren zu dieser Zeit etwa drei Jahre verheiratet. Das heißt …«

»… Paul und Emilia haben sich weiterhin heimlich getroffen!«, beendete Elodie aufgeregt seine Ausführungen. »Du meinst, sie war schwanger mit Maresa? Dann wären Maresa und Marina keine Schwestern, sondern Cousinen«, überlegte sie weiter.

»Und Paul Eliot Fairmann war nicht dein Urgroßonkel, sondern dein Urgroßvater.«

Elodie ließ sich langsam aufs Sofa sinken. »Denkst du, das war es, das in dem Brief stand?« Plötzlich zu erfahren, dass eine völlig andere die eigene Mutter war, als man seinen Lebtag lang geglaubt hat, dürfte ein Schock sein, aber reichte es für einen Herzinfarkt? Und müsste Marina nicht davon gewusst haben? Wieso hatte sie es Maresa gegenüber nie erwähnt?

»Das und bestimmt noch etwas anderes«, mutmaßte Charlie. »Wieso sollten die Fauns uns sonst davon abhalten wollen, mehr über diese Affäre zu erfahren? Es muss irgendetwas passiert sein, das rechtfertigen würde, so ein Geheimnis darum zu machen. Und Paul hat es in diesem Brief enthüllt.«

Roberts Worte drängten sich in Elodies Erinnerungen: *»Jeniver hat immer bekommen, was sie wollte. Sie schreckte vor nichts zurück, um das zu erreichen, wonach ihr der Sinn stand.«* Niemand in dieser Familie außer Oma Marina hatte jemals Emilia Sommer erwähnt. Es war, als hätte sie nie existiert. Was war mit ihr geschehen?

Elodie sah auf. »Robert erwähnte im Zusammenhang mit Jeniver eine Gerichtsverhandlung!«

»Vielleicht wollten sie sich scheiden lassen? Ein Kind mit einer anderen wäre immerhin ein guter Grund gewesen.« Charlie betrachtete nachdenklich das Foto. Es zeigte Emilia, Paul und eine übers ganze Gesicht strahlende Marina. »Sie sehen glücklich aus, oder?«

Oma Marina hätte es wohl erwähnt, wären die beiden miteinander glücklich geworden. Der Prozess konnte eigentlich nicht gut ausgegangen sein.

»Wir könnten in den Archiven vom Gericht nachsehen und herausfinden, ob es eine entsprechende Verhandlung gegeben hat.«

Charlie sah sie skeptisch an. »Wie das? Du kannst nicht ins Gericht marschieren und nach einem längst verjährten Fall fragen.«

Elodie grinste hochnäsig. »Na, für irgendwas muss es gut sein, dass mein Vater ein bedeutender Jurist ist. Ich kann in dem Gebäude machen, was ich will. Was die Verjährung angeht, so lagern die Fälle dreißig Jahre, aber laut Papa hat im Archiv nie jemand den Reißwolf benutzt. Das erste Exemplar war nach zwei Jahren schon defekt und wurde nicht ersetzt. Wir dürften Glück haben.«

Charlie sah sie ungläubig an. »Über so was redet ihr?«

Elodie erhob sich entschlossen. »Über alles, von den wichtigen Dingen abgesehen. Ich schlage vor, wir brechen auf der Stelle zum Gericht auf.«

»Du bekommst richtig Fahrtwind, was?«

»Du färbst ab, mein Guter!«, behauptete Elodie mit einem koketten Schulterzucken.

»Oh, guten Tag, Frau Wagner. Schön, Sie wiederzusehen«, begrüßte sie Jana, eine nette ältere Dame mit lila Dauerwelle, die am Empfang saß. »Wieder mal auf Besuch beim Herrn Papa?«

Elodie lächelte höflich. »Nur ganz kurz.«

»Warten Sie, ich ruf kurz durch«, sagte sie und schüttelte Sekunden später den Kopf. »Ist im Gespräch. Wollen Sie hier unten warten?«

»Nicht nötig, ich geh in sein Büro. Ich kenne mich ja aus. Darf ich übrigens vorstellen: Robert Schiffer, ein Freund von mir.« Offensichtlich war Robert ihr nicht bekannt, denn sie begrüßte Charlie sehr höflich und freute sich, ihn kennenzulernen, ehe sie die beiden ziehen ließ.

»Unglaublich, es stimmt tatsächlich«, murmelte Charlie, als sie ohne weitere Probleme, sogar meist mit einem freundlichen Gruß, überall passieren konnten. »Läuft ja wie am Schnürchen.«

»Abwarten«, gab Elodie zu bedenken, »wir dürfen uns durch achtzig Jahre alte Akten arbeiten. Das dürfte uns einige Zeit kosten.«

Eine Vermutung, die sich leider bestätigte. Das Archiv nahm die gesamte Kellerfläche ein, Hunderte von Regalen mit Tausenden von Akten, und mit dem tief gelegenen Stockwerk endete scheinbar jegliche Ordnung am Gericht. Ihr Besuch glich einem Abstecher in die größte und unordentlichste Abstellkammer der Welt.

Schon nach einer Stunde hatten sie ihr Zeitgefühl verloren, ihre Augen brannten vom vielen Lesen, ihre Nasen juckten vom jahrhundertealten Staub, und die Finger fühlten sich taub an, jedes Mal, wenn sie eine neue Akte hervorkramten, die die Jahreszahl 1927 aufwärts enthielt.

»Okay, das schaffen wir nicht mal in einer Woche, Elodie«, befand Charlie nach einer halben Ewigkeit des schweigenden und in Elodies Fall verbissenen Suchens. Sie gab keine Antwort, sondern zog einen weiteren antiken Ordner hervor, der zwischen ihren Fingern zu zerbröseln drohte. »Wir suchen die Nadel im Heuhaufen!«, beschwerte sich Charlie erfolglos weiter. »Ernsthaft, ich lasse mich liebend gern von deinem Cousin verprügeln, ich tue alles für dich, aber das hier ist schlimmer als Sisyphus' Job!« Er seufzte, als sie seine Bemerkung mit dem Aufklappen einer weiteren Akte beantwortete. »Außerdem muss ich mal. Aus diesem Labyrinth wieder herauszufin…«

»Da! Das ist es!«, schrie Elodie unvermittelt auf und starrte ungläubig auf die Fallakte.

Charlie hielt verdutzt inne und trat näher. »Du verarschst mich.«

»Sieh selbst«, triumphierte Elodie und trommelte mit dem Finger auf das Dokument. »Ha! *Gerichtsverhandlung zwischen Familie Faun und Emilia Sommer, den Vorsitz führte der ehrenwerte …*« Sie fuhr murmelnd mit dem Finger über die verblichene Druckerschwärze.

»Und? Auf welche Weise haben die Fauns die Scheidung verhindert? Nicht zu fassen, dass sie es zu einer Familienangelegenheit gemacht haben. Bis heute …«

»Das hier ist kein Scheidungsprozess«, unterbrach ihn Elodie. »Hier geht es um gestohlene Kompositionen!«

Charlie sah überrascht auf und pfiff leise durch die Zähne. »Im Ernst? Das imponiert mir jetzt. Die mittellose Emilia Sommer hatte die Eier, gegen diese Leute zu klagen? Also waren die Musikstücke im wahrsten Sinne des Wortes geklaut. Tja, kein Wunder, dass die sie gehasst haben. Sie hatten mehr als bloß einen Grund.«

Etwas an den Aufzeichnungen machte Elodie stutzig. »Hier steht, die Kosten für die Verhandlungen habe Emilia getragen.« Stirnrunzelnd sah sie zu Charlie. »Wie konnte sich eine mittellose Waise so etwas leisten?«

»Gute Frage.« Charlie beugte sich ebenfalls über die Akte. »Hat sie ...?«

Weder seine noch ihre Frage sollte hier unten in den Archiven des Gerichtshofs beantwortet werden. Die schwere Tür, die zu den Kellerräumen führte, fiel krachend ins Schloss. Sie waren nicht länger allein. Hastig stopfte Elodie die Akte in ihre Tasche und lauschte. Schnelle Schritte näherten sich diesem Abteil, vermutlich das einzig beleuchtete. Charlie reagierte schneller, als sie dazu in der Lage war, und zog sie in den nächsten Flur.

»Hallo, ist hier wer?«

Sie kannte die Stimme nicht, demnach eine studentische Hilfskraft, die zum Akten-Einsortieren in den Keller geschickt worden war. Charlie legte einen Finger an die Lippen und zog sie weiter. In die entgegengesetzte Richtung der Stimme. Im Zweifelsfall verließ ihn sein Orientierungssinn nicht.

»Wer hatte Angst, die Toilette nicht zu finden?«, kicherte Elodie, als sie kurz darauf unentdeckt den Kellerräumen entschlüpften und durch den Flur gingen, durch den Juristen und Mädchen für alles hetzten, ohne ihnen Beachtung zu schenken.

»Du hast es selbst gesagt: Ich habe eine ausgezeichnete Spürnase.«

Sie prusteten, während sie die Treppen zur Empfangshalle nahmen, ihre Finger fanden einander und verflochten sich.

»Ist das zu fassen! Elodie?!«

Ihr Grinsen erstarb in Sekundenschnelle, die Stimme ihres Vaters klang schmerzhaft in ihren Ohren. Sie ließ Charlies Hand nicht los, hielt sie umso fester.

»Oh ... richtig. Ich vergaß völlig, es zu erwähnen, Herr Wagner. Ihre Tochter und Herr Schiffer warten bestimmt schon eine Ewigkeit auf Sie«, erklärte Jana mit entschuldigender Miene, wobei jedes ihrer höflichen Worte an Elodies Vater verschwendet war und an seinem Panzer der Vernichtung abprallte.

»Das ist nicht Herr Schiffer«, stellte er in eisigem Tonfall fest, die Stirnader blähte sich gefährlich auf.

»Oh, Verzeihung, Herr Wagner, ich dachte ...«

»Jana, würden Sie diesen jungen Mann bitte auf der Stelle hinausgeleiten«, unterbrach Herr Wagner sie, und ehe Elodie den Mund aufmachen konnte, hob er einen Finger. »Ich warne dich«, zischte er leise und mit so flammendem Blick, dass Elodie schlucken musste. In ihrem gesamten Leben hatte sie ihn nie so wütend gesehen. »Leg es nicht darauf an, hieraus eine große Sache zu machen.«

Charlie drückte leicht ihre Hand, ehe er sie losließ und ohne mit der Wimper zu zucken auf Jana zuging, die damit überfordert schien zu verstehen, was geschah. So war es wohl eher Charlie, der *sie* hinausbegleitete.

»Jana«, rief Elodies Vater der Empfangschefin noch hinterher. »Sagen Sie oben Bescheid, dass ich für heute Schluss mache. Ich bringe meine Tochter nach Hause.«

»Danke, ich finde allein heim«, stöhnte Elodie genervt.

Etwas, das sein autoritärer Erziehungsstil scheinbar nicht zuließ, denn er packte sie grob am Arm. »Du gehst nicht zurück in die Akademie. Wir fahren zu mir. Da du sowieso erneut dein Seminar geschwänzt hast, kannst du das Wochenende auch in meinem Stadthaus verbringen. Du hast Hausarrest.«

»Ich bin zwanzig Jahre alt ...«

»… und ich dulde keine Widerworte!«, fuhr ihr Vater auf, in dessen Gesicht sie lesen konnte, dass er kurz davor war zu explodieren. Sie wusste nicht, ob sie ihm oder sich selbst die Schande ersparen wollte, dass es dazu hier im Eingangsbereich kam.

»Das ist Eigentum des Gerichts!«, tobte ihr Vater und schleuderte die Akte über Emilia Sommers Verfahren auf Elodies Bett. Das Bett, das sich seit ihrem dreizehnten Lebensjahr nicht mehr verändert hatte, ebenso wie der Rest ihres Zimmers. »Das ist Diebstahl und damit eine Straftat!«

»Die Akte ist fast achtzig Jahre alt und sollte eigentlich gar nicht mehr existieren«, unterbrach ihn Elodie ebenso hitzig. Sie konnte nicht fassen, was er schon wieder für einen Zirkus machte. »Um die Akte geht es dir doch überhaupt nicht. Es geht einzig und allein darum, mit wem ich nach ihr gesucht habe …«

»Mit wem du sie *entwendet* hast, meinst du!«, schrie er mit hochrotem Kopf. »Dazu kommen wir noch, denn nein, darum geht es mir nicht! Primär geht es mir darum, dass heute dein Vorspielen im Konzerthaus gewesen wäre, das du offensichtlich vergessen und verpasst hast!«

Elodie blinzelte zweimal, spürte, wie sämtliche Farbe aus ihrem Gesicht wich. Das Vorspielen? Welches Vorspielen? Langsam sickerte die Erinnerung an seinen Wunsch, sie beim tschechischen Winterkonzert einzuschleusen, in ihr Bewusstsein. *Sein* Wunsch. Nicht ihrer. Deshalb hatte sie es vermutlich vergessen, wenn sie auch zugeben musste, dass es ihr nicht gleichgültig gewesen war. Ein Vorspielen zu verpassen, war absolut nicht in ihrem Sinne und machte sie betroffen. Sie hatte das Gefühl, das Zimmer wanke leicht, und so setzte sie sich vorsorglich. »Das Vorspielen …«

»Jawohl! Da hätte ich dich erwartet, und stattdessen erwische ich dich im Gericht mit diesem Scharlatan, den du für Robert Schiffer ausgibst, was denkst du dir?!«

»Er ist kein Scharlatan«, murmelte Elodie.

»Aha, sieht aber aus wie ein Straßenjunge, hast du sein Gesicht gesehen?«

»Das hat er wegen mir!«, unterbrach ihn Elodie wieder vehementer. »Weil er sich für mich eingesetzt hat!«

Ihr Vater erstarrte. »Was?«

Sie konnte die Gedanken beinah hören, die durch sein Juristenhirn jagten und sie verdächtigten, in die übelsten Machenschaften verwickelt zu sein. Sie seufzte leise und sah ihn an – tieftraurig. Es hatte keinen Sinn, weiter mit ihm zu diskutieren. Vielleicht war sie ja ebenso wenig seine Tochter wie Maresa die Charlotte Fairmanns, denn sie hatten, soweit es sie betraf, überhaupt nichts gemeinsam. Als hätte sie ihre Gedanken laut ausgesprochen, verstummte er plötzlich, starrte sie entgeistert an. Hatte sie ihn damit verletzt? Sie konnte nicht sagen, was hinter seinen Augen vor sich ging, konnte nicht sagen, ob sie irgendwann wieder zueinanderfinden würden ... oder ob sie das überhaupt noch wollte. Sie schloss die Augen. Versuchte es. »Tut mir leid, dass ich das Vorspielen versäumt habe.«

»Das sollte es auch, Herrgott! Wegen dir, nicht wegen mir!«

Sie öffnete die Augen und blickte ihm direkt ins Gesicht. »Wieso lässt du mich dann nicht meine eigenen Entscheidungen treffen, wo ich spielen will und wo nicht?«

»Was denn, willst du nicht international bekannt werden?«

Er verstand es wirklich nicht. »Genau darum geht es. Ich will nicht bekannt werden, ich will glücklich werden. Ich spiele nicht, damit man mich kennt, sondern weil es mich erfüllt. Völlig egal, auf welcher Bühne. Was nicht bedeutet, dass ich Tschechien ablehne. Es ist mir nur nicht so wichtig wie dir. Weil es noch andere Dinge im Leben gibt. Und noch Tausende von Vorspielen. Aber die muss *ich* mir aussuchen, ich muss sie wollen … mit meinem Herzen.«

Ihr Vater sah sie stumm an, unfähig etwas zu erwidern. Ob er anfing, sie zu verstehen?

»Willst du wissen, was mit mir los ist, wie ich empfinde?«, fragte sie leise. »Oder interessiert es dich nicht? Ist es dir gleichgültig, was mich glücklich macht?«

Immer noch starrte er sie an, die Augen groß und hilflos. Er musste mehrfach ansetzen, eher er antworten konnte. »Natürlich interessiert es mich, Kind. Ich will, dass du glücklich bist, nur … Du bist noch jung. Manchmal wissen junge Menschen nicht, was gut für sie ist.«

»Und manchmal müssen die älteren Menschen einsehen, dass sie den jüngeren die Chance geben müssen, es selbst herauszufinden«, erwiderte sie leise.

Ihr Vater blieb stumm, eine schier unendliche Zeit. Schließlich nickte er langsam. »Ja«, sagte er, »vielleicht hast du recht. Ich muss darüber nachdenken. Wir reden morgen weiter.« Er erhob sich schwerfällig, wirkte plötzlich wie um Jahre gealtert. »Einverstanden?«

Sie nickte. Sie mussten einander Zeit geben. Das galt für sie beide.

»Gute Nacht, Elodie.«

Es war achtzehn Uhr. »Gute Nacht«, seufzte sie.

Er schloss die Tür, drehte den Schlüssel im Schloss um.

»Papa?« Sie stand ungläubig vom Bett auf und rannte zur Tür, rüttelte an deren Klinke. Sie war verschlossen! »Papa!«, schrie sie und hämmerte dagegen. Aber sie hörte seine Schritte auf den Treppenstufen, wie sie leiser und leiser wurden. Ihr eigener Vater hatte sie eingeschlossen!

Der alte Wecker zeigte an, dass sie seit über einer Stunde in ihrem Zimmer auf- und abging, eine Gefangene im Stadthaus ihres Vaters und ebenso in ihren eigenen grüblerischen

Gedanken. Nachdem sie Charlie per Textnachricht versichert hatte, es sei alles in Ordnung, hatten diese Gedanken nun ausgiebig Zeit, sich im Kreis zu drehen. Immer wieder repetierte Elodie im Geiste, was sie wusste, und fragte sich, ob das, was sie wusste, bereits der Schlüssel zum Geheimnis ihrer Großmutter war und damit zu ihrem eigenen. Denn wenn das, was sie herausgefunden hatte, stimmte, lebte Emilia Sommer in ihnen beiden fort – oder jetzt nur noch in ihr: Elodie. Damit war es ihre eigene Familiengeschichte.

Vor achtzig Jahren hatten sich Emilia Sommer und Paul Fairmann in der Villa Winter kennengelernt. Sie, eine mittellose Waise, die seiner Nichte Marina eine musikalische Erziehung angedeihen ließ, die diese für immer prägen sollte, und er, ein wohlhabender Geschäftsmann, der von seiner einstigen Verlobten fallen gelassen worden war. Dennoch verliebte er sich in Emilia und sie sich in ihn. So sehr, dass er sie trotz ihres Standes heiraten wollte. So weit, so romantisch. Aber das Schicksal meinte es nicht gut mit ihnen. Paul verlor durch einen Hausbrand sein gesamtes Vermögen, und das veränderte alles. Um seine Familie vor dem Ruin zu retten und auf Emilias Drängen hin heiratete er Jeniver, die offensichtlich bereute, ihn verlassen zu haben, und ihn um jeden Preis zurückwollte.

Elodie unterbrach ihre Zusammenfassung einen winzigen Moment lang, um sich die Frage zu stellen, ob sie ebenso gehandelt hätte. Hätte sie ihre Liebe geopfert? Die Liebe ihres Lebens?

Niemals!

Ihre Überzeugung währte nicht lange, denn müsste sie sich zwischen Charlie und Oma Marina entscheiden, wäre es zumindest keine leichte Entscheidung.

Wie dem auch sei, Paul heiratete Jeniver, ihre Ehe verlief nicht glücklich, und während sie ihre Schauspielkarriere durch Affären mit den richtigen Männern anfeuerte, trafen sich Emilia und Paul heimlich, und ihrem prallen Bauch auf dem Foto nach zu urteilen, zeugten sie zusammen ein Kind. Entweder um ihr deshalb eins auszuwischen oder weil es sich einfach ergab, bemächtigte sich Jeniver Emilias Kompositionen und vermarktete sie, was zu einem Rechtsstreit führte. Hier verlor sich die Spur. Laut der Gerichtsakte wurde der Fall niedergelegt, und die Fauns kamen davon.

Warum?

Was wurde aus Paul und Emilia sowie dem Baby in ihrem Bauch?

Jeniver schreckte vor nichts zurück, um das zu erreichen, wonach ihr der Sinn stand.

Wie weit war Jeniver tatsächlich bereit gewesen zu gehen?

Der Gedanke durchzuckte Elodie schmerzhaft, doch einmal gefasst, ließ er sich nicht mehr vertreiben. Elodie nagte an ihrer Unterlippe. Es half nichts. Sie musste Oma Marina nach der Wahrheit befragen, die diese verschwieg. Nach der Wahrheit, die womöglich zu schmerzvoll war, um sie auszusprechen. Deshalb hatte sie sie weggesperrt, weit weg, und eine Lüge gelebt.

Das Klingeln ihres Handys riss sie aus ihren Gedanken.

Charlie! Sie hob ab und wollte lossprudeln, als sie die Stimme am anderen Ende der Leitung völlig aus dem Konzept brachte.

»Hi, hier ist Robert. Ich, ähm, dachte, ich frage mal nach, wie es dir so geht und ob ich dich nach unserem letzten Treffen vergrault habe. Du hast dich nicht mehr gemeldet.«

Robert. Sie benötigte ein paar Atemzüge, um ihre Gedanken neu zu ordnen und sich auf diesen unerwarteten Anruf umzustimmen. »Oh, hey, schön von dir zu hören«, log sie. Selbstverständlich hatte er sie vergrault! »Nein, überhaupt nicht, ich hatte nur viel zu tun, hier ist einiges passiert, und ich hatte den Kopf ganz schön voll …«, plapperte sie sinnlos drauflos.

»Klar, verstehe ich. Wie ist es, hast du Lust, ihn ein bisschen freizubekommen? Wir könnten irgendwas Schönes machen. Ich hol dich ab.«

»Was, jetzt?«, platzte es aus ihr heraus.

»Klar, wieso nicht? Oder hast du was anderes vor?«

Fast wäre sie ihrem primären Impuls gefolgt und hätte ihm eine rüde Absage erteilt – sie hatte nun wirklich andere Sorgen! –, sie konnte sich aber gerade noch rechtzeitig bremsen. Es war vielleicht keine schlechte Idee. »Nein, eigentlich nicht. Klingt gut. Aber ich bin nicht in der Akademie. Kannst du mich am Bahnhof abholen?« Sie bezweifelte, dass ihr Vater ihr unter den gegebenen Umständen dieses Treffen als ernst gemeint abkaufen würde. Es wäre unsinnig, Robert herzubestellen. Als sie auflegte, fiel ihr verspätet ein, dass sie in ihrem Kinderzimmer eingeschlossen war, und verfluchte ihren Erzeuger ein weiteres Mal.

Wie konnte sie ihn dazu bringen, die Tür zu öffnen? Das angrenzende Badezimmer vernichtete die Ausrede, sie müsse dringend auf die Toilette, und er würde ihr vermutlich eher ein selbst gemachtes Sandwich durch den Türspalt schieben, als sie unbeaufsichtigt in die Küche zu lassen. Paranoider alter Vollidiot!

Himmel, du hörst sich schon an wie Emmi!

Ihr Blick fiel aus dem Fenster. Ihr Zimmer lag im ersten Stock, definitiv zu hoch für einen Sprung, und allein beim flüchtigen Hinuntersehen wurde ihr schwummerig.

Trotzdem. Vor ihrem geistigen Auge tanzten die Bilder sämtlicher heimlicher Ausbrecher aus der Film- und Fernsehwelt. Bilder von aneinandergeknüpften Bettlaken und Kletterpartien über Regenrinnen. Neben ihrem Fenster befand sich keine solche, es wurde jedoch von einem kleinen umzäunten Blumenbalkon begrenzt, an dessen Geländer sich ein Laken durchaus befestigen ließe.

Bist du bescheuert? Du hast Höhenangst und wirst dir sämtliche Knochen brechen!

So hoch war es nicht ... Ein kurzer Blick strafte diese Hoffnung lügen. Aber sie musste es riskieren. Sie konnte unmöglich hier herumsitzen und auf den Morgen warten. Sie wollte Antworten, und eventuell würde dieser dämliche Robert sie ihr liefern.

Was ist mit Charlie?

Charlie wusste, wie wichtig sie all das nahm. Charlie war der Grund, warum sie überhaupt so weit gekommen war. Dank ihm wuchs sie über sich hinaus, dank ihm kletterte sie auf Bäume, und genau deshalb würde sie auch aus diesem Zimmer klettern können. Er verdiente es allerdings, dass sie ihm bezüglich dieses Vorhabens Bescheid sagen würde. Am besten nach ihrer Kletterpartie.

Flüchtig stahlen sich Zweifel in die Sinnhaftigkeit ihres waghalsigen Unternehmens, als sie ihre aneinandergeknoteten rosa Laken an dem alten Geländer hängen sah. Sie atmete tief durch und beschied, dass sie eine mutige junge Frau war, die sich nicht einsperren ließ und außerdem beschlossen hatte, um jeden Preis herauszufinden, was mit Emilia geschehen war. Selbst wenn sie es längst ahnte, sie brauchte Gewissheit.

Villa Winter, April 1928

»Milia!« Marina stürmte ihr bereits auf den Stufen zum Eingangsportal entgegen und warf sich lachend in Emilias Arme. Der Schwung warf sie beide fast um, doch hielten sie einander fest umschlungen, als hätten sie sich Jahrzehnte nicht gesehen. Nicht anders fühlte es sich an. Emilia verbiss sich die Floskel darüber, wie groß Marina geworden war, obwohl es der vollkommenen Wahrheit entsprach. Seit sie sie das letzte Mal gesehen hatte, schien sie um gut zwei Köpfe größer. Das Haar musste in etwa so lang sein wie Emilias, ehe sie es abgeschnitten hatte, und mit Erstaunen stellte sie fest, dass Marina es ähnlich hochgesteckt trug.

»Ich habe dich unendlich vermisst«, beteuerte diese nun und drehte sich noch einmal mit ihr im Kreis. »Alles, was du heute sehen und hören wirst, verdanke ich dir!«

»Sachte, sachte«, warf Paul ein, der lächelnd neben sie getreten war. »Emilia darf nicht mehr auf diese ungestüme Weise behandelt werden.«

Marina hob kokett den Kopf. »Weil da ein kleines Cousinchen in ihrem Bauch ist?«

»Psst«, machte Paul, »wir müssen es ja nicht in die Welt hinausschreien.«

»Ist dir bestimmt gleich! Man sieht es außerdem.«

Emilia warf einen besorgten Blick auf ihre Figur und zupfte sich ihre Jacke zurecht. Sie hatte sich auf das Wiedersehen ebenso gefreut wie Marina, allerdings bereitete ihr das, was unmittelbar bevorstand, mehr Unbehagen, als sie zugeben wollte. Marina hingegen hatte unbedingt auf ihre Anwesenheit bei der Premiere ihres endlich in die Tat umgesetzten Musicals bestanden und sich Paul zufolge über sämtliche Einwände hinweggesetzt. So würde Emilia nun früher, als ihr lieb war, mit der Familie Faun konfrontiert werden. Das Letzte, das sie dabei wollte, war, schwanger auszusehen.

»Das Scheidungsverfahren ist in vollem Gange«, klärte Paul sie raunend auf, während sie hinter Marina in die Villa gingen. »Die Chancen stehen gut.«

Beruhigte sie das angesichts ihres heutigen Besuchs oder eher nicht? Womöglich wäre es leichter, mit ihrer Rivalin auszukommen, wenn diese sich in Sicherheit wiegen würde.

»Was ist mit Jeniver?«

»Oh, sie tobt.«

Wunderbar.

Er nahm sie behutsam beiseite. »Es ist mir einerlei, verstanden? Ich habe mich drei Jahre lang in jeder wachen Minute nach dir gesehnt. In *jeder* wachen Minute! Kein nächtlicher Traum handelte von etwas anderem als von dir.«

»So ging es mir auch, aber …«

Er legte ihr sachte einen Finger auf den Mund, wie sie einst am Bahngleis bei ihm. »Dann gibt es kein Aber.« Er nickte ihr beruhigend zu, und sie atmete tief durch, wappnete sich gegen das, was ihr bevorstand.

Die Villa hatte sich äußerlich kaum verändert, doch begriff Emilia sofort, was er gemeint hatte. Sie war anders. Alles an ihr. Der Duft, der Klang, das Gefühl, wenn man in ihr stand und die hohen Decken betrachtete. Sogar ihre Bewohner hatten sich verändert. Charlotte sah immer noch bildhübsch aus, ihr Strahlen stellte wie eh und je alle im Umkreis in den Schatten, allein ihr Schillern hatte sie eingebüßt. Der charmante Zweiklang hing ihr noch nach, verwehte allmählich. Sie umarmte Emilia wie ehedem, der Überschwang schien ausgebremst. Sie hielt sie dennoch länger, als es dem guten Ton entsprach. »Mein Gott, ihr seid verrückt«, seufzte sie in ihr Ohr, »ich bete, dass es gut geht.« Sie löste sich von ihr, als hätte sie nichts gesagt, sprach laut: »Es ist wundervoll, dich zu sehen. Marina spricht seit Tagen von nichts anderem und dass sie hofft, dich nicht zu enttäuschen.«

»Was sie niemals könnte«, betonte Emilia und grinste Marina zu.

Das Grinsen geheimer Verbündeter. Wie lange war es her?

In diesem Augenblick veränderte sich die Atmosphäre im Raum, das Lächeln der Fairmanns fror ein, derweil Emilias Körper sich anspannte. Jeniver schwebte in den Salon, dicht gefolgt von der Hälfte ihrer Verwandtschaft und in ein intensives Gespräch mit derselben verwickelt, in dem es wohl um die Aufregung des Tages und die vielen Menschen ging. Überhaupt habe sie eine Art Migräne und so weiter und so weiter. Der Redefluss der Diva erstarb, als sie Emilia erblickte.

Einen Wimpernschlag lang glaubte Emilia, ihre Wut zu spüren, ehe sie mit demselben Lächeln auf sie zuglitt, mit dem sie sie schon im UFA-Palast begrüßt hatte, vollkommen freundlich und fern von Tobsucht. »Emilia«, säuselte sie herzlich. »Wie schön, dich zu sehen.« Ihr Blick fuhr an ihr herab, als wüsste sie genau, wonach sie suchen musste. Ob sie fündig wurde, ließ sich nicht erkennen, ihr Lächeln blieb dasselbe. »Wundervoll, dass du den weiten Weg auf dich genommen hast, wo du ja jetzt so viel zu tun hast.« Emilia blinzelte fragend, Jeniver lachte lauthals und berührte amüsiert ihre Schulter. »Die liebe Emilia, so bescheiden, obwohl ihre Musik neuerdings im Konzerthaus zu hören ist!« Sie zwinkerte. »Ich habe mir das Frühlingskonzert nicht entgehen lassen. Fantastisch! Mein Herz hat gebebt.«

Emilia gelang es, sich geschmeichelt zu geben. Jeniver wandte sich ab, Emilia warf Paul einen fragenden Blick zu. Hatte er es ihr verraten? Er sah ebenso ratlos aus wie sie.

»Nun denn«, hörte sie Jeniver verkünden, »gönnen wir uns einen Happen und genießen im Anschluss Marinas erstes Musical. Zu dem Nah und Fern geladen ist.« Sie kicherte. »Sowie Reich und Neureich.« Ihre Brüder lachten auf, lediglich Maximilian blieb ernst, durchbohrte Emilia mit einem Blick, der, anders als früher, unverhohlen seine Abneigung spiegelte. Er zeigte sich verhalten, während sich die anderen ihre Häppchen auf kleine runde Tellerchen luden, scheinbar ebenso wenig hungrig wie Emilia. Sie hätte besser daran getan, etwas zu sich zu nehmen, vielleicht wäre ihr erspart geblieben, dass er sie unvermittelt in den Flur schob, als der Rest die Gemüsetorte bewunderte, die Marina mit den auftretenden Zootieren geschmückt hatte.

»Damit du es weißt«, begann er ohne Umschweife und umfasste ihr Handgelenk so fest, dass Emilia ein Wimmern entfuhr, »ich bin nicht so hoffnungslos charmant wie meine große Schwester, deren Glück du um jeden Preis zerstören willst. Und gleichgültig, ob du plötzlich zu Geld gekommen bist, ich werde nicht eher ruhen, bis diese unschöne Geschichte aus der Welt geschafft ist. Ein für alle Mal.«

»Maximilian«, erklang Pauls eiskalte Stimme hinter ihnen. Der Angesprochene schenkte Emilia noch einen giftigen Blick, ehe er sie losließ und sich aalglatt zu Paul umwandte. Paul erwiderte sein Lächeln nicht. »Rühr sie noch einmal an, und ich versichere dir, du bist in diesem Haus nicht länger willkommen.«

Maximilian kommentierte es mit einem Schulterzucken. »Ich hatte den Eindruck, das sei bereits der Fall.« Er glitt zurück zum Bankett, um sich ordentliche Mengen von der Gemüsetorte aufzutun.

Paul sah Emilia besorgt an, doch sie hob abwehrend die Hand. »Ich bin in Ordnung.« Sie war schließlich auf Anfeindungen gefasst gewesen und kein kleines Mädchen mehr.

Marinas Musical ließ sie für die Dauer einer halben Stunde vergessen, was sie umtrieb, sie bewunderte die Leidenschaft, mit der ihre einstige Schülerin ganz allein nicht fünf, sondern sieben Instrumente als Tiere erklingen ließ und einfach jeden im Raum, selbst diejenigen ohne Herz, damit verzücken musste. Der alte Faun lächelte versonnen und wippte mit dem Fuß im Takt, und in Charlottes Augen glitzerten Tränen. Die Hingabe einer Dreizehnjährigen schaffte es für kurze Zeit, darüber hinwegzutäuschen, dass sich hier eine Gemeinschaft versammelt hatte, die im Grunde ihres Herzens nichts lieber täte, als sich gegenseitig zu zerfleischen.

Als Emilia später nach Hause zurückkehrte, lächelte sie immer noch über Marinas Glanzauftritt, und fast hätte sie sich niedergesetzt, um es in einem Brief an Paul festzuhalten, ehe ihr einfiel, dass sie dieses Ereignis geteilt hatten. Sie schüttelte über sich selbst den Kopf. Sie schrieb diese Briefe wohl schon so lange, dass es zu einer Gewohnheit geworden war. Gedankenvoll griff sie in ihre Tasche, um sich stattdessen ihrer Musik zu widmen, und erstarrte mitten in der Bewegung. Die Mappe mit ihren Kompositionen, die Mappe, ohne die sie nicht mehr das Haus verließ, war verschwunden. Alles andere war noch an Ort und Stelle, einzig ihre musikalischen Aufzeichnungen fehlten.

Berlin, November 2004

»Ist alles in Ordnung mit dir? Du wirkst ein bisschen durch den Wind.«

Robert saß am Steuer seines Audis und sah mal wieder beiläufig gut aus. Auf diese Art, die Elodie mittlerweile unheimlich fand. Seine freundliche Stimme besänftigte sie allerdings in diesem Punkt, und sie lehnte sich gegen den Autositz zurück. Die Kletterpartie steckte ihr noch in den Knochen. »Liegt vielleicht daran, dass ich für dieses Treffen aus meinem Zimmer ausbrechen musste, weil mein Vater mich eingesperrt hatte«, fasst sie ihre Situation wahrheitsgemäß zusammen.

Roberts Fahrzeug geriet minimal aus der Spur. »Wie bitte?«, entfuhr es ihm ungläubig. Es musste in der heutigen Zeit ja auch ziemlich verrückt klingen. »Wieso das denn?«

An dieser Stelle endete ihre Bereitschaft zur Wahrheit, und sie winkte müde ab. »Ist 'ne lange Geschichte.«

Robert schürzte leicht die Lippen, beließ es aber dabei. »Jetzt fühle ich mich fast geehrt, dass du meinetwegen ausgebrochen bist. Du hättest es erwähnen können. Ich hätte dich liebend gern aus deinem Turm befreit.«

»Glaub mir, mein Vater ist ein sehr versierter Drache.«

Er lachte, hinreißend tief und ehrlich.

»Also, was haben wir vor?«, versuchte sie es mit gewöhnlichem Small Talk, obwohl ihr kein bisschen danach war.

»Wart's ab«, erwiderte er geheimnisvoll, »es wird dir gefallen.«

Das wagte sie zu bezweifeln, in ihrem Kopf war im Grunde kein Platz für Zerstreuung, sie fühlte sich unter ständiger Hochspannung, und wären seine Autositze nicht so weich und bequem gewesen, die Temperatur im Wagen nicht so angenehm, sie hätte ihre Finger nicht stillhalten können. So spürte sie die Erschöpfung nach sich greifen, immerhin hatte sie kaum geschlafen, und die Ereignisse hatten sie so sehr in Atem gehalten, dass sie sich nicht erinnern konnte, wann sie das letzte Mal tatsächlich still gesessen hatte. An den Fensterscheiben zogen die Stadtlichter vorüber, wurden seltener und verloren sich schließlich, während sie das Zentrum hinter sich ließen. Man konnte beinah die Sterne am Himmel sehen.

»Wohin fahren wir eigentlich?«, murmelte sie nach einer Weile etwas schläfrig, als die Landschaft zunehmend abgeschiedener wurde.

Robert blickte mit einem seltsamen Ausdruck geradeaus. »Oh, zu einem gemeinsamen Freund. Oder Verwandten«, erklärte er mit plötzlich veränderter Stimme. »Jonathan würde dich gern sprechen.«

Mit einem Ruck saß Elodie gerade in ihrem Sitz, jegliche Müdigkeit fiel in Sekundenschnelle von ihr ab.

Robert reagierte darauf mit einem sachten Lächeln. »Süße, hast du geglaubt, wir durchschauen dein Spiel nicht? Dass du an mir so wenig Interesse hast wie eine Pinguindame an einem Eisbären war mir ziemlich schnell bewusst. Was wirklich bedauerlich ist, weil ich nicht gelogen habe. Was deine besondere Anziehungskraft betrifft.« Er wandte den Blick von der Straße und ihr zu, die blauen Augen blitzten durch die Dunkelheit.

Elodie schluckte trocken, in ihrem Kopf überschlugen sich die Gedanken. Seit wann wusste er Bescheid? War er von Anfang an nur ein Köder gewesen oder erst nach ihrer zugegeben nicht gerade subtilen Befragung? Sie konnte das Bedauern in seinen Augen sehen. Was eher auf Letzteres schließen ließ.

Super!

Er schnalzte mit der Zunge und sah wieder auf die Straße. »In der Familie Faun hält man zusammen, weißt du? So war das schon immer, und so wird es bleiben. Ich gehöre dazu, und da deine Gleichgültigkeit mir gegenüber offenkundig war, kam ich nicht in einen Interessenskonflikt.« Er lachte leise, weit weniger angenehm, als es ihr noch zuvor erschienen war. »Du hättest mich wirklich küssen können. So unattraktiv bin ich nicht, oder? Das hätte deine Absichten zumindest ein bisschen verschleiert.«

Er hatte nicht unrecht, sie war miserabel darin, andere hinters Licht zu führen. Ganz anders als er. »Tja, du dagegen warst richtig gut.«

»Herzlichen Dank, das erste Kompliment aus deinem Mund, wie sehr habe ich mich danach gesehnt.«

Elodie umklammerte das Handy in ihrer Jackentasche. In etwa einem Kilometer Entfernung ragte ein hell beleuchtetes Haus in den nächtlichen Himmel, ähnlich herrschaftlich wie die Villa Winter, allerdings moderner und mit Flutlichtern auf dem umliegenden Areal, als würde es sich um ein Fußballstadion handeln. Der Familiensitz der Fauns?

»Ich bin gut darin, Menschen zu täuschen, weißt du? Ich kann exakt zu dem Mann werden, der seine Mitmenschen überzeugt.« Elodie war überrascht, dass sie ihre Furcht so weit zurückdrängen konnte, dass ihre Antwort sarkastisch klang. »Das scheint ja in der Familie Faun zu liegen.« Wo er sich schon so klar positioniert hatte. »Ist das der Sitz der großen Herrschaftsfamilie?«

»In der Tat. Ziemlich imposant, was? Das Paradebeispiel dafür, wie man sein Geld zu Gold machen kann.«

Als sie in die Einfahrt einbogen, erkannte sie, was er damit meinte. Die weiße Fassade war vereinzelt mit glitzernden Ornamenten versehen, und sämtliche Balkon- und Terrassengeländer schienen vergoldet. Das hier war nicht nur eine Villa, es war ein goldgerahmter Palast.

»Wenn ich bitten darf?« Robert parkte, öffnete die Beifahrertür und half ihr mit sanfter Gewalt aus dem Sitz.

Verschwendung, denn Elodie wäre kaum imstande gewesen, die Flucht zu ergreifen. Nicht allein, weil sie von der Wendung der Ereignisse überfordert war. Tief in ihrem Innern begehrte sie nicht gegen diese Entführung auf, denn war es nicht der Wunsch nach Gewissheit gewesen, für den sie aus dem Stadthaus ihres Vaters ausgebrochen war?

Sie gingen auf die protzige Eingangstür zu, die Stufen waren steil und verhältnismäßig schmal, sodass Elodie beinah gestolpert wäre.

Das Innere des faunschen Anwesens räumte den letzten Zweifel darüber aus, dass die Familie einen Hang zum Herrschaftsdenken besaß, denn die Einrichtung glich der von Königen. Blaue Samtteppiche mit goldenen Nähten waren in den Fluren und über die Treppen ausgerollt, die Bilderrahmen glänzten und blitzten frisch poliert, und überall hingen Kronleuchter aus ziemlich sicher echten Diamanten. Elodie nahm diese Dekadenz in einer Mischung aus Ehrfurcht und Ekel auf, ließ sich mit pochendem Herzen von Robert zu einer der vielen goldumrahmten Türen führen, zu denen ein waschechter Butler sie geleitete.

»Herr Faun, Ihre Gäste sind eingetroffen«, kündigte er sodann mit nasaler Stimme an und nickte Robert zu, Elodie lediglich mit einem herablassenden Blick streifend.

Robert schob sie ins Zimmer, wie zu erwarten machte es dem eines Kaisers oder Königs alle Ehre; ein gemütliches Feuer prasselte im Kamin an der Wand. Erst als sich die Tür hörbar hinter ihr schloss, verspürte sie Anzeichen von Panik. Sie war kein Gast in diesem Haus, durchfuhr es sie beim Anblick des simplen Holzstuhls, der in der Mitte des Raums stand, etwa in zwei Metern Entfernung vor einem gigantischen Sekretär, selbstverständlich kunstfertig geschnitzt und mit vergoldetem Geschnörkel überall. Der Mann, der dahinter in einem Ohrensessel saß, passte im Grunde nicht ins Bild, sein kahl geschorener Kopf hob sich kontrastreich vom Samtblau des Sessels ab, die tätowierte Brust ließ ihn allenfalls wie einen Bandenboss, denn einen Adeligen wirken.

»Ah, wie schön, dass du es so schnell einrichten konntest, Robert.« Jonathan Faun klang wie immer zuvorkommend, aber mit seinem Blick durchbohrte er Elodie kalt, als er sie ins Auge fasste. »Hast mein Cousinchen wie versprochen mitgebracht. Bitte setz dich, Elodie.« Er deutete auf den Holzstuhl, der trotz seines samtenen Polsters wie ein Fremdkörper im Raum wirkte. Vergleichsweise kahl und völlig ungeschmückt. Sie spürte Roberts Hand in ihrem Kreuz, die sie leicht nach vorn schob, als sie der Aufforderung nicht sofort Folge leistete. Sie setzte sich mit steifem Rücken, versuchte, nicht zu eingeschüchtert zu wirken.

Jonathan faltete die Hände auf seinem Schreibtisch und sah sie lange an. »Nun, ich denke, diese Zusammenkunft war längst überfällig«, brach er das Schweigen. »Wo du es nicht lassen konntest, in fremden Geschichten zu rühren.«

»So fremd ist sie nicht. Es ist auch meine Familiengeschichte, oder?«, konterte Elodie kühn. »Meine Oma ist gestorben. Ich will wissen, warum.«

Jonathan nickte sachte. »Ah ja. Ich hätte mir denken können, dass das der Auslöser war.« Er lächelte spitz. »Meines Wissens war es ein Herzinfarkt. Nicht ungewöhnlich in dem Alter. Oder?«

»Eigentlich schon, denn meines Wissens ging es ihrem Herzen gut.«

»Nicht gut genug, fürchte ich.« Das Lächeln verschwand. Er seufzte. »Tja, ich nehme an, keiner von uns hätte angenommen, dass irgendwer ihren Tod hinterfragen würde.« Er neigte sich zur Seite und öffnete eine Schublade seines Sekretärs, um etwas daraus hervorzuholen. Ein altes Schriftstück, das er vor sich auf den Tisch legte. »Aber Unkraut hält sich über Generationen, wie es aussieht.« Er deutete auf das vergilbte Papier. »Du hast nach dem hier gesucht, nicht wahr? Nach Paul Eliot Fairmanns ganzer beschissener Wahrheit?«

Er warf einen grimmigen Blick auf das Stück Papier, von dem Elodie plötzlich dämmerte, was es war. Sie musste sich stark bremsen, um nicht aufzuspringen und es an sich zu reißen.

»Meine Familienmitglieder wussten von diesem Brief, haben ihn aber nie gefunden. Dein Urgroßvater hatte ihnen gedroht, er würde alles enthüllen. Keiner hat mehr daran geglaubt, nachdem er verstorben war. Und dann fällt dieser Brief plötzlich aus Maresas Gedichtband! Zu dumm, dass diese Pflegerin ins Zimmer kam und mein Bruder deshalb nur die Hälfte des Geständnisses erwischt hat, dann wäre uns nie die dumme kleine Nachfahrin von Emilia Sommer so dermaßen auf die Nerven gegangen.« Er sah sie mit dieser perfekten Mischung aus Liebenswürdigkeit und Vernichtung an. »Du kommst haargenau nach deiner Urgroßmutter, was?«

Elodie schluckte trocken. Also lagen sie richtig. Es stimmte. »Was ist mit ihr passiert?«, fragte sie mit rauer Stimme.

»Was mit ihr passiert ist?« Er lachte freudlos. »Ich dachte, das weißt du längst. Vielleicht bist du nicht clever genug, um die letzten Schlüsse zu ziehen, hm? Oder zu brav. So etwas Unvorstellbares passt nicht in deinen süßen, weltfremden Musikerinnenkopf.« Er lehnte sich leicht über den Tisch. »Weißt du, was man mit Unkraut macht, das einfach nicht vergehen will?«

Berlin, 15. August 1928, 20:00 Uhr abends

Emilia schloss seufzend die Augen. Die Erleichterung darüber, diesen Tag, diese Verhandlung, die gesamten nervlichen und körperlichen Anstrengungen der letzten Monate überstanden zu haben, überkam sie wie ein sanfter Lufthauch. Ihr war, als würde eine gewaltige Last von ihren Schultern fallen. Es war noch nicht vorüber, der steinigste Weg lag allerdings hinter ihnen, und als sie die Augen aufschlug, bemerkte sie an seinem Verhalten, wie die Anspannung auch von Paul gefallen war. Er half ihr lächelnd auf und küsste sie auf die Stirn.

»Ich sagte ja, wir können es schaffen«, flüsterte er ihr ins Ohr. In den Reihen der Besucher sah sie Annabelle, die ihr einen Luftkuss zusandte, während Diarmuid neben ihr stand und in sich hineinlächelte. Ein Bild, das sich in Emilias Geist brannte und sie schmunzeln ließ. Sie waren ihre treusten Freunde dieser Tage, die einzigen, die sich wahrhaft für sie freuten. Es gab selbstverständlich noch all jene, die ebenso hinter ihnen standen, jedenfalls im Augenblick, in dem man mit ihnen sprach, aber diese Sorte Freunde hielt es sich offen, wem sie treu ergeben war. Für den Moment würden sie es wohl sein.

Sie verließen den Verhandlungsraum und nahmen die Treppen zum Seitenausgang. Nicht weil sie sich scheuten, jemandem zu begegnen, sondern weil es vier Stufen weniger waren und Emilia schon schwerfällig genug ging. Ihr Bauch fühlte sich an, als wüchse darin nicht ein Kind, sondern ganze drei. Gerade musste sie wieder einen Herzschlag lang innehalten, weil er oder sie kräftig zu treten schien. Marina war sofort zur Stelle, um ihre Hand zu halten.

Emilia winkte ab. »Alles in Ordnung, da freut sich bloß jemand mit uns.«

Pauls Lachen war befreit genug, um im kleinen Treppenhaus Echo schlagend widerzuhallen, und er drückte leicht ihre Hand. Seit ein paar Wochen trug sie wieder seinen Verlobungsring. Der winzige Stein funkelte im Sonnenlicht, das durch die Doppeltür hereinglitt. Eine Nanosekunde lang nur, ehe die Sonne hinter den Häuserfassaden unterging und das Ende des Tages ankündigte. Dass die Verhandlung so lange dauern würde, hatte Emilia nicht erwartet, und indem sie hinaus in die Schwüle traten, wurde ihr leicht schwindelig. Sie kämpfte die Übelkeit zurück, denn hier und jetzt war sie glücklich. Der Anblick des tiefen Orange, das sich ins sanfte Himmelblau mischte, der Geruch von Großstadt und Sommer und der zarte Klang der Freiheit in ihren Ohren – all das zauberte ein Lächeln auf ihr Gesicht, während sie neben Paul und Marina stand und in ihrem Bauch ein Kind strampelte, als wollte es just in diesem Augenblick das Licht der Welt erblicken. Emilia zog eine Grimasse, lachte aber. »Was auch immer es wird, es zeigt schon jetzt Temperament.«

»Ich hole den Wagen, warte hier.«

Sekundenlang verdunkelte es sich um Emilia, und ihr war auf eine unerklärliche Art seltsam zumute. Ein Klang, der ihr unvertraut war, mischte sich in das fröhliche Gezwitscher der Vögel, und sie blinzelte mehrmals, wollte Pauls Hand nicht loslassen.

»Emilia, was hast du?«

Sie blinzelte noch einmal, doch der Eindruck war verweht. Sie lächelte. »Ach nichts, der Tag war bloß anstrengend, nichts weiter. Geh nur!« Sie warf Marina ein Grinsen zu. »Am besten du hilfst ihm, er hat in der Aufregung bestimmt vergessen, wo er geparkt hat.«

»Bist du sicher?«, fragte Marina zweifelnd, es sah ihrem Onkel schließlich kein bisschen ähnlich, zerstreut zu sein.

»Ja, ich glaube, ich benötige einen Moment für mich.«

Marina nickte verstehend. »Fein. Bis dann. Ich bin so gespannt, was Mama sagt!« Damit eilte sie über die Straße, kaum mehr ein Mädchen, sondern ein junges Fräulein mit ersten weiblichen Rundungen. Emilia sah ihr mit funkelnden Augen nach, ehe abermals ein gleißender Schmerz durch ihren Bauch fuhr, und sie sich auf die Lippen biss.

»Schhhh, beruhige dich«, murmelte sie und strich sich sanft über den kugelrunden Bauch. »Es ist gleich geschafft. Schhh ...«

Paul und Marina hatten sich beeilt, sie sah den schwarzen Wagen bereits um die Ecke biegen und winkte lachend. Paul hielt an der gegenüberliegenden Straßenseite, ihr Winken mit einem breiten Lächeln erwidernd, das ihn so schön wie eh und je machte. Emilia trat auf die Straße hinaus, rechts und links die Sicht prüfend. Ihre Augen hefteten sich wieder auf Paul, und so entging ihr die schwarze Karosse, die in zweiter Reihe geparkt und den Motor gestartet hatte, als sie losgegangen war. Alles, was folgte, ereignete sich zu schnell, um es zu begreifen. Eben noch lächelte sie Paul zu, Marinas blassblaues Taschentuch wehte in der Luft, die kaum merklich über dem Asphalt flimmerte, im nächsten Moment schob sich ein Schatten vor Emilia, dem gleißendes Licht folgte, und sie fühlte nichts mehr, hörte nichts mehr, sah nichts mehr außer Dunkelheit.

Als diese verebbte, lag Emilia aus unerfindlichen Gründen auf dem Asphalt, sah Paul auf sich zurennen und Marina wild gestikulierend etwas rufen, das sie nicht verstand.

Ich kann euch nicht hören, wollte sie erwidern. Doch alles fiel ihr plötzlich so schwer, selbst das Atmen. Sie fühlte kaum, wie die Luft in ihre Lunge strömte. Sie fühlte nichts. Aber ja, es war ein anstrengender Tag gewesen, sagte sie sich, streckte lächelnd die Hand nach Paul aus. Sie sollte ihm versichern, dass alles in Ordnung war und er nicht so besorgt dreinschauen musste ...

Unvermutet hörte sie ihn wieder, den zarten Klang der Flügel, die im Gleichtakt schwangen, sich in die Luft erhoben, hinaus in die Freiheit. Sie sah sich selbst dem Käfig entfliehen, hörte Marinas Lachen, Annabelles Kichern und das Klimpern von Charlottes Armreifen. Sie sah Pauls Mundwinkeln, wie sie erzitterten unter dem schönsten Lachen, das sie sich vorstellen konnte. All das vereinte den Klang der Freiheit, wunderschön und zum Greifen nah. Paul erreichte sie und umschloss ihre Hand, sie fühlte sich kalt an. »Mach dir keine Sorgen«, murmelte sie lächelnd.

Dann schloss Emilia Sommer die Augen – für immer. Das Lächeln war noch nicht von ihrem Gesicht gewichen.

Berlin, 15. November 2004, 20:00 Uhr abends

Elodie fröstelte trotz des gut beheizten Raumes, starrte mit zitternden Lippen ihren Cousin an. »Sie haben sie getötet?«, fragte sie mit hoher Stimme. »Aber sie ... sie erwartete ein Kind ... sie ...«

Jonathan bedachte sie mit einem gelangweilten Blick. Dem Blick eines Mannes, dem das Leben eines anderen Menschen einen Dreck wert war, sofern es ihm im Weg stand. Er säße jetzt vielleicht nicht hier, hätten sich seine Vorfahren anders verhalten. »Und wie durch ein Wunder hat das Gör überlebt, oder nicht? Maresa Fairmann hat überlebt. Hatte ein langes erfülltes Leben. Was will man mehr?«

Wie konnte er so reden? Vor Elodies Augen drehte sich der Raum. Hatte sie es nicht längst gewusst? Saß sie einem Mann gegenüber, der ohne mit der Wimper zu zucken morden könnte? Wofür? Für die Liebe? Wohl kaum. Für ein erblühendes Filmimperium? Für Geld, Ruhm und Macht? Elodie presste die Lippen fest aufeinander, um die Tränen der Wut zurückzuhalten. *»Was will man mehr?«,* wiederholte sie mit bebender Stimme. »Eine Mutter womöglich?«

Jonathan winkte ab. »Die hatte sie. Charlotte Fairmann hat sich nach allem, was ich weiß, rührend um Maresalein gekümmert. Sie hat die uneheliche Tochter ihres Bruders wie ihre eigene aufgezogen, und kein Mensch hat Verdacht geschöpft. Bis ... jetzt.«

Elodie wurde eiskalt. Ihre Frage nach seiner Einstellung zum Morden schien sich in der Kälte hinter seinen Augen zu beantworten, in der Dekadenz dieses Ortes, in den Menschen, die sich im Raum aufhielten und die sie gerade erst bemerkte. Schlagartig wurde Elodie klar, dass er niemals ein Geheimnis dieser Art preisgeben würde, wüsste er nicht, dass es eines bliebe. Ja. Dieser Mann konnte, ohne mit der Wimper zu zucken, morden. Oder morden lassen. Sie wollte aufspringen, aber zwei starke Hände pressten sie zurück auf den Stuhl. Sie war umzingelt und hatte es nicht bemerkt. War wie eine Maus in die Falle getappt.

»Wer war es?«, fragte sie, nicht nur, weil sie es wissen wollte, sondern um Zeit zu schinden. »Wer hat Emilia Sommer umgebracht?«

Jonathan zuckte mit den Schultern. »Mein Gott, wie soll ich das wissen? Ich war genauso wenig dabei wie du. Höchstwahrscheinlich mein halb seniler Uropa. Maximilian war der ideale Mann für solche Dinge. Es spielt keine Rolle für uns zwei. Ich weiß, wer *dich* töten wird.«

Elodie spürte das Blut in ihren Adern gefrieren, spürte die Unfähigkeit, sich zu regen. Sie fand nicht einmal die Gedanken zu bereuen, so weit gegangen zu sein. Das Einzige, das sich vor ihrem geistigen Auge formte, war Charlies Anblick, wie er in seinem dunklen Anzug vor ihrem Grab stand ...

»Ts, ts, ts.«

Das Geräusch riss Elodie aus ihren sich überschlagenden Gedanken. Es wurde von einem leisen Quietschen begleitet, der Klang von etwas Altem, nicht perfekt Geöltem. Maximilian Fauns Rollstuhl erschien neben dem Sekretär. Der Greis sah an diesem Abend älter denn je aus, allein der Ausdruck in seinem Gesicht verriet ihr, dass er alles andere als senil war. »Ich fürchte, ich muss das berichtigen«, mischte er sich mit bröckeliger Stimme ein.

Jonathan sah ihn überrascht an. »Du?«

»Ja, ich«, knurrte der Alte ansatzweise gereizt. »Ihr jungen Leute vergesst euch manchmal, hm?« Er wandte seine wässrigen Augen Elodie zu. »Ich war es nicht, der an jenem Tag in dem Wagen saß, der Emilia Sommer ins Jenseits schickte. Auch wenn es meine Idee war. Meine Schwester war vieles, ein Feigling niemals. Sie hat ihre Angelegenheiten stets selbst geregelt. Es war Jeniver, die deine Uroma getötet hat. Es war Jeniver, die beendet hat, was niemals hätte geschehen dürfen.«

Elodie starrte ihn an, zweifelte keine Sekunde an seinen Worten. *»Jeniver schreckte vor nichts zurück, um das zu erreichen, wonach ihr der Sinn stand.«*

Der Alte grinste beim Anblick ihrer Miene und Jonathans zweifelndem Blick. »Für halb senil hältst du mich, Junge? Nein.« Er kicherte, ein Geräusch, das an springendes Glas erinnerte. »Es mag zuweilen praktisch sein«, sein Gesicht nahm einen verträumten Ausdruck an, der kaum zu ihm passte, »aber wer würde je die goldenen Zeiten vergessen?« Der Ausdruck verhärtete sich wieder. »Wir haben dafür gesorgt, dass sie es für uns sind ... golden. Niemand konnte meiner Schwester den Mord nachweisen, dazu ging alles zu schnell, und wir hatten stets gute Freunde. Es hat sich jemand gefunden, der für den Unfalltod der armen Emilia geradestand. Wir kümmern uns immer gut um diejenigen, die uns unterstützen.« Sein Blick streifte flüchtig den hinter Elodie stehenden Robert. »Paul hat es uns nie verziehen. Aber er und Charlotte wollten, dass Emilias Kind sorglos und glücklich heranreift. Also haben sie ihr nie die Wahrheit gesagt. Er hat natürlich mit sich gerungen. In jedem Streit hat er mir gedroht, er würde es ihr erzählen und den Fall vor Gericht wieder aufrollen. Er hat es nie getan. Maresa wuchs heran und war ihnen allen eine Freude. Sie und Marina waren glücklich. Sie hatten diese *Wir verändern die Welt*-Einstellung, die niemand gefährden wollte. Nicht mal Marina. Ich dachte immer, wenn von jemandem Gefahr ausgehen sollte, dann von ihr. Mit den Jahren habe ich erkannt, dass Maresa ihr alles bedeutete und sie in ihrem unbeschwerten Heranwachsen Emilia weiterleben sah.« Er blickte Elodie mit einem seltsamen Lächeln an. »Sogar ich ziehe meinen

Hut davor, was diese beiden Frauen zusammen erschaffen haben. Ich dachte, es wäre für alle in Ordnung, das Thema *Emilia Sommer* endgültig vom Tisch.«

Maximilian Faun schwieg. So lange, dass Elodie annahm, er sei mit seiner Geschichte am Ende. Als er schließlich weitersprach, schien er müde zu sein.

»Ich war bei ihm, als er starb. Bei Paul. Der Teufelskerl hat es fertiggebracht, mit seinen letzten Atemzügen all das wiederaufleben zu lassen. Er hat mich zu sich gewinkt und geflüstert: ›Sie weiß es.‹ Hat behauptet, ihr einen Brief geschrieben zu haben. Natürlich habe ich die halbe Villa danach abgesucht und nichts gefunden. Da Maresas Verhalten nichts anzumerken war, bin ich davon ausgegangen, es hätte sich um eine letzte Provokation seinerseits gehandelt. Bis zum Tag dieses Konzerts, als ein ungeöffneter Brief aus dem Gedichtband deiner Oma gefallen ist und ich ahnte, um welchen es sich handeln musste. Dieses simple Stück Papier ist der Grund, warum wir jetzt hier sind. Warum du hier bist.« Seine Augen wurden kalt.

Elodie spürte, dass die Geschichtsstunde vorbei war, und ihr Puls beschleunigte sich.

»Nun denn, Jonathan«, erklärte Maximilian, ohne die Augen von Elodie abzuwenden. »Ich nehme an, du wirst es selbst in die Hand nehmen? Du solltest es geschickt anstellen. Sie ist immerhin Wagners Töchterchen.«

Elodie starrte in die eisigen Augen, die Hände auf ihren Schultern hielten sie wie Schraubstöcke gefangen, verhinderten jeglichen Fluchtversuch. Sie presste die Lippen fest aufeinander, würde sich nicht die Blöße geben zu weinen oder zu flehen. Emilia Sommer hätte das nicht getan, deren Tochter Maresa hätte es nicht getan, und sie würde es auch nicht tun. Sie war eine starke Frau.

»Du kannst dich auf meine Diskretion verlassen.« Jonathan griff erneut in seine Schreibtischschublade und erhob sich, eine Pistole in der Hand.

Elodie erzitterte trotz fester Vorsätze. Sie hatte keine Ahnung, um welches Modell es sich handelte, aber eines war ihr bewusst, ihr Tod würde sehr schnell eintreten.

Jonathan ging langsam um den Sekretär herum und kam auf sie zu, die Pistole auf sie gerichtet. »Gehen wir ein Stück.«

Elodie sah mit starrem Blick in den Lauf der Waffe, spürte, wie sich der Griff des Mannes hinter ihr lockerte und sie frei war, um aufzustehen. Frei, um zu sterben. Sie ballte die Hände zu Fäusten, um sie am Zittern zu hindern, und erhob sich tapfer. Ihr Blick traf den Roberts, der mit versteinerter Miene neben der Tür stand, sie passieren ließ, ohne ihr zu Hilfe zu kommen. Weil Familie nun mal zusammenhielt. Jonathan drückte ihr die Mündung seiner Knarre zwischen die Schulterblätter und dirigierte sie durch den Flur. Glanz und Prunk verschwammen vor ihren Augen, sie biss sich auf die bebenden Lippen, um die Tränen zu unterdrücken. Wäre Charlie in dieser Situation, würde er sich bestimmt irgendwie befreien können, irgendein letztes Ass im Ärmel haben. Aber Elodie war nur Elodie, ohne Tricks, ohne Asse.

»Öffne die Tür, wir machen einen kleinen Spaziergang«, befahl Jonathan ihr freundlich.

Die Kälte des Abends fuhr ihr unter die Kleidung, als sie dem Befehl folgte und in den hell erleuchteten Hof trat. Sie zitterte wie Espenlaub. Wie ein hilfloses Mädchen. Ganz sicher keine starke Frau.

»Na los, mach schon. Ich will hier draußen nicht erfrieren.«

Elodie ging mechanisch weiter, die schmalen Stufen hinunter. Es kam ihr wie eine halbe Ewigkeit vor, seit sie mit Robert hier angekommen war. Die Treppe erschien ihr noch weitaus unwegsamer. Sie blinzelte, der Gedanke kam so schnell über sie, dass sie nicht lange darüber nachdachte, die Zeit fehlte ihr außerdem. Sie atmete aus, ehe sie den Fuß so ungeschickt abrollte, dass sie abrutschte und strauchelte, ihr entwich ein Überraschungslaut, den sie sich beinah selbst glaubte, ruderte mit den Armen und machte sich bereit. Jonathan reagierte, wie zu erwarten, indem er sie am Oberarm packen wollte – ein flüchtiger Moment der Unachtsamkeit, den Elodie nutzte. Sie rempelte mit der gesamten Kraft ihres Körpers gegen ihn, sie verloren das Gleichgewicht und stürzten, wobei Jonathan die Pistole aus der Hand glitt und über die Stufen abwärtsfiel. Elodie rappelte sich geistesgegenwärtig auf und stürzte sich auf sie. Der Gedanke, sie auf ihren Widersacher zu richten, kam ihr nicht eine Minute in den Sinn, stattdessen rannte sie damit, so schnell sie ihre Beine tragen konnten, durch die Einfahrt auf das Tor zu. Hinter sich hörte sie Jonathan fluchen und die Verfolgung aufnehmen. Er war definitiv schneller als sie. Noch ehe sie das Tor erreichte, wusste sie, dass es verschlossen sein würde, sah sich panisch nach einem alternativen Fluchtweg um. Eine dichte Hecke grenzte das Grundstück zur Straße ab, hier und da ein Baum, aber kein zweites Tor.

»Du kommst hier nicht raus, Kleine!«, hörte sie Jonathan keuchen, und erkennend, dass er absolut recht hatte, tat sie das Einzige, das ihr in diesem Moment sinnvoll erschien. Sie warf die Pistole durch die Gitter des verschlossenen Tors, in der Hoffnung, sich somit des tödlichen Werkzeugs zu entledigen, und sprang über die Buchsbüsche auf die Rasenfläche des Anwesens. Es erstreckte sich ähnlich weitläufig wie das ihre. Vielleicht könnte sie ...

Jonathan erwischte sie am Arm, noch ehe sie den Gedanken zu Ende formen konnte, und riss sie zurück. Sie schrie auf, strampelte wie ein wild gewordenes Tier, wobei sie nur erreichte, dass sie vor ihm auf dem Rasen landete. Jonathan lachte keuchend, sah auf sie herunter.

»Du bist noch dämlicher, als ich angenommen habe, Schätzchen.« Er war mit einem Satz über ihr, presste sie auf den feuchten Boden. »So was von unschuldig, was? Dachtest nicht im Traum daran, die Waffe zu benutzen.«

Elodie wand sich verzweifelt, doch er setzte sich auf ihre Brust, hielt ihre Arme mit seinen Oberschenkeln im Zaum.

»Dein Anstand wird dir zum Verhängnis.« Er beugte sich mit blitzenden Augen vor und legte ihr beide Hände an die Kehle. Elodie riss die Augen auf, spürte den Druck auf ihrem Kehlkopf und wie ihr die Luft versagte. Sie strampelte mit den Beinen, versuchte, ihre Arme zu befreien, aber er war viel stärker als sie, sie hatte nicht die geringste Chance. Ihr entwich ein verzweifeltes Gurgeln, sie schnappte nach Luft, die nicht kommen wollte, Schmerz und Tränen vernebelten ihren Blick.

Sie dachte an ihren Vater und daran, was ihre letzten Worte gewesen waren, sie dachte an Charlie, den sie nie wiedersehen würde. Sie dachte an ihre Oma, deren Geheimnis bei ihr sicher war. Alles um sie herum wurde schwarz. Sie hörte auf zu kämpfen. Bald würde sie bei ihr sein. Bald ...

Ein dumpfer Schlag, ein Stöhnen, und der der Druck auf ihre Kehle ließ nach. Elodies Blick klärte sich wieder, sie blinzelte verstört. Jonathans Hände lösten sich von ihrem Hals. Die Luft strömte wieder in ihre Lunge, viel schneller, als sie sie regulieren konnte. Sie hustete gurgelnd, keuchte, stöhnte. Verschwommen nahm sie die beiden Gestalten wahr, die sich neben ihr im Gras wälzten. Hatte Robert sich seiner Menschlichkeit erinnert und Partei ergriffen? Mühsam versuchte sie, sich aufzurappeln. Im selben Moment sah sie, wie Jonathan plötzlich in sich zusammensackte und bewusstlos neben sie ins Gras fiel. Fassungslos starrte Elodie zu dem unerwarteten Retter hoch und riss die Augen auf.

»Was machst du denn hier?«, krächzte sie mit schmerzenden Stimmbändern.

Charlie ließ schwer atmend den Stein fallen, mit dem er Jonathan offensichtlich k. o. geschlagen hatte. Er strich sich das verschwitzte Haar aus dem Gesicht, schaffte es zu grinsen. »Ich rette dich, sieht man das nicht?« Er kniete sich vor ihr ins Gras, nahm sie vorsichtig bei den Schultern. »Bist du in Ordnung?«

Elodie lachte röchelnd auf, sank in seine Arme. »Jetzt schon.« Ihr persönlicher Schutzengel. »Wie hast du mich gefunden?«

Er hielt sie fest an sich gepresst, streichelte ihr über den Rücken. »Nach deiner eigenartigen Textnachricht habe ich sofort alle Hebel in Bewegung gesetzt. Was hast du dir dabei gedacht? Ich habe dir gleich gesagt, du sollst dich nicht mit dem Kerl treffen.«

Nur dass Elodie unbelehrbar sein konnte, wenn sie sich einmal etwas in den Kopf gesetzt hatte. Jetzt seufzte sie erleichtert. Sie hatte keine Ahnung gehabt, ob es ihr gelungen war, ihm eine weitere Nachricht zu schicken, während sie mit Robert zum Familiensitz der Fauns gefahren war. Sie hatte nur hoffen können, ihr blindes Getippe, dass sie sich mit Robert auf dem Weg zum Anwesen der Fauns befinde, würde Charlie irgendwie erreichen. »Du hattest recht. Tut mir leid. Und du bist ein wahrer Held.« Sie löste sich widerwillig von ihm. »Wir müssen trotzdem so schnell wie möglich verschwinden, da drin sind noch zwei Dutzend von denen, und da du Bescheid weißt, werden sie auch dich ...«

»Schsch...« Charlie legte ihr beruhigend einen Finger auf die Lippen. »Ganz ruhig, ich habe alles im Griff.« Seine Augen blitzten durch die Dunkelheit. »Hörst du das? Da kommt Verstärkung.«

Elodie lauschte blinzelnd in die Nacht hinein, wusste nicht, was er meinte. Erst nach einigen Sekunden vernahm sie in der Ferne Sirenengeräusche.

»Du denkst nicht, ich wäre so lebensmüde, hier im Alleingang aufzukreuzen?«

Elodie sah ihn stumm an, zu überfordert mit den Gesamtumständen, um irgendetwas wissen, glauben oder denken zu können. »Eigentlich schon.«

Er zog sie lachend zu sich. »Nein, Dummerchen. So sehr überschätze nicht mal ich mich.«

Keine fünf Minuten später war das Anwesen umstellt von Einsatzwagen der Polizei. Elodie hätte nicht im Traum erwartet, dass man um ihre Wenigkeit ein solches Aufsehen machen könnte. Bis sie ihren Vater aus einem der Polizeiautos steigen sah. Sein Blick irrte suchend umher, er sah so unbeholfen und schutzbedürftig aus, dass Elodie den spontanen Impuls verspürte, ihm entgegenzurennen und ihn fest in die Arme zu schließen. Ihm zu versichern, dass alles in Ordnung sei. Weil der Mensch, den sie liebte, sie gerettet hatte. Aber sie rührte sich nicht. Weil der Mensch, den sie liebte, von ihrem Vater nicht akzeptiert wurde.

Charlie schien zu spüren, was in ihr vorging. »Hey, keine Sorge. Inzwischen sind wir ein gutes Gespann, dein Dad und ich.«

Elodies Kopf ruckte zu ihm herum. »Wie meinst du das?«

Charlie zuckte mit den Schultern. »Ich habe natürlich zuerst ihn kontaktiert. Dieses Polizeiaufgebot und die schnelle Ortung verdanken wir ihm. Mir allein hätte bestimmt keiner geglaubt. Ich war überrascht, wie schnell ich ihn davon überzeugt hatte, dass du in Gefahr schwebst.« Er hob die Hand, um auf sich aufmerksam zu machen. »Er ist eigentlich ganz in Ordnung.«

Elodies Vater entdeckte ihn, und der Ausdruck der Erleichterung, der sich über sein Gesicht ausbreitete, ließ sämtliche Wut, die sich innerhalb der letzten Wochen und Monate in Elodie angestaut hatte, auf der Stelle verblassen.

»Elodie!«, schrie er und rannte über die Rasenfläche auf sie zu.

Sie konnte sich nicht erinnern, wann er sie das letzte Mal umarmt hatte, vielleicht noch nie in seinem Leben so fest wie hier und jetzt in der Einfahrt des faunschen Familiensitzes.

»Ich dachte, ich hätte dich verloren.«

Elodie spürte, wie ihre Augen sich mit Tränen füllten, und erwiderte die Umarmung. »Dachte ich auch«, murmelte sie.

Ihr Vater seufzte, die Augen glitzerten feucht, als er sie sachte von sich schob. Er lächelte schuldbewusst. »Es tut mir leid.« Sein Blick wanderte an ihr vorüber und fand Charlie. »Es tut mir aufrichtig leid. Ich habe dich unterschätzt, Junge.« Er ließ Elodie los und reichte ihm die Hand, etwas steif zwar, aber wahrhaftig. »Ich bin dir sehr dankbar. Für alles.«

Charlie lächelte, hatte ihm vermutlich nie gegrollt. So war Charlie eben. Irgendwie, das hatte er gewusst, würde sich früher oder später alles finden. Womit er recht behalten hatte. Seine Augen glitten hinüber zu Elodie, fingen und fesselten sie. Alle Liebe der Welt lag in diesem Blickaustausch, und nicht einmal ein Mensch, der von diesen Gefühlen nichts verstand, konnte das übersehen. »Dann, Herr Wagner, ist es mir gestattet, Ihre Tochter weiterhin zu treffen?«

Elodies Vater genehmigte sich ein sehr feines Lächeln. »Ich denke, die Umstände erlauben eine Sonderregelung für dich. Und nenn mich Johannes.«

Was aus diesem Augenblick, dieser Nacht, eine historische in der Geschichte dieser Familie machte. Als sich Charlie nun vorneigte, um Elodie sanft zu küssen, hörten sie sie beide: die zarte Melodie, die sie umspielte. Jene Melodie, die einst Emilia Sommer und Paul Fairmann miteinander verbunden hatte – achtzig Jahre zuvor.

Ende

Danksagung

Von Gefühlsschnipseln zur Idee und von dieser binnen erstaunlich kurzer Zeit zu einem Roman. Dass sich meine Geschichte nun tatsächlich auf den Weg in die Öffentlichkeit macht, als mein erster richtiger Roman, erscheint mir wie ein kleines Wunder. Die goldenen Zwanziger haben mich seit jeher fasziniert, die Idee zweier Menschen, die durch die Zaghaftigkeit der Klänge zueinanderfinden, wollte schon lange aus mir heraus.

Nun ist es so weit, und das verdanke ich einer ganzen Reihe wichtiger Menschen, denen ich hiermit meinen Dank aussprechen möchte:

Zunächst dem liebenswertesten Kerl weit und breit, der beschlossen hat, nicht nur meine verrückten Ideen mit mir zu teilen,

meinen einzigartigen Eltern sowie meinem ebenso einmaligen Bruder, die alle drei immer für mich da sind,

meiner Schauspieldozentin Nusha Nistor, bei der ich fürs Leben gelernt habe,

meiner Wunder wirkenden Agentin Alisha Bionda,

dem gesamten innovativen Team von Piper Digital

und nicht zuletzt Julia Feldbaum, die mir nicht nur die Angst vor dem ersten Lektorat genommen, sondern es zu einem wunderschönen Prozess gemacht hat.

Zum Schluss jeder Form der Kunst, die all mein Schreiben leitet.